# 우리 슬픔의 거울

# 우리 슬픔의 거울

피에르 르메트르 장편소설

임호경 옮김

**MIROIR DE NOS PEINES**
**by PIERRE LEMAITRE**

Copyright (C) Editions Albin Michel - Paris 2020
Korean Translation Copyright (C) The Open Books Co. 2023

Korean edition published by arrangement with Editions Albin Michel
through Sibylle Books Literary Agency, Seoul.

나의 감사하는 마음과 애정을 담아

파스칼린에게,

그리고 카트린과 알베르에게 바칩니다.

우리에게 일어난 모든 일들의 책임을
물어야 할 사람은 따로 있다.
윌리엄 매킬배니, 『레이들로』

사람은 어디를 가나 그의 소설을 품고 다닌다.
베니토 페레스갈도스, 『포르투나타와 하신타』

강력한 감동을 주기 위해서는 아주 불쾌한 것들과
상처들과 죽음들을 보여 주어야 한다.
피에르 코르네유, 「『오라스』 검토」

# 차례

194〇년 4월 6일

전쟁이 곧 시작되리라고 생각했던 사람들은 오래전부터 시들해져 있었고, 누구보다도 쥘 씨가 그랬다. 총동원령이 내려지고 나서 여섯 달이 넘어가자, 실망한 라 프티트 보엠[1]의 사장은 더 이상 그 가능성을 믿지 않게 되었다. 서빙을 하던 루이즈는 그가 〈이 전쟁이 정말로 일어난다고 생각한 사람은 아무도 없었어!〉라는 말까지 하는 것을 듣곤 했다. 그의 주장에 따르면 이 전쟁은 화려한 애국적 담화들과 요란한 발표들 뒤에서 진행되는 전 유럽 차원의 거대한 외교적 뒷거래요, 총동원령을 또 하나의 공갈탄으로 사용하는 엄청난 규모의 체스 판일 뿐이라는 거였다. 물론 여기저기에서 사망자가 몇 명 ──「아마 발표한 것보다 더 될 거야!」── 나왔고, 9월에는 사르강(江) 쪽이 좀 소란스러워지면서 2백에서 3백 명 정도가 희생된 게 사실이었지만, 〈에이, 그건 전쟁이 아냐!〉라고 쥘 씨는 주방 문밖으로 고개를 내밀며 말하곤 했다. 가을에 지급된 방독면들

1 쥘 씨가 운영하는 카페 겸 레스토랑의 이름으로 〈집시 아가씨〉라는 뜻이다. 이하 모든 주는 옮긴이의 주이다.

은 찬장 한쪽에 처박혀 신문 만평의 조롱거리가 되어 있었다. 사람들은 아무 의미 없는 의식을 치르듯 체념한 표정으로 대피소로 내려갔고, 비행기 없는 공습경보와 전투 없는 전쟁이 한없이 늘어졌다. 확실한 게 하나 있다면 그것은 적(敵)이었다. 항상 똑같은 적, 반세기 동안에 세 번째로 한판 붙으려고 하는 그 적이었는데, 이 적 역시도 목숨 걸고 싸움에 뛰어들 마음은 별로 없는 것 같았다. 심지어 참모부가 전선의 병사들에게……(이 대목에서 쥘 씨는 이게 얼마나 어처구니없는 일인지 강조하기 위해 검지를 발딱 세웠다) 채소밭을 가꿔도 된다고 허가하는 웃지 못할 일까지 일어났다. 「아, 정말이지…….」 그는 여기까지 말하고 한숨을 푹 내쉬었다.

그래서 실제적인 전투가 시작되자 — 비록 그의 취향에는 너무 멀리 떨어진 북부 유럽의 상황이긴 했지만 — 쥘 씨는 다시 활기를 띠었다. 그는 〈지금 연합군이 나르비크에서 히틀러를 쥐어 패고 있으니 일이 오래가지 않을 거야〉라고 모두에게 떠들어 댔고, 전쟁은 이미 끝난 거나 다름없다고 생각했으므로 그가 가장 즐겨 다루는 불만거리들에 다시 집중할 수 있었다. 인플레이션, 일간지 검열, 식전주 없이 지내야 하는 날들, 특별 배속 병사들에 대한 특혜, 독단적으로 행동하는 동네 통장들(특히나 그 늙다리 프로베르빌), 야간 통행금지 시간, 석탄 가격 등등. 그가 보기에는 필연적인 선택인 가믈랭[2] 장군의

---

2 Maurice G. Gamelin(1872~1958). 제2차 세계 대전 당시 프랑스의 총사령관. 탁월한 지장(智將)으로 알려졌으나, 제2차 세계 대전 초기에 제1차 세계 대전의 전술을 답습하고 결정적인 오판을 저질러 프랑스를 패전으로 이끌었다는 비판을 받는다.

전략 외에는 제대로 된 게 하나도 없었다.

「만일 놈들이 오게 되면, 벨기에를 통해서야. 뻔한 거 아니겠어? 우린 거기서 기다리고 있다가 박살 내면 돼!」

식초에 절인 대파 요리와 돼지 족발에 양의 위를 곁들인 요리를 나르던 루이즈는 한 손님이 입을 삐죽하는 것을 보았다.

「쳇, 뻔하긴 뭐가 뻔해?」

「이봐!」 쥘 씨가 카운터 쪽으로 돌아오며 고함쳤다. 「그럼 그들이 어디로 오겠나?」

그는 한 손으로 삶은 달걀 담는 그릇들을 한데 모았다.

「자, 여기가 아르덴이야. 절대로 못 뚫지!」

그리고 축축한 행주로 커다란 반원을 그었다.

「여기는 마지노선, 역시 절대로 못 뚫고! 자, 그럼 자네 생각엔 놈들이 어디로 올 것 같나? 벨기에밖에 없다고!」

이렇게 논증을 마친 그는 다시 주방으로 물러나며 구시렁댔다.

「빌어먹을, 이 정도는 장군이 아니라도 이해할 수 있는 거 아냐?」

루이즈는 이어지는 대화를 듣지 않았으니, 지금 그녀의 머릿속에 꽉 차 있는 것은 전략을 설명하는 쥘 씨의 손짓 발짓이 아니라 의사였기 때문이다.

20년 전부터 토요일마다 전면 유리창 옆의 똑같은 테이블에 앉는 그를 사람들은 〈의사 선생〉이라고 불렀다. 그는 루이즈와 몇 마디 이상을 나누는 법이 없었다. 〈안녕하세요〉, 〈고마워요〉 하며 항상 부드럽게 말했다. 그는 늘 정오경에 와서는 신문을 가지고 자리를 잡곤 했다. 그는 〈오늘의 디저트〉 말고는 고르는 법이 없었지만, 루이즈는 차분하고도 부드러운 목소리인 그의 주문을 받는 것을 중요한 의무로 여겼다.

그는 신문을 읽기도 하고, 거리를 내다보기도 하고, 먹기도 하고, 물병을 비우기도 하다가, 루이즈가 금전 등록기를 정리하는 2시경이 되면 자리에서 일어나서는 읽고 있던 『파리수아르』를 접어 테이블 한쪽에 놓은 다음, 팁 접시에 동전을 올려놓고 작별 인사를 한 뒤 레스토랑을 나갔다. 지난 9월에 총동원령으로 이 카페 겸 레스토랑이 들썩였을 때도, 의사는 이 판에 박힌 습관을 조금도 바꾸지 않았다.

그런데 갑자기 4주 전, 루이즈가 살짝 구운 아니스크렘[3]을 가져다주는데, 그가 미소를 짓더니 그녀 쪽으로 슬며시 고개를 기울이며 한 가지 부탁을 하는 거였다.

만일 그가 동침을 제안했다면 루이즈는 접시를 내려놓고 따귀를 한 대 갈기고는 차분하게 다시 서빙을 시작했을 것이고, 쥘 씨가 가장 오래된 단골 하나를 잃는 것으로 끝났을 것이다. 하지만 그게 아니었다. 물론 그것은 성적인 부탁이 맞기는 했지만, 그것은…… 글쎄, 어떻게 표현해야 좋을까?

「당신의 벗은 모습을 보고 싶소.」 그가 말했다. 「딱 한 번만. 그냥 보기만 하고 다른 것은 안 해요.」

깜짝 놀란 루이즈는 어떻게 대답해야 할지 알 수 없었다. 마치 무슨 잘못을 저지른 것처럼 얼굴이 새빨개진 그녀는 입을 열었지만 아무 말도 나오지 않았다. 의사의 눈은 벌써 신문으로 돌아가 있었다. 루이즈는 지금 자기가 꿈을 꾸고 있는 게 아

---

3 아니스는 미나릿과 식물로 그 뿌리는 향신료로 쓰이며, 아니스크렘은 아니스 향을 첨가하여 구운 크림 요리이다.

닌가 자문했다.

서빙하는 내내 그녀는 그 이상한 제안에 대해 생각해 봤다. 처음에는 어리벙벙했다가 곧 화가 치밀었지만, 반응하기에는 너무 늦었다는 생각이 어렴풋이 들었다. 제안을 듣는 순간 곧 바로 두 주먹을 골반에 대고 테이블 앞에 딱 버티고 서서는 모든 이가 보는 앞에서 큰 소리로 창피를 줬어야 했다. 속이 부글부글 끓어올랐다. 접시 하나가 손에서 미끄러져 타일 바닥에 부서지자 더 이상 견딜 수 없었다. 그녀는 홀로 달려 나갔다.

의사는 떠나고 없었다.

그의 신문이 접힌 채로 테이블 언저리에 놓여 있었다.

그녀는 그것을 홱 집어 들어 휴지통에 던져 버렸다. 「야, 루이즈, 왜 그래?」 의사의 『파리수아르』나 손님들이 놓고 간 우산을 전리품으로 여기는 쥘 씨가 살짝 화를 냈다.

그러고는 신문을 다시 꺼내어 손바닥으로 문질러 펴면서 어리둥절한 눈으로 루이즈를 쳐다보았다.

루이즈는 10대 소녀였을 때부터 쥘 씨가 주인이자 주방장이기도 한 라 프티트 보엠에서 토요일마다 서빙 일을 해왔다. 쥘 씨는 체격이 건장하고, 동작은 느릿느릿하고, 귓속에는 털이 정글처럼 수북하고, 턱은 약간 안으로 들어가고, 무겁게 늘어진 콧수염에 입술은 거의 보이지 않는 사내였다. 그는 항상 낡아 빠진 펠트 실내화를 끌고 다녔고 둥그런 검은 베레모를 대머리 위에 쓰고 있었다. 머리가 벗겨진 게 자랑스러운 사람은 아무도 없는 것이다. 그는 약 서른 석이 마련된 식당의 요리를 도맡았다. 〈파리식 요리야!〉라고 검지를 치켜들고 말하곤 하는 그는 자기 요리에 애착이 많았다. 제공되는 요리는 한 번에

한 가지밖에 없었다. 「집에선 다 그렇지 않아? 만일 여러 가지 고를 수 있는 데를 원한다면, 길 건너편으로 가면 돼.」 그의 주방 일은 약간의 신비에 싸여 있었다. 항상 카운터 뒤에서 어정대고 있는 것 같은 이 육중하고도 굼뜬 사내가 어떻게 그 많은, 그리고 맛도 꽤 괜찮은 요리를 만들어 낼 수 있는지 아무도 이해할 수 없었다. 식당은 비는 법이 없었고, 저녁과 일요일에도 영업을 할 수 있었으며, 심지어는 확장할 수도 있었지만, 쥘 씨는 항상 거부해 왔다. 그는 〈문을 너무 크게 열어 놓으면, 어떤 놈이 들어올지 모르는 법이야〉라고 말하면서, 〈거기에 대해선 내가 뭘 좀 알지……〉라고 덧붙이곤 했는데, 이 수수께끼 같은 문장은 마치 어떤 예언처럼 공중에 한참 머물러 있고는 했다.

이제는 아무도 기억하지 못하는 그의 아내가 마르카데 거리의 숯장수의 아들과 도망친 해, 그는 루이즈에게 홀 서빙 일을 좀 도와 달라고 부탁했다. 이렇게 이웃을 돕기 위해 시작한 일이 루이즈가 초등 교원 사범 학교에서 공부하던 때까지 이어졌다. 이후 루이즈는 거기서 아주 가까운 당레몽가(街)의 시립 초등학교에 임용되었지만, 습관을 조금도 바꾸지 않았다. 그는 그녀에게 직접 일당을 건네주었다. 우수리는 십 단위로 채워서 주었지만, 마치 그녀가 요구하는 돈을 마지못해 주는 것처럼 뚱한 표정이었다.

그녀는 의사를 아주 오래전부터 알아 온 듯한 느낌이었다. 따라서 그가 자신의 알몸을 보기 원한다는 사실보다도, 자신이 성장하는 것을 지켜봐 왔다는 사실이 더 비윤리적으로 느껴졌다. 그의 요구가 왠지 근친상간적으로 느껴졌던 것이다. 더구나 그녀는 최근에 어머니를 잃은 몸이 아닌가. 고아가 된 여자에게 어떻게 그런 것을 제의할 수 있단 말인가? 하지만 사실 벨몽 부인은 일곱 달 전에 사망했고, 그녀가 더 이상 상복을 입지 않게 된 지도 벌써 여섯 달째였다. 그녀는 자신이 내세우는 이유가 너무 빈약하다고 느끼며 얼굴을 찌푸렸다.

루이즈는 그런 늙은이가 대체 무슨 생각으로 자신의 벗은 모습을 보려고 하는지 도무지 이해가 되지 않았다. 그녀는 옷을 벗고 방 안의 전신 거울 앞에 섰다. 서른 살의 그녀는 편평한 배와 밝은 갈색의 부드러운 거웃을 가지고 있었다. 그녀는 몸을 옆으로 살짝 돌려 보았다. 너무 작은 듯한 자신의 젖가슴이 마음에 든 적은 한 번도 없었지만, 엉덩이는 괜찮게 느껴졌다. 어머니처럼 갸름한 얼굴에는 오똑한 광대뼈, 반짝이는 푸른 눈, 그리고 약간 튀어나온 예쁜 입술이 자리 잡고 있었다. 역설적이게도 이 육감적인 입술이 가장 먼저 눈에 들어오는 것은 그녀가 미소를 짓지 않거나 수다를 떨고 있지 않을 때였다. 게다가 어렸을 때부터 그녀는 수다스러웠던 적이 없었다. 동네 사람들은 이런 과묵함을 그녀가 어린 시절부터 시련을 많이 겪은 탓이라고 생각했다. 1916년에는 아버지가, 그리고 1년 후에는 삼촌이 죽었으며, 우울증에 걸린 어머니는 시간 대부분을 창가에서 마당을 응시하며 보냈다. 또 처음으로 루이즈에게 따스한 시선을 보내 준 남자는 포탄 파편에 얼굴 반쪽이 날아가 버린 1차 대전의 퇴역 군인이었으니, 이게 어떻게 제대로 된 어린 시절이라 하겠는가?

루이즈는 예쁜 아가씨였지만, 스스로는 결코 그 사실을 받아들이려 하지 않았다. 〈나보다 훨씬 예쁜 여자들이 수십 명은 돼〉라고 그녀는 속으로 중얼거리곤 했다. 그녀는 남자들에게 인기가 많았지만 〈여자는 다 인기가 많은 법이니까 그건 아무 의미가 없어〉라고 생각했다. 여교사인 그녀는 접근하는 동료들과 상관들을 끊임없이 뿌리쳐야 했다. 이들은 복도에서 그녀의 엉덩이를 슬쩍슬쩍 만지곤 했는데, 당시에 이런 행동은 조금도 특별하지 않았고 어디에서나 일어났다. 그녀 주위에는 구애자들이 끊이지 않았다. 그중 하나가 아르망이었다. 5년 동안 가진 관계였다. 그런데 잠깐, 그들은 그냥 사귄 게 아니고 정식으로 약혼한 사이였다! 루이즈는 자신의 평판을 이웃들에게 먹잇감으로 던져 주는 종류의 여자가 아니었다. 약혼식은 굉장했다. 벨몽 부인은 현명하게도 아르망의 어머니가 손님 접대, 건배, 축사 등 모든 것을 하도록 놓아뒀다. 초대받은 손님은 예순 명이 넘었고, 이 가운데는 연미복 차림(나중에 루이즈는 그가 이 옷을 어느 연극 의상점에서 빌려 왔다는 사실을 알게 되었는데, 그가 주방에서 나올 때 그러는 것처럼 연신 추어올리는 바지를 제외하곤 여기저기가 꽉 죄었다)의 췰 씨도 있었다. 뾰족한 에나멜 구두를 신어 전족을 한 중국 여자 꼴이 된 그는 홀을 빌려주기 위해 레스토랑을 닫았다는 구실로 집주인처럼 잔소리를 해댔다. 루이즈는 개의치 않았으니, 그녀는 아기를 갖기 위해 빨리 아르망과 동침할 생각밖에 없었다. 그러나 아이는 생기지 않았다.

이 관계는 오래 계속되었다. 동네 사람들은 이해하지 못했다. 결국 사람들은 두 약혼자를 곱지 않은 눈으로 보게 되었다. 결혼하지 않고 3년을 같이 지낸다는 것은 있을 수 없는 일이었다. 아르망은 결혼을 요구하고, 심지어는 닦달하기까지 했지만, 루이즈는 생리가 멈춰야 승낙할 생각으로 매달 뒤로 연기했다. 여자들 대부분은 결혼 전에 임신하지 않게 해달라고 하늘에 기도했지만, 루이즈는 정반대로 아기가 없으면 결혼도 안 된다는 거였다. 하지만 아이는 생기지 않았다.

절망한 루이즈는 마지막 시도를 해봤다. 자신들은 아이를 가질 수 없으므로, 고아원에 가서 하나 데려오자는 거였다. 세상에는 불행한 아이들이 너무 많잖아? 아르망은 이를 자신의 남성성에 대한 모욕으로 느꼈다. 「차라리 쓰레기통을 뒤지는 개를 데려오지 그래? 녀석도 불쌍하잖아?」 대화는 어그러졌다. 이런 일은 자주 일어났고, 그들은 마치 결혼한 부부처럼 싸웠다. 이 입양 얘기가 나온 날, 아르망은 격노하여 집으로 돌아가 다시는 오지 않았다.

루이즈는 안도했으니, 이 모든 게 그의 잘못이라고 생각했기 때문이었다. 둘 사이가 틀어진 일은 온 동네의 화젯거리가 되었다. 「아니, 그 애가 싫다는데 어떻게 할 거야!」 쥘 씨는 사람들에게 고함쳤다. 「그럼 자넨 본인이 싫다는데도 결혼시킬 건가?」 하지만 그는 루이즈를 따로 불러서는 이렇게 타일렀다. 「루이즈, 지금 네 나이가 몇이냐? 아르망은 괜찮은 애야. 무얼 더 바라냐?」 하지만 마치 주저하는 것처럼 아주 조그맣게 이 말을 했고, 그러고 나서는 이렇게 덧붙였다. 「애기, 애기…… 언젠가는 생긴다고! 그런 것은 시간이 좀 필요한 법이야!」 그리고 자기 주방으로 들어가면서 〈에잇! 이제 내 베샤멜소스만 망치면 아주 완벽하겠군!〉이라고 투덜거렸다.

그녀가 아르망에게서 가장 아쉬워한 것은 그가 아기를 주지 못했다는 것이었다. 그런데 그때까지만 해도 충족되지 못한 욕구였던 것이 하나의 강박 관념이 되었다. 그녀는 아기를 갈망하기 시작했다. 무슨 수를 써서라도, 어떤 대가를 치르고서라도 갖고 싶었다. 심지어는 이로 인해 자신이 불행해진다 해도 상관없었다. 유아차에 누운 젖먹이를 보기만 해도 가슴이 아렸다. 그녀는 자신을 저주하고, 증오하고, 한밤중에 소스라치며 잠에서 깨었다. 어떤 아이가 울부짖는 소리를 들었다고 확신하고는 황급히 침대에서 일어나 가구들에 몸을 부딪쳐 가며 복도를 달려가 문을 열곤 했다. 어머니는 〈루이즈, 꿈꾼 거니?〉라고 말하며 그녀를 품에 안아 준 다음, 마치 그녀가 아직도 어린 여자아이인 것처럼 침대까지 데려다주곤 했다.

집 안은 공동묘지처럼 쓸쓸했다. 처음에 그녀는 아기를 위해 꾸며 놓았던 방을 열쇠로 잠가 버렸다. 그러다가 다시 거기에 들어가 잠을 자곤 했다. 모포 하나만 덮고 바닥에서 잤는데, 엄마 몰래 그런다고 생각했지만 벨몽 부인은 알고 있었다.

열병에 걸린 듯한 딸의 모습에 가슴이 아픈 벨몽 부인은 자주 그녀를 껴안고 머리칼을 쓰다듬어 주면서 말하곤 했다. 나도 이해해, 아이를 낳는 것 외에 인생에서 성공하는 다른 방법들이 있어……. 하지만 자신은 아이를 낳아 봤으니까 그런 말을 쉽게 할 수 있는 것 아니겠는가.

「그래, 너무 불공평한 일이긴 해.」 벨몽 부인은 인정했다. 「하지만…… 어쩌면 자연은 네가 아이에게 아빠부터 찾아 주기를 바라는 게 아닐까?」

좀 순진한 표현이었다. 〈자연〉이라니……. 학교에서 그녀를 그렇게 짜증 나게 했던 헛소리들…….

「그래, 알아. 그런 말을 들으면 짜증이 나겠지. 내 말뜻은 말이야……. 일에는 순서가 있지 않냐는 거야. 먼저 남자부터 찾고 그다음에…….」

「나도 남자가 있었잖아!」

「네 짝이 아니었는지도 모르지.」

그러자 루이즈는 남자들을 사귀기 시작했다. 사람들 모르게 말이다. 그녀는 동네와 그녀의 학교에서 멀리 떨어져 있는 남자들과 여기저기서 동침했다. 어떤 청년이 버스에서 그녀에게 눈짓을 하면, 그녀는 도덕이 허용하는 범위 내에서 은밀히 화답했다. 이틀 후에는 눈을 감고서 천장의 균열에 정신을 집중한 채로 조그맣게 신음을 발했고, 바로 다음 날부터 다음번 생리일을 기다리기 시작했다. 그녀는 아이를 생각하면서 〈이 애 때문에 온갖 일이 일어날 수도 있어〉라고 중얼거리곤 했다. 마치 고난의 약속이 임신을 돕는 것처럼 말이다. 그녀는 일종의 만성 질환에 걸린 것이었고, 자신도 그 사실을 알고 있었다. 그녀는 항상 그 생각뿐이었다.

그녀는 성당에 가서 촛불을 켜고 용서를 받기 위해 있지도 않은 잘못들을 고백했으며, 젖을 물리는 꿈을 꾸었다. 애인 중 하나가 젖꼭지를 물면 그녀는 울기 시작했고, 그들 모두의 따귀를 갈기고 싶었다. 또 새끼 고양이를 한 마리 데려다 키웠다. 녀석의 몸이 더러운 것을 오히려 반기면서 씻기고, 빗기고, 물기를 말리며 시간을 보냈다. 하지만 이기적인 짐승은 곧바로 살이 찌고 까다로워졌고, 불임인 자신이 범했다고 상상하는 과오의 대가를 치르기에 딱 알맞은 녀석이 되었다. 잔 벨몽은 이 고양이는 재앙덩어리라고 불평했지만, 딸 앞에서는 아무 말도 못 했다.

이 브레이크 없는 질주에 지친 그녀는 의사의 진찰을 받기로 결심했다. 믿을 수 없는 진단이 나왔다. 반복된 나팔관염의 결과로 생긴 난관(卵管) 이상이며, 고칠 방법이 없다는 거였다. 그런데 공교롭게도 바로 그날 저녁에 고양이가 라 프티트 보엠 앞에서 차에 깔려 죽었다. 쥘 씨는 아주 시원하다고 말했다.

루이즈는 더 이상 남자들을 사귀지 않았고, 성마른 성격이 되었다. 밤이면 벽에 머리를 쿵쿵 찧어 대며 자신을 증오했다. 거울을 들여다보니 얼굴에 미세한 경련 같은 것들이 보이기 시작했다. 아이를 갖지 못하는 좌절감을 품고 사는 여자들이 보이는 그 불만스럽고 신경질적이고 예민한 표정 말이다. 그녀의 동료 에드몽드나 담배 가게 주인 크루아제 부인 같은 주위의 다른 여자들은 어머니가 되지 못하는 것을 조금도 신경 쓰지 않았다. 하지만 루이즈는 모욕받은 느낌이었다.

그녀의 은은한 분노는 남자들을 겁나게 했다. 전에는 그녀가 테이블 사이로 지나갈 때 서슴없이 슬쩍 만지곤 하던 손님들도 더 이상 그러지 못했다. 학교에서는 등 뒤에서 그녀를 〈모나리자〉라고 불렀는데, 그렇게 좋은 뜻으로 하는 말은 아니었다. 그녀는 자신의 여성성을 처벌하고 남자들의 접근을 막기 위해 머리를 아주 짧게 잘랐다. 그런데 역설적이게도 이런 헤어스타일이 그녀를 더욱 예쁘게 만들었다. 이따금 그녀는 이러다 자기가 아이들에 대한 혐오감에 사로잡히지나 않을까 두려웠다. 게노 부인, 그러니까 말을 듣지 않는 사내아이들을 칠판 앞으로 나오게 하여 바지를 벗기고, 중간 놀이 시간에 여자아이들이 시키는 대로 하지 않는다고 팬티에 오줌을 지릴 때까지 벌을 세우는 그 미친 교사처럼 말이다.

거울 앞에 벌거벗고 선 루이즈는 이런 생각들을 하고 있었다. 어쩌면 이제 남자들과의 관계가 없기 때문일 수도 있겠지만, 루이즈는 의사의 제안이 비록 비윤리적임에도 사실 기분이 좋았다는 것을 불현듯 깨달았다.

그다음 토요일, 그녀는 그래도 안도감을 느꼈다. 그도 이 상황이 말도 안 된다는 것을 느낀 듯, 다시 부탁하지 않은 것이다. 대신 상냥하게 미소 짓고, 음식을 서빙하고 물병을 가져다준 것에 감사를 표하고, 평소처럼 『파리수아르』에 빠져들었다. 지금껏 그를 관심 있게 쳐다본 적이 없던 루이즈는 이 틈을 타서 자세히 뜯어보았다. 지난주에 그녀가 즉각 반응하지 않았던 것은 그에게서 수상쩍거나 불안스럽게 느껴지는 점이 전혀 없었기 때문이었다. 주름지고, 길고, 지쳐 보이는 얼굴이었다. 그녀가 보기에 일흔 살쯤 되어 보였지만, 그녀는 나이 맞히는 일에 서툴러 틀리는 경우가 많았다. 먼 훗날, 그녀는 그가 〈에트루리아인 같다〉라고 느낀 것을 기억하게 될 것이다. 그녀가 자주 사용하는 표현이 아니었기 때문에 기억에 남았다. 그의 약간 구부러지고 우뚝한 코 때문에 〈로마인 같다〉라고 말하고 싶었던 것이다.

쥘 씨는 이제 곧 공산주의 프로파간다는 사형도 가능해질 거라는 소문에 흥분하여 토론을 확대할 것을 제의했다(「난 그들의 변호사들까지도 단두대로 보내 버릴 거야……. 아, 정말이야!」). 의사가 떠나려고 일어섰을 때, 루이즈는 옆 테이블을 치우고 있었다.

「물론 돈은 줄 거니까, 얼마나 원하는지 말씀하세요. 그리고 다시 말하는데, 그냥 쳐다보기만 하는 거예요. 다른 것은 전혀 없으니까, 걱정할 필요 없어요.」

그는 외투의 마지막 단추를 잠갔다. 그런 다음 모자를 쓰고 미소를 짓고는, 도망간 모리스 토레즈[4]에 대해 열을 올리고 있는(「그 짐승은 지금 모스크바에 있을 거야! 총살해야 해, 난 그 자를 총살해야 한다고 생각한다고!」) 쥘 씨에게 살짝 손짓하고는 차분하게 레스토랑을 나갔다. 더 이상은 이런 말을 듣지 않으리라 생각하고 있던 루이즈는 깜짝 놀라 쟁반을 떨어뜨릴 뻔했다. 쥘 씨가 눈길을 들어 올렸다.

「루이즈, 왜 그래?」

이어진 한 주 내내, 그녀는 분노가 다시 치밀었고, 그 분별 없는 늙은이에 대해 자신이 어떻게 생각하고 있는지 말해 버리고 싶었다. 그녀는 부글거리는 마음으로 토요일이 오기만을 기다렸지만, 막상 그가 레스토랑에 들어왔을 때 그의 모습은 너무나 노쇠하고 허약해 보였다……. 그녀는 서빙하는 내내 왜 자신의 분노가 그렇게 가라앉았는지 이유를 생각해 보았다. 그가 자신에 차 있었기 때문이었다. 그녀는 제안을 받고 당황해서 어쩔 줄 몰랐지만, 그는 전혀 의심하지 않는 듯한 기색이었다. 그는 미소를 짓고, 〈오늘의 메뉴〉를 주문하고, 신문을 읽고, 음식을 먹고, 값을 지불하고, 떠날 때가 되었을 때 이렇게 말했다.

「그래, 생각해 봤어요?」 그가 부드러운 목소리로 물었다. 「얼마나 원해요?」

루이즈는 쥘 씨를 흘깃 쳐다보았고, 이렇게 출입구 근처에

---

4 Maurice Thorez(1900~1964). 프랑스의 정치가로 1930년부터 사망할 때까지 프랑스 공산당을 이끌었다.

서 늙은 의사 선생과 나지막이 대화를 나누는 게 부끄럽게 느껴졌다.

「만 프랑.」 그녀는 마치 욕설을 내뱉듯이 말했다.

그러고는 얼굴을 붉혔다. 도저히 받아들일 수 없는 엄청난 액수였다.

그는 〈알겠어요〉라고 말하듯이 고개를 끄덕였다. 그런 다음 외투의 단추를 잠그고 모자를 썼다.

「그렇게 합시다.」

그리고 밖으로 나갔다.

쥘 씨가 물었다.

「의사 선생하고 무슨 문제가 있는 것은 아니겠지?」

「아뇨. 왜요?」

그는 애매한 몸짓을 해 보였다. 아니, 그냥 묻는 거야.

그녀는 액수가 너무 많아 겁이 났다. 근무를 마친 그녀는 만 프랑으로 할 수 있는 것들을 한번 적어 보았다. 그러면서 자신이 남자에게 돈을 받고 옷 벗는 일을 받아들이리라는 것을 깨달았다. 그녀는 창녀였다. 이렇게 생각하고 나니 오히려 마음이 편했다. 그것은 자신에 대해 품고 있는 관념과도 일치했다. 또 그녀는 스스로를 안심시키기 위해, 벗은 모습을 보여 주는 것은 병원에서 의사에게 하는 것과 마찬가지라고 생각하기도 했다. 그녀의 동료 중 하나는 어느 미술 학교에서 누드모델 일을 하는데, 그 일은 단지 지루할 뿐이며 감기 들면 어쩌나 하는 생각밖에 없다는 거였다.

그리고 만 프랑……. 아니, 이건 말도 안 되는 일이었다. 옷 한번 벗는 대가로는 당치 않은 액수였다. 그는 다른 것을 원하는 것임에 분명했다. 이 돈이면 그녀가 아니더라도……. 하지만 루이즈는 한 남자가 그만한 액수로 어떤 것을 요구할 수 있는지 전혀 알 수 없었다.

어쩌면 의사는 그녀와 같은 생각을 하고 있는지도 몰랐으니, 더 이상 그 얘기를 꺼내지 않았던 것이다. 그렇게 토요일이 한 번 지나갔다. 그리고 또 한 번 지나갔다. 세 번째 토요일도 그렇게 지나가자 그녀는 자문했다. 내가 너무 많은 돈을 요구한 것일까? 그는 보다 고분고분한 다른 여자에게 간 것일까? 그렇게 생각하니까 화가 났다. 그녀는 접시를 약간 거칠게 내려놓고 그가 부르면 목구멍에서 나는 소리만으로 퉁명스럽게 대답하는, 한마디로 자기가 고객이었다면 끔찍하게 여겼을 종류의 종업원으로 변한 자신을 발견했다.

그녀는 일을 마치고 행주로 테이블을 훔치고 있었다. 거기에서는 막다른 길인 페르가(街)에 있는 그녀의 집 앞면이 보였다. 거리 한 모퉁이에서, 의사가 느긋하게 기다리는 사람처럼 담배를 피우는 모습이 눈에 들어왔다.

그녀는 최대한으로 꾸물댔지만, 아무리 늦장을 부려도 일에는 언제나 끝이 있는 법이다. 그녀는 외투를 걸치고 밖으로 나왔다. 의사가 지쳐서 가버렸으면 하는 막연한 바람도 있었지만, 그럴 리가 없다는 것을 잘 알고 있었다.

그녀는 그의 앞으로 걸어갔다. 그는 그녀에게 친절한 미소를 지었다. 그는 레스토랑에 있을 때보다 훨씬 왜소하게 느껴졌다.

「루이즈, 어디서 했으면 좋겠어요? 당신 집에서? 아니면 우리 집에서?」

그의 집이라니, 당치도 않는 소리였다. 너무 위험했다.

또 그녀의 집도 안 됐다. 자신이 어떤 여자로 보이겠는가? 이웃들이……. 그녀에게 이웃은 거의 없었지만, 이것은 원칙의 문제였다. 그러니까 안 된다.

그는 호텔을 제안했다. 그곳은 매춘에 적당한 것처럼 느껴졌고, 그녀는 받아들였다.

그는 그녀의 대답을 예상하고 있었던 듯, 수첩에서 뜯어낸 종이 한 장을 건넸다.

「금요일 어때요? 저녁 6시경에? 내가 티리옹이라는 이름으로 예약해 놓을게요. 그 종이에 쓰여 있어요.」

그는 다시 두 손을 호주머니에 찔러 넣었다.

「승낙해 줘서 고마워요.」 그가 덧붙였다.

루이즈는 잠시 종이를 들고 서 있다가, 그것을 핸드백에 쑤셔 넣고는 집으로 돌아왔다.

그다음 한 주는 너무나 힘들었다.

갈 것인가, 말 것인가? 그녀는 낮에는 생각을 열 번은 바꿨고, 밤에는 스무 번은 바꿨다. 만일 일이 고약하게 끝난다면? 그가 준 주소는 파리 14구의 아라공 호텔이라는 곳이었고, 목요일에 그녀는 어떤 곳인지 가보았다. 막 건물 앞에 이르렀는데, 사이렌이 요란하게 울리기 시작했다. 공습경보였다. 그녀는 피신할 곳을 눈으로 찾았다.

「자, 이리 와요!」

호텔에서 고객들이 무겁고도 짜증 어린 걸음걸이로 한 줄로 나오는데, 한 노파가 그녀의 팔을 잡고는 자 여기예요, 이쪽 문으로 들어가요, 하며 인도했다. 계단을 내려가니 지하실이 나왔고, 사람들은 촛불을 밝혔다. 그녀에게 방독면이 없는 것을 보고 아무도 놀라지 않았으니, 그들도 두 사람 중 한 사람은 없었던 것이다. 아마도 식사 한 끼를 제공하는 반(半)기숙 형태의 호텔인 모양으로, 사람들은 서로를 알고 있었다. 그들은 처음에는 루이즈의 얼굴을 유심히 쳐다봤지만, 비대한 뱃살이 바지 밖으로 흘러나온 한 남자가 카드 한 벌을 꺼내고 한 젊은 커플이 체스 판을 꺼내자, 더 이상 아무도 그녀에게 관심을 두지 않았다. 호텔 여주인만이, 그러니까 얼굴은 새같이 생겼고, 만틸라[5]로 덮은 머리칼은 가발처럼 의심적은 검은색이며, 회색 눈은 딱딱하고, 가냘픈 몸은 바짝 말라 있는 — 그녀가 앉았을 때, 루이즈는 그녀의 치마 아래로 뾰족하게 튀어나온 무릎을 분간할 수 있었다 — 노파만이 그녀를 유심히 쳐다보고 있었다. 여기에서는 새로운 얼굴을 보는 게 자주 있는 일이 아니기 때문이었다. 공습경보는 오래 계속되지 않았고 사람들은 다시 위로 올라갔다. 〈자, 먼저 숙녀분들부터!〉라고 뚱뚱한 사내가 말했는데, 그는 매번 이렇게 말하며 스스로 신사가 된 듯한 기분을 느끼는 모양이었다. 아무도 루이즈에게 말을 걸지 않았다. 그녀는 호텔 여주인에게 감사를 표했고, 노파는 멀어져 가는 그녀의 뒷모습을 지켜보았다. 그녀의 시선을 느낀 루이즈가 고개를 돌렸지만 거리는 텅 비어 있었다.

다음 날은 시간이 엄청나게 빨리 지나갔다. 그녀는 가지 않

5 스페인 여자들이 머리에 쓰는 긴 스카프.

겠다고 결정했지만, 학교에서 돌아와서는 옷을 차려입었다. 그리고 오후 5시 반에 떨리는 마음으로 집을 나섰다.

그렇게 정원 문을 나서던 그녀는 다시 돌아와 주방의 서랍을 열고는 고기 써는 나이프 하나를 핸드백 속에 챙겨 넣었다.

호텔 프런트에서 여주인은 그녀를 알아보고는 놀란 표정을 지었다.

「티리옹.」 루이즈는 간단하게 말했다.

노파는 그녀에게 열쇠를 건네고는 층계를 가리켰다.

「3층 311호예요.」

루이즈는 금방이라도 토할 것 같았다.

모든 게 평온하고도 조용했다. 그녀는 한 번도 호텔에 와본 적이 없었다. 거기는 그녀 같은 사람이 가는 곳이 아니었다. 벨몽 모녀에게 호텔은 부자들, 혹은 바캉스를 즐기거나 유행에 따라 사는 사람들이나 가는 곳이었다. 〈호텔〉은 〈팰리스〉와 동의어인 이국적인 단어였고, 약간 특별한 방식으로 발음하면 〈사창가〉의 동의어이기도 했는데, 둘 다 그들이 드나들 수 있는 종류의 장소가 아니었던 것이다. 그런데 지금 루이즈는 바로 거기에 있었다. 복도에 깔린 카펫은 낡았지만 청결했다. 계단을 올라오느라 숨이 찬 그녀는 노크할 용기를 구하며 한동안 문 앞에 서 있었다. 어디선가 소리가 들렸고, 겁이 난 그녀는 손잡이를 잡아 돌리고 안으로 들어갔다.

의사는 마치 어떤 대기실에서 기다리는 사람처럼 외투 차림으로 침대에 앉아 있었다. 그는 차분했는데, 끔찍할 정도로 늙은 모습이었다. 칼을 사용할 필요는 전혀 없을 것 같았다.

「안녕, 루이즈.」

그의 목소리는 부드러웠다. 그녀는 목이 꽉 막혀 아무 말도 할 수 없었다.

방에는 침대 하나, 조그만 탁자 하나, 의자 하나, 그리고 서랍장이 하나 있었는데, 그 위에 두툼한 봉투가 놓여 있었다. 의사는 친절한 미소를 옅게 머금으며 그녀를 안심시키려는 듯이 머리를 옆으로 살짝 기울였는데, 그녀는 이미 두려움이 가신 뒤였다.

여기까지 오는 동안 그녀는 몇 가지 결심을 했다. 먼저 자신은 합의된 행위만을 할 거라고 못 박을 거였다. 절대로 자신을 건드려서는 안 되고, 만일 그게 목적이었다면 곧바로 떠난다고 말이다. 그리고 돈을 세어 볼 거였다. 사기당하고 싶지는 않았기 때문에…… 그런데 이렇게 너무나 좁은 방 안에 있게 되니 자신이 상상했던 시나리오는 적용할 수 없으며, 모든 게 단순하고도 차분하게 진행되리라는 것을 깨달았다.

그녀는 잠시 제자리에서 머뭇거렸고, 아무 일도 일어나지 않았으므로, 마치 힘을 얻으려는 듯이 봉투 쪽을 힐긋 본 뒤, 한 걸음 뒤로 물러서서는 문에 달린 옷걸이에 외투를 건 다음 신발을 벗었다. 그리고 잠깐 망설인 후에 두 팔을 머리 위로 올려 원피스도 벗었다.

그가 차라리 옷 벗는 것을 도와주고 어떻게 해야 할지 말해주었으면 하는 심정이었다. 방 안에는 뭔가 불투명하면서도 윙윙대는 듯한 정적이 감돌았다. 한순간 스르르 힘이 빠지면서 실신할 것만 같았다. 만일 실신하면 그가 그 기회를 이용할까?

그녀는 서 있고 그는 앉아 있었지만, 이러한 위치는 그녀에게 전혀 유리하지 않았다. 그의 힘은 그의 무기력함 자체에서 나오고 있었다.

그는 그저 그녀를 쳐다보기만 하면서 기다리고 있었다.

이제 그녀가 속옷만 걸친 차림이 되자, 그는 오히려 자신이 추운 것처럼 두 손을 외투 호주머니에 집어넣었다.

그녀는 마음을 가라앉히고자 그에게서 자신이 아는 레스토랑 고객의 낯익은 모습을 찾으려 해보았지만 허사였다.

이렇게 어색하고도 너무나 길게 느껴지는 1~2분이 흐른 후, 그녀는 뭐라도 해야 했기에 두 손을 등 뒤로 하여 브래지어를 풀었다.

남자의 시선은 어떤 빛에 이끌리듯이 그녀의 젖가슴 쪽으로 올라왔다. 그의 표정은 조금도 바뀌지 않았지만, 그녀가 느끼기에는 모종의 감동 같은 것이 그의 얼굴에 어른거리는 것 같았다. 그녀도 자신의 젖무덤을, 그 장밋빛 유륜들을 내려다보았다. 막연한 고통이 밀려왔다.

그녀는 빨리 끝내고 싶었다. 그래서 결심을 하고는 팬티를 벗어 바닥에 떨어뜨렸다. 두 손은 어디에 두어야 할지 몰랐으므로 등 뒤로 가져갔다.

노인의 눈은 부드럽게 애무하듯이 천천히 아래로 내려와 그녀의 배 아래에 이르렀다. 그렇게 기나긴 몇 초가 지나갔다. 그가 대체 무엇을 느끼고 있는지 알 수 없었다. 다만 그의 얼굴과 존재 전체에서 무어라 말하기 힘들고 무한히 슬픈 무언가가 느껴질 뿐이었다.

그녀는 몸을 돌려야 한다는 것을 본능적으로 깨달았다. 어쩌면 너무나도 처절한 면이 있는 이 상황을 벗어나고 싶었던 것인지도 모른다.

그녀는 왼발을 축으로 하여 몸을 돌렸고, 약간 삐딱하게 걸린 채 서랍장 위의 벽을 꾸미고 있는 바다 풍경 판화를 잠시 응시했다. 그의 시선이 자신의 엉덩이에 와 닿는 듯한 느낌이 들었다.

그가 손을 뻗어 거기를 만지지나 않을까 하는 생각에 불안해진 그녀는 그가 있는 쪽으로 몸을 돌렸다.

이때 그는 호주머니에서 권총을 빼 들고 있었고, 자신의 머리에 대고 한 발을 쐈다.

사람들은 벌거벗은 몸을 힘없이 웅크리고서 간헐적으로 떠는 루이즈의 모습과 마치 선잠을 자듯이 발을 바닥 위로 몇 센티미터 띄운 채 침대에 모로 누워 있는 노인을 발견하게 되었다. 다만 노인은 루이즈가 몸을 돌리는 것에 놀라 발사하는 순간 총구를 아래로 내린 모양이었다. 얼굴의 반이 날아갔고, 침대 커버 위로 피 얼룩이 넓게 번져 있었다.

사람들은 경찰을 불렀다. 옆방에서 투숙객 하나가 달려왔다. 실오라기 하나 안 걸친 젊은 여자라서 그는 어디를 잡아야 할지 몰랐다. 팔을 잡고 부축해야 하나? 아니면 다리? 조그만 방 안은 매캐한 화약 냄새로 꽉 차 있었지만, 가장 인상적인 것은 바닥을 뒤덮은 피였다.

그는 침대 쪽을 쳐다보지 않으려 애쓰면서 루이즈 옆에 쭈그리고 앉아 그녀의 어깨에 손을 얹었다. 살이 차디찬 것이 마치 돌처럼 느껴졌지만, 그녀는 바람에 펄럭이는 빨래처럼 격렬히 경련해 가며 몸을 떨었다.

그는 겨드랑이 밑을 잡아 가까스로 일으켜 세웠고, 그녀가 쓰러지지 않도록 있는 힘을 다해 버텼다.

「자, 자.」그가 말했다.「이제 괜찮아요.」

그녀는 침대 위에 누워 있는 노인 쪽으로 시선을 내렸다.

그는 아직도 숨을 쉬고 있었다. 마치 어떤 이상한 소리를 듣고는 그게 어디서 들려오는 것인지 자문해 보는 사람처럼 눈꺼풀을 벌렸다 닫았다 하며 천장을 응시하고 있었다.

그 순간 루이즈는 넋이 나가 버렸다. 그녀는 끔찍한 비명을 지르면서, 발악하는 고양이와 함께 자루에 갇혀 버린 마녀처럼 몸부림을 쳤다. 그녀는 방을 나와 층계를 뛰어 내려갔다.

지상층에는 사람들이 모여 있었다. 총성에 놀라 달려온 투숙객들과 이웃들은 벌거벗은 루이즈가 튀어나와 비명을 지르며 사람들을 밀치는 모습을 보았다.

그리고 호텔 문 밖으로 나가는 것도 보았다.

몇 걸음 만에 몽파르나스 대로에 이른 그녀는 달리기 시작했다.

행인들이 본 것은 벌거벗은 여자가 아니라, 피범벅이 된 몸으로 공포에 찬 눈을 하고서 비틀비틀 갈지자로 달리는 어떤 유령이었다. 사람들은 그녀가 갑자기 길을 건너지나 않을까, 차에 깔리지나 않을까 걱정이 됐다. 버스는 급정거를 했고, 한 남자가 단 위에서 호각을 불었으며, 사방에서 경적이 울렸지만, 그녀는 아무것도 듣지 못했다. 그저 맨발로 종종걸음을 칠 뿐이었고, 마주치는 행인들은 입을 딱 벌렸다. 그녀는 보이지 않는 어떤 곤충 떼를 쫓으려는 듯 계속 두 팔을 휘두르며, 여기서는 어떤 가게의 진열창을 따라가다가, 조금 뒤에는 버스 정류장을 에두르기도 하며 구불구불 보도 위를 걸었다. 그렇게 휘청휘청 나아가면 사람들이 옆으로 물러섰다. 어떻게 해야 할지 아무도 알지 못했다.

대로 전체가 술렁거렸다. 저 여자 누구야, 한 사람이 물으면, 미친 여자야, 어디에서 도망쳤겠지, 붙잡아야 해, 하고 누군가가 대답했다. 하지만 루이즈는 벌써 그들을 지나 몽파르나스 교차로 쪽으로 향하고 있었다. 아직 몹시 추운 날씨였고, 그녀의 몸 여기저기에 푸른 반점들이 나타나기 시작했다. 완전히 미친 여자의 얼굴이었고, 부릅뜬 두 눈은 금방이라도 밖으로 튀어나올 것 같았다.

보도에는 아파트 수위처럼 머리에 터번을 쓴 여윈 노파가 서 있었는데, 루이즈를 보자 아마 비슷한 나이일 자신의 증손녀가 생각났다.

「그녀는 갑자기 멈춰 섰어요. 마치 어디로 가야 하나 생각하는 것 같았죠. 나는 지체 없이 외투를 벗어 그녀의 어깨를 덮어주었어요. 그러니까 나를 쳐다보더니만, 거기, 내 앞에 풀썩 쓰러지는 거예요. 난 어떻게 그녀를 부축해야 할지 몰랐는데, 다행히도 사람들이 나를 도와줬어요. 그 가엾은 아가씨는 몸이 꽁꽁 얼어 있었답니다…….」

그녀 주위에 모여든 사람들이 경찰의 눈길을 끌었다. 순경하나가 자전거를 보도에 세워 놓고, 바글대며 논평을 주고받는 사람들을 팔꿈치로 헤치고는 도착했다.

그는 외투 아래로는 알몸인 것처럼 보이는, 피 묻은 팔뚝으로 얼굴을 훔치면서 마치 출산하는 여자처럼 가쁜 숨을 몰아쉬는 젊은 여자를 발견했다.

고개를 든 루이즈의 눈에 먼저 케피[6] 모자가, 그다음에는 제복이 들어왔다.

그녀는 범죄자이고, 지금 체포된 것이었다.

그녀는 겁에 질려 주위를 둘러보았다.

섬광이 번쩍하면서 그녀는 다시 총성을 들었고, 화약 냄새를 맡았다. 피의 커튼이 하늘에서 내려오며 그녀를 세상으로부터 고립시켰다.

그녀는 두 팔을 뻗으며 울부짖었다.

그리고 기절했다.

6 프랑스에서 경찰이나 기동 헌병대원이 쓰는 앞 챙이 있는 원통 형태의 모자.

# 2

 스무 개씩 줄을 맞춰 늘어놓은 필터들은 마치 통통한 스테인리스 통들처럼 보였다. 하지만 커다란 우유 단지 같은 그것들의 후덕한 모습은 가브리엘을 전혀 안심시키지 못했다. 독가스 공격으로부터 보호해 주기로 되어 있는 이 필터들이 그에게는 불안에 바짝 얼어붙은 초병들일 뿐이었다. 수백 개의 요새와 벙커로 이루어져, 독일의 침공에 맞서기로 되어 있는 마지노선은 가까이서 보면 끔찍이도 허술하게 느껴졌다. 이 방어선에서 가장 중요한 구조물 중의 하나인 〈르 마옝베르그〉마저도 노인네의 약점[7]이 있었다. 이 안에 있는 군인들은 총알과 포탄을 피할 수 있지만, 모조리 질식사할 수 있는 것이다.

 「오, 또 여기 계신가요, 하사님?」 당직 경비병이 비아냥대는 투로 물었다.

 가브리엘은 두 손바닥을 바지에 문질렀다. 서른 살의 그는

---

 7 마지노선을 이루는 요새와 벙커는 참호전이 방어 전략의 중심을 이루던 제1차 세계 대전에 대응하여 축조되었기 때문에, 새로운 전술이 요구되는 시점에서는 〈노인네〉로 볼 수 있다.

갈색 머리와 항상 놀란 얼굴처럼 보이게 하는 뚱그런 눈의 소유자였다.

「아니, 그냥 지나가고 있었어…….」

「아, 물론 그렇겠죠.」 병사는 멀어져 가며 말했다.

그가 경계 근무를 설 때마다, 이 젊은 하사는 항상 〈지나가고〉 있었다.

가브리엘은 이 필터들을 보러 오지 않고는, 또 그것들이 아직 거기 있는지 확인하지 않고는 배기지를 못했다. 랑드라드 병장은 일산화탄소와 비화수소를 감지하는 시스템이 얼마나 초보적이고 단순한지 그에게 설명해 준 바 있었다.

「사실 모든 것은 초병들의 후각에 달렸어. 그들이 감기에 걸리지 않기만을 빌어야겠지.」

공병대 소속인 라울 랑드라드는 전기공이었다. 그는 나쁜 소식들을 알렸고, 유독한 소문들을 체념 어린 표정으로, 하지만 아주 자세하게도 퍼뜨리고 다녔다. 가브리엘이 얼마나 화학 무기 공격을 무서워하는지 잘 아는 그는 자신이 입수한 정보를 하나도 빠짐없이 그에게 전했다. 마치 일부러 그러는 것 같았다. 바로 그 전날만 해도,

「필터는 포화되면 계속 새것으로 교체하게 되어 있어. 하지만 내가 한 가지는 분명히 얘기할 수 있지. 요새 전체를 보호할 수 있을 만큼 필터를 빨리 갈아 끼우지는 못한다고 말이야. 이건 내가 장담해.」

그는 좀 특이한 친구였다. 불그레한 금발의 타래 하나가 마치 쉼표처럼 이마를 가로지르고, 양쪽 입가는 아래로 처졌고, 입술은 면도날처럼 얄브스름한 그가 가브리엘은 조금 무섭게

느껴졌다. 넉 달 전부터 같은 내무반을 사용하고 있는 그는 가브리엘이 르 마앵베르그에 처음 왔을 때부터 느꼈던 불안감을 체현했다. 가브리엘에게 이 거대한 지하 요새는 일종의 위협적인 괴물, 참모부가 제물로 보내는 모든 것을 삼킬 준비가 되어 있는 딱 벌어진 아가리처럼 느껴졌다.

발전기들의 끊임없는 소음, 그러니까 그 철판들이 마치 미친놈이 울부짖는 것처럼 진동하며 내는 소리와 만성적인 습기에 섞인 경유 냄새 속에서, 9백 명이 넘는 병사들은 수만 세제곱미터의 콘크리트 아래에 묻힌 수 킬로미터의 지하 통로를 쥐새끼처럼 돌아다니며 살고 있었다. 르 마앵베르그에 들어서면 몇 미터 앞부터 낮의 빛은 사라졌고, 대대로 내려오는 프랑스의 오랜 적이 출현할 경우 반경 25킬로미터 주변에 145밀리미터 포탄을 발사할 준비가 되어 있는 벙커들로 통하는 궤도차가 끔찍한 소리를 내며 돌아다니는, 길고 컴컴한 통로만이 희미하게 분간되었다. 하지만 적은 아직 나타나지 않고 있었으므로 탄약 상자를 쌓고, 열고, 분류하고, 옮기고, 확인하고, 정리하기를 반복했으니, 이 일 외에는 무엇을 해야 할지 몰랐기 때문이었다. 〈지하철〉이라고 불리는 이 궤도차는 수프를 데우는 커다란 들통들을 운반할 때 말고는 사용되는 법이 없었다. 병사들은 〈포위되고 완전히 고립되어 구조될 가망성이 없다 할지라도, 절대로 물러설 생각을 하지 말고 탄약이 다 떨어질 때까지 저항하라〉는 명령을 기억하고 있었지만, 대체 어떤 상황이 병사들에게 그런 극단적인 선택을 강요하게 될지 좀처럼 상상이 되지 않았다. 그들은 조국을 위해 죽기를 기다리며 옛 같은 나날을 보내고 있었다.

가브리엘은 전쟁이 일어나는 게 두렵지 않았다. 여기서는 아무도 그걸 두려워하지 않았으니, 마지노선은 난공불락으로 여겨졌기 때문이었다. 하지만 그는 당직 근무, 통로를 따라 놓인 접이식 탁자들, 비좁은 내무반, 그리고 식수 제한과 더불어 이곳을 잠수함의 내부처럼 느껴지게 하는 이 좁아터지고 답답한 분위기가 너무나 견디기 힘들었다.

그는 빛이 그리웠다. 지시에 따라 그는 다른 이들과 마찬가지로 하루에 세 시간씩만 빛을 볼 수 있었다. 바깥에서는 아직 공사가 끝나지 않았으므로 콘크리트 반죽을 쏟아붓고, 적 탱크의 진격을 늦추기 위한 철조망을 수백 킬로미터에 걸쳐 설치하고 있었다(농부들을 불편하게 하거나, 과수원을 침범할 수 있는 곳은 제외했는데, 적군이 농업 활동을 존중하거나 과일과 채소를 좋아해서 그 지역은 우회하리라고 상상하는 모양이었다). 또 그들은 철로의 침목들을 땅에 수직으로 박으라는 지시를 받기도 했다. 단 하나뿐인 적재기가 다른 곳으로 차출되거나 레일 박는 기계가 또다시 고장을 일으켰을 땐 모래 정도나 팔 수 있는 야전삽을 사용하여 사역 시간 동안 레일 두 개를 땅에 심었는데, 거기까지가 한계였다.

시간이 남으면 닭과 토끼를 길렀다. 돼지 사육이 지역 신문의 한 면을 장식하는 영예를 얻기도 했다.

가브리엘은 귀환하는 게 무엇보다도 힘들었다. 요새의 땅굴 속으로 돌아갈 때마다 심장이 벌렁거렸다.

화학 무기에 대한 두려움이 뇌리를 떠나지 않았다. 의복과 마스크를 통과할 수 있는 겨자 가스는 눈과 피부와 점막에 화상을 입혔다. 그는 좀처럼 떨칠 수 없는 불안감을 군의관에게 털어놓았다. 얼굴이 세면대처럼 새하얗고, 묘지 파는 인부처럼 음산하고, 피곤에 절어 있는 이 군의관은, 이곳에서는 무엇을 기대하는 것인지 알 수 없는 이 끝없는 기다림도, 이런 괴상한 장소에서의 삶도 정상인 게 하나도 없기 때문에 모든 것을 당연하게 여겼다. 여기서는 잘 지내는 사람이 하나도 없어, 그는 지친 듯이 말하고는, 아스피린을 내주면서, 또 오라고, 자기는 같이 있는 게 좋다고 덧붙였다. 가브리엘은 일주일에 두세 번씩 체스로 그를 박살 냈지만, 지는 것을 즐기는 그는 전혀 신경 쓰지 않았다. 하사와 의사 사이에 체스 두는 습관이 생긴 것은 이곳의 끔찍한 삶에 지친 가브리엘이 조금이나마 힘을 얻기 위해 의무실을 찾게 된 지난여름부터였다. 당시에 습도는 백 퍼센트에 육박했고, 가브리엘은 거의 항상 질식 상태로 지냈다. 요새 안의 온도는 견딜 수 없을 정도였지만, 습도가 높아 땀을 제대로 흘리지 못해 몸은 늘 축축하게 젖어 있었다. 침대 시트도 눅눅하니 차가웠고, 옷도 철갑처럼 무겁게 느껴졌고, 빨래를 말린다는 것은 꿈도 꿀 수 없었으며, 개인 관물대에서는 곰팡내가 풀풀 났다. 여기에다 매일 새벽 4시면 다시 돌아가기 시작하는 송풍 장치의 웅웅대는 소리는 송풍관을 타고 증폭되어 더욱 요란하게 울렸다. 평소에도 깊게 잠드는 편이 아닌 가브리엘에게 이 지하 요새는 지옥이나 다름없었다.

사람들은 기다리다 진이 빠졌다. 사역에도 마지못해 나갔고, 적의 포탄이 떨어질 경우 폭발풍을 완화하기 위해 만들어 놓은 문들만 멍하니 바라보고 있었으며, 기강이 상당히 해이해져 경계 근무 사이사이에 휴게실에서 시간을 보냈다(누구 못지않은 애용자인 장교들은 이곳이 밤낮으로 열려 있어도 눈감아 주었다). 멀리서부터 사람들이 찾아왔다. 밤만 되면 수십 킬로미터 떨어진 곳에 있는 영국 부대나 스코틀랜드 부대의 사람들이 달려왔으며, 그들이 과음하면 구급차를 불러 데려다주기도 했다.

라울 랑드라드 병장이 그의 작업을 시작한 것은 바로 이 휴게실에서였다. 가브리엘로서는 그가 사회에서 어땠는지 전혀 알 수 없었지만, 적어도 이곳 르 마앵베르그에서 그는 밀매업자, 모든 뒷거래의 중심축으로 금방 자리 잡았다. 그의 성격 자체가 그랬다. 그에게 있어서 삶은 온갖 술책과 부정 거래가 우글거리는 연못이었다.

그는 르 마앵베르그에서의 경력을 야바위꾼으로 시작했다. 그에게는 엎어 놓은 궤짝 하나, 그리고 호두나 구슬이나 조약돌 같은 것을 나타났다 사라지게 하는 컵 두 개만 있으면 되었다. 그의 재능이 얼마나 뛰어난지, 그가 하고 있는 것을 보고 있노라면 어느 카드가, 혹은 어떤 컵이 맞는 것인지 가리키지 않고는 배길 수가 없었다. 권태와 무위에 지친 애호가들이 그의 주위에 구름처럼 모여들었다. 심지어 그의 명성은 르 마앵베르그의 병사들을 특혜받은 자들로 여겨 미워하는 바깥 부대에까지 미쳤다. 현란한 손놀림으로 계급의 고하를 막론하고 모두를 매혹시키는 그는 어딜 가나 열렬한 환영을 받았다. 그의 능란함은 야바위에만 국한되지 않았으니, 소액을 걸고 도박까지 했던 것이다. 사람들은 뜯겨 봤자 1~2프랑 정도니 돈을 잃어도 미소를 지었지만, 라울은 이런 리듬으로 하루에 3백 프랑을 버는 날도 드물지 않았다. 야바위를 안 할 때는 인근의 맥줏집, 병참대의 몇몇 부사관, 혹은 휴게실의 종업원과 뒷거래를 했다. 그리고 여자들과 어울렸다. 어떤 이들은 그가 시내에 애인이 있다고 말했고, 또 어떤 이들은 그냥 집창촌에 출입하는 것이라 주장했다. 어쨌든 그는 사라질 때마다 큼지막한 미소를 머금고 다시 나타나곤 했는데, 그 이유에 대해서는 아무도 알 수 없었다.

그는 종종 발전소 경계 근무 순번을 형편이 어려운 동료들에게 되팔았고, 상관들은 눈감아 주었다. 이렇게 해서 만든 자유 시간은 휴게실에서 보급품과 관련된 뒷거래를 하는 데 사용했다. 그는 술통 인도 시에 커미션을 받고, 이 커미션을 또 병참대 쪽에 주는 용도로 사용하고, 판매자와 구매자 양쪽에서 팁을 받는 등 아주 교묘하고도 불투명한 시스템을 고안했고, 이 덕분에 매일 450리터의 맥주가 소비되는 르 마욍베르그에서 지갑을 두둑이 불릴 수 있었다. 하지만 그가 관심을 갖는 분야는 이것만이 아니었다. 그는 취사반을 은밀히 구워삶아 거기서도 이익을 챙겼다. 그는 병참대가 구할 수 없는 거의 모든 것을 자기는 구할 수 있다고 뻐기곤 했는데, 이는 허풍이 아니었다. 그는 장교들에게는 희귀한 물품을, 그리고 하루에 두 번씩 나오는 쇠고기에 질린 사병들에게는 그들의 일상을 개선시킬 수 있는 것들을 공급했다. 그는 타성과 권태에 젖어 가는 부대에 해먹, 궤짝, 식기, 매트리스, 모포, 잡지, 사진기 등을 가져왔다. 누군가가 필요한 게 있으면 그것이 무엇이 됐든 라울 랑드라드가 구해 주었다. 지난겨울에는 난로와 톱날 나이프(모든 게 꽁꽁 얼어붙어 와인도 무 썰듯 한 토막씩 잘라 주는 상황이었다)를 대량으로 구해 오기도 했다. 그러고는 습기 제거제도 가져왔는데, 그 실효성은 제로에 가까웠지만 날개 돋친 듯이 팔렸다. 당과, 초콜릿, 아몬드페이스트, 새콤한 과자, 사탕 등도 아주 잘 나갔는데, 특히 부사관들에게 인기가 많았다. 부대는 전 장병에게 조식 때는 독주 한 잔을, 그리고 식사 때마다 4분의 1리터짜리 잔을 듬뿍 채운 와인을 지급했다. 싸구려 와인과 기타 주류는 어마어마한 양으로 요새에 들어왔고, 재고는 맹렬한 속도로 소비되었다. 랑드라드는 이 술들을 매우 교묘한 방법을 통해 대량으로 뽑아내서는, 인근의 카페와 레스토랑, 농부, 그리고 외국인 일꾼들에게 헐값으로 팔았다. 만일 전쟁이 1년만 더 계속되었다면, 랑드라드 병장은 르 마엥베르그 전체를 살 수 있었을 것이다.

가브리엘은 교대 근무가 제대로 이뤄지는지 확인하려고 들렀던 거였다. 민간인이었을 때 수학 교사였던 그는 통신 병과에 배속되어 외부에서 걸려 오는 전화를 받고 또 각 수화기에 연결하는 일을 했다. 이곳에서 전쟁은 몇 가지 외부 작업에 대한 지시와 엄청나게 빈번해지는 휴가 승인으로 요약되었다. 가브리엘의 계산에 따르면 장교의 절반 이상이 같은 날 자리를 비웠다. 만일 이때 독일군이 공격하기로 결정했다면, 그들은 르 마엥베르그를 이틀 만에 날려 버리고 3주 안에 파리까지 갔을 것이다.

가브리엘은 2층 침대 두 개, 그러니까 네 개의 침상으로 이뤄진 내무반으로 돌아왔다. 2층에 있는 그의 침상은 랑드라드 병장의 것과 마주 보고 있었다. 가브리엘의 밑에서는 앙브르사크가 잤는데, 덤불처럼 무성하고 양 끝이 삐쭉 올라간 눈썹에 농사꾼 같은 큼직한 손의 소유자로, 걸핏하면 불평을 늘어놓는 친구였다. 또 맞은편의 샤브리에는 호리호리하면서도 유연한 몸매와 뾰쪽한 얼굴로 족제비를 연상시키는 사내였다. 그에게 말을 하고 있으면, 그는 마치 자신이 한 어떤 농담의 반응을 기다리는 것처럼 상대의 얼굴을 빤히 쳐다보곤 했다. 상대는 이런 눈빛을 받으면 너무나 불편해져서 결국에는 어색한 웃음을 터뜨리고 말았다. 이 때문에 샤브리에는 굉장히 웃기는 친구라는 명성을 얻게 되었지만, 구체적인 증거를 보인 적은 한 번도 없었다. 앙브르사크와 샤브리에는 라울 랑드라드의 똘마니들이었고, 이 내무반은 이를테면 그 병장의 사령부인 셈이었다. 가브리엘 자신은 거기서 꾸며지는 음모에 끼고 싶은 생각이 전혀 없었기 때문에 그가 방에 들어서면 모두가 일제히 입을 다물곤 했는데, 가브리엘로서는 너무 견디기 힘들었다. 이런 좋지 못한 분위기는 병영 생활을 이루는 자잘한 사건들의 원인이 되기도 하고 또 결과로 생겨나기도 했다. 몇 주 전, 한 병사가 그의 이니셜이 새겨진 반지를 도난당했다고 불평을 했다. 그의 이름이 폴 들레스트르[8]였기 때문에 사람들이 웃기는 했지만, 이렇게 비좁은 환경에서는 얼마나 언쟁과 신경질과 악행이 발생하기 쉬운지 모두가 어렴풋이 느끼고 있었다. 사실 도난 사건이 그렇게 많다고 할 수는 없었지만, 그래도 금반지는 그 감정적인 가치는 차치하더라도 결코 사소한 물건이 아니었다.

가브리엘이 들어서자, 라울이 벌떡 일어나 침상에 앉더니 숫자 몇 개를 죽 썼다.

8 Paul Delestre. 〈들레스트르〉와 철자와 발음이 비슷한 délester(델레스테)에는 〈훔치다〉라는 뜻이 있다.

「어, 마침 잘 왔어!」 그가 말했다. 「지금 풍량(風量) 계산을 해보고 있는데 말이야, 잘 되지가 않거든.」

그는 기계들의 효율을 계산해 보고 있었다. 가브리엘은 연필을 잡았다. 결과는 0.13이었다.

「에이, 빌어먹을!」 라울이 욕설을 내뱉었다.

그는 경악한 표정이었다.

「왜 그래?」

「난 공기 정화에 사용될 발전기들의 성능이 조금 미심쩍었 걸랑? 우리가 독가스로 공격받았을 경우에 말이야.」

가브리엘의 불안한 침묵 앞에서 그는 말을 이었다.

「그 머저리들이 2행정 기관을 선택한 거야. 그걸로는 충분치 않을 것 같아서 연료를 과다 주입 하는 것으로 계산을 해봤지. 그런데 이 결과가 나온 거야…….」

가브리엘의 얼굴이 창백해졌다.

그는 허겁지겁 다시 계산을 해보았다. 여전히 0.13이었다. 독가스 공격을 받을 경우, 발전소가 여과하는 공기의 양은 발전소 자체나 겨우 정화할 수 있는 정도였다. 요새의 나머지 부분은 독가스에 잠겨 버릴 거였다.

라울은 체념 어린 표정으로 종이를 접었다.

「뭐, 아직 그런 상황은 아니지만 이건 좀…….」

가브리엘은 지금 장비를 바꿀 수 없음을 알고 있었다. 어찌됐든 그들은 2행정 기관 압축기로 전쟁을 하게 될 거였다.

「우리는 공장에 숨으면 돼.」 라울이 말을 이었다. 「하지만 통신대의 자네들은…….」

〈공장〉은 발전소를 뜻했다. 가브리엘은 목이 바짝 마르는 것을 느꼈다. 그것은 비이성적인 감정이었다. 만일 전쟁이 일어난다고 해도 독일군이 독가스로 공격할 거라는 증거는 전혀 없었다. 하지만 가브리엘은 꼭 그렇게 될 것만 같았다.

「문제가 있으면 우리에게 와도 돼…….」

가브리엘은 고개를 들었다.

「우리끼리는 암호가 있어. 공장의 남쪽 문을 두드릴 때 쓰는 암호지. 자네도 그 암호를 알면 문을 열어 줄 거야.」

「그 암호가 뭔데?」

라울은 약간 뜸을 들였다.

「이봐, 오는 게 있어야 가는 것도 있는 것 아니겠어?」

가브리엘은 자기가 무엇을 줄 수 있을지 감이 오지 않았다.

「정보. 자네는 통신대에 있으니까 병참대의 움직임을 모두 알고 있을 것 아냐? 창고에서 무엇이 나가고 들어오는지, 르마앵베르그가 외부에서 구매해 들여오는 것들을 훤히 꿰고 있을 것 아니냐고. 이런 것들을 알면 일을 보다 쉽게 할 수 있단 말이야. 미리 준비해 놓을 수 있거든.」

라울은 가스 공격 시 공장의 남쪽 문 티켓을 얻는 대가로 자기가 꾸미는 계략에 참여하라고 가브리엘에게 직설적으로 제의하는 것이었다.

「난 할 수 없어. 그것은…… 기밀 사항이야. 비밀이라고.」

그는 적절한 표현을 찾았다.

「반역죄라고.」

웃기는 얘기였다. 라울은 웃음을 터뜨렸다.

「그래, 쇠고기 통조림 정보를 넘겨주는 게 국방 기밀이야? 야, 우리 참모부 참 멋지다…….」

라울은 가브리엘이 계산을 해놓은 종이를 펼쳐서는 그의 손바닥에 철썩 붙였다.

「자, 받아. 자네가 허겁지겁 공장 남문 앞까지 달려왔을 때 읽을거리가 좀 필요하지 않겠어?」

그는 불안감에 사로잡힌 가브리엘을 놓아두고 내무반을 나갔다. 어떤 식물이 불안스러운 향기를 남겨 놓듯이, 랑드라드가 지나간 뒤에는 항상 어떤 불순한 파동 같은 것이 느껴졌다.

이 대화는 가브리엘을 불안에 빠뜨렸다.

3주 후, 그는 샤워를 하다가 앙브르사크와 샤브리에가 나누는 대화를 듣게 되었다. 그들은 벙커의 환기구를 통한 〈화염 방사기 실험〉에 대해 얘기하고 있었다.

「이제 우린 끝장이야…….」앙브르사크가 단언했다.

「나도 알아.」샤브리에가 맞장구를 쳤다. 「필터들이 순식간에 검댕으로 막혀 버린 모양이야! 벙커는 순식간에 가스로 차 버렸고.」

가브리엘은 미소를 금할 수 없었다. 정말이지 이 두 악당은 형편없는 배우들이었다. 자연스러움을 가장한 대화의 목적은 단 하나, 그의 공포감을 극대화하는 것일 터였다. 하지만 효과는 정반대였다.

그러나 바로 그날 저녁, 군의관과 체스를 두었는데 의사가 말하기를 아닌 게 아니라 그런 실험들이 행해졌다는 거였다. 가브리엘의 호흡이 가빠지고 맥박이 빨라졌다.

「뭐라고요? 실험이 행해졌다고요?」

의사는 체스 판을 응시하면서 마치 중얼거리듯이 말했다.

그는 나이트를 조심스럽게 전진시키며 웅얼거렸다.

「실험 결과가 만족스럽지 않았던 게 사실이야. 그래서 훈련을 한번 할 필요가 있는 거지. 이번에는 실제 상황으로 말이야. 물론 완전히 실패하겠지만 그래도 그들은 아무 문제 없다, 이제 시스템이 완전히 갖춰졌다고 단언하겠지. 그러고 나서 그들은 미사를 한 번 더 거행하겠지. 그게 필요할 테니까. 우리도 마찬가지지만.」

가브리엘은 허공을 멍하니 바라보며 퀸을 전진시켰다.

「체크…….」 그는 한숨 쉬듯이 말했다.

의사는 결과에 만족하며 체스 판을 접었다.

가브리엘은 약간 휘청거리며 내무반으로 돌아왔다.


며칠이 흘렀다. 랑드라드 병장은 어느 때보다도 바쁜 기색으로 좁은 통로들을 성큼성큼 걸어다녔다.

「잘 생각해 보는 게 좋을 거야.」 그는 지나가면서 이렇게 말하곤 했다.

가브리엘은 곧 사령관의 훈련 명령이 떨어질 거라 생각하고 있었지만, 아무 일도 일어나지 않았다. 그러다 갑자기, 그러니까 4월 27일 5시 반에 사이렌이 요란하게 울리기 시작했다.

이것은 불시에 행해지는 훈련인 걸까, 아니면 독일군의 진짜 공격이 시작된 걸까?

가브리엘은 당긴 활처럼 바짝 긴장하여 침대에서 내려왔다.

벌써 통로는 수백 명의 병사들이 저마다의 전투 위치로 달려가며 내는 소리와 여기저기서 명령하는 소리로 진동하고 있었다. 라울 랑드라드와 그의 똘마니들은 허리띠를 졸라매며 내무반에서 나왔고, 가브리엘도 서둘러 군복 단추를 채우며 뒤따라 나왔다. 사방으로 내달리는 병사들, 갑작스레 튀어나오며 그로 하여금 두 손바닥을 돌에 대고 지하 벽에 찰싹 달라붙게 만드는 궤도차, 사이렌 소리와 탄약통을 채워 놓는 소리, 이 모든 것에 정신없는 가운데서도 이게 어쩌면 독일군의 진짜 공격일 수 있다는 생각이 뇌리를 떠나지 않았다.

가브리엘은 저만치 멀어져 가는 내무반 동료들을 뒤쫓아 달렸다. 갈수록 숨이 가빠지고 다리는 후들거렸고, 아직 다 채우지 못한 상의 단추를 채우기 위해 몸을 비틀어 가며 달렸다. 약 15미터 앞에서 랑드라드 병장이 왼쪽으로 방향을 트는 것을 본 그는 걸음을 재촉하여 자신도 왼쪽 통로로 들어섰다. 그런데 랑드라드를 선두로 한 일단의 병사들이 울부짖으며 다시 이쪽으로 달려왔다. 그 뒤로는 뿌연 구름이 파도처럼 몰려오는데, 겁에 질린 병사들이 비틀거리며 그곳에서 빠져나오고 있었다.

가브리엘은 한동안 꼼짝도 하지 못했다.

독일군의 독가스는 무색투명한 것으로 알려져 있었다. 이 하얀 구름은 뭔가 다른 것이라는 생각이 그의 뇌 어딘가에서 떠올랐다. 아직까지 알려지지 않은 가스일까? 이렇게 생각하고 있는 사이에 흰 구름이 그를 둘러쌌고, 매캐한 연기 냄새에 허파가 불타는 것 같았다. 어찌할 바를 모르고 기침을 하며 제자리에서 뱅뱅 도는데, 지나가는 병사들은 뿌연 실루엣으로만 보였다. 모두가 소리쳤다. 저쪽! 출구로! 아냐, 북쪽 통로로!

가브리엘은 눈을 따갑게 하는 짙은 안개 속에서 비틀거리며, 사람들에 떠밀리고 또 무언가에 부딪혀 대며 앞으로 나아갔다. 이 지점에서 복도는 더 좁아져서 두 사람이 간신히 지나 갈 수 있을 정도였기 때문에 연기는 더욱 짙어졌다. 두 개의 터 널이 교차하는 지점에 이르자 한 줄기 바람이 갑자기 연기를 흩어 버렸고, 비록 눈물 때문에 아직도 앞이 뿌옇긴 했지만 모 든 게 또렷해졌다.

이제 살았나?

몸을 돌려 보니 바로 옆, 벽 가까이에 랑드라드 병장이 떡 버 티고 서서는 30미터마다 하나씩 나 있는 움푹한 공간을 가리 키는 거였다. 이런 공간은 대부분 궤도차가 지나갈 때 몸을 피 하기 위한 용도였지만, 물품을 보관하는 조그만 창고로 쓰이 는 것들도 있었다. 이게 바로 그런 것이어서, 반쯤 열린 철문이 하나 붙어 있었다. 여기가 발전소에서 가까운 곳인가? 이 반대 쪽이라고 생각했었는데……. 눈물이 글썽글썽한 눈을 하고 팔 뚝으로 코를 가린 랑드라드 병장은 하사에게 어서 들어가라고 손짓을 했다. 가브리엘이 다시 고개를 돌려 보니, 갑자기 분 바 람에 밀려오는지 흰 연기가 다시 맹렬한 기세로 터널을 채우며 나아왔다. 병사들이 몇 명씩 그 운무에서 튀어나와서는, 눈물 을 흘리고 기침을 하고 소리를 지르면서 몸을 구부리고 출구를 찾았다.

「이쪽으로!」 랑드라드가 고함쳤다.

그는 빠끔히 열린 철문을 가리켰다. 가브리엘은 깊이 생각 하지 않고 단 두 걸음에 어둑한 그 안으로 들어갔다. 천장에 달 린 전등 하나만이 좁다란 도구 창고를 밝히고 있었다. 묵직한 쇠문이 뒤에서 철컹 닫혔다.

라울이 따라 들어오지 않고, 그를 가두어 버린 것이다.

가브리엘은 문으로 달려가 열어 보려 했지만 손잡이가 헛돌았고, 그는 두드리다가 갑자기 동작을 멈췄다. 문 아래와 문 옆에 난 돌쩌귀 틈들로 흰 연기가 마치 흡입되듯 방 안으로 스며들기 시작했다.

가브리엘은 울부짖으며 주먹으로 문을 두드려 댔다.

짙고도 매캐한 안개가 범람하는 물처럼 맹렬한 속도로 들어왔다. 숨이 탁 막혔다.

창자가 뒤집어진 가브리엘은 몸을 번쩍 쳐들었다가 반으로 접는 격한 기침을 토하며 풀썩 무릎을 꿇었다.

가슴이 터질 것 같았고, 연기에 숨이 막혔으며, 눈알이 빠져나올 것 같았다.

몇 센티미터 앞밖에 보이지 않았다. 그렇게 경련하던 그는 크게 펼쳐진 자신의 두 손을 보았다. 온통 피투성이였다.

피를 토하고 있었다.

# 3

「성이 벨몽이라고?」 르 푸아트뱅 판사가 물었다.

병원 침대에 누운 루이즈는 소녀처럼 가냘퍼 보였다.

「그런데 당신 말은 이 여자가 매춘부가 아니란 말이지…….」

그는 온종일 조그만 섀미 가죽으로 안경을 닦았다. 그의 동료, 협력자, 집행관, 변호사 들에게 이 동작은 하나의 언어였다. 지금 이 순간, 안경알을 닦는 손은 그가 이 점에 대해 회의적이라는 것을 분명히 말해 주고 있었다.

「어쨌든 우리 기록에는 올라와 있지 않아요.」 경찰관이 대답했다.

「뭐, 가끔씩 하겠지…….」 판사는 다시 안경을 끼면서 중얼거렸다.

그는 똑바른 의자를 요구했다. 의자 문제에 있어서는 아주 까다로운 사람이었다. 그는 잠든 여자 쪽으로 몸을 굽혔다. 예뻤다. 머리칼은 짧았지만, 그래도 예뻤다. 판사는 젊은 여자들에 도가 튼 사내였다. 생트빅투아르의 집창촌에서 직접 주무른 여자들은 말할 것도 없고, 법원에 있는 그의 사무실에서도 숱하게 봤다. 간호사 하나가 병실을 정리하고 있었다. 그 소리에 짜증이 난 그는 휙 고개를 돌려 그녀를 노려봤다. 그녀는 그를 한번 슥 훑어보기만 하고는, 마치 그가 존재하지 않는 것처럼 하던 일을 계속했다. 판사는 지친 듯이 한숨을 내쉬었다. 아, 여자들이란! 다시 루이즈 쪽으로 눈길을 돌린 그는 머뭇거리다가 손을 뻗어 그녀의 어깨를 만졌다. 그의 엄지는 살갗을 가볍게 어루만지며 내려갔다. 따뜻했다. 부드러운 피부였다. 정말이지 괜찮은 여자였다. 여자가 아주 예쁘긴 하지만, 그렇다고 해서 죽기까지 할 일인가……. 그의 엄지는 루이즈의 어깨 위를 천천히, 그리고 반복적으로 오르내렸다.

「끝나셨어요?」

법관은 마치 불에 덴 것처럼 손을 휙 뗐다. 대야를 아기처럼 두 손으로 받쳐 든 간호사가 얼굴이 창백해지는 작달막한 판사를 내려다보았다.

그렇소, 끝났소. 그는 파일을 덮었다.


그 후 며칠 동안, 의사들은 더 이상 질문하지 못하게 했다. 심문은 그다음 주에야 속개될 수 있었다.

이번에는 루이즈가 깨어 있었다. 그럭저럭 말이다. 경찰관이 똑바른 의자를 대령하기 전에 심문을 시작한다는 것은 있을 수 없는 일이었으므로, 침대 위에 앉아 추운 듯 두 팔로 가슴을 가리고서 멍하니 허공을 바라보는 루이즈를 판사는 안경알을 닦으며 응시하고만 있었다. 그녀는 먹은 게 거의 없었다.

마침내 의자가 도착했다. 판사는 그것을 한번 살핀 후에 비로소 앉아서는 무릎 위에 파일을 펼쳤고, 이번에도 마치 케르

베로스[9]처럼 지키고 서 있는 간호사의 존재가 불편하기는 했지만, 사건의 경위에 대한 심문을 시작했다. 경찰관은 루이즈의 침대 맞은편 벽에 등을 기대고 있었다.

「당신의 이름은 쉬잔, 아드리엔, 루이즈 벨몽이고, 생년월일은…….」

그는 이따금 그녀 쪽으로 눈길을 들어 올렸는데, 그녀는 이 상황은 자신과 아무 관계도 없다는 듯 눈 하나 깜짝하지 않았다. 판사는 갑자기 말을 멈추고 루이즈의 얼굴 앞에 손을 내밀어 보았지만, 그녀는 여전히 반응이 없었다. 그는 몸을 돌렸다.

「이 여자가 정말 자기한테 하는 말을 이해하는 거요?」

간호사는 그의 귀에 대고 속삭였다.

「지금까지 횡설수설 몇 마디밖에 하지 않았어요. 의사 선생님 말씀으로는 정신 착란 증세가 보인다고, 전문가를 불러야 할 것 같대요.」

「여기에다가 미치기까지 했다고? 이거 갈수록 태산이로군!」 판사는 다시 파일을 들여다보며 한숨을 내쉬었다.

「그분은 죽었나요?」

법관이 깜짝 놀라 고개를 들어 보니 루이즈가 그의 눈을 똑바로 쳐다보고 있었다. 그는 약간 주눅이 들었다.

「그…… 음, 그러니까 티리옹 의사는 하룻밤에 더 살지 못했소.」

그는 잠시 머뭇거리다가 〈마드무아젤〉[10]이라고 덧붙였다.

그러고는 이런 여자에게 이 같은 경칭을 쓴 것에 스스로 역

9 그리스 신화에서, 지옥의 문을 지키는 머리가 셋 달린 개.
10 프랑스어에서 비혼 여성에 대한 경칭.

정이 난 듯, 성난 어조로 말을 이었다.

「아, 그 사람에게는 오히려 잘된 일이지! 암, 잘된 일이고말고! 그런 상태로는…….」

루이즈는 경찰관을 쳐다보고 그다음에는 간호사를 본 후에, 아직도 그때 일이 믿기지 않는다는 듯 이렇게 말했다.

「그분은 돈을 줄 테니 내 알몸을 보게 해달라고 했어요.」

「그건 매춘이오!」 법관은 의기양양하게 단언했다.

그는 사실을 이렇게 규정할 수 있음이 자못 만족스러웠다. 그는 파일에 그의 성격에 어울리는 조그맣고도 촘촘한 글씨를 썼다. 이어 루이즈는 자신이 어떻게 티리옹 의사를 만나게 되었는지 설명해야 했다.

「전 그분을 잘 몰라요…….」

판사는 짤막하게 웃었다.

「아, 그래요? 그래서 난생처음 보는 사내 앞에서 옷을 벗으셨다?」

그는 자기 허벅다리를 탁 치면서 경찰관 쪽으로 고개를 돌렸다. 당신도 들었지? 이거 대단하지 않아?

루이즈는 식당에 대해서, 자기가 토요일과 일요일마다 하는 일에 대해서, 의사의 습관에 대해서 얘기했다.

「이 모든 것은 식당 주인에게 확인해 보겠소.」

그는 파일 쪽으로 고개를 숙이며 웅얼거렸다.

「어디 한번 보자……. 이 식당이 어떤 수상한 일들을…….」

그쪽으로는 별다른 게 보이지 않자, 르 푸아트뱅 판사는 그가 정말로 관심 있는 부분으로 넘어갔다.

「자, 그래서, 당신은 그 방에 들어간 다음에 어떻게 했소?」

루이즈가 느끼기에 진실은 너무나도 간단하고 명확한 것이라서 뭐라 할 말이 없었다. 자신은 옷을 벗었고, 그게 전부였다.

「그에게 돈을 달라고 했소?」

「아뇨, 그것은 서랍장 위에 놓여 있었어요.」

「그래서 돈을 세어 봤구먼! 액수를 확인하지도 않고 어떤 사내를 위해 옷을 벗을 순 없으니까! 뭐, 난 그렇게 생각하는데, 안 그렇소? 내가 그런 것은 잘 모르지만 말이야…….」

그는 마치 대답 듣기를 원하는 것처럼 이쪽저쪽으로 고개를 돌렸지만, 제풀에 당황하여 얼굴이 벌게져 있었다.

「자, 그래서, 그다음엔?」

그는 점점 신경질적으로 되어 갔다.

「난 옷을 벗었고, 그게 다예요.」

「이봐요! 여자의 벗은 몸 한번 보는 대가로 1만 5천 프랑을 내놓는 남자가 세상에 어디 있어! 그건 말도 안 되는 소리라고!」

루이즈의 기억으로는 그들이 1만 5천이 아닌 1만 프랑으로 합의했던 것 같지만, 아주 확실하지는 않았다.

「바로 그 점이 내가 알고 싶은 거라고. 그런 거액의 대가로 실제로 한 짓이 무엇이냐는 말이야.」

경찰관과 간호사는 대체 판사가 무슨 말을 하려는 것인지 알 수 없었지만, 안경알을 문지르는 손가락의 신경질적인 움직임은 흥분에 가까운 상태를 드러내고 있어 옆에서 보기 민망할 정도였다.

「왜냐하면…… 그 정도 액수의 돈을 줬다면…… 의문이 들 수밖에 없는 거잖아?」

안경을 문지르는 손끝의 움직임이 한층 빨라졌다. 그는 잠

옷의 천 아래에서 고동치는 루이즈의 젖무덤을 힐끗 쳐다봤다.

「1만 5천 프랑은 적은 액수가 아냐!」

대화는 벽에 가로막혀 있었다. 판사는 다시 파일을 들여다 보았다. 그러더니 득의에 찬 미소를 지으며 다시 고개를 쳐들 었다. 지문, 몸의 자세, 총알이 박힌 상태 등 모든 것이 티리옹 의사가 스스로의 머리에 총을 쐈음을 증명해 주었지만, 기쁘 게도 확실한 혐의가 하나 남아 있었다.

「풍기 문란죄!」

루이즈는 그를 뚫어지게 쳐다보았다.

「아무렴! 마드무아젤, 알몸으로 몽파르나스 대로를 산책하 는 게 당신에게는 아주 자연스럽게 느껴진다면 뭐, 어쩔 수 없 는 일이지만, 점잖은 사람들로선 도저히…….」

「난 산책한 게 아니에요!」

그녀는 거의 고함치다시피 했고, 그 바람에 어깨까지 흔들 렸다. 판사는 크흠 하고 목청을 골랐다.

「아, 그래? 그럼 그렇게 홀딱 벗고서 대로에서 뭘 하고 있었 소? 쇼핑을 하셨나? 으하하하하!」

그는 다시 경찰관과 간호사에게 고개를 돌렸지만 그들의 굳 은 얼굴에는 변화가 없었다. 어쨌든 상관없었다. 신이 난 그는 훨씬 톤이 높아진 목소리로 말을 이었다. 마치 노래를 부르기 시작한 것 같았다.

「아이고 세상에, 풍기 문란도 그런 풍기 문란이 어디 있어? 젊은 처자가 그 두……(그는 자신의 안경을 더듬거리며 벗어 들었다) 그걸 노출하고, 만인에게 그……(안경테를 꽉 쥔 손이 새하얘졌다)걸 보여 주고, 길 한복판에서 그……걸 구경시켜 주지 못해 안달이라니…….」

안경테가 딱 부러졌다.

판사는 마치 성공적으로 교미를 치른 사람처럼 애틋한 눈으로 두 동강 난 안경을 내려다보았다. 그는 케이스를 열어 그것을 살며시 집어넣으며 꿈을 꾸듯 말을 이었다.

「마드무아젤, 교육계에서 당신의 경력은 끝이오. 유죄 판결을 받고 나면 파면될 거란 말이지!」

「티리옹, 그래요. 기억이 나요.」 루이즈가 중얼거리듯 말했다.

느닷없는 동문서답에 판사는 케이스를 떨어뜨릴 뻔했다.

「어, 그렇소. 조제프 외젠 티리옹.」 그는 더듬거렸다. 「뇌이쉬르센, 오베르종 대로, 67번지.」

루이즈는 고개를 한 번 끄떡할 뿐이었다. 여자가 울음을 터뜨리기를 고대했던 판사는 당황하여 파일을 덮었다. 아, 심문을 내 사무실에서 해야 했는데……. 그는 아쉬운 마음으로 자리에서 일어섰다.

루이즈의 처지에서는 앞으로 어떻게 될 것인지 묻는 게 당연했다. 하지만 그녀는 아무런 질문도 하지 않았고, 실망한 판사는 아무에게도 인사하지 않고 병실을 나갔다.

루이즈는 사흘 더 병원에 머물렀다. 그녀는 거의 아무것도 입에 대지 않았다.

그녀가 떠나려 할 때, 한 경찰관이 병실에 들어와 법원의 판결을 알려 주었다. 사인은 자살로 확인되었고, 매춘 시도 혐의는 기각되었다는 거였다.

간호사는 동작을 멈췄다. 그녀는 고개를 약간 기울이고 입가에 씁쓸한 미소를 띤 채로 루이즈를 응시했다. 경찰관과 마찬가지로 그녀는, 이 젊은 여성이 풍기 문란죄로 직장을 잃을 수도 있다는 사실을 기억하고 있었다. 두 사람은 그녀에게 무슨 말을 해줘야 할지 알 수 없었다.

루이즈는 문 쪽으로 몇 걸음을 옮겼다. 그녀는 실오라기 하나 안 걸친 몸으로 병원에 들어왔었다. 그녀가 아라공 호텔 객실에 두고 온 옷이 어떻게 됐는지는 아무도 몰랐다. 경찰과 법원 서기과는 알고 있을지 모르지만 말이다. 하여 간호사는 동료들에게 이런저런 옷가지를 얻어 모아 아주 이상한 차림을 만들어 냈다. 아주 기다란 모직 치마, 새파란 블라우스, 보라색 조끼, 인조 모피 깃과 소매가 달린 외투. 루이즈는 헌 옷 가게에서 나온 것 같은 모습이 되었다.

「간호사님, 고맙습니다!」 그녀는 문득 뭔가를 발견한 사람처럼 말했다.

경찰관과 간호사는 그녀가 멀어져 가는 뒷모습을 쳐다보았다. 기계적으로 천천히 걷는 그녀는 마치 센강에 투신하러 가는 사람 같았다.

하지만 그녀는 센강 대신에 페르가로 향했다. 길모퉁이에서 라 프티트 보엠의 전면 창이 보이자 잠시 머뭇거리다가, 땅에 눈길을 박고는 걸음을 재촉하여 자기 집으로 들어갔다.

1870년의 전쟁 후에 지어진 페르가 9번지의 주택은 여유 있는 연금 생활자나 은퇴한 상인이 지은 옛날 부잣집 같은 분위기를 풍겼다. 루이즈의 부모가 이 집에 들어와 살기 시작한 것은 그들이 결혼한 해인 1908년이었다. 집 전체를 차지하기에는 벨몽 가족의 수가 적었지만, 아드리앵 벨몽은 의욕적인 남자로 자녀를 많이 가질 생각이었다. 하지만 운명은 그의 뜻과는 다르게 흘러갔다. 그가 얻은 아이는 루이즈 한 명뿐이었고, 그 후에 그는 1916년, 비뷰 협곡의 동쪽 사면(斜面)에서 전사했다.

결혼하기 전에, 루이즈의 어머니 잔 벨몽은 장래가 유망한 소녀였다. 그녀는 초등학교 상급 과정을 마치고 초등 교육 수료증을 받았는데, 당시에는 흔치 않은 경우였다. 부모와 교사들은 그녀가 간호사나 시청 직원이 됐으면 했는데, 열일곱 살이 되었을 때 그녀는 갑자기 공부를 그만하겠다며 학교를 떠났다. 공장 일보다는 가사 일을 더 좋아한 그녀는 하녀가 되었다. 옥타브 미르보의 소설에 나오는 것 같은, 글을 읽을 줄 알지만 먼지떨이를 들고서 집 안 청소를 하는 유식한 하녀 말이다. 그녀의 남편은 아내가 일하는 것을 원치 않았다. 남자로서의 자존심이 허락지 않았기 때문이다. 그가 죽자, 잔은 모녀가 가진 전부인 페르가의 이 집을 루이즈에게 물려주기 위해 다시 일을 시작했다.

전쟁이 끝나자 잔 벨몽은 유사(流砂)에 빠지듯 우울증에 잠겨 들었다. 그녀의 건강은 보수를 하지 않아 갈수록 형편없어지는 집과 같은 길을 따랐다. 일을 쉬는 날이 잦아졌고, 결국에는 완전히 중단해 버렸다. 주치의는 이게 갱년기 탓이다, 아니 빈혈 때문이다, 아니 신경 쇠약인 것 같다 등 마치 셔츠를 바꿔 입듯이 말을 바꿨다. 벨몽 부인은 창밖을 바라보며 시간 대부분을 보냈다. 그녀는 요리(거의 항상 똑같은 음식이었다)를 하기도 하고, 루이즈의 학업 혹은 그녀의 학위와 직장에 관심을 보이기도 하다가, 딸이 초등학교 교사가 되어 더 이상 자신을 필요로 하지 않자 그 무엇에도 관심을 갖지 않았다. 잔은 훅 불면 꺼져 버릴 것처럼 가벼워졌다. 1939년 봄에 그녀의 건강은 갑자기 악화되었다. 학교에서 돌아온 루이즈는 그녀가 침대에 누워 있는 모습을 보기도 했다. 루이즈는 외투를 입은 채로 그녀 곁에 앉아 손을 잡았다. 「엄마, 어디가 안 좋아?」 「음, 조금 피곤하구나.」 벨몽 부인은 쓸쓸한 미소를 지으며 대답했다. 루이즈는 그녀에게 채소수프를 끓여 주었다.

6월의 어느 아침, 루이즈가 엄마 침실에 들어가 보니 그녀는 죽어 있었다. 이때 그녀는 쉰두 살이었다. 모녀는 마지막 작별 인사조차 나누지 못했다.

이때부터 루이즈의 삶은 서서히, 그리고 조용히 아래로 미끄러져 내렸다. 그녀는 혼자였고, 그녀의 젊음은 셔벗처럼 녹아내렸다. 벨몽 부인은 죽었고 집도 더 이상 예전 같지 않았다. 세월이 흐름에 따라 너무나 낡아 세입자가 몇 번 거쳐 간 후로 더 이상 들어오려는 사람이 없었다. 루이즈는 다른 곳에서 새로운 삶을 시작할 돈을 마련하기 위해 이 집을 팔려고 마음먹었다. 그런데 유산을 청산한 공증인은, 그녀가 아직 아이였을 때 부부가 딸의 장래를 위해 마련해 놓은 10만 프랑과 벨몽 부인이 20년 동안 딸에게 알리지 않고 이 돈을 현명하게 굴려서 만든 24만 프랑을 내놓았다. 큰 부자가 되지는 못했지만, 덕분에 루이즈는 집을 간직하고 그것을 개수할 수 있는 여유가 생겼다.

하여 그녀는 시공업자를 불렀고, 견적에 대해 꼼꼼히 논의했다. 어느 날 저녁, 퇴근하여 계약을 매듭짓기 위해 시공업자와 약속을 정했다. 그런데 오후에 당레몽가의 신문팔이들이 전쟁이 터졌다고 고래고래 외치기 시작했다. 총동원령이 내려졌다는 거였다. 시공업자는 오지 않았다. 집 개수 계획은 더 좋은 날이 올 때까지 기다려야 했다.

　병원에서 돌아온 루이즈는 전에 아버지가 창고로 사용했고, 벨몽 부인이 헐값에 임대를 주었던 조그만 건물을 마당에서 한참 동안 쳐다보았다. 편의 시설이 전혀 없는 공간이었기 때문에 돈을 더 요구할 수도 없었다. 지금 그녀가 겪은 일에는 뭔가 강력하고도 경악스러운 것이 있었고, 이것은 이 유산을 남긴 두 남자가 거기에 살았던 시절로 그녀를 돌아오게 했다. 그동안 그 건물은 아무도 살지 않은 채로 비어 있었다. 루이즈는 기껏해야 2~3년에 한 번씩 용기를 내어 청소를 하고, 환기를 시키고, 차마 전번에 치우지 못했던 것들을 가져다 버리곤 했을 뿐이었다. 천장은 낮지만 커다란 창문이 달린 그 2층 방에 남은 것이라고는 석탄 난로, 씨아를 든 여자 목동들과 양들이 그려진 병풍, 그리고 동양풍의 형편없는 긴 의자 하나뿐이었다. 금색의 꽃문양 줄 장식으로 꾸며진 것이 어딘가 총재 정부 시대[11]의 양식이 느껴지는 이 의자는 가슴을 불쑥 내민 백조의 목을 모방한 — 왼손잡이용이었다 — 팔걸이가 달린 가구였다. 루이즈는 이것을 — 그 이유는 아무도 알 수 없었지만 — 손을 좀 보아 새것으로 만들려고 했지만, 결국 창고에 버려 놓듯 이곳에 방치해 온 터였다.

11　프랑스 대혁명기에 존재했던 정부. 다섯 명의 총재로 구성되었으며, 1795년부터 1799년까지 지속되었다.

이 부속 건물과 흙 마당과 집을 보고 있으려니 불현듯 이 모든 것이 자기 삶의 은유 같다는 생각이 떠오르면서 눈물이 솟구쳤다. 목이 꽉 막히고 다리에 힘이 풀렸다. 그녀는 간신히 몇 걸음을 옮겨 부속 건물로 통하는, 앉을 때마다 불안감이 느껴지는 벌레 먹은 나무 계단 위에 털썩 주저앉았다. 티리옹 의사의 끔찍한 머리 모습이 전에 자신의 전우와 함께 여기서 살았던 퇴역 군인의 그것과 겹쳐졌다.

이 청년 에두아르 페리쿠르는 포탄 파편에 몽땅 날아가 버린 얼굴 아랫부분을 가리기 위해 여러 가지 가면을 쓰곤 했다. 당시 루이즈는 열 살이었다. 그녀는 학교에서 돌아오면 종이 찰흙을 반죽해 모조 진주며 리본 등을 붙이고 색칠하는 습관을 가지게 되었다. 방 벽에는 그가 그때그때 기분에 따라 골라 쓰는 가면이 수십 개 걸려 있었다. 그때부터 이미 말수가 적었던 루이즈는 에두아르의 쌕쌕거리는 거친 호흡 소리에 조용히 귀 기울이곤 했다. 그녀는 자신의 앙상한 어깨를 어루만져 주는 그의 손이 좋았다. 그는 인간이 상상할 수 있는 가장 아름다운 시선의 소유자였고, 루이즈는 그렇게 아름다운 눈을 두 번 다시 보지 못했다. 너무나 판이한 두 사람 사이에서 간혹 일어나는 일이지만, 이 스물다섯 살의 상이용사와 아버지가 없는 이 어린 소녀 사이에 고요하고도 결정적인 사랑이 싹텄다.

의사의 자살은 루이즈가 이제는 아물었다고 생각했던 상처를 다시 벌려 놓았다. 에두아르는 어느 날 그녀를 버리고 떠났던 것이다.

그는 그의 친구 알베르 마야르와 함께 가짜 전사자 추모 기념비 판매 사업을 벌여 거금을 벌어들였다.

얼마나 큰 물의를 일으켰던가…….

그는 도망쳐야 했다. 루이즈는 에두아르에게로 몸을 돌려 첫날에 했던 것처럼 그 얼굴의 뻥 뚫린 상처를, 밖으로 드러난 점막처럼 팅팅 분 그 불그스름한 살덩이를 꿈꾸듯이 검지로 어루만졌었다.

「작별 인사를 하러 다시 올 거야?」 그녀는 물었다.

에두아르는 고갯짓으로 〈그럼, 물론이지〉라고 대답했다. 다시 말해서 못 온다는 뜻이었다.

다음 날, 항상 사시나무처럼 떨고 식은땀에 젖은 손을 바지에 문지르곤 하던 그의 친구 퇴역 군인 알베르는 거금의 지폐를 챙겨 어느 젊은 가정부와 함께 도망치는 데 성공했다.

에두아르는 떠나지 않았고, 달려오는 자동차 바퀴 아래로 몸을 던졌다.

그에게 가짜 전사자 추모 기념비 판매는 그저 하나의 막간극이었을 뿐이다.

나중에 루이즈는 이 가련한 청년이 얼마나 힘든 삶을 살아왔는지 알게 되었다.

그녀는 그때 이후로 자신의 삶이 한 치도 앞으로 나아가지도, 뒤로 후퇴하지도 못했다는 사실을 깨달았다. 다만 나이를 먹어 서른 살이 되었을 뿐이었다. 다시 눈물이 솟구쳤다.

우편함 속에는 결근 사유를 묻는 학교의 서신이 들어 있었다. 그녀는 이유는 설명하지 않고 다만 며칠 후에 다시 출근하겠다는 내용의 답장을 썼다. 그 편지 한 장을 쓰는 데 진이 다 빠져 버린 그녀는 침대에 누워 열여섯 시간 동안 내리 잤다.

찬장의 상한 음식들을 버린 후에, 루이즈는 장을 좀 보러 밖으로 나가야 했다. 라 프티트 보엠을 피하려고, 버스가 지나가며 카페의 전면 창을 가려 주기를 기다렸다가 그 앞을 슬그머니 통과했다.

그녀는 일주일이 넘도록 새로운 뉴스를 읽지도, 듣지도 못하고 있었다. 파리 시민들이 저마다의 일에 열중하고 있는 것으로 보아 전선에서는 별다른 일이 없어 보였다. 일간지들이 전하는 몇 가지 소식은 오히려 안심이 되는 쪽이었다. 노르웨이에서 독일군은 난관에 봉착하여 옴짝달싹 못 하고 있으며, 레방에르[12] 지역에서는 연합군의 공세에 120킬로미터나 밀려났다고 한다. 또 그들은 북해에서 〈프랑스 어뢰정들에게 세 차례 참패를〉 맛본 상황이기 때문에 그렇게 걱정할 필요가 없다는 거였다. 지금쯤 쥘 씨는 카운터 뒤에서 가믈랭 장군의 빛나는 전략을 요란하게 칭찬하면서, 독일군이 무모하게도 〈우리나라 쪽으로〉 들어올 경우 그대로 박살이 날 거라고 신나게 떠들고 있으리라.

시국에 흥미를 갖는 게 쉽지는 않았지만, 잠시만 방심하면 머릿속에 떠오르는 이미지(반쯤 날아가 버린 티리옹 의사의 머리)를 떨쳐 버리기 위해 루이즈는 거기에 매달렸다.

사법부는 왜 의사가 그런 일을 위해 그녀를 선택했는지 이해하기를 포기했다. 그냥 아무 사창가나 들어갔으면 됐을 텐데 말이다. 이 질문은 가끔 한밤중에 그녀를 잠에서 깨우곤 했다. 그녀는 토요일마다 오던 그 고객의 얼굴을 티리옹이라는 이름과 연결해 보려 했으나 잘 되지가 않았다. 판사는 그가 뇌

12 노르웨이 중북부의 도시.

이쉬르센에 살았다고 알려 주었다. 대체 왜 토요일마다 18구까지 와서 점심을 먹겠다는 엉뚱한 생각을 했을까? 그가 사는 동네에는 레스토랑이 없단 말인가? 쥘 씨는 박사가 〈20년 단골〉이었다고 말했지만, 이것은 그에게 칭찬이 아니었다. 같은 식당에서 30년 동안 요리를 한다는 것은 쉽사리 받아들일 수 있지만, 거의 같은 기간 동안 점심을 먹으러 거기까지 찾아온다는 것은 그의 이해 범위를 벗어나는 일이었다. 그런데 이 고객의 한결같음보다도 쥘 씨를 더욱 언짢게 했던 것은 그가 도무지 말이 없다는 사실이었다. 「손님들이 모두 그 사람 같다면, 트라피스트[13] 수도사들을 위해 요리하는 것과 뭐가 다르겠어…….」 사실 쥘 씨는 한 번도 그를 좋아해 본 적이 없었다.

이어지는 몇 시간 동안 루이즈는 자신이 의사에 대해 아는 얼마 안 되는 사실들을 모아 보았고, 거실 소파에 웅크리고서 잠을 청해 보았지만 허사여서 결국 그날 밤을 꼴딱 새웠다.

집에 있는 음식이 눈에 띄게 줄어들었으므로 다음 날 그녀는 다시 밖으로 나갔다. 5월 초지만 날씨가 그리 나쁘지는 않아, 그녀는 생각했다. 수줍은 아침 해가 뺨을 어루만지자 몸이 한결 가벼워지는 것 같았다. 이웃 사람들이나 상인들이 다가와 이것저것 물어볼까 봐 그녀는 먹을 것을 사러 동네를 벗어났고, 이렇게 걷고 있으니 몸에 다시 힘이 솟았다.

그러나 이 잠시의 행복은 오래가지 못했다. 집에 돌아와 보니 편지 한 장이 기다리고 있었다. 르 푸아트뱅 판사가 5월 9일 목요일 오후 2시에 〈당신과 관련된 일〉로 소환한 것이다.

---

13 트라프에 본단이 있는 가톨릭 교단의 하나로, 침묵을 계율로 한다.

    화들짝 놀란 그녀는 퇴원할 때 경찰이 발부한 서류를 찾아 이 사건은 종결되었으며 자신에게는 아무런 혐의가 없다는 답신을 보냈다. 그렇잖아도 너무나 어처구니없는 사건에서 이 소환장은 아무 의미가 없다고 말이다. 루이즈는 숨이 막히는 것을 느끼며 외출복 차림으로 거실 소파에 허물어졌다.

# 4

또 한 번의 격렬한 경련에 몸이 반으로 꺾였지만, 가브리엘의 위장에는 더 이상 아무것도 남아 있지 않았다. 이제 연기가 너무나 짙어져 1미터 앞도 분간되지 않았다. 여기, 이 밀폐된 방 안에서 죽어 버리는 건가? 그의 호흡은 거친 헐떡거림에 가까웠고, 계속해서 들어오는 연기 속에 얼굴이 잠기는데, 문득 고개를 들어 보니 문이 반쯤 열려 있었다.

한 줄기 신선한 공기가 좁은 공간에 흘러 들어오자 연기가 소용돌이쳤다.

흐릿한 눈물 사이로 가브리엘은 지면 바로 위에 좀 더 투명한 공기의 층이 깔린 것을 보았다. 생각할 틈도 없이 납작 엎드린 그는 토사물 위를 미끄러져 가며 마치 스케이트를 타듯 기어가 간신히 복도에 이르렀다. 발걸음들이 황급히 그를 지나쳐 가는데, 울부짖으며 뛰어가는 사람들도 있었다.

가브리엘은 탈진 상태로 오랫동안 헤맸지만 도무지 길을 찾을 수 없었다. 간신히 의무실을 발견한 그는 문을 두드리고는 대답을 기다리지도 않고 안으로 들어갔다. 다섯 개의 침상은 모두 부상병들로 차 있었다. 그 난리 법석 가운데 넘어지고 깔린 사람들이었다.

「자네도 상태가 그리 좋지 않구먼그래…….」 오늘따라 더욱 유령같이 느껴지는 군의관이 말했다.

「어느 좁은 창고에 갇혔어요. 터널 저쪽에…….」

그의 목소리에서 공포가 묻어났다. 군의관은 눈썹을 찌푸렸다.

「누가 저를 그 안으로 밀어 넣어서…….」

의사는 그를 들어오게 하여 상의를 벗긴 뒤 진찰하기 시작했다.

「뭐? 자네를 밀어 넣었다고?」

가브리엘은 대답하지 않았고, 의사는 그가 더 이상 털어놓지 않으리라는 것을 깨달았다.

「오, 천식이 있군!」

의사는 의기양양함마저 느껴지는 목소리로 진단을 내렸고, 그 의미는 자명했다. 가브리엘 자신이 시인하기만 하면 의사는 그를 병가 제대자 명단에 올릴 거고, 그는 집에 돌아갈 수 있었다.

「아니에요.」

군의관은 의심쩍은 표정으로 청진기에 귀를 기울였다.

「저는 괜찮아요, 군의관님……. 그러니까, 괜찮아질 거라고요.」

가브리엘은 셔츠를 집어 들어 다시 걸쳤다. 몸에 기운이 하나도 없었고 입에서는 토사물 냄새가 났다. 얼굴은 백지장처럼 핏기가 없었고, 단추를 채우는 손가락은 벌벌 떨렸다.

의사는 잠시 그를 응시한 후에 고개를 끄덕였다. 오케이, 알았어.

이제 가브리엘이 집으로 돌아갈 가능성은 사라져 버렸다. 대체 왜 그랬을까? 그에게는 어떤 이념도, 정치적 신념도 없었고, 영웅적인 기질은 더욱 없었다. 그렇다면 어떤 이유로 다른 병사들이라면 놓치지 않을 이런 절호의 기회를 그냥 흘려보냈을까? 그는 신문을 읽고 있었다. 그는 히틀러의 평화주의적 발언을 한 번도 믿은 적이 없었고, 뮌헨 협정을 미친 짓이라고 느꼈으며, 이탈리아의 동향이 두려웠다. 총동원령이 내려졌을 때 그는 불평하지 않았으니, 저들에게 맞서야 한다고 생각했기 때문이다. 그 무엇과도 닮지 않은 이 이상한 전쟁은 많은 사람들을 맥 빠지게 했고, 가브리엘 자신도 차라리 다시 돌 중학교로 돌아가 수학 수업을 하는 편이 더 쓸모 있지 않을까 수없이 자문했던 것도 사실이었다. 하지만 삶은 그를 여기에 데려다 놓았고, 그는 여기에 남아 있었다. 독일군의 노르웨이 침공, 발칸반도에서의 긴장 고조, 스웨덴에 대한 나치의 〈경고〉……. 최근의 소식들은 그로 하여금 자신의 존재가 계속 쓸모없지는 않을 거라고 생각하게 했다. 사실 가브리엘은 겁이 많은 편이고 용감한 행동을 즐기지는 않지만, 위험 앞에서 좀처럼 물러서지 않고 가장 겁이 나는 상황 가운데서 은밀한 만족감을 느끼는 유형이었다.

군의관은 그를 이틀간 의무실에 두고 상태를 관찰하기로 했고, 그 시간 동안 가브리엘은 자신에게 일어난 일에 대해 생각해 보았다.

의사로서는 젊은 하사가 창고에 갇히게 된 상황이 도무지 이해되지 않았다.

「이봐, 그 일에 대해 보고서를 올려야 하지 않을까…….」그가 넌지시 의견을 말했다.

하지만 가브리엘은 그러려고 하지 않았다.

「하사, 이런 일들은 별로 좋지가 않아. 우리가 있는 이런 좁은 장소에서는 서로를 괴롭히게 되지. 이런 일들이 어떻게 시작되는지는 알지만…….」

그는 이 보고서에 집착했던 모양으로, 가브리엘이 의무실을 나와 업무에 복귀하는 날 의사는 그에게 르 마앵베르그 사령관 사무실로 오라는 소환장을 내밀었다. 당장 출두하라는 거였다. 말할 것도 없이 이 일을 야기한 장본인일 군의관은 미안해하거나 거북해하는 기색이 아니었지만, 가브리엘은 그에게서 자기 멋대로 행동하고는 자신의 의무를 다했다고 생각하는 사람들이 보이는 약간은 우스꽝스러운 뻣뻣함을 느꼈다. 가브리엘은 화를 내고 싶었지만, 그래 봤자 달라질 게 없을 뿐 아니라 너무나 많은 것들을 얘기해야 할 것이기 때문에 엄두가 나지 않았다.

그저 복도에 앉아 사령관이 부르기를 기다리며 자신의 상황에 대해 생각해 볼 뿐이었다.

마침내 불려 들어간 그는 차렷 자세를 취하고 쏟아지는 질문들을 버텨 낼 준비를 했지만, 그럴 필요가 없었다. 군의관이 이미 보고서를 올렸기 때문이다. 군의관이 어떤 의견을 냈는지는 〈흠, 건강에 좀 문제가 있는 것 같더군. 이해하겠어〉라는 사령관의 말을 통해 짐작할 수 있었다.

「사회에서는 수학 교사였다고?」

가브리엘이 그렇다고 대답할 틈도 없이 그는 특별 보급 부사관으로 임명되었다.

「다라스 소위가 3개월간 자리를 비울 예정이니까, 자네가 그를 대신하게.」

가브리엘은 놀라 숨이 막힐 지경이었고, 심장이 쿵쿵 뛰었다. 이제 르 마앵베르그에서의 지하 생활은 끝이었다! 하루 종일 바깥을 돌아다닐 수 있었다! 티옹빌을 오가고, 바깥 공기와 햇빛을 만끽할 수 있었다!

「이게 무슨 일인지는 자네도 알 거야. 병사 세 명을 데리고서 병참대가 구하지 못하는 물품을 보충하고 사비(私費)를 관리하는 거야. 다시 말해서 자네는 내 직속인 거지. 어떤 문제가 발생하면 날 찾아와야 한다는 얘기야. 자, 질문 있나?」

가브리엘은 그에게 달려들어 키스하고 싶었다. 그러는 대신 그는 손을 내밀어 임명장을 받아 들고는 경례를 했다.

병참대의 임무는 트럭이나 기차에 가득 실려 오는 육류, 커피, 빵, 럼주, 마른 채소 등의 물품을 르 마앵베르그에 보급하는 것이었다. 나머지 것들, 즉 신선한 채소, 가금육, 유제품 등은 〈특별 보급품〉에 속했고, 가브리엘은 바로 이것과 〈사비 지출〉을 맡게 된 것인데, 여기서 〈사비〉란 군과 계약 관계가 아닌 상인들과 거래할 때 사용하는 현금을 뜻했다. 사람들은 이 특별 보급관에게 그들이 시내에서 살 수 없는 것들을 주문하고 있었는데, 랑드라드 병장이 제공하는 다른 루트들로 인해 지난 몇 달 동안 이 활동은 상당히 위축되어 있었다.

가브리엘은 이제 숨통이 트이는 것 같았다. 그는 군의관에게 감사를 표하러 갔는데, 그는 다른 곳을 바라보며 애매한 손짓으로 대답했지만, 그 안에 모든 게 함축되어 있었다. 그런 다음 가브리엘은 짐을 싸러 달려갔다. 이제 바깥의 병참대 창고 근처에서 지내게 될 거였다. 낮에는 전원의 맑은 공기를 마시고 밤에는 나가서 별을 올려 볼 수 있으리라.

「오, 그래? 특별 보급관이라고?」 라울 랑드라드가 경탄한 표정으로 외쳤다.

가브리엘은 묵묵히 물건들을 꾸린 다음 아무에게도 인사하지 않고 자유를 향해 통로를 걸었다.

짐의 무게로 비틀거리며 걸어간 그는 잠시 통신대에 들러 지시 사항을 전달하고 대장에 서명을 했다. 석 달 후에 보급관이 돌아오면 자신은 다시 여기로 돌아와 일해야 하겠지만, 거기에 대해서는 생각하고 싶지 않았다. 매일이 새날 아니던가? 그런 다음 그는 르 마앵베르그를 나왔다.

널따란 평지는 각종 차량, 철조망을 싣는 군인들, 걸어서 이동하는 분대들로 가득했다. 가브리엘은 마치 죄수처럼 게걸스럽게 공기를 들이마시며 병참대 사무실 쪽으로 향했다.

저녁 5시경에 그는 방 하나를 배정받았다. 콧구멍만 한 방이지만 개인실이었고, 빙하처럼 춥지만 평지 너머로 주변의 숲이 보이는 창 하나가 달린 방이었다.

짐을 바닥에 내려놓는데, 그의 팀이 사용할 옆방에서 누군가의 발걸음 소리와 목소리가 들렸다. 그는 문을 열어 보았다. 랑드라드 병장이 샤브리에, 앙브르사크와 함께 짐을 풀고 있었다.

「아니, 여기서 뭐 하는 거야?」 가브리엘이 외쳤다.

세 병사는 놀란 듯한 표정을 지으며 그에게로 고개를 돌렸다.

라울 랑드라드가 미소를 지으며 나아왔다.

「이렇게 새 직책을 얻었으니, 자네에게 경험 있는 사람들이 필요하지 않겠어?」

가브리엘의 몸이 굳어졌다.

「절대로 안 돼!」

라울은 언짢은 듯했다.

「이봐, 그렇게 간단하게 거절할 수는 없을 거야!」

가브리엘은 그에게로 다가갔다. 이를 악물었고, 억누른 분노가 배어 나오는 목소리로 나직이 말했다.

「여기서 꺼져. 세 명 다! 지금 즉시!」

라울의 언짢은 표정은 짜증 난 표정으로 변했다. 고개를 숙이고 호주머니를 오랫동안 뒤지더니, 파란색 줄무늬가 있는 손수건 한 장을 꺼내어 천천히 펼쳤다. 가브리엘은 숨이 턱 막혔다. 그의 손바닥에서 〈PD〉라는 이니셜이 새겨진 광택 없는 금반지가 위협적인 커다란 곤충처럼 뒹굴고 있었다. 몇 달 전에 분실된, 그리고 숱한 농담이 오갔던 바로 그 반지였다.

「이봐, 자네가 이걸 자네 전대에다 숨기는 걸 사람들이 봤다고.」

그는 몸을 돌렸다.

「어이 친구들, 우리 모두 봤잖아?」

앙브르사크와 샤브리에가 큰 소리로 동의했다. 아주 진지한 표정까지 지으면서.

찰나의 순간, 가브리엘의 눈앞에 이 위협의 결과들이 주마

등처럼 지나갔다. 만일 절도범으로 고소되면, 이 세 명백한 증인들 앞에서 자신의 무고함을 증명하기는 불가능하리라. 방금 들어온 이 잠시간의 낙원을 잃는 것보다도 — 이것도 너무나 고약한 일이었지만 — 없는 죄를 뒤집어쓸 수 있다는 사실이 그를 더욱 두렵게 했다.

라울은 태연하게 반지를 다시 손수건으로 싸서는 호주머니에 집어넣었다.

# 5

데지레 미고 변호사는 7시 반 정각에 코메르스 호텔을 나와 조간신문을 샀고, 평소의 습관대로 버스 정류장에 섰다. 승강대에 오르며 그는 〈발랑틴 부아시에 재판〉이 모든 일간지의 1면을 장식한 것을 발견했지만, 그렇게 놀랄 일은 아니었다. 아버지가 거기에서 빵집을 운영하고 있다는 이유로 1년 전부터 〈푸아자의 제빵사 아가씨〉라고 불린 여자는 자신의 전 연인과 그의 애인을 살해한 혐의로 기소된 터였다. 버스는 데지레를 루앙 법원에서 3백여 미터 떨어진 곳에 내려놓았고, 그는 이 3백 미터를 느릿하면서도 의젓한 걸음으로 뚜벅뚜벅 걸어갔는데, 나이(분명히 서른 살 아래였다)와 운동을 하는 사람처럼 호리호리하고 날씬한 체격에 비해서는 다소 어울리지 않는 걸음걸이였다.

데지레 미고 변호사가 층계를 오를 때, 이 재판에 흥미를 느낀 군중이 지역 리포터들과 함께 모여들기 시작했다. 아마도 그는 계획적 범죄와 시체 은닉 시도라는, 자신의 의뢰인을 단두대에 보낼 수도 있는 두 개의 사실에 근거한 끔찍한 기소 내용에 대해 곰곰이 생각해 보고 있을 거였다. 지금 젊은 발랑틴의 상황은 위태로운 것 이상이었다. 한 리포터는 〈이 재판은 이미 끝났다!〉라고 논평하면서, 그 증거로 그녀의 변호인인 국선 변호사가 며칠 전에 냉동 트럭에 치인 사고가 있었음에도 재판이 연기되지 않았다는 사실을 들었다. 〈이 재판을 연기하지 않았다는 것은 이 사건이 이미 결정이 났다는 뜻이다…….〉

미고 변호사는 동료 법조인들에게 공손하게 인사를 한 후, 서른세 개의 단추가 달리고 라바와 에피토주[14]로 장식된 검은 법복으로 갈아입으면서, 겨우 한 달 전에 파리에서 내려온 이 명석한 청년에게 루앙 법조계 변호사들이 던지는, 의아한 듯하면서도 회의적인 시선을 의식했다. 가족과 관련된 문제로 (사람들이 이해한 바로는, 계속 여기에서 살아온 노모의 건강이 좋지 않다고 했다) 노르망디에 귀향한 그는 아무도 원치 않는 이 〈고약한 사건〉을 조금도 망설이지 않고 수락했고, 이 행동은 사람들에게 깊은 인상을 남겼던 것이다.

피고인의 매력적인 모습은 법정에 들어서자마자 대번에 사람들의 시선을 사로잡았다. 호리호리한 체구에 광대의 고운 선과 녹색 눈이 두드러지는, 아름다우면서도 심각한 빛을 띤 얼굴의 소유자였다. 단정한 정장 차림이었음에도 머리끝에서 발끝까지 기막힌 몸매를 가졌으리라는 것은 누구나 짐작할 수 있었다.

이 매력적인 외모가 배심원들에게 긍정적인 영향을 미칠 것인지 아닌지에 대해서는 아무도 알 수 없었다. 예쁜 여자들이

14 라바는 주름이 진 흰 가슴 장식이고 에피토주는 교수나 법관 등이 걸치는 긴 띠 장식이다.

다른 이들보다 더 무거운 판결을 받는 경우가 적지 않았기 때문이다.

미고 변호사는 그녀와 따뜻한 악수를 나누고 낮은 목소리로 몇 마디를 해준 다음 그녀 앞에 자리를 잡고 재판의 진행 과정을 지켜보았는데, 재판 자체는 상당히 따분하게 흘러갔다.

전날 기소장을 준비한 프랑크토 검사는 피고인의 혐의를 뒷받침하는 증거의 무게와 변호인의 경험 부족을 고려하여 그저 사실들을 요약하기만 했고, 통상적 논리에 따라 〈우리 사회가 요구하는 준엄한……〉 등등을 호소하는 것으로 만족했다. 뭔가 게으름이 느껴지는 내용이었다. 다소 맥 빠진 느낌이었다. 루앙의 방청객들은 이보다 멋진 순간들을 경험한 바 있었고, 검찰의 준엄함이나 능숙함과는 아무 관계도 없이 유죄 판결이 나는 것을 보려고 여기까지 왔나 자문하고 있었다.

검사가 증인들에게 한두 개의 질문만 하고 빨리빨리 돌려보내며 첫 번째 날을 보내는 동안, 미고 변호사는 고개를 푹 숙이고서 눈이 빠지게 파일을 들여다보았다. 이렇게 기가 죽어 있는 그의 심정을 모두가 이해할 수 있었다. 사건의 정황이 너무 명백하여 답답한 것이리라. 배심원들은 사과 도둑이나 오쟁이 진 남편에게 품는 연민마저 느끼며 그를 쳐다보았다.

오전 중간 무렵부터 루앙 법정에는 지루한 분위기가 완연했다.

전날은 맥이 빠져 지나갔고, 이틀째인 오늘 오전에는 재판이 종결될 터였다. 검사의 논고는 11시 반경에 있을 예정이었다. 길지 않으리라고 모두가 예상했다. 만일 사람들이 느끼는 것처럼 피고의 변호인이 두 손 든 상태라면 그의 변론은 요식 행위에 불과할 것이고, 오전 끝 무렵에 배심원단이 모이지만 이것도 요식 행위일 뿐일 것이며, 정오에는 모두가 집에서 점심을 먹게 될 거였다.

9시 반경, 검사가 마지막 증인에게 질문을 마쳤을 때, 미고 변호사가 갑자기 파일에서 고개를 불쑥 쳐들더니 뭔가에 사로잡힌 것 같은 눈으로 증언대의 사내를 쳐다보며 지금껏 아무도 제대로 듣지 못했던 목소리로 물었다.

「그런데 피에르부아 씨, 당신은 3월 17일 오전에 제 의뢰인을 보거나 마주친 적이 있나요?」

즉각 대답이 튀어나왔다.

「네, 그렇습니다! (그는 전에 군인이었다가 아파트 건물 수위가 된 사람이었다.) 심지어는 이렇게 중얼거리기까지 했다니까요. 아, 저 아가씨 아주 일찍 일어나네. 참 씩씩한 아가씨야…….」

홀 안에 웅성거림이 일고, 재판장은 의사봉을 집었는데, 이때 미고 변호사가 자리에서 일어났다.

「그렇다면 당신은 왜 그 사실을 경찰에게 말하지 않았나요?」

「어, 거기에 대해서는 아무도 묻지 않아서…….」

웅성거림은 왁자지껄한 소음으로 바뀌었다. 하지만 그때까지는 방청객의 경악에 불과했던 것이 곧이어 검사에게는 끔찍한 고문으로 변했다. 미고 변호사는 증인들 모두를 하나씩 다시 불러 세웠다.

사람들은 수사가 졸속으로 이뤄졌다는 것을 금방 깨달았다. 젊은 변호사는 이 사건에 대한 놀라운 지식을 보여 주면서 증인들의 의견을 바꾸어 놓았고, 또 어떤 이들을 꼼짝 못 하게 만들었다. 법정에는 다시 생기가 돌기 시작했고, 배심원들의 흥미는 배가 되었으며, 심지어는 은퇴를 불과 몇 주일 남긴 재판장마저도 모종의 젊음을 되찾았다.

이렇게 젊은 변호인이 수사관들의 약점과 증인들의 허술하거나 거짓된 증언과 졸속으로 이뤄진 수사에 대해 추궁하고 있는 동안, 또 그가 과거의 법 해석을 다시 끄집어내고 형법의 조항들을 분석하고 있는 동안, 배심원단을 완전히 흔들어 놓고 있는 이 총명한 젊은 변호사가 과연 어떤 사람인지 한번 알아보자.

데지레 미고가 처음부터 미고 변호사였던 것은 아니다.

이 사건이 있기 전 해에, 그는 석 달 동안 리바레탕뛰이제 마을에 단 하나 있는 학급의 초등 교사로 근무하면서 지극히 혁신적인 교육 방식을 적용하는 〈미뇽 선생님〉이었다. 교실은 책상이 치워지고 극장으로 변했으며, 첫 번째 학기 전체는 〈이상적 사회를 위한 헌법〉 작성에 바쳐졌다. 미고 선생님은 교육청 감독관이 방문하기 바로 전날에 갑자기 모습을 감췄지만, 학생들의 가슴속에 (그리고 정반대의 이유로 학부모들의 가슴속에도) 지워지지 않는 추억을 남겼다.

몇 달 후, 그는 에브뢰 항공 클럽의 조종사 데지레 미냐르의 모습으로 다시 등장한다. 그는 그때까지 한 번도 비행기에 오른 적이 없음에도 불구하고, 비행 수첩 하나와 강철 배지 형태의 자격증들을 제시했다. 그의 전염력 강한 열정에, 노르망디와 파리 지역의 몇몇 부유한 고객들은 이런 일에 정통한 그가 조종하는 더글러스 DC-3를 타고(이것은 그의 첫 비행이 될 터였지만, 이 사실을 아는 사람은 아무도 없었다) 파리에서 이스탄불과 카라치를 경유하여 콜카타에 이르는 멋진 항공 여행을 계획했다. 스물한 명의 승객은, 조종사의 기술에서 뭔가 이상함을 느낀 정비공이 불안하게 지켜보는 가운데, 조종사복을 멋지게 차려입은 데지레가 굉음과 함께 엔진을 돌리고 있다가, 별안간 걱정스러운 표정을 지으며 마지막 확인이 필요하다고 설명하고는 격납고 쪽으로 멀어지더니만, 비행 클럽 금고를 들고 영원히 사라져 버렸던 그 순간을 오래도록 기억하게 될 거였다.

그의 얼마 되지 않은 경력의 하이라이트는 이베르농쉬르손 생루이 병원의 외과 의사 데지레 미샤르 박사로 두 달 넘게 활동한 일이었다. 하마터면 그는 당사자가 한 번도 앓은 적이 없는 심실 간 격막 천공 증세를 보이는 환자에게 야심 차게 폐동맥 우회술을 실행할 뻔했다. 데지레는 마지막 순간에 마취사의 작업을 중단시키고는 수술실을 나갔고, 경리과의 금고를 챙겨 병원을 떠났다. 환자는 위기를 모면했지만, 병원으로선 우스운 꼴을 당한 셈이었다. 그들은 재빨리 사건을 덮어 버렸다.

이 데지레 미고의 진정한 정체를 아는 사람은 아무도 없었다. 한 가지 확실한 것은 그가 생농라브르테슈에서 태어나 거기서 어린 시절을 보냈으며, 그곳의 초등학교와 중학교에서 그의 흔적이 발견되지만, 그 후에는 어디론가 사라져 버렸다는 사실뿐이었다.

그를 만난 적이 있는 사람들의 의견은 그의 삶 자체만큼이나 다양했다.

조종사 데지레 미냐르를 알았던 비행 클럽 회원들은 그를 무모하고도 야심 찬 비행사로 묘사했고(어떤 이의 말로는 그가 〈사람들을 이끄는 리더〉였단다), 데지레 미샤르 박사의 환자들은 주의 깊고, 심각하며, 항상 집중해 있는 외과 의사를(「별로 말수가 없었어요. 그런 사람에게서 한마디를 끄집어낸다는 것은……」) 떠올렸으며, 초등 교사 데지레 미농의 학부모들은 소극적이면서 수줍어하는 청년에 대해 말했다(「꼭 소녀 같았죠……. 뭔가 콤플렉스가 있었던 것 같아요」).

자, 그럼 다시 재판정으로 돌아와 보자. 검사는 결정적 증거가 없어서 아무도 납득하지 못하는 원칙들에 근거한 혼란스러운 논고를 가쁜 숨을 쉬어 가며 마쳤다.

이어 데지레 미고가 변론을 시작했다.

「배심원 여러분, 우선 이 사건이 평범하지 않다는 사실을 고려해 주신 것에 대해 감사드립니다. 자, 여러분 앞에 보통은 어떤 사람이 섭니까? 지난 몇 달 동안 여러분은 어떤 사람들을 심판하셨습니까? 그것은 주철 프라이팬으로 자기 아들의 머리를 박살 내어 살해한 주정뱅이, 고집을 부리는 고객을 칼로 열일곱 번 찔러 죽인 여자 포주, 그리고 전에는 경찰이었으나 장물아비가 되어 그의 공급자 중 하나를 파리와 르아브르 간 철로에다 묶어 놓아 몸이 세 조각 나 죽게 만든 사내였습니다. 배심원 여러분, 여러분께서는 저의 의뢰인, 신실한 가톨릭 신도이고 존경받는 제빵사의 선량한 딸이며 생트소피 중학교의 우수하면서도 겸손한 학생이었던 이 여인이, 보통 이 재판정의 의자에 앉게 되는 그 수많은 살인자, 흉악범과는 전혀 다른 사람이라는 사실을 쉽게 받아들이실 것입니다.」

처음에는 보이지도 않을 정도로 조용히 있었고, 증인 심문

때에는 꼿꼿하고도 단호한 모습을 보여 준 젊은 변호사는 이제 맑고도 낭랑한 목소리로 말하고 있었다. 그는 완벽할 정도로 우아했고, 정확하고 암시적인 적절한 몸짓을 섞어 가며 논리를 이어 갔으며, 절도 있고도 가볍게 걸음을 옮겼다. 그는 갈수록 청중의 마음을 사로잡았다.

「배심원 여러분, 검사님의 일은 그렇게 어렵지도 복잡하지도 않았으니, 왜냐하면 이 사건의 판결은, 외람된 말씀이지만 이미 나 있기 때문입니다.」

그는 자신의 좌석 쪽으로 돌아와 조간신문들을 집어 들고는 그 1면을 배심원단에게 보여 주었다.

「『노르망디엑스프레스』, 〈발랑틴 부아시에의 목숨은 루앙 중죄 재판소에 달려 있다〉, 『르 코티지앵 뒤 보카주』, 〈제빵사 아가씨, 단두대를 목전에 두다〉, 『루앙마탱』, 〈발랑틴 부아시에, 과연 무기 징역으로 끝날 수 있을까?〉.」

그는 걸음을 멈추고 오랫동안 미소를 지어 보인 후에 이렇게 덧붙였다.

「여론과 검찰이 배심원들에게 그들이 할 일을 이보다 더 분명하게 제시한 경우는 드물 것입니다. 그리고 이보다 더 명백한, 그리고 — 예, 제가 감히 말씀드리자면 — 이보다 더 추악한 오심으로 몰고 가는 경우는 드물 것입니다!」

이 말에 뒤이어 무거운 침묵이 내려앉았다.

이어 피고인에 부과된 혐의들의 재검토가 시작되었다. 미고 변호사는 이 혐의들을 그가 〈이성적 이성〉이라는 기묘한 표현으로 — 표현이 애매하기에 배심원단의 존경심은 더욱 배가되었다 — 부르는 것의 비판적 조망하에 하나하나 따져 나갔다.

「배심원 여러분!」 그는 결론으로 들어갔다. 「이 재판은 여기서 끝내 버릴 수도 있습니다. 왜냐하면 (그는 두툼한 서류 뭉치를 흔들어 보였다) 지금까지의 수사와 재판 과정을 무효화할 수 있는 모든 이유들이 갖추어져 있고, 여기에 형식상의 하자가 너무 많기 때문입니다. 어떤 의미에서 이 사건은 언론에 의해 먼저 종결되었지만, 이제는 이 법정 자체에 의해 종결되었다고 말할 수 있습니다. 하지만 우리는 오히려 끝까지 가고 싶습니다. 왜냐하면 제 의뢰인은 어떤 교묘한 법적 기교 덕분에 석방되는 것을 받아들일 수 없기 때문입니다.」

모두가 경악하여 입을 딱 벌렸다.

데지레의 의뢰인은 실신할 뻔했다.

「제 의뢰인은 사실 그 자체를 고려할 것을 요구합니다. 그녀는 여러분의 판단이 진실에 입각할 것을 강력히 요구합니다. 여러분께서 판결을 내리는 순간, 자신의 두 눈을 똑바로 들여다봐 달라고 간절히 부탁하고 있습니다. 그녀는 자신의 행동이 방어를 위해 본능적으로 튀어나온 것임을 이해해 달라고 여러분께 애원하고 있는 것입니다. 왜냐하면 배심원 여러분, 이것은 정당 방어를 위해 행해진 범죄이기 때문입니다!」

방청객은 술렁거렸고, 재판장은 보일 듯 말 듯 하게 입을 삐죽 내밀었다.

「네, 그렇습니다. 정당 방어였습니다.」 데지레 미고가 다시 강조했다. 「왜냐하면 피해자는 사실 진짜배기 개백정이었고, 이 이른바 〈살인자〉가 실은 피해자인 것입니다.」

그는 자신의 의뢰인이 권총으로 사살하게 될 때까지 이 사내에게서 받아야 했던 그 모든 괴롭힘과 폭언과 폭행과 모욕을 오랜 시간을 들여 상세히 열거했다. 그가 자행한 폭행의 끔찍한 실상은 배심원단과 방청객을 공포로 얼어붙게 했다. 남자들은 눈을 아래로 내리깔았고, 여자들은 주먹을 꼭 쥐었다.

그렇다면 왜 그녀는 이런 상황을 경찰에게도 검사에게도 밝히지 않고, 겨우 오늘에야 드러나게 했단 말인가?

「배심원 여러분, 그것은 품위를 지키기 위해서였습니다! 순전한 자기희생이었던 것입니다! 발랑틴 부아시에는 차라리 죽을지언정 과거에 자신이 그토록 사랑했던 사람의 얼굴에 먹칠하고 싶지는 않았던 것입니다!」

이어 데지레는 만일 발랑틴이 두 피해자를 매장했다면 그것은 결코 그들을 사라지게 하기 위함이 아니요, 〈문란한 품행을 이유로 종교가 그들에게 허락하지 않았을 품위 있는 묘소〉를 마련해 주기 위한 행위였음을 논증했다.

이 변론의 하이라이트는 말할 것도 없이, 잔인한 사내가 그녀에게 남긴 끔찍한 흉터를 언급하면서, 데지레가 의뢰인에게 몸을 돌리고 상의를 벗어 모두에게 보여 줄 것을 지시했을 때였다. 사람들은 일제히 비명을 질렀고, 재판장은 피고인에게 절대로 그러지 말라고 고함을 쳤으며, 경악한 발랑틴의 새빨개진 얼굴은 (사실 그녀의 눈부시게 아름다운 젖가슴은 소녀 때와 다름없이 티 없이 깨끗하기만 했다) 그녀가 얼마나 정숙한 여자인지를 보여 주는 효과를 가져왔다. 법정 안의 웅성거리는 소리가 좀처럼 잦아들지 않았다. 데지레 미고는 코멘다토레 석상[15]처럼 뻣뻣한 자세로 재판장 쪽으로 손짓을 했다.

15 코멘다토레는 모차르트의 오페라 「돈 조반니」에 등장하는 기사장이다. 자기 딸을 겁탈하려는 돈 조반니와 결투하다 살해당하지만, 나중에 석상의 형태로

네, 좋습니다, 강요하지는 않겠습니다.

이어 그는 〈발랑틴의 개백정〉을 숲속의 식인귀, 악마적 인격, 변태적 냉혈한이 결합된 모습으로 묘사하고는, 배심원들을 향해 손을 크게 앞으로 내미는 인사와 함께 변론을 마무리지었다.

「오늘 여러분은 정의를 말하기 위해, 참과 거짓을 가려내기 위해, 맹목적으로 사람을 단죄하는 대중의 목소리에 저항하기 위해 여기에 계십니다. 여러분은 제 의뢰인이 용기 있었다고, 관대했다고 인정하기 위해, 그녀가 무죄라고 단언하기 위해 이 자리에 계시는 것입니다. 저는 여러분의 말씀이 여러분을 한층 성장시킬 것을, 또 여러분과 함께, 그리고 여러분 덕분에, 오늘 여러분이 체현하고 있는 이 나라의 정의가 한층 성장하리라 믿어 의심치 않습니다.」

심의가 진행되는 동안 데지레가 리포터와 기자, 심지어는 마지못해 축하하기 위해 다가온 동료 변호사들에 둘러싸여 있을 때, 변호사회 회장이 군중을 헤치고 오더니만 청년의 어깨에 팔을 두르고는 한쪽으로 데리고 갔다.

「그런데 말이야, 미고 변호사…… 파리 업계에서 자네의 변호사 자격 여부를 알아봤는데, 도무지 알아낼 수가 없어…….」

데지레는 흠칫 놀란 표정을 지었다.

「오, 정말 이상하군요!」

「나도 그렇게 생각해. 심의가 끝나고 나서 내 사무실로 올 수 있다면, 내가…….」

다시 나타나 난봉꾼 돈 조반니를 지옥에 떨어뜨린다.

법정 재개를 알리는 종소리에 말이 끊겼다. 데지레 미고에게는 급히 화장실에 다녀올 시간밖에 없었다.

변론이 배심원단을 설득한 것인지, 아니면 모든 게 권태롭기만 한 이 지방 도시에서 변론이 그들에게 기분 전환의 시간과 뭔가 고결한 모습을 보일 기회를 준 것인지 확실히 말하기 힘들다. 어쨌거나 발랑틴 부아시에는 정상이 참작되어 3년 징역형에 2년 집행 유예를 받았고, 거기에 어찌어찌하여 또 감형을 받아 석방될 수 있었다.

그녀의 변호인의 모습은 다시 볼 수 없었다. 이 판결에 대해 따지는 것은 이 나라의 사법 체계 전체가 가짜 변호사를 제멋대로 활동할 수 있게 놔뒀다는 얘기가 되므로, 그에 대해서는 더 이상 말이 없었다.

# 6

르 푸아트뱅 판사의 소환장을 읽고 또 읽으면서, 루이즈는 이 〈당신과 관련된 일〉이라는 표현이 과연 무엇을 의미하는 것인지 수없이 자문해 보고, 따져 보고, 생각해 보았다. 하지만 어떤 결론에도 이르지 못했다. 밤이면 불안감이 슬금슬금 발밑을 기다가 목구멍까지 차올랐다. 만일 이게 판사가 그토록 집착하는 〈풍기 문란죄〉의 문제라면, 이것은 법정에서 해결해야할 텐데 왜 자신을 소환한단 말인가? 신경질적으로 안경을 만지작거리다가 그것을 딱 부러뜨리고 자신을 단두대에 올리는 한 무리의 법관들을 마주하는 모습을 그녀는 상상했다. 단두대에서는 르 푸아트뱅같이 생긴 사형 집행인이 〈아, 자기의……그것을 보여 주다니!〉라고 새된 목소리로 소리 지르리라. 자신은 벌거벗었고, 판사는 자신의 두 다리 사이를 뚫어지게 쳐다보리라……. 그녀는 식은땀에 흠뻑 젖어 잠에서 깨어났다.

목요일, 외투를 걸친 그녀는 아침 7시부터 준비되어 있었다. 10시까지 오라고 했으니까 너무 이른 시간이었다. 그녀는 다시 커피를 만들었다. 손이 약간 떨리고 있었다. 시간이 되었다.

아니, 아직 조금 남았지만 할 수 없었다. 조금 일찍 가리라. 그녀가 잔을 헹구고 있는데 초인종이 울렸다.

조심스레 창가로 다가간 그녀는 라 프티트 보엠 사장이 보도 위에서 발을 동동 구르며 그녀의 집 전면을 뚫어지게 쳐다보고 있는 모습을 발견했다. 그녀는 문을 열어 주고 싶지 않았다. 그와 얘기하고 싶지 않았다. 쥘 씨는 이 불행한 사건에서 아무 잘못이 없었지만, 루이즈는 마치 나쁜 소식을 전하는 사자(使者)를 죽이는 고대 로마의 토목 집행관들처럼 행동하고 있었다. 하지만 어쩌겠는가. 그녀는 탓할 사람을 찾아내고 싶은 것인지 레스토랑을 이 고약한 사건과 연관시키고 있었다. 마치 쥘 씨가 자신을 보호하는 임무를 다하지 못한 것처럼 말이다. 그런데 기묘한 것은 루이즈의 집에 와 초인종을 누르기 위해서는 길 하나만 건너면 되는데도 그는 마치 어떤 의식에 가는 사람처럼 옷을 말끔하게 차려입고 있었다. 꽉 죄는 정장에 에나멜 구두를 신은 그는 꽃다발을 들고 있다 해도 이상하지 않을 차림이었다. 마치 청혼하러 온 남자 같은 차림이었지만, 퇴짜 맞을 게 뻔한 구애자처럼 체념 어린 표정이었다.

며칠 전, 루이즈에게 가림막이 되어 주는 버스가 늦게 도착했을 때, 그녀는 모습을 드러내고 그냥 가야 했다. 레스토랑 앞을 급히 지나는데 접시를 나르는 쥘 씨의 모습이 보였다. 그것은 그녀가 어쩌다 서빙을 하지 못하게 되었을 때 사람들에게서 들었던 불쌍한 광경이었다. 쥘 씨는 대화할 때도 그렇지만 서빙을 할 때도 다른 사람의 말을 듣는 법이 없었다. 그는 주문과 테이블을 혼동하고, 찻숟가락을 가져오려고 허둥지둥 홀을 가로지르고, 빵 가져오는 것을 잊어버리고, 겨우 테이블에 오른 요리는 차디차게 식어 있고는 했더란다. 계산서를 받으려면 15분이나 기다려야 하고, 사람들이 재촉하면 〈그럼 다른 데 가서 먹으면 될 것 아냐?〉 하고 버럭 화를 냈단다. 손님들은 냅킨을 내려놓으며, 좋아, 그렇게 하지 뭐, 하고 대답하고, 단골들은 한숨을 내쉬었단다. 가끔씩 있는 루이즈의 결근은 레스토랑의 명성과 매출에 늘 타격을 입혔다. 하지만 쥘 씨는 결코 그녀를 다른 사람으로 바꾸려 하지 않았다. 자신이 직접 주방과 홀 사이를 허둥지둥 왕복하면서 고객을 잃곤 했지만, 다른 사람을 고용한다는 것은 그로서는 생각할 수도 없는 일이었다.

루이즈는 괘종시계를 힐끗 쳐다보았다. 시간이 흐르고 있었고, 이제는 결심을 하고 문을 열어야 했다.

쥘 씨는 뒷짐을 진 채로 그녀가 대문까지 나오는 모습을 지켜보았다.

「야, 한번 들르지 그랬어……. 얼마나 걱정했는지 알아? 〈우리〉가 말이야!」

그의 정신 속에서 레스토랑 고객들과 이웃 사람들, 더 나아가 지구 전체를 지칭하는 이 〈우리〉는 국왕이 자신의 위엄을 표현하기 위해 〈나〉 대신 사용하는 호칭인 〈우리〉와도 비슷한 느낌이었는데, 그는 자신이 약간 오버했음을 의식했다.

「그러니까 내 말뜻은…….」

하지만 제대로 말을 끝맺지 못했다. 그는 루이즈의 모습을 살펴보았다.

그녀는 정원의 철책 문을 열 수도 있었지만, 그러지 않고 있었다. 마치 쥘 씨가 루이즈 벨몽이라는 명칭의 창구 앞에 선 것처럼 그들은 대문의 가느다란 철봉 사이로 서로의 얼굴을 뚫어지게 쳐다보았다. 그녀는 자신이 사라졌던 것과 다시 돌아온 것에 대해 사람들이 어떻게 얘기하고 있는지 알지 못했다. 그러나 어쨌든 상관없었다.

「그래, 건강은 괜찮지?」 쥘 씨가 물었다.

「예, 괜찮아요…….」

「지금 어디 가려고 하는 것 같은데…….」

「아니요……. 음, 그러니까, 네, 맞아요…….」

그는 알겠다는 듯이 고개를 끄덕이더니 별안간 죄수처럼 두 손으로 철봉을 꽉 잡았다.

「다시 일하러 올 거지? 그렇지?」

루이즈는 그의 커다란 얼굴이 다가오는 것을 보았다. 베레 모가 대문의 철봉에 눌려 머리통 뒤쪽으로 젖혀지면서 그는 약간 우스꽝스러운 모습이 되었다. 하지만 이렇게 질문하며 가슴이 미어질 것 같은 그는 이 사실을 의식하지 못했다.

루이즈는 어깨를 으쓱해 보였다.

「아뇨, 그럴 것 같지 않아요.」

이 순간, 그녀 안의 무언가가 부서져 내렸다. 티리옹 의사의 자살보다도, 예심 판사 앞에 선 것보다도, 풍기 문란 행위를 한 것보다도, 심지어는 전쟁의 발발보다도, 이 결정은 그녀를 새 로운 삶 가운데로 내던졌고 이는 그녀를 두렵게 했다.

충격으로 한 걸음 뒤로 물러선 쥘 씨 역시 눈물이 솟았다. 그 는 미소를 지어 보려 하다가 결국 포기했다.

「그래, 그렇겠지.」

루이즈는 자신이 그를 저버린다는 것을 의식했고, 그로 인 해 마음이 무거웠다. 이런 식으로 그를 떠나는 게 미안해서가

아니라 그를 사랑했기 때문이었고, 그는 방금 끝나 버린 삶의
일부분이기 때문이었다.

약혼자 같은 정장 차림에 베레모를 삐딱하게 쓴 쥘 씨는 잠
시 휘청거렸다.

「음, 그래. 난 갈게. 그래…….」

무슨 말을 해야 할지 모르는 채 그녀는 그 어마어마한 덩치
의 그가 힘없이 뒤뚱대며 멀어져 가는 모습을 지켜보았다. 그
에겐 너무 작은 그 정장을, 발목까지밖에 내려오지 않는 그 짧
은 바지를, 금방이라도 터져 버릴 것 같은 등짝의 그 솔기를 말
이다.

루이즈는 나가는 대신에 다시 층계를 올라가 손수건 한 장
을 집어 들었고, 쥘 씨가 라 프티트 보엠의 문을 닫고 안으로
들어가는 순간 창밖을 흘깃 내다보았다. 바로 이 순간에야 그
녀는 그가 자신에게 아무런 질문도 하지 않았다는 사실을 깨달
았다. 그는 무엇을 알고 있는 걸까? 무언가를 알고 있다면 대
체 어떻게 알게 된 걸까? 의사가 오지 않는다는 것을 그는 당연
히 알아챘겠지만, 어떻게 그의 부재를 그녀와 연결시킬 수 있
었을까? 『파리수아르』가 이 사건을 보도했을까? 그 기사가 연
결시켜 준 걸까?

그녀는 곧바로 밖으로 나왔고, 이번에는 몸을 숨기지 않고
레스토랑 앞을 지나 버스 정류장으로 갔다. 그녀의 정신은 쥘
씨와 짧은 대화를 나누며 흔들려 잠시 후에 있을 심문에 집중
하기 힘들었다. 그녀는 핸드백에서 〈당신과 관련된 일〉에 대한
소환장을 꺼냈다.

「아닌 게 아니라, 당신과 너무나 깊이 관련된 일이오!」르 푸아트뱅 판사가 말했다.

그는 이번에는 안경을 쓰고 있지 않았다. 아마도 수리를 맡긴 것이리라. 대신 그는 그 작은 손에 비해서는 너무나도 커다랗고 긴 만년필을 만지작거리면서 눈을 잔뜩 찌푸리고 루이즈를 쳐다보았다.

「그래, 당신하고 말이야…….」

그는 왠지 실망한 기색이었다. 지치고 넋이 나간 얼굴로 병실 침대에 앉아 있던 젊은 여자는 너무나 매력적으로 느껴졌는데 — 그가 너무나도 좋아하는 비운의 화류계 여인 같은 구석이 있었다 — 지금 이 사무실의 그녀는 평범하고, 하찮고, 옹색해 보였다. 마치 흔해 빠진 가정주부 같았다. 판사는 만년필을 툭 떨어뜨리고는 파일에 코를 처박았다.

「풍기 문란 혐의에 대해서는…….」루이즈가 스스로도 놀랄 만큼 단호한 목소리로 입을 열었다.

「흥, 그거……?」

그의 지치고도 실망스러운 어조를 통해, 루이즈는 그가 이 혐의를 포기했다는 것을 알아챘다.

「만일 그렇다면, 판사님이 저에게 또 질문할 권리가 있으신가요?」

그녀가 다른 어떤 어휘를 썼다 하더라도 그는 곱게 대답했을 것이다. 하지만 그녀는 〈권리〉를 운운하고 있었다. 다시 말해서 〈법〉을 운운하는 것이고, 이것은 그만의 영역이었다. 그는 폭발했다. 옆에서 받아 적고 있던 젊은 서기는 이런 상황에 이력이 난 모양으로, 이젠 그저 팔짱을 끼고 창밖을 내다보기만 했다.

「뭐라고? 나한테 〈권리〉가 있느냐고?」르 푸아트뱅이 고함 쳤다. 「이봐, 아가씨, 지금 당신은 법 앞에 있는 거라고! (그가 한 자 한 자 힘을 주어 말하는 게 느껴졌다.) 그리고 당신은 법에 대답해야 할 의무가 있어!」

루이즈는 차분함을 유지했다.

「난 내가 왜 여기에 있어야 하는지 모르겠어요…….」

「왜냐하면 이 세상에 당신 혼자만 있는 게 아니기 때문이야!」

루이즈는 판사가 무슨 말을 하는 것인지 알 수 없었다.

「아무렴, 그렇고말고!」그가 덧붙였다.

루이즈에게 나쁜 소식인 듯한 것이 그에게는 희소식인 모양이었다.

그가 젊은 서기에게 손짓을 하자 서기는 한숨을 쉬며 사무실을 나갔고, 잠시 후 우아한 검은 정장 차림에 슬픈 눈빛과 얼굴을 한 60대의 여자 하나를 앞세우고 다시 들어왔다. 다른 방법이 없었으므로 그녀는 루이즈 옆에 자리를 잡았다. 루이즈로서는 한 번도 사용해 볼 기회가 없었던 세련되고도 은은한 향수 냄새가 그녀에게서 느껴졌다.

「티리옹 부인, 이렇게 불편한 자리에 나오시게 해서 정말 죄송합니다…….」

그는 루이즈를 가리켰고, 루이즈는 얼굴이 새빨개졌다.

죽은 티리옹 의사의 아내는 앞만 똑바로 쳐다보았다.

「물론 부군의 사망 사고와 관련해서는…… 이 사건은 이미 종결되었지요…….」

그는 이 말에 따르는 결과들을 강조하고 이 새로운 소환에 대한 궁금증을 높이기 위해 오랫동안 침묵을 지켰다. 루이즈는 곧바로 불안해졌다. 이 사건이 종결되었다면…… 이제 어떤 문제가 남아 있는 걸까?

「왜냐하면 또 다른 것이 있기 때문이에요!」 판사는 마치 자신의 생각을 따라가면서 말하듯이 또박또박 발음했다. 「매춘과 풍기 문란 혐의는 포기되었지만, 하지만…….」

사법 관례의 차분함과는 동떨어진, 이렇게 중간중간 뜸을 들이는 방식에는 뭔가 기괴하고도 음란한, 그리고 끔찍하게 위협적인 것이 있었다. 이를테면 자유 재량적인 사법이라고나 할까?

「재물 갈취! 왜냐하면 만일 이 〈마드무아젤〉이 자신의 매력을 〈팔아먹은〉 게 아니라면, 그렇다면 그 돈은 과연 왜 거기 있었을까요? 말할 것도 없이 공갈 행위가 있었던 거예요!」

루이즈는 입을 딱 벌렸다. 자기가 어떻게 티리옹 의사를 협박할 수 있단 말인가? 도대체가 말도 안 되는 소리였다.

「부인, 부인께서 고소를 해주시면, 우리는 이 일에 대해 수사하여 갈취 행위가 있었다는 것을 증명할 수 있어요. 강탈 행위 말이에요!」

그는 루이즈에게로 고개를 돌렸다.

「그리고 당신은 징역 3년에 10만 프랑의 벌금형을 받게 될 거야!」

그는 만년필로 탁자를 탁 치며 자신의 논증이 끝났음을 표시했다.

루이즈는 하늘이 노래지는 것 같았다. 혐의에서 간신히 벗어나자마자 다른 혐의가 기다리고 있었다. 징역 3년 형이라니! 금방이라도 울음이 터져 나올 것 같은데, 옆에서 티리옹 부인의 움직임이 느껴졌다.

그녀는 고갯짓으로 아니라고 했다.

「부인, 부탁하는데 제발 깊이 숙고해 주세요! 부인께서는 심각한 피해를 입으신 겁니다. 아주 훌륭한 명성을 지니셨고, 〈거리의 여자들을 찾는〉 사람이 전혀 아니었던 부군을 잃으신 거예요! 그분은 이 〈마드무아젤〉에게 돈을 주었어요. 거기에는 뭔가 이유가 있단 말입니다, 빌어먹을!」

루이즈는 티리옹 부인의 몸이 굳는 것을 느꼈다. 그리고 그녀가 핸드백을 열고 손수건을 꺼내어 눈가를 훔치는 것을 보았다. 보아하니, 르 푸아트뱅 판사가 의사의 아내에게 고소하라고 부추긴 게 처음이 아닌 것 같았다. 지금까지의 노력은 수포로 돌아갔지만, 아직도 포기하지 않고 있었다.

「그 말도 안 되는 금액은 집안의 생활비에서 나온 거라고요! 우리는 그 이유를 밝혀내고, 죄인을 처벌할 수 있어요!」

그는 신경질적이면서도 과장된 웃음을 터뜨렸다. 루이즈는 끼어들어 항변하고 싶었지만, 살며시 코를 풀고 있는 이 부인의 존재가 그녀를 얼어붙게 했다.

「이 마드무아젤이 당신 남편에게서 더 많은 금액을 빼내지 않았다는 증거는 전혀 없어요! 분명 이번이 처음이 아닐 거예요! 이 인간이 당신의 죽은 남편에게서 얼마나 많이 갈취했겠습니까? 바로 부인 자신에게서 말이에요!」

자신의 강력한 논리에 취해 그의 얼굴이 환해졌다.

「왜냐하면 이 돈은, 부인 당신에게 갈 돈이었기 때문이에요!

부인의 따님 앙리에트에게 물려줄 돈이라고요! 만일 부인이 고소하지 않는다면 우리가 수사를 할 수 없고, 수사를 하지 못하면 진실도 밝힐 수 없어요! 만일 부인이 고소하시면, 우리는 모든 것을 밝혀낼 수 있어요!」

루이즈는 끼어들어 말을 하려고 했다. 자신이 그 돈을 이용하려 했다고 믿게 하고 싶지 않았다. 심지어는 그것을 가져가지도 않았다. 봉투는 객실 서랍장 위에 두고 나오지 않았는가. 그녀가 무슨 말부터 해야 할지 몰라 더듬거리는데, 판사가 아예 말을 못 하게 막아 버렸다.

티리옹 부인은 아니라고 고개를 저었다.

「에이, 이런!」 판사가 소리를 질렀다. 「이봐, 서기!」

그는 답답해하며 조그만 손을 흔들었다. 그에게는 모든 게 답답하고 느리기만 했다. 특히나, 한숨을 푹 내쉬고는 서가에서 보이지 않는 뭔가를 집어서 몸을 돌려 판사의 책상 쪽으로 오는 젊은 서기가 그랬다.

「자, 티리옹 부인, 이거 보세요! 이게 아무것도 아니에요?」

그는 루이즈가 가져가 그녀의 옷 속에서 발견된 식칼을 가리켰다. 이 평범한 주방 기구를 벨몽의 성명과 일련번호가 적힌 베이지색 라벨을 붙인 모습으로 보니 어떤 위험한 분위기가 느껴졌다.

「이런 것을 호주머니에 넣고 돌아다니는 여자가 과연 아무런 범죄 의도가 없었겠는지, 난 묻고 싶어요!」

하지만 지금 판사가 누구에게 묻고 있는 것인지 알 수 없었다. 정황상 면소(免訴)를 받아들일 수밖에 없는 그는 불같이 화가 나 있었다. 그는 꼭 그녀를 처벌하고 싶었다. 아, 이 여자는 사람을 얼마나 열불 나게 하는지!

「부인, 고소하세요!」

그는 칼을 집어 들었다. 당장이라도 누군가를 찌를 것 같은 기세였다. 기소 이유가 없어서 풀어 주지 않을 수 없는 이 사악한 젊은 여자든, 아니면 그녀를 징벌할 수 있는 방법들을 거부하고 있는 이 답답한 여편네든.

하지만 절대로 아니란다. 티리옹 부인은 단호하게 고개를 저었다. 아, 난 싫어요. 이 일을 이걸로 완전히 끝내 버리고 싶어요. 그녀는 갑자기 방을 걸어 나갔다. 너무 순식간에 나가 버려서 젊은 서기가 손쓸 틈이 없었다. 판사도 마찬가지였다. 그저 놀라 입만 딱 벌렸다.

루이즈로서는 사건이 두 번째로 종결된 셈이었다.

그녀도 몸을 일으켜 문 쪽으로 걸음을 옮겼다. 다시 자리에 앉으라는 목소리가 들려올까 봐 두려웠지만, 그런 일은 일어나지 않았다. 그녀는 안도의 한숨을 내쉬며 법원을 나왔다. 이것으로 모든 게 끝났지만, 이 부인의 존재는 그녀에게 충격을 주었고 마음이 너무나 무거웠다.

거리의 아치형 통로 밑을 지나는 순간, 그녀는 티리옹 부인이 한 기둥 근처에서 어떤 여자와 얘기하고 있는 것을 보았다. 그녀보다는 덜 우아해 보이는 여자로, 아마 그녀의 딸인 듯싶었다. 어쨌든 둘은 뭔가 가족 같은 느낌이었다. 루이즈가 지나가자 두 여자 모두 그녀를 눈으로 좇았다. 루이즈는 급하게 걷지 않으려고 애를 썼다. 땅바닥만 내려다보면서 건물 앞 광장을 가로질렀다. 부끄러웠다.

그녀는 이틀 정도를 집 안에서 개미처럼 빙빙 돌다가, 월요일에 다시 출근하겠다고 교장에게 편지를 썼다.

그런 다음 무료할 때면 늘 그랬듯이 공동묘지에 갔다.

가족 묘소까지 걸어간 그녀는 항아리에 물을 채우고, 가져간 꽃다발을 거기에 꽂았다. 아버지와 어머니의 유약 처리 된 사진 두 개가 대리석 위에 나란히 붙어 있었다. 그것들은 같은 세대, 같은 세계에 속한 것으로 느껴지지 않았다. 아마도 아버지는 1916년에 사망했고, 어머니는 아버지가 죽고 나서 23년이나 더 살았기 때문이리라.

루이즈에게 아버지는 빛바랜 사진 한 장에 불과해 기억이 전혀 없었고, 오직 어머니에 대한 추억뿐이었다. 어머니는 그녀가 할 수 있는 최대한으로 딸에게 다정했지만, 우울증은 그녀를 쓰러뜨렸고 결국은 유령 같은 존재로 만들었다.

루이즈는 이런 어머니를 보살피며 유년기의 일부분을 보냈다. 그녀는 거의 죽은 거나 다름없는 존재였지만, 지금의 자신과 너무나 가깝게 느껴졌다. 왜냐하면 둘은 서로 닮았기 때문이었다. 루이즈는 이게 좋은 일인지 아닌지 알 수 없었다. 지금 눈 아래에 보이는 이 고착된 이미지는 자신과 똑같은 얼굴이었다. 입도 같았고, 무엇보다도 사람들에게서 좀처럼 찾아보기 힘든 맑은 눈이 똑같았다.

루이즈는 어머니가 세상을 떠나고 난 뒤 처음으로 그녀에게 말을 하고 싶었고, 아직 시간이 있었을 때 그러지 못했던 게 너무나 후회가 되었다.

이제 애도 기간은 끝났지만 이 사실이 오히려 그녀를 슬프게 했다. 자신이 사랑했던, 하지만 더 이상 그녀를 위해 눈물을

흘리지 않는 여인에게 이제는 말을 할 수 없다는 사실이 너무
나 가슴 아팠다.

# 7

가브리엘의 영지를 병합함으로써, 라울 랑드라드는 그의 야심에 걸맞은 영토를 보유할 수 있게 되었다. 첫째 날, 그는 병참대 창고와 티옹빌의 장사꾼들을 연결하는 트럭의 운전대에 올랐다. 그의 몸 전체에서는 드디어 자기에게 어울린다고 생각하는 책무를 맡게 된 남자의 자신감이 뿜어져 나왔다.

트럭 짐칸에서는 그의 두 경비견이라 할 수 있는 앙브르사크와 샤브리에가 도로를 무심히 바라보고 있었다.

「그 청과물 장사 이름이 뭐였지?」 라울이 물었다.

이 질문에 가브리엘의 머릿속에 즉각 경고 등이 켜졌다.

「장미셸 플루타르.」

라울은 별로 마음에 들지 않는다는 듯 눈썹을 찌푸리며 고개를 끄덕였다. 그들 사이에 기 싸움이 시작된 것이다. 그러나 이미 진 거나 다름없었다. 가게를 나와 트럭에 짐 싣는 것을 지켜보던 가브리엘은 라울이 뒷전에서 상인들과 숙덕거리는 것을 보았다. 라울은 그러고 나서 한 시간 동안, 아니 그 이상을 어딘가로 사라져 보이지 않았다. 마치 자신의 용무로 바쁜 사람처럼 말이다. 오후 초엽에 가브리엘은 트럭 옆에서 한 시간 동안 그를 기다려야 했다.

「아마 갈봇집에 있을 거야.」 샤브리에가 달관한 얼굴로 말했다.

「아니면 저쪽 골목에서 야바위를 하고 있겠지.」 앙브르사크가 덧붙였다. 「담배 몇 갑 따 오려고 말이야. 뭐, 곧 오겠지.」

라울이 마대 자루며 위쪽을 천으로 덮은 상자 등이 실린 외바퀴 수레를 밀면서 마침내 나타났다. 가브리엘은 최대한으로 위엄 있는 목소리로 규율을 지키라고 말했다.

「간다고, 대장! 금방 간다고!」 라울은 낄낄대며 대답했다.

그들은 다시 출발했다. 벌써 오후 5시였고, 트럭이 르 마앵베르그에 이렇게 늦게 돌아온 적은 없었다.

다음 날, 티옹빌에 들어갈 때 라울은 다른 납품업자가 있는 쪽으로 방향을 틀었다. 가브리엘은 입을 다물었다. 자신의 무력함을 인정한 이 말 없는 승인은 곧바로 라울의 돈 욕심에 불을 붙였다. 일주일도 안 되어 그는 사방팔방으로 그물을 펼쳤다.

트럭은 보통 거의 빈 상태로 출발했다가 짐을 가득 싣고서 돌아오곤 했다. 그런데 둘째 주가 됐을 때부터 르 마앵베르그를 떠날 때 그것은 종이 박스, 나무 궤짝, 자루 등으로 반쯤 채워져 있었다. 가브리엘이 짐칸에 올라가 덮개를 하나 들춰 보았다. 그러자 곧바로 라울이 그를 제지했다.

「이봐, 그건 개인적인 물건이야!」

그의 목소리에 위협의 기운이 은은히 배어 있었다. 그는 이 살벌한 어조를 일종의 미소 같은 것으로 완화시키려 했는데,

그의 얄브스름한 입술에서 상대에 대한 무시 같기도 하고 도발 같기도 한 어떤 것이 느껴졌다.

「이게 다 우리 친구들에게 도움 좀 주려고 하는 짓이야⋯⋯.」 그는 다시 궤짝을 꼼꼼하게 덮으며 말했다.

그런 다음 다시 몸을 일으켜서는 가브리엘과 얼굴을 마주하고 섰다.

「원하면 그들한테 말해. 우리는 너희들을 개무시할 거고, 너희들을 위해 손가락 하나 까딱 안 할 거라고. 원하면 가서 친구들에게 그렇게 말해.」

다른 사람들이 쏟아지는 빗속에서 콘크리트를 붓거나 르 마앵베르그의 컴컴한 굴속에서 시들어 가고 있는 동안, 하루 종일 시내를 쏘다닐 수 있는 몇 안 되는 특권층이라는 명성을 그들은 이미 누리고 있었다. 그들에게 이런 말을 한다면 어떻게 나올지는 안 봐도 뻔했다. 가브리엘은 짐칸에서 내려 조수석에 앉았다.

출발하고 몇 킬로미터를 달렸을 때, 땅에 팬 조그만 웅덩이들에 트럭이 덜컹거리자 뒤에서 유리 깨지는 소리가 들렸다. 아무도 움직이지 않았지만, 잠시 후에 럼주의 독한 냄새가 트럭 운전석 안으로 흘러들었다.

「저기서 좀 잠깐 섰다 가지.」 라울이 말했다. 「어떤 친구가 부탁한 심부름 하나만 하고.」

가브리엘이 미처 항의할 틈도 없이, 샤브리에는 벌써 브라스리 데 스포르라는 맥줏집 앞의 보도에 선 앙브르사크에게 궤짝들을 전달하고 있었고, 라울은 이 술집 안으로 들어갔다. 분명 병참대 창고에 있는 주류와 커피를 가져다가 카페 주인들에게 파는 것이었다.

「자, 받아.」 라울이 다시 운전석에 앉으며 말했다. 「별것은 아니지만, 뭐…….」

그는 구겨진 지폐 세 장을 내밀었다.

「랑드라드, 이런 식으로 계속할 수는 없어…….」 가브리엘이 더 이상 참지 못하고 내뱉었다.

그의 얼굴이 분노로 새하얘졌다.

「아, 그래? 그래서 어떻게 할 건데? 네가 이 일을 일주일 전부터 묵인했다고 참모부에 가서 설명할 거야? 그리고 네가 얼마나 먹었는지 다 불 거야? 네 말 들으면 참 좋아하겠다!」

「난 한 푼도 먹지 않았어!」

「무슨 말이야, 먹었잖아? 야, 너희들도 다 봤잖아?」

앙브르사크와 샤브리에가 심각한 얼굴로 고개를 끄덕였다. 라울은 가브리엘의 어깨를 잡았다.

「자, 자, 이 돈 받아! 세 달 후면 대리로 하는 이 일도 끝나. 그럼 아무도 신경 쓰지 않을 거라고…….」

가브리엘이 라울의 팔을 밀치자 라울은 곧바로 말했다.

「뭐, 좋을 대로 해. 자, 친구들 서두르자고! 할 일이 많아!」


셋째 주에 라울은 부대 세탁소를 중심으로 새로운 사업을 시작했다. 거기서 팬티, 두건 달린 군용 외투, 모포, 심지어는 군화 등으로 가득 찬 자루들이 나왔는데, 라울은 이것을 무궁무진한 고객층을 이루는 인근의 농부들에게 팔았다.

랑드라드 병장은 정말이지 재능이 넘쳤다. 요새에서 나오는 의복과 식량의 움직임은 너무나 빠르고 은밀하고 교묘해서,

가브리엘은 지금 자기가 헛것을 보는 게 아닌가 의문이 들 정도였다. 또 불법으로 들어오는 상품들은 공식적인 것들과 섞여 아무도 알아채지 못했다.

금요일은 물품이 대규모로 들어오는 날이어서 말린 채소, 통조림, 와인 통, 커피 등을 싣고 오기 위해 차량 네 대가 출발했다. 요새에 돌아오면, 지하 통로를 통하여 병참대 창고들과 주방들로 이어지는 궤도의 조그만 차량들에 이 모든 것을 실었다. 그런데 갑자기 빛이 꺼지고 터널이 어둠에 잠겼다. 몇몇 병사들이 〈아, 젠장, 이게 뭐야!〉라고 악을 쓰는 소리가 들렸다. 중앙 발전소에 전화해야 했고, 전등이 달린 철모를 쓴 기술병 하나가 〈걱정 마, 걱정 마. 불 들어온다고〉라고 투덜거리며 도착했고, 과연 불이 켜졌다. 이때 가브리엘은 통로 벽에 난 한 작은 창고의 문이 거세게 닫히는 것을 언뜻 보았다. 앞 차량에 실렸던 식품의 절반이 사라져 버렸다. 라울과 그의 똘마니들은 한 시간 후에야 나타났는데, 이날의 실적에 지극히 만족한 표정이었다.

그다음 화요일, 라울은 가브리엘을 붙잡고는 한쪽으로 데려갔다.

「이봐, 긴장 좀 풀고 싶지 않아?」

그는 호주머니를 뒤져 조그만 종이 한 장을 꺼냈다. 잉크 스탬프가 찍힌 이상한 지폐 같은 것이었는데, 거기에는 숫자 하나와 글자 몇 개만 표시되어 있었다.

「원한다면 자네만 차에서 내려 줄게. 그럼 우린 돌면서 일 좀 보다가, 돌아갈 때 자넬 태우고 귀대하는 거지. 그게 다야.」

랑드라드는 최근에 〈갈봇집 티켓〉을 고안해 냈다. 갈봇집은 두 군데 있었는데, 하나는 요새에서 30킬로미터, 다른 하나는 60킬로미터 떨어진 곳에 있었다. 두 곳 다 기차를 타야만 갈 수 있었다. 짧게 휴가를 나가는 병사들만으로 이 노선의 수익성이 보장되는 셈이었다. 라울은 어서 받으라는 듯 미소를 지었다. 그는 여전히 티켓 든 손을 내밀고 있었다.

「사양하겠어.」 가브리엘이 단호히 거절했다.

라울은 티켓을 다시 호주머니에 넣었다. 그는 포주들과 어떤 협정을 맺었을까? 요금은 얼마로, 티켓당 얼마씩 떼어 주기로 하고 협상했을까? 가브리엘은 거기에 대해 아무것도 알고 싶지 않았지만, 이 티켓들이 야바위판에서 칩으로 쓰이고 모든 종류의 생필품 교환에 사용되는 것을 보기 시작했다. 며칠 후에 이것들은 랑드라드 병장이 조장하는 르 마앵베르그 지하 경제의 보조 화폐가 되어 있었다.

이 일은 불안할 정도로 규모가 커져 갔다.

3주 만에 〈랑드라드 시스템〉은 전속력으로 돌아가기 시작했다. 이것이 실행되는 속도와 범위에 정신을 못 차리고, 라울의 협박에 꼼짝달싹을 못 하는 가브리엘은 교사로서의 반사 행동을 보였다. 돌아다니는 물품의 정확한 양이나 랑드라드와 거래하는 이들의 이름은 몰랐지만, 방에 돌아오면 물품의 추정되는 출처와 목적지, 그리고 날짜와 시간 등을 수첩에다 적었다. 그는 랑드라드가 한쪽에서 푸줏간 주인, 식료품상, 포도 농장 주인 등과 쑥덕댈 때마다 안 보는 척했지만, 다 적어 놓았다. 르 마앵베르그로 돌아오는 트럭에는 어떤 장부에도 적혀 있지 않은 궐련 갑, 가루담배 봉지, 시가 상자가 실려 있었고, 가브리엘은 이 모든 것을 죄다 적어 두었다.

여러 날이 지나갔다. 르 마앵베르그의 답답한 분위기에서 해방되었다는 안도감에 이어 다시 거기로 돌아가고 싶은 마음이 찾아왔다. 우려스러운 규모로 확대되어 가고, 조만간 그 관계자들에게 군 법정의 불벼락이 떨어지게 될 이 더러운 일로부터 마침내 벗어나고 싶은 갈망이 말이다. 지금 자신은 숫자를 변조하고, 양을 속이고, 난처한 세부들을 위장하고 있었다.

하지만 얼마 안 있어 한 사건이, 그리고 또 하나의 사건이 발생했고, 자기에게 무슨 일이 일어나는지 깨닫기도 전에 가브리엘은 시대의 거대한 소용돌이 속으로 내던져질 것이다. 그의 삶은 변하여 다시는 같은 것이 되지 않을 거였다.

살다 보면 아주 복잡한 일들이 순식간에 결말에 이르게 되는 경우가 이따금 일어난다. 마찬가지로 랑드라드 병장의 사업도 하루아침에 무너져 내렸다.

모든 것은 어떤 재수 없는 일에서부터 시작되었다.

가브리엘은 트럭 짐칸에서 두 개의 빈 궤짝 사이에 경유 통 네 개가 끼어 있는 것을 발견했다.

「아, 별거 아니야!」 랑드라드가 말했다. 「우리는 이거 몇 개 없어진다고 해서 달라지는 게 없지만, 공급 제한 조치로 거의 아무것도 할 수 없는 저 불쌍한 농부들 입장에서 한번 생각해 보라고.」

이 연료는 르 마앵베르그에 저장되어 요새의 환기 및 정화 작업에 사용되는 것으로, 가브리엘이 자주 가서 확인하곤 하는 4백 세제곱미터의 경유에서 나온 것이었다.

이 기름통들을 보는 것만으로도 벌써 공기가 희박해진 것처럼 그는 숨이 막혔다.

　그는 얼굴이 눈처럼 새하얘져서 고개를 돌렸다.

　「랑드라드, 난 더 이상 자네의 이런 짓들을 받아들일 수 없어! 이젠 끝났다고!」

　그는 트럭에서 내려왔다.

　「어이!」 라울이 뒤따라 달려오며 소리쳤다.

　그의 두 똘마니도 재빨리 다가와서는 앞을 막아섰다.

　「끝났다고! 무슨 말인지 알겠어?」

　이제 가브리엘은 바락바락 고함치고 있었고, 여기저기서 사람들이 고개를 돌렸다. 그는 지금껏 메모를 해왔던 조그만 판지 커버 수첩을 꺼내어 흔들어 보였다.

　「여기에 다 있어! 자네가 한 짓들, 날짜, 시간, 모두! 이제 자넨 사령관에게 가서 설명해야 할 거야.」

　라울은 반사 신경이 빠른 남자답게 상황의 심각성을 가늠했고, 그 결과를 파악했다. 처음으로 가브리엘은 그의 시선에서 당황하는 빛을 느꼈다. 랑드라드는 병사들이 다가오는 것을 흘깃 돌린 곁눈으로 알아챘다. 그는 가브리엘의 명치에 주먹을 한 방 꽂아 몸을 반으로 꺾어 놓은 뒤에, 그의 겨드랑이 밑을 꽉 잡고는 사람들의 시선이 미치지 않는 곳으로 끌고 갔다. 가브리엘은 수첩을 가슴팍에 꼭 붙였다. 앙브르사크가 그의 팔뚝을 붙잡고 있는 동안 라울이 수첩을 빼앗으려 했으나, 가브리엘은 미친 사람처럼 그것을 꽉 잡고 놓지 않았다. 이런 상태로 세 남자는 걸음을 재우쳤다. 천장 등 하나로 밝혀진 방의 문이 열렸고, 거기서 가브리엘의 양 옆구리에 주먹세례를 퍼부었다.

「이 빌어먹을 새끼야, 그거 내놔!」 라울은 아랫입술을 깨물면서 소리쳤다.

쓰러진 가브리엘은 배를 바닥에 붙인 채로 맹렬히 버텼다. 라울의 공범들은 그를 일으켜 세우려 했으나 허사였다. 일을 대충하는 법이 거의 없는 앙브르사크는 군화 끝부분으로 그의 사타구니를 걷어찼다. 가브리엘은 곧바로 토했다. 창자가 뒤집히는 것 같은 고통이었다.

「그만해!」 다시 한번 차려고 하는 앙브르사크를 랑드라드가 제지하며 말했다.

그런 다음 가브리엘에게로 몸을 숙였다.

「자, 그 수첩 내놓고 그만 일어나라고. 그러면 다 괜찮을 거야.」

하지만 가브리엘은 수첩을 중심으로 달팽이처럼 몸을 꼭 말았고, 마치 자신의 목숨이 거기에 달린 것처럼 그것을 지켰다.

갑자기 맹렬한 사이렌 소리가 들렸다.

전투 준비를 알리는 사이렌이었다.

창고 문을 열어 보니, 수십 명의 병사들이 지하 통로를 뛰어가고 있었다.

라울은 무거운 장비 때문에 비틀대며 뛰어가는 이등병 하나를 붙잡았다.

「이봐, 이게 대체 뭐야?」

젊은 병사는 출구 쪽으로 맹렬히 기어가는 가브리엘의 모습을 보고 입만 딱 벌릴 뿐 말을 하지 못했다.

라울은 병사의 어깨를 흔들면서 질문을 반복했다.

「전쟁이 났어요!」 마침내 청년이 얼빠진 표정으로 질문에 대답했다.

　가브리엘은 고개를 들었다.

　「독일 놈들…… 독일 놈들이 벨기에를 침공했어요!」

# 8

월요일에 루이즈가 학교에 모습을 드러내자, 동료들은 지나가며 건성으로 인사를 했다. 아팠던 누군가에 하듯이 인사하는 게 아니었고, 누구도 그녀에게 근황을 묻지 않았다. 사실 모두가 근심에 사로잡혀 있었다. 1939년에 징집되지 않았던 교사들까지 소집된 것이다. 혹은 이미 떠나고 없었다. 어쨌든 교사 수는 상당히 줄어들었는데, 피란민 아이들은 쏟아져 들어와서 책상도 부족하고, 의자도 부족하고, 모든 게 부족했다. 대신 욕설은 차고 넘쳤다. 프랑스 꼬마들은 집에서 들은 것을 그대로 따라 하면서 벨기에 아이들을 〈북쪽 독일 놈들〉로 취급했고, 룩셈부르크뿐 아니라 피카르디와 릴에서 내려온 아이들의 독특한 억양을 놀려 댔다. 전쟁은 마치 모세관 현상에 의한 것처럼 학교 운동장까지 밀려든 것이다.

일간지들은 이틀 전에 개시된 독일군의 갑작스러운 공격을 대대적으로 보도했다. 이미 가믈랭 장군은 〈독일은 우리에 맞서 사생결단의 싸움을 시작했다〉라고 선언한 바 있었다. 무척이나 전투적인, 따라서 안심이 되는 발언이었다. 모든 게 예상했던 대로였지만, 프랑스인들은 이 급작스러운 공격에 허를 찔린 기분이었고 경악하는 분위기가 팽배했다. 이 전쟁은 단지 외교적 차원에 머물 거라고 주장하던 이들은 바짝 움츠러들었다. 신문들은 군 참모부가 상황을 통제하고 있다고 주장했다. 한 신문은 〈네덜란드와 벨기에, 제3제국 떼거리에 격렬히 저항 중〉이라는 제목을 올렸고, 다른 신문은 〈독일군, 벨기에 저항선에 막히다〉라고 썼다. 걱정할 필요가 없다는 얘기였다. 오늘 아침에만 해도 언론은 영불 연합군이 벨기에서 적군의 전진을 〈마비시켰〉고, 적군의 전격적인 기습은 연합군의 강력한 〈저항에 부딪혔〉으며, 다수의 프랑스 부대의 도착은 〈기세를 한층 끌어올렸다〉라고 단언했다.

어쨌든 간에 사람들은 이것이 과연 현실에 부합하는지 의문을 품고 있었다. 지난 9월부터 사람들은 공보(公報)가 전쟁의 결정적 무기가 될 거라고 다양한 어조로 되풀이했다. 따라서 신문들이 프랑스 국민의 사기를 진작하기 위한 광범위한 보도 캠페인을 시작했을 수 있었다. 예를 들어 격추한 적군 전투기 숫자에 대해서 말이다. 이것은 레크리에이션 시간에 아이들이 학교 마당에서 전쟁놀이를 할 때 자주 입에 올리는 화제였다.

「하루에 열 대라고요, 열 대!」 교사 중의 하나인 게노 부인이 답답한 듯이 말했다.

「라디오에서는 서른 대라고 하던데?」 누군가가 대답했다.

「그렇다면 이건 또 뭔데?」 라포르그 씨가 쉰 대라고 주장하는 『랭트랑지장』지를 내보이며 되물었다.

아무도 대답이 없었다.

〈Num nos adsentiri huic qui postremus locutus est decet

(마지막 발언에 동의한다고 해서 일이 해결될까)?)라고 교장이 의미심장한 미소를 지으며 물었지만, 이 라틴어 문장의 뜻을 이해하는 사람은 아무도 없었다.

그들은 루이즈의 존재를 발견하고 살짝 비켜섰지만, 이것은 그녀에게 자리를 내주기 위해서라기보다는 멀리 떨어지기 위해서였다.

「난 뭐가 뭔지 전혀 모르겠어.」게노 부인이 말했다. 「뭐, 어차피 전쟁은 남자들 일이니까…….」

여기서 그녀의 목소리는 평소보다 조금 더 뻐딱해졌고, 비스듬한 시선은 그녀의 성격 밑바닥에 깔려 있는 저열함이 곧 표출되리라는 것을 예고했다.

「그리고 남자들의 일은 어떤 종류의 여자들과만 관계가 있지…….」

두세 명의 동료가 루이즈 쪽으로 고개를 돌렸다. 수업 종이 울렸고, 모두가 각자의 교실로 떠났다.

학교 식당에서의 식사 시간도 레크리에이션 시간만큼이나 부담스러웠으므로, 일과가 끝날 무렵에 루이즈는 교장에게 물어보기로 마음먹었다. 교장은 루이즈가 학교에 처음 발령받은 8년 전부터 은퇴가 가까운 사람으로 여겨졌을 정도로, 도무지 나이를 가늠하기 힘든, 일종의 공교육의 표본 같은 남자였다. 그는 전에 문학과 라틴어를 가르쳤고, 매우 장식적인 문어체를 사용했는데, 완곡어법으로 가득한 그의 말은 결코 직설적인 법이 없어서 이해하기 힘들 때가 많았다. 작달막한 체구의 그는 누군가와 말할 때면 간헐적으로 까치발을 들어 키를 높이곤 하여, 상대방은 오뚝이와 대화하는 기분이 들곤 했다.

「오, 벨몽 양.」교장이 루이즈에게 대답했다.「난 적이 당황스럽군요. 아시겠지만, 난 세상의 풍문에 귀를 기울이는 일에 전혀 익숙지가 않아요…….」

루이즈의 경계심이 즉각 깨어났다. 지금 세상은 풍문으로 가득했고, 그중 하나는 그녀와 관련되어 있었다. 젊은 여자가 두 손을 꼭 맞잡는 것을 본 교장은 좀 더 대담해졌다.

「그리고 장담컨대, 누군가가 세상 이목을 무시하며 산다 해도 나로서는 크게 중요치 않아요.」

「지금 어떻게 되어 가는 거죠?」루이즈가 단도직입적으로 물었다.

교장은 이런 단순한 질문을 예상치 못했던 모양이었다. 그의 하얀 콧수염과 아랫입술이 동시에 바르르 떨렸다. 그는 여자들을 두려워했다. 그는 길고도 힘들게 숨을 한 번 내쉰 뒤, 책상 서랍을 열고는 루이즈 앞에『파리수아르』의 기사 하나를 내려놓았는데, 그 상태를 보아 하니 벌써 꽤 많은 사람의 손을 거친 듯했다.

## 파리 14구 한 호텔에서의 비극적인 자살

부업으로 매춘을 한 여자 초등 교사
사건 현장에서 나체로 발견.

아마도 사건 당일 저녁에 쓰인 듯한 기사는 불명확한 점을 많이 포함하고 있었다. 누구의 이름도 거론되지 않았기 때문에 루이즈는 아무것도 모르는 척해도 되었건만, 그녀는 혼란에 빠졌고, 두 손은 파르르 떨렸다.

「신문들은 아무것도 아닌 것들을 가지고 대중을 즐겁게 한다는 것, 벨몽 양도 모르진 않을 거예요. Sic transit gloria mundi(세상의 영광은 이처럼 지나가노라).」

루이즈는 그의 눈을 똑바로 쳐다봤다. 그가 움찔하는 게 느껴졌다. 그는 마치 불만 가득한 초등학생처럼 다시 서랍 쪽으로 몸을 돌렸다. 그는 후속 기사, 즉 보다 일관성 있는 두 번째 기사를 내밀었다.

## 14구 자살 사건, 비밀이 밝혀지다

티리옹 의사는 미모를 즐기고자 여교사에게 돈을 지불하고
그 앞에서 스스로 목숨을 끊었다.

「만일 벨몽 양이 내 충고를 원한다면, 난 이렇게 말하겠어요. Ne istam rem flocci feceris(그런 것은 대수롭게 생각하지 말라)…….」

다음 날, 루이즈는 학교 가기 싫은 학생처럼 우울한 마음으로 다시 출근했다. 음악을 가르치는 여선생은 고개를 비스듬히 돌려 다른 곳을 보는 척했다. 게노 부인은 복도에서 낮은 목소리로 야유를 보냈다. 루이는 따돌림을 당했고, 심지어는 조그만 교장마저도 그녀를 제대로 쳐다보지 못했다. 동료 교사들은 복도에서 그녀와 마주치면 자기 신발만 뚫어지게 내려다보았다. 판사의 사무실에서처럼 이곳에서도 그녀는 매춘부 취

급을 받았다.

그날 저녁, 그녀는 가위를 들어 평소보다 짧게 머리를 잘랐고 다음 날에는 화장을 한 뒤 출근을 했는데, 전에는 한 번도 없던 일이었다. 레크리에이션 시간에 그녀는 담배를 피웠다.

당연한 일이지만, 여자들의 비난에 남자들의 관심이 이어졌다. 그러자 루이즈는 학교의 모든 수컷들에게 추행당하고 싶다는 생각에 사로잡혔다. 운동장에서 그녀는 팔짱을 끼고 담배를 피우면서 사내들의 숫자를 세어 보았다. 열두어 명 정도 되니 충분히 가능했다! 그녀는 한 감시인을 응시하며 그가 자신을 교탁에 엎어 놓고 뒤에서 범하는 장면을 상상해 보았다. 이 생각을 읽었는지 모르겠지만 그는 얼굴을 붉히며 눈을 내리깔았다.

조그만 교장은 새빨간 루주와 짙은 마스카라가 일단의 남자들에 미치는 치명적인 효과를 감지하고는 한숨을 푹 내쉬었다.

「Quam humanum est! Quam tristitiam (오, 남자들이란! 오, 슬프도다)!」

루이즈가 매춘부 시늉을 하며 느끼는 쾌감은 오래가지 못했다. 무엇보다도 그녀는 외로움과 소외감과 부끄러움을 느꼈고, 결국 담뱃갑을 휴지통에 던져 버렸다.

변화하는 군사적 상황이 사람들의 관심을 다른 데로 돌려주었다.

나머지 파리 시민들과 마찬가지로, 학교 사람들도 어렴풋하면서도 통렬한 의혹에 사로잡혔다. 독일의 벨기에 침공이 군 책임자들의 직감이 옳았음을 확인해 주었다면, 아르덴 쪽에서의 출현은 예측과는 약간 어긋나는 것이었다. 일간지들은 이 독일군의 새로운 공세를 다양하게 논평하며 만연한 불안감을 반영했다. 『랭트랑지장』은 〈독일군의 공세를 격퇴하다〉라는 제목을 내건 반면, 『르 프티 파리지앵』은 독일군은 〈나무르와 메지에르 사이의 뫼즈강(江)에 접근했다〉라고 인정했다. 과연 누구를 믿어야 할 것인가?

살색이 누리끼리하고 의심 많은 성격인 수위는 열을 내며 말했다.

「대체 놈들이 벨기에를 통해 온다는 거야, 아니면 아르덴을 통해 온다는 거야? 이걸 알아내야지!」

이어진 날들도 의문을 풀어 주지 못했다. 어느 곳에서는 〈적군의 어떠한 공격도 아군의 주요 방어선을 뚫지 못했다〉라는 기사가 떠도는 한편, 다른 곳에서는 〈침공군이 계속 전진 중〉이라는 기사가 읽혔다. 전쟁의 전개 양상에 대한 불확실성과 루이즈에 대해 밝혀진 사실들이 초래한 무거운 분위기(여기에 성적인 차원은 악덕과 욕망과 금기가 묘하게 뒤섞인 달착지근한 향기를 첨가했다) 사이에서, 정상적인 학교 생활은 점점 더 어려워졌다.

루이즈는 자문했다. 대체 내가 지금 여기서 뭘 하고 있지? 여기서는 아무도 날 보고 싶어 하지 않고, 나도 더 이상 여기에 있고 싶지 않아. 이제 삶을 바꿔야 할 때가 아닐까? 하지만 어떻게? 쥘 씨는 풀타임으로 일할 종업원을 둘 형편이 못 되었고, 그녀는 아이들에게 읽기를 가르치거나 라비고트소스로 졸인 송아지 머리 요리를 서빙하는 것 말고는 할 줄 아는 게 아무것도 없었다. 그녀는 다른 모든 이들과 같은 상황에 있었다. 다시 말해서 기적을 기다리고 있었다.

금요일 저녁, 기진맥진하여 퇴근한 그녀는 주방 식탁 위에 핸드백을 내려놓고는, 창가로 가서 라 프티트 보엠의 전면 창을 바라보았다. 지금 쥘 씨가 찾아오면 도움이 되리라. 루이즈는 독일과의 상황에서 아군이 보이는 무능함에 쥘 씨가 개탄하며 고객들에게 쏟아 내고 있을 논평을 잠시 상상해 보았다. 그녀는 미소를 머금었고, 자신이 외투도 벗지 않은 채로 저녁을 먹고 있다는 사실을 깨달았다. 정말이지 지금 자신의 삶에는 뭔가 문제가 있었다. 그녀로서는 아직 의미를 이해하지 못한 티리옹 의사의 그 권총 한 발이, 여전히 삶을 파괴해 가고 있었다.

# 9

「흐음…….」

이곳의 책임자는 예순 살가량으로 보이는 남자였다. 어린아이처럼 통통한 얼굴과 불만으로 튀어나온 듯한 입술은 금방이라도 울음을 터뜨릴 듯한 인상이었다. 아마도 과중한 업무로 인한 피로 때문이리라. 이 나라의 공보 업무 혹은 검열 업무를 총괄하는 부처를, 대부분이 일류 대학 졸업자, 중등 교사 자격증 소유자, 교수, 장교, 그리고 외교관인 저 5백여 명의 인력을 이끈다는 것은 결코 작은 일이 아니었다. 콩티낭탈 호텔, 이 개미굴 같은 곳에 한번 들어와 보면, 그의 눈 밑 커다란 다크서클이 늦도록 이어진 저녁 파티나 성질 고약한 아내 때문만은 아니라는 것을 이해할 수 있었다.

「이 세데스 씨는…….」 그는 생각에 잠기며 말했다. 「내가 한두 번 마주친 적이 있지……. 아주 훌륭하신 분이야!」

무릎에 두 손을 얌전히 내려놓은 청년이 그의 앞에서 공손히 고개를 끄덕였다. 청년의 커다란 둥근 테 안경 뒤에는 정신이 딴 데 가곤 하는 사람 특유의 그 기묘하게 흐릿한 시선이, 극도로 전문적인 분야의 업무에 파묻힌 지식인들에게서 국장이 자주 보았던 그 머뭇거리면서도 열에 들뜬 분위기가 감지되었다. 흠, 동양 언어라……. 국장의 손에는 프랑스 극동 연구원[16]에서 온 서신 한 장이 들려 있었다. 조르주 세데스[17]의 서명이 적힌 서신은 성실하고 끈기 있으며 책임감이 투철한 그의 학생을 적극 추천하고 있었다.

「그러니까 자네가 베트남어, 크메르어를 할 줄 안다…….」

데지레는 엄숙하게 고개를 끄덕였다.

「또 그것 말고도,」 그가 덧붙였다. 「타이어와 자라이어[18]에 대한 기본 개념도 갖추고 있습니다.」

「음, 좋아, 좋아…….」

하지만 국장은 실망했다. 그는 서신을 책상 위에 맥없이 내려놓았다. 자기가 지지리도 운이 없는 관리라는 듯한 표정이었다.

「여보게, 젊은이. 지금 내 문제는 동양이 아니라네. 우리에겐 벌써 유능한 인재들이 있어. 한 동양어학과 교수가 제자 세 사람을 데리고 왔거든. 자네에겐 애석한 일이지만, 이 분야는 이미 꽉 찼다네.」

데지레는 눈을 빠르게 깜빡거렸다. 그리고 그는 이해했다.

「아니야.」 국장이 말을 이었다. 「내 문제는 말이야, 바로 튀

16 Ecole française d'Extrême-Orient. 아시아 연구를 위해 프랑스 식민 정부가 1900년에 당시 프랑스령 인도차이나 하노이에 설립한 연구 및 교육 기관. 베트남 독립 후에는 파리로 옮겨졌다.

17 George Cœdès(1886~1969). 동남아시아 지역을 주로 연구한 프랑스의 역사가이자 고고학자.

18 베트남과 캄보디아에 분포한 자라이족의 언어.

르키예라네. 우리에게는 튀르키예 전문가가 딱 한 사람 있었는데, 그마저 산업 통상부가 우리에게서 빼앗아 가버렸어.」

데지레의 얼굴이 환해졌다.

「어쩌면 제가 도움이 될 수 있을지도 모르겠네요.」

국장의 눈이 휘둥그레졌다.

「사실은 제 부친께서,」 청년이 침착하게 설명했다. 「공사관 서기셨습니다. 그래서 전 이즈미르에서 어린 시절을 보냈죠.」

「자네가…… 튀르키예어를 할 줄 아는가?」

데지레는 허허허 겸손한 웃음을 조그맣게 터뜨리면서 이렇게 대답했다.

「물론 저는 메흐메트 에펜디 페흘리완을 번역해 낼 수는 없습니다만, 이스탄불이나 앙카라의 언론을 찾아 뒤지는 일 정도라면…….」

「오, 놀랍군!」

만일 국장이 데지레가 방금 지어낸 이 튀르키예 시인의 자취를 찾아보려 했다면 고생깨나 했겠지만, 그는 전혀 기대하지 않았던 이 청년을 하늘이 자신에게 보내 준 것이 너무나 기뻤다.

데지레는 4백여 개의 방마다 정보 처리 팀들이 작업 중이고 화려한 복도들이 미로처럼 이어지는 이 스크리브가(街) 대형 호텔의 내부를 수위의 인도하에 따라갔다.

「그래, 징집되지 못한 이유는……?」 국장은 그를 배웅하려 일어나며 슬쩍 물었다.

데지레는 괴로운 표정을 지으며 자신의 안경을 가리켰다.

특별한 시국에 징발된 이 고급 호텔 안에서는 정장 차림의 남자, 제복 차림의 군인, 분주히 돌아다니는 대학생, 서류 더미를 든 비서, 사교계 여성 등 쉴 새 없이 움직이고 있지만 여기서 정확히 무얼 하고 있는지 알 수 없는 다양한 사람들과 마주쳤다. 국회 의원들은 고래고래 소리치고, 기자들은 어느 책임자를 찾고, 법조인들은 지나가는 동료를 부르고, 수위들은 금빛 사슬을 잘그락거리며 호텔을 누비고, 교수들은 저마다의 이론을 늘어놓았다. 또 로비에 버티고 서서 아무도 듣지 않는 어떤 질문에 대한 답변을 요구하고 있는 연극배우도 보였는데, 그는 나타났던 것만큼이나 순식간에 사라져 버렸다. 거의 누구도 작품의 의도를 이해하지 못하는 어느 유명한 극작가가 이끌었었고, 그 후임으로 국립 도서관에서 어느 역사 교수 자격자가 왔으며, 그다음에는 검열에 대한 격렬한 비판자였다가 난데없이 공보국장으로 발탁된 사람의 지휘하에 놓이게 된 이곳에는 〈백〉으로 들어온 청년들과 권세가 자제들이 어마어마하게 모여 있었는데, 모두가 이 공화적이고도 군사적인 시장 바닥에 들어오길 원했기 때문이었다. 이런 이유로 이곳은 혼잡한 사교계 같은 양상을 띠었고, 지식인, 여성, 병역 기피자, 대학생 등에게 엄청난 자력을 행사했다. 그리고 한탕을 노리는 사람들도 끌어들였다. 데지레는 곧바로 여기가 너무나 편안하게 느껴졌다.

「튀르키예 언론에 대해 자네가 할 일이 좀 있을 거야.」 국장이 청년의 어깨에 손을 얹으며 결론을 내렸다. 「우리가 이 방면에 좀 뒤처졌다네…….」

「그 뒤처진 것을 따라잡기 위해 최선을 다하겠습니다, 국장님.」

수위는 얼마나 비좁은지 튀르키예에 대한 정부의 무관심이 잘 느껴지는 어느 방으로 그를 데려다주었다. 방 한가운데를 차지한 탁자는 신문과 잡지로 덮여 있었는데, 데지레로서는 제목도 제대로 발음할 수 없었지만 그에게는 조금도 중요한 일이 아니었다.

그는 신문과 잡지 들을 적당히 펼치고, 구기고, 여기저기 오려 놓고, 쌓아 놓았다. 그런 다음 문헌실에 가서 최근 몇 주 동안의 프랑스 조간지들을 한 아름 들고 와서는, 프랑스와 동맹국들에 대한 일반적인 뉴스들의 목록을 마치 튀르키예 언론이 출처인 것처럼 꾸며 작성했다.

누구도 거들떠보지 않는 이 변방국과 관련된 대사관 공식 성명이나 외교 문서와 자신의 작업을 연결 지을 사람은 아무도 없으리라 확신한 그는, 1896년에 출간된 케케묵은 튀르키예어 사전에서 몇 군데를 참고한 후, 매우 낙관적인 결론을 써 내려갔다. 여기서 그가 설명하기를, 지금 이스탄불에서는 튀르키예의 중립성을 둘러싸고 누리 베흐피크라는 새로운 리더가 이끄는 메르케즈 솔 운동과 일림리 사으의 친서방 소수파가 충돌하고 있다고 했다. 데지레가 꾸며 낸 가공의 인물들인 이 내부 투쟁의 주인공들이 구체적으로 뭘 원하는지는 이해하기 힘들지만, 어쨌든 그의 보고서는 자신 있게 다음과 같은 결론을 내렸다. 〈동방의 곁방이자 서방의 곁방이라 할 수 있는 튀르키예는 만일 유럽의 분쟁에 끼어든다면 우려스러운 존재가 될 수 있다. 하지만 튀르키예 언론을 주의 깊게 읽어 보면 알 수 있듯이, 프랑스는 이 나라에서 여전히 찬란히 빛나고 있으며, 이 두 세력은 서로 대립하고 있긴 하지만 양측 모두 우리 나라에 매혹되어 있다는 점에서는 다를 바 없으며. 우리는 이 무히이 퀼시에니와 무스타파 케말의 조국을 우리의 진지하고도 확실하고도 견고한 동맹국으로 삼을 수 있을 것이다.〉

「아주 훌륭해!」

국장은 흡족했다. 그는 결론을 읽을 시간밖에 없었지만, 이 결론은 그를 안심시켰다.

튀르키예 신문들은 어쩌다 한 번씩 파리에 도착하곤 했으므로 데지레는 시간 대부분을 복도에서 보냈다. 사람들은 거대한 분홍색 기둥 사이에서, 층계에서, 그리고 회랑에서 눈꺼풀을 바르르 떨며 인사하는 이 수줍어하면서도 집중한 표정의 키 큰 청년을 보는 일에 익숙해졌다. 그 어색한 모습이라니……. 이런 그를 남자들은 조금 비웃었고, 여자들은 따스한 감정을 느끼며 미소를 지었다.

「아, 마침 잘 만났네!」

국장은 갑작스레 폭주하는 고객의 주문에 정신을 못 차리는 주방장과 점점 더 비슷해져 갔다. 검열은 모든 것에 적용되고 있었다. 라디오, 영화, 광고, 연극, 사진, 출판, 대중가요, 박사 논문, 심지어는 주식회사 주주 총회 보고서까지……. 할 일이 너무나 많아서 어디부터 손을 대야 할지 모를 지경이었다.

「전화받을 사람이 필요하니, 날 따라오게.」

전화 검열 부서는 호텔 맨 위층의 스위트룸에 자리 잡고 있었는데, 거기에서는 쭉 늘어선 수화기 앞에서 민간 협력자들이 통화 내용을 감시하고 때로는 대화 중에 끼어들어 말을 끊기도 했다. 그 대상은 병영의 병사들이 가족과 나누는 대화와 기자들이 편집실과 나누는 대화뿐만 아니라, 이 나라의 내부 혹은 외부와 관련된 정보를 포함하고 있는 모든 통화였다. 다시 말해 거의 모든 것이 대상이어서 더 이상 뭐가 뭔지 알 수 없었다. 통제하고 검열해야 한다는 것은 알았지만, 정확히 무엇을 어떻게 해야 하는지는 아무도 알지 못했다. 정말이지 어마어마한 작업이었다.

데지레는 팔뚝만큼이나 두툼한 파일을 하나 받았는데, 거기에는 그들이 감시해야 하는 주제들이 망라되어 있었다. 가령 랭 장군의 이동 상황에서부터 그날의 일기 예보까지, 식료품 가격에 대한 정보에서부터 평화주의자들의 발언까지, 봉급자들의 각종 요구에서부터 부대의 식사 메뉴까지, 적군에게 유용할 수 있거나 프랑스군의 사기를 떨어뜨릴 수 있는 모든 것이 철저하게 검열되어야 했다.

첫 번째 플러그를 꽂았을 때, 그가 듣게 된 것은 비트리르프랑수아의 한 이등병과 그의 약혼자 간의 통화였다.

「자기야, 다 괜찮아?」 약혼자가 물었다.

「아, 아, 아…….」 데지레가 끼어들었다. 「부대의 사기에 관한 언급은 삼가 주세요.」

아가씨가 당황하는 기색이 느껴졌다. 그녀는 잠시 머뭇거리다가 이렇게 말했다.

「적어도 날씨는 좋겠지?」

「아, 아, 아…….」 데지레가 다시 끼어들었다. 「기상 조건에 대해서는 아무것도 얘기하지 마세요.」

긴 침묵이 뒤를 이었다.

「자기야…….」

병사는 또 검열관이 끼어들기를 기다렸다. 하지만 아무 소리도 들리지 않자 그는 이렇게 말했다.

「저기 말이야, 포도 수확은…….」

「아, 아, 아, 프랑스 와인은 전략적 데이터에 속합니다.」

젊은 병사는 부아가 치밀었다. 도대체가 무슨 얘기를 할 수가 없었다! 그는 여기서 멈추기로 결심했다.

「자, 좋아, 내 보물…….」

「아, 아, 아, 프랑스 은행에 대한 언급은 절대 불가입니다.」[19]

침묵.

결국 아가씨는 용기를 내어 이렇게 말해 보았다.

「어, 그럼 이만 끊을게…….」[20]

「아, 아, 아, 패배주의적 발언은 안 됩니다!」

데지레는 컨디션이 매우 좋았다.


그는 이틀 동안 열정적으로 일했고, 그가 대신했던 동료가 돌아온 것을 유감으로 생각했다. 하지만 튀르키예에 관련된 업무는 아주 적은 시간만을 요했으므로, 국장이 자신을 서신 검열 부서에 임시로 파견하자 너무나 기뻤고, 거기서 혁신적인 방법들을 고안해 냄으로써 모두를 경탄시켰다.

병사들이 부모에게 보내는 편지를 뜯은 그는 무엇보다도 문장의 핵심부를 공격해야 한다고 판단하고는 동사들을 죄다 삭

---

19 원문에서 〈보물〉은 trésor이며, 이것은 연인을 부르는 애칭이기도 하지만, 국고(國庫)를 의미하기도 한다(Trésor public).

20 원문은 〈Je vais te laisser…….〉인데, laisser에는 〈포기하다〉, 〈양도하다〉라는 뜻이 있다.

제했다. 덕분에 수신인들은 다음 같은 식의 편지들을 받게 되었다. 〈엄마도 , 우리는 모두 입을 . 우리는 대체 여기서 무얼 채로 온갖 잡일을 . 친구들은 자주 , 모두가 .〉

부서에는 매일 아침 새로운 지침이 내려왔고, 데지레는 이것을 매우 충실하게, 그리고 아주 정확하게 적용했다. 만일 MAS38 모델 기관 단총에 관련된 모든 정보를 검열하라는 지시가 내려오면, 데지레는 동사뿐만 아니라 M 자와 A 자와 S 자를 모두 시커멓게 칠해 버려 대략 다음과 같은 것을 만들어 냈다. 〈어 도 , 우리는 두 입을 . 우리는 대체 여기 ㅓ ㅜ얼 채로 온굿 집일을 . 친구들은 ㅈ주 , ㅗ두ㄱ .〉[21]

이것은 매우 효율적인 방식으로 판단되었다. 국장의 신임은 갈수록 두터워졌고, 이에 따라 데지레는 이번에는 언론 검열 부서로 자리를 옮겼다. 매일 아침 그는 코린트 양식의 장려한 기둥들로 꾸며졌고 천장에는 통통한 엉덩이를 달고 둔중하게 날고 있는 아기 천사들이 그려진 웅장한 콩티낭탈 호텔 파티 홀에 들어가, 금지된 요소들을 제거한 후에 각 신문사에 보내게 될 교정쇄들이 죽 놓여 있는 커다란 탁자에 자리를 잡았다. 거기에는 애국심으로 충만한 민간 협력자들이 그날의 금지 지침(이 지침은 날이 갈수록 누적되어 이제는 무려 천 페이지에 가까운 분량을 이뤘다)에 따라 어마어마한 규모의 삭제 작업에 동참하고 있었다.

셰 다니엘 레스토랑의 종업원이 미지근한 맥주와 축축한 샌드위치를 돌리는 가운데 그날의 지침에 대한 활발한 토론이 이

21 M, A, S에 해당하는 한글의 자모음이 ㅁ, ㅏ, ㅅ라고 가정하고 이들을 지워 본 문장이다.

뤄졌고, 그러고 나서는 각자 모순적이면서도 대략적인 개념을 가지고 저마다의 방식으로 청소 작업에 뛰어들었다. 이 지침들은 어처구니없는 결과로 이어지는 경우가 적지 않았다. 독자들은 이런 일에 이력이 났는데, 예를 들면 어떤 식품이 〈지난달에는 …프랑이었는데, 오늘은 …프랑이었다〉라는 문장을 읽으면서도 눈살을 찌푸리지 않았다.

얼마 되지 않아 데지레는 무기 분야에서 높은 명성을 누리게 되었다. 검열은 〈확장적 의미〉로 이해되어야 한다는 그의 논리에 사람들은 찬탄을 금치 못했다.

「유추해야 해요! 추리해야 합니다! 우리의 적은 아주 영리하단 말입니다!」 그는 눈을 불안스럽게 깜짝거리며 주장했다.

그는 그의 해석이 자명한 것처럼 느껴지게 하는 겸손한 어조로, 〈무기〉는 〈파괴〉에, 또 나아가 〈피해〉, 〈피해자〉, 〈죄 없는〉, 따라서 〈어린 시절〉에까지 이어질 수 있고, 그렇기 때문에 가족 단위와 관련된 모든 언급은 잠재적으로 전략적 요소이며 따라서 금지되어야 한다는 논리를 기막히게 펼치곤 했다. 이런 이유로 〈아버지〉, 〈어머니〉, 〈삼촌〉, 〈숙모〉, 〈형제〉, 〈자매〉, 〈사촌〉 같은 단어들은 가차 없이 추적되었다. 그 결과 체호프의 어느 연극 상연에 대한 광고는 「세 ***」가 되었고, 투르게네프의 어느 소설의 제목은 『*** 와 ***』가 되었으며,[22] 심지어는 〈하늘에 계신 우리 ***〉와 〈호***의 오디세이아〉[23] 같은

---

[22] 안톤 체호프의 「세 자매」와 이반 세르게예비치 투르게네프의 『아버지와 아들』을 검열한 제목.

[23] 원문은 Odysée d'Homère인데, mère가 프랑스어로 〈어머니〉라는 뜻이라 삭제한 것임.

말까지 보게 되었다. 데지레 덕분에 검열은 예술의 반열에 오르게 되었으며, 아나스타지[24]는 여덟 번째 뮤즈가 되어 가고 있었다.

24 Anastasie는 〈검열〉을 뜻하는 또 다른 표현이며, 여성의 이름으로 쓰이기도 한다.

# 10

「사람들 말로는 스당 쪽인 것 같아······.」 가브리엘이 미처 듣지 못한 어떤 질문에 대해 한 병사가 자신 없는 목소리로 대답했다.

이렇게 목적지가 어딘지 분명히 말하지 못하는 것은 명령과 명령 취소가 계속 이어지는 지금 상황을 생각하면 전혀 놀라운 일이 아니었다. 원래는 도보로 떠나기로 되어 있었지만 한 시간을 기다린 끝에 기차역으로 향했고, 그런 다음에는 참모부의 명령에 따라 다시 르 마앵베르그로 돌아왔는데, 요새에 도착하자마자 다시 역으로 돌아가 결국에는 가축용 열차에 기어오르게 된 것이다. 이 독일군의 벨기에 침공은 예상된 바였지만 아르덴 쪽으로의 진출은 모두의 허를 찔렀고, 최고 지휘관들은 어떻게 응수해야 할지 난감하기만 했다.

열차에는 샤브리에도 앙브르사크도 없었다. 그들은 다른 곳으로 보내졌다. 랑드라드 병장은 충성스러운 똘마니였던 자들을 금방 잊어버렸고, 이에 대해 눈 하나 깜짝하지 않았다. 그는 객차 한쪽 구석에서 아직 그에게 털리지 않은 병사들과 함께 야바위를 하고 있었다. 구제 불능의 인간들은 어디에나 있는 법이어서, 수차례 털리고 다시 찾아오는 이들도 있었다. 그는 오늘도 40프랑 넘게 땄다. 어떤 상황에서도 수익을 얻는 사내였다. 어딜 가나 이런 식으로, 순식간에 모두의 친구가 되곤 했다. 그는 이따금 가브리엘 쪽으로 고개를 돌리며 빙그레 미소를 지었는데, 마치 그들 간에 있었던 모든 일들의 시효가 소멸된 것 같았다.

하지만 아직도 가랑이가 지독하게 욱신거리는 가브리엘에게는 사정이 달랐다. 앙브르사크가 있는 힘을 다해 군화 끝으로 걷어찬 그곳 말이다. 요새를 나온 이후로 생식기가 두 배는 부푼 느낌이었는데, 너무 아파 토할 것 같았다.

한편 대부분의 병사들이 느끼는 감정은 안도감이었다.

「그 멍청한 새끼들의 면상을 날려 줄 거야!」 한 젊은 병사가 신이 나서 소리쳤다.

이 희한한 전쟁에서 끝없이 기다리기만 하느라 진이 빠져 있던 그들은 빨리 붙고 싶어 미칠 지경이었다. 「라 마르세예즈」[25]를 부르는 소리가 들렸고, 정차 시간이 점점 길어짐에 따라 권주가가 뒤를 이었다.

저녁 8시경에는 야한 노래들이 흘러나오기 시작했다.

스당에 도착했고, 열차에서 내려야 했다.

병영은 병사들로 꽉 차 있었다. 그들은 구내식당을 개조해 만든 콧구멍만 한 방들에 여러 명씩 구겨 넣어졌다. 입실은 모포를 갖고 서로 다퉈 가며 소란스럽게, 하지만 전우애 넘치는

25 La Marseillaise. 프랑스 국가.

분위기 속에서 이루어졌다. 이 한 조각의 군대는 수개월간 꼼짝 않고 있어 마비되어 버린, 이제 사지를 움직일 수 있게 되어 너무나도 행복한 어떤 커다란 몸뚱이와도 비슷했다.

한 시간 후, 벌써부터 즐거운 고함 소리가 들렸으니, 환호 속에서 랑드라드가 새로이 도착한 병사들의 봉급을 쪽쪽 빨아먹는 중이었다.

가브리엘은 도착하자마자 다친 정도를 확인하기 위해 화장실로 달려갔다. 가랑이는 퉁퉁 부어 살짝만 건드려도 아팠지만, 성기는 걱정했던 것만큼은 부풀어 있지 않았다. 방으로 돌아오자 랑드라드는 한쪽 눈을 찡긋하면서 손으로 입을 가리고는 풋 하고 웃음을 터뜨렸다. 마치 군홧발로 불알을 얻어맞게 한 장본인이 아니라, 레크리에이션 시간에 등에다 만우절 물고기를 붙여 놓고 깔깔거리는 친구 같았다.

가브리엘은 그곳에서 우글대는 수십 명의 남자들을 둘러보았다. 이 무리는 프랑스군이 아주 현대적이라고 여기는 〈혼합의 원칙〉, 그러니까 단위 부대들을 해체한 후 아무도 이해할 수 없는 어떤 논리에 따라 그것을 재구성한다는 원칙을 기막히게 예시하고 있었다. 여기에는 세 개의 다른 연대에 속한 세 개의 대대에 속했던 네 개의 중대에서 온 병사들이 섞여 있었다. 병사들로서는 누가 누구인지 알 수 없었고, 본인 바로 위 계급의 부사관만이 뭔가 알 것 같기도 한 유일한 사람이었다. 장교들은 어안이 벙벙했으며, 적어도 최고 지휘관들만큼은 자신이 무슨 일을 하고 있는지 알기를 바랄 뿐이었다.

식사로 따뜻한 수프가 나왔는데, 샘물처럼 맑은 밍밍한 수프였지만 그나마도 운 좋게 4분의 1리터들이 양철 컵을 지급

받은 사람들만 먹을 수 있었다. 다른 이들은 빵을 씹었고, 어디서 나온 것인지 알 수 없는 소시지를 격의 없이 건네어 한 입씩 베어 물었다.

스무 살가량으로 보이는 뚱뚱한 친구 하나가 줄지어 앉은 병사들 사이를 걸어다니며 물었다.

「혹시 군화 끈 가진 사람 있어요?」

라울 랑드라드는 가장 빨리 반응하며 검정색 군화 끈 두 개를 내밀었다.

「자, 3프랑이야.」

뚱뚱한 청년은 금붕어처럼 입을 딱 벌렸다. 가브리엘은 자신의 배낭을 뒤졌다.

「자, 이걸 써.」 그가 말했다.

그의 동작을 통해 공짜로 주는 것임을 알 수 있었다. 라울 랑드라드는 군화 끈을 다시 배낭에 집어넣으며 어쩔 수 없다는 듯 입을 삐쭉 내밀었다. 뭐, 너 좋을 대로 해.

안도한 청년은 가브리엘 옆에 털썩 주저앉았다.

「아, 덕분에 살았어요…….」

가브리엘은 랑드라드의 옆모습을 쳐다보았다. 새 부리처럼 삐쭉한 주둥이, 얇브스름한 입술……. 그는 벌써 다른 일로 넘어가 있었다. 필요한 병사들에게 갑담배를 팔고 있었던 것이다. 라울이 입가에 엷은 미소를 머금고 다시 고개를 돌렸을 때, 가브리엘로서는 이 사내가 그래야 할 상황이 오면 자신의 불알을 군홧발로 사정없이 걷어찰 수 있는 사람이라는 게 도무지 상상이 되지 않았다.

「저는 피복 창고에 맨 나중에 도착했어요.」 젊은 병사가 상의 단추를 끄르며 말을 이었다. 「거기에는 너무 큰 군화 아니면 너무 작은 것밖에 없더라고요. 물론 큰 게 나을 것 같아 그걸 받았는데, 거기에 끈이 없다는 거예요.」

이 에피소드는 사람들을 웃게 했다. 그리고 또 다른 일화를 불러냈다. 이런 종류의 이야기들이 수도 없이 많았다. 거대한 체구의 한 친구가 일어나서는 모두를 포복절도하게 했다. 자기에게 맞는 것을 찾지 못해 아직도 사복 바지 차림이라는 거였다. 병영 생활에 있어서의 이런 소소한 재난들은 기분을 저하시키기는커녕, 그곳에 가득한 드높은 사기에 조금도 영향을 주지 못했다. 한 장교가 옆을 지나가다가 병사들에게 붙잡혔다.

「대위님! 드디어 놈들의 면상을 박살 낼 수 있는 겁니까?」

「오……!」 대위가 유감스러운 어조로 대답했다. 「우선은 단역을 맡게 될 거야. 여기서는 한동안 공격이 없을 테니까. 하지만 말이야, 만일 공격이 있다면 볼만할 거야! 만일 독일 놈들이 아르덴을 통과한다면, 결코 소규모 부대는 아닐 거거든.」

「올 테면 오라지요!」 누군가가 외쳤다.

몇몇이 소리를 질렀다. 보잘것없는 임무만큼이나 기운이 느껴지지 않는 맥없는 함성이었다.

대위는 미소를 짓고는 내무반을 떠났다.

가브리엘이 다음 날 아침 7시경에 찾아간 사람이 바로 이 장교였다. 통신병인 가브리엘은 전날의 느긋한 확신과는 어긋나는 메시지를 수신했다. 스당 북동쪽에서 상당한 규모의 독일군이 움직이는 모습이 포착되었다는 거였다.

이 급전은 소령에게로, 그다음에는 장군에게로 올라갔는데, 장군은 코웃음을 쳤다.

「착시 현상이야. 아르덴은 숲 지대라고. 무슨 말인지 알겠나? 거기에 기계화 소대 세 개만 풀어놓아 봐. 그럼 곧바로 일개 군단이 있는 것 같은 느낌이 들 테니.」

그는 벽에 걸린 지도 쪽으로 몇 걸음을 옮겼다. 거기에는 색색의 핀들이 벨기에 국경을 따라 거대한 초승달을 이루고 있었다. 그는 괴로웠다. 여기에 이렇게 앉아 있어야 하는 게. 저쪽에서는 전쟁이 한창인데 여기서 하는 일 없이 단역이나 맡고 있어야 한다는 게 괴로웠다. 그의 영웅적인 영혼은 이런 상황이 너무나 쓰라렸다.

「그래…….」 그는 향수 어린 긴 한숨을 내쉰 후에 말했다. 「저쪽에 지원군을 좀 보내지.」

이렇게 양보해야 하는 게 그로서는 고통스러웠다. 그럴 수만 있다면 그냥 집으로 돌아가고 싶었다.


이렇게 해서, 거기서 30킬로미터 떨어진 뫼즈강에 대한 접근로를 감시하는 임무를 맡은 제55 보병 사단을 필요한 경우에 도울 수 있게끔, 2백 명으로 이뤄진 중대 하나가 선발되었다.

거기까지 가는 열차는 없었다. 40여 명의 보병으로 이뤄진 가브리엘의 소대는 지베르그라는 이름의 예비역 대위의 지휘하에 도로를 행군하게 되었다. 이 장교는 샤토루에서 약국을 운영하다 온 50대의 남자로, 1차 대전 때 어디에 내놔도 부끄럽지 않은 경력을 쌓은 사람이었다.

아직 정오가 한참 남았는데 햇볕이 따갑게 내리쬐기 시작했고, 전날의 하늘을 찌를 듯했던 사기는 스르르 녹아내렸다. 가브리엘이 곁눈으로 살피니 심지어 랑드라드마저 힘들어했다. 그에게 있어서 피로는 분노의 바로 전 단계였다. 그의 길어진 얼굴은 결코 좋은 징조가 아니었다.

어제 자신의 사복 바지를 가지고 농담했던 덩치 큰 친구의 얼굴에는 미소가 사라졌고, 군화 끈 병사는 너무 큰 신발 탓에 물집이 생긴 것을 느끼며 너무 작은 군화를 고르지 않은 것을 아쉬워했다. 원래 그가 속한 분대는 모두 여덟 명이었는데, 네 명은 다른 곳으로 지원을 갔단다.

「어디로?」 가브리엘이 물었다.

「잘 모르겠어요. 아마 북쪽일 거예요…….」

그들이 나아감에 따라 저 멀리에 있는 하늘이 간헐적으로 오렌지색 섬광으로 갈라지는 게 보였다. 연기가 피어오르는 것도 분간되었는데, 거리가 얼마나 떨어졌는지는 알 수 없었다. 10킬로미터? 20킬로미터? 아니면 그 이상? 대위조차도 전혀 알지 못했다.

가브리엘은 이 파견 작전이 왠지 불안했다. 이런 머뭇거림, 이런 애매함이 전혀 좋게 느껴지지가 않았고, 이 모든 게 폭발해 버릴 것만 같았다. 앞에는 전쟁, 뒤에는 랑드라드. 정말이지 너무나 갑갑했다.

이제 다리가 천근만근으로 느껴졌다. 완전 군장을 하고 20킬로미터를 행군했고, 아직도 그만큼을 더 걸어야 했다. 이 너무 큰 배낭과 함께, 바보같이 혁대에다 매달아 놓아 걸음을 옮길 때마다 덜그럭대며 허벅지를 때리는 이 빌어먹을 수통과 함께 말이다⋯⋯. 너무 딱딱한 가죽끈들 때문에 가브리엘은 양 어깨가 칼로 저며지는 것 같았다. 이 가죽 멜빵은 모든 게 꽉 끼어 꼼짝도 하지 않아서 아무리 애써도 제대로 조정할 수가 없었다. 온몸이 근육통으로 욱신거렸다. 소총도 무겁기 이를 데 없었다. 그는 휘청하며 쓰러질 뻔했는데, 랑드라드가 붙잡아 주었다. 그들은 르 마엥베르그를 떠나온 이후로 한마디도 나누지 않은 터였다.

「자, 이거 나한테 줘.」병장이 가브리엘의 배낭 가죽끈을 잡아당기며 말했다.

가브리엘은 저항하려 했으나 미처 그럴 시간이 없었다. 또 감사를 표시하려고도 했지만, 라울은 벌써 세 걸음 앞에서 걷고 있었다. 가브리엘의 배낭을 자기 배낭 위에 척 걸친 병장은 벌써 그를 잊어버린 듯했다.

전투기들이 높은 고도에서 날아가고 있었다. 프랑스 전투기? 아니면 독일 전투기? 뭐라 말하기 힘들었다.

「프랑스 전투기야.」마치 인디언처럼 눈 위에 손차양을 한 대위가 말했다.

안심이 되었다. 또 적군에 맞서기 위해 올라가는 프랑스군과 마주쳐 좋아하는 벨기에 피란민과 룩셈부르크 피란민의 행렬도 — 그들은 대부분 차를 타고 내려오고 있었다 — 안도감을 안겨 주었다. 반면 병사들을 격려한답시고 하나같이 1차 대전식의 슬로건을 외치는(그들은 주먹을 꽉 쥐면서 〈가서 놈들을 혼내 줘!〉라고 외쳤다) 이 지역의 프랑스인들은 보다 애매했다. 20년이 지난 지금, 그때와 비슷한 이런 구호는 왠지 모르게 불안하게 느껴졌다.

병사들 입에서 불평이 터져 나오기 시작했다. 잠시 쉬어 가기로 했다. 모두가 아침부터 아무것도 먹지 못한 상태로 23킬로미터를 행군한 것이다. 이제 군장을 내려놓고 요기를 할 시간이었다.

빵을 먹고 질이 떨어지는 와인을 마시면서 그들은 병영에서 있었던 일화들과 전쟁에 대한 얘기들을 나누었다. 가장 웃기는 이야기의 주인공은 부케 장군이라는 이였는데, 그는 독일군 탱크를 저지하는 가장 효율적인 도구는…… 바로 침대 시트라고 설명했단다. 식탁보를 잡아당겨 팽팽하게 펼 때 그러듯이 네 명이 한 귀퉁이씩을 잡고서, 일제히 껑충 점프하여 탱크 위로 올라가서는 시트로 포탑을 덮는다는 거였다. 이렇게 시야가 가려지면 전차병들은 무력화되어 항복하는 수밖에 해결책이 없다고 했다. 병사들은 어색한 웃음을 터뜨렸다. 가브리엘은 이 일화가 진지한 얘기인지 아닌지 알 수 없었다. 어떤 경우든 뭔가 답답한 뒷맛이 느껴졌다. 뭐? 장군이 그런 말을 했다고? 누가 믿기지 않는다는 듯이 이렇게 물었지만 아무도 대답을 듣지 못했다. 이제 일어서서 다시 행군을 시작해야 했다. 자, 이제 그만하고 가자고! 부사관들이 명령을 전달했다. 조금만 더 고생하면, 뫼즈강에서 멱을 감을 수 있어. 하하하!

「고마워.」가브리엘이 라울 옆에 놓인 자신의 배낭을 들어 올리며 말했다.

랑드라드는 씩 웃으면서 가볍게 경례하며 이렇게 말했다.

「천만에요, 우리 대장 하사님!」


여정의 두 번째 부분은 첫 번째 부분과 거의 동일했지만, 마주치는 피란민들이 앞서 본 사람들과는 달리 — 아마도 아이들을 안고서 도보로 이동하기 때문인 듯 — 별로 말이 없다는 점만 달랐다. 그들이 독일군을 피해 내려온다는 것은 알 수 있었지만, 그들 중 누구도 유용한 전략적 정보를 제공하지 못했다. 그들이 위험을 피하려 프랑스군이 있는 곳으로 내려가고 있다는 것, 이게 알 수 있는 전부였다.

그들은 이날 중 두 번째로, 숲속 외진 곳에 있는 한 콘크리트 건물 앞을 지나게 되었다.

「아, 젠장! 뭐야, 이게……?」

가브리엘은 놀라서 소스라쳤고, 랑드라드가 다가가 살펴보았다.

「흠, 〈프랑스 국방의 꽃〉이 참 아름답기도 하군!」

그들이 발견한 요새의 건물이며 토치카 등은 완공되지 않은 채로 방치되어 있어 황량하기 이를 데 없었다. 그들이 지냈던 르 마옝베르그와 같은 계획에 속했던 것은 아닌 듯했다. 아무 설비도 갖춰지지 않은 채로 버려져 덩굴에 잠식당한 이 건물들은 병사들을 기다리고 있는 운명인 폐허의 모습을 벌써부터 보이고 있었다. 랑드라드는 땅에다 침을 탁 뱉었고, 그런 다음 고갯짓으로 가브리엘의 가랑이를 가리키며 농담을 건넸다.

「그건 집에 돌아가기 전까지 공사가 끝날 거니까, 너무 걱정 말라고!」

가브리엘은 뭐라고 대꾸하려고 했으나, 너무 기력이 없었다.

마침내 강을 따라 야영 중인 부대와 접촉하게 되었다. 그런데 가브리엘 소대의 병사들이나 55사단 사람들 양쪽 모두 실망했다. 가브리엘 쪽은 40킬로미터를 죽어라 행군해 왔는데 제대로 환영해 주는 것 같지 않아서였고, 사단 쪽은 보다 많은 병력을 기대하고 있었기 때문이었다.

「너희들 2백 명을 가지고 내가 어떻게 하라는 거야?」 중령이 버럭 소리부터 질렀다. 「이것보다 세 배는 더 필요하다고!」

더 이상 지나가는 비행기들도 없었기 때문에, 보다 큰 규모의 병력 지원을 요구하는 이유를 명확히 이해할 수 없었다. 포성은 아주 멀리서 들렸고, 새로 들어온 정보도 전혀 없었다. 단 하나 있다면 뫼즈강 저편에 〈상당수의 적 부대가 존재〉한다는 것뿐이었는데, 그것은 〈착시 현상〉이라고 하지 않았던가?

「난 20킬로미터에 달하는 강둑을 커버해야 한다고! 나 혼자서!」 중령은 고래고래 소리쳤다. 「병력을 보강해야 할 거점이 열두 개나 된단 말이야! 이건 전선(戰線)이 아니라, 그뤼예르 치즈야, 그뤼예르 치즈! 구멍이 뻥뻥 뚫려 있다고!」

독일군이 제대로 무장하고 대규모로 몰려와야 비상 상황이라 할 것이다. 하지만 이것은 불가능해 보였으니, 지금 그들의 주력은 벨기에를 공략하고 있기 때문이었다.

「지금 들리는 소리는 뭐야, 엉? 이게 뭐냐고? 고양이 우는 소리야?」

모두가 집중해 귀를 기울였다. 아닌 게 아니라, 북동쪽에서 포병이 포격하는 소리가 들렸다. 약사이자 대위인 남자가 물었다.

「우리 정찰기들은 뭐라고 합니까?」

「비행기? 비행기는 없어! 그런 것은 없다고!」

온종일 행군해 오느라 기진맥진한 대위는 그냥 눈을 감아버렸다. 조금 쉴 수만 있다면 얼마나 좋을까…… 하지만 천만에, 그의 상관은 벌써 장교들을 전원 소집하고는 커다란 지도를 쫙 펼쳤다.

「자, 뫼즈강 저편에서 독일 놈들이 무슨 짓을 하고 있는지 알아보기 위해 병사를 좀 보낼 거야. 그리고 그들이 돌아올 때 엄호를 위해 병력이 좀 필요하다. 따라서 자네는 자네 소대를 여기에다 배치해. 또 자네는 여기, 자네는 여기…….」

뫼즈강의 구불구불한 선을 따라 그의 굵직한 검지가 움직였다. 그는 지베르그 대위에게 뫼즈강의 지류 중 하나인 트레기에르강(江)을 가리켰다. U 자를 엎어 놓은 듯한, 마치 종 모양 같은 형태의 물줄기였다.

「그리고 귀관은 여기다. 자, 실시!」

소대는 무기와 탄약통과 식량을 트럭 짐칸에 실었다. 거기에다 37구경 중기관총까지 하나 매달고 트럭은 숲속 자갈길을 덜컹거리며 달렸다.

운명의 한 페이지가 넘어갔다는 것을 모두가 느꼈다.

날이 저물어 가면서 불안스러운 분위기가 감돌기 시작하는 가운데, 이제 이들은 숲을 뚫고 들어가야만 하는 20여 명의 병사들로 줄어들어 있었다. 북쪽 하늘은 묵직한 구름들로 덮여 갔다. 끊임없이 이어지던 피란민 행렬이 갑자기 줄어들었다. 아마도 강 저쪽의 다른 곳을 통해 빠져나가고 있는 모양이었다. 아무도 입을 열어 표현하지는 않았지만 지금 가능성은 둘 중 하나였다. 하나는, 지휘부는 적군이 이쪽에서 나타나리라 예상하고 있으며, 이렇게 가볍게 무장한 병력만으로도 — 어떻게 그럴 수 있는지는 잘 모르겠지만 — 포병의 지원하에 그들을 충분히 막아 낼 수 있다고 생각하는 것이고, 다른 하나는 이쪽으로는 걱정할 게 전혀 없다는 것인데, 그렇다면 여기서 대체 무얼 하고 있는 건지 이해가 되지 않았다.

가브리엘은 지베르그 대위 옆에서 걷고 있었는데, 대위는 〈여기에 비만 오면 아주 완벽하겠군!〉이라고 투덜거렸다. 이 비는 몇 분 후 그들이 트럭과 합류했을 때 내리기 시작했다.

트레기에르강 위에 서 있는 다리는 19세기에 지어진 조그만 콘크리트 건조물 중의 하나였다. 예스럽고도 목가적인 매력마저 느껴지는 이 노후한 교각은 폭이 꽤나 넓어서, 다른 차들이 서서 길을 양보한다면 중량급 차량도 지나갈 수 있을 정도였다.

중위는 병력을 전개하고, 37구경 중기관총과 경기관총(공장에서 갓 나온 것 같은 FM 24/29)들을 갈수록 거세어지는 소나기로부터 보호하게 했다. 그들은 야영 장소를 덮기 위한 천을 펼치느라 진창 속을 철벅거리며 작업해야 했고, 첫 번째로 지명된 여섯 명의 병사는 투덜거리며 다리 양쪽의 경계 위치로 향했다.

라울 랑드라드는 늘 그렇듯 이번에도 약삭빠르게 행동했다. 병기를 감시하는 임무를 부여받은 것이다. 병장으로서의 지위까지 십분 이용한 그는 트럭 운전석에 편안히 앉아서는 앞 유리창에 줄줄 흘러내리는 빗물과 빗속을 뛰어다니는 동료들을 미소를 머금고 바라보았다.

지베르그 대위가 조금 떨어진 곳의 방수포 아래에서 통신 장비를 설치하는 가브리엘에게 와서 물었다.

「이봐, 하사. 적어도 포병과는 연락을 취하고 있겠지?」

포병대는 거기서 수 킬로미터 떨어진 곳에 위치해 있었다.

적의 공격이 있을 경우, 강 저편에다 포탄을 퍼부어 놈들을 멀찌감치 떨어뜨려 달라고 이 포병대에 요청해야 했던 것이다.

「대위님, 대위님도 잘 아시겠지만,」 가브리엘이 대답했다. 「우리는 무전기로 포병과 연락할 권한이 없습니다…….」

대위는 믿기지 않는다는 표정으로 턱을 어루만졌다. 군 참모부는 너무 쉽게 도청당할 수 있어 무선 통신을 불신하고 있었다. 포격 요청은 전적으로 신호탄을 이용해 알려야 했다. 그런데 하사는 바로 이 점에서 조그만 문제점에 봉착했다.

「신형 신호탄 발사기를 받긴 했는데요. 우리 소대에서 그걸 다룰 줄 아는 사람이 하나도 없어요. 그리고 사용법 설명서도 없고요.」

멀리에서 포성이 빗소리에 파묻혀 희미하게 울렸고, 나무들의 우듬지가 다시 붉게 물들었다.

「아마 프랑스군이 독일 놈들을 때리는 소리일 거야…….」 중위가 말했다.

가브리엘은 이유는 알 수 없지만 〈용기, 활기, 자신감〉이라는 가믈랭 장군의 모토가 생각났다.

「아마도요…….」 그가 대꾸했다. 「네, 꼭 그렇겠죠…….」

**||**

 

 

콩티낭탈 호텔의 어마어마하게 넓은 응접실은 이미 발 디딜 틈 없을 정도로 꽉 차 있었지만, 온갖 종류의 남자들과 여자들이 계속해서 들어왔다. 이들은 문가에서 수십 년의 경험이 엿보이는 무심한 동작으로 샴페인 잔을 집어 들었고, 커다란 식물 화분들 근처에서 아는 얼굴을 하나 발견하고는 모두가 아는 이름 하나를 소리쳐 부르면서 마치 여기가 바람 부는 실외이기라도 한 듯이 잔을 보호하면서 홀을 가로질렀다.

사실 48시간 전부터 불안감과 안도감, 그리고 자신감과 현기증이 뒤섞인 바람이 불면서 사람들을 극도로 흥분시키고 있었다. 마침내 그게 일어난 것이다. 전쟁, 진짜 전쟁 말이다. 사람들은 거기에 대해 더 알고 싶어 마음이 급했다. 그래서 모두가 콩티낭탈 호텔로, 이 공보국의 펄떡이는 심장으로 몰려온 것이다. 사람들은 외교관들에게 질문을 퍼붓고, 군인들에게 달려들고, 기자들을 둘러쌌다. 갖가지 뉴스들이 이 그룹에서 저 그룹으로 돌아다녔다. RAF[26]가 라인 지방을 폭격했다지요……. 벨기에군이 훌륭한 모습을 보여 줬답니다……. 이에 한 장군은 실망한 듯이 담배를 짓눌러 끄면서 〈전쟁은 이미 끝났어〉라고 말했다. 사람들에게 깊은 인상을 준 이 단언은 한 학술원 회원에게서 대학 교수에게로, 한 화류계 여자에게서 은행가에게로 옮겨져 데지레에게까지 이르렀고, 열두 개의 시선은 그가 어떻게 반응하는지 살폈다. 이틀 전부터 그는 공식 성명을 언론에 낭독하는 일을 맡아 왔고, 사람들은 그보다 더 정보에 밝은 사람은 없다고 생각하고 있었다.

「물론입니다.」 그는 차분한 어조로 대꾸했다. 「프랑스와 연합군이 상황을 완전히 장악하고 있는 게 사실입니다. 하지만 〈전쟁이 끝났다〉라고 말하는 것은 거사를 조금 빨리 치르는 게 아닐까요?」

이 표현이 귀에 쏙 들어온 화류계 여자는 까르르 웃음을 터뜨렸다. 다른 이들은 그저 미소만 머금으며 다음 말을 기다렸다. 하지만 이들의 바람은 이뤄지지 못했으니, 사람들 사이에서 한 남자가 외치며 대화를 중단시킨 것이다.

「브라보! 친구! 그리고…… 그 자신감이 마음에 들어!」

데지레는 안경 낀 눈을 겸손하게 내리깔았다. 그는 청중이 자신을 숭배하는 쪽과 시샘하는 쪽, 두 편으로 나뉜다는 것을 잘 알고 있었다. 첫 번째 그룹에 여자가 특히 많은지라 질투하는 남자들도 다수였기 때문에, 이 고위 관리(식민부의 거물급 인사였다)의 뜻밖의 지지는 특별히 반가운 것이 아닐 수 없었다. 콩티낭탈 호텔에서 데지레의 수직에 가까운 상승은 무수한 논평과 질문을 불러일으켰다. 〈저 친구는 대체 어디서 온

26 Royal Air Force. 영국 왕립 공군.

거야?〉라고 사람들은 서로 묻곤 했다. 하지만 데지레에 대한 정보는 전쟁에 대한 정보와 같은 규칙을 따르고 있어서 사람들은 그들이 믿고 싶은 것을 믿었고, 그 결과 수줍음과 매력과 견고함이 뒤섞인 이 소탈한 청년은 콩티낭탈 호텔의 총아로 군림했다. 그는 예민하고, 항상 열에 들떠 있고, 건들기만 하면 배터리처럼 스파크가 일 것 같은 인물인 언론 담당과 과장 밑에 배치되어 있었다.

「사람들이 어떻게 생각할지 모르지만 말이야…….」 과장은 처음 만났을 때 데지레에게 이렇게 말했다. 「난 레옹 블룸[27]이 프로파간다부를 창설한 것에 경의를 표하고 싶네. 그래도 그는 유대인이니까 〈야, 참 대단한 인물이다!〉라고 말하고 싶지는 않아. 하지만 정말 멋진 아이디어였어!」

이 과장은 뒷짐을 지고서 사무실 안을 이리저리 걸었었다.

「자, 젊은이, 내가 묻겠네. 우리의 임무가 무엇이라고 생각하나?」

「사람들에게 알려 주는 거겠죠…….」

과장은 당황했다. 이런 식의 대답을 생각해 보지 않은 지가 오래였던 것이다.

「그래, 그렇다고 할 수 있겠지……. 하지만 왜 알려 주지?」

데지레는 머리를 쥐어짰다. 그렇게 주위를 둘러보다가, 갑자기 이렇게 말했다.

「자신감을 주기 위해서입니다!」

「바로 그거야!」 과장이 소리쳤다. 「프랑스군의 임무는 전쟁

27 Léon Blum(1872~1950). 1936년 인민 전선 내각을 조직하여 수상으로 취임하였으나 1년 만에 실각했다.

을 하는 거지. 하지만 대포를 수백 문 설치해 봤자 그걸 다루는 사람들이 승자의 정신을 가지고 있지 않으면 아무 소용 없어. 그리고 이를 위해서 이 사람들은 뒤에서 굳건히 받치고 있다는 느낌을 가져야 해. 이들에겐 바로 우리의 신뢰가 필요한 거야! 다시 말해서 프랑스 전체가 이 승리를 믿어야 한다고. 무슨 말인지 알겠나? 승리를 믿어야 해! 프랑스 전체가 말이야!」

그는 자기보다 머리통 하나는 큰 데지레 앞에 딱 버티고 섰다.

「바로 이것 때문에 우린 여기에 있는 거야. 전시에 정확한 정보보다 더욱 중요한 것은 자신감을 주는 정보야. 진실은 우리의 주제가 아니야. 우리에겐 보다 높은 임무가, 보다 야심 찬 임무가 있어. 우리는 프랑스 국민의 사기를 책임지고 있는 거라고!」

「네, 이해하겠습니다.」 데지레가 고개를 끄덕였다

과장은 그를 물끄러미 쳐다보았다. 두툼한 안경을 썼지만 예리한 정신의 소유자라는 이 청년에 대한 얘기는 많이 들어온 터였다. 잘난 척하지 않는 친구라고 했는데, 그건 분명해 보였다. 하지만 총명하다는 얘기는…… 아직은 확실치 않았다.

「그래서 젊은이, 자넨 이 부서에서 자네가 하는 일을 어떻게 생각하나?」

「A, E, I, O, U라고 생각합니다.」 데지레가 대답했다.

알파벳을 잘 알고 있는 과장은 〈무슨 뜻이지?〉라고 묻는 눈빛을 던졌다. 데지레는 말을 이었다.

「분석하고, 기록하고, 영향을 주고, 관찰하고, 이용하는 것입니다.[28] 시간적 순서에 따라 말하자면, 저는 여기서 관찰하고, 기록하고, 분석하고, 영향을 주기 위해 정보를 이용합니다. 프랑스 국민의 사기에 영향을 주기 위해 정보를 이용하는 것입니다. 사기를 최대한도로 높이기 위해서 말이죠.」

과장은 자기 밑에 알짜 중의 알짜가 들어왔음을 곧바로 깨달았다.

독일군이 벨기에에 대규모 공격을 시작한 5월 10일부터 언론에 내보내는 정보를 통제해야 할 필요가 생겼고, 데지레 미고가 그 적임자로 떠올랐다.

매일 아침과 저녁, 기자들과 리포터들이 전선의 최근 소식을 얻으려고 모여들었다. 데지레는 지난 반나절 동안 일어난 일들 중에서 취할 만한 것과 사람들이 가장 듣고 싶어 하는 것, 다시 말해서 〈프랑스 부대들은 침공군에 힘차게 저항하고 있다〉라든가 〈적군은 괄목할 만한 전진을 이뤄 내지 못했다〉 같은 문장들을 엄숙한 목소리로 읽어 내려갔다. 데지레가 낭독하는 이런 표현들에는 적이 이용할 수 있는 세부적인 사실을 드러내지 않으면서도 이 말들의 진실성을 강화하기 위한 보다 구체적인 내용들(〈알베르 운하와 뫼즈강 부근에서〉, 〈사르 지방과 보주 서쪽에서〉)이 덧붙여졌다. 자신감을 주고 소식을 알려 주면서도 애매하게 말하는 것, 이게 바로 이 일의 어려운 점이었다. 왜냐하면 독일 놈들은 도청하고, 끊임없이 엿듣고, 살피고, 노리고 있었기 때문이었다. 아무것도 말하지 말라고 당국은 되풀이했다. 모든 것이 독일군에게 이용당할 위험이 있다고, 참이든 거짓이든 어떤 소식 하나가 전차 부대 하나보다

28 Analyser, Enregistrer, Influencer, Observer, Utiliser.

더 결정적일 수 있다고 경고하는 포스터가 사방에 붙어 있었다. 지금 진정한 전쟁부는 바로 공보국이었고, 데지레는 그 대변인이었다.

이 공보국이 파리의 명사들 전체를 초대한 것이다. 이것은 전쟁인 동시에 파티였다.

파티가 진행되는 내내 사람들은 데지레의 소매를 잡아끌면서 보다 상세한 설명을 부탁하고, 비밀 정보를 알려 달라고 졸라 댔다. 『르 마탱』지의 한 기자는 그를 한쪽으로 데려가 이렇게 물었다.

「이봐, 데지레, 자네 그 낙하산 부대 요원들에 대해 더 아는 게 있지?」

독일군이 특수 훈련을 받은 무장 요원들을 연합국 영토 도처에 심어 놨다는 것은 모두가 아는 바였다. 이들은 민간인 가운데 녹아들어 있다가 때가 되면 침공군에게 결정적 지원을 제공하는 임무를 띠고 있었다. 〈제5부대〉라고 불리는 이 유격대원들은 독일인이었지만, 제3제국에 동조하는 벨기에인과 네덜란드인일 수도 있고, 심지어는 최초의 배신자들, 다시 말해서 공산주의자들 가운데서 모집한 프랑스인일 수도 있었다. 수녀로 위장한 독일군 공수 부대원 세 명의 정체가 발각된 이후로 사람들은 어디서나 스파이를 의심하고 있었다. 데지레는 오른쪽 어깨 뒤로 흘깃 시선을 던진 다음 이렇게 속삭였다.

「열두 명의 변장한 난쟁이들이…….」

「뭐라고? 세상에……!」

「맞아요. 모두가 독일군 병사인 난쟁이 열두 명이에요. 지난 달 말에 낙하산으로 침투했죠. 그러고는 뱅센 숲에서 캠핑 중인 청소년 행세를 했고요. 우리는 적시에 놈들을 붙잡았어요.」

기자는 놀라 입을 딱 벌렸다.

「무장하고 있었나?」

「화학 물질로요. 아주 위험한 물질이죠. 파리의 상수도 취수지에다 풀려고 하고 있었어요. 또 학교 식당들도 노리고 있었죠. 그리고 또 우리가 알 수 없는 온갖 짓들을…….」

「그럼…… 내가 이 얘기를…….」

「아주 짤막한 단신으로요. 그 이상은 절대 안 돼요. 이해하시겠지만, 지금 놈들을 심문 중이거든요……. 하지만 놈들이 다 요리되고 나면, 이 정보는 기자님 거예요.」

사람들 사이를 오가면서 질문들에 적절하고도 분별 있게 대답하고 있는 이 젊은 신참을, 과장은 홀 저쪽 끝에서 아버지 같은 흐뭇한 시선으로 바라보고 있었다. 데지레는 한 리포터로 하여금 독일군의 사기에 대해 자신이 하는 말을 받아 적을 수 있게 해주었다.

「히틀러가 마침내 공격하기로 결정한 것은 그쪽에 기근이 너무 심해서 다른 해결책이 없었기 때문이에요. 따라서 우리 프랑스군은 전단으로 독일군 병사들에게 대대적인 홍보 작전을 펼쳐 볼 수도 있겠죠. 누구나 이쪽으로 귀순하기만 하면 하루에 따뜻한 식사 두 끼를 제공한다고 말이에요. 물론 참모부는 망설이고 있죠. 졸지에 2백만에서 3백만의 독일군 병사들을 떠안게 될 수 있으니까요. 상상해 보세요, 그 많은 사람들을 먹이려면…….」

거기서 몇 미터 떨어진 곳에서 과장은 미소 짓고 있었다. 아, 아름다운 저녁이야……!

「동양 언어를 전공한 학생이라고요?」 갑자기 한 고위 관리가 데지레를 가리키며 물었다.

하노이에서 18개월을 보낸 적이 있는 그는 이 사실이 사뭇 인상적으로 다가왔다.

「아, 그럼요!」 과장이 대답했다. 「이 놀라운 친구는 프랑스 극동 연구원 출신입니다. 아시아 수개국 언어를 능숙하게 구사하죠. 믿기 힘들 정도입니다!」

「음, 그렇다면 내가 대화를 나눌 사람을 하나 소개해 줘야겠군요……. 여보게, 데지레!」

데지레는 몸을 돌렸다. 그의 앞에는 잇몸까지 활짝 드러내고 미소 짓고 있는 50대 아시아인이 서 있었다.

「이분은 원주민 인력부 비서로 계시는 통 씨일세. 이번에 프놈펜에서 오셨다네.」

「앙툭 프타에 포 켄토 시에크반.」 데지레가 그와 악수를 나누며 말했다. 「쿠르펜티 치아쿵 유오르데.」

그중에서 단 하나의 크메르어 단어도 포착할 수 없는 이 잡다한 음소들의 무더기 앞에서 통 씨는 잠시 머뭇거렸다. 만일 이 청년이 나름 크메르어를 유창하게 구사한다고 자부하고 있다면, 그 환상을 깨는 것은 예의에 벗어나는 일일 거였다. 하여 그는 감사의 표시로 미소를 한번 짓는 것으로 만족했다.

「살란 크테이 스라메이.」 데지레가 멀어져 가면서 덧붙였다.

「정말 굉장하지요?」 과장이 말했다.

「음, 정말 그렇군요…….」


「독일 공군은 프랑스 영공에서 작전을 계속하고 있지만, 그 결과는 미미합니다.」

데지레는 이 기자 회견을 위해 60여 명의 리포터가 들어올 수 있고 채광이 잘되는 3층의 스위트룸을 골랐다.

「……그리고 우리 공군은 제1급의 중요성을 지닌 군사 목표물 몇 곳을 맹렬히 폭격하여 이에 응수했습니다. 적기 서른여섯 대가 격추되었습니다. 우리 전투기 중 한 대는 하루에 혼자서 적기 열한 대를 격추시켰지요. 모젤과 스위스 일대에서는 특기할 만한 동정이 전혀 없습니다.」

첫 번째 공식 성명의 핵심은 두 가지였다. 첫째는 우리가 독일군의 공격을 이미 예상하고, 심지어는 기다리고 있기까지 했다는 것이고, 두 번째는 우리 군이 상황을 완전히 통제하고 있다는 것이었다.

「우리 군의 작전은 벨기에 중앙부에서 정상적으로 진행되고 있습니다.」

기자 회견장에 파견된 리포터들은 저마다의 편집실에 전투의 치열함을 암시하는 정보와 사진을 보냈다. 데지레 자신이 〈통제되는 극적 전개〉라고 명명한 것을 위해서는 그다음 날을 선택했다.

「독일군의 공격은 점차 격렬해지고 있습니다만, 연합군은 극도로 노력 중인 적군과 도처에서 용감하게 싸우고 있습니다.」

이 기자 회견이 끝난 후, 데지레는 문가에 서서 참석한 각 기자에게 자신이 읽은 성명서 사본을 일일이 나눠 주었다.

「저는 이렇게 프랑스의 맥을 쥐고 있는 것입니다.」 그는 과장에게 설명했다. 「불안감을 가라앉히고, 자신감을 불어넣고, 확신을 다져 주는 것이죠. 그리고 영향을 줍니다.」

독일군 공격이 시작되고 나서 사흘째 되는 날, 한 기자가 그에게 순진하게 물었다.

「만일 우리 군과 연합군이 그렇게 효율적으로 싸우고 있다면, 왜 독일 놈들이 계속 전진하고 있는 거죠?」

「그들은 전진하는 게 아니에요.」데지레가 대답했다.「단지 그들은 앞으로 이동할 뿐이고, 이것은 전진과는 전혀 다른 것입니다.」

나흘째가 되자, 적군이 아르덴 쪽을 통과하는 게 불가능하다고 여겨졌음에도 왜 그들이 지금 나무르 남부의 뫼즈강 연안에 도달했고 스당 지역을 공격하고 있는지를 설명하는 게 어려워졌다.

「독일군은,」데지레는 선언했다.「여러 지점에서 뫼즈강 도강을 시도했습니다. 그리고 우리 군은 강력히 반격을 가했어요. 우리 공군은 매우 효과적으로 개입하고 있습니다. 독일 공군은 지금 씨가 마르고 있는 중입니다.」

과장은 전쟁이 이 공식 성명들이 그리는 윤곽을 따르지 않는 게 참으로 유감이었다. 뫼즈강과 스당에 대한 이 공세는, 그들이 아는 범위 내(군 참모부는 이에 대해 구체적인 정보를 제공하지 않았다)에서는 프랑스군을 난처한 상황에 몰아넣고 있었다. 그러자 데지레는 〈통제되는 극적 전개〉를 〈전략적 자제〉로 바꾸자고 제안했다.

「작전이 최대한의 효과를 얻기 위해서는 실제 전황에 대해 정확한 정보를 제공하지 않아야 할 필요성이 있습니다.」

「기자들이 그것에 만족하리라고 생각하나?」일이 전개되는 양상에 불안감을 느낀 과장이 반문했다.

「물론 아니겠죠.」 데지레가 미소를 지으며 대답했다. 「하지만 그들을 안심시킬 수 있는 다른 방법이 있어요.」

전황에 대한 알맹이 없는 정보에 실망한 리포터들에게 데지레는 연합군의 상태와 근황에 대해 충분한 설명을 제공했다.

「어디에나 결의와 용기와 자신감과 확신만이 가득합니다. 우리 병사들은 모두가 조국 수호를 위해 열정적으로 싸우고 있습니다. 프랑스 참모부는 오래전부터 준비해 온 계획을 차분하고도 확실하게 진행해 가고 있고요. 우리 군은 강력한 장비와 뛰어난 전문성, 그리고 빈틈없는 조직을 갖추고 있어요.」

# 12

 

 

 

열두어 명의 병사가 다리 입구에 배치되었다. 적군이 몰려들면 퇴각시킬 요량으로 르노 트럭 한 대로 접근로를 막아 놓았고, 그 짐칸에 소총과 별 차이가 없는 경기관총 한 대를 올려놓았다. 경찰 바리케이드를 연상시키는 그 초라한 모습은 보기만 해도 걱정이 되었다. 조금 더 멀리에서는 37구경 중기관총이 북쪽으로 총신을 겨누고 있었다. 거기서 50여 미터 떨어진 한 조그만 트레일러에는 두 번째 경기관총과 탄약통이 있었는데, 통들 중 몇 개는 덮개가 열린 채로 박격포들과 섞여 있었다.

지베르그 대위가 통신병들과(「새로운 소식이라도 있나?」) 트레기에르강 교각(「이봐, 아무 문제 없어, 걱정할 것 없다고!」) 사이를 끊임없이 오가고 있는데, 지금 독일군이 무엇을 준비하고 있는지 알아보기 위한 정찰대가 도착했다. 경무장한 병사 20여 명과 오토바이 두 대로 이뤄진 이 무리를 지휘하는 장교는 드디어 적을 만나게 되어 아주 기분이 좋은 기색이었다. 두 다리를 쩍 벌리고 뒷짐을 진 그는 통신병들, 그가 보기

157

에는 일개 예비군 약사에 불과한 지베르그 대위, 37구경 중기 관총, 다리 앞에 배치된 무리 등 그곳의 한심한 풍경을 쭉 둘러보았다. 그러고는 한숨을 내쉬었다.

「당신 지도를 내게 주시오.」

「하지만 이것은…….」

「조그만 착오가 있어서, 여기는 768구역인데 내가 가진 지도는 687구역 것이오.」

가브리엘은 지베르그 대위가 잠시 머뭇거리는 것을 보았다. 그와 마찬가지로 대위도 생존을 위한 도구 하나를 내준다는 끔찍한 느낌에 사로잡혀 있는 듯했다.

「이 다리를 감시하기 위해서는 지도가 필요치 않아요.」 뒤로크 대위가 설명했다.

결국 지베르그는 한 걸음 물러섰고, 지도를 내줬다.

몇 분 후, 정찰대는 숲속으로 사라졌다.


밤사이에 비가 그쳤다. 구름이 걷힌 하늘은 이제 점점 가깝게 들리는 포성이 메아리칠 때마다 붉은 미광으로 번득거렸다. 지베르그 대위는 나무들의 우듬지를 살폈다.

「비행기들이 이 지역을 저공비행 해서 저쪽에 무슨 일이 일어나고 있는지 알려 주면 얼마나 좋아?」

자신들에게 어떤 일이 일어날지 모르는 채로 무작정 기다리는 것만큼 괴로운 일은 없었다.

오전 중에 포격이 더욱 맹렬해졌다. 적군이 공격해 오는 소리가 시시각각 다가왔다. 불안감이 모두를 짓눌렀다.

하늘이 앞쪽 뒤쪽 사방에서 붉게 타오르는데, 본대에서는 여전히 아무런 지시가 없었다. 통신이 끊긴 것인지, 참모부는 응답하지 않았다. 그러다 마침내 머리 위로 비행기 몇 대가 지나갔는데, 독일군 비행기들이었다. 중간 정도의 고도로 날아갔다.

「정찰기야…….」

가브리엘은 뒤를 돌아보았다. 라울 랑드라드가 활처럼 몸을 뒤로 젖히고 하늘을 응시하고 있었다. 편안한 트럭 운전석을 버리고 내려와 있는 그의 얼굴에 근심의 빛이 역력했다. 가브리엘은 심한 불안감에 사로잡혔다. 그는 잰걸음으로 병사들 대부분이 모여 있는 곳으로 돌아왔다. 더 이상 아무도 입을 열지 않았고, 무거운 침묵이 감돌았다.

지베르그 대위가 그를 보고 걸어왔다. 참모부에 메시지를 하나 보내야 한단다.

「적군이 지금 준비 중이야.」 그가 말했다. 「수 시간 내로 공격해 올 거야. 전투기를 그쪽으로 보내야 해.」

그는 흥분하여 숨을 몰아쉬었다. 가브리엘은 무전기 쪽으로 달려갔다. 불안한 탓일까, 포격 소리가 더욱 강해지며 다가오는 것 같았다. 본대에서 응답이 늦어졌다. 지베르그 대위는 다리 앞에 여섯 명을 추가로 배치했다.

갑자기 상황이 빨라졌다.

모터들의 굉음, 요란한 총성, 고함 소리……. 병사들은 어깨를 내려뜨리고 소총의 개머리판을 가슴에 꼭 붙였고, 기관총 총구들을 다리 위쪽으로 향하게 했다. 이때 숲에서 튀어나온 것은 독일군 부대가 아니라 겁에 질린 프랑스 병사들이 다닥다닥 붙어 있는 정찰대 오토바이 두 대였다. 숨이 턱 끝에 찬 그들이 외치는 말은 곧바로 알아들을 수 없었다. 그들은 지베르그 대위 앞에 잠시 멈춰 섰다.

「이봐요, 빨리 여기서 뛰어야 해요! 더 이상 아무것도 할 수 없어요!」

「뭐야? 뭐야?」 지베르그가 더듬거리며 물었다. 「뭐라고? 아무것도 할 수 없다고?」

「독일군이에요! 독일군 장갑차들이 오고 있어요!」 다시 엔진 출력을 높이며 병사가 소리쳤다. 「빨리 뛰라고요!」

이번에는 정찰대의 나머지 사람들이 뛰어나왔다. 아까까지만 해도 패기 넘치던 뒤로크 대위는 10년은 늙어 있었다.

「이것들 빨리 다 철수시켜요!」

마치 이 모든 상황을 단번에 쓸어버리고 싶은 듯이 손을 크게 휘저었다. 지베르그는 이유를 알려 달라고 요구했다.

「왜?」 뒤로크가 고함쳤다. 「왜냐고?」

그는 숲과 다리 저편을 향해 팔을 쭉 뻗었다.

「저기에서 탱크 수천 대가 이쪽으로 몰려오고 있소. 도대체 몇 대나 되어야 상황을 이해하겠소?」

「수천 대…….」

지베르그 대위의 목소리가 맥없이 갈라졌다.

「우린 배신당한 거요……. 저들은…….」

그는 말을 제대로 잇지 못했다.

「어쨌든 우린 여기서 꺼져야 해! 우린 아무것도 할 수 없다고! 놈들이 너무 많아!」

그러고 나서 두 장교는 당시 프랑스군이 전체적으로 어떠했는지를 아주 잘 보여 주는 광경을 연출했다. 뒤로크 대위는 프랑스군의 무기가 적의 손에 들어가지 않게끔 다 파괴해 버린 다음 남쪽으로 가서 연대에 합류해야 한다고 주장했다.

하지만 지베르그 대위는 뒤로크의 이런 태도에 화가 났다. 지금 이 위치를 벗어나는 것은 저항을 포기하는 거나 마찬가지였다. 자신이나 자신의 부하들이 싸우지도 않고 떠난다는 것은 있을 수 없는 일이었다.

두 사내가 직접적으로 맞서지는 않았다.

둘 다 불같이 화가 나서는 서로에게 눈길도 주지 않은 채로 각자 나름의 조치를 취했다. 뒤로크는 빨리 이동하라고 지시했고, 이것을 퇴각 명령이나 다름없다고 생각하는 지베르그는 싸우고자 하는 병사들은 자기 쪽으로 오라고 외쳤다. 이런 지휘권 공백 상태에서 모두가 극도로 흥분하여 어찌할 바를 몰랐다.

소대원 중에서 지베르그 대위에게로 온 병사들은 불안한 눈으로 다리와 대위를 번갈아 쳐다보았다.

「저들을 따라가는 게 좋지 않을까요?」 한 병사가 말했다.

이때 모두가 놀라는 일이 벌어졌으니, 지베르그 대위가 권총을 뽑아 든 것이다. 그가 사용할 줄 알리라고는 아무도 상상치 못했던 그 무기를 말이다.

「이봐, 우린 이 다리를 지키기 위해 여기 있는 거고, 이걸 지킬 거야! 만일 도망치는 놈이 있으면 내가 머리에다 총알을 박아 줄 거다!」

만일 병사들이 도망을 택했다면 실제로 어떤 일이 일어났을지는 영원히 알 수 없게 되었으니, 바로 이 순간에 상상을 초월할 정도로 맹렬한 공습이 시작되었기 때문이다. 독일군 전투기들이 땅에다 구멍을 내며 지나가더니만, 그다음에 날아온 비행기들은 숲을 온통 뒤집어 놓았는데, 이 모든 것은 끔찍한 굉음, 폭탄, 폭발, 시뻘건 화염, 그리고 지축이 흔들리는 거대한 충격 속에 이루어졌다. 땅 위에는 가슴이 벌어지고 사지 중 하나가 떨어져 나간 채로 푸들푸들 경련하는 병사들이 여럿 누워 있었다. 이제 기관총 두 정, 그리고 연기와 화염 속에서 실루엣이 잘 분간되지도 않는 낡아 빠진 중기관총 하나를 가지고 조국의 입구를 방어하겠답시고 납작 엎드려 있는 몇몇 프랑스 병사들 주위에는 화염과 흩날리는 재와 땅에 팬 커다란 구멍들밖에 없었다.

프랑스 포병대도 혼곤한 잠에서 깨어난 듯, 갑자기 다리 건너편의 숲에 포탄 세례를 퍼붓기 시작했다.

가브리엘의 소대는 탱크를 수천 대나 이끌고(실제로 본 사람은 아무도 없으므로, 단지 가능성 있는 얘기일 뿐이었다) 진격하는 독일군 부대와 이들을 저지하려 강 위로 포탄을 날리는 프랑스 포병대 사이에서 샌드위치가 된 셈이었다.

이쯤 되면 더 이상 견디기 힘들었다. 병사들은 대부분 저마다의 군장을 집어 들고는 숲 사이로 도망치기 시작했다. 앞만 보고 달리며, 고래고래 비명을 지르며 도망갔다.

남은 이들은 독일 전투기의 폭격에 갈가리 찢겨 불타고 있는 나무들 사이로 다른 병사들이 내달리는 모습을 바라보았다. 또 다리도 바라보았다. 저쪽에 두 남자가 땅 위에 누워 있었다. 기관총 중 하나는 두 조각이 나 있었다. 이제 그것은 시커멓게 그을린 쇳덩이에 불과했다.

「이것들 봐, 이곳을 떠나기 전에 저 다리를 폭파해야 해!」

지베르그는 장교 모자를 잃어버렸고, 정수리의 몇 가닥 안 되는 머리칼은 공포 때문인지 바짝 곤두섰으며, 얼굴은 수의처럼 새하얬다.

　이제 남은 사람은 이 끔찍한 상황과 머리 위로 날아다니며 지축을 뒤흔드는 포탄에 얼이 빠진 10여 명뿐이었다. 이들 중에는 가브리엘, 라울 랑드라드, 그리고 군화 끈 이야기를 들려준 뚱뚱한 병사가 있었다.

　「지금 우리가 가진 게 뭐가 있지?」 랑드라드가 고함쳐 물었다.

　「멜리나이트요!」 목소리가 들리게끔 뚱뚱한 친구가 크게 소리쳐 대답했다. 「저쪽 밑에 폭약이 있어요!」

　다리에서 멀리 떨어진 곳에 배치된 기관총을 이쪽으로 가져오기 위해 네 사람이 달려갔다. 랑드라드는 트럭 쪽으로 뛰어갔고, 가브리엘과 뚱뚱한 병사가 그 뒤를 따랐다. 트럭 짐칸에 뛰어오른 랑드라드는 급히 덮개를 들어 올린 뒤 손에 잡히는 것은 모조리 난간 너머로 던지면서 그 밑을 뒤졌고, 결국 야바위에서 부대 전체를 벗겨 먹은 것처럼 환한 승리의 미소를 지으며 폭약 통 하나를 전리품처럼 번쩍 쳐들어 보여 주었다.

　가브리엘은 랑드라드가 짐칸의 가로장 너머로 하나하나 건네주는 폭약 통을 받아서는 차체 아래에 쌓아 놓았다. 모두 10킬로그램으로, 다리를 날려 버리기에 충분한 양이었다.

　「아, 젠장!」 랑드라드가 욕설을 퍼부었다. 「이 빌어먹을 폭약을 터뜨릴 게 하나도 없네!」

　그는 트럭 바퀴에 등을 대고 앉았다. 군화 끈 이야기를 한 뚱뚱한 병사는 차체 밑에 숨어 있다가 기어서 다가왔다. 가브리엘은 도화선 감아 놓은 것을 무릎 사이에 끼고 있었다.

「좋아.」 랑드라드가 말했다. 「전기 쪽으로는 아무것도 없으니, 이 안전 도화선을 쪼개서 사용하기로 하지. 자, 이걸 한데 묶을 것을 좀 가져다줘, 알겠어?」

그는 벌써 트럭 짐칸으로 다시 올라가고 있었다. 가브리엘은 무릎을 꺾고 등을 바짝 구부린 채로 야영지 쪽으로 달려갔다. 그리고 몇 분 후에 방수포 고정 끈 여섯 개를 가지고 돌아왔고, 랑드라드는 이것으로 멜리나이트 통들을 한데 묶기 시작했다.

가브리엘은 라울의 어깨 너머로 그 하찮은 다리를, 앞뒤에서 폭탄들이 끔찍한 굉음과 함께 폭발하며 발하는 섬광을, 그리고 여기저기 파괴되어 버린 숲 주변의 모든 것을 쳐다보았다. 그리고 랑드라드도 쳐다보았다.

도무지 이해할 수 없는 사람이었다.

이런 상황에서 제일 먼저 도망칠 사람을 하나 꼽으라면 가브리엘은 주저 없이 그를 골랐을 것이다. 그런데 지금 그는 여기에 있는 것이다. 있는 힘을 다해 방수포 끈들을 꽉 동여매며, 원한에 찬 눈으로 다리를 노려보며 마치 자신에게 말하듯 중얼거리고 있는 것이다.

「야, 이 빌어먹을 다리야, 내가 널 날려 버린다. 조금만 기다려, 곧 갈 거니까…….」

그들은 함께 일어섰다. 랑드라드와 가브리엘은 주(主) 폭약을 함께 들었고, 뚱뚱한 병사는 보조 폭약을 날랐는데, 그의 큰 군화가 별로 도움이 되지 않는 듯 헐떡대고 비틀거렸다. 세 사람 모두 좀처럼 잦아들지 않는 포격 속에 머리를 낮게 숙이고

서 강까지 지그재그로 내달렸다. 다리 끝의 기둥에 이르자 랑드라드는 각자에게 할 일을 지시했다.

「난 이 주 폭약을 설치할 거야. 너희들은 보조 폭약을 맡아. 하나는 우측에, 하나는 좌측에. 그리고 나서 내가 다 연결한 다음 쾅 터뜨리는 거야!」

프랑스군의 포탄들이 떨어지는 장소가 점점 강기슭에 가까워졌다. 적군이 가까이 다가오고 있다는 신호였다.

마지막 기관총 주위에 붙어 있던 병사들, 가슴 아플 정도로 미미한 존재에 불과한 그 병사들은 이 뜻밖의 삼인조가 오는 것을 보고는 안도의 한숨을 내쉬었다. 다리가 없어지면 지킬 필요도 없는 것이다. 그들은 겁 많은 토끼처럼 앞장서서 도망칠 사람들은 아니었지만, 결의에 찬 특공조가 이 다리를 예술품들의 천국으로 날려 버릴 준비를 하고 있는 이제는 그럴 수 있게 되어 너무나 기뻤다.

가브리엘은 10킬로그램에 달하는 폭약을 들고 우측으로 가서는 콘크리트 위에 올려놓았다. 그리고 반대편을 보았다. 뚱뚱한 병사도 마찬가지로 하여, 두 폭약이 대칭을 이루었다. 그가 가브리엘을 향해 엄지를 치켜올리는 순간 거기서 15미터 떨어진 강물 위로 포탄 하나가 떨어졌고, 그 뚱뚱한 병사는 파편에 맞아 강물 속으로 쓰러졌다. 가브리엘은 아연실색했다. 랑드라드는 벌써 도화선을 잡아당기면서 그에게로 오고 있었다.

「봤어?」 가브리엘이 전우가 죽은 곳을 가리키며 물었다.

랑드라드는 고개를 들었고, 엎드린 자세로 물에 둥둥 떠 있는 병사를 발견했다.

「에그, 머저리!」 그가 혀를 찼다. 「번쩍번쩍한 새 끈을 얻어 가지고 저게 뭐야?」

그는 이렇게 말하며 팔을 쭉 펴서 폭약에 도화선을 맨 다음, 그 끝부분을 비스듬히 잘랐다.

「자, 이제 여기서 튀어!」 그가 말했다. 「여기다 불을 붙인 다음 나도 뛸 거야.」

소용돌이치는 강물 위에 동료의 시체가 둥둥 떠서 멀어져 가는 광경에 가브리엘이 넋이 빠져 꼼짝 않고 서 있자,

「야, 가라고! 빨리 튀란 말이야!」

가브리엘은 지베르그 대위가 기다리고 있는 캠프 쪽으로 뛰어갔다.

「잘했어!」 대위가 말했다.

이제 소대원들은 모두 숲속으로 증발해 버리고 없었다. 세 남자는 방금 도화선에 불을 붙인 폭약에 쫓기기라도 하는 것처럼 랑드라드가 그들 쪽으로 미친 사람처럼 달려오는 것을 보았다. 그는 숨이 턱까지 차서 그들 옆으로 풀썩 쓰러지듯 몸을 던졌다.

도착하자마자 그는 고개를 돌려 눈을 가늘게 뜨고 다리를 살폈다.

「젠장, 도화선을 짧게 해서 달아 놨는데, 저 빌어먹을 것이 대체 뭐 하고 있는 거야?」

그가 화를 내는 것은 충분히 이해가 되었다. 폭약이 젖은 건가? 아니면 도화선에 문제가 있는 건가? 20초, 30초, 1분……. 이제 그들은 자신들이 공연한 일에 목숨을 걸었다는 사실을 확실히 알게 되었다. 아무 일도 일어나지 않은 것이다.

그들의 실망감에 화답이라도 하듯, 그리고 자신들이 무적임을 확인시키기라도 하듯, 적군은 트레기에르강 저쪽 기슭에 연막탄을 퍼붓기 시작했다. 실패한 것이다. 하얀 연막 뒤로 어떤 실루엣들이 고무보트들을 물 쪽으로 밀 준비를 하고 있는 게 분간되었다. 땅이 울리기 시작했는데, 이는 독일군 탱크들이 강가에 접근하고 있다는 신호였다.

「이제 튀어야 해!」 랑드라드가 벌떡 일어서며 외쳤다.

지베르그 대위도 같은 의견으로 가브리엘의 어깨에 손을 얹었다. 자, 그만 가자고. 우린 최선을 다했어…….

이때 가브리엘의 머릿속에 어떤 일이 일어났는지는 정확히 말하기 힘들다. 그는 영웅적인 심성의 소유자가 아니었지만, 뭔가 찜찜했다. 자신은 무언가를 하기 위해 여기 온 것인데, 그걸 하지 못한 것이다.

그는 얼마나 위험할지 생각해 보지 않고서 그대로 달려 나가 기관총 뒤에 자리 잡았다.

거기에 이른 그는 몸이 굳어 버렸다. 어떻게 해야 하나? 물론 이 총기를 보기는 했지만 멀리서였다. 그는 총신 위에 우뚝 서 있는 직사각형 탄창에 손을 올렸다. 점차 걷혀 가는 연막 뒤로 고무보트들의 실루엣이 또렷해지고 있었다. 총자루를 꽉 쥔 가브리엘은 총신을 적군 쪽으로 돌리고는, 총알이 발사될 때의 반발력을 견뎌 내기 위해 이를 악물면서 전신의 근육을 팽팽히 긴장시켰다. 이 기관총은 분당 450발이나 발사한다는 사실을 그는 알고 있었다.

그는 방아쇠를 당겼다. 한 발이 나갔다. 단 한 발. 마치 놀이 장터 사격 부스에서의 그것처럼 한심하기 짝이 없는 한 발이었다.

그의 앞에서는 모든 게 급속도로 진행되고 있었다. 그가 탄창을 비울 방법을 찾기 위해 무기와 씨름하고 있을 때, 교각 위로 올라오는 육중한 차량들의 바퀴 아래에서 땅이 은은히 진동하고 있었다.

「야, 이 멍청아, 여기서 대체 뭘 하고 있는 거야?」

라울 랑드라드가 활짝 미소를 지으며 거기 있었고, 그의 옆에 자리 잡았다.

그의 난데없는 출현에 깜짝 놀란 가브리엘은 자신도 모르게 두 손으로 기관총을 꽉 움켜잡았다. 그러자 총구에서 총알이 소나기처럼 쏟아져 나왔고, 두 남자는 마치 뭔가 놀라운 얘기를 들은 사람들처럼 멍하니 총신을 바라보았다.

「와, 제기랄!」 라울이 신이 나서 외쳤다.

가브리엘은 속사를 위해서는 두 개의 방아쇠를 동시에 당겨야 한다는 사실을 깨달았다. 그는 다리 쪽을 겨냥했다. 라울은 일어서서 탄창이 가득 든 궤짝 하나를 끌어당겨서는, 괴성을 지르며 다리 전체에 총알을 쏟아 붓는 가브리엘 옆에서 탄창을 하나하나 밀어 넣어 주었다.

솔직히 말하자면 그의 사격은 정확도가 한참 떨어졌다. 총알들은 나무둥치들과 고사리밭으로 날아갔고, 아주 드물게 몇 발만이 강물에 떨어졌으며, 대부분은 목표물에서 수십 미터 떨어진 땅바닥에 처박혔다.

가브리엘은 이 사실을 깨닫고 탄도를 바꾸려 해봤지만, 여전히 너무 높거나 낮아서 좀처럼 뜻대로 되지 않았다.

「으하하하하, 갈겨, 갈기라고!」 라울은 미친 듯이 웃어 대면서 소리 질렀다. 「저 바보 새끼들의 면상에다 갈겨 버려!」

이런 가브리엘의 태도와 라울의 웃음에 재미를 느낀 어떤 실없고 충동적인 신들이 어딘가에 있었던 모양으로, 첫 번째 독일군 탱크가 트레기에르 다리에 막 올라선 순간 가브리엘의 총알이 폭약에 적중하여 그것을 폭발시켰다.

다리가 무너져 내렸고, 탱크는 강물에 떨어졌다.

가브리엘과 라울은 입을 딱 벌렸다.

다리가 붕괴하자 강 저쪽에서는 그야말로 난리가 났다. 독일어로 뭐라고 지시하는 소리가 들렸고, 탱크 행렬은 얼음처럼 굳어 버렸다. 가브리엘도 석상처럼 굳어서는 바보처럼 미소를 지었다. 라울은 팔꿈치로 쿡 치며 그를 깨웠다.

「여기서 너무 꾸물대면 안 좋을 것 같아…….」

지체 없이 벌떡 일어난 두 남자는 고래고래 환호성을 지르며 숲 쪽으로 뛰어갔다.

# 13

 

학교에서 돌아온 루이즈는 과거에 그랬던 것처럼 몸에 기운이 하나도 없었다. 불안하게 자기 배를 어루만지고 생리 주기를 체크하지만 아무 일도 일어나지 않았던 그때처럼 말이다. 의자에서 몸을 일으킬 힘도 없었다. 오후에 그녀는 친절한 피프로 의사를 불렀고, 의사는 그녀에게 부항 요법과 휴직을 처방했다.

토요일은 그렇게 지나갔다. 일요일도 마찬가지였다. 몸이 무거웠고 텅 비어 버린 것 같은 느낌이었다. 공습경보가 두 차례 울렸지만 그녀는 여전히 돌처럼 굳어 있었다. 〈어쩌면 난 죽고 싶은 것인지도 몰라〉라고 큰 확신 없이 혼자 중얼거렸다. 울부짖는 사이렌 소리가 파리의 하늘을 찢곤 했지만, 그녀는 형태를 알아볼 수 없는 스웨터 하나만을 걸친 채로 밤이나 낮이나 침대를 떠나지 않았다.

월요일에는 수업이 있었지만 그녀는 너무 피곤했다. 피프로 의사의 병원을 찾아가든지 아니면 그를 집으로 오게 해야 할 터인데, 옷을 입고 거리에 나가 전화 있는 곳까지 갈 힘조차 없었다.

　이른 오전 시간, 창가에 앉아 미지근한 커피를 홀짝이며 집 마당을 내다보는데 대문에 매달린 종이 딸랑거렸다. 그녀는 머뭇거리지 않고 문을 열었고, 예상대로 쥘 씨가 호주머니에 손을 찌르고 대문 뒤에 서 있는 것을 보았다.

　이번에는 더 이상 예복 차림이 아니었고 ——「아, 사양할게. 그것은 완전히 꽝이었어!」—— 늘 입는 주방 바지에 슬리퍼를 신은 모습이었다.

　루이즈는 현관 문턱에 서 있었다. 10여 미터의 거리가 두 사람을 갈라놓고 있었다.

　그녀는 커피가 담긴 공기(空器)를 두 손으로 받쳐 들고 문틀에 몸을 기대었다. 쥘 씨는 뭐라고 말을 하려고 하다가 생각을 바꾸고는 입을 다물었다. 짧게 자른 머리에 심각한 얼굴, 그리고 슬픈 시선의 이 젊은 여자는 너무나 아름다웠다.

　「……공습경보 때문에 왔다고!」 마침내 그가 툭 내뱉었다.

　그는 똑같은 말을 반복하는 것이 지겨운 사람처럼 화난 목소리로 말했다. 루이즈는 고개를 끄덕이고는 다시 커피 한 모금을 삼켰다. 떨어져 있는 탓에 쥘 씨는 크게 말해야 했는데, 그처럼 쉽게 숨이 차는 사람에게는 불편한 일이었다.

　「루이즈, 네 시간이니까 네가 하고 싶은 대로 해도 되지만, 아무리 그래도 공습경보가 울리면 다른 사람들처럼 대피소로 내려가야지…….」

　이 문장을 이렇게 글로 써놓으면 강압적으로 느껴질 수 있으리라. 하지만 그가 프랑스 포병의 무훈을 논평할 때의 그 단호한 어조로 시작된 이 말은, 중간에 힘이 빠져 버려 결국은 어떤 웅얼거림, 어떤 부탁, 어떤 애원 같은 것이 되고 말았다.

좀 덜 피곤했더라면 루이즈는 미소를 지었을 것이다. 공습경보…… 통장으로 임명되지 못한 것은 쥘 씨의 삶에 있어서 비극적인 일대 사건이었다. 자신의 레스토랑뿐 아니라 거기서 네 집 건너에 조그만 주거용 건물도 한 채 가지고 있는 그는, 그 건물 지하실을 주민용 대피소로 내주었고 그 대가로 통장 자리는 〈당연히〉 자기에게 돌아오리라 믿었다. 하지만 애석하게도 갖가지 반전이 이어진 우여곡절 끝에 구청은 쥘 씨가 〈그 예비역 군바리〉라고 경멸적으로 표현하는 드 프로베르빌 씨를 지목했다. 그 이후로 두 사람 사이에는 암암리에 벌어지는 파란만장한 싸움이 이어졌다. 루이즈는 자신의 부재로 식당 주인의 진영이 다소 약해지긴 했지만, 그가 이것 때문에 온 것은 아님을 깨달았다.

그녀는 마침내 네 계단을 내려가 조그만 정원을 가로질렀다.

쥘 씨는 목청을 골랐다.

「네가 없으니까 식당이 예전 같지 않아…….」

그는 미소를 지어 보이려 했다.

「사람들이 네가 돌아오길 기다리고 있다고! 나한테 네 소식을 묻는단 말이야…….」

「사람들이 신문을 안 읽나요?」

「그들은 신문 같은 것 신경 안 써! 여기서는 모두가 널 좋아한다고…….」

이렇게 고백한 그는 잘못을 저지르다 걸린 아이처럼 고개를 푹 숙였다. 루이즈는 눈시울이 뜨거워졌다.

「그리고 말이야, 루이즈. 공습경보가 울리면 대피소로 내려와야지……. 그 얼간이 프로베르빌마저도 네 걱정을 해.」

루이즈는 설핏 고갯짓을 했고, 쥘 씨는 그것을 동의의 표시로 해석하고 싶었다.

「그래, 그래…….」

그녀는 공기에 든 커피를 다 마셨다. 쥘 씨는 그녀에게 〈예술가적인 면〉이 있다고 느꼈다. 그는 모델을 서거나, 자유분방함이 느껴지는 젊은 여자들을 이렇게 표현했다. 흐트러진 머리에 세상을 비웃는 것 같은 표정을 한, 야성적인 매력과 미칠 듯한 관능이 느껴지는 아가씨들 말이다. 동네에 이런 여자들이, 거리에서 서슴지 않고 담배를 피우는 여자들이 한두 명 있었고, 루이즈는 바로 이런 여자들과 비슷했다. 대리석으로 조각한 것 같은 아름다운 얼굴, 관능적인 입술, 이 눈빛…….

「그런데 내가 묻지도 않았군……. 루이즈, 건강은 괜찮아?」

「왜요? 안 좋아 보이나요?」

그는 호주머니를 톡톡 두드렸다.

「자, 그럼…….」

루이즈는 자기 집으로 다시 올라갔다. 그러고 나서 어떻게 시간을 보냈던가? 나중에 그녀는 그것에 대해서는 기억이 나지 않았다. 남은 것은 하나의 영상, 다른 사람에게는 아무 문제가 없지만 그녀에게는 끔찍이도 잔인한 어떤 영상이었다. 오후의 어느 순간, 그녀는 자신이 똑같은 장소에 여러 시간 동안 앉아 있었다는 사실을 문득 깨달았다. 남편이 죽은 이후로 잔이 결코 떠나지 않았던 바로 그 위치, 마당이 보이는 창틀에 팔꿈치를 대고서 말이다.

나도 곧 미쳐 버리는 걸까?

나도 결국 엄마처럼 되는 걸까?

루이즈는 더럭 겁이 났다.

집 분위기가 너무나 답답했다. 그녀는 물을 데우고, 화장을 하고, 옷을 갈아입고, 밖으로 나왔다. 그리고 고개도 돌리지 않고 라 프티트 보엠 앞을 지나갔다. 자신이 이상하게도 엄마와 비슷하다는 사실을 발견한 그녀는 제정신이 아니었다.

어디로 가야 하나? 그녀에게는 목적지가 없었다.

대로까지 걸어간 그녀는 버스 정류장 앞에 서서 기다렸다. 쓰레기통 안에 신문이 한 부 있었다. 그녀가 손을 뻗자 동네 여자가 외면을 했다. 노숙인들이나 이런 짓을 하는 것이다. 이제 자존심 따위는 내팽개쳐 버린 것처럼 루이즈는 일간지를 집어 구겨진 부분을 폈다. 전쟁이 한창이었다. 신문은 적군이 어마어마한 손실을 입었다고, 격추된 적기의 숫자가 수백 대에 달한다고 알리고 있었다.

두 번째 면에는 퀭한 눈을 하고서 서로 다닥다닥 붙어 있는 사람들의 사진이 보였다. 〈벨기에 난민들이 가르 뒤 노르[29]에 쏟아져 들어와, 그들의 피란 여행 이야기를 우리에게 들려준다.〉 맨 앞에 한 아이가 있었다. 사내아이인지 여자아이인지 잘 분간되지 않았다.

한 단신 기사가 그녀의 눈길을 끌었다.

## 파리 지역 초등 교원, 난민을 수용한다

29 Gare du Nord. 파리의 기차역 중 하나. 북역(北驛)이라는 뜻으로, 프랑스 북부 지방과 벨기에, 네덜란드, 독일 등 북쪽 국가들로 가는 열차들이 출발한다.

프랑스 초등 교원 연합 노조는 벨기에와 국경 지방 각 도(道)에서 들어오는 난민을 맞이하기 위해 즉시 당국과 협력할 것을 모든 노조 가입자에게 권고한다. 난민은 샤 토도가(街) 3번지(파리 제5구)에 있는 상설 본부에서 접 수받고 있다.

　　루이즈는 노조 가입원이 아니었다. 만일 조금 전에 그녀를 외면했던 여자가 옆의 여자와 대화를 시작하지 않았다면 일은 다르게 흘러갔을지도 모른다.

　　「그게 운행되는 게 확실해요?」

　　「확실하냐고요? 글쎄요…….」 여자가 머뭇거렸다. 「65번 노 선이 없어진 것은 알고 있어요.」

　　「42번도 없어졌어요.」 다른 여자가 말했다. 「난민들을 나르 기 위해서요.」

　　「난 그들에게 나쁜 감정은 전혀 없어요. 하지만 그들이 우리 버스들까지 차지한다면, 이건 아니라고 봐요! 벌써 여러 가지 제한이 있잖아요. 하루는 고기가 없고, 다음 날은 설탕이 없 고…… 우리 먹을 것도 충분치 않은데, 어떻게 그 난민들을 먹 이겠다는 거죠?」

　　루이즈는 다시 읽어 내려갔다. 버스가 도착했고, 그녀는 여 전히 신문에 몰두한 채로 차에 올랐다. 〈적 전투기들이 지붕에 닿을 듯한 고도로 출현했다. 그들은 폭탄을 대량으로 투여했 다. 대피를 위해 집합시킨 아이들의 몸이 갈가리 찢겼다.〉

　　그녀는 신문을 접고는 거리를 바라보았다. 일터로 가고, 일 터에서 돌아오고, 장을 보는 파리 시민들이 보였다. 또 군용 트럭들, 소년 단원들의 호위를 받으며 30여 명씩 무리 지어 가고 있는 난민들, 적십자 구급차들, 멜빵 달린 소총을 등에 멘 순경들…….

그녀는 쉽게 찾아냈다. 노동조합 사무실 건물 앞에 사람들이 북적댔고, 그녀는 안으로 들어갔다.

마치 벌통처럼 시끌벅적했다. 어떤 이들은 종이 박스를 한 아름 들고 들어오고, 어떤 이들은 밖으로 나가고, 모두가 서로를 불러 세웠다.

루이즈는 이들에게 방해가 될까 걱정하는 사람처럼 조심스럽게 나아갔다. 커다란 홀의 문턱에 서니, 거대한 스테인드글라스 천장 아래에다 마치 공동 침실처럼 배치해 놓은 벤치들 위에 백여 명의 사람들이 피로에 지친 얼굴로 앉거나 누워 있는 게 보였다. 가족들이 많았고, 여기저기에 테이블도 있었다. 사람들은 끊임없이 와글댔다. 외투 차림의 여자 하나가 사람들 사이를 돌아다니며 사진 한 장을 내밀곤 했다. 루이즈의 귀에는 이 말만이 들어왔다. 「이름은 마리에트고, 다섯 살이에요……. 잃어버렸어요…….」 그녀는 얼굴이 핼쑥했다. 루이즈는 놀랐다. 어떻게 다섯 살 먹은 여자아이를 잃어버릴 수 있지?

「가르 뒤 노르에서요.」 누군가가 말했다.

60대로 보이는 한 적십자 간호사도 그녀 옆에 서서 홀 안을 바라보고 있었다.

「이들의 수가 너무 많아서 일단 지하실로 인도한 다음 트럭이 데리러 갔어요. 얼마나 혼잡했는지 상상도 못 할 거예요. 아이의 손을 놓치기라도 하면, 엄마는 이쪽으로 한 발을 내딛는데 아이는 다른 쪽으로 내딛고, 엄마가 고개를 돌리면 아이는 벌써 사라지고 없어요. 소리쳐 불러도 아이가 어디 있는지 아무도 가르쳐 주지 못하죠…….」

사진을 앞으로 쭉 내밀고 임시 통로들에서 계속 십자가의 길을 가고 있는 여자를 루이즈는 바라보았다. 눈시울이 뜨거워졌다.

「그런데 아가씨는……?」간호사가 물었다.

「초등 교원인데, 저는…….」

「홀을 한 바퀴 돌면서 저들에게 필요한 게 있는지 살펴봐야 해요. 본부는 저쪽이에요.」

그녀는 열려 있는 덧문 하나를 가리켰다. 루이즈가 대답하려 했으나, 간호사는 이미 떠난 뒤였다.

트렁크는 테이블로 사용되었고, 벤치는 침대 대용이고, 이불은 말아서 매트리스를 대신했다. 빵과 마른 과자 등이 배급되었고 이것을 남자들과, 피로로 축 처진 아이들을 부축하는 기진맥진한 여자들이 먹었다. 여기저기서 아기들이 울어 댔다…….

이 길 잃은 군중 한가운데에서 루이즈는 어찌할 바를 몰랐다. 벤치들 사이의 한 통로에서는 빗자루 몇 개를 이어 그 위에 빨래를 널어놓았는데, 주로 기저귀였다. 거기서 약 1미터 떨어진 곳에서는 한 젊은 여자가 바닥에 앉아 무릎 위로 몸을 구부리고 울고 있었다. 루이즈는 아기가 흐느끼는 소리도 들었다. 그녀의 귀는 이런 소리들에 열려 있었다.

「혹시 제가 도와드릴 거라도 있나요?」

젊은 여자는 탈진하여 일그러진 얼굴을 들어 올렸다. 그녀의 치마폭에 아기가 잠들어 있었는데, 그 아랫도리는 스카프로 감겨 있었다.

「아기가 몇 살이죠?」 루이즈가 물었다.

「4개월이요.」

그녀의 목소리는 나지막했고, 탁하게 쉬어 있었다.

「아빠는요?」

「그이는 우릴 기차에 태웠지만, 자신은 모든 걸 내버려 두고 오려 하지 않았어요……. 우리에겐 소들이 있거든요…….」

「제가 할 수 있는 일이라도…….」

「기저귀를 충분히 가져오지 못했어요…….」

그녀는 오른쪽의 임시 건조대를 쳐다보았다.

「게다가 이유는 모르겠는데 이곳은 빨래가 잘 마르지 않아요.」

루이즈는 안심했다. 기저귀를 제공하는 것은 그녀가 할 수 있는 일이었다. 갑자기 자신이 쓸모 있는 존재로 느껴졌다.

그녀는 젊은 엄마의 손을 꽉 쥔 다음 본부가 있는 곳으로 갔다. 하지만 아이들을 위한 의복과 물건은 가장 부족한 것 중의 하나였다.

「사흘 전부터 끊겼어요.」 조금 전에 만났던 간호사가 설명했다. 「우리는 매일 저들에게 약속하는데…….」

루이즈는 문 쪽을 쳐다보았다.

「만일 당신이 구해 올 수만 있다면, 모두에게 큰 도움이 될 거예요.」

루이즈는 급히 젊은 여자에게 돌아갔다.

「당신에게 필요한 것을 찾아오겠어요. 다시 올게요.」

그녀는 하마터면 〈날 기다리세요〉라고 덧붙일 뻔했다. 바보 같은 소리였다.

밖으로 나온 그녀는 마음이 한결 편해지고, 힘이 솟구쳤다. 이제 해야 할 일이 생긴 것이다.

페르가에 돌아왔을 때, 시간은 벌써 저녁 6시였다. 그녀는 2층으로 올라가 벨몽 부인 침실의 문을 열었다.

어머니가 죽은 이후로 루이즈는 거기에 더 이상 발을 들여 놓지 않았다. 장의사가 시신을 내가자마자 그녀는 침대 시트와 이불을 걷고 머리맡 탁자 위에 있는 것들을 모조리 쓸어버렸다. 그런 다음 옷장을 열었고, 몇 분이 지난 뒤 거기에는 원피스 하나, 조끼 하나, 스타킹 하나 남아 있지 않았다. 아무것도 없었다. 벨몽 부인은 매장되기도 전에 사라져 버린 것이다. 다음 날, 라 프티트 보엠에 가려고 집을 나선 루이즈는 옷가지를 욱여넣은 자루 네 개가 밤사이에 사라진 것을 보았다.

방은 차가웠고, 밀폐된 곳 특유의 퀴퀴한 냄새가 났다. 그녀는 창문을 열었다.

옷장은 그녀의 어머니가 차곡차곡 쌓아 놓은 리넨 시트들, 그리고 그녀가 한 번도 꺼낸 적 없는 식탁보와 냅킨 등으로 채워져 있었다. 루이즈는 곧바로 이 시트들을 생각했던 것이다. 이것들을 자르면 튼튼한 기저귀 수십 개는 만들 수 있으리라.

하지만 그녀는 잊고 있었다……. 이 시트들이 얼마나 두꺼운지를 말이다! 그녀는 시트 여섯 장을 꺼내어 무게를 가늠해 보았다. 이 정도면 될 것 같았다. 한두 장 더 가져가도 괜찮으리라. 그녀는 벨몽 부인이 가족의 추억이 담긴 사진이나 엽서, 서신 등을 보관하기 위해 사용하던 인조가죽 책갑(冊甲)을 발견했다. 아주 오랜만에 보는 책갑이었다. 루이즈는 그것을 펼쳤고, 그 안에서 아버지의 사진 한 장, 부모의 결혼사진 한 장, 그리고 1차 대전 때의 것인 듯한 편지들을 보게 되었다. 이 모든 것을 매트리스 위에 내려놓은 그녀는 시트의 절반을 아래층에 가져다 놓은 다음, 나머지를 담아 오기 위해 황마 자루를 가지고 다시 올라갔다. 잠시 망설이다가 사진과 서신이 든 인조가죽 책갑을 낚아채서는 밖으로 나왔는데, 기막힌 타이밍으로 거리 모퉁이에 택시가 한 대 지나갔고, 그것을 잡아타고는 노동조합 건물로 향했다.

어둠이 깔리고 있었다. 택시 기사는 이 시대에 대해, 휘발유 제한에 대해 불평을 늘어놓았다. 피곤해진 루이즈는 책갑을 열어 그 안에 있는 것들을 건성으로 뒤적거렸다.

「그리고 저 난민들 많은 것 좀 봐!」 기사가 말했다. 「원, 세상에! 도대체 저 사람들을 다 어디다 둘 생각이지?」

사람들이 많은 것은 사실이었다. 그들이 가져온 가방도 많았고, 보따리도 많았다. 그녀가 눈길을 내리깔자 누렇게 바랜 사진들이 눈에 들어왔다. 해수욕장이나 마을 광장의 풍경이 담긴 우편엽서도 보였는데, 모두 르네 삼촌의 서명이 적혀 있었다. 아버지의 동생이며 1917년에 전사한 르네 삼촌은 아라베스크 문양과 소용돌이 장식의 대문자로 꾸미는 멋진 서예 글씨의 소유자였다. 또 거기에는 루이즈의 부모가 1914년에서 1916년 사이에 나눈 서신들도 있었다. 그녀의 아버지는 이렇게 썼다.

〈친애하는 나의 잔, 여기는 지독하게 춥소. 심지어는 와인도 얼어붙을 정도요.〉

혹은 〈내 친구 빅토르가 다리에 부상을 입었다오. 하지만 의사가 아무 문제 없을 거라고 말하자, 빅토르는 안심했다오〉라고도 썼고, 끝에다는 〈당신의 아드리앵〉이라고 서명했다.

한편 벨몽 부인은 〈친애하는 아드리앵〉이라는 말로 서신을 시작했고, 일상생활의 소소한 일들을 얘기했다. 〈루이즈는 학교에서 공부를 아주 열심히 하고 있어요, 여기 물가는 계속 오르고 있어요, 레들렝제 부인이 쌍둥이를 낳았어요〉 등등. 그리고 〈애정을 담아, 잔〉이라고 서명했다.

루이즈의 마음속에서 자신의 것이 아닌 사연을 침범했다는 막연한 죄책감은 오래가지 않았다. 그보다는 놀라움이 컸다. 온종일 창틀에 팔꿈치를 기대고 앉아 멍하니 허공을 바라보며 나날을 보내던 어머니의 모습이 떠올랐다. 그런데 지금 루이즈가 발견한 것은 벨몽 부인을 우울증 환자로 만든 강렬하면서도 비극적인 사랑의 자취가 아니라, 저 보행로만큼이나 무미건조한 편지들인 것이다. 무엇에 대해서도, 누구에 대해서도, 아무것도 말하지 않는 편지들. 결혼 생활의 매너리즘이 느껴지는 편지들. 전쟁에 나간 병사가 되었을 때 쓰는, 그리고 이런 병사의 아내가 되었을 때 답하며 보내는 뻔한 내용의 편지들이었다.

루이즈는 지나가는 파리의 풍경을 택시의 차창을 통해 묵묵히 바라보았다. 놀라웠다. 애틋한 감정은 없고 친절한 말들만이 있었다. 이 무의미한 편지들로 마음을 표현하는 부부와, 남편이 죽었을 때 벨몽 부인을 사로잡았던 그 치명적인 슬픔을 서로 연결시키기가 힘들었다.

루이즈가 책갑을 덮은 순간, 차 바닥에 명함 한 장이 떨어졌다.

시간이 잠시 멈추었다.

그것은 거꾸로 놓여 있긴 했지만 루이즈는 곧바로 상호를 읽을 수 있었다. 〈캉파뉴프르미에르가(街), 아라공 호텔.〉


노동조합 건물의 그랜드 홀은 텅 비어 있었다.

난민들은 늦은 오후 시간에 리모주[30] 부근의 한 재집결 센터로 실려 갔다는데, 정확히 아는 사람은 아무도 없었다.

루이즈는 아무에게도 알리지 않고 시트를 바닥에 내려놓은 뒤 건물을 나왔다. 그리고 아까 발견한 이후로 그녀의 뇌리를 떠나지 않는 명함을 손에 쥔 채로 택시를 불러 세웠다.

택시는 몽파르나스 대로에 접어들었다.

「여기서 세워 줘요.」 루이즈가 말했다.

남은 거리는 걸어서 갔다.

그녀는 몇 주 전, 경적들이 울려 대고 놀란 행인들이 쳐다보는 가운데 피범벅의 알몸으로 갔던 길을 이번에는 반대 방향으로 다시 걸었다.

리셉션 홀에는 사람이 없었다.

그녀는 아라공 호텔의 로고가 새겨진 간판이 붙은 카운터까지 걸어갔다. 이 로고는 스페인 분위기를 내려 함인 듯 아라베스크 양식으로 꾸며져 있던 명함의 그것이 아니었고, 보다 현대적인 것이었다.

이 카드는 언제 적 것일까?

노파의 갑작스러운 등장에 그녀는 흠칫 놀랐다. 여전히 깡

---

30 파리에서 서남쪽으로 약 370킬로미터 떨어진, 프랑스 중부 지방에 위치한 도시.

마르고 비틀대는 몸에 딱딱하고 차가운 얼굴이었고, 어깨에 걸친 만틸라 아래로는 자개단추가 달린 검은 원피스가 보였다. 가발은 옆으로 약간 기울어져 있었다.

　　루이즈는 노파가 이렇게 말하는 것을 들으며 힘들게 침을 삼켰다.

　　「안녕하세요, 벨몽 양.」

　　노파의 시선은 곱지 않았고, 몸 전체에서 원한이 느껴졌다.

　　그녀는 손목을 홱 돌려 리셉션 홀에 붙어 있는 조그만 응접 실을 가리키며 덧붙였다.

　　「얘기하기에는 저기가 나을 거예요…….」

# 14

다리가 무너져 내리자마자 가브리엘과 랑드라드는 달리기 시작했다. 그들 뒤에서 기관총 갈기는 소리가 더욱 맹렬해졌다. 그들은 뒤처져 늦게 달리는 몇 동료를 따라잡았고, 불타고 있는 트럭 한 대를 지나쳤다. 주위에 보이는 나무들은 전부 윗부분이 날아가 사람 키 높이로 갈가리 찢겨 있었고, 숲길에는 끝 간 데 없이 커다란 구멍들이 파여 있었다.

그들은 55사단 병력이 주둔하고 있던 장소에 도착했다. 자신들이 지원하러 왔던, 그리고 트레기에르강의 다리로 가기 위해 떠났던 바로 그 지점 말이다.

거기에는 아무도 없었다.

지원 병력이 부족하다고 욕설을 퍼붓던 중령도, 그의 참모진도, 몇 시간 전까지만 해도 여기에 진을 치고 있던 부대들도 흔적 없이 사라졌고, 보이는 것이라곤 무너진 텐트들, 뜯어진 궤짝들, 버려진 군장들, 흩날리는 서류들, 부서져서 진흙 속에 반쯤 파묻힌 기관총들뿐이었다. 대포가 실린 트럭 한 대가 화염에 싸여 있었고, 시커먼 연기에 숨이 탁 막히는 이 사막 같은 곳에서는 모든 것을 포기한 듯한 분위기가 악취처럼 감돌고 있었다.

가브리엘은 급히 통신대 쪽으로 달려갔다. 남아 있는 것이라고는 산산조각이 난 두 대의 무전기뿐이었다. 통신은 단절되었고, 이 조그만 무리만 세상에 홀로 남아 있었다. 가브리엘은 이마에 흥건한 땀을 손등으로 훔쳤다.

이때 그들은 일제히 몸을 돌렸고, 거기서 5백 미터 떨어진 곳에서 탱크 한 대가 아르덴 숲을 헤치고 다른 궤도차량들을 거느린 채 나타나는 것을 보았다.

이 전차들의 대열은 느리지만 사납고도 의기양양한 어떤 괴물, 무엇이든 걸리는 대로 집어삼킬 준비가 되어 있는 어떤 괴물의 주둥이처럼 숲에서 쑤욱 튀어나왔다.

이것이 신호였다. 모두가 참호 속으로 황급히 뛰어들어 반대쪽 흙벽을 최대한 빨리 기어 올라가서는, 젖 먹던 힘을 다해 수풀 속으로 달려 들어갔다. 하지만 거기서 수백 미터 떨어진 곳에 있는 오솔길에서도 또 다른 독일 전차 행렬이 신속히 전진하며 그들의 길을 막았다. 적군이 사방에서 밀려오고 있었다.

등을 구부리고 슬그머니 후퇴한 그들은 상당히 떨어진 곳의 작은 숲 몇 군데에서 몸을 바짝 웅크리고서 오랫동안 기다렸다. 전차의 행렬은 끝없이 이어졌다. 프랑스 포병의 포격 따위는 신경도 쓰지 않는 듯했다. 타격 지점을 알려 줄 수 있는 비행기가 없는 프랑스 포병은 무작정 쏘고 있어서, 포탄은 너무 왼쪽에 떨어지기도 하고 너무 멀리에 떨어지기도 했다. 운 좋게 목표물에 적중한 것은 30분 동안 단 두 발에 불과했다. 거기서 탱크 세 대를 잃은 독일군의 행렬은 고통 따위는 느끼지도 못하는 듯, 연기를 내뿜는 탱크 잔해들을 우회하여 전진을 계속했다.

차량들의 숫자를 세기 시작했던 가브리엘은 결국 헷갈리고 말았다. 탱크 숫자는 적어도 2백 대가 넘어 보였고, 여기에 장갑차, 군용 오토바이……. 패배하고, 탈진하고, 사기가 떨어지고, 끔찍이도 외로운 한 줌의 프랑스 병사들이 보는 앞에서 한 나라의 군대 전체가 줄지어 지나가고 있었다.

「우리는 배신당했어…….」누군가가 중얼거렸다.

가브리엘은 그를 쳐다보았다. 누가 누굴 배신했다는 것인지 전혀 알 수 없었지만, 어쩐지 맞는 말처럼 느껴졌다.

담배를 피워 문 라울 랑드라드는 손을 흔들어 그 연기를 흩뜨리고 있었다. 그는 악문 이 사이로 군가를 불렀다.

「〈우리는 승리한다! 왜냐하면 우리가 더 강하니까!〉」

프랑스 포병대가 마침내 궤멸된 것인지 아니면 포로가 된 것인지 아무도 알 수 없었다.

갑자기 프랑스군의 포격이 멈췄다. 독일군은 다 지나갔고, 그 뒤에는 엉망진창이 된 숲, 시체들 같은 깊은 바큇자국들, 그리고 가장자리가 트럭 바퀴 높이로 솟은 커다란 구덩이들만 남았다.

병사들은 엉거주춤 몸을 일으켜 주위를 둘러보았다. 유린되고 내버려진 이 황폐한 풍경은 마치 그들 자신 같았다.

무엇을 해야 할지 아무도 알 수 없었다.

차량들과 탱크들이 남긴 자국은 독일군이 서쪽으로 향하고 있다는 사실을 명백히 보여 주었다. 가브리엘은 여기서 유일한 부사관이었다.

「내 생각으로는 우린 동쪽으로…….」 그가 조심스레 입을 열었다.

랑드라드가 제일 먼저 일어나더니만 차렷 자세를 취했다. 허리를 활처럼 쭉 펴고 입 끄트머리에 담배를 문 그는 마치 장난을 치듯이 힘차게 경례를 부쳤다.

「넷, 알겠습니다, 하사님!」

그들은 이 재난에서 살아남은 수통 두 개의 물을 나눠 마시며 한 시간 동안 걸었다. 전날까지만 해도 생각할 수도 없었던 일들에 압도된 그들 모두가 말이 없었다. 랑드라드는 이 상황이 재미있는 듯이 그룹의 뒤에서 담배를 피우며 건들건들 따라왔다.

조금 전부터 나무들 사이로 비치는 빛은 마침내 숲의 끄트머리가 가까워졌음을 짐작케 했다. 그들은 걸음을 재우쳤다. 여기가 어딘지는 아무도 알지 못했지만, 아무 정신이 없는 그들에게는 조금도 중요한 일이 아니었다. 가끔씩 고개를 돌리는 이들의 얼굴은 불안으로 가득했다. 추격받는 것 같았다. 적들이 쫓아오고 있으니 그저 앞으로 나아가야 했다. 도망가야 했다. 거기서 몇 킬로미터 떨어진 서쪽에서는 전투가 한창인 듯, 포격으로 인한 벌건 빛들이 하늘을 주황색으로 물들였다.

그들은 여기저기에서 정신없이 도망쳐 오는 다른 병사들을 만났다. 보병 셋, 포병 하나, 보급 부대 소속 하나, 그리고 열차를 타고 오던 친구 둘……. 어떻게 이들이 여기에서 한데 모이게 되었는지는 수수께끼였다.

「그쪽은 어디서 오는 거야?」 키가 크고 금색 콧수염을 짤막하게 기른 젊은 친구가 가브리엘 옆에서 걸으며 물었다.

「트레기에르강 다리.」

병사는 시큰둥한 표정으로 입을 삐죽 내밀었다. 그는 그게 무언지 잘 몰랐고, 거기에 전혀 흥미가 없으리라는 데에 가브리엘은 목숨이라도 걸 수 있었다.

「그럼 자네는?」

하지만 병사는 이 질문을 듣지 못했다. 조금 전부터 속으로 곱씹고 있던 생각을 계속하던 그는 아무리 생각해도 놀라운 듯 잠시 걸음을 멈췄다.

「프랑스군 군복을 입은 독일군이라니⋯⋯. 그게 이해가 가?」

가브리엘은 의문에 찬 눈으로 그를 쳐다보았다.

「퇴각을 명령한 것은 프랑스 장교로 위장한 독일군들이었어!」

그는 다시 걷기 시작하면서, 갑자기 격한 감정에 사로잡혀 떨리는 목소리로 말했다.

가브리엘로서는 병사의 주장이 희한하게 느껴졌는데, 이런 생각이 그의 얼굴에 나타났는지 청년은 격렬한 어조로 말을 이었다.

「정말이라고! 나나 당신처럼 프랑스어를 하는 스파이들이었어! 그들이 퇴각을 명했고, 모두가 그들을 믿었다고! 그들은 참모부에서 가져온 문서도 가지고 있었어. 물론 가짜였지!」

가브리엘이 무엇보다 생각나는 것은 아르덴 숲에서 꾸역꾸역 몰려나오던 독일군 행렬이었다⋯⋯.

「자네가 그 문서를 봤나?」 그가 물었다.

「나는 보지 못했지만 우리 대위가 봤어. 맞다고!」

하지만 그 대위가 지금 어디에 있는지는 아무도 모른단다.

숲의 언저리에 닿은 그 무리는 어느 좁다란 도로에 이르렀는데, 위로는 어디서 나타났는지 알 수 없는 난민들이 조그만 수레들을 끌면서 걸음을 재촉하고 있었다. 이따금 차 혹은 자전거를 탄 사람들이 옆을 지나가면서 〈아, 왜 이렇게 꾸물대! 저리 비켜요!〉라고 소리를 질렀다.

이 잡다한 행렬은 세 개의 서로 다른 속도로 가고 있었다. 차들은 금방, 자전거들은 보다 늦게 사라졌으며, 걷는 사람들은 마치 장례 행렬처럼 기계적이고도 느린 걸음으로 나아갔다.

가브리엘도 도로 위로 올라서려 하는데, 도로변에 멈춰 서 있는 한 무리가 눈에 들어왔다. 그들은 군인 세 사람으로, 정작 해당 소속의 병사는 한 명도 보이지 않는 66연대의 문장이 찍힌 뒤집힌 사이드카의 바퀴 위에 지도 한 장을 펴놓고 그 주위에 둘러서 있었다. 더 정확히 말하자면 두 명의 장교가, 심각한 얼굴로 지도 위로 고개를 숙인 세 번째 장교를 둘러싸고 있었다. 가브리엘은 조금 다가가 그의 계급장을 보았다. 장군이었다. 그것은 일종의 회화 작품처럼 전혀 움직임이 없는 장면이었다. 세 군인은 밀랍처럼 굳어 있었다. 가장 인상적인 것은 장군의 옆모습, 자신의 이해 범위를 완전히 벗어나는 어떤 광경에 깜짝 놀라 버린 남자의 그 경악한, 그 어안이 벙벙한 표정이었다. 주위를 둘러본 가브리엘은 자신의 데이터 범위를 벗어나는 어떤 문제에 대한 해답을 찾느라 석상이 되어 버린 장군의 모습과, 만신창이가 되어 농부들과 수레들과 소들을 쫓아가기 시작하는 이 무질서한 병사들의 모습을 어렵지 않게 연결시킬 수 있었다.

들리는 소리로 판단하건대, 그들 뒤에서 벌어지는 전투는 점점 더 서쪽으로 옮겨 가고 있는 듯했다. 장군이 지도를 들여다보는 이 슬픈 광경에 뒤처졌던 가브리엘은 일행과 떨어지지 않으려고 걸음을 재우쳤는데, 그들은 길 위로 늘어지고 흩어져 더 이상 남은 사람이 없었다.

그런데 어디선가 랑드라드가 불쑥 다시 나타나며 그를 놀라게 했다. 그는 마치 상자 속에서 튀어나오는 악마처럼 이 와중에도 씩 웃으며 이렇게 말했다.

「야, 정말 개판이다. 안 그래? 야, 이쪽으로 와!」

그는 가브리엘의 소매를 잡아 한 고급 승용차 앞으로 끌고 갔다. 도랑 옆에 선 밝은 베이지색의 노바카트르[31]로, 보닛이 열려 있었다.

「여기 한 사람 데려왔어요!」 랑드라드는 가브리엘을 가리키며 의기양양하게 외쳤다.

운전자는 갈색 머리에 어깨가 넓은 사내로 아마도 아내인 듯한 젊은 여자와 함께 기다리고 있었다. 그는 가브리엘에게 악수를 청하며 말했다.

「필리프라고 합니다.」

젊은 여자는 갈색 머리에 아담한 체구였고, 수줍음이 많았다. 그리고 꽤 예뻤다. 이 때문에 라울이 이들을 돕는 걸까? 남자는 그들의 도움에 고마워하며 미소를 지었다.

「차 시동이 꺼졌어.」 라울이 가브리엘에게 설명했다. 「우리가 좀 밀어야겠어.」

---

31 프랑스 르노사가 1937년에서 1940년까지 출시한 고급 승용차.

그리고 대답도 기다리지 않고 이렇게 덧붙였다.

「내가 운전대를 잡을 테니 자네는 조수석 옆에서 밀고 이 사람들은 뒤에서 밀게 하자고. 자, 모두 위치로!」

그는 가브리엘에게로 지그시 몸을 기울이며 뭐가 그리 즐거운지 미소를 짓고는 속삭였다.

「뭐 하는 인간들인지 모르지만 돈푼깨나 있는 것 같아.」 그런 다음 그는 운전석 문을 열고는 핸들을 잡았다. 차 안은 상자며 트렁크 등으로 꽉 차 있었다.

「기운 좀 내!」 그가 소리쳤다.

가브리엘도 조수석 옆의 차체를 꽉 붙잡고는 고개를 돌렸다. 뒤쪽 트렁크에 네 손바닥을 딱 붙인 젊은 커플은 얼굴을 일그러뜨리며 용을 썼고, 자동차는 서서히 갓길에서 빠져나오기 시작했다.

이때 차 한 대가 빠른 속도로 옆을 지나갔는데, 가브리엘은 그 안에서 아까 얼빠진 얼굴로 지도를 들여다보던 장군의 모습을 보았다.

조금 더 가자 도로가 미세한 경사를 이루며 내려갔고, 차에 조금씩 속도가 붙기 시작하더니 엔진이 쿨럭댔다. 가브리엘은 힘을 더 썼고, 별안간 차가 울부짖는 것 같은 소리를 내면서 시동이 걸렸다.

「자, 빨리 올라타!」 랑드라드가 갑자기 소리쳤다.

조수석 차 문이 열려 있었다. 가브리엘은 깊이 생각하지 않고 발판 위로 뛰어올라 랑드라드 옆에 앉았고, 랑드라드는 맹렬히 액셀을 밟았다.

「지금 도대체 뭐 하는 거야?」 가브리엘은 옆으로 고개를 돌리며 고함쳤다.

랑드라드는 경적을 빵빵 울려 수레들이 길을 비키게 했다. 가브리엘은 벌써 뒤쪽 멀리서 보이는 젊은 부부가 자신들의 차가 도망치는 광경을 멍하니 바라보는 것을 보았다. 남자는 두 팔을 풍차처럼 휘저었다. 가브리엘은 마음이 너무나 괴로웠지만, 그보다는 치밀어 오르는 분노가 더 컸다. 그는 차를 세워 보려고 랑드라드의 팔꿈치를 붙잡았다. 하지만 돌아온 것은 입가에 날아든 주먹 한 방이었고, 차 문의 기둥 부분에 머리가 강하게 부딪힌 그는 턱을 부여잡았다.

거의 실신 상태가 된 그는 정신을 차릴 수 없었다. 차에서 내리려 했지만 모든 게 흐릿했고, 그러기에는 이미 늦어 버렸다. 이 지점에서는 피란민과 패잔병이 드문드문 보였고, 차는 시속 50킬로미터의 속도로 달렸다.

랑드라드는 휘파람을 불기 시작했다.

가브리엘은 턱은 물론 목에까지 흘러내리고 있는 피를 멈추게 할 만한 것을 찾으려고 주위를 더듬었다.

# 15

「뫼즈 전선에서 독일군은 맹렬한 공세를 펼치고 있지만, 프랑스군이 영웅적 저항을 전개하고 있다는 사실을 여러분께 분명히 말씀드릴 수 있어 우린 너무나 자랑스럽습니다! 그리고 이것은 이미 승리라고 말씀드릴 수 있습니다! 프랑스군과 연합군의 반격은 도처에서 저 튜턴[32]의 무리 가운데 혼란과 의구심을 퍼뜨리고 있는 것입니다!」

첫 번째 기자 회견 때부터 데지레는 회의적이고 의심쩍어하는 이들, 그의 말에 쉽게 넘어가지 않을 것 같은 이들을 발견한 바 있었다. 그는 가장 중요한 부분을 말할 때 그들에게로 고개를 돌렸고, 그 두꺼운 안경 너머로 가장 애국적인 시선을 그들 쪽으로 던졌다.

「독일군은 집요하게 공격하고 있습니다만, 지금 프랑스군 사령부는 침략군의 공세에 맞설 수 있는 방벽을 완성해 가고 있습니다. 적군은 그 어디에서도 우리의 주요 저항선을 뚫지

---

32 튜턴인은 게르만 민족의 일족으로, 여기서는 독일군을 뜻한다.

못한 것입니다.」

잠시 웅성거리는 소리가 일었다. 데지레 미고의 단호한 발언은 모두를 만족시켰다.

「미고 씨, 잠깐만요…….」

그는 어디서 이 목소리가 들려오는지 찾아보는 척했다. 아, 네, 저쪽, 오른쪽 분이군요. 네, 말씀해 보시죠?

「원래 독일군은 벨기에 쪽으로 공격하기로 되어 있는데, 그들은 뫼즈강 쪽으로도 공격하고 있어요…….」

데지레는 엄숙한 얼굴로 고개를 끄덕였다.

「맞아요. 독일 전략가들은 전선에서 교란 작전을 펴면 우리 군이 혼란에 빠지리라 상상한 겁니다. 하지만 우리의 참모부가 얼마나 명석한지를 아는 사람에게는 그저 순진한 발상일 뿐이죠.」

이 표현에 여기저기에서 큭 하는 웃음소리가 터졌다.

기자는 다시 말하려 했지만, 데지레는 검지를 똑바로 치켜올리며 그의 입을 막았다.

「의문을 품는 것은 당연합니다. 하지만 그런 질문들은 그것이 우리 프랑스 국민의 마음에 불신을, 다시 말해서 결정적 전투가 진행 중인 이 시점에서 반민족적이고 비애국적인 감정이라 할 수 있는 의심을 불러일으키지 않는다는 조건하에서만 제기할 수 있습니다.」

기자는 나오려던 질문을 꿀꺽 삼켜 버렸다.

데지레는 그 단어 하나하나가 프랑스군, 그리고 나아가 공보국 공식 성명에 대한 신뢰를 강화할 수 있는 짧막한 연설로 매 기자 회견을 마무리하곤 했다.

「포슈 장군과 켈레르만 장군의 후예들이며 완벽한 능력과 기백을 갖춘 우리 지휘관들, 최고의 가치를 지닌 우리의 공군, 독일 기갑 부대보다 무한히 월등한 우리의 공격용 전차들, 그리고 비할 바 없는 용기를 지닌 우리의 보병들…… 이 모든 것이 〈프랑스가 승리할 때까지 투쟁은 계속될 것〉이라는 영광스러운 확신을 백 퍼센트 정당화하는 의심의 여지 없는 요소들인 것입니다!」

애석하게도 현실은 프랑스군의 바람과 반대 방향으로 나아가는 경향이 있어서 데지레는 매번 수위를 높여야 했다.

북쪽과 동쪽 지역에서 싸움이 갈수록 치열해지며 전선의 소식들이 더 불안해질수록, 데지레의 발언은 더욱 단호해졌다.

어느 날 아침, 그는 과장에게 물었다. 과장님께서는 우리 공보국이 프랑스 국민의 사기에 영향을 줄 수 있는 가장 효과적인 목소리라고 생각하시나요?

과장은 안락의자에서 몸을 뒤로 뺐다. 그러고는 검지를 흔들었다. 그래, 계속해 봐.

「우리가 언론에 하는 발표들은 〈공식적 발언〉이고, 따라서 항상 대중들은 여기에 대해 약간의 불신을 품게 됩니다. 제가 감히 말씀드리자면…….」

「그래, 감히 말해 봐! 감히 말해 보라고!」

「그러니까 사람들은 본능적으로 공식적 메시지보다는…… 선술집에서 오가는 얘기를 더 신뢰한다고 말씀드리고 싶습니다.」

「그러니까 선술집에서 기자 회견을 하고 싶다는 얘긴가?」

데지레는 풋 하고 웃음을 터뜨렸다. 과장이 우월한 정신의 소유자들만의 특징이라고 생각하는 짤막하고도 신경질적인 웃음이었다.

「물론 아니죠, 과장님! 제가 생각하는 것은 라디오입니다.」

「뭐, 라디오? 그것은 상놈들이나 하는 거잖아!」 곧바로 과장이 고함쳤다. 「우리가 어떻게 그…… 라디오 슈투트가르트의 수준으로 내려갈 수 있나? 그 배신자 페르도네의 수준으로 말이야?」

사람들은 폴 페르도네를 오직 〈배신자 페르도네〉라는 명칭으로만 불렀다. 라디오 슈투트가르트의 사회자로서 나치에 봉사하는 그는 파리 제3 군사 법정에서 사형을 선고받았으니, 이 매체가 프랑스 국민의 사기를 갉아먹을, 다시 말해서 투쟁 의지를 내려놓게 할 목적으로 가짜 뉴스들을 전한 일이 명백한 국가 반역 행위로 간주된 것이다. 꽤나 영악한 친구였던 그가 만든 슬로건 중에는 효과를 본 것들도 있었다. 〈영국은 무기를 공급하지만 프랑스는 가슴팍을 공급한다〉, 〈대포는 장군들의 사무실은 절대로 맞히지 못한다〉, 〈당신들이 징집되어 개고생하고 있을 때, 특별 면제자들은 공장에서 노닥거리며 당신들의 마누라와 동침한다〉 등등……. 데지레는 이게 아주 효과적이라고 느꼈고, 여기에 대해서 좀 숙고해 볼 필요가 있으며, 심지어는 어떤 모델을 찾아낼 수 있겠다는 생각까지 들었다.

「저는 시청률이 높은 시간에 어떤 정부 관리가 익명으로, 그러니까…… 행정부는 말할 수 없는 모든 것을 말해 주는 일간 시사 평론 프로그램이 국민에게 어떤 효과를 줄 수 있을지 한 번 생각해 봤습니다.」

데지레는 비공식적 발언보다 더 신뢰가 가는 것은 없으며, 어떤 당국자가 망토를 뒤집어쓰고 말한다면 프랑스 국민은 그의 말을 믿게 될 거라는 생각을 펼쳤다.

「프랑스인은 자신의 라디오와 아주 친밀한 관계, 거의 육체적이기까지 한 관계를 맺고 있습니다. 그는 스피커가 자신에게, 아니 오직 자신에게만 말한다고 느끼지요. 지금 이 나라의 신뢰를 얻기 위한 방법으로 라디오만 한 게 없다고 생각합니다.」

과장은 미심쩍은 듯한 표정을 지었는데, 이는 그가 열광하는 마음을 감추고 싶을 때 짓는 표정이었다.

「우리는 라디오 슈투트가르트에게 보여 주어야 합니다.」 데지레가 말을 이었다. 「우리도 우리의 적을 잘 알고 있다는 것, 심지어는 더 잘 알고 있다는 것을 말입니다!」

이렇게 해서 「뒤퐁 씨의 시사 평론」이 탄생하게 되었다. 라디오 파리의 전파를 타고 프랑스 전역에 방송되는 이 프로그램을 시작하는 소개말은 항상 같았는데, 그의 높은 지위 덕분에 현 상황을 정확히 알고 있는 한 프랑스 관리가 시청자들이 서신으로 보낸 질문에 익명으로 답한다는 내용이었다.

〈여기에는 두 가지 이점이 있어요!〉라고 데지레는 단언했다. 「시청자는 두 가지를 느끼게 됩니다. 첫째, 이 고위 관리가 내 질문에 관심이 있구나……. 둘째, 이 고위 관리는 나를 전략적 정보를 공유할 만한 자격을 갖춘 사람으로 여기고 있구나…….」

「청취자 여러분, 안녕하십니까! 툴롱에 계신 S 씨께서(데지레는 지리적 정확성을 역설했으니, 그래야만 〈질문이 어떤 지형학적 진실성에 뿌리내릴 수 있다〉는 거였고, 이 표현에 과장은 감탄을 금치 못했다) 저에게 질문하셨습니다. 〈대체 어떤 이유로 독일은 1년 동안 꼼짝 않고 있다가 갑자기 공격을 감행하기로 결심하게 되었는지〉를요(이 대목에서 데지레는 질문을 강조하고 답변의 중요성을 부각시킬 수 있는 배경 음악을 삽입했다). 저는 독일은 달리 방법이 없었다라고 말씀드리겠습니다. 독일은 경제적으로나 정신적으로 피폐해진 나라입니다. 거기에는 모든 것이 부족해요. 절망적으로 텅 빈 상점들 앞에 사람들이 길게 줄을 서지요. 히틀러는 혁명이 일어나는 것을 피하기 위해 공격할 수밖에 없었습니다. 국가 사회주의에 대한 독일 국민의 깊은 염증을 저지하기 위해 이들의 관심을 돌릴 필요가 있었던 것입니다. 지금 이 나라가 어떤 상태인지를, 이 나라가 얼마나 생기가 없고 무기력하며 빈껍데기만 남아 있는지를 우리는 알아야 합니다. 독일의 공격은 독일 국민에게 하나의 전망, 하나의 희망을 주기 위한 나치 정권의 절망적인 몸부림일 뿐입니다. 시간을 벌기 위한 몸부림이죠.」

데지레의 판단은 틀리지 않았다. 첫 번째 방송이 나가자마자, 뒤퐁 씨에게 온갖 종류의 질문을 하는 수백 통의 편지가 라디오 파리에 날아들었다. 이 시사 평론 프로그램은 이의의 여지가 없는 대성공이었고, 입이 귀에 걸린 과장은 이를 마치 자신이 기안한 것처럼 상부에 알렸다.

「여러분, 안녕하십니까! 콜롱브에 거주하는 청취자이신 B 부인께서는 〈독일에서는 모든 것이 부족하다〉라는 말이 정확히 무슨 의미냐고 제게 물어 오셨습니다. (음악이 깔린다.) 우리는 독일에서 부족한 것들의 예를 무수히 들 수 있습니다. 예를 들면 석탄 부족은 잔인하게 체감되는 것 중의 하나입니

198

다. 어머니가 아이들을 공동묘지로 데려가 시체 소각로 위로 손을 녹이게 하는 광경도 목격되었습니다. 피혁은 오직 군대만이 사용할 수 있어서, 여성들은 추위에 손을 보호하기 위해 생선 가죽을 끼고 다닙니다. 또 요리를 하려 해도 난감합니다. 부대에만 들어가는 식품인 감자도, 무기에 기름칠하기 위해서만 사용되는 버터도 구할 수 없으니까요. 집집마다 지난 1년 동안 쌀 한 톨, 우유 한 방울 구경하지 못했고, 빵 한 조각만 일주일에 단 하루 먹을 수 있을 뿐입니다. 이런 물자 부족 상황으로 가장 큰 피해를 입는 것은 물론 가장 취약한 계층이죠. 영양실조 상태의 젊은 어머니들은 허약한 아기들을 출산하고 있습니다. 지금 독일 아동의 60퍼센트 이상이 구루병에 걸렸다고 합니다. 그 나라 도처에서 결핵이 무서운 기세로 확산되는 현상도 이러한 각종 제한 조치들로 설명할 수 있을 것입니다. 비누가 없는 탓에 수백만의 독일 초등학생들이 매일 지저분한 상태로 등교하는 실정이죠.」

이 시사 평론 프로그램을 진행해 가면서 데지레는 프랑스 국민들을 안심시키기 위해 그들 자신에 대한 정보를 중간중간 끼워 넣는 것도 잊지 않았다. 어느 날 저녁, 그는 이렇게 설명했다.

「프랑스 국민에게 커피가 부족하다는 얘기는 완전히 거짓입니다. 얼마든지 구할 수 있는데 커피가 없다니요? 하지만 프랑스 국민은 커피를 너무나 좋아하고, 얼마만큼 갖고 있든 만족하는 법이 없습니다. 그래서 우리는 항상 원하는 만큼 구할 수 없기 때문에, 커피가 부족하다는 느낌을(이건 물론 잘못된 느낌이죠) 받는 것입니다.」

이런 데지레 미고의 논리에 대해 콩티낭탈 호텔의 공보국 인력 절반은 감탄을 금치 못했지만, 나머지 절반은 더욱 강한 경쟁의식과 질투심에 사로잡혔다. 독일인들이 오래전부터 특별히 효율적이고도 위험한 모습을 보여 온 공보 분야에서 프랑스의 이 힘찬 반격에 만족한다는 소리가 상부에서 들려올수록, 복도에서는 그를 조롱하고 비아냥대는 얘기가 더욱 많아졌다.

드 바랑봉 씨는 이 은근한 반(反)데지레 도당의 리더 격이었다. 그는 모든 게 길쭉한 사람이었다. 다리도 길쭉하고, 사용하는 문장도 길쭉하고, 생각도 길쭉했다. 그런데 이 생각의 길쭉함은 그에게 도움이 되었다. 어떤 생각이 하나 떠오르면, 그는 이것을 절대로 놓지 않고서 경탄스러운 확신과 거의 동물적인 집요함으로 그것에 대해 샅샅이 파헤쳤다. 결과적으로 헛물을 켜긴 했지만, 전에 음험하게도 원주민 인력부 비서 통 씨를 데지레 앞에다 데려다 놓은 게 바로 이 사람이었다. 그는 미고가 콩티낭탈에 오기 전에 그에 대해 들어 본 사람이 아무도 없다는 게 놀랍다고 말했다.

과장은 눈을 똥그렇게 떴다.

「프랑스 극동 연구원 원장이신 세데스 씨가 추천했다고요! 당신은 이게 아무것도 아니라고 생각할지 모르지만 말입니다!」

드 바랑봉 씨는 방향을 바꾸어 부서마다 돌아다니며 알아보았다. 이 세데스 씨를 본 사람이 아무도 없었을 뿐 아니라, 데지레 미고와 멀게든 가깝게든 관계를 가졌던 사람 또한 아무도 없었다.

「여보게, 젊은이…….」

데지레는 고개를 돌렸고, 흘러내린 안경을 급히 추어올렸다.

「네, 선생님?」

「이 콩티낭탈에 오기 전에, 그리고 하노이에 있기 전에, 자네는 어디에 있었나?」

「튀르키예입니다, 선생님. 주로 이즈미르에서 지냈죠.」

「하면…… 포르트팽을 알겠군?」

데지레는 눈을 가늘게 뜨면서 기억을 더듬는 표정을 했다.

「아, 포르트팽 말이야!」 드 바랑봉이 되풀이했다. 「그는 튀르키예에서 너무나 유명한 인물이라고!」

「글쎄요, 저는 잘 모르겠는데요……. 그분이 정확히 어디서 근무하셨죠?」

드 바랑봉은 역정 어린 손짓을 했다. 아, 그만두게……. 그러고는 몸을 돌려 복도를 성큼성큼 걸어갔다. 그의 덫은 작동하지 못했지만, 그는 실패할 때마다 그래 왔듯 여기서도 새로운 힘을 길어 냈다. 그는 조사를 계속해 나갈 거였다.

데지레도 다시 걷기 시작했다. 그는 자신의 정체가 폭로되기 전에 부는 이 미풍에 대해 너무나 잘 알고 있었다. 평생 동안 맞아 온 바람이었고, 이제는 진지하게 전략적 후퇴를 생각해야 할 시간이었다.

이런 감정은 처음이었는데, 이 역할을 떠난다는 게 너무나 힘들게 느껴졌다. 지금은 너무 이른 것 같았다. 이 전쟁에서 자기가 하는 일이 너무나 좋았던 것이다. 아, 정말로 유감이었다!

# 16

무릎 위에 두 손을 깍지 끼고 앉은 호텔 주인은 입을 못마땅하게 다물었고, 굳은 얼굴에는 원한이 가득했다. 회색 눈은 불길한 새의 그것처럼 루이즈를 뚫어지게 응시하고 있었다. 루이즈는 자신이 곧 듣게 될 얘기가 두려웠고, 어디서부터 말을 시작해야 할지 알 수 없었다. 이렇게 두 사람은 각자의 침묵에 갇혀 있었다. 젊은 여자는 양탄자의 무늬 위로 푹 고개를 숙이고, 호텔 여주인은 붙잡은 먹잇감을 싸울 듯이 노려보면서 말이다.

마침내 루이즈는 핸드백 끈을 꽉 쥔 손가락의 힘을 풀어 보려 노력했고, 떨리는 목소리를 다스리려 애쓰면서 말했다.

「저…… 마담…….」[33]

「트롱베르. 이름은 아드리엔.」

그녀는 마치 따귀 치듯 내뱉었다. 이 대화가 어떤 말로 시작되든 상관없었다. 루이즈가 입을 열자마자 여주인은 기다렸다

---

33 마담Madame은 프랑스어에서 결혼한 부인이나, 어느 정도 나이 든 여자의 이름 앞에 붙이는 경칭이다.

는 듯이 다다다다 퍼부어 댔다.

「그래, 당신은 괜찮다고 생각해요? 남의 집에 들어와서 목숨을 끊는 게?」

도대체 어떻게 대답해야 한단 말인가? 루이즈의 머릿속에 그 방이, 노인의 시체가 떠올랐다. 그녀는 일을 이런 각도에서 생각해 본 적이 없었다. 죄책감이 느껴졌다.

「그리고 또!」여주인이 말을 이었다. 「그 의사 말이야, 자기 애인을 데리고 올 때마다 우리가 잘해 주지 않았어? 그거, 다른 데 가서 하면 안 됐나? 그래, 어미 하나로 충분치 않아서 딸까지 데려온 거야?」

루이즈는 명치에 한 대 얻어맞은 기분이었고, 올라오는 욕지기를 간신히 참았다.

호텔 여주인은 입을 꽉 다물었다. 자신도 모르게 쏟아 낸 말이었다. 사실은 처음부터 하고 싶었던 말이기도 했다. 여러 날동안 온종일 속으로 되뇌었던 말. 어둑한 리셉션 홀에 앉아 자신의 원한을 표출하기에 가장 완벽하고 이상적인 표현으로 느껴졌던 말이었지만, 막상 이렇게 튀어나온 것을 듣고 보니 생각했던 느낌과는 좀 달랐다.

이제 양탄자를 내려다보는 것은 그녀 쪽이었다. 후회가 됐다. 사실 그녀는 그렇게 나쁜 사람은 아니었다. 단지 화가 났을 뿐이다.

「그러니까 말이에요, 그 후에 얼마나 여러 가지 귀찮은 일들이…….」

이제 그녀는 손가락의 결혼반지만 이리 돌리고 저리 돌릴 뿐 루이즈를 똑바로 쳐다보지 못했다.

「알아요……? 아, 경찰이라니!」

그녀는 다시 고개를 들어 올렸다.

「우리에게 그런 문제는 한 번도 없었어요! 여기는 점잖은 호텔이지, 어떤…….」

그다음 단어는 허공에 걸려 있었다. 그렇다, 바로 그거였다. 그것은 〈사창가〉에서 일어나는 일이었다. 매춘부들에게 일어나는 일이었다.

「여봐요, 아가씨, 그…… 〈사건〉 이후로, 고객들이 떠나겠다고 하고 있어요! 더 이상 여기서 묵고 싶지 않대요. 오래전부터 이용해 온 〈단골들이〉 말이에요!」

그녀는 이 사건이 자기 호텔과 사업과 고객들과 매출에 초래한 결과들로 넋이 나가 있었다.

「그리고 당연한 일이지만, 어떤 여자도 그 방에 들어가 청소하려 하지 않았어요. 무슨 말인지 알겠어요? 할 수 없이 내가 직접…….」

루이즈의 정신은 딴 데 가 있었다. 이 〈어미와 딸〉이라는 표현으로 머리가 너무나 혼란스러웠다. 그녀는 이게 자신에 대한 말이라는 것은 이해할 수 있었다. 뭐, 자기가 창녀 같은 짓을 했으니까. 하지만 어머니는…….

「온 사방이 피범벅이었어요. 심지어는 층계까지. 그리고 그 지독한 냄새라니……. 이 나이에 그 고생을 하다니, 그게 정상이라고 생각해요?」

「제가 보상해 드리겠어요.」

루이즈에게는 저금해 둔 돈이 있었다. 진즉 그걸 생각했어야 했다. 돈을 가지고 왔어야 했는데……. 이 제안에 기분이 좋아진 게 금방 얼굴에 나타났다.

「고마워요. 하지만 그 점에 있어서는 그이들이 정확히 처리해 줬어요. 그러니까 의사의 가족들 말이에요. 그들은 공증인인지 뭔지 하는 사람을 보냈죠. 그들은 비용을 따지지 않고 배상 문제를 해결해 주었어요.」

이제 기분이 한결 나아졌다. 돈 얘기를 했고, 고객들과의 문제를 언급했으며, 한 달 가까이 가슴에 담아 놓았던 문장을 쏟아 냈다. 비록 이 표현이 속에 있을 때만큼 효과적이지는 못했지만 어쨌든 가슴이 후련했고, 그녀는 한숨을 내쉬었다.

그리고 처음으로 루이즈를 쳐다보았다. 자기에게 그 많은 문제를 안겨 준 괴물로서가 아니라, 혼란스럽고도 상기된 얼굴로 맞은편 안락의자에 앉아 있는 현실 속의 젊은 여자로서 말이다.

「아가씨는 아가씨 엄마와 너무 닮았네요……. 그분은 잘 계시나요?」

「돌아가셨어요.」

「아…….」

루이즈의 머릿속에서 연도 계산기가 팽팽 돌아갔다. 혹시 의사가 내 아버지일까?

「제 어머니를 아시는군요……. 그게 언제였죠?」

호텔 여주인은 입술을 바짝 오므렸다.

「아마…… 1905년일 거예요. 맞아요, 1905년 초엽.」

루이즈가 태어난 해는 1909년이었다.

여기에 숨어 있을 수 있는 무서운 진실에 그녀는 숨이 턱 막혔다. 그렇다면 자신이 벌거벗은 모습을 보여 준 사람은……

아니, 그것은 말도 안 되는 얘기였다.

「제 어머니였다는 게 확실하세요? 그러니까…….」

「아, 거기엔 일말의 의심도 있을 수 없어요. 아가씨 엄마 이름이 잔 아니에요?」

루이즈는 목이 바싹 말랐다. 어머니가 호텔을 드나들다니, 상상하기 힘든 일이었다. 그녀가 여기 고객이었다고? 나이 열일곱에? 루이즈는 마치 자신이 고소를 당한 것처럼 공격에 나섰다.

「그때 엄마는 미성년이었다고요…….」

호텔 여주인은 갑자기 얼굴이 밝아지면서 손뼉을 한 번 쳤다.

「그게 바로 내가 지금 하늘에 있는 불쌍한 내 남편에게 했던 말이에요. 〈르네, 우리 호텔은 이런 식으로 벌건 대낮에 커플을 받아들이는 곳이 아니야! 왜 당신이 있는 정시에 체크인하지 않는 거냐고!〉 하지만 알아요? 그이는 의사와 어린 시절 친구였고, 같이 초등학교를 다녔대요. 그래서 막 우기는 거예요. 이번 딱 한 번만 예외라고요. 이 의사한테만 그럴 거라고요. 그래서 나는 허락하고 말았죠. 어쩌겠어요. 결혼 생활을 하려면 때로는 〈임신〉[34]도 해야죠.」

이 대목에서도 루이즈는 웃지 않았다.

「그리고,」 호텔 여주인은 말을 이었다. 「의사는 아주 제대로 처신했어요. 그러지 않았다면 내가 절대 받아들이지 않았을 거예요! 그들은 일주일에 한두 번 왔어요. 정오 조금 전에 도착

---

34 호텔 여주인이 하고 싶었던 말은 〈콩세시옹(concession, 양보)〉이었을 것이나, 발음이 비슷한 〈콩셉시옹(conception, 임신)〉이라는 단어를 쓴 것.

해서 의사가 대실료를 냈고, 오후 초엽에 다시 떠났죠. 아주 정확했고 불평할 게 전혀 없었어요. 아가씨 어머니는 항상 뒤에 있었고, 조금 겁먹은 것 같았어요.」

진실을 피해 달아나 봤자 아무 소용 없었다. 루이즈는 더 과감해지기로 했다.

「그들은 얼마 동안이나 왔나요?」

「한 1년……? 맞아요, 1906년 말까지 왔어요. 내가 이걸 기억하는 것은 그때 내 남편 사촌의 결혼식이 있었기 때문이죠. 시골에서 모두가 올라와서 우리에게 빈방이 하나도 없었어요. 나는 생각했죠. 만일 이번 주에 그이들이 오면 다른 곳에 가서 방을 찾아야 할 거야, 하고요. 그런데 오지 않더라고요. 그러고 나서 다시는 그들을 보지 못했죠.」

호텔을 바꾼 것일까? 호텔 여주인은 루이즈의 생각을 읽은 듯했다.

「그들은 더 이상 만나지 않았어요. 의사가 내 남편에게 그렇게 말했대요. 내가 이해한 바로는, 의사는 아주 힘들어했던 것 같아요.」

마음이 조금 놓였다. 그들의 관계는 자신이 태어나기 3년 전에 멈췄던 것이다. 자신은 의사의 딸이 아닌 것이다.

「그렇기 때문에 난 그들이 다시 온 것을 보고도 놀라지 않았어요. 1912년이었죠.」

루이즈의 얼굴이 창백해졌다. 1912년이라면 어머니가 결혼한 지 5년째 되는 해였다.

「차 한잔 하겠어요? 아니면 커피? 오, 아니야. 미안해요, 지금 우리에게는 차밖에 없을 거예요. 커피는…….」

루이즈는 그녀의 말을 끊었다.

「1912년이라고요?」

「그래요. 그들은 전처럼 다시 드나들었어요. 하지만 전보다 자주 왔죠. 의사는 늘 그랬듯 아주 처신이 정확했고, 항상 방 청소하는 여자들에게 팁을 주었어요. 아가씨 어머니는…… 이렇게 얘기하면 안심이 될지 모르겠지만…… 그렇게 문란한 사람은 아니었어요. 음, 그러니까…… 어떤 낭만적인 관계 같은 느낌이었어요.」

당시 루이즈는 세 살이었으니, 그것은 다른 거였다. 그것은 청춘의 열정이 아니라, 추잡한 간통이었다.

「음……. 좋아요, 저 차 한잔 주세요.」

「페르낭드!」

마치 어떤 동물의 울음소리, 공작새나 가금이 내는 소리 같았다. 앞치마를 두른 건장한 체구의 젊은 여자 하나가 뚱한 얼굴로 나타났다.

「부르셨어요?」

호텔 여주인은 차를 주문하고는, 고객 앞에서 항상 하듯이 〈우리 페르낭드〉라고 덧붙였다.

루이즈는 정신을 가다듬으려 애썼다.

「그러니까 어머니가 아가씨에게 아무 얘기도 안 해줬어요?」

루이즈는 망설였다. 여기서 대답하는 것은 동전을 공중에 던지는 거나 마찬가지였다. 호텔 여주인은 더 털어놓을 수도 있었고, 반대로 입을 다물어 버릴 수도 있었다. 이건 도박이었다. 그녀는 이렇게 대답해 봤다.

「안 해주셨어요. 전 그저 이해하고 싶을 뿐이에요…….」

잘못 짚었다. 호텔 여주인은 입을 다물고 자기 손톱만 내려다보았다.

「……임종하실 때 침상에서 어머니는 제게 이렇게 말씀하셨어요. 〈내가 다 말해 줄게, 네가 좀 이해해 줬으면 한다…….〉하지만 어머니에게는 그럴 시간이 없었어요. 그대로 숨을 거두셨죠.」

이 거짓말 덕분에 루이즈는 아까의 실수를 만회할 수 있었다. 호텔 여주인은 입을 헤 벌렸다. 고인이 죽기 전에 딸에게 자신이 저지른 불륜의 비밀을 털어놓고 싶어 했다는 이야기가 그녀의 가장 깊은 결여감을 채워 준 것이다. 성 불능인 전직 경찰과 결혼한 그녀는 용기가 없어 애인 한번 사귀지 못했고, 고민을 들어줄 사람도 없어 아무에게도 얘기하지 못하고 평생을 살아온 것이다.

「아, 불쌍한 여자!」 그녀가 한탄하는 것은 자기 자신에 대해서였다.

루이즈는 새침하게 눈을 내리깔았지만, 정신은 놓지 않았다.

「그러니까 그분들이 1912년에 다시 오셨다고요?」

「2년 동안 더 왔다오. 그러고는 전쟁이 터져서 남의 정사 따위에 신경 쓸 겨를이 없었지. 아, 그 시절을 생각하면…….」

차를 가져왔다. 밍밍하고 미지근했다.

「공습경보가 울린 날 아가씨가 왔을 때, 난 아가씨를 보고는 이렇게 생각했어요. 세상에, 어떻게 잔 그 애하고 저리 많이 닮을 수가 있지? 정말 이상한 우연의 일치군! (나는 그녀가 아주 어렸기 때문에 〈잔 그 애〉라고 불렀어요.) 이틀 후, 의사가 나타났고 나는 속으로 외쳤어요. 어마나, 이거 뭔가 수상한데?

그런데 그 양반이 얼마나 늙었던지…… 거의 알아볼 수 없을 정도였죠. 젊었을 때는 대단한 미남이었거든요. 하기야 우리 불쌍한 남편도 미남이긴 했지만, 결국에는 모든 게 두 배가 되고 말았지. 턱도, 배도, 허벅지도, 뭐, 이렇게……. 가만, 내가 어디까지 얘기했더라? 아, 그래, 의사가 나타나서는 옛날에 그랬듯이 311호실을 요구했고, 카운터에 돈을 올려놓았어요. 난 하도 놀라서 아무 말도 못하고 열쇠만 건네주었죠. 〈누군가가 날 보러 올 거요〉라고 그는 말했어요. 난 곧바로 잔 그 애를 떠올렸죠. 그런데 당신이 오는 것을 보았을 때 속으로 이렇게 외쳤어요. 세상에, 어떻게 이럴 수가? 아냐, 그녀일 리가 없잖아? 근데 25년 전과 똑같은 모습이네? 난 잠시 생각해 봤죠. 오호라, 엄마 뒤에 이제 딸이 온 거로군.」

호텔 여주인은 새끼손가락을 천장으로 치켜올리고 찻잔 위로 루이즈를 응시하면서 그 고약한 차를 마셨다. 그녀는 만족했다. 어쨌거나 이 문장을 다시 한번 내뱉을 수 있었으니 말이다.

루이즈는 전쟁 때의 엽서들을 다시 읽어 보았다. 이제 모든 것이 새로운 모습으로 다가왔다. 그리고 슬프기도 했다. 벨몽 부인은 티리옹 의사와 불륜을 저질렀다. 그녀는 남편을 한 번도 사랑한 적이 없었던 것일까? 어쩌면 아드리앵 자신도 그녀를 전혀 사랑하지 않았는지도 모른다. 모를 일 아닌가? 그들이 나눈 편지는 너무나 진부한 내용이었다.

루이즈는 기분이 안 좋았다. 그것은 자신이 어떤 평범한 관계, 끔찍이도 관습적인 관계의 결실이기 때문이었지만, 또한

사랑에 빠진 어머니의 모습을 한 번도 상상해 본 적이 없기 때
문이기도 했다. 그것은 너무나 엉뚱하게 느껴졌다. 마치 다른
두 여자 같았다. 이제 그녀는 벨몽 부인의 우울증이 어떤 대륙
을 가리고 있었는지 어렴풋이 알게 되었다. 하지만 아직 비밀
은 남아 있었다. 지금 그녀가 알게 된 사실은 25년이 지난 후에
다시 찾아와 옛 정부의 딸 앞에서 자살한 의사의 행동을 설명
하지 못했다. 그리고 또⋯⋯.

루이즈는 몸이 굳었고, 깊이 숨을 들이마셨다. 혹시⋯⋯.

엽서를 내려놓은 그녀는 외투를 걸치고 밖으로 나왔고, 결
연한 걸음걸이로 라 프티트 보엠에 들어갔다. 하지만 쥘 씨가
유리잔을 닦고 있는 카운터로 향하는 대신, 그녀는 왼쪽으로
돌아서서 의사의 테이블에 앉았다.

거기서는 유리창 너머로 루이즈의 집 전면이 보였다.

잔 벨몽의 집이었다.

쥘 씨는 후우 숨을 내쉬었고, 젖은 행주로 카운터 위를 훔쳤
다. 오후 4시였고, 홀 안에는 아무도 없었다. 그는 잠시 뜸을
들였다.

외투를 꼭 여미고 앉은 루이즈는 꼼짝도 하지 않았다. 쥘 씨
는 출입구까지 가서 문을 열고는 밖을 홀깃 내다보았다. 거리
와 이웃 사람들에 대해 갑자기 호기심이 생긴 것처럼, 그들을
관찰하는 게 너무나 흥미로운 것처럼 말이다. 그러더니 다시
문을 닫고는 〈영업 중〉이라고 써진 팻말을 돌려서 〈영업 끝〉으
로 해놓고, 질질 끄는 걸음으로 와서는 루이즈의 맞은편에 앉
았다.

「그래⋯⋯. 나하고 얘기할 게 있는 거냐?」

루이즈는 대답하지 않았다. 쥘 씨는 여기저기를 돌아보았다. 홀, 카운터…….

「나한테 물어볼 게 있구나……. 그래, 뭘 묻고 싶지?」

그녀는 그의 따귀를 때리고 싶었다.

「쥘 아저씨는 처음부터 알고 있었으면서, 저에게 아무것도 말하지 않았어요…….」

「내가 다 안다, 내가 다 알아……. 루이즈, 난 한두 가지만 알고, 그 이상은 몰라!」

「그렇다면 일단 아는 것부터 얘기해 보세요!」

쥘 씨는 홀을 가로질렀다. 그리고 카운터에서 물었다.

「뭣 좀 마실래?」

루이즈가 대답하지 않자, 그는 어떤 귀중한 재산이라도 되는 것처럼 손가락 끝으로 와인 잔을 하나 들고서 그녀 앞으로 돌아왔다.

「의사가 와서 여기에 자리를 잡았을 때가(그는 눈썹을 꿈틀하며 테이블을 가리켰다)…… 아마 1921년? 1922년? 넌 열세 살이었어! 그런데 내가 너한테 이렇게 말할 수 있었다고 생각하냐? 〈애, 루이즈야, 저기 저 신사 양반 보이지? 토요일마다 오는 사람 말이야. 저 양반이 말이다, 네 어머니의 옛날 애인이란다!〉 솔직히…….」

루이즈는 꼼짝하지 않았다. 속눈썹 하나 움직이지 않고, 아무것도 용서할 수 없다는 식의 차가운 시선으로 쥘 씨를 응시했다. 그는 와인을 벌컥 한 번 들이켰다.

「그러고 나서…… 세월이 흘렀고, 넌 자라났고, 그는 계속 주말마다 여기에 왔고, 그러다 너무 늦어 버린 거야.」

그는 곰처럼 깊은 신음을 토했다. 마치 이 〈너무 늦어 버린 거야〉라는 한마디가 자신의 삶을 요약하기나 하는 것처럼.

　「네 어머니와 의사의 관계는 아주 오래된 이야기였어. 그녀가 열여섯이나 열일곱 살 먹었을 때부터 시작된 이야기지…….」

　그때도 쥘 씨는 이 동네에 살았고, 그의 부모는 오르드네가(街)에 집이 있었다. 잔 벨몽과 그는 같은 학교에 다녔다. 쥘 씨가 두세 살 위였을 거였다.

　「아, 네 어머니는 얼마나 예뻤는지 몰라……. 바로 너처럼 말이다! 더 웃는 상이라는 점만 빼놓고는 똑같았어. 티리옹 의사는 콜랭쿠르가(街) 저쪽에 진료실이 있었고, 동네 사람들이 모두 그의 고객이었지. 그렇게 해서 두 사람은 알게 된 거야. 그리고 모두가 엄청나게 놀랐지. 네 어머니는 초등학교 졸업장이 있었는데, 사람들이 다 생각했던 것처럼 간호 학교에 입학하는 대신에 의사 집에 허드렛일하는 하녀로 들어간 거야! 뭐, 나로서는 그들 사이에 일어난 일을 알게 되었을 때 좀 더 이해할 수 있게 되었지만. 처음에 나는 의사가 다른 사람들처럼 하려는 것인 줄로 생각했어. 하녀를 덮치는 것은 흔한 일이었거든. 하지만 그게 아니었어. 그는 사랑에 빠졌던 거야. 어쨌든 그녀는 그렇게 주장했지. 그는 그녀보다 스물다섯 살쯤 위였을 거야. 난 그녀에게 말했지. 〈이봐 잔, 그래, 사랑 때문에 하녀가 되었는데 그 남자하고 대체 무슨 미래를 바랄 수 있어?〉 하지만 아무 소용 없었어. 그녀도 사랑에 빠졌거든. 어쨌든 그녀는 그렇게 믿었어. 네 어머니는 천생 로맨티시스트였어. 무슨 말인지 알겠니? 그녀는 소설을 숱하게 읽었지. 그런 것은 좋지 않은데 말이야. 머리를 좀 이상하게 만들거든.」

그는 다시 와인을 한 모금 마시며 머리를 절레절레 흔들었다. 아, 그게 무슨 인생의 낭비야, 말하듯이. 루이즈는 어머니의 서가가 떠올랐다. 읽고 또 읽은 듯한 책들.『제인 에어』,『안나 카레니나』, 그리고 폴 부르제와 피에르 로티의 소설들…….

「그게 다예요?」 그녀가 물었다.

「그게 다냐니? 무얼 더 원하는 거냐? 그들은 서로 사랑했고, 같이 잤어. 왜, 멋진 이야기잖아!」

쥘 씨는 벌컥 화를 냈다. 세상에서 자신을 가장 잘 아는 사람이 루이즈라는 사실을 잊어버리고서 말이다. 그녀는 그가 고객들 앞에서 멋지게 연기하곤 하는 이런 성난 동작이 무엇을 의미하는지 너무 잘 알고 있었다.

「제가 더 원하는 것은요.」 그녀는 차분하게 말했다. 「왜 그들이 2년 만에 헤어졌는지를 아는 거예요. 그리고 왜 5년 후에 다시 만났는지를요. 또 왜 그 긴 세월 동안 토요일마다 여기 와서 이 테이블에 앉았는지를 이해하고 싶은 거라고요. 쥘 아저씨가 말해 준 내용은 나도 이미 알고 있고, 내가 관심 있는 것은 그 나머지 것들이에요.」

쥘 씨는 그의 베레모를 긁었다.

「왜 토요일마다 여기에 와서 앉아 있는지에 대해서는 내가 그에게 따져 묻지 않았어. 너도 무슨 말인지 이해하겠지…….하지만 (두 사람은 유리창 쪽으로 고개를 돌렸고, 둘 다 벨몽 집안 주택의 전면을 바라보았다) 어렴풋이 짐작은 했지. 아마도 그녀를 보고 싶었을 거고, 어쩌면 혹시 그녀가 나타나지는 않나 살피고 있었는지도 몰라. 그녀는 집을 나서는 법이 없었고 항상 마당 쪽을 바라보며 시간을 보냈지만, 마당은 반대쪽

이어서…….」

그 이미지는 루이즈의 가슴을 먹먹하게 했다. 이 두 사람이 25년 동안 2백 미터의 거리에서 서로 다른 방향을 바라보며 같은 것을 생각하는 모습을 상상하니 현기증이 일면서 한없는 슬픔이 밀려들었다.

쥘 씨는 목청을 골랐고, 자신은 아무것도 눈치채지 못했다는 것을 보여 주기 위해 말을 이었다.

「그가 다시 와서 여기에 앉았을 때는 이미 오래전에 진료실을 다른 곳으로 옮기고 난 후였어. 나는 더 이상 그에 대해 생각하지 않고 있었기 때문에, 그를 보고서도 한참 후에야 알아보았지. 하지만 너도 잘 알지만 내가 어떤 사람이냐? 절대로 놀라거나 흥분하는 사람이 아니잖아. 내게는 그 양반이 고객이었기 때문에, 아주 요령 있고도 신중하게 행동했지.」

그는 잔에 남은 와인을 쉬익 소리를 내면서 마저 들이켰다.

「이 양반이 대체 뭐 하러 오지 하는 생각이 들곤 했지만, 항상 이 테이블에, 다시 말해서 네 집이, 그러니까 잔의 집이, 그러니까 네 어머니의 집이 보이는 유일한 곳인 여기에 와서 앉는 것을 보고는…… 아하, 그녀가 나타나는지 살피러 왔구나, 하고 생각했지.」

「그럼 쥘 아저씨는 엄마에게 알려 줄 생각을 안 하셨어요? 의사가 여기, 아저씨 가게에 와서…….」

「아, 물론 내가 알려 줬지. 도대체 날 어떻게 생각하는 거냐?」

그는 다시 벌컥 화를 냈다. 이번에는 상업적인 제스처가 아니었다. 하지만 그때의 상황에 대한 기억이 곧바로 그를 침울하게 만들었다. 마치 자신에 대해 화가 난 것처럼 말이다.

「난 그녀에게 가서 의사가 토요일마다 온다고 말해 주었어. 〈그래서 나보고 어떻게 하란 말이야?〉라고 그녀는 대꾸하더군. 기다렸다는 듯이, 아주 매몰차게 말이야. 내가 아주 멍청한 놈이 되어 버렸어! 나는 좀 도와주려고 했을 뿐인데…….」

루이즈는 열세 살 때 1년 늦게 영성체를 했는데, 이해에 그녀의 어머니는 창가에 자리를 잡고는 다시는 거기서 움직이지 않았다. 바로 쥘 씨가 의사의 존재를 그녀에게 알려 준 때였다. 그녀가 앉은 창가는 라 프티트 보엠과 등지는 자리였다.

의사는 집을 보러 온 게 아니라, 잔을 기다리려고 온 것이다.

「그녀가 그를 만나려 하지 않자 나는 그가 결국 단념하리라고 생각했는데, 천만의 말씀! 매주 토요일에 그는 신문을 가지고 여기에 앉아 있었어. 처음에는 마음이 짠했지만 결국에는 익숙해져서 더 이상 생각하지 않게 되었지. 그가 너한테 말을 걸기 전까지 말이야. 난 뭔가 일어나고 있다는 것을 알았지만, 네가 나한테 아무 말도 하지 않으려 했기 때문에…… 내가 어떻게 하겠어…….」

잠시 침묵이 흘렀다. 그러고는 처음부터 그를 괴롭혔던 이 질문을 꺼냈다.

「의사가 너한테 정확히 무엇을 요구했지? 그러니까…… 호텔에서 무슨 일이 있었던 거야?」

그에게는 이상한 의도가 전혀 없었다. 단지 루이즈가 얼마나 힘들었는지 알고 싶었을 뿐이다. 그래서 그녀는 얘기해 주었다. 의사의 제안, 제안을 받아들인 것, 돈, 객실, 그리고 충격.

「맙소사!」쥘 씨가 신음했다. 「어떻게 그럴 수가 있나! 물론 그가 다시 보고 싶었던 것은 네가 아니고 네 어머니였어. 하지만 아무리 그렇다고 해도…….」

그는 루이즈의 손을 잡았다.

「너한테 그런 짓을 하다니 정말 못됐군……. 그 인간이 여기 있다면 내가 그냥……!」

「그분들이 함께 있었을 때, 엄마는 그분에 대해 쥘 아저씨에게 어떻게 말하던가요?」

「음…… 뭐, 어떤 여자가 같이 자지 않는 남자에게 말할 수 있는 것들을 말했지.」

루이즈는 미소를 짓지 않을 수 없었다.

「그러면 쥘 아저씨, 아저씨는 엄마와 잔 적이 있나요?」

「아니. 하지만 이건 정말인데, 그녀가 원치를 않아서…….」

그는 자기 호주머니를 톡톡 건드렸다.

「아저씨, 아저씨는 아직 다 말해 주지 않았어요. 안 그런가요?」

「뭐? 뭐? 내가 다 말하지 않았다고? 물론 난 다 말해 줬어. 내가 아는 걸 다 말했다고!」

루이즈는 그에게 바짝 다가갔다. 그녀는 이 남자를 사랑했다. 왜냐하면 마음이 너무나 따뜻하고, 너무나 단순한 사람이 었기 때문이다. 그는 거짓말을 하는 법이 없었다. 가끔 하려고 시도했지만, 하는 법을 몰랐다. 그녀는 이 남자를 힘들게 하고 싶지 않았다. 그녀는 그의 손을 잡았고, 마치 데워 주려는 듯이 자신의 목에 가져다 댔다.

쥘 씨는 어쩔 줄을 몰라 했다. 어쩌면 이제 그녀에게 밝힐 내용 때문일 수도 있고, 혹은 그녀를 더욱 힘들게 할 것이기 때문일 수도 있고, 또 어쩌면 자신의 것이 아닌 어떤 비밀을 발설할 것이기 때문일 수도 있었다. 그는 너무나 마음이 무거웠지만, 콧숨을 요란하게 들이쉬는 것 외에 다른 표현을 하지 않았다.

그녀는 시선으로 그를 격려했다. 마치 학급에서 선뜻 대답을 못 하는 소심한 학생들에게 하듯이.

「루이즈…… 네 어머니는…… 의사에게서 아기를 하나 가졌어.」

# 17

「제발 좀 멈춰!」

라울은 거칠게 브레이크를 밟았다. 자동차는 도로 한복판에 멈춰 섰다. 가브리엘은 뒤를 돌아보았다. 포르투갈 커플은 오래전에 사라지고 없었다.

「자, 멈췄다!」 라울이 말했다. 「그래서 이제 어떻게 할 건데, 엉?」

그들 주위에 밋밋하고도 침울한 풍경이 펼쳐져 있었다.

「군홧발로 돌아다니는 게 지겹지도 않아? 그래, 걸어서 20킬로미터를 갈 거야?」

가브리엘은 손수건으로 볼을 꽉 누른 채 끝없이 펼쳐진 농토를 바라보았다. 그들은 어느 샛길 위에 있었다. 저 멀리 광활한 평야 가운데 커다란 농가들이 점점이 분간되었다. 여기저기 흩어진 몇 군데 숲은 풍경에 황량함을 더했다.

「자, 저들을 좀 봐!」 랑드라드는 수레와 자전거를 타고, 혹은 걸어서 지나가는 피란민들을 가리키며 말했다. 「이제는 모두 각자도생해야 해. 이 사실을 이해 못 하면 넌 멀리 가지 못해. 그 표지석 위에 앉아서 독일군이나 기다리고 있으라고.」

라울은 다시 시동을 걸었다.

「자, 하사!」 그는 킬킬대며 말했다. 「별거 아니야! 너무 그렇게 난리 치지 말자고!」

「우린 그들의 차를 훔쳤어! 그냥 태워 달라고 부탁할 수 있었는데 말이야!」

라울은 커다랗게 웃음을 터뜨리며 고갯짓으로 트렁크와 상자로 가득 찬 뒷좌석을 가리켰다. 얼굴이 빨개진 가브리엘은 내색하지 않으려고 백미러를 돌려 멍든 부위가 어떻게 되었는지 살폈다. 아랫입술이 크게 부풀어 있었다.

교통량이 거의 없어 잘못된 방향으로 가고 있는 듯한 느낌이 들었다. 글러브 박스 안에서 지도 한 장을 찾아낸 가브리엘은 방향을 잡았고, 그들은 동쪽으로 달렸다.

「자네는 어디로 가고 싶어?」 라울이 물었다.

「르 마앵베르그로 돌아가야지…….」

「농담해? 거긴 독일 놈들이 짓밟고 지나간 지 오래야.」

가브리엘은 그들의 부대가 완전히 박살 나 패주하던 광경을 다시 생각해 봤다. 중무장한 독일군의 행렬을 그 가소로운 방법들로 저지하려 했던 것이 이제는 자살 행위로 느껴졌다. 아무 소용 없는 짓이었다. 자신들이 독일군을 고작 한 시간이나 지체하게 만들었을까? 그래서 변한 게 무엇인가? 그는 그 군화 끈과 함께 뚱뚱한 병사의 시체가 강물에 둥둥 떠가는 모습이 떠올랐고, 운전에 집중하고 있는 랑드라드의 옆모습을 힐끗 쳐다보았다. 비록 사기꾼이고 거짓말쟁이긴 하지만 이 친구 역시 싸우려고 하지 않았던가?

어떻게 이 모든 게 가능했을까?

프랑스군은 그렇게나 준비되어 있지 않았단 말인가?

「귀에 못이 박히게 들었어……. 독일군은 이쪽을 통과할 수 없다고, 그건 불가능하다고 말이야…….」

「뭐라고?」

가브리엘의 머릿속에 단어 하나가 떠올랐다.

「우린 탈영병인 건가?」

도저히 자신과 매치시킬 수 없는 끔찍한 단어였다. 랑드라드는 평소처럼 귀에 거슬리는 그 요란한 웃음을 터뜨리지 않았다. 대신 생각에 잠긴 표정으로 턱을 어루만졌다.

「내 생각으로는, 지금 프랑스군의 상당수가 우리하고 같은 처지야.」

「그래도 싸우고 있는 사람도 많잖아, 안 그래?」

트레기에르 다리에서 싸운 우리 같은 사람들 말이야라고 말하려고 했다. 하지만 이것은 그다지 훌륭한 예로 느껴지지 않았으니, 지금 그들은 훔친 자동차를 타고서, 그들이 싸워야 하는 적에게서 가급적 멀리 도망치고 있는 꼬락서니였기 때문이다. 그는 부끄러웠다. 랑드라드조차도 스스로를 그렇게 자랑스러워하는 기색이 아니었다.

「도대체 무슨 일이 일어난 거지?」 가브리엘이 중얼거렸다.

「무슨 일이 일어나긴, 배신당한 거지! 〈제5부대〉, 공산주의자 놈들한테!」

〈배신당했다니, 어떻게?〉라고 가브리엘은 물으려다가 입을 다물었다. 그는 금색 콧수염을 단 병사가 했던 말, 그러니까 프랑스군 장교로 변장한 독일인들이 퇴각 명령을 내렸다는 주장을 다시 생각해 봤다. 그렇게 하찮은 것 하나 때문에 프랑스군 전체가 와해되어 버렸단 말인가? 별로 신빙성 없는 얘기였다. 가브리엘이 본 것은 놀라울 정도로 잠잠하기만 한 참모부의 지시만을 기다리고 제대로 준비되어 있지 않은 장교들의 지휘를 받는, 장비도 무기도 제대로 갖추지 못한 병사들이었다.

「파리로 돌아가야 할 것 같아. 가서 참모부의 지휘를 받아야지.」

가브리엘이 말하자 라울은 애매하게 말을 흐렸다.

「참모부……? 음…… 좋아, 두고 보지……. 어쨌든 파리는 마음에 들어. 그런데 길이 이게 아닌 것 같은데……?」

왼쪽에서 들리는 전투의 소음은 점차로 멀어져 갔다. 가브리엘은 지도를 자세히 들여다보았다.

「만일 독일 놈들이 서쪽으로 가고 있다면, 우리도 조금 더 멀리 뒤로 돌아서 파리로 가는 도로를 탈 수 있을 거야.」

라울은 오랫동안 말이 없다가 담배를 피워 물면서, 나지막한 하늘과 기울어져 가는 해 아래로 음산하게 펼쳐진 풍경을 바라보았다.

「아, 얼마나 심심할까?」

「누가?」

「여기 사는 사람들……. 그래, 이곳 사람들은 이번에 전쟁이 터져 기분 전환이 좀 되겠네…….」

그는 진심으로 그렇게 생각하는 것 같았다.

처음 정차했을 때, 그는 차 안을 뒤지기 시작했다. 가브리엘은 소변을 보러 한쪽으로 갔다. 돌아와 보니 가방들은 죄다 열려 있었고, 상자들도 마찬가지였다. 날이 저물어 어둑한 탓에 자세히는 보이지 않았지만, 한 아름씩 되는 옷가지들, 온갖 종류의 물건들, 이불, 그리고 어디서나 마주치는 종류의 하찮은 잡동사니들이 도랑에까지 흩어져 있었다. 지난 이틀 동안 가브리엘은 이보다 고약한 것들을 수없이 보긴 했지만, 이렇게 개인적인 물건들이 길바닥에 널려 있는 광경을 보니 가슴이 죄어 왔다.

「제길, 건질 게 하나도 없네!」 라울은 빈 트렁크들을 집어 던지면서 투덜댔다.

가브리엘은 그냥 지켜만 보았다. 피로가 몰려들어 서 있기조차 힘들어서 차 안에 들어가 앉았다. 라울은 다시 핸들을 잡았다.

「이봐, 자넨 잠 좀 자야겠어……. 이거 계급은 하사인데 체력은 완전히 소녀구먼!」

그는 낄낄댔다. 정말이지 질긴 친구였다.

그들은 오랫동안 달렸고, 가브리엘은 웅웅대는 모터 소리에 몸을 맡겼다. 운전대를 잡고 두 사람을 위해 나아가고 있는 랑드라드에 대한 고마움이 어렴풋이 느껴졌다. 자신은 도저히 그럴 수 없었다.

「와, 제기랄!」

혼곤한 상태에 있던 가브리엘은 갑자기 깨어났다. 차가 멈춰 선 것이다. 라울은 후진을 해서 오른편에 포플러나무가 늘어선 조그만 도로까지 갔다.

「이거 뭔가 냄새가 좋지 않아?」

가브리엘은 눈을 찌푸리고 살펴봤지만, 어둠 속에 묻혀 가는 이 아스팔트 길의 초입이 뭐가 그리 좋아 보이는지 알 수 없었다. 라울이 노상강도의 틀림없는 직감으로 금맥을 감지한 이곳은 뭔가 거창해 보이는 것이, 귀족적인 분위기가 느껴지는 저택이었다. 널따란 정원에는 거대한 나무들이 심겨 있었고, 쭉 뻗은 통행로 끝에서는, 어떤 건물의 육중한 덩치가 그들이 앞에 자동차를 세운 커다란 단철 대문의 두 문짝을 통해 어렴풋이 분간되었다. 이곳에는 사람이 없는 듯했다.

「이봐, 우리가 대박을 건진 것 같아!」

라울은 도구 통에서 가브리엘로서는 손에 쥐여 줘도 사용할 수 없을 것 같은 집게며 펜치며 망치 등을 꺼냈다. 그러고는 요란한 소리를 내며 단철 문을 두드리고 비틀었다.

「이러다 우리 위치가 발각되겠어!」 가브리엘이 주위를 살펴보며 말했지만, 칠흑 같은 밤이어서 3미터 앞도 잘 보이지 않았다.

약 15분 후, 마침내 문이 열렸고, 라울은 승리의 환성을 터뜨렸다.

「자, 내가 이겼다. 이 빌어먹을 것아! 자, 차에 올라 타, 우리 아가씨!」

곧 전조등에 건물 전면이 밝아졌고, 바퀴 아래서 자갈길이 마찰음을 냈는데, 결혼 기념사진을 찍어도 될 만한 현관 계단이 나타났다. 창문들은 모두 어두운 목재로 만들어진 묵직한 덧창으로 닫혀 있었다.

가브리엘이 2층까지 기어오른 인동덩굴이며 장미나무 등을 발견하고 있는 사이에, 라울은 다시 도구 통을 열고는 악문 이 사이로 온갖 종류의 욕설을 웅얼대면서 문을 부수려 애쓰기 시작했다. 이 다양한 욕설은 자물쇠와 문짝과 집과 그 소유주, 그리고 보다 넓게는 그에게 저항하고 그럼으로써 그를 맹렬한 분노에 휩싸이게 하는 모든 대상을 향한 것이었다.

마침내 자물쇠가 열렸다.

입구 홀은 어스름에 잠겨 있었다. 라울은 마치 자기 집에 들어온 것처럼 조금도 망설이지 않고 복도를 따라 걸어갔고, 그가 왼편을 더듬는 소리가 들리더니만 갑자기 실내가 환해졌다. 그가 전기 계량기를 찾아내는 데에는 2분이면 충분했다.

그것은 주인들이 돌아오기만을 기다리며 잠들어 있는 커다란 가정집이었다. 안락의자와 소파들을 덮은 흰 시트는 가구들에 신비스럽고도 불길한 형상을 부여했고, 둘둘 말려 벽 밑에 길게 놓인 양탄자는 잠들어 있는 곤충처럼 보였다. 라울은 어느 커다란 그림 앞에 딱 버티고 섰다. 배가 불뚝한 게 뭔가 유력해 보이는 사내의 전신 초상화였다. 뺨을 뒤덮은 구레나룻을 기른 그의 한 손은 거만하면서도 체념 어린 표정으로 앉아 있는 어떤 여자의 어깨에 얹혀 있었다.

「이 영감탱이 좀 봐! 이자는 이런 집을 짓기 위해 여러 세대 동안 농부와 계절노동자 들의 등골을 빨아먹었을 거야! 이 개자식이 말이야!」

그는 그림의 아래쪽을 잡더니 홱 잡아당겼고, 액자 전체가 그의 위로 기우뚱 넘어졌다. 그는 마치 응접실의 긴 테이블을 덮는 식탁보처럼 두 팔을 뻗어 그것을 붙잡아 의자 등받이에 너덧 번 내리쳐 화폭을 찢은 다음, 액자를 부수고 그것의 세로 부분을 식기장 모서리에 후려쳐 산산조각을 냈다. 가브리엘은 놀라 입을 딱 벌렸다.

「아니, 왜……」

「자,」라울은 손바닥을 비비면서 말했다. 「이게 끝이 아니야. 뭔가 먹을 게 있는지 좀 보자고. 난 지금 배고파 뒈지겠어.」

몇 분 후, 찬장에서 찾아낸 돼지 삼겹살이며 고기 통조림이며 양파며 염교며 화이트와인 등으로 후딱 한 상을 차려 내는 것을 본 가브리엘은, 이 라울 랑드라드가 자기보다 훨씬 전쟁에(적어도 그 어느 것과도 닮지 않은 이 전쟁에는) 적합한 인간이 아닌가 하는 생각이 들었다. 자기 혼자였으면 훈제한 삼겹살 조각만 저녁 내내 씹고 있었을 텐데, 라울은 리모주산(産) 식기와 크리스털 잔까지 꺼내어 완전히 예식 테이블을 차리고 있었다.

「가서 촛대가 있나 좀 찾아봐, 저기쯤 있을 거야…….」

아닌 게 아니라 거기에 있었다. 가브리엘이 촛대를 가지고 돌아왔을 때, 라울은 오래 묵은 와인병의 뚜껑을 따서는 디캔터에 따랐다(「와인에 공기를 좀 쐬어 줘야 해, 알겠어?」). 그런 다음 큼지막한 미소를 지으며 자리에 앉아 이렇게 말했다.

「자, 오늘은 내가 우리 하사님을 왕자처럼 모시겠어. 솔직히 내가 이런 방면에는 깡통이지만 말이야.」

밝혀 놓은 촛불 때문이었을까, 이 부잣집의 분위기 때문이었을까, 아니면 그들이 겪은 시간들로 인한 피로 때문이었을까? 어쩌면 경험을 공유한 사람에게 느끼는 그런 바보 같고도 기계적인 연대감 때문이었는지도 모른다. 아마도 이 모든 것들이 함께 작용했겠지만, 라울 랑드라드는 이제 같은 사람으로 느껴지지 않았다. 가브리엘은 아픈 입술에도 불구하고 맹렬히 먹어 치우면서 그를 쳐다보았는데, 전에 알았던 그 야바위판의 사기꾼, 생필품 밀매꾼, 거칠고도 무자비한 병사를 더 이상 찾아볼 수 없었다. 라울은 포크로 콱콱 찔러 음식을 먹으면서 아이처럼 미소를 지었다.

「〈후퇴할 생각 하지 말고 우리의 위치를 사수하라!〉」 그는 팔을 쭉 펴 자신의 와인 잔을 감상하며 외쳤다.

가브리엘은 미소 짓지 않았지만, 라울이 서빙하게 놔두었다. 그가 일어서려 하자 라울은 〈가만히 앉아 있어〉라고 하면서 커피 분쇄기와 천으로 된 커피 필터를 찾아 왔다.

「자네는 파리에서 왔어?」 라울이 물었다.

「난 돌에서 근무했어.」

라울은 아랫입술을 조금 내밀었다. 그로서는 처음 들어 보는 이름이었다.

「프랑슈콩테 지방이야.」

「아…….」

역시 생소한 이름이었다.

「그러면 자네는?」

「오, 나? 난 여기저기 많이 돌아다녔지…….」

그는 한 눈을 찡긋했고, 르 마앵베르그에서 어느 정육업자나 식당 주인을 등쳐 먹고 트럭으로 돌아와서 〈이 양반도 멋지게 속여 먹었지!〉라고 말할 때의 그 얼굴로 돌아왔다.

밤이 이슥해졌다. 라울은 요란하게 트림을 했다. 가브리엘은 상을 치우려고 일어섰다.

「쓸데없이 고생하지 마.」 랑드라드가 말했다.

그러고는 리모주산 식기들을 석회암으로 된 커다란 개수대에 모조리 집어던졌다. 잔과 접시 들은 불길한 소리와 함께 박살이 났다. 가브리엘이 저지하려 손을 들었지만, 라울은 벌써

다 끝내고 이렇게 말했다.

「자, 이제 먹었으니 슬슬 집 안을 둘러보지. 자, 이리 와봐.」

2층에는 복도 하나를 따라서 대여섯 개의 침실과 욕실 하나가 이어졌다. 랑드라드는 문을 하나하나 열어 보았다.

「여기가 늙은이들의 방이구면.」

그의 어조에서는 원한이 느껴졌다. 그는 방 안으로 몇 걸음을 내디뎠다. 조용히 들어갔지만 모조리 부숴 버릴 것 같은 어떤 팽팽함이 느껴졌다. 그는 곧바로 다시 복도로 돌아왔다.

「야, 멋진데!」 그가 소리쳤다.

가브리엘은 그를 따라서 한 소녀의 방으로 들어갔다. 거기에는 분홍색 물건들과 침대 닫집, 탁자 하나와 의자 하나, 그리고 감상적인 소설들이 꽂힌 서가 하나, 유치한 판화들이 있었다.

페인트칠한 서랍장의 서랍들을 열어 본 랑드라드는 거기서 속옷들을 꺼내어 손가락 사이로 촉감을 음미했다. 또 두 팔을 쭉 뻗어 브래지어를 평가해 보기도 했다.

「흠, 내가 좋아하는 스타일인데…….」

가브리엘은 다시 나왔고, 손님용 방 하나를 발견한 그는 옷도 벗지 않은 채로 침대 위에 고꾸라졌다. 잠에 취해 쓰러진 것이다.

하지만 오래가지 못했다.

「자, 꾸물대지 말고 이리 좀 와! 내일은 바쁠 거라고!」

이미 시간과 공간의 개념을 잃어버린 가브리엘은 무거운 꿈에서 벗어나듯 일어났고, 병장을 따라 기계적으로 복도를 걸은 끝에 아마 집주인 부부의 침실인 듯, 커다란 옷장들이 있는 어느 방에 이르렀다.

「자,」 랑드라드가 말했다. 「이거 입어 봐.」

가브리엘의 의문에 찬 시선 앞에서 그는 덧붙였다.

「뭐, 왜? 그렇게 군복 차림으로 돌아다닐 생각이야? 만일 독일 놈들이 자넬 붙잡으면⋯⋯. 난 놈들이 포로를 잡아 어떻게 하는지 잘 몰라. 하지만 내 생각으로는 힘들게 밥 먹이며 데리고 있기보다는 그냥 쏴 죽여 버릴 것 같아.」

이는 분명한 사실이었지만, 가브리엘로서는 이 다리를 건너기가 쉽지 않았다. 그들은 자동차 한 대를 훔쳤는데, 이것은 버리고 떠나면 그만이었다. 하지만 민간인 복장으로 갈아입는다? 이것은 의도적으로 병사 신분을 버리고 숨어 살아야 하는, 이리저리 검문을 피하며 다녀야 하는 탈영병이 되어 그에 따르는 모든 결과들을 짊어지는 일이었다. 반면 랑드라드는 조금도 망설임이 없었다.

「어때, 나한테 어울리지 않아?」

그는 어두운 색의 정장을 입고 있었다. 그에게는 너무 짧았지만 뭔가 그럴싸해 보였다.

가브리엘은 거친 천으로 된 바지와 체크무늬 셔츠, 그리고 스웨터를 꺼내어 무거운 마음으로 입어 보았다. 거울을 들여다보니 자신처럼 느껴지지 않았다. 랑드라드는 벌써 옆에 없었다.

다시 찾고 보니, 커다란 부부 침실의 문가에 서서는 침대에 오줌을 갈기고 있었다.

# 18

  뇌이쉬르센에 있는 티리옹 의사의 집은 조용한 거리에 면했
고, 19세기부터 부르주아들이 그들의 재산 중에서 드러낸 부
분인 커다란 건물들 중의 하나였다. 처음 그 앞을 지나간 루이
즈는 현관 층계와 창문의 커튼, 지붕 위로 솟은 커다란 나무들
의 우듬지 등을 언뜻 보았다. 정원은 집 뒤에 있는 모양이었다.
아마도 멋진 곳이리라. 그녀는 난초가 만발한 온실, 분수가 솟
는 수반, 조각상 같은 것들을 상상했다.
  그녀는 사거리까지 가서는 거기서 다시 돌아왔다.
  이 동네는 행인이 그다지 많지 않아 그녀는 결국 눈에 띄게
될 거였다. 거리에서 서성거리는 여자는 이곳에서 금방 호기
심을 일으킬 게 뻔했다. 하여 그녀는 단철로 만든 철책 문 앞에
걸음을 멈추었다. 거기에는 초인종 사슬이, 그 손잡이가 늘어
져 있었다. 그녀가 잡아당기자, 레크리에이션 시간을 알리는
학교의 그것과도 비슷한 약간 날카로운 종소리가 났다.

  〈사산아였어〉라고 쥘 씨는 말했었다.

루이즈는 입을 딱 벌렸다. 숨이 멎을 정도로 충격적인 얘기였다.

쥘 씨는 다시 앉아 턱을 만지작거렸다. 속내 이야기란 진주목걸이 같은 것이어서, 한번 풀리면 모든 게 줄줄이 나오는 법이다.

「난 그녀에게 말했어. 〈하지만 잔, 그러면 네가 그 아이를 키워야 해! 네가 어떤 삶을 살게 될지 생각해 봤어? 그러고 그 아이의 삶은?〉 그녀는 내 말에 동의했어. 하지만 어쩌겠어, 그녀는 겨우 열아홉 살이었고, 제정신이 아니었으니…… 그녀의 어머니는 매일 난리를 쳤지. 이웃들이 알면 뭐라고 하겠니? 하지만 그녀는 중절하려 하지 않았어.」

그 힘들었던 상황의 기억에 가슴이 무거워진 쥘 씨의 목소리가 낮아졌다.

「그들은 그녀를 셀레스트의 집으로 보냈지. 그녀의 이모 말이야.」

루이즈는 미사를 갈 때만 파란 블라우스를 벗던 건조하고 신경질적인 조그만 여자와 프레생제르베의 노동자 거리에 있던 나지막한 집을 아주 희미하게 기억하고 있었다. 남편도 자녀도 없이 전쟁 말엽에 사망한 셀레스트는 자기 자신에게만 의미가 있고 누구의 기억에도 흔적을 남기지 않는 인생들의 예시 그 자체라 할 수 있는 사람이었다.

「그게 언제였죠?」

「1907년 봄이었어.」


하녀는 층계 계단을 내려와 철문 앞까지 걸어왔다.

231

소녀였던 잔 벨몽 역시 오페레타의 등장인물처럼 반달 형태의 이런 흰 앞치마를 두르고 굽 없는 검은 신을 신고 있었을까? 그리고 낯선 사람이 오면 이런 의심쩍은 눈으로 쳐다보았을까?

「무슨 일이시죠?」

그녀도 이렇게 금속성이고 부자연스럽고 거만한 목소리로 말했을까?

「티리옹 부인을 뵈러 왔어요.」

「성함이……?」

루이즈는 자기 이름을 밝혔다.

「가서 여쭤보겠어요…….」

그녀 역시 여주인과 자신을 동일시하는 종류의 하녀가 보이는, 거의 태평하기까지 한 이런 느릿한 걸음으로 다시 걸어갔을까?

루이즈는 마치 어떤 일에 고용되기라도 한 사람처럼 철문 앞에서 뙤약볕을 받으며 기다렸다. 날씨가 아주 더웠고, 땀이 모자 밑으로 스며 나왔다.

「부인께선 지금 만나실 수 없으세요.」

하녀는 이런 말을 하는 게 과히 즐겁지는 않았지만, 지시를 받은 터라 가급적 엄한 모습을 보이려고 했다.

「언제 다시 들르면 될까요?」

「우린 몰라요.」

힘주어 말한 이 〈우린〉은 그녀로부터 시작하여 그녀의 주인들을 거쳐 세상을 보는 관점에 따라 신 혹은 계급 투쟁의 천국에까지 이르는 어떤 위계질서를 강조하고 있었다.

그대로 물러나 대로로 돌아온 루이즈는 더 이상 알지 못하게 된 데에 도리어 안도감을 느꼈다. 쥘 씨에게서 들은 것만으로도 충분히 슬펐던 것이다. 그렇다, 안도감이었다. 그녀는 쥘 씨와 호텔 여주인이 말해 준 것 외에는 아무것도 알지 못하리라. 그것만으로도 너무 충분했다.

버스가 혼란스럽게 운행되고 있었지만, 지하철역은 너무 멀었기 때문에 그냥 정류장에서 기다렸다.

그녀는 일상적인 교통 흐름 가운데 지붕에까지 궤짝과 트렁크를 실은 차들이 섞여 있는 것을 보았다. 마치 도시의 절반이 이사를 하고 있는 듯한 분위기였다. 버스를 타려는 사람들이 왔다가 지쳐 다시 떠나기를 반복했지만, 루이즈는 외투를 팔에 걸쳐 든 채로 아무 계획도 없이, 또 지루함도 느끼지 않고서, 하녀 옷을 입은 어머니만을 생각하며 계속 거기 서 있었다. 자기 애인인 남자의 가족을 위해 시중을 든다는 것은 정말로 이상한 일이었다. 의사가 그렇게 해달라고 부탁했을까? 그녀는 자신이 임신한 사실을 알게 된 열아홉 살의 어머니를 상상해 봤다. 자신도 아이를 잃은 적이 있는 그녀는 자신의 딸이 아이를 갖지 못해 거의 미쳐 버린 시기를 어떻게 보냈을까? 루이즈는 어머니가 했던 위로의 말을 떠올려 보려 해봤지만 기억이 흐릿했고, 심지어는 어머니의 얼굴마저도 사라지고 있었다. 그녀가 알았던 여자는 지금 그녀가 발견하게 된 여자와 아무 상관이 없었다.

결국 버스가 오지 않았으므로 그녀는 포기해야 했다. 이제 걸어가려 하는데…… 티리옹 부인이 집에서 나오는 것을 보고는 걸음을 멈췄다.

두 여자는 몇 미터 거리를 두고 정면으로 딱 마주쳤다.

티리옹 부인의 동작이 더 빨랐다. 머리를 발딱 세우고, 정류장 앞을 아주 빨리 지나갔지만, 너무 늦어 버렸다. 어쨌거나 둘은 만나게 된 것이고, 루이즈는 깊이 생각하지 않고 그녀의 뒤를 쫓았다. 그렇게 그들은 서로를 엿보면서 얼마간 걸었다. 더 이상 견디지 못한 티리옹 부인이 몸을 홱 돌렸다.

「내 남편이 자살했어요, 당신은 그걸로 충분하지 않나요?」

자신의 반응이 얼마나 바보 같았는지를 곧바로 깨닫고 그녀는 다시 걷기 시작했지만, 마음은 벌써 길에 있지 않았다. 그녀는 속이 상했고, 이런 감정은 덜 단호한 걸음걸이에서, 뭔가 허물어져 버린 듯한, 패배를 준비하고 있는 듯한 기색에서 나타났다.

루이즈는 그냥 그녀 뒤를 따라 걷기만 했다. 왜 이렇게 하는지도, 상황이 어떻게 발전할지도 모르는 채로 말이다. 한바탕 소동이 벌어질 것인가? 여자의 집에서 3백 미터 떨어진 길거리에서?

「그래, 대체 뭘 원하는 거예요?」 티리옹 부인이 다시 몸을 돌리며 물었다.

좋은 질문이었고, 루이즈는 자기가 무얼 원하는지 전혀 알수 없었다.

젊은 여자가 아무 말이 없자, 티리옹 부인은 다시 걷기 시작했다가 또 멈췄다. 이런 게임을 계속한다는 것은, 자신의 신분에 걸맞지 않은 이런 우스꽝스러운 상황에 처한다는 것은 있을수 없는 일이었다. 하지만 마치 건물 관리인 여자들처럼 길 한복판에 서서 이런 식으로 말싸움을 하고 싶지도 않았다.

「자, 갑시다.」 그녀는 권위적인 목소리로 말했다.

그들은 조금 떨어진 곳에 있는 한 찻집에 들어갔다.

티리옹 부인은 루이즈와 얘기하는 것을 받아들였지만, 딱딱하고도 굳은 표정으로 이 대화는 아주 짧을 것임을 알려 주고 싶었다.

「차 한 잔이요. 우유는 딱 한 방울만 넣고요.」

그녀는 자신의 하녀에게 사용할 게 분명한 어조로 주문했다. 루이즈는 뼈가 울룩불룩한 이 각진 얼굴에서, 이 날카로운 눈에서, 르 푸아트뱅 판사 사무실에서 만났던 그 눈물에 젖은 여자에 대한 기억을 찾아보려고 했다. 하지만 그 자취도 찾을 수 없었다.

「저도 같은 걸로 주세요.」 루이즈가 말했다.

「좋아요.」 티리옹 부인이 말했다. 「사실은 이 상황이 아주 나쁘지는 않아요. 나도 당신에게 물어볼 게 있거든요.」

루이즈는 질문을 기다리지 않고 아주 담담하고 차분하게, 마치 자신과 관계없는 어떤 사회면 기사를 말하듯이 있었던 일을 모두 들려주었다. 그녀는 호텔과 객실을 묘사했지만, 잔 벨몽의 이미지가 계속 의식에 떠올랐다. 지금부터 30여 년 전에 자신처럼 같은 남자와 성적인 일을 위해 호텔에 왔었던 그 열일곱 살 소녀가 말이다.

티리옹 부인은 차를 따라 마셨지만 루이즈에게는 권하지 않았다. 각자의 영역을 가르는 선이 테이블 가운데에 그어져 있었다.

「내 남편은 잔을 만났을 때 마흔이 넘은 나이였어요.」

그녀 역시 루이즈가 요청하지도 않았는데 자신의 이야기를 시작했다.

「어떻게 그런 일을 용납할 수 있죠?」

두 손을 꼭 포개어 잡고 시선을 찻잔에 고정시킨 그녀는 더 이상 판사 사무실에 있던 눈물에 젖은 남편 잃은 여자도, 이 대화를 허락한 권위적인 부잣집 마나님도 아니었고, 다만 자기 남편의, 배우자의 행실에 상처를 입은 한 여인일 뿐이었다.

「난 그 관계를 받아들이진 않았지만, 이해는 했어요. 우리의 결혼 생활은 오래전부터 죽어 있었고, 우리는 조금도 서로를 사랑하지 않았기 때문에, 그가 그런 짓을 했어도 난 전혀 놀라지…….」

그녀는 체념 어린 표정으로 어깨를 으쓱했다.

「난 남편이 내 친구들하고 자는 것을 보는 우스운 꼴을 당하느니 차라리 그 상황이 나았어요. 하지만 그것은 단순한 잠자리의 문제가 아니라는 것을 금방 알게 되었죠. 그런 것이었다면 받아들일 수 있었어요. 하지만…… 그런 열정의 구경꾼이 된다는 것은 훨씬 고통스러웠어요. 더 모욕적이었죠. 나는 그들을 여기 혹은 저기에서, 어떤 방에서 보게 될까 봐 항상 두려웠고, 내 딸이 그런 일을 목격하는 것은 원치 않았어요. 그래서 잔을 집에서 쫓아내기로 결심했죠. 그래, 호텔에서 만나든 어디서 만나든 둘이 알아서 해라. 난 더 이상 상관하지 않겠다…….」

그녀는 눈으로 종업원을 찾았고, 무릎 위의 핸드백을 잡았다.

「말년에 내 남편은 아주 노쇠했어요. 그게 갑자기 찾아오더군요. 역사와 문학과 식물학에 열정을 보이는 은퇴한 의사였다가, 다음 날 완전히 늙은이가 되었죠. 동작이 굼떠지고, 몸가짐을 소홀히 하고, 이것저것 잊어버리고, 했던 말을 또 했어요. 나한테는 절대로 말하지 않았지만, 난 그가 자신의 상태가 나빠지고 있음을 인지하고 있다는 것을 알았어요. 그때까지 품위를 지켜 온 그는 이런 상황을 끝내 버리고 싶었죠. 자신이 망가지는 모습을 보이고 싶지 않았기 때문에 죽음을 선택한 거예요. 난 그가 그런 결심을 하리라고는 생각지 못했어요. 당신이 그 일로 인해 얼마나 괴로웠을지 가히 상상이 가요……. 그래서 난 고소하기를 거부했던 거예요.」

그녀는 종업원을 부르기 위해 카운터를 쳐다보았다.

「그에게 당신을 괴롭히고 싶은 마음은 없었을 거예요. 난 확신해요.」

정말 뜻밖이었다. 자신을 사랑하지 않고, 속였으며, 예심 판사 앞으로 끌고 간 남자를 이렇게 변호하다니.

종업원은 계산서를 가지고 왔고, 티리옹 부인은 지갑을 꺼냈다. 루이즈의 한마디가 그녀를 막았다.

「그럼 그 아기는요?」

티리옹 부인은 동작을 딱 멈췄다. 그 얘기는 안 해도 되리라고 생각하고 있었는데, 그게 아닌 모양이었다.

「자, 여기 있어요.」 그녀는 지폐 한 장을 주어 종업원을 보냈다.

그녀는 용기를 좀 얻으려 눈을 감았고, 다시 떴고, 고개를 숙였다.

「내 남편은 의사지만 그것은 예상하지 못했어요. 잔은 거부…… 그러니까 그녀는 아기 갖기를 원했어요. 이번에는 도를 넘은 거죠. 나는 남편에게 선택하라고 했어요. 그녀와 나 중에서 말이에요.」

루이즈는 의사가 굴복하지 않을 수 없었던 그 무서운 결의를 느꼈다.

대화가 시작되었을 때부터 티리옹 부인은 〈잔〉이라고 말했다. 마치 지금 얘기하고 있는 상대가 그녀의 딸이 아니라 어떤 이웃 여자, 어떤 지인인 것처럼.

「그녀에겐 다른 방법이 없었죠. 스무 살도 안 되었고, 신분도 미미했으니까. 그녀는 내 남편의 마음을 돌리려고 임신에 매달렸던 거예요…….」

그녀의 눈빛이 딱딱해졌다.

「그녀는 정말 온갖 짓을 다 했어요! 하지만 성공하지는 못했죠.」

당시에 보여 주었던 그 결의와 강경함의 일부를 되찾은 듯, 그녀는 〈암, 절대 안 되지!〉라고 말하듯 고개를 저었다. 침묵이 깔렸다.

이 순간에 많은 것이 걸려 있었을 것이다.

만일 루이즈가 자제하여 최대한으로 담담한 얼굴을 티리옹 의사 부인에게 보이는 대신에, 그 아이가 어떤 식으로 죽었냐고 물었다면 이 이야기는 어떻게 됐을 것인가? 아마도 티리옹 부인은 루이즈가 믿을 수 있을 만한 대답을 꾸며 냈을 거였다. 예시로 삼을 수 있는 사산아의 이야기를 주위에서 듣지 못한 사람이 누가 있겠는가? 특히나 의사의 아내는 그런 얘기를 들을 기회가 더 많았을 거였다. 티리옹 부인은 이렇게 빠져나갈 수 있게 되어 오히려 잘됐다 하는 마음으로, 뻔한 이야기들을 늘어놓았으리라.

하지만 이미 승부가 정해진 게임에서, 루이즈는 고통스러운 승리를 거두게 되었다.

그녀는 길고도 무거운 침묵을 이어 갔고, 결국 티리옹 부인은 굴복하고 말았다.

「아이는 태어나자마자 버려졌어요. 내 남편이 처리했죠. 난 그에게 진료실을 팔 것을 요구하여 이곳으로 이사했고, 그 후로는 잔의 소식을 한 번도 들은 적이 없고, 또 알아보려 하지도 않았어요.」

「버려졌다고요……?」

「네, 고아원에요.」

「여자아이였나요, 사내아이였나요?」

「사내아이였을 거예요.」

그녀는 일어섰다.

「아가씨, 당신이 겪은 일은 힘들었겠지만, 당신은 돈 때문에 한 거예요. 하지만 난 아무것도 요구하지 않았고, 단지 내 가정을 지키고 싶었을 뿐이에요. 아가씨는 나로 하여금 괴로웠던 일들을 다시 떠올리게 만들었어요. 이제 다시는 서로 보지 않기를 바라요.」

그녀는 대답을 기다리지 않고 찻집을 나갔다.

루이즈는 잠시 거기에 앉아 있었다. 찻잔에는 손도 대지 않았다. 어머니가 의사와의 사이에서 낳은 아이는 살아 있었다. 이 세상 어딘가에.

# 19

「마침내 프랑스는 안도했습니다…….」

정의가 실현되었다! 그동안 데지레 미고는 하찮은 뉴스들까지 닥닥 긁어모아 엄청나게 낙관적인 메시지로 둔갑시키는 능력으로 온 콩티낭탈의 찬탄의 대상이 되어 왔지만, 이제는 이의의 여지 없이 매력적인 정보로 그동안의 노고를 보상받을 때가 온 것이다. 그는 우쭐댈 수도 있었지만, 이것은 그의 스타일이 아니었다. 단지 말만으로 충분했다.

그는 흘러내린 안경을 검지로 콧등의 뿌리까지 추어올렸다.

「……왜냐하면 페탱 원수가 국무 장관 겸 국무 회의 부의장으로 입각한 이후로, 이번에는 베강 장군이 참모부 수장이 되어 프랑스군의 군사 작전 전체를 지휘하는 사령관이 되었기 때문입니다. 오늘, 베르됭의 승자와 포슈 장군의 제자가 지휘봉을 쥐게 된 것입니다. 프랑스는 숨을 쉴 수 있게 되었습니다. 페탱 원수의 초인적인 침착함과 강인한 정신력에, 이제는 베강 장군의 확실한 판단력과 천부적 지휘 감각이 결합된 것입니다. 독일인들에게 부과된 정전(停戰) 조건을 1918년 11월에 낭독해 주던 이가 몇 주 내에 똑같은 역할을 맡게 되리라는 것을 이제 아무도 의심치 않습니다.」

슬그머니 들어와 홀의 저쪽 구석에 우뚝 선 드 바랑봉 씨는 하루에 두 번씩 있는 데지레의 활약을 지켜보면서, 마치 하늘에서 뚝 떨어진 듯 전력(前歷)을 알아보기가 너무나도 어려운 이 청년의 비밀을 파헤치려 애쓰고 있었다.

독일군의 진격이 〈도처에서 억제되는〉 전선 여러 곳에서의 프랑스군 현 상황에 대한 상세한 발표가 있은 후, 모두가 다시 한번 데지레 미고의 능란함을 찬탄하며 감상할 기회가 있었으니, 그것은 한 기자가 대담하게도 베강 장군의 임명에 대해서가 아니라 이제는 아무도 얘기하지 않는 그의 선임자 가믈랭 장군이 배제된 사실에 대해 질문했을 때였다.

「기자님, 승리에 대한 분명한 확신이 그저 한 손에서 다른 손으로 넘어갔을 뿐입니다. 가믈랭 장군이 독일군의 공세 앞에서 프랑스군을 통과할 수 없는 벽으로 만들었다면, 베강 장군은 적이 뒤로 밀려 완전히 압살될 때까지 이 벽을 1보 1보, 1미터 1미터 전진시키는 역할을 맡게 될 것입니다. 영웅이라는 점에서 다를 바 없는 이 두 분은 동일한 의지와 군사 수장에게 필요 불가결한 세 가지의 자질을 갖추고 계시니, 그것은 바로 지휘하고, 예측하고, 조직할 줄 아는 능력입니다. 〈전진할 수 없는 부대는 자기에게 맡겨진 조국의 땅을 단 한 뼘이라도 포기하느니 차라리 그 자리에서 죽음을 맞이해야 한다.〉 가믈랭 장군의 이 단호한 명령을 그분의 후임자도 따를 것입니다. 우리는 기적이 어떻게 일어나는지를 독일에 똑똑히 보여 줄 것입니다.」

다른 모든 이들과 마찬가지로 드 바랑봉 씨도 경탄을 금하지 못했지만, 그는 다른 이에 대한 경의가 언제나 원한으로 바뀌는 사람이었다. 그는 먼저 데지레에 대해 꼬치꼬치 캐물으며 과장을 공략했다. 하지만 군사적 상황이 악화되면서 그라블로트[35] 전투 등의 나쁜 소식이 빗발치는 시기에 안심되는 말들을 찾아내야 할 필요성이 데지레를 필요 불가결한, 다시 말해서 함부로 건드릴 수 없는 존재로 만들었다.

페탱과 베강을 요직에 임명한 효과는 애석하게도 잠시에 그치고 말았다. 프랑스 병사들이 몸과 마음을 바쳐 국토 수호의 임무를 다하고 있다는 사실은 누구도 의심하지 않았지만, 독일군이 계속 진격하고 있고 북부 지역을 감싸 들어오는 그들의 전략이 성공을 거두고 있다는 사실 또한 모두가 알고 있었다.

그들은 먼저 벨기에 쪽에 전선을 형성하고는 프랑스군이 그들을 저지하기 위해 급히 달려간 틈을 이용하여 아르덴 쪽으로 통과했고, 전쟁사에 길이 남을 이른 바 〈낫질 작전〉을 통해 프랑스와 연합군 병력을 도버 해협을 등지게끔 됭케르크 쪽으로 몰아넣은 것이다.

이런 상황에서 프랑스 국민의 사기를 끌어올린다는 것은……. 〈연합군은 견고하게 버티고 있다〉라고 앵무새처럼 지껄여 봤자 소용없었다. 아미앵과 아라스에 독일군이 출몰하는 것은 그다지 고무적인 일이 아님을 모든 관찰자들이 이해하고 있었다. 역사적 참패로 예고되는 것에 약간의 광휘라도 부여하기 위해서는 데지레 미고 같은 이의 재능이 필요했다. 라디오 파

---

35 프랑스 북서부 모젤에 있는 소도시. 1870년의 보불 전쟁과 제1차 세계 대전 때의 격전지로도 유명하다.

리를 통해 방송되는 그의 「뒤퐁 씨의 시사 평론」이 매일 하는 일이 바로 그거였다.

「여러분, 오늘 저녁도 안녕하십니까. 보르도에 사시는 V 부인께서 제게 질문해 오셨습니다. 〈어떤 이유로 프랑스군은 독일군 침공을 격퇴하기 위해 예상했던 것보다 조금 더 큰 역경에 봉착했느냐〉고요. (음악이 깔린다.) 프랑스군이 난관에 봉착한 진정한 이유는 바로 〈제5부대〉, 다시 말해서 프랑스군의 작전을 방해하는 임무를 띤 적의 잠복 요원들이 우리 영토 내에 존재하기 때문입니다. 최근에 독일이 (남자들보다 눈에 덜 띄는) 젊은 여성 50여 명을 낙하산으로 프랑스 북부에 침투시켰다는 사실을 여러분은 알고 계십니까? 이들은 거울이나, 인디언들처럼 연기를 이용하여 독일군에게 신호를 보내어 프랑스군의 위치를 알려 주는 임무를 띠고 투입되었던 것입니다. 이들은 체포되었지만, 불행히도 이미 프랑스군에게 타격을 주고 난 후였죠. 침투한 농부들이, 독일군이 진격로를 알 수 있게끔 들판에 소들을 늘어놓았다는 증거도 있습니다. 또 배신자들에게 훈련되어 모스 부호 방식으로 짖어 대는 개들을 발견하고 프랑스 장교들이 얼마나 놀랐는지 아십니까? 일주일 전에는 독일 전투기 한 대가 격추되었는데, 거기에는 우리가 수확할 곡물에 투하할 메뚜기 알이 가득 실려 있었습니다! 또한 이 제5부대에는 공산주의자들도 포함되어 있습니다. 예를 들면 우체국에 침투하여 우편물을 어지럽힘으로써 프랑스 국민의 사기를 떨어뜨리려고 말입니다. 이들이 공장에서 저지르는 사보타주 행위도 헤아릴 수 없습니다. 자, V 부인, 지금은 바로 이 제5부대가 프랑스의 주적입니다.」

이 시사 평론 프로그램이 프랑스 국민의 사기를 진작시키는 데 효과적인지는 알 수 없었지만 적어도 뭔가를 하고 있다는 느낌은 들었고, 이런 애국적 노력을 아끼지 않는 데지레가 그저 고마울 따름이었다.

드 바랑봉 씨는 데지레와 관련하여 그가 가진 유일한 자료를 한 줄 한 줄 확인해 보려 애쓰면서 나날을 보냈다. 그것은 청년이 콩티낭탈에 처음 왔을 때 과장에게 제출했던 짤막한 이력서였다.

「자, 이것 봐요! 여기에 이렇게 쓰여 있잖소! 〈1933년 플뢰린 고등학교. 우아즈도(道)에서 수학.〉 이 젊은 친구가 1937년에 학교 문서 전체가 화재로 없어져 버린 프랑스 고등학교의 학생이었다는 게 이상하지 않소?」

「그럼 이 친구가 불을 질렀단 말이오?」

「물론 그건 아니지! 하지만 이렇게 되면 사실을 확인할 수 없잖소! 무슨 말인지 알겠소?」

「확인할 수 없다고 해서 그게 허위라는 말은 아니잖소?」

「자, 이걸 보라고! 〈과학 학술원 회원 도르상 씨의 특별 비서〉라고 돼 있는데, 이 도르상 씨는 작년에 사망했어. 지금 그의 가족은 모두 미국에 있고, 그와 관련된 서류는 어디에 있는지 모른단 말이오……!」

과장은 주로 부재하는 정보들로 뒷받침되는 드 바랑봉의 주장이 그렇게 설득력 있게 느껴지지 않았다.

「아니, 대체 당신은 이 친구에게 무얼 원하는 거요?」

계속되는 장애물들에 말 그대로 소름이 끼친 드 바랑봉은 많은 편집증 환자들이 그렇듯이 자신이 조사하는 이유 자체를 약간 잊어버렸다.

「내가 기어코 찾아내고야 말겠소…….」 이렇게 대답한 그는 빠진 증거물들로 가득한 두툼한 자료 뭉치를 옆에 끼고서 곧 다시 돌아오리라 다짐하며 방을 나갔다.


과장은 드 바랑봉이 지긋지긋하긴 했지만, 그래도 약간의 의혹이 느껴졌기 때문에 모든 것을 확실히 해두고 싶었다. 하여 그는 미고를 자기 사무실로 불렀다.

「그런데 말이야, 데지레. 자네가 비서로 모셨다는 이 도르상 씨는 어떤 분이었지?」

「아주 좋은 분이셨습니다. 하지만 애석하게도 병이 드셨어요.」 데지레가 대답했다. 「그래서 전 그분을 네 달밖에 모시지 못했습니다.」

「그리고…… 자네가 하는 일은 무엇이었나?」

「전 양자역학의 어떤 문제에 대한 자료를 수집하는 일을 맡았어요. 전환 불가능한 값의 측정 가능성의 제한의 문제였죠.」

「자네가…… 그러니까 자네가 수학자이기도 했다고?」

과장은 경악했다. 데지레는 두꺼운 안경알 밑으로 눈을 파르르 깜빡였다.

「꼭 그렇다고는 할 수 없지만, 그걸 하는 게 아주 재미있었어요. 사실 하이젠베르크의 상호성의 원칙에 따르자면…….」

「좋아, 좋아, 좋아. 아주 흥미롭지만, 지금은 때가 아닌 것 같아.」

데지레는 저는 항상 봉사할 준비가 되어 있습니다라는 뜻의 몸짓을 한 다음, 다음번 공식 성명을 적어 놓은 종이를 내밀었다. 〈플랑드르에서 독일군의 엄청난 손실, 솜에서 우리 군의 빛나는 작전〉 등등.

이 젊은이는 알고 있었다. 자신이 아무리 준비를 튼튼히 해놨다 하더라도, 자신의 학력과 경력이 영원히 통하지는 못할 것이며 드 바랑봉의 집요함이 언젠가는 결실을 거둘 것임을. 하지만 그는 크게 걱정하지 않았다. 그는 프랑스군이 완전히 와해될 때까지 이 자리에 남아 있기로 작정했고, 그때는 멀지 않았기 때문이었다.

제3제국은 나날이 앞으로 나아왔고, 이들에 저항해야 하는 프랑스군과 연합군 병사들은 각자의 전략적 위치에서 한계에 봉착했다. 조만간 그들은 바다를 등지고 독일군과 맞서게 될 거였다. 그리되면 전멸하거나 패주하거나 둘 중 하나였다. 아니, 둘 다일 수도 있었고, 그러면 더 이상 그 무엇도 나라 전체가 짓밟히는 것을 막을 수 없고, 히틀러는 며칠 안에 파리에 있게 될 거였다. 그러면 데지레는 이 전쟁과 결별할 생각이었다. 하지만 그때까지는 계속 작업할 것이었다.

「여러분, 안녕하십니까. 그르노블에 사시는 R 씨가 〈제3제국 지도자들의 실제 상태에 대해〉 제게 질문하셨습니다. (음악이 깔린다.) 라디오 슈투트가르트의 주장을 믿을 것 같으면, 지금 히틀러는 더없이 행복한 상태일 것입니다. 하지만 우리의 첩보 기관과 대(對)첩보 기관은 제3제국 입장에서는 매우 거북한 정보들을 제공하고 있습니다. 우선 히틀러는 병이 깊은 상태입니다. 그는 매독 환자인데, 이는 별로 놀라운 일이 아니죠. 그는 이 사실을 감추기 위해 갖은 애를 쓰고 있지만, 사실 히틀러는 동성애자입니다. 그는 자신의 성적 환상을 충족시키기 위해 주위에 많은 청년들을 끌어들이고 있는데, 그들의 소식을 아는 사람은 아무도 없습니다. 그는 고환이 하나밖에 없으며, 치료 불가능한 불능증을 앓고 있어서 미쳐 버렸다고 합니다. 그는 양탄자를 물어뜯고, 커튼을 잡아 뜯고, 몇 시간 동안 무기력 상태로 있는다고 하죠. 독일 참모부 쪽 상태도 그보다 낫다고 할 수 없습니다. 리벤트로프는 해임당하고서 나치의 보물을 가지고 도망쳤어요. 괴벨스는 곧 반역죄 판결을 받을 거고요. 명석하고 건전한 정신을 가진 지휘관이 없는 독일군이 할 수 있는 것은 단 하나, 깊이 생각하지 않아도 되는 일, 즉 앞으로 돌진하는 것뿐입니다. 우리의 군 지휘관들은 이 점을 완벽히 이해하고 있기에 힘이 다할 때까지 그들이 광기의 질주를 계속하도록 놔두고 있으며, 그들이 더 이상 저항하지 않게 되었을 때 멈춰 세울 것인바, 이때는 얼마 남지 않았습니다.」

# 20

　밤사이에 전투하는 소리가 점점 가까워졌지만, 가브리엘은 죽은 듯이 잠을 잤다. 차가운 물밖에 없었지만, 그래도 이 집 주인들이 사용하는, 사암과 도자기로 이뤄진 커다란 욕실에서 마침내 몸을 씻을 수 있게 되어 조금은 위안을 얻을 수 있었다. 그런 다음 옷을 입고 아래층으로 내려왔다. 라울은 벌써 집 안을 한바탕 뒤진 모양이었다.

　「이런 개자식들! 값 좀 나가는 것은 모조리 긁어 가지고 튀었어!」

　하나는 거친 천 바지를, 다른 하나는 사이즈가 맞지 않는 정장을 입은 자신들의 꼬락서니를 보니 가브리엘은 다시 속이 불편해졌다.

　「이제 우리는 완전히 한심한 탈영병이 되어 버렸군…….」

　「사복 차림의 병사들일 뿐이야, 하사님!」

　라울은 판지 트렁크 하나를 가리켰다.

　「저 안에 우리 군복이 들어 있어. 만일 우리가 유능한 지휘관 정도는 모시고서 싸울 준비가 된 프랑스군을 한 줌이라도 만난다면, 다시 옷을 갈아입고 그 등신 새끼들의 대갈통을 날려 줄 거야. 하지만 일단은⋯⋯.」

이렇게 말한 그는 집에서 나와 차에 올라 엔진을 예열하기 시작했다. 뭐, 달리 할 일이 없지 않은가?

가브리엘은 이제 파리로 향한다는 생각에 안도감을 느꼈다. 랑드라드야 어찌하든 말든, 자신은 참모부의 지휘를 받을 거였다.

그는 지도를 들여다보았다. 이곳의 정확한 위치를 알 수 없었고, 다른 곳에서 무슨 일이 일어나고 있는지도 알 수 없었다. 다만 저쪽, 30킬로미터나 40킬로미터 정도 떨어졌을 저쪽에서 난 전투로 인해 발생한 벌건 빛만 분간될 뿐이었다. 비행기 지나가는 굉음이 들렸지만, 그게 침략군 비행기인지, 연합군 비행기인지 알 방법이 없었다.

저택의 정원을 나온 그들은 입구에서 피란민들과 마주쳤다. 전날보다 훨씬 수가 많아진 그들은 모든 종류의 이동 수단을 이용하여 남서쪽 부근으로 향하고 있었고, 가브리엘과 라울도 그 길을 택했다. 멀리서 들리는 전투의 메아리는 독일군이 상당히 진격했음을 뜻하는 것일까? 어디까지 진격했을까? 잘못하다가 늑대 아가리 속으로 떨어지는 것은 아닐까? 피란민들의 움직임을 따라가는 게 논리적이긴 했지만, 이렇게 맹목적으로 나아가는 것은 가브리엘을 점점 불안하게 만들었다.

「자, 정보 좀 얻자고.」 라울이 브레이크를 밟으며 말했다.

가브리엘은 왜 그가 1킬로미터 전이 아니라 하필 여기서 차를 세우는지 알 수 있었다. 두 여자가 자전거를 타고 가고 있던 것이다.

여자들이 자전거를 세우자마자 라울은 실망하는 기색이 역력했으니, 그들이 별로 예쁘지 않았던 것이다. 부지에서 온 그들은 랭스로 향하고 있었다. 그들이 알려 주는 소식은 불길하기도 했지만 혼란스럽기 짝이 없었다. 〈스당에서 사람들을 참혹하게 학살했다〉는 독일군이 지금 랑으로 간다는 건지, 생캉탱으로 간다는 건지, 누아용으로 간다는 건지 분명치 않았다. 독일군은 모든 것을 파괴했고, 〈여자와 아이들까지 포함하여 마을 전체를 무기로 쓸어버렸고〉, 무수한 비행기들과 〈수천 대의 탱크〉가 있으며, 르텔 쪽 하늘에서 독일군 수백 명이 낙하산을 타고 내려오는 것을 봤다는 거였다……. 두 여자는 그 근방 사람들이었고, 가브리엘과 라울은 지도를 통해 지금 자신들이 모낭빌 근처에 있다는 것을 알게 되었다.

「좋아.」 라울이 말했다. 「우린 그냥 토끼자고.」

30분 후, 라울의 얼굴이 굳어졌다. 그를 불안하게 만든 것은 방금 들은 나쁜 소식들이 아니라 휘발유였다.

「제기랄, 이거 멀리 못 가겠어! 이 빌어먹을 똥차는 왜 이렇게 기름을 많이 먹는 거야? 잘못하면 먹을 것을 구하기 전에 길에서 멈춰 버리겠어. 난 너무 배가 고파 말이라도 먹어 치우겠는데 말이야!」

그는 점점 더 천천히 차를 몰았다. 지도에 따르면 10킬로미터는 더 가야 파리로 가는 국도를 만날 수 있었다. 기름이 떨어져 차가 서야 한다면, 어딘지 모를 허허벌판보다는 사람들이 다니는 길에 멈추는 편이 나았다.

연료 게이지가 맨 밑바닥까지 내려오자 라울은 천천히 감속하여 차를 세웠다.

「어, 저거 낙타 아냐?」그가 눈을 뚱그렇게 뜨며 물었다.

「단봉낙타 같은데?」가브리엘이 대꾸했다.

그들의 눈앞에 커다란 야생 동물 한 마리가 주둥이를 천천히 우물거리면서 뭔가 불편해 보이는 걸음걸이로 고개도 돌리지 않고서 도로를 건너고 있었다. 그들은 녀석이 구덩이를 건너 마치 꿈속에서처럼 멀어져 가는 모습을 지켜보고는 서로의 얼굴을 쳐다보았다. 왼쪽에는 작은 숲들이 들판을 가리고 있었다. 라울은 엔진을 껐고, 둘 다 차에서 내렸다.

울타리 너머로 풀이 듬성듬성한 땅이 펼쳐져 있었는데, 거기에는 트레일러 세 대가 버려져 있었고, 그중 한 대는 쇠창살이 위로 올라가 있었다. 아마도 이 트레일러에서 동물이 빠져나온 모양이었다. 두 번째 트레일러의 벽면에는 노란 머리칼과 빨간 입술을 하고서 활짝 웃고 있는 어릿광대의 모습을 보여 주는 포스터가 한 장 붙어 있었다. 라울은 곧바로 신이 나서 어쩔 줄 몰라 했다.

「난 서커스를 무지하게 좋아해! 자넨 안 좋아해?」

그가 대답도 기다리지 않고 첫 번째 트레일러의 계단 네 개를 올라가서는 손잡이를 돌리자, 문이 쉽게 열렸다.

「이 안에 뭔가 먹을 게 있을 거야.」라울이 말했다.

가브리엘은 조심스럽고도 불안한 마음으로 그의 뒤를 따랐다. 어떤 강한 냄새가 훅 풍겼다. 그로서는 알 수 없는, 약간 야생적인 냄새였다. 침대 네 개가 쇠사슬로 벽에 걸려 있었고, 그 위는 포스터, 도구 상자, 그릇 등으로 덮여 있었는데, 황급히 떠나면서 아무렇게나 던져 놓고 간 모습이 역력했다. 이게 어떤 약탈의 결과가 아니라면 말이다. 벽장문과 궤짝도 열려 있었다. 사방에 옷가지가 널려 있었다. 그곳을 지배하는 분위기는 서커스와는 아무 상관이 없었고, 어느 노숙인의 지저분한 거처에 온 듯한 느낌이었다. 서랍의 속도 다 긁어 가버려 아무것도 없었다. 그들이 다시 나가려 하는데, 왼쪽에서 가벼운 움직임이 느껴졌다. 팔을 내밀어 체크무늬 모포를 홱 잡아챈 라울은 웃음을 터뜨렸다.

「난쟁이잖아! 야, 난쟁이를 이렇게 가까이서 보기는 처음이다!」

그것은 머리가 크고 어깨가 좁은 남자로, 몸을 공처럼 웅크린 그는 엄청나게 큰 입을 벌리고 금방이라도 울 듯한 눈을 해가지고는, 자신을 방어하려는 듯이 팔을 쭉 뻗어 활짝 편 손바닥을 좌우로 저어 댔다. 라울은 배꼽을 잡고 웃었다.

「가만히 놔둬……」 가브리엘이 랑드라드의 소매를 잡아당기며 말렸다.

하지만 소용없었다. 랑드라드는 이 발견에 매혹된 것이다.

「이 녀석, 나이가 얼마나 될까?」

그는 깜짝 놀라 있는 가브리엘에게로 고개를 돌렸다.

「이런 친구들은 나이를 짐작할 수 없잖아, 안 그래?」

그는 조그만 남자를 들어 올리려고 양 겨드랑이 밑에 손을 넣어 잡았다.

「얘가 뛰어가는 것을 보면 되게 웃기겠다!」

가브리엘이 소매를 잡은 손에 힘을 더 가하는데, 라울이 멈칫했다. 공포로 마비된 난쟁이가 한쪽 팔을 가슴에 꼭 붙이고 있는 품이 뭔가 숨기고 있는 것 같았다. 라울은 거칠게 그 팔을 붙잡았다.

「어, 빌어먹을!」 그는 웃으면서 말했다. 「이 새끼, 힘이 되게 세네?」

가브리엘은 계속 그의 소매를 잡아당기며 〈그만해, 그만 해!〉라고 되풀이했지만, 아무 소용 없었다. 라울은 그를 은신 처에서 거의 다 끄집어내더니만, 갑자기 그를 놓아주었다.

「와, 젠장할! 야, 너 저거 봤어?」

그것은 겁에 질려서 온몸을 사시나무처럼 떠는 아주 조그만 새끼 원숭이였다. 갓 구운 빵처럼 따끈따끈해 보이는 녀석은 아주 보드라운 털로 덮여 있었고, 귀가 아주 커다랬으며, 동그 란 눈을 쉴 새 없이 깜빡이고 있었다. 라울은 벌린 입을 다물지 못했다. 완전히 매료된 그는 녀석을 자기 품에 꼭 안고는 그 작 은 손을 경탄에 찬 눈으로 내려다보았다.

「바짝 말랐군.」 그가 말했다. 「하지만 이건 정상이야. 잘 먹 인 개들도 갈비뼈가 보이거든.」

라울은 트레일러의 계단을 내려갔다. 원숭이는 해로부터 자 신을 보호하려는 듯이 라울의 가슴팍에 몸을 웅크렸고, 바깥 의 밝은 빛에 눈이 부시자 그에게 꼭 달라붙었다. 라울이 녀석 을 셔츠 아래로 쑤셔 넣자 녀석은 더 이상 움직이지 않았다.

가브리엘은 두 팔을 늘어뜨린 채로 서 있었다. 어떻게 해야 하지? 그는 얼굴을 가리고 있는 난쟁이 쪽으로 고개를 돌렸다.

「내가…… 혹시 필요한 거라도…….」 그는 이렇게 말을 꺼냈 지만 끝맺지는 못했다.

갑자기 얼빠진 표정이 되어서는 허둥지둥 트레일러 밖으로 달려 나갔다.

랑드라드가 사라지고 없었다.

그를 부르는 가브리엘의 목소리에는 자신이 느끼기에도 뭔가 불안한 게 있었다.

「라울!」

차 있는 데까지 달려가 보았지만 아무도 없었다. 그는 좌우를 두리번거렸다. 만일 라울이 혼자 떠났다면……. 자신은 운전을 못 하기 때문에 여기서 옴짝달싹 못 하는 신세가 되는 거였다. 사실은 차에 기름도 없었다. 불안감에 가슴이 터질 듯 답답해졌다.

「어이, 하사!」 갑자기 랑드라드가 신이 난 듯한 목소리로 소리쳤다.

그는 서커스 공연 때 사용하는 자전거를 타고 나타났다. 핸들과 페달 외에는 아무것도 달리지 않은 2인승 자전거였다. 그는 페달을 뒤로 돌려 거칠게 정거했고, 자전거는 그대로 땅바닥에 쓰러졌다. 라울은 웃음을 그치지 않았다.

「아, 젠장, 보면 알겠지만, 이게 그렇게 쉽지가 않네!」

가브리엘은 고개를 끄덕였다. 아니, 아니야. 이건 말도 안 돼…….

「야, 이게 최선이라고. 이 똥차는 10킬로미터도 못 가서 우리를 내버릴 텐데, 그럼 어떡할 거야? 걸어가?」

더운 날씨였다. 창문을 죄다 열어 놓은 차 안에서는 못 느꼈지만, 이렇게 풀이 듬성듬성한 맨땅에 서 있으니 햇볕이 몹시 따갑다는 것을 알 수 있었다. 새끼 원숭이에겐 괜찮은 날씨겠지만, 그들에게는……. 원숭이는 자전거를 다시 일으켜 세우는 라울의 셔츠 속에서 조그만 혹을 이루고 있었다.

「자넨 이 땡볕에 걸어가는 게 더 좋아?」

「그럼 우리 군복은?」

새끼 원숭이는 마치 대답을 알고 있다는 듯이 겁먹은 얼굴을 쑥 내밀었다.

「하하, 이 녀석 되게 웃기네!」

「저 사람에게 원숭이를 돌려줘야 해.」 가브리엘이 트레일러 쪽을 가리키며 말했지만, 라울은 이미 자전거에 올라탄 후였다.

「자, 어떻게 할 거야?」

가브리엘은 좌우를 한 번씩 돌아봤고, 결국은 체념하여 자전거에 가랑이를 걸쳤다. 라울은 그에게 앞자리를 내주었다. 크랭크가 짧은 탓에 페달을 돌리기가 아주 불편했다. 랑드라드는 마치 회전목마를 타는 것처럼 웃어 댔다. 2인승 자전거는 기우뚱거렸지만, 그럭저럭 속도가 붙기 시작하여 간신히 균형을 잡으며 나아갔다. 그렇게 자동차를 지나친 그들은 지방도에 이르렀고, 거기서부터는 좀 더 빠르게, 좀 더 똑바로 달릴 수 있었다.

랑드라드는 마치 휴가를 즐기는 사람처럼 휘파람을 불어 댔다.

「〈조국에 대한 생각에 굳건한 결의가 솟구치네!〉」 그는 신바람을 내며 고래고래 노래했다.

가브리엘은 감히 뒤를 돌아볼 엄두를 못 냈지만, 지금 라울이 페달질을 하지 않고 무임승차하고 있다고 확신했다. 그런데 이유는 모르겠지만, 새끼 원숭이가 갑자기 겁을 냈다.

「아야!」 라울이 소리를 꽥 지르며 자전거를 기우뚱하게 만들었다. 「이 자식이 나를 물었어!」

그는 원숭이의 머리를 붙잡더니 마치 쓰레기 던지듯이 멀리 던져 버렸다. 가브리엘은 조그만 실루엣이 공중을 붕 날아가 길옆으로 이어지는 깊은 도랑으로 떨어지는 것을 보았다. 그는 곧바로 자전거를 세운 다음, 땅에 눕혔다. 라울은 자기 손을 들여다보고는 입에다 가져다 대었다.

「빌어먹을 원숭이 새끼 같으니!」

가브리엘은 도랑으로 달려갔다. 거기서 그는 자칫 잘못해 원숭이를 밟을까 두려워 조심스레 나아갔지만, 도로 옆 측벽은 오래전부터 관리되지 않아 잡초가 높이 자라 있었고, 가시덤불이 무성해 접근하는 게 불가능했다. 움직이는 것은 전혀 보이지 않았고, 한 걸음을 내디딘 그는 이래 봤자 소용없다는 것을 깨달았다. 도로 쪽을 돌아보니, 라울은 자전거를 끌고서 벌써 저만치 가고 있었다. 가브리엘은 맥없이 구덩이를 쳐다보았고, 지금 자기가 2백 그램밖에 안 되는 새끼 원숭이 때문에 울고 싶어졌다는 생각을 하니 마음이 더욱 처량해졌다. 랑드라르드에게로 가보니, 그는 국도 끝에 나타난 도로가 보이는 한가운데에 우두커니 서 있었다.

마치 갑자기 막이 오르며 무대 위에 새로운 광경이 나타난 것 같았다. 지금까지와는 너무나 대조적인 광경에 두 사람은 그 자리에 못 박혔다.

거기에는 수백 명의 남자와 여자와 아이와 노인 들이 같은 방향으로 걷고 있었다. 바짝 집중해 있는, 비탄에 잠긴, 겁에 질린 얼굴들의 끝없는 행렬이었다. 가브리엘은 기계적으로 자전거 핸들을 잡았고, 두 사람도 나아가며 사람들 속으로 섞여 들었다.

「이야!」 라울은 마치 어떤 스포츠의 묘기를 보기나 한 듯이 목을 앞으로 쭉 빼면서 탄성을 발했다.

그들은 우연히도 말 한 마리가 끄는 수레 가까이에 있게 되었는데, 그 옆에는 한 일가족 전체가 터벅터벅 걷고 있었고, 그 중에는 짧은 갈색 머리에 피곤에 전 얼굴을 한 처녀 하나도 있었다.

「이렇게 해가지고 어디서 오는 길이에요?」 라울이 능글맞게 웃으며 그녀에게 물었다.

어머니는 불만스러운 표정으로 딸에게 말했다.

「얘, 대답하지 말고 이리 와!」

라울은 두 손을 으쓱 쳐들었다. 뭐, 싫으면 관두셔⋯⋯. 그의 유쾌한 기분에는 조금의 변화도 없었다.

그들은 계속 걸었다. 고장이 나 길옆 도랑으로 밀어 놓은 군용 구급차 한 대와 낙담한 얼굴로 경계석 위에 앉아 숨을 고르는 낙오한 보병 두 사람 옆을 지나갔다.

이 밀려가는 사람들의 물결은 자동차, 소가 끄는 커다란 바퀴의 수레, 이륜마차, 멍한 얼굴의 노인, 이쪽에는 양 겨드랑이에 목발을 꼈지만 모든 이들보다 빨리 나아가는 장애인, 저쪽에는 한 무리의 아이들이 뒤섞인 잡다한 무더기였다. 여러 나이가 섞여 있지만 마치 한 학급처럼 보이는 그 아이들은 어느 초등학교의 학생들 전체였다. 교사인지 교장인지 모를 남자는 서로 꼭 붙어 있으라고, 절대로 손을 놔서는 안 된다고 계속 소리쳤는데, 그의 목소리는 날카롭게 솟아오르다가 가늘게 떨리곤 하여, 그와 아이들 중 누가 더 무서워하는지 알 수 없었다. 또 뒷받침대에 트렁크를 실은 자전거를 탄 사람들, 그리고 아기 하나 혹은 둘을 가슴에 꼭 안고 가는 여자들……. 이 혼잡한 무리가 만드는 끊임없는 물결들은 서로 부딪히곤 했는데, 그럴 때마다 욕설이 오갔다. 또 서로 돕기도 했지만 그것은 공허한 제스처에 불과했으니, 다음 순간에는 자신을 생각하게 되고, 뒤에 오는 사람에게 떠밀리기 때문이었다. 한 남자가 이륜마차가 쓰러진 농부를 도우려고 걸음을 멈추었다가, 다시 황급히 몸을 일으키면서 〈오데트, 오데트!〉 하고 사방을 둘러보며 절망이 묻어나는 목소리로 소리쳤다.

무엇보다도 가브리엘에게 충격적으로 와닿은 것은 이 군중을 이루는 잡다한 무리들에게서 손에 만져질 것처럼 선연하게 느껴지는 의기소침한 분위기였다. 흐트러진 복장으로 무기도 없이, 얼이 빠지고 체념한 얼굴로 발을 질질 끌며 걷고 있는 낙오한 병사들의 존재는 이 군중 전체에 난파와 포기의 느낌을 더했다. 독일군 공세에 의해 길바닥에 내던져진 주민들의 공황감에 점점 더 명백해져 가는 연합군의 와해가 덧붙여지고 있었다.

이 사람들의 물결은 갑자기 어느 사거리에서 나타났다. 무겁고도 기계적인, 하지만 집요한 걸음으로 걷고 있는 곤충들이 끝이 보이지 않는 도로 저쪽까지 불규칙한 선을 그리고 있었다. 기다란 행렬의 잡다한 그룹들이 한데 모여들고, 또 충돌하여 부서지는 숨 막히는 병목이었다. 이 가축 시장 같은 분위기 가운데 소 우는 소리가 사방에서 들렸다. 아무도 서로를 쳐다보지 않는 이곳에는 지휘하는 지휘관도, 보호해 주는 순경도 없었다. 작달막한 하사 하나가 두 팔을 휘둘러 가며 질서를 잡으려 애썼지만 아무 소용 없었으니, 그가 지시하는 말들은 부릉거리는 엔진 소리, 가구와 아이들과 침대 매트리스를 실은 수레를 끄는 소들의 울음소리에 묻혀 버릴 뿐이었다. 이 군중에 휩쓸린 가브리엘은 어찌할 바를 몰랐다. 시트로엥 한 대를 꽁무니에 단 오토바이가 군중 사이로 나아오며 경적을 울려댔다. 사람들이 옆으로 비켜섰다. 가브리엘은 닫힌 차창 뒤로 상급 장교의 군복과 계급장을 언뜻 보았다.

마침내 교차로를 지나자 피란민 행렬은 이제 구불구불한 선이 되어 아득한 곳까지 이어지고 있었다.

라울은 마치 놀이 장터에 온 것처럼 활달한 모습으로 이쪽 사람들을 부르고, 저쪽 사람들에게 다가갔다. 이들 모두가 공포심을 자아내고, 마을들을 파괴하고, 주민들을 학살하며 이 나라 내륙 쪽으로 진격 중이라는 독일군을 피해 달아나고 있었다. 라울은 먹을 것을 좀 달라고 부탁해 여기저기서 과일 한 조각, 빵 한 조각을 얻어먹긴 했지만, 배를 채우기에는 어림도 없었다. 피로감이 완연히 느껴졌고 갈증도 마찬가지였는데 물은 구하기가 힘들었다. 사람들은 자기 마실 것밖에 없었고, 이 땡볕 아래서 자기 물을 기꺼이 나누려는 사람은 거의 없었다. 이 길고 음산한 길에는 마을 하나 나타나지 않았다.

「저쪽으로 한번 가보자. 뭐가 있을지 모르니까!」라울이 〈아낭쿠르〉라고 적힌 표지판을 가리키며 말했다.

가브리엘은 주저했다.

「자, 자, 한번 가보자고!」라울이 재촉했다.

그들은 다시 자전거에 올라탔다. 잠시 갈지자로 기우뚱댔지만, 결국 안정적인 속도를 되찾았다.

군용 트럭이 딱 한 대 그들을 앞질렀는데, 짐칸에는 군복 차림의 친구들이 일고여덟 명 앉아 있었다.

그렇게 20여 분을 힘겹게 달리니 아낭쿠르 마을이 나왔다. 나지막한 가옥들이 서 있는 마을이었는데, 도망친 주인들에 의해 집들은 자물쇠를 채워 놓은 상점들처럼 문이 닫혀 셔터를 내려놓고 구멍마다 튼튼히 막아둔 채였다. 이 세상의 종말과도 같은 배경 속을 나아가는 두 병사는 자신들이 대재앙의 유일한 생존자 같은 느낌이 들었다.

「아, 프랑스 놈들, 참 잘났다!」

이 빈정대는 소리에 가브리엘은 기분이 상했다.

「우리도 도망치는 신세잖아…….」

라울은 인적 끊긴 길 한복판에서 걸음을 멈췄다.

「천만에! 이것 봐, 신부님, 이건 경우가 완전히 다르다고! 민간인들은 도망치는 거지만, 군인들은 퇴각하는 거야. 뉘앙스가 다르단 말씀이야!」

그들은 차도 한가운데로 걸어갔다. 그들이 지나갈 때 몇 집 창문의 커튼이 가늘게 떨렸다. 여자 하나가 생쥐처럼 벽을 따라 뛰어가더니, 어느 집에 들어가서는 문을 쾅 닫았다. 또 어디선가 자전거를 타고 나타난 남자는 그들을 보고는 즉시 사라졌다. 저 멀리에 피란민 행렬이 이어지고 있었지만, 여기서도 주민 대부분이 마을을 등졌다.

벌써 수백 미터 앞쪽에 마을의 출구가 보이기 시작했다. 마치 어쩌다 이 아낭쿠르를 가로지르게 된 지방도가 빨리 이곳을 떠나고 싶은 것처럼 말이다. 그들은 성당의 종탑을 안내자 삼아 왼쪽의 어느 길로 들어섰다가 다시 오른쪽 길로 들어갔는데, 그 길에서 나오니 성당 앞뜰이 거의 전체를 차지하는 어느 조그만 광장 앞이었다. 맞은편의 빵집은 멀쩡한 반면, 담배를 파는 어느 카페의 철제 셔터는 자물쇠가 부서지고 쇠창살이 휘어져 부분적으로 들려 있는 게 보였다.

「안 돼, 그냥 가자!」 가브리엘은 애원했지만, 라울은 벌써 허리를 구부려 안으로 들어가고 있었다.

가브리엘은 한숨을 쉬면서 성당 앞 돌계단에 가서 앉았다. 얼마나 피곤한지 심장이 저릴 정도였다. 그는 성당 문에 몸을 기댔다. 햇살이 따사롭게 내리쬐는 것을 느끼며 깜빡 잠이 들었다.

뭔가가 진동하는 느낌에 그는 잠이 깼다. 얼마나 잔 걸까? 어떤 육중한 차 한 대가 다가오고 있었다. 앞에 보이는 광장 건너편의 철제 셔터가 빠끔 열려 있었다. 엔진 소리가 가까워졌고, 그는 벌떡 일어나 달려가서는 몸을 굽히고 어스름에 잠긴 가게 안으로 기어 들어갔다. 조그만 카운터 위에는 마구 뜯긴 상자들이며 종이 포장들이 널려 있었다. 와인 냄새가 코를 찔렀다.

가브리엘은 고개를 홱 돌렸다. 그는 트럭이 광장에 들어온 것을 깨달았다. 그는 몸을 떨면서 앞으로 나아갔다.

「아, 내 친구 오셨군그래……」 라울이 허스키한 음성으로 말했다.

술에 만취한 그는 열려 있는 지하실 문 앞 근처에서 길게 누워 있었다. 입술은 빨갛고, 눈은 몽롱한데, 쑤셔 넣은 담뱃갑들로 빵빵해진 호주머니에서는 시가 몇 개가 삐져나와 있었다.

가브리엘이 허리를 굽히고는, 이봐, 일어나, 이렇게 있으면 안 돼, 하고 말하고 있는데, 밖에서 트럭이 서는 소리가 들렸다. 가게 주인이 돌아온 걸까?

왼쪽에서 뭔가 움직이는 기척이 느껴졌고, 마치 비계 전체가 와장창 무너지는 것 같은 금속성의 음향이 들렸다.

가게 철제 셔터가 찢어지는 소리와 함께 강제로 쳐들리는가 싶더니, 세 명의 프랑스 병사가 뛰어 들어왔다. 그런 다음, 가브리엘을 난폭하게 밀어붙이고 라울은 일으켜서는 둘의 목을 틀어쥐고서 벽에다 딱 붙였다.

「이 약탈자들! 다른 사람들은 죽어라 싸우고 있는데, 너희들은 이게 무슨 짓이야? 개자식들!」

「잠깐만요…….」 가브리엘이 말하려고 했다.

하지만 곧바로 관자놀이에 한 대를 얻어맞았고, 잠시 동안 눈앞이 캄캄했다.

「이 깡패 새끼들을 차에다 실어!」 한 장교가 지시했다.

병사들은 두 번 말하게 하지 않았다. 두 남자를 출구 쪽으로 던지듯이 밀었고, 널브러진 그들 위로 발길질이 쏟아졌다. 병사들은 비틀거리고 휘청거리는 라울과 두 팔로 머리를 감싼 가브리엘을 다시 일으켜 세웠다.

보도까지 질질 끌려간 그들은 개머리판으로 얻어맞아 가며 트럭 짐칸으로 올려졌고, 거기서 세 병사가 총을 겨누는 가운데 다른 병사들에게 군홧발로 짓밟혔다.

「자, 그 정도면 됐어.」 성에 차지는 않지만 장교는 그렇게 말했다. 「자, 출발!」

트럭이 움직이기 시작했을 때, 병사들은 등 뒤로 짐칸 가로장을 붙잡고서, 두 손으로 목덜미를 부여잡고 바짝 웅크린 두 남자에게 계속 발길질을 해댔다.

# 21

 

 

 

 

 

 

 

루이즈는 자신의 어머니가 결혼하기 전에 아이를 가졌다는 생각에 놀라울 정도로 빨리 적응했다. 임신한 처녀와 비밀 중절에 대한 이야기는 어디에나 돌아다녔다. 누군가가 사망했거나 상속 문제가 생겼을 때에야 이런 사실들이 비로소 밝혀지는 집들이 부지기수인 세상인데, 꼭 벨몽 집안만 그러지 말라는 법은 없었다. 아니, 그녀가 받아들일 수 없는 것은 아기를 버렸다는 사실이었다. 어떤 묵직한 돌덩이 같은 것이 아이를 갖고 싶은 갈망과 연결되며 그녀의 가슴을 짓눌렀다. 어머니가 그런 행동을 했다는 생각이 계속 뇌리를 떠나지 않았지만, 자신의 머릿속에 어른거리는 것은 벨몽 부인의 얼굴이라기보다는 티리옹 부인의 그것이라는 사실을 이내 깨달았다. 사흘이 지났는데도 거만하면서도 날카로운 그녀의 회색빛 시선이 계속 눈앞에 나타났다. 그녀는 계속 그때의 대화를 떠올려 봤지만, 정확히 어느 부분이 자신을 이렇게 괴롭히는지 알 수 없었다.

「어, 그래?」 진실을 알게 된 쥘 씨가 놀란 듯이 말했다. 「버려졌다고?」

바로 이 순간, 루이즈는 진실을 깨달았다. 왜냐하면 티리옹 부인과는 달리, 쥘 씨는 완전히 솔직했기 때문이다. 의사의 아내는 아기가 버려졌다고 단언했다. 루이즈는 그녀의 이 말이 모든 진실을 말하지는 않는다고 확신했다.

그녀는 구청으로 달려갔다.

시내는 흥분과 불안에 싸여 있었다. 대낮인데도 상점들은 마치 어떤 시위가 예고된 것처럼 내려진 철제 셔터 뒤에 웅크리고 있었다. 루이즈는 행인들이 방독면 가방을 옆에 차고 종종걸음 치는 모습을 보았다. 길거리의 한 신문 판매인이 외쳤다.「북부 지방에서 독일군 공세 격화!」또 한 청과물 장수는 소형 트럭에 가방들을 쟁여 넣고 있었다.

이 시간에 구청은 열려 있어야 정상이건만, 굳게 닫혀 있었다.

루이즈는 한 카페에 들어가 전화번호부를 좀 보게 해달라고 부탁했고, 다시 나와서는 지하철역에 들어갔다. 오후 3시인데 객차마다 사람들로 가득했다. 열차가 두 역 사이에서 갑자기 멈춰 서더니 불이 꺼졌다. 여자들은 비명을 질렀고, 안심시키려는 남자들의 목소리도 들렸다. 하얗게 긴장된 얼굴들 위로 다시 불빛이 돌아오자 사람들은 깜빡이는 전등불을 응시했다. 수군대는 소리가 점차 커졌다. 모두가 마치 성당 안에서처럼 속삭였다. 파리의 여름 열기가 모조리 이 객차 안으로 빨려 들어온 듯이 무더웠고, 사람들은 조금이라도 공간을 만들려고 애썼다. 〈내 올케는 맏이가 시험을 치러야 하기 때문에 떠나는 것을 망설이고 있어요〉라고 한 여자가 조그맣게 속삭이자 다른 여자는 이렇게 말했다.「우리 남편은 주말까지 기다려야 한다고 말하는데, 벌써 목요일이네요……」 열차는 다시 출발했지만 안도감을 안겨 주지 못했고, 다만 사람들의 불안감을 한 역에서 다음 역으로 실어 나를 뿐이었다.

보호 아동 시설이 위치한 곳은 당페르가(街) 100번지로, 이걸 알게 되는 사람은 자문하지 않을 수 없었다. 관청이 대체 무슨 정신으로…….[36] 그곳은 ㄷ 자 형태로 된 커다란 건물이었다. 건물에 둘러싸인 안뜰, 쭉 늘어선 똑같은 형태의 창문들, 그리고 묵직한 문들 때문에 어떤 거대한 학교와도 비슷했다. 인부 두 사람이 봉인된 종이 박스들을 짐칸이 천으로 덮인 트럭에 싣고 있었다. 수위 초소는 닫혀 있었는데, 이곳에서는 전체적으로 왠지 텅 빈 것 같은 이상한 분위기가 느껴졌다. 루이즈는 성당만큼이나 천장이 높은 홀 안으로 걸어 들어갔다. 층계를 오르내리는 직원들의 발걸음 소리가 크고도 음울하게 울렸고, 화살표며 단호한 어조의 공지 사항 등으로 채워진 작은 안내판들이 보였으며, 간호사 하나와 수녀 몇 사람과도 마주쳤는데, 이 수녀들 중 하나가 행정용으로만 쓰이는 남관(南館)에 문헌실이 있다고 그녀에게 알려 주었다.

「거기에 아직도 누가 있을지 모르겠네요……」

루이즈가 건물의 합각머리에 걸린, 지금 막 오후가 시작되었음을 알리는 커다란 괘종시계로 눈길을 올렸을 때, 수녀는 이렇게 덧붙였다.

「공무원들 중 많은 이가 휴가를 신청했어요. (그녀는 의미심장한 미소를 지었다.) 심지어는 휴가도 내지 않고 떠나 버린

---

36 당페르(D'enfer)는 〈지옥의〉라는 뜻이다.

이들도 꽤 있답니다.」

루이즈는 커다란 층계의 계단을 도중에 마주치는 이 하나 없이 또각또각 소리를 내며 올라갔다. 지붕 바로 밑에 위치한 4층에 오르니 창문을 죄다 열어 놓았음에도 불구하고 후끈한 열기로 숨을 쉬기 어려울 정도였다. 그녀는 노크했고, 대답하는 소리가 없었으므로 그냥 문을 밀고 안으로 들어갔다. 직원이 깜짝 놀라며 그녀 쪽으로 홱 고개를 돌렸다.

「여긴 외부인 출입 금지예요!」

짧은 순간에 상황을 파악한 루이즈는 그녀가 아주 싫어하는 짓을 했다. 상대의 마음에 들고자 미소를 지은 것이다. 직원은 나이 스무 살 정도의, 아직 끝나지 않은 청소년기의 흔적이 역력한 청년이었다. 갑자기 성장해 버린 소년 같은, 왠지 행동이 어수룩할 것 같고 이유는 모르지만 자기 어머니와 비슷할 거라는 확신이 드는 유형이었다. 루이즈의 미소에 그의 볼이 빨갛게 물들었다. 여기서 그를 변호하기 위해 한마디 하자면, 먼지와 서류와 권태 아래 허물어져 가는 이 칙칙한 분위기 속에서 그녀의 이 싱싱한 미소는 슬픔의 바다 한가운데에서 보이는 한점 불빛 같았다고 해야 하리라.

「절 도와주실 생각이 있으시다면, 단 2분이면 돼요.」루이즈가 말했다.

대답도 기다리지 않고 다가간 그녀는 시큼한 땀 냄새를 느끼면서 한 손을 카운터 위에 올려놓고는 그를 응시했고, 지금까지 무수한 남자들의 심장을 꿰뚫었던 그 애원과 감사의 뉘앙스까지 자신의 미소에다 덧붙였다. 청년은 누군가 도와줄 사람이라도 없는지 주위를 돌아보았지만, 거기에는 아무도 없었다.

「1907년도 7월의 유기 아동 대장을 좀 열람하고 싶어요.」

「그건 안 돼요! 그건 금지되어 있어요!」

이 대답에 스스로 안도한 청년은 대화는 끝났음을 보여 주기 위해 팔에 낀 토시를 빼내려고 했다.

「금지되다니? 그게 무슨 뜻이죠?」

「법이 그래요! 아무도 그걸 볼 수 없어요, 아무도! 관계 부처에 서면으로 요청할 수 있겠지만, 그래도 항상 거부당해요! 예외가 없다고요!」

루이즈의 얼굴이 창백해졌다. 그녀가 당황하는 모습은 문헌실의 젊은 직원에게 만족감을 안겨 주었으니, 조금 전에 자신을 사로잡았던 동요에 대한 기분 좋은 복수였기 때문이다. 하지만 이제는 루이즈에게 출구를 가리켜야 마땅한데 그러지는 못하고, 목재 카운터에 접어 놓은 토시들을 손날로 살살 쓸면서 물에 젖은 앵무새처럼 고개를 까닥거리며 마치 〈법이 그래요……. 법이 그래요……〉라고 말하듯이 입술을 천천히 움직일 뿐이었다. 루이즈는 손을 내밀었다. 중앙부가 도톰하게 솟아오른 손톱들이 잔인하게도 회색 천에 다가오자 청년의 가슴이 뒤흔들렸다.

「누가 알겠어요?」 루이즈가 아주 부드럽게 말했다. 「당신의 동료들 대부분이 벌써 사무실을 버리고 도망쳤잖아요?」

「그게 문제가 아니에요, 난 해고될 거라고요!」

이것은 결정적인 논거였다. 그는 다시금 숨을 쉴 수 있었다. 아무도 그에게 직장과 경력과 승진과 미래와 삶 전체를 위험에 빠뜨릴 수 있는 일을 하라고 요구할 수 없었다.

「아, 그렇고말고요!」루이즈가 곧바로 맞장구쳤다.

문헌실 직원은 안도했고, 또 기뻤다. 기쁜 이유는 이 아가씨가 이해해 주었으니 이제는 여유 있게 그녀를 뜯어볼 수 있게 되었기 때문이었다. 아, 얼마나 매력적인 얼굴인지! 그리고 저입, 그리고 저 눈, 저 미소……. 그녀는 계속 미소 짓고 있었다! 그녀에게 빨려 들어가는 느낌이었다. 아, 얼마나 키스하고 싶은지……. 그냥 만져 보기만 해도 얼마나 좋을까? 그 자체로 하나의 세계인 저 입술에 손가락 하나만 올려놓을 수 있다면, 그는 그대로 울어 버릴 거였다.

「일반인에게는 권리가 없죠.」루이즈가 말을 이었다. 「하지만 당신은…… 당신에겐 금지되지 않았어요. 당신에게는요.」

청년은 깜짝 놀라 입을 딱 벌렸고, 거기서 나온 한숨은 차라리 거친 신음에 가까웠다.

「당신이 대장을 열람하고, 소리 내어 읽는 거예요! 아무리 그래도 당신이 말하는 것까지 금지되지는 않았을 것 아니에요?」

루이즈는 지금 청년의 머릿속에 어떤 일이 일어나고 있는지 완벽히 이해하고 있었다. 의사가 그 일을 부탁했을 때 자신의 머릿속에서 일어났던 일과 거의 비슷한 것이리라. 논리적인 이유들과 무력함의 고백과 위반하고 싶은 욕망이 뒤섞인 그 복잡한 감정 말이다.

「1907년 것만 보면 돼요.」루이즈가 은근한 목소리로 말했다. 「그것도 7월 것만요.」

그녀는 그가 굴복하리라는 것을 잘 알고 있었지만, 고개를 푹 숙이고 멀어지는 그의 모습을 보니 그다지 영예롭지 않은 이 승리가 부끄럽게 느껴졌다. 이 대장을 보기 위해 자신은 무슨 짓까지 한 것일까? 서류가 보관된 선반들을 살피는 청년의 질질 끄는 발걸음 소리에 그녀의 몸이 파르르 떨렸다. 몇 분 후, 그는 표지에 행정적 규칙에 따라 서예체의 대문자로 〈1907년〉이라고 쓰인 커다란 책 한 권을 가지고 돌아와서는, 잠수부 같은 느릿한 동작으로 여러 개의 종행(縱行)으로 분할된 페이지들을 펼쳤다. 그러면서 청년은 한마디도 하지 않았다. 그는 무엇을 해야 하는지, 혹은 말해야 하는지 이해하지 못하는 사람처럼 건성으로 책장을 넘기기만 했다.

그의 직업적 반사 신경이 돌아온 것은 루이즈가 이렇게 물었을 때였다.

「이 〈등록 번호〉라는 난은 무엇인가요?」

「관련 서류 전체를 찾을 수 있게 해주는 거예요.」

무언가를 계시받은 사람처럼 그의 얼굴이 갑자기 환해졌다.

「그런데 그 서류들은 여기에 없어요!」

이거야말로 진정한 승리가 아닐 수 없었다.

「그것들은 사회 복지국 건물에 있어요!」

그는 검지로 창문 쪽의 어느 방향을 가리켰다. 승리는 자긍심으로 바뀌어 있었다.

루이즈는 대장에 집중했다.

「7월에 세 건이 있네요.」 문헌실 직원이 그녀의 시선을 좇아가며 말했다.

자신이 소리 내어 읽어 주기로 했다는 사실을 기억한 그는 맥 빠진 목소리로 읽기 시작했다.

「7월 1일, 프랑신 아벨라르.」

「제가 찾는 것은 사내아이예요……」

사내아이는 딱 한 명 있었다. 그렇다면 바로 이 아이였다.

이 아이가 루이즈가 찾는 아이였다.

「7월 8일, 라울 랑드라드. 등록 번호 177063.」

이렇게 읽은 다음 그는 대장을 덮었다.

지금 루이즈 앞에 새로운 세계 하나가 문을 연 것이다. 그녀는 여태껏 한 번도 좋아해 본 적이 없지만, 갑자기 새로운 색채를 띠게 된 이 〈라울〉이라는 이름을 입 속으로 되뇌어 보았다. 그는 서른세 살의 남자일 거였다. 그는 어떻게 되었을까? 어쩌면 지금은 죽었을지도 몰라⋯⋯. 이 생각은 너무나 부당하게 느껴졌다. 그녀는 형제도, 자매도, 사촌도 없는 것을 애석해하며 외로운 어린 시절을 보냈다. 자신과 거의 같은 나이고, 같은 어머니를 가진 이 남자는 지금껏 자신에게 숨겨져 있었다. 그런데 만일 죽었다면 자신은 그가 어떤 사람인지 영영 알지 못하리라.

「사회 복지국 건물이라고 하셨죠?」

「거긴 닫혔어요.」

이 말은 백 퍼센트 진실이 아니었고, 그는 몸부림을 쳤다. 루이즈가 대꾸할 필요도 없이, 그는 어찌할 바를 모르고 고개를 푹 숙였다.

「제게 열쇠가 있어요.」 그는 거의 들리지도 않는 소리로 고백했다. 「하지만 이해하시겠지만, 서류는 사무실에서 나갈 수가 없어요.」

「선생님, 저도 잘 알아요. 하지만 선생님이 직접 거기로 가는 것은 금지되지 않았고, 그 어떤 명문화된 규칙도 선생님이 누군가를 동반하는 것을 금지하지 않아요.」

불쌍한 청년은 기가 죽었다.

「부서와 상관없는 외부 인사는 들어갈 수가…….」

「하지만 전 〈외부 인사〉가 아니잖아요…….」 루이즈는 청년의 손에 자기 손을 올려놓으며 급히 말했다. 「당신과 나는 조금은 친구 아닌가요?」

문헌실의 젊은 직원은 마치 도살장에 끌려가는 소처럼 무거운 걸음으로 관청의 끝없이 이어지는 텅 빈 복도를 걸었다.

그들은 안뜰을 지날 필요도 없었다. 이곳 전체를 자기 손바닥처럼 꿰고 있는 그는 이리저리 방향을 바꾸고, 문들을 열고, 복도를 피하여, 어느 층계를 통해 올라갔다. 열쇠를 두 번 돌리자 문이 열렸다. 무수한 서랍들로 덮인 벽이 나타났다. 청년은 루이즈를 들어가게 했고, 그녀는 결연한 걸음걸이로 나아갔다. 〈Labi~Lape〉[37]라고 쓰인 서랍이 보였다. 그녀는 잡아당겼다. 그가 그녀 대신 읽어 준다는 협약은 여기까지 오면서 녹아 버린 모양이었다. 마치 어떤 상상의 군중이 들어오는 것을 막으려는 듯 청년이 문에 등을 기대고 있는 가운데, 루이즈는 그다지 두껍지 않은 파일 하나를 꺼내어서는 탁자 위에 펼쳤다.

그것은 〈창구를 통해 접수된 한 아동에 대한 조서〉라는 말로 시작했다.

일천구백칠 년, 7월 8일, 오전 10시, 사회 복지국 사무실에 한 남성이 한 아동을 유기하기 위해 우리 앞에 나타났다.
우리는 규정에 의거하여…….

37 이들이 찾고 있는 랑드라드의 철자는 Landrade이다.

티리옹 의사가 아기를 맡기기 위해 직접 찾아왔던 것이다. 이 점에 대해서 그의 부인은 거짓말을 하지 않았다.

**1. 아동의 성과 이름은?**

랑드라드, 라울

**2. 아동의 생년월일은?**

1907년 7월 8일

**3. 아동의 출생지는?**

파리

**4. 비고**

근무자에게 아동을 맡긴 남성은 자신이 의사라고 밝혔지만, 이름은 밝히기를 거부했다. 그는 아동이 구청에 출생 신고가 되지 않았고, 세례도 받지 않았다고 말했다. 아동에게 관련 법에 따라 성과 이름을 부여한 것은 근무자 본인이었음을 밝힌다.

루이즈는 벽에 걸린 달력을 쳐다보았다. 7월 7일은 성자 라울의 축일이고, 그다음 날은 성녀 랑드라드의 축일이었다. 공무원은 아이 이름을 구태여 멀리서 찾지 않은 것인데, 유기아가 한꺼번에 두 명 들어온 날은 어떻게 했을지 궁금했다.

조서에는 다음과 같이 명시되어 있었다. 〈아이는 흰색 양털로 짠 편직 배내옷을 입고 있다. 표지가 될 만한 신체적 특징은 전혀 없고, 건강한 상태인 것으로 사료된다.〉

루이즈의 눈은 서류 끝부분으로 향했다.

1904년 6월 27일 자 법에 의거,

　　7월 15일 자 후속 행정 공문에 의거,

　　1904년 9월 30일 자 도(道) 규정에 의거,

　　상기 조서의 결과, 〈라울 랑드라드〉 아동은 〈유기아〉 범주로 분류될 조건을 충족한다.

이제 파일에 남은 것은 〈한 국가 피후견 아동의 가정 위탁 조서〉라는 제목의 행정 문서뿐이었다.

루이즈는 온몸의 근육이 긴장하는 것을 느꼈다.

어린 라울은 고아원에 맡겨지는 대신, 1907년 11월 17일에 어느 가정에 위탁되었다.

　　센 도지사의 행정 명령과 관련 법 제32조에 의거…….

루이즈는 페이지를 넘겼다.

　　국가 피후견 아동 랑드라드 라울은 뇌이쉬르센, 오베르 종 대로 67번지에 거주하는 티리옹 가정에 위탁되……

루이즈는 자신이 읽은 것을 믿을 수가 없었다.

그녀는 한 번, 그리고 또 한 번을 읽어 보고는 망연자실하여 파일을 덮었다. 티리옹 의사는 잔의 이름으로 아이를 버린 후 자신이 다시 데려온 것이다. 그리고 아마도 양육했으리라.

루이즈는 이유는 알지 못한 채로 울기 시작했다. 얼마나 끔찍한 거짓말인가! 그녀는 자기 아기를 버린 어머니에게 원망을 품었었다. 어떻게 자신의 소중한 아기를 고아원에 버릴 수 있단 말인가? 하지만 그녀는 잔이 너무나 억울하게 희생당한 여자였다는 사실을 깨달았다. 그녀는 아기를 버렸다고 평생 동안 믿고 살았는데, 사실은 아비가 그 아이를 데려다가 키운 것이다.

또 그의 아내도 함께.

그녀는 파일을 덮고는 청년이 열어 준 문 쪽으로 걸어갔다. 젊은 여자의 우는 모습은 그의 영혼을 뒤흔들었다.

복도로 한 발을 내디딘 루이즈는 그에게 감사를 표하고 싶어 몸을 돌렸다. 그가 그녀를 위해 한 것은 결코 작은 일이 아니었다. 그에 비하면 말로만 하는 감사는 하찮을 뿐이었다. 그녀는 손수건을 꺼내어 눈가를 훔친 뒤, 그가 있는 쪽으로 돌아와서는 발뒤꿈치를 들어 그의 메마른 입술에 짤막하게 키스한 후 미소를 지었고, 그러고는 그의 삶에서 걸어 나갔다.

쥘 씨는 들고 있던 행주를 떨어뜨렸다. 그가 할 수 있으리라고는 아무도 상상치 못할 재빠른 동작으로 카운터를 돌아 나온 그는 루이즈를 품 안으로 끌어안았다.

「자, 그래.」 그가 말했다. 「무슨 일이니? 응, 아가야?」

그는 루이즈에게 〈아가야〉라고 말했다.

그녀는 두 팔을 쭉 뻗어 그를 쳐다보았다.

무거운 표정의 이 커다란 얼굴은 그녀의 마음을 무너뜨렸다. 그녀는 울음을 터뜨렸다.

처음으로 그녀는 어머니를 이해하게 되었다.

처음으로 그녀는 어머니 때문에 가슴이 아팠다.

# 22

오랫동안 많은 이들에게 데지레는 설명하기 힘든 역설로 느껴졌다. 벽에 딱 붙어서 콩티낭탈 호텔 복도를 빠르고도 신경질적인 걸음으로 지나가고 말을 걸면 눈을 불안하게 깜빡거리는 청년이, 상황을 이해하지 못하는 모든 이들에게 매일같이 차분하고도 침착한 목소리로 그렇게나 완벽하게 설명해 주고 모든 것에 정통한 모습을 보이는 그 청년이라는 사실은 정말이지 이해하기 힘들었다.

하지만 군사적 상황의 변화로 인해 관심의 초점이 옮겨져, 모든 이들이 정보의 중심축으로 여기던 데지레 미고는 더 이상 누구의 주목도 받지 못했다. 유일한 예외는 사냥개 같은 집요함으로 그를 추적하는 드 바랑봉이었지만, 이런 그의 모습에 아무도 놀라지 않았고 누구도 그의 말에 귀를 기울이지 않았다. 드 바랑봉은 콩티낭탈의 카산드라[38]인 셈이었다.

---

38 그리스 신화에 나오는 비극적인 예언가. 트로이아 왕의 딸로, 그리스군의 목마를 성에 들여놓으면 나라가 망한다는 그녀의 절규에 아무도 귀를 기울이지 않았고, 결국 트로이아는 멸망했다.

이제 모든 시선은 독일군의 강력한 공세에 밀려 프랑스군과 연합군이 퇴각 중인 프랑스 북부에 꽂혀 있었다. 독일군이 아르덴 지방에서 거둔 성과와 프랑스군을 쓸어버리며 밀고 내려오는 그들의 신속한 진격 속도에 입을 딱 벌리고서 말이다. 프랑스군은 용기 있고도 용맹했지만, 참모부의 어떤 지휘관도 상상치 못했던 이런 결과에 놀라울 정도로 준비가 되어 있지 않았다. 이런 상황을 언론에 차분하게 설명한다는 것은 점점 더 어려운 일이 되었다. 전선의 리포터들은 프랑스군을 칭송하며 제 역할을 다하고 있었지만, 그들도 스당에서의 패주, 보다 최근에 있었던 플랑드르에서의 패배, 그리고 지금 연합군이 바다에 수장되지 않고 퇴각할 수 있게끔 프랑스군이 용감하게 보호하고 있는 됭케르크 쪽으로의 〈후진〉(이는 데지레의 표현이었다)을 설명할 수 없었다. 데지레는 꿋꿋하게 〈연합군은 너무나 훌륭하게 싸우고 있다〉, 〈독일군의 진격을 저지하고 있다〉, 혹은 〈우리 부대들은 적군의 군사적 노력에 저항하고 있다〉라고 계속 주장했다. 하지만 지금 30만 명이 넘는 병사들이 나치군에게 전멸하거나 도버 해협 밑바닥에 가라앉을 위기에 처해 있다는 사실을 사람들은 잘 알고 있었다.

데지레는 다시 한번 그의 극도의 명석함과 사고의 효율성을 보여 줄 기회를 얻었는데, 그것은 벨기에 국왕 레오폴드 3세가 전투를 포기하고 독일군에게 항복했다는 소식이 들려왔을 때였다.

「아이고, 이건 또 무슨 날벼락이야!」 과장은 두 손으로 머리를 감싸며 부르짖었다.

그의 몸은 그때그때의 상황을 아주 잘 표현하는 최고의 은

유가 되고 있었다. 과장의 아침 모습을 담은 사진 한 장으로, 상황이 어찌 됐든 데지레가 단호하고도 낭랑한 목소리로 계속해 가고 있는 기자 회견을 충분히 대체할 수 있을 정도였다.

「천만에요, 오히려 이것은 우리의 기회예요.」 데지레가 대답했다.

과장은 고개를 들어 올렸다.

「우리에게 부족한 것은 독일군 공세 앞에서 우리 군이 물러서고 있는 상황에 대한 납득할 수 있는 설명이었습니다. 자, 그런데 우리는 그걸 얻게 된 거예요. 다시 말해서 연합국 중 하나가 우릴 배신한 겁니다!」

과장은 이 분석의 지당함에 놀랐다. 이것은 너무나도 간단하고, 너무나도 아름다운 진실이었다. 바로 그날 오후가 끝나갈 무렵에 데지레는 변함없는 팬인 기자들과 통신원들 앞에서 그의 이론을 펼쳤다.

「영광스러운 프랑스군은 상황을 완전히 뒤바꾸고, 독일군에 강력한 타격을 가하고, 침공군을 동쪽 국경까지 밀어낼 수 있는 아주 훌륭한 위치에 있었습니다. 하지만 애석하게도 벨기에의 수치스러운 변절로 인해, 침략자들은 ― 다행히도 몇 시간 동안에 불과하겠지만 ― 잠시나마 우위에 서게 되었습니다.」

기자 회견의 청중들은 주저 없이 이 설명을 받아들였다.

「그렇다면 이 변절로 상황이 완전히 뒤바뀔 정도로 벨기에 군이 중요했다는 말입니까?」 한 지방 신문 기자가 물었다.

데지레는 설명을 반복하게 되어 실망한 교수처럼 눈을 깜빡거리며 고개를 설레설레 저었다.

「기자님, 모든 군사적 상황에는 어떤 균형점이라는 게 있어요. 어느 장소에서든 그게 무너지면 모든 게 변한단 말입니다.」

이 대목에서는 심지어 드 바랑봉조차 찬탄을 금할 수 없었다.

더 이상 기다리지 않고 데지레는 가장 불안해하는 사람들까지 안심시킬 수 있는 기술적 정보들을 제공했다.

「여러분! 여러분에게는 역설적으로 들릴지 모르지만, 오히려 독일군으로 하여금 우리 군을 도버 해협까지 밀어붙이게 하는 편이 낫지 않을까, 자문해 볼 수도 있습니다.」

곧바로 장내는 술렁거렸고, 데지레는 유연하고도 큰 동작으로 좌중을 잠잠하게 했다.

「우리 연합군은 이 외관상의 승리를 통렬한 패배로 전환시킬 방법을 알고 있습니다. 우리의 우방 영국군은 해수면에 석유를 퍼뜨린 뒤 필요한 때에 불을 붙여 그 공간을 곧바로 불바다로 만들 수 있는 지하 관(管) 시스템을 개발했습니다. 독일군 함정들이 겁도 없이 도버 해협에 들어오기만 하면, 그들의 함대는 곧바로 화염에 휩싸여 침몰하는 것입니다! 그러면 프랑스 해병대가 육지에 상륙하여 파도가 시작해 놓은 작품을 완성하기만 하면 되는 것이지요! 다시 말해서 독일군을 완전히 파괴하는 일 말입니다!」

「자, 이것 보시오!」 드 바랑봉이 외쳤다.

그는 몸을 쭉 펴고, 허리는 의기양양하게 뒤로 한껏 젖혔다. 그러면서 팔 끝으로 서류 한 장을 내밀었고, 수척하다 못해 거의 보이지도 않게 된 과장은 창백한 손으로 받아 들었다. 그것은 어떤 명부였다. 과장은 그것을 뒤적거렸다. 아홉 밤을 꼬박 새운 그는 질문을 할 힘도 없어, 그저 상대가 말하기만을 기다렸다. 그 말은 곧바로 튀어나왔으니, 드 바랑봉은 너무나 조급했던 것이다.

「이것은 1937년도 프랑스 극동 연구원 졸업자 목록이요. 여기에 당신의 데지레 미고는 실려 있지 않소. 만에 하나 실수가 있을까 하여, 1935년에서 1939년까지의 수상자 명부를 첨부했소. 모두 해서 54명인데, 데지레 미고라는 이름은 눈을 씻고 찾아봐도 없다고!」

환희에 찬 그의 모습은 그의 오만함과 멍청함과 마찬가지로 세상에서 짝을 찾기 힘든 것이었다.

상관의 사무실로 불려 간 데지레는 날카로운 목소리로 낄낄댔다. 일종의 새 울음소리, 혹은 문이 삐걱대는 것 같은 아주 불쾌한 소리로, 그가 자주 웃지 않는 게 다행이었다.

「뷔르니에.」

「뭐라고?」

데지레는 팔을 쭉 내밀었고, 정의처럼 곧게 뻗은 검지로 1937년 학번에 있는 뷔르니에라는 이름을 가리켰다.

「제 모친의 성은 뷔르니에고, 부친의 성은 미고입니다. 그래서 전체 이름은 뷔르니에 미고인데, 이렇게 길게 쓰면 너무 현학적으로 느껴지지 않나요?」

과장은 한숨을 내쉬었다. 드 바랑봉이 그 어처구니없는 망상으로 자신에게 소중한 데지레의 존재를 빼앗을 뻔한 게 이번이 벌써 세 번째였다. 정말이지 너무나 피곤했다.

과장은 그의 귀염둥이를 복도로 돌아가게 했다.

데지레는 너무 재미있었다.

드 바랑봉이 1937년에 역사 교사 자격증을 취득하고 이듬해에 사망한 진짜 뷔르니에의 자취를 찾아내기 위해서는 많은 시간이 필요할 것이다. 데지레의 정체를 밝혀내려는 그의 노력은 프랑스 행정부가 나날이 빠져들고 있는 무질서 상태로 인해 계속 난관에 부딪혔다. 우편 업무는 제대로 작동하지 않았다. 전화는 더 말할 것도 없었다. 드 바랑봉은 몇 가지 조그만 성과를 얻어 내긴 했지만, 콩티냥탈에서 데지레의 위치를 위험에 빠뜨리기에는 턱도 없었다.

불안해할 이유가 없었음에도 불구하고 데지레는 이따금 등골이 서늘해지는 것을 느꼈는데, 그 까닭은 정확히 알 수 없었다. 어쩌면 콩티냥탈의 분위기 탓일지도 모른다고 그는 생각했다.

6월의 첫 3일 동안, 특급 호텔 안은 마치 파산 선고를 받은 회사처럼 눈에 띄게 휑해졌다. 중앙 층계에서 부산하게 움직이는 사람들, 소란스러운 대형 홀, 누군가를 호출하는 소리, 고함치는 소리, 지나가는 사람을 불러 세우는 소리……. 이 모든 풍경은 사라지고 이제 은밀한 속삭임, 조심스러운 대화, 걱정스러운 얼굴들과 흐릿한 시선들이 들어찼다. 복도에서 사람들은 그곳이 마치 난파를 눈앞에 둔 여객선의 통로인 것처럼 걸었다. 심지어는 기자 회견장에 나오는 사람들의 수도 눈에 띄게 줄어들었다.

1940년 6월 3일, 루프트바페[39]는 르노와 시트로엥의 공장

---

39 제2차 세계 대전 때의 독일 공군을 일컫는 말.

들을 폭격했다. 파리 교외 지역은 정통으로 타격을 입었다. 2백 명에 달하는 희생자 중 대부분은 노동자였고, 사람들은 이 공습에 큰 충격을 받았다. 독일 폭격기들이 파리 상공을 유린한 것이 처음은 아니었지만, 아르덴과 플랑드르와 벨기에와 솜과 됭케르크에 대한 나쁜 소식들을 들은 후여서, 적에게 에워싸인 듯한 느낌이 들었다.

적들이 노리는 것은 멀리 있는 다른 사람이 아니라 바로 자신들이었던 것이다.

마치 참새 떼가 일제히 날아오르는 것 같았다. 수백, 아니 수천의 파리 시민들이 남쪽으로 피란길에 올랐다.

부하들 상당수가 사라져 버린 과장에게 데지레는 더욱 필요 불가결한 존재가 되었다.

바로 이 시점에 어떤 기묘한 사건 하나가 일어나 모든 것을 청산해 버렸다.

아침 일찍부터 콩티낭탈에 가고 있던 데지레는 호텔 입구로부터 몇십 미터 떨어진 곳에서, 그가 처음에는 어떤 춤이라고 생각한 광경 앞에서 걸음을 멈추었다. 가운데에는 비둘기 한 마리가 있었다. 그 주위에는 갈까마귀, 그러니까 윤기 흐르는 검은 색깔로 인해 까마귀와 혼동되곤 하는 그 새들이 보였다. 데지레는 이게 사실은 어떤 사냥감에 대한 집단 공격이라는 사실을 금방 알아차렸다. 펄쩍펄쩍 뛰는 갈까마귀들은 절뚝거리며 숨을 곳을 찾는 상처 입은 비둘기를 부리로 쪼아 대고 있었다. 비둘기는 리더가 지휘하는 사냥개들에 둘러싸인 셈이었다. 가장 좋은 위치에 있는 갈까마귀 한 마리가 나와 비둘기를 부리로 난폭하게 찍고는 다음 녀석에게 자리를 내주었다. 너무나 한쪽으로 기운 싸움이라 비둘기가 죽임을 당하는 것은 뻔한 일이어서, 데지레는 발길질로 갈까마귀들을 쫓아 버렸다. 녀석들은 신중하게도 저만치 멀어졌다. 하지만 그가 콩티낭탈 쪽으로 한 걸음을 내딛자, 녀석들은 그들의 먹잇감으로 다시 돌아왔다. 그는 다시 쫓아 봤지만, 녀석들은 다시 돌아왔고, 비둘기에겐 탈출구가 없었다. 모가지를 쭉 빼고 깃털은 엉망이 된 채로 절뚝거리는 녀석은 기다시피 했지만, 부리에 쪼여 거의 죽은 거나 마찬가지였다. 녀석은 마치 보도의 아스팔트 속으로 들어가고 싶은 듯이 몸을 뒤집었다.

이때 데지레는 싸움을 계속해 봤자 아무 소용 없다는 것을 깨달았다. 이제 끝난 것이다. 비둘기는 죽을 것이고, 갈까마귀들은 이미 승리한 것이다.

그 광경은 아주 사소한 사건에 불과했지만 데지레의 가슴을 무겁게 짓눌렀다. 이 집단 사냥은 그의 머릿속에서 엄청난 무게로 다가왔다. 데지레는 여기에 맞설 힘도, 사형 집행을 바라보고 있을 힘도 없었다. 가슴이 꽉 죄는 것을 느끼며 앞에 있는 호텔의 회전문을 보았다. 그는 나아갔지만, 콩티낭탈이 있는 오른쪽 길로 가는 대신에 왼쪽으로 갔다. 지하철 쪽이었다.

그 후, 그는 다시 나타나지 않았다.

과장은 이 탈주에 넋이 나가 버렸다. 그에게 있어서 전쟁은 치욕적인 패배로 막을 내린 것이다.

# 23

　때로는 행운도 찾아오는 법인지 루이즈는 그녀를 쉽게 찾아
냈다. 의사의 딸은 이름을 바꾸지 않았고, 전화번호부에 나와
있었다. 앙리에트 티리옹이라는 이름을 가진 사람은 단 한 명
으로, 거주지는 메신가(街)였다.

　모든 게 척척 진행되었다. 루이즈는 아파트 건물로 들어갔
고, 수위에게 층을 물었고, 올라갔고, 초인종을 눌렀고, 앙리
에트는 문을 열었고, 루이즈를 알아보았고, 눈을 질끈 감았다.
이것은 그녀의 어머니처럼 역정이나 조급함에서 나온 반응이
아니라, 마침내 기한이 되어 찾아온 어떤 끔찍한 고역 앞에서
낙담하며 보이는 동작이었다.

　「들어오세요…….」

　지친 듯한 목소리였다. 아파트는 그다지 크지 않았고, 조금
멀리 보이긴 했지만 몽소 공원 쪽으로 창이 나 있었다. 응접실
은 악보 무더기에 파묻힌 소형 그랜드 피아노 한 대가 온통 차
지하고 있었고, 한쪽에는 협탁 하나가 두꺼운 무명천으로 덮
인 두 개의 안락의자 사이에 웅크리고 있었다.

「외투를 이리 주세요……. 자, 앉아 계세요. 차를 좀 끓여 올 테니.」

루이즈는 선 채로 있었다. 물 끓이는 소리, 쟁반 위에 찻잔을 내려놓는 딸그락 소리가 들렸다. 마치 영원처럼 길게 느껴졌지만, 결국 앙리에트가 돌아와 평소에 그녀의 자리인 듯한 곳에 앉았고, 루이즈는 맞은편에 자리를 잡았다.

「돌아가신 아버님에 대해 말씀드리자면…….」 루이즈는 입을 열었다.

「판사에게 진실을 얘기했나요, 벨몽 양?」

「그럼요! 전…….」

「그럼 됐어요, 해명할 필요 없어요. 전 당신의 진술서를 읽었어요. 만일 그게 사실이라면, 난 그걸로 충분해요.」

그녀는 상대를 안심시키려는 것인지 옅게 미소를 지었다. 그녀는 50대의 여자로, 평소에 별로 신경을 쓰지 않는 것처럼 보이는 모발은 흰 머리칼로 희끗희끗했다. 그녀는 선이 굵은 얼굴과 윤기 없는 눈, 그리고 피아니스트의 손, 다시 말해서 〈남성적인〉 큼직한 손을 가지고 있었다. 이 〈남성적인〉이라는 단어가 루이즈의 가슴을 쳤고, 이유를 설명할 수는 없지만 그녀를 우울하게 했다.

「전 당신의 어머니를 뵈러 갔었어요…….」

앙리에트는 괴로운 미소를 지었다.

「아, 우리 여왕님 어머니……. 어머니와 무슨 일이 있었는지는 묻지 않겠어요. 여기 온 것을 보면 안 들어도 뻔하니까…….」

「어머니께선 제게 거짓말을 하셨어요.」

공격적으로 나갈 의도가 없었던 루이즈는 다시 설명하려 했다. 앙리에트는 깜짝 놀라며 눈을 똥그랗게 떴다. 루이즈는 놀란 체하는 이 표정은 그녀에게 일종의 유머라는 것을 깨달았다. 그녀는 미소를 지었다.

「우리 어머니에게 거짓말은 거짓말이 아니랍니다. 자, 차 드시겠어요?」

그녀는 확실하고도 침착하고도 정확한 동작으로 차를 따랐다. 이 여자는 엄격할 정도로 체계적이었고, 루이즈는 약간 겁이 났다. 그녀는 다른 사람에게도 이런 인상을 주는 모양이었다. 〈아무것도 두려워할 게 없다, 겉모습은 차가워 보이지만 속은 다르다〉라고 안심시키듯 끊임없이 미소를 짓는 것을 보면 말이다.

「자, 벨몽 양, 이 일에 대해 얼마만큼 알고 계시죠?」

루이즈는 모든 것을 들려주었다. 앙리에트는 그녀의 이야기를 마치 신문 사회면에 난 어떤 파란만장한 사건처럼 흥미 있게 들었다. 문헌실 직원의 대목에 이르자 그녀는 이야기를 중단시켰다.

「그러니까 간단히 말해서 그를 유혹했군요.」

루이즈는 얼굴을 붉혔다.

티리옹 양은 다시 자신의 잔을 채웠다. 천천히, 상대에게 권하지도 않은 채로. 자신의 생각에 빠져 그럴 겨를이 없어 보였다. 자신이 이야기할 차례가 되었을 때, 그녀는 양 무릎 위로 두 손을 겹쳐 잡았다. 마치 선잠에 빠져들기 위해 음악이 방 안을 가득 채우기를 기다리는 사람 같았다.

「난 당신의 어머니를 아주 잘 기억해요. 당신은 아마 그녀와 닮았다는 얘기를 많이 들었을 거예요. 하지만 그런 말을 듣는 게 과연 유쾌할지, 나는 잘 모르겠네요. 내가 만일 그런 소리를 듣는다면⋯⋯. 새 가정부가 집에 오는 것은 전혀 이상한 일이 아니었어요. 놀라운 것은 이 새 가정부가 젊고 경험도 없다는 사실이었죠. 특히 오래 남아 있는 게 놀라웠어요. 어머니는 하녀들을 고용하자마자 내보내곤 했는데, 우리로선 아주 괴로웠죠. 그녀가 오고 나서 얼마 되지 않았을 때, 어머니는 더 이상 그녀에게 말을 걸지 않았어요. 마치 그녀가 존재하지 않는 것처럼 말이에요. 난 달랐죠. 난 열세 살이나 열네 살 정도 됐었고, 잔은 열여덟이었어요. 우린 그렇게 큰 차이가 나지 않았던 거예요. 단 한 가지 차이는 그녀가 내 아버지의 정부라는 사실이었는데, 그 사실을 모를 수가 없었던 것이 그들의 관계의 냄새가 집 안 전체에 배어 있었거든요. 우리 여왕님 어머니에게는 무척이나 모욕적이었을 거예요. 마치 복도에 폭탄 하나를 떨어뜨려 놓은 것처럼 어떤 은밀한 열정의 바람이 훅 끼치곤 했죠. 솔직히 어머니는 그렇게 화낼 이유가 없었어요. 아주 오래전부터 각방을 쓰는 분이었으니까요. 나를 세상에 내놓는 의무를 마친 후에는 자신이 부부의 의무에서 면제되었다고 여겼던 거죠. 어머니는 성적인 관계를 남자들의 야만적 본성의 표현으로 여겼어요. 여자들도 거기에 관심이 있을 수 있다는 사실을 전혀 이해하지 못했죠(어머니가 이해하지 못하는 것은 이것 말고도 많았어요). 그녀는 남편보다 자신의 정조에 더 관심이 많았어요. 아버지가 내연 관계를 갖는 데에 어머니가 불평할 수 없는 처지이긴 했지만, 그 일이 부부가 사는 가정집에서 일어났다는 것은 놀라운 사실이었죠. 나는 아버지가 그런 상황을 초래한 깊은 이유에 대해선 알지 못했어요. 어쩌면 부모님은 내가 생각했던 것보다도 서로를 증오하고 있었는지도 모르죠……. 사실 난 당신의 어머니에 대해 경탄을 금할 수 없었어요. 웬만한 정신력으로는 모든 사람에게 상처를 주는 그런 잘못된 상황을 매달 견뎌 낼 수 없으니까요. 우리 집 밖에서는 아무도 사실을 몰랐어요. 내 아버지도(당신 진료실의 명성이 더럽혀질까 두려워했죠), 어머니도(자신의 고결함을 최고의 미덕으로 생각했던 분이고요) 그런 소문이 나서 좋을 게 없었죠. 그런데 2년이 지났을 때, 갑자기 잔이 사라진 거예요. 1906년 연말 명절이 그리 멀지 않았던 때여서 내가 잘 기억하는데, 집에 손님들이 왔는데 잔은 없고 어떤 다른 가정부가 대신 일을 했어요. 어머니의 지휘 아래 가정부가 매달 바뀌는 발레극이 옛날처럼 다시 시작된 거죠. 또 오래전부터 없던 일인데, 부모님이 같이 얘기를 많이 나눴어요. 나지막한 목소리로 약한 바람처럼 속삭이는 듯한 그 대화에서는 어떤 불길한 결정이, 어떤 음모가 느껴졌어요. 열다섯 살이었던 나는 문에 귀를 대고 엿들었지만, 무슨 일이 일어나고 있는지 전혀 알 수 없었죠. 몇 달 후 아버지가 내게 알려 줬어요. 자신의 진료실을 팔았고, 우리는 뇌이쉬르센으로 이사 간다고요. 하지만 뇌이쉬르센으로 가보니 우리는 더 이상 셋이 아니고 넷이었어요. 아기가 하나 있었던 거예요. 사내아이였고, 이름은 라울이었어요. 동네에서는 의사의 가정이 고아 아기를 받아들였다고 해서 모두가 감탄해 마지않았죠. 어머니는 사람들 사이에서 대성공을 거둔 전설을 하나 만들어 냈어요. 〈우리는 혜택받은 사람들이잖아요. 그러니까 주위에 베풀면서 살려고 노력하고 있답니다.〉 어머니는 성모 마리아 같은 겸손한 미소를 지으며 말

했고, 난 그 얼굴에 따귀를 날리고 싶었어요. 어머니는 거기서
깊은 만족감을 느꼈죠. 내 아버지의 진료실은 고객들로 미어
터질 지경이었어요. 부르주아들은 교훈적인 일이라면 사족을
못 쓰니까요. 이상한 점은, 나한테는 아무런 설명도 없었다는
거였죠. 내가 질문을 하면 어머니는 〈넌 너무 어려서 이해할
수 없어⋯⋯〉라고 대답하곤 했죠. 그러다 어느 날, 왜 그랬는지
이유는 알 수 없지만, 난 잔이 사라진 사실과 이 아이가 집에
들어온 사실을 연관 짓게 되었어요. 〈야, 야, 야, 너 도대체 뭐
하려는 거냐?〉라고 아버지는 얼굴을 붉히며 대답했죠. 사실
라울은 당신의 이부 남매였던 거예요⋯⋯.」

　그녀는 잠시 멍하니 허공을 응시했다.

　「처음에 아버지는 그런대로 아이를 잘 보살폈지만, 아주 바
쁜 분이었어요. 그리고 몇 달 후에, 아버지의 의지는 아내의 의
지 앞에서 수그러들고 말았죠. 어머니에게 아이를 완전히 맡
겨 버린 거예요. 난 금방 알아차렸죠. 어머니는 그 아이를 맡는
것을 어쩔 수 없이 받아들인 게 아니라, 그렇게 하도록 〈강요
한〉 사람이라는 것을요. 그것은 윤리적인 의무 때문이 아니라
그 아이를 증오했기 때문이었어요. 그리고 아이를 불행하게
만드는 데 있어 본인이 가장 좋은 위치에 있기 때문이었죠. 아
이를 맡는 것은 그녀가 모든 사람을 처벌할 수 있게 해주었어
요. 우선 자신이 잃은 사랑의 결실을 매일 눈앞에서 똑똑히 봐
야만 하는 내 아버지. 또 아이를 버려야만 했고, 자신도 모르는
사이에 그 아이를 자신이 모욕한 여자의 손에 넘겨 버린 당신
의 어머니. 그리고 라울 자신은 단지 존재했다는 이유로 이 세
상 모든 사생아들에게 가해지는 것들의 희생자였죠⋯⋯.」

전부터 희미했던 빛은 현저하게 줄어 있었다. 저물어 가는 이 시간의 어스름에 잠긴 아파트 안쪽의 풍경이 루이즈에게 강렬하게 와닿았다. 피아노는 왠지 어떤 교수대처럼, 그리고 쌓인 악보 더미들은 거기에 이르는 계단처럼 느껴졌다. 그 위로 쭉 올라가는 벽난로 연관(煙管)은 보이지 않는 어떤 칼날로 이어지는 것 같았고.

　「아무것도 안 보이네요.」 앙리에트가 말했다. 「불을 켜야겠어요.」

　그녀는 쟁반을 가져갔다.

　다른 전등들이 하나둘 응접실을 밝히며 루이즈가 보았다고 느낀 위협적인 형상들을 흩어 버렸다.

　앙리에트는 병 하나를 들고 돌아와서는 두 개의 유리잔을 채웠다.

　「과실주예요.」 그녀는 잔 하나를 루이즈에게 내밀며 말했다. 「라울의 소식을 알게 되면 내게 얘기해 주세요.」

　첫 모금부터 루이즈는 짧게 기침하면서 손으로 가슴을 누르고는 잔을 내려놓았다.

　앙리에트는 벌써 두 번째 잔을 채웠고, 허공을 응시하며 술을 홀짝거렸다.

　「난 열여섯 살이었어요. 그런데 집에 아기가 있다니, 상상이 돼요?」

　루이즈는 충분히 상상이 되었다. 그녀는 손가락들 끝이 찌르르해지는 것을 느끼며 잔을 잡았고, 그것을 단숨에 비워 버리지 않으려 노력했다. 그녀가 잔을 내려놓자 앙리에트는 다시 채워 주었고, 그 김에 자기 잔에도 또 술을 부었다.

「아주 예쁜 꼬마 아이였어요. 항상 방실방실 웃었죠. 게으르기 짝이 없었던 유모는 내가 아기를 돌보면 너무나 좋아했고, 자기는 하루의 반을 정원에서 담배를 피우고 신문을 읽으며 보냈어요. 기저귀 가는 것도 일이라고 최소한으로만 해서, 아이는 천근 같은 기저귀를 차고서 걸음마를 해야 했죠. 저녁마다 내가 아기에게 파우더를 발라 주고, 잠이 들게끔 오랫동안 어루만져 줘야 했어요. 물론 난 일종의 인형 놀이를 한 거였지만, 그래도 집에서 아기를 진정으로 사랑한 유일한 사람이었어요. 왜, 아기들은 본능적으로 그런 것을 알잖아요? 라울이 걷기 시작하자마자, 상황은 바뀌었어요. 여왕님 어머니는 라울을 친히 〈맡기〉 위해 당신의 고고한 봉우리에서 내려오셨죠. 그녀는 매달 하녀들을 바꾸는 것처럼 유모를 해고하곤 했어요. 이런 끊임없는 변화만큼 아이에게 나쁜 것은 없죠. 아이는 금방 준거점을 잃어버리고, 바람직한 습관을 얻을 수 없거든요. 아이를 돌보는 일은 유모들이 했어요. 내 어머니는 교육을 맡았고요. 그녀는 너무나 즐거이 그 일에 매달렸죠. 드디어 자신에 걸맞은 역할을 찾게 된 거예요. 아이가 실패하는 것을 은밀히 즐기면서, 사람들에겐 아이를 열심히 교육하는 어머니 같은 모습을 보이는 역할 말이에요. 그녀는 그에게 잠시도 쉴 틈을 주지 않았어요. 모든 영역에서요. 그녀는 식품 위생이라는 명목하에 아이가 끔찍이 싫어하는 음식을 강요하고, 교육적 위생이라는 미명하에 아이가 좋아하는 놀이들을 죄다 금지했죠. 맞아요, 내 어머니에게는 모든 게 위생의 문제였어요. 자신의 위생 말이에요. 아이에게 부과된 것은 어머니 자신에게 좋은 것들, 어머니 자신이 안심되는 것들이었어요. 그 심술궂은 여자가 아이를 괴롭히는 모습들을 보는 것은 내 삶에 둘도 없는 고통이었어요. 그런데 말이죠, 라울은 착한 애였답니다. 하지만 온갖 종류의 결핍, 금지, 애정의 부재, 압류된 쾌락, 체벌, 갇힌 아이가 공포에 질려 울부짖던 컴컴한 벽장, 계속 새로 시작되는 끝없는 숙제, 모욕, 가장 억압적인 기숙 학교들, 그리고 멸시…… 이 모든 것이 결국 아이를 바꿔 놓고 말았죠. 바탕은 나쁘지 않은 아이였어요. 내가 몰래 끼어들어서 보살펴 주었죠. 안 보이는 데서 상처를 치료해 주기도 하고요. 너무나 가슴이 아팠어요. 그 와중에 아버지는 뭘 하고 있었느냐고요? 아버지가 약한 사내였다고 말하는 것은 결코 모욕이 아니에요. 겁쟁이들이 다 그렇듯 그는 갑자기 용기를 내어 반발해 보기도 했지만, 결국에는 항상 자신의 명성이 위험해질 수 있고 경력이 위협받을 수 있다는 생각, 그리고 어머니의 협박 앞에서 수그러들고 말았어요……. 그는 자신과 잔을 잇는 모든 다리들을 완전히 끊어 버렸죠. 그러지 않는다면 그녀에게 모든 사실을 털어놓아야 할 테니까요. 자신이 인맥을 동원하여 아기를 다시 찾아왔고, 그녀에게 알리지도 않은 채로 자기가 키웠다는 사실을 말이에요. 또 그녀가 벌이게 될 모든 소동을, 그녀가 제기할 소송을 감당해야 할 터인데, 이 모든 것은 아버지 능력 밖의 일이었죠. 결국 어머니가 이긴 거죠. 라울은 처음에는 조금 힘든 아이 정도였지만, 나중에는 도저히 손을 쓸 수 없는 아이가 되어 버렸어요. 거짓말하고, 속이고, 도둑질하고, 들어가는 기숙 학교마다 도망쳐 나오고, 모든 교사들과 싸웠어요. 어머니는 말하곤 했죠. 〈저 녀석이 어떤지 좀 보라고! 본성이 못돼 먹었으니, 어떡하겠어?〉」

앙리에트는 잠시 침묵을 지켰다.

「난 처음에는 알아차리지 못했었죠……. 그런데 어느 날 불현듯 아버지가 힘이 쏙 빠져 있다는 것을 깨달은 거예요. 자기 자신의 사연에 짓뭉개져 버린 남자였죠. 그는 조금씩 자신의 세계 안으로 갇혀 들어갔고, 누구도 접근할 수 없는 사람이 되어 버렸어요…….」

루이즈는 가슴이 먹먹했다.

「그러면 당신은요? 당신은 라울에게 한 번도 진실을 말해 주지 않았나요?」

「티리옹 가족 사람들에게 용기는 강점이 아니랍니다.」

「그는 어떻게 되었죠?」

「나이가 되자 군대에 들어갔어요. 제대할 때는 전기공 자격증을 가지고 나오더군요. 똑똑하고, 아주 손재주가 좋은 애죠. 그리고 작년에 징집되어 지금은 사병이에요.」

어느덧 밤이 되어 있었다. 앙리에트는 유리잔들을 다시 채웠고, 두 여자는 조금씩 홀짝거렸다. 술에 익숙지 않은 루이즈는 일어서야 할 시간이 다가옴에 따라 걱정이 되었다. 내가 주정뱅이처럼 비틀거리면 어떡하나?

「혹시 그의 사진을 가지고 계신가요?」

이 생각이 갑자기 떠오르자, 그녀는 그가 몹시 보고 싶어졌다. 그는 어떻게 생겼을까?

나중에 루이즈는 그에게서 조금이라도 자신과 닮은 어떤 점을, 그러니까…… 어떤 쌍둥이 같은 형제를 발견하기를 바랐던 것은 아닌가 자문해 보게 될 거였다. 결국 사람이란 모든 것을 자기중심으로 생각하기 마련인 것이다.

「네, 아마 가지고 있을 거예요.」

루이즈의 가슴이 두방망이질을 쳤다.

「자, 여기 있어요…….」

앙리에트는 가장자리가 깔쭉깔쭉하고 누렇게 색이 바랜 사진 한 장을 그녀에게 내밀었다. 앙리에트는 가슴이 뭉클한 듯 미소를 머금었다. 그것은 열 달 내지 열두 달 정도 되는, 세상의 모든 아기들과 비슷한 아기의 사진이었다. 앙리에트는 이 사진에서 자신이 사랑했던 아기를 보았지만, 루이즈에게는 여느 아기들과 다를 바 없는 어떤 아기로 느껴졌다.

「고마워요.」 루이즈가 말했다.

「가지셔도 돼요.」

앙리에트는 다시 제자리로 돌아가 앉았고, 알 수 없는 긴 상념에 빠져들었다. 그녀는 이 사진을 포기함으로써 어떤 무거운 짐에서 해방된 것일까, 아니면 반대로 방금의 행동을 후회하는 걸까?

밤중의 아파트는 달라 보였다. 더 이상 피아노를 중심으로 살고 있는 어떤 여자의 거처가 아니라, 자신만의 세계에 갇혀 있는 고독한 인간의 피신처였다.

루이즈는 앙리에트에게 감사를 표했고, 앙리에트는 그녀를 문까지 배웅하면서 또 이렇게 털어놓았다.

「라울은 자기가 필요할 때마다 내게 편지를 보냈어요. 그런다고 난 화내지 않아요. 걔는 항상 그랬으니까요. 원래 그렇게 남을 이용하며 사는 애예요……. 심지어는 사병이 된 지금도 변함이 없어요. 여전히 불량배죠. 난 그 애를 너무나 사랑하지만…… 최근에 온 편지에서 걔는 내게 돈을 보내 달라고 부탁하면서, 지금 자기는 셰르슈미디의 군 교도소에 갇혀 있다고 설명했어요. 어떤 오심(誤審)으로 그렇게 됐다고 주장하는데, 뭐, 그 애다운 얘기죠. 아마도 어떤 장군의 훈장이라도 빼돌려서 무게대로 팔아넘겼을 테지만, 난 더 이상 그런 것은 전혀 신경 쓰지 않아요. 다음에는 또 다른 짓을 할 거니까요.」

두 여자는 악수를 나누었다.

「아, 참.」 앙리에트가 말했다. 「잠깐만 기다리세요…….」

그녀는 사라졌다가, 노끈으로 묶인 상자 하나를 가지고 돌아왔다.

「이것은 당신의 어머니가 내 아버지에게 보내온 편지예요. 아버지 책상에서 발견했죠.」

그녀는 편지 묶음을 내밀었다.

층계를 내려가는 루이즈는 마음이 무거웠다.

어머니의 아들이 사기꾼이라는 사실은 너무 실망스러웠지만, 여기에는 보다 잔인한 뭔가가 있었다.

잔 벨몽은 자기 아들에 대한 진실을, 그가 어린 시절에 겪은 고통에 대해 전혀 몰랐다.

라울 랑드라드는 자기 어머니가 누구이며 자신이 어떤 이야기의 비극적인 결과인지 전혀 몰랐다. 자신이 어떤 거짓의 희생자인지를 말이다.

그는 자신을 입양한 사람이 자신의 친부라는 사실을 알고나 있을까?

그녀는 편지 묶음을 핸드백 속에 집어넣었다.

그리고 돌아와 쥘 씨의 품속에서 흐느꼈다.

1940년 6월 6일

# 24

이 거리에는 흥겨운 일도 많았었다. 행인들로 북적대는 밤, 대혁명 기념일, 결혼식, 유급 휴가 떠나는 사람들……. 하지만 이번에는 기쁨도, 넘쳐흐르는 환희도 없었다. 아비들은 자동차에 부산하게 짐을 싣고, 아기를 꼭 안은 어머니들은 불안한 얼굴로 이리저리 뛰어다니고, 매트리스며 궤짝이며 의자 들을 내리고……. 마치 거리 전체가 이 밤중에 이사하기로 결심한 것 같았다.

페르낭은 주방 창문에서 담배를 피우며 이 모든 광경을 내려다보고, 떠나는 문제에 대해 곱씹어 보고 있었다.

그로서는 놀라운 사건이었던 3주 전의 그 미사가 있은 후부터 이 문제에 대해 계속 생각해 왔다.

기동 헌병대원[1]인 그가 속한 조(組)는 대성당 앞 광장의 질서를 유지하기 위해 파견되었다. 엄숙한 얼굴로 센강의 다리

---

1 프랑스에서는 내무부 소속인 〈국가 경찰police nationale〉과 국방부 소속이지만 내무부의 지휘를 받는 〈헌병대gendarmerie〉가 치안을 나누어 담당하는데, 이 기동 헌병대는 헌병대의 옛 명칭이다.

들에까지 빽빽이 모여 있는 군중은 메시아를 기다리고 있는 듯했다. 하지만 메시아 대신 그들 앞에 나타난 것은 금빛 제의(祭衣)에 주교관을 쓰고 손에는 주교장을 들고서 국무 장관, 각국 대사, 각부 장관, 그리고 달라디에[2]를 영접하는 파리 교구 참사회장이었다. 페르낭으로서는 급진주의자, 사회주의자, 그리고 프리메이슨파를 망라한 이 정치 지도자들이 그들이 믿지 않는 신에게 기도하기 위해 이 노트르담 대성당에 몰려왔다는 사실부터가 너무나 놀라웠지만, 가장 불안하게 느껴지는 것은 화려한 제복 차림의 군 장성들이 상당수 나와 있다는 점이었다. 페탱 원수, 카스텔노 장군, 구로 장군 같은 참모부의 핵심들이 모여 있는 것을 본 그는, 나라가 수백 년 동안 내려온 적에게 짓밟히고 있는 시기에 이 양반들은 이따위 미사에 참석하는 것 말고는 다른 할 일이 없는 건가, 하는 생각을 했다.

광장에 설치된 대형 스피커들이 눈물에 젖은 군중들에게 「오소서, 성령님」(〈당신의 성도들의 영혼에 내려오소서……〉)과 보사르 부주교의 성도(聲禱)(〈악마에게 승리하신 성 미카엘이시여, 오시옵소서……〉)를 쏟아 낸 후, 드디어 참사회원 브로트 수석 사제의 목소리가 낭랑하게 울려 퍼졌는데(「성모여, 우리를 위해 기도해 주소서!」), 정부와 군인들이 이런 극단적인 지경에까지 이르렀다면, 그것은 이들이 지금 어찌할 바를 모르고 있기 때문이라는 게 분명해 보였다.

미사는 끝없이 이어졌다. 페르낭은 어처구니가 없었다. 지금 이러고 있는 동안 구데리안 장군의 기갑 사단은 몇 킬로미

2 Edouard Daladier. 프랑스의 정치가로 1933~1934년, 그리고 1936~1940년에 걸쳐 프랑스 총리를 역임했다.

터나 진격해 왔을까?

숙연한 표정의 군중들 위로 노트르담 성당의 종소리가 쏟아져 내렸다. 교회와 정부 인사들이 느릿느릿 성당을 떠나는 광경을 바라보는 모든 이들은 방금 신이 참모 총장으로 임명되었다는 사실을 분명히 깨달았다.

이때 페르낭은 앞으로 2~3주 정도면 이 모든 사람들이 수도를 빠져나가리라고 생각했다. 사람들이 떠났다는 소문이 사방에서 들렸다. 기동 헌병대에서만 해도, 벌써 상당수의 친구들이 — 계급이 높은 사람들까지 있었다 — 아무도 자세히 검토해 보고 싶은 마음이 나지 않는 핑계를 대고 어디론가 증발해 버렸다.

페르낭은 귀가하면서, 그녀의 건강 상태에도 불구하고 어쨌든 아내 알리스만큼은, 아니 오히려 그 건강 상태 때문에 시골로 보내야겠다고 마음먹었다. 그녀는 그의 손을 잡고는, 사람의 마음을 떨리게 하는 그 약간 쉰 목소리로 이렇게 대답했었다.

「여보, 당신 없이는 절대로 안 가.」

하지만 곧이어 그녀는 반대의 해결책이 옳다고 시사하는 격렬한 심장 경련에 사로잡혔다.

이런 일들은 언제나 페르낭을 절망적인 무력감에 빠뜨렸는데, 왜냐하면 이 상황에서는 기다리는 것 말고는 다른 방도가 없기 때문이었다. 그는 아내의 심장 위에 손을 얹었다. 재앙으로 이어질 수 있는 빠른 박동에 가슴이 서늘해졌다.

「당신 없이는 안 가…….」 그녀는 되풀이했다.

그녀의 목소리는 가늘게 떨렸다.

「알았어.」페르낭은 고개를 끄덕였었다. 「그래……. 알았다고…….」

그는 단호하지 못했던 자신을 책망했다. 그때 강하게 밀어붙였어야 했다. 과감하게 결정했어야 했다. 전쟁의 영향 탓일까, 지난 몇 달 동안 알리스의 건강은 나날이 악화되었다. 심장 경련은 갈수록 잦아지고 더 격렬해졌고, 의사들은 그녀에게 휴식이 필요하다고 말했다.

그녀가 그와 함께가 아니면 떠나지 않으려 한다면, 그렇다면 그녀와 가야 할 것인가? 주위의 다른 사람들처럼 기차를 타고 시골로 가야 하나? 그의 누나는 빌뇌브쉬르루아르에서 조그만 식품점을 운영하고 있었다. 누나는 그에게 이렇게 썼다. 〈얼마 동안 우리 집에 와 있어. 이 전쟁은 너를 그렇게 필요로 하지 않아. 너 자신이 필요 불가결한 존재라고 생각하니?〉

물론 필요 불가결한 존재는 아니었다. 하지만 적군이 점점 더 가까이 다가올수록, 여기 남아 저들을 기다리는 게 자신의 의무라는 느낌이 더욱 강해졌다. 만일 어떻게든 파리를 방어해야 한다면, 겁먹은 토끼처럼 도망쳐서 시골의 누나 집에 숨어 있을 권리가 22년 동안 기동 헌병대에 몸담아 온 자신에게 있단 말인가? 그는 스스로에게 자신의 생일인 6월 10일까지 유예 기간을 주었다. 대체 어떤 이유로 그의 마흔세 번째 생일 날에 시작된 도주가 그 전날이나 다음 날보다 더 정당화될 수 있는지는 알 수 없었지만, 시대 자체가 어처구니없는 시대였다.

그가 생각을 바꾸게 된 것은 쓰레기 트럭 때문이었다.

아침 5시면 거리에 나타나 아연으로 만든 쓰레기통들을 보도에 내던지는 트럭이 아니라 6월 5일 8시경, 페르낭과 그가 이끄는 팀이 감시 임무를 띠고 파견을 나간 이시레물리노[3] 쓰레기 소각장 마당에 들어온 트럭 말이다. 대체 무엇을 감시한단 말인가? 바로 그게 문제였다. 쓰레기를 실은 트럭 한 대가 도착하는데 기동 헌병대원 열 명을 파견하는 것이 매일 있는 일은 아니었다.

보통 이 현대적인 공장에서 외부 인사 방문은 국회 의원이 선거 운동을 위해 와서 줄줄이 악수를 나눈다거나, 상원 의원이 이곳이 마치 자기 사무실의 지소(支所)라도 되는 양 사람들을 몰고 와 〈자신의〉 공장을 돌아보게 하는 의전적인 성격이 강했다. 하지만 넥타이를 턱에 닿을 정도로 졸라매고는 모두에게 의심쩍은 시선을 던지는 네 명의 감독관……? 이것은 페르낭이 한 번도 본 적 없는 광경이었다.

그들이 어디를 대표해서 나왔는지는 알 수 없었고, 그들도 아무 말 하지 않았다. 하지만 기세등등하게 도착한 그들은 네 개의 거대한 소각로, 맹렬한 속도로 돌아가는 벨트 컨베이어, 거미줄처럼 얽힌 트랩이며 금속 계단들이 있는 그 어마어마한 소각 공장을 발견하고는 약간 주춤하는 기색을 보였다.

인부들은 신원을 확인하고 그들로 하여금 일종의 출석부에 서명하게 하는 한 공무원 앞을 줄지어 통과했다. 한 감독관은 〈이건 정부의 지시요!〉라고 넥타이를 느슨하게 풀면서 내뱉었는데, 이 동작은 역설적이게도 그의 주장에 힘을 실어 주었다. 모두가 순순히 서명했다.

---

3 파리의 남서쪽에 붙은 작은 위성 도시.

페르낭은 문과 벨트 컨베이어와 소각로를 감시하도록 부하들을 배치해야 했고, 그러고 나자 트럭이 들어올 수 있도록 육중한 강철 대문이 열렸다. 인부들은 트럭에 실린 것을 내려 소각하라는 지시를 받았다.

그것은 서류였다. 서식, 오래된 일지, 영수증, 각양각색의 신고서, 급료나 출석 확인을 위한 명부, 다양한 통지서, 기한이 지난 증명서와 사본 등 온갖 종류의 서류들이었다. 왜 이것을 이렇게 급하게 없애 버려야 하는지 이유는 명확히 알 수 없었지만, 마치 검사관들의 경력이 여기에 걸려 있기라도 한 듯 공장 안에는 불꽃이 튈 듯한 긴장이 감돌았다.

이 작전의 책임자들은 수첩과 손목시계로 무장하고서, 쉴 새 없이 무게를 재고, 통제하고, 메모했다. 그리고 등골 빠지게 작업하는 인부들에게 잔소리를 해가면서 관리들을 밉살스럽게 만드는 모습을 연출하고 있었다. 그들은 끊임없이 작업 방식을 바꿨다. 어떻게 해야 그 많은 서류를 정해진 시간 내에 태워 버릴 수 있는지, 아무도 모르는 듯했다.

페르낭은 서류가 든 자루들을 소각장으로 실어 나르는 벨트 컨베이어가 시작되는 곳을 지키고 서 있었다. 그는 40대의 한 인부에게 까닥 고개인사를 했다. 다리는 짤막했고 불룩한 배가 허리띠 위로 흘러내렸지만 지칠 줄 모르는 체력의 소유자인 그는, 아침 내내 자루를 풀어 그 내용물을 소각로로 비스듬히 내려가는 홈통에 집어 던지는 작업을 조금도 힘들이지 않고 반복하고 있었다.

그들은 트럭에서 자루를 내리자마자 숫자를 세고, 각 단계마다 그것들의 수를 확인하고, 도착 지점에서는 명세서에 체크를 했다. 오전이 끝나 갈 무렵에 관리들은 필요한 인력의 수며, 다시 조정해야 할 작업 방식, 그들에게 남은 시간 등에 대해 한참 이야기를 나누면서 떠났다. 그렇게 등을 돌린 그들은 인사 한마디 없이 공장을 나갔다.

집으로 돌아오면서 페르낭은 그동안의 망설임에 마침표를 찍었다. 알리스는 파리를 떠나되, 혼자 떠날 거였다. 왜냐하면 자신은 이시레물리노에서 할 일이 있기 때문이었다.

「할 일이라니, 무슨 일인데?」

「그냥 일이 있다고, 알리스. 일이 있어!」

페르낭이 이 말을 얼마나 나지막하게 발음했던지, 알리스의 귀에는 〈일〉이 아니라 마치 〈의무〉처럼 들렸다.[4] 그리고 그녀는 이렇게 혼란한 시기에 대체 어떤 의무가 있기에 남편은 자신을 파리에서 멀리 데려가 주지 못하는지, 이해가 되지 않았다.

「여기에 오래 남아 있을 거야?」 그녀가 불안이 가득한 얼굴로 물었다.

그는 알 수 없었다. 하루? 이틀? 아니면 그 이상? 말하기가 힘들었다. 그녀는 남편의 굳은 결의를 느끼기라도 한 듯 더 이상 말하지 않았다.

그런 다음 페르낭은 키페 씨를 보러 내려갔다.

주초에 그는 이 사내가 느베르를 언급하는 것을 들었다. 거기에 사촌 하나가 살고 있는데, 거기로 피란 갈 계획이라는 거

---

4 〈일〉과 〈의무〉의 원문 표현은 travail(트라바이)와 devoir(드부아르)인데, 나지막하게 발음하면 비슷하게 들릴 수도 있다.

였다. 그렇다면 반드시 빌뇌브쉬르루아르를 거쳐야 하리라.

페르낭은 종이 박스 하나를 두 팔로 안고 있는 그를 층계참에서 만났다.

키페 씨는 고개를 옆으로 갸우뚱 기울이고는, 필터 없는 독한 담배인 지탄 마이스에 불을 붙였다. 페르낭은 이웃 사내의 시선을 통해 그가 지금 잠시 생각해 보고 있다는 것을, 망설이고 있다는 것을 느꼈다.

「선생님은 부인하고 두 분만 가시잖아요.」 그가 다시 부탁했다. 「자리가 좀 남잖아요, 안 그래요?」

우체국 감독관이라는 번듯한 자리에 있는 키페 씨에게는 병사로 나가 있는 아들 하나와 푸조 402가 있었다. 비록 중고차이긴 하지만 내부가 상당히 넓었고, 이런 차들의 뒷좌석에 앉으면 마치 열차 식당 칸 좌석에 앉은 것처럼 두 다리를 쭉 펼 수 있었다.

「흐음, 자리가 좀 남는다…….」 키페 씨가 뜸을 들였다. 「사실 그렇게 많지는 않아요! 그렇게 생각하면 안 됩니다!」

딱 부러지는 거절이라기보다는, 어떤 조건적인 승낙처럼 느껴졌다.

한편 키페 씨는 오래전부터 알리스에게 눈독을 들여 왔다. 사람들 말로는 무슨 병이 있다고 하는데, 아주 탐스러운 젖가슴과 볼만한 엉덩이를 가진 여자였다.

「그 조건들에 대해선…….」 페르낭이 말을 이었다. 「그러니까 물론 음식이며 연료며 여러 가지 것들에 대해선…… 그러니까 선생님 생각은…….」

그는 긴가민가 싶은 것을 얘기해 보듯이 이렇게 머뭇머뭇 말했다. 두 남자 사이의 관계는 항상 한쪽으로 기울어져 있었다. 자신의 삶을 대단한 성공으로 여기는 키페 씨는 이 건물에서 가장 섹시한 아내를 가지고 있다는 게 유일한 특징인 이 기동 헌병대원을 거만함과 시샘이 섞인 눈으로 바라보았다. 키페 씨의 시선은 허공에 박혀 있었다. 사실 페르낭의 부탁은 상당히 끌리는 제안이었다. 그런 아내를 데려가 달라……. 게다가 연료비도 자기들이 부담하고…….

「흠, 그러니까…… 그게 너무 막중한 의무가 돼놔서…….」

「전 4백 프랑을 생각했습니다만…….」 페르낭이 조심스럽게 말했다.

기대했던 것과는 다른 제안이었다는 게 곧바로 표정에서 나타났다. 키페는 한참 동안 고개를 끄덕이더니 생각에 잠긴 표정으로 담배에 불을 붙였고, 그들 사이에 긴장된 침묵이 내려앉았다.

「아시겠지만…….」 마침내 그가 입을 열었다. 「그건 단순한 경비고, 이런 종류의 여행을 하자면, 잘 이해하지 못하는 사람도 있지만…….」

「아, 그렇다면, 6백 프랑이면 어떻겠습니까?」 이 금액은 자기가 가진 거의 전부라는 생각에 불안감을 느끼며 페르낭이 다시 제안했다.

「에이, 좋아요! 뭐, 우리가 남도 아니고 이웃 간이니까! 자, 내일 오전 중에 출발이에요. 괜찮아요?」

그들은 악수를 나누었다. 하지만 피차 다른 이유로 서로를 외면했다.

자신이 키페 씨와 합의했다고 페르낭이 알려 주자, 알리스는 대꾸하지 않았다. 이 이웃 사내는 층계에서 마주칠 때마다 항상 그녀에게 엉큼한 시선을 던지고, 그녀가 지나가도록 비키면서 마치 우연인 것처럼 몸을 비비려고 했지만, 알리스는 체념하고 지내 온 터였다. 어떤 사내가 자신을 빤히 쳐다보거나 몸 어딘가에 슬쩍 손을 댈 때마다 발끈해야 한다면, 그런 일은 끝이 없을 거였다. 그리고 페르낭의 불같은 성격을 잘 알고 자신은 만약의 경우에 얼마든지 대처할 수 있었기 때문에 그런 문제는 한 번도 언급하지 않았었다.

페르낭은 프랑스 지도를 꺼냈고, 두 사람은 빌뇌브쉬르루아르에 이르기까지 자동차가 거쳐야 할 도정을 살펴보았다. 현재의 상황을 감안한다 해도 이틀 정도면 될 것 같았다. 하지만 알리스의 상태는 차치한다 해도, 이틀은 결코 만만한 여행이 아니었다.

「왜 당신은 나와 함께 가지 않는 거야?」

알리스는 이런 여자였다. 결코 포기하는 법이 없었다.

페르낭은 자신의 결정이 옳다는 것을 알고 있었지만, 그 진실은 밝힐 수가 없었다. 자기가 지금 페르시아와 『천일야화』 얘기를 꺼낸다면 알리스가 어떻게 생각하겠는가? 너무 우스꽝스러울 거였다. 하지만⋯⋯.

그들은 결혼한 지 거의 20년이 다 되었다. 알리스는 병약한 몸 때문에 집에만 있었고 아이도 갖지 못했지만, 그런 것은 크게 중요하지 않았으니 어차피 모성적인 타입이 아니었기 때문이다. 또 가정적인 타입도 아니어서 집안일도 마지못해 했고 소설이나 읽으며 시간을 보냈다. 그녀가 좋아할 것은 기동 헌병대원과의 가정생활이 아니라 여행일 거였다.

이집트, 나일강…… 그녀는 이런 곳들을 보고 싶을 거였다.

특히 페르시아는 더 보고 싶을 거였다. 물론 지금은 〈이란〉이라고 불러야 하겠지만, 경우가 같지 않은 것이 『천일야화』에 나오는 나라는 엄연히 〈페르시아〉인 것이다. 이 책의 이야기들은 항상 그녀를 꿈꾸게 했다. 얘기가 나왔으니 말인데, 페르낭은 아내가 응접실 소파에 비스듬히 누운 자세로 책 읽는 모습을 볼 때마다 동방의 공주 같다고 느끼곤 했다. 그녀가 동양풍의 긴 의자며, 금과 상아가 상감된 가구며, 양탄자며, 강렬한 냄새의 향수며, 당나귀 젖 목욕 같은 얘기를 꺼낼 때마다 그는 웃음을 터뜨렸지만 사실은 씁쓸한 웃음이었으니, 자신의 봉급으로는 빌뇌브쉬르루아르에서 휴가를 보내는 것 이상은 바랄 수 없는 처지였기 때문이었다. 알리스는 자신은 전혀 상관없다고 말했고, 아마도 진심일 터였다. 하지만 페르낭의 마음은 달랐다. 시간이 갈수록, 이 계획은 더 중요하게 느껴졌다. 페르시아 여행은 하나의 회한으로 자리 잡았고, 사랑의 대상이 매달 눈앞에서 시름시름 시들어 가는 것을 보면서 아무것도 하지 못하는 그의 죄책감 전체를 체험하게 되었다.

다음 날, 페르낭은 키페 씨가 두 개의 종이 박스와 가방 사이에 마련해 놓은 자동차 뒷자리에 앉은 알리스에게 키스를 했다.

「자기야, 얼마 걸리지 않을 거야. 늦어도 내일이면 거기 도착할 거니까, 푹 쉴 수 있을 거야.」

알리스는 미소를 지으며 그의 손을 잡았다. 얼굴이 아주 창백했다. 페르낭은 무슨 말을 해야 할지 알 수 없었다. 나도 금방 갈 거야, 프랑신 누나 집에서 다시 보자고……. 하지만 벌써 엔진이 부릉거렸고, 마지막 당부의 말을 건넨 페르낭은 키페 씨 쪽으로 몸을 돌렸다. 아내를 잘 부탁드립니다. 아시죠? 키페는 거만한 미소로 대답을 대신했다.

자동차가 움직이기 시작하자마자, 페르낭은 차도에 서서 손을 들었다. 그가 마지막으로 본 것은 차창 밖으로 나와 그에게 〈곧 다시 봐, 사랑해〉라고 말하는 알리스의 예쁜 팔이었다.

그는 다시 집으로 올라갔다. 몸은 천근만근이고, 너무나 불안하고, 머릿속은 여러 가지 질문과 죄책감으로 복잡했다. 과연 내가 잘한 것일까? 내가 알리스를 내버린 것은 아닐까? 과연 이게 올바른 선택이었을까? 아파트 안은 배우들이 떠나고 난 뒤의 무대 배경처럼 썰렁해 보였다. 그는 거의 잠을 자지 못했다.

다음 날 아침, 그는 창문을 통해 다른 차들이 떠나는 것을 보았다.

새벽 5시였다. 조금 있으면 파리의 저쪽 하늘이 뿌옇게 밝아 올 이 시각, 거리는 훨씬 휑하게 느껴졌다. 간밤에 자동차 몇 대가 어디론가 사라져 버린 것일까?

몸을 부르르 떤 그는 제복을 입고 건물 뒤뜰로 내려가서는, 거기 담겨 있던 감자의 흙이 아직도 밑바닥에 남아 있는 황마 자루 몇 개를 꺼냈다.

그런 다음, 자전거에 올라탔다.

이제 그의 구원은 어느 환경미화원의 손에 달려 있었다.

# 25

셰르슈미디 군 교도소[5]는 일반 교도소와 병영의 중간쯤에
있는 시설이었다. 우선 거기에는 일반 교도소처럼 낡고 더러
운 감방들과 협소한 안뜰, 그리고 빈약할 뿐 아니라 도무지 먹
을 맛이 나지 않는 음식이 있었다. 또 답답하면서도 고집스러
울 정도로 경직된 간수들, 쇳덩이같이 엄한 규율, 그리고 모든
게 치밀하게 짜여 있다는 점에 있어서는 병영과 같다고 할 수
있었다. 보통 때에도 견디기 힘든 곳인데 문제는 지금이 보통
때와는 너무나 거리가 멀다는 점이었다. 매일매일 윤곽이 분
명해지는 돌이킬 수 없는 일대 붕괴의 전망은, 간수들이 보기
에 예고된 패배의 원흉들인 수감자들 위에 무겁게 드리워져 있
었다.

이 셰르슈미디에는 온갖 종류의 정치범들과 복종 거부자들
이 수감되어 있었다. 첫 번째 범주를 이루는 것은 주로 무정부
주의자들과 공산주의자들로, 여기에는 본격적인 사보타주범

5 현재의 파리시 라스파이 대로 54번지에 위치했던 군 교도소. 1847년에서
1950년까지 군 교도소로 사용되었으며, 건물은 1966년에 철거되었다.

들을 비롯하여 스파이로 의심되는 자들과 반역자로 추정되는 자들이 뒤죽박죽으로 섞여 있었다. 복종 거부자들도 탈영병에서부터 시작하여 신념에 따른 전투 거부자를 거쳐 명령 불복종자에 이르기까지 아주 다양했다. 그리고 이 모든 것들 가운데에는 일반법에 저촉되는 범죄 행위를 저지른 군인들, 그러니까 약탈범, 절도범, 살인범 같은 잡다한 무리가 있었다. 잠시 동안이나마 감옥을 몇 번 다녀온 경험이 있는 라울은 가브리엘보다 훨씬 잘 적응했지만, 이곳의 수감 생활은 다른 곳보다 훨씬 고약했다. 그는 심지어 곰도 마다할 지푸라기 매트 위에서 밤새도록 몸을 뒤척였다.

이 시설의 분위기는 견디기 힘든 것 그 이상이었다. 적군이 다가옴에 따라, 셰르슈미디의 간수들은 수감자들에게 증오에 가까운 혐오감을 키워 갔다. 전쟁의 맥박은 이 교도소의 안뜰에서도 느껴졌다. 셰르슈미디는 프랑스군이 맛보는 여러 가지 실패의 공명 상자라 할 수 있었다. 프랑스 부대들이 스당에서 패배하거나 칼레가 적군에게 함락되면, 보복적인 조처들과 매질이 쏟아졌다. 반대로 됭케르크에서 프랑스군이 연합군의 퇴각을 가까스로 보호해 내자, 안뜰에서의 운동 시간표는 거의 정상으로 돌아왔다.

라울과 가브리엘은 두 번을 헤어졌다가 다시 만났다. 그때마다 가브리엘은 자신의 무고함을 증언해 달라고 라울을 졸라댔다.

「걱정 마, 잘 해결될 거니까.」 라울이 대답했다. 「한 달 후면 나가게 될 거야.」

하지만 그것만큼 불확실한 것은 없었다. 프랑스군은 징집병들을 무더기로 보내 개죽음시킨다는 사실은 아무렇지도 않게 받아들이면서도, 그들 중 하나가 범죄자라는 사실은 참아 내지 못했다. 이런 사실은 프랑스군을 화나게 했으니, 군의 명예가 더럽혀졌다고 느끼기 때문이었다.

라울의 낙관은 자신이 어떤 문제에서든 항상 잘 빠져나왔다는 사실에 기인했다. 항상 그랬다. 때로는 쉽지가 않았고 몇 가지 희생도 치러야 했지만, 어린 시절부터 지금까지 자기가 겪어 온 일들을 생각해 보면 다른 사람이라면 이미 오래전에 죽었어야 마땅한데, 자신은 〈여전히 멀쩡하게 서 있는〉 것이다.

그는 여기 온 지 며칠 만에 장사를 할 수 있게 되었다. 야바위가 주는 매혹감은 일반적인 현상으로, 이 게임은 우리가 신뢰하는 감각의 증언에 기반하고 있기 때문이다. 가브리엘은 이런 감정을 억누르려 했지만, 이 친구가 보이는 수완이 다만 감탄스러울 뿐이었다. 라울은 교도소에 들어오자마자 야바위로 한 간수를 이겨, 그 대가로 검열을 거치지 않고 편지 한 통을 부쳤다. 〈이건 그저 우리 누나에게 보내는 편지예요〉라고 그는 설명했다. 간수는 페어 플레이어였다. 야바위를 해서 자기가 졌으니 깨끗이 대가를 치렀다.

또 그는 가브리엘에게 이성적으로 행동하라고 설득하기도 했다.

「저는 변호사를 볼 것을 요구합니다!」 가브리엘은 그의 입소 절차를 진행 중인 장교에게 말했다.

「뭘 요구한다고?」

「그러니까…….」

그가 말을 덧붙일 겨를도 없이, 복부에 날아온 개머리판이 그의 말을 끊었다.

「진정하라고, 친구!」 라울은 충고했다.

「자네의 케이스는 별로 좋지가 않아······.」 질펀한 술판 중에 동료에게 칼침을 놓아 체포된 한 병사가 말했다. 「저들은 약탈을 좋아하지 않아. 그 이유는 잘 모르겠어, 어쩌면 충분히 군인답지 못한 행동이기 때문이겠지······.」

화들짝 놀란 가브리엘은 이제 라울을 닦달하기 시작했다.

〈자네가 불려 가면 꼭 진실을 얘기해야 해!〉라고 틈만 나면 되풀이했다.

라울은 마치 장난하듯이 그때마다 다른 식으로 대답해 가브리엘은 대체 어느 게 그의 진짜 생각인지 알 수 없었다.

「뭐, 진실?」 라울은 대답했다. 「난 자네가 거기 없었다고 말할 수 없는걸······? 왜냐하면 자네는 범행 현장에서 붙잡혔으니까.」

「범행 현장이라고?」 가브리엘이 악을 썼다. 「내가 대체 무슨 범죄를 저질렀는데?」

이에 라울은 큼지막한 미소를 지으며 그의 등을 툭툭 두드렸다.

「에이, 하사님, 농담이야. 농담이라고!」

라울은 가브리엘이 마음에 들었다. 트레기에르강 다리에서 그는 아주 용감한 모습을 보여 주었다. 자신은 원래가 성질이 더러운 놈이고, 다리 하나 폭파하는 일은 자신의 기질에 맞았다. 어린 시절 내내 폭력에 맞서야 했던 그에게 싸움은 자연스러운 일이었다. 하지만 이 조그만 수학 선생이 그런 행동을 한다는 것은 놀라운 일이었기 때문에, 라울은 그를 좋게 생각하게 되었던 것이다.

많은 교도소가 그렇듯이, 셰르슈미디는 파리에서 가장 정보
에 밝은 곳 중의 하나였다. 면회객들이 다양하면 겹치는 증언
들이 나타나기 마련이다. 그리고 6월 초에 들려온 소식은 더
이상 나쁠 수가 없었다.

뒹케르크에서 일어난 일들은 가장 견고한 확신들마저 흔들
어 놓았다. 프랑스군과 연합군이 독일군의 침공에 맞서 영웅
적인 저항을 펼치던 그 끔찍한 시기는 수감자들에게 무거운 결
과를 가져왔다. 이 무렵 프랑스 행정부(다시 말해서 프랑스 정
부)는 군 교도소들의 운명에 대해 생각해 보기 시작했는데, 셰
르슈미디는 이들 가운데서 가장 중요한 곳 중의 하나였다.

독일과의 긴장 상황이 시작되었을 때부터, 각 행정 부처는
만일의 경우를 대비하여 중요한 것들을 안전한 곳에 옮겨 놓으
라는 지시를 받은 바 있었다. 따라서 그들은 침략자들에게 결
코 넘겨줄 수 없는 것들을 진즉부터 궤짝과 종이 박스와 자루
에 담아서는 차에 실어 옮겨 놓고 있었다. 어떤 부처가 서류를
대량으로 소각하거나 밤중에 차에 실어 옮긴 일화들이 수없이
확인되었다. 정부 자체도 파리에서 먼 곳으로 옮겨 가는 방안
을 심각하게 검토하고 있었다. 이미 치욕을 당한 마당에, 졸지
에 포로가 되는 우스꽝스러운 꼴까지 보이고 싶지는 않았기 때
문이었다.

이런 상황에서 셰르슈미디 수감자들이 문제로 제기되었다.

이 시설이 테러범, 그러니까 공산주의자를 제외한 모든 이
들이 그리 생각하듯 나치의 공범들인 공산주의자들로 채워져

있다는 사실은 온 나라가 아는 바였고, 그렇다면 상황이 악화될 경우 — 바로 지금 일어나고 있는 일인데 — 이들을 어떻게 해야 할 것인가 하는 문제가 대두된 것이다. 상부가 상상하는 시나리오는 이랬다. 대부분 〈제5부대〉 분자들인 이 수감자들은 아직 파리에서 자유롭게 활동 중인 공산주의자들에 의해 풀려나, 수도를 점거하고 파리 시민들을 통제하려는 독일군의 작업을 돕기 위해 그들에게 봉사하기 시작한다.

이런 불길한 생각은 간수들과 수감자들을 괴롭혔다. 독일군이 가까이 다가올수록 분위기는 무거워지고 간수들은 더욱 험악해져 갔다. 그들은 자신들이 프랑스의 적을 가둔 간수들이었다는 이유로 적에게 붙잡힐 수도 있다고 생각했던 것이다.

6월 7일, 한 간수가 돌린 『르 프티 파리지앵』은 이렇게 알렸다. 〈우리 프랑스군은 밀려드는 독일군에 너무나 훌륭하게 맞서고 있다.〉 총사령부는 공식 성명으로 〈우리 군의 사기는 굉장하다〉라고 주장했다. 다음 날, 언론은 프랑스 공군의 〈전투기 한 대가 적기 열 대를 상대해야 한다〉고 인정했다. 6월 9일, 〈오말과 누아용 사이에서 독일군의 압박이 상당히 증가했다.〉

그리고 갑자기 6월 10일, 11시 식사가 끝나고 나서 얼마 되지 않아 이상한 정적이 내려앉았다. 소문들이 나돌기 시작했다. 어떤 이들은 〈독일 놈들이 곧 파리에 들어올 거래〉라고 말했고, 또 어떤 이들은 〈정부가 토껴 버렸대〉라고 주장했다. 수감자들이 간수들에게 물으면 그들의 얼굴은 대리석같이 굳어 버렸는데, 결코 좋은 징조가 아니었다.

두 시간 동안의 정적 후에, 무언가가 준비되고 있다는 게 모두에게 분명해졌다.

어느 감방에서, 모두의 머릿속에 맴돌고 있던 생각을 결국 누군가가 내뱉고야 말았다.

「저들이 우릴 쏴 죽일 거야.」

가브리엘은 얼굴이 노래져서 쓰러질 뻔했다. 헐떡거리기 시작했고, 숨이 막힐 것 같았다.

「아, 이러면 안 돼!」 라울이 킬킬댔다. 「콜록거리면서 사살당할 순 없잖아? 어디 그래 가지고야 위엄이 서겠어?」

그는 속옷 바람으로 그 더러운 침대에 누워 어느 수감자와 교환한 뼈 조각들을 기계적으로 만지작거리고 있었다. 사실이 장난은 그에게는 묵주를 굴리는 행위였다. 그 역시 상황에 짓눌리고 있었지만, 자신의 감정을 감추는 데 익숙했다.

소문은 어떤 반박에도 부딪히지 않고 어지러이 감방들을 돌아다녔다. 수감자 중의 하나가 말했다. 「저들은 여기서 우릴 사살할 수 없어. 여기 이 안뜰에서 말이야. 수감자 수가 수백 명인데 시체들을 다 어떻게 처리하겠어?」 다른 이는 이렇게 대답했다. 「만일 저들이 우릴 트럭에 태우면, 그것은 그 짓을 다른 곳에서 하겠다는 얘기야.」

갑자기 고함 소리가 들렸다.

「모두 소지품을 챙겨 가지고 밖으로 나와!」

끔찍한 소동이 벌어졌다. 간수들은 곤봉으로 창살을 두드리면서 감방 문을 철컹철컹 열고는, 꾸물대지 않게 하려고 수인들을 거칠게 다루었다.

「소지품을 가져가라고 한다는 것은, 우릴 다른 곳으로 옮기겠다는 얘기야.」 가브리엘이 이제 사살당할 가능성은 멀어졌다고 생각하며 말했다.

「아니면 우리 뒤에 아무것도 남겨 놓지 않으려는 것일 수도 있지.」 라울이 빗, 비누, 솔, 마른 비스킷, 그리고 약간의 옷가지를 급히 주워 담으며 대답했다.

벌써 한 간수가 개머리판으로 그들을 감방 밖으로 몰아내고 있었다.

몇 분 만에 모두가 안뜰로 나왔다. 수감자들 사이에서 질문이 오갔지만, 아무도 영문을 몰랐다.

거리에는 소총을 든 수십 명의 모로코 보병과 기동 헌병대원들이 짐칸에 천 덮개를 씌운 트럭들을 지키고 있었다. 한 장교가 소리쳤다.

「모든 도주 시도는 사형으로 처벌된다! 우린 정지 명령 없이 즉각 사격할 것이다!」

그들은 수감자들을 개머리판으로 후려쳐 가며 트럭에 오르게 했다.

던져지듯 트럭에 실린 라울은 가브리엘 옆에 앉았다. 얼굴은 백지장처럼 하얬고, 입가에는 가련한 미소가 걸려 있었다.

「하사님, 이번에는 끝난 것 같아.」

# 26

한낮인데도 불구하고, 파리 인구가 절반으로 줄어든 것처럼 지하철에 사람이 별로 없었다. 배낭 하나를 무릎 사이에 두고 목재 간이 좌석에 걸터앉은 페르낭은 이런 시기에 자신이 얼마나 이상하게 보일지 의식하고 있었다. 제복을 입고서, 마치 어디 여행이라도 갈 것처럼 배낭을 챙겨 나온 기동 헌병대원이라니……. 하지만 이런 모습에 놀라는 사람은 아무도 없었다. 그는 지금 자신이 어떤 임무를 위해 셰르슈미디 교도소에 출동하는지 전혀 몰랐고, 약간 창피하게 생각되는 이 배낭을 거기 가서 어떻게 간수해야 하나 걱정이 되었다.

알리스가 떠난 지 벌써 4일이 지났고, 이 나흘 동안 너무도 많은 일들이 일어나 그로 하여금 아내를 그 멍청이 키페의 차에 실어 떠나보내게 만든 정신 상태와 부푼 희망은 지금 온데간데 없었다. 바로 다음 날부터 그는 자신의 손가락을 깨물었다. 기대했던 일이 일어나지 않은 것이다. 대신 그는 그의 팀과 함께, 떠나고 싶어 하는 수천 명의 사람들이 정말로 떠나는 것인지 알 수 없는 열차 안에서 자리를 다투는 오스테를리츠 역[6]으로 파견되었다. 콩나물시루처럼 사람들을 실은 한 열차는 결국 플랫폼에 남았다. 맞은편 플랫폼의 다른 열차는 별안간 출발했는데, 그게 어디로 가는지는 아무도 몰랐다. 디종이야, 어떤 이가 말하자, 천만에, 렌이야, 하고 다른 이가 대답했다.

페르낭은 팀원들을 모았고, 그중 하나를 역 기동 헌병대 사무실로 보냈지만 누가 지휘하는지 아는 사람이 아무도 없었다. 성과 없이 돌아온 헌병대원은 자기 팀을 찾느라 갖은 고생을 해야 했으니, 페르낭은 벨기에 피란민들과 오를레앙으로 떠나려 하는 사람들 간에 싸움이 난 역 반대쪽 끝으로 급히 달려가야 했기 때문이다.

페르낭은 이 재난의 현장을 둘러보았다. 수천 명의 사람들이 라디오에서 들은 소식들을 퍼뜨리고 있었다. 「뒤퐁 씨가 시사 평론 프로그램에서 말했대⋯⋯. 독일 놈들이 파리로 가는 길에 마주치는 아이들은 모조리 오른손을 잘라 버리겠다고 했다는 거야.」 이 소문은 점점 불어났다. 페르낭은 사실 놈들은 손을 자르는 게 아니라, 어머니들의 목을 자르겠다고 했다고 어떤 이가 말하는 것을 들었다. 아, 정말 개 같은 시절이야, 페르낭은 속으로 탄식했다.

그가 기다리던 일, 그러니까 그가 기대하고서 모든 것을 했던 일은 일어나지 않았다. 그 기대에 근거하여 알리스를 먼저 보내고 자신의 출발은 뒤로 미루었는데 말이다. 자신은 어떤 신기루에, 어떤 맹목적인 희망에 속았던 것이다. 자신은 바보였던 것이다.

6 파리에 있는 역 중의 하나로, 주로 프랑스 남서부 지방으로 떠나는 기차들이 발착한다.

금요일에 그는 빌뇌브쉬르루아르에 전화를 거는 데 성공했다. 누나의 식품점에는 동네 사람들 전체가 사용하는 전화가 한 대 있었는데, 지금은 열차만을 제외하고는 전화만큼 작동이 안 되는 게 없었다.

그는 기적적으로 통화 번호를 얻었다. 페르낭의 불안감은 또 다른 불안감으로 바뀌었다. 알리스는 파리에서 오는 데 꼬박 하루가 걸리긴 했지만 잘 도착했단다. 그런데 곧바로 다시 떠났단다…….

「다시 떠났다고요……? 아니, 어디로요?」

「죄송하지만 이제 전화를 끊어야겠습니다.」 벌써 전화 교환수가 말했다.

「그러니까…… 다시 떠났다는 게…… 내 말 뜻은 말이야…… 정말로 떠났다는 게 아니고, 걔는 지금 예…….」

그의 누나가 문장을 끝맺기도 전에 통화가 끊겼다. 어쨌든 전화할 때든 아니든 간에, 그녀는 한꺼번에 너무 많은 문장을 시작했다가 제대로 끝맺지 않는 경향이 있었다.

마침내 이시레물리노 소각장으로 가라는 지시가 그에게 떨어졌다. 조금이나마 신을 믿을 이유가 생긴 것이다. 그는 당장 그 자리에서 춤을 추고 싶었다.

페르낭이 이시레물리노에 도착했을 때는 아침 8시였고, 공무원들은 벌써 나와 있었지만 전번보다는 숫자가 줄어 있었다. 아마도 이 작업을 감독하기 위해 차출된 하급 직원들은 오를레앙이나 루아르강 강변 쪽 날씨가 어떤가 보러 가는 게 더 시급하다고 생각한 모양이었다. 6월에 그쪽은 경치가 아주 예쁘다고들 하니까……. 이 갑작스러운 관광 전염병에서 살아남은 이들은 후줄근한 얼굴로 서로를 쳐다보면서 신경질적으로 역할을 분담했다. 인부들은(사람들은 그들을 〈청소부〉라고 불렀다) 십장의 지휘하에 죽 늘어서서는 그 프로그램의 다음 순서를 차분하게 기다렸다. 거기에는 어떤 기묘한 분위기가 감돌았으니, 왜 일요일에 여기 이렇게 나와 있어야 하는지 아무도 이해할 수 없었던 것이다.

관리들은 인부들로 하여금 출석부에 서명하게 하고, 헌병대원들은 신원을 확인했다. 모든 일이 순조롭게 진행되었다. 적어도 트럭이 들어올 때까지는 그랬으니, 인부들은 옮기고 태워 버려야 할 자루 무더기가 적어도 8톤, 아니 10톤은 되는 것을 보고는 오늘도 등골 빠지는 하루가 될 것임을 깨닫고 기가 죽어 버렸기 때문이다. 하지만 오늘의 하이라이트는 이게 아니었다. 그것은 한 시간 후, 그러니까 입구와 출구마다 감시인들을 세우고, 트럭에서 하역 작업을 하는 곳에, 화물 승강기 위쪽과 아래쪽에, 벨트 컨베이어들에, 접근로인 트랩 위에, 그리고 소각로 아가리가 있는 곳에 통제하는 인원을 여럿 배치한 다음 첫 번째 자루들을 보냈을 때 일어났다.

그것들은 폐기된 서류가 아니라 돈으로 가득 채워져 있었다. 그렇다. 그것은 현재 너무나도 활발히 통용되는 50프랑, 백 프랑, 2백 프랑, 5백 프랑, 천 프랑짜리의 빳빳한 지폐들이었고, 그 광경 앞에 모두가 현기증을 느꼈다.

페르낭은 이틀 전에 몇 톤에 달하는 서류들을 벨트 컨베이어의 홈통에 집어 던졌던, 짤막한 다리와 불룩한 뱃살의 인부와 살짝 손짓을 주고받았다. 그 역시 놀라 얼이 빠져 있었다. 천 프랑짜리 지폐 한 장이 대략 그의 한 달 월급에 해당했고,

그가 벨트 컨베이어까지 날라야 할 첫 번째 자루가 얼추 40킬로그램은 되었으니, 꼭 수학 박사가 아니라 할지라도 그들이 오늘 중에 30억 내지 40억 프랑을 파기할 거라는 것쯤은 대충 추산할 수 있었다. 독일군은 시시각각 다가오고 있었고, 정부는 그들이 도착하기 전에 노획물을 태워 버리기로 결정한 것이니, 참으로 가련하고도 한심한 행동이 아닐 수 없었다.

통제 요원들은 매 10미터마다 서서 자루의 숫자를 세었다. 평소에 통조림이나 자전거펌프, 혹은 오렌지 상자나 분류하던 사람들이 공장 전체를 사고, 전체 직원 다섯 세대의 급료를 지불할 수 있는 돈을 나르고 있었다. 하지만 사람이란 모든 것에 적응하는 법이다. 처음에 이 청소부들은 마른침을 삼키면서 상상하기조차 힘든 거금이 든 자루들을 곁눈질했지만, 한낮이 되자 마치 벽지에 풀을 척척 바르듯이 삽으로 지폐들을 무심히 휘젓고 있었다. 아마도 그들은 어차피 한 번도 자신들에게 속한 적이 없었던 국가의 자본이 연기로 사라지는 것을 체념하며 보고 있을 것이었다.

오직 페르낭만이 만족감을 느끼고 있었다. 그의 직감이 맞았다. 전번의 소각은 그저 예행연습일 뿐이었다.

마침내 작업의 끝이 가까워졌다.

자루를 세는 직원이 자루 개수가 정확하지 않다고, 하나가 모자란다고 소리쳤다.

자루 2백 개 중 하나가 빠진 게 뭐가 그리 대수냐고 청소부들의 표정은 말하는 것 같았지만, 공무원들의 접근 방식은 달랐다. 그들은 마치 자루 하나가 자루 하나 이상의 가치가 있는 것처럼 굴었다. 자루 하나는 하나의 상징이며 만일 그게 사라졌다면 도둑맞았음을 의미하는바, 이것은 매우 중대한 일이었다.

감독관 두 명과 페르낭, 그리고 다른 두 헌병대원은 그 빌어먹을 자루를 찾아내려고 공장을 샅샅이 뒤졌고, 자루 숫자를 세어 보고 또 세어 보다 결국에는 그것을 찾아냈다. 그것은 소각로로 통하는 트랩 아래에 있었다. 빈 자루가 거기 떨어져 있다는 것은 내용물이 소각되었음을 의미하는바, 어떻게 이런 일이 일어났는지 대충 이해가 되었고, 이로써 이날 작업은 거의 끝나 가고 있었다. 하지만 완전히 끝난 것은 아니었다. 오전의 작업으로 기진맥진한 청소부들이 막 떠나려 하고 있는데, 감독관들은 그들을 다시 불러 세웠다. 어이, 거기 이리 좀 와요……. 검지를 까닥거리고 교사 같은 시선을 하고서 말이다. 부하들을 집합시킨 페르낭은 감독관들이 저들끼리 한참 동안 수군대다가, 그 기나긴 밀담 끝에 모두에게 지시하는 것을 놀란 눈으로 지켜보았다. 그 명령은 짧고도 명확했으니, 모두 다 옷을 벗으라는 거였다.

실제로는 보다 행정적인 방식으로 표현되었지만, 내용은 바로 그거였다.

한 청소부가 투덜대기 시작했고, 또 한 사람도 이에 합세했다. 그리고 세 번째 사내는 〈세상에 이렇게 옷을 벗으란 법이 어디 있소. 우리는 단지 인부들일 뿐이잖소……〉라고 불만스럽게 항의했다. 감독관들이 페르낭에게 증원 병력을 부르라고 요청하자, 모두가 바짝 얼어붙었다. 일이 심각해지고 있었다.

이날 하루가 당혹스럽게 흘러가기 시작하자 페르낭은 눈썹을 찌푸렸다.

한 인부 앞에 선 그는 재킷을 벗을 것을 차분하게 권했다. 지시에 따를 것을 말이다. 인부는 뚱그렇고 표정 없는 눈으로 그를 응시했다. 마치 왜가리가 쳐다보는 것 같았다. 그런 다음 그는 허리띠를, 그리고 바지 앞 단추를 끄르기 시작했다. 다른 이들도 하나둘 어지러이 그 뒤를 따르기 시작했는데, 조금 멍청해 보이는 꺽다리 친구 하나만 예외였다. 그는 난 절대로 안 해! 난 이거 하라고 돈 받은 것 아니란 말이야, 하고 절규하기 시작했다. 그는 아직 옷을 입고 있는 유일한 사람이었다. 적어도 고함치며 울분을 표현하도록 놔두고 있는 동안은 말이다.

　감독관의 지시에 따라 모두가 두 팔을 들고 돌아서야 했다. 그들은 모두 병역을 마쳤고, 동료들과 밀접해 있는 것은 그 자체로는 거북한 일이 아니었지만, 여기 이 공장에서 정장 차림의 공무원들 앞에 이렇게 팬티 바람으로 서 있다는 것은 또 다른 문제였다……

　다시 옷을 입어도 좋다는 허락이 떨어졌을 때, 꺽다리 친구는 아직도 발을 동동 구르고 있었지만 더 이상 소리는 지르지 않았다. 결국 그는 포기하고 작업복 단추를 끄르기 시작했다. 마치 뭔가를 하며 끙끙대는 아이들처럼 다시 옷을 입는 일에 집중해 있는 친구들을 제외하고는 모든 이의 시선이 그에게로 향했다. 꺽다리 친구는 땀을 비 오듯 흘렸다. 그는 고통스러운 한숨을 내쉬며 바지를 아래로 내렸다. 그의 팬티에서 50프랑짜리 지폐 한 다발이 삐져나왔다.

　「저자를 체포하시오!」 곧바로 감독관이 소리쳤다.

　이런 상황에서 모두가 우 하며 일제히 항의를 할 법도 하건만, 그런 일은 일어나지 않았다. 멍한 분위기 가운데에 명령이 돌덩이처럼 떨어졌다.

페르낭은 앞으로 나아가 부드러운 목소리로 인부에게 팬티를 주고, 다시 옷을 입으라고 말했다. 한 공무원이 지폐를 손가락 끝으로 잡고 세어 보았다. 50프랑짜리 열한 장이었다.

인부가 다시 옷을 주워 입자, 동료들이 동정 어린 눈으로 그를 쳐다보는 가운데, 페르낭의 팀은 어깨가 축 늘어진 위반자를 끌고 갔다. 프랑스 정부의 관행이 가장 부유한 사람들에게 허용하는 것의 천 분의 일도 가장 가난한 사람들에게는 용서하지 않는다는 사실은 모두가 아는 바였지만, 그래도 너무나 서글픈 광경이었다.

이때 모두의 기억 속에 오랫동안 남을 기묘한 무언가가 일어났다. 프랑스 국립 은행의 직원 몇 사람이 와서 트랩 아래에 도열한 청소부들과 악수를 나눈 것이다. 간단한 의식으로 시작된 이 일은 멈출 줄을 몰랐고, 결국 모든 직원이 모든 인부와 악수를 나눴다. 아마도 좋은 감정으로 시작된 행동이었겠지만, 줄지어 가며 악수를 나누는 모습은 어떤 장례식을 연상시켰다. 국가가 청소부들에게 그동안의 노고에 감사하며 심심한 조의를 표하는 것 같았다.

배불뚝이 인부는 페르낭에게 마지막으로 손 인사를 던진 뒤 사라졌다. 공장은 한 십장이 닫을 거였다.

그의 팀의 두 부하가 욕심 많은 청소부를 파출소로 데려가는 동안 페르낭은 공장을 나와 동료들에게 작별 인사를 한 뒤 자전거에 올라탔고, 밖으로 나가 거리를 크게 한 바퀴 돈 후에 공장으로 다시 돌아와서는 한 기계실까지 가서 문을 열었다. 거기에는 그가 전날 가져다 놓은 조그만 견인 수레가 있었고,

그 안에는 사라졌던 자루의 내용물이 급히 쏟아부어진 채로 담겨 있었다. 수북이 쌓인 백 프랑짜리 지폐들이었다.

페르낭은 돈 무더기를 두 개의 자루에 나누어 담았고, 더 묵직한 첫 번째 것은 배불뚝이 인부가 밤중에 찾아갈 수 있도록 한쪽 구석에다 두었다. 그리고 다른 자루는 자전거 견인 수레에 실은 뒤 다시 파리로 길을 떠났다.

집에 돌아와 보니 다음 날 오후 2시에 셰르슈미디 교도소로 출동하라는 통지서가 기다리고 있었다. 첨부된 임무 명령서에는 〈목적: 미확정〉이라는 말과 함께 〈짧은 이동 임무를 위해 필요한 소지품〉을 갖춰야 한다고 명시되어 있었다.

도대체 이 임무가 뭘까 자문하면서, 페르낭은 자루를 아파트에다 올려놨지만, 액수를 세보는 것은 포기했다. 거기에는 수백만 프랑이 들어 있었다. 아내에게 페르시아를 발견하게 해주기에 충분하고도 남는 돈이었다.

알리스를 생각하니 다시 힘이 빠졌다. 그는 내일 다시 전화를 걸리라 다짐했다.

탁자 위에 놓인 임무 명령서가 자신을 질책하는 것처럼 느껴졌다. 저걸 무시하고 떠나 버려야 하나? 이 돈을 거머쥐게 된 지금, 그 많은 다른 사람들처럼 파리를 떠나 알리스에게 가는 것이 이성적인 행동이 아닐까?

자신의 직무만 아니었더라도 페르낭은 아무 거리낌 없이 파리를 떠나 빌뇌브쉬르루아르로 갔을 것이다. 하지만 그는 공식적인 임무 명령을 무시한다는 것을 상상할 수도 없었고, 자신은 당국이 보내는 곳으로 가리라는 것을 알고 있었다. 기질이 그런 사람이었다.

그는 황마 자루 하나에 지폐를 채우기로 마음먹었다. 나머지는 가방 하나에 쑤셔 넣어서는 지하실로 내려가 두 궤짝 사이에 숨겨 놓았다.

그리고 지금은 두 다리 사이에 지폐로 가득한 자루를 끼운 채로 지하철 객차에 앉아 있는 것이다.

그는 통지서를 재차 꺼내어 배속된 장소를 다시 한번 읽어 보았다. 도대체 무슨 일인지 전혀 감이 오지 않았다.

# 27

루이즈가 셰르슈미디 교도소에 도착했을 때, 거리는 정문으로의 접근을 막는 바리케이드들로 막혀 있었다. 여자들이 초조하고도 흥분한 얼굴로 거기 서 있었다.

「면회가 중단되었어요.」 한 여자가 말했다. 「정오부터 여기 있었는데…….」

그녀의 목소리에서 불안감이 느껴졌다.

저쪽에 군복 입은 남자들이 왔다 갔다 하는 게 보였다. 여자들은 이따금 목소리를 높여 군인들을 부르곤 했다. 「면회는 몇 시에 할 수 있나요?」, 「우리는 지방에서 올라왔다고요!」 그리고 심지어 어떤 사람은 〈우리에겐 권리가 있어요!〉라고 소리치기도 했지만, 그 소리는 우물 속에 던진 돌멩이처럼 대답을 얻지 못했다.

이런 외침들은 완전히 무시되었지만, 셰르슈미디가(街) 끄트머리에 모여 선 조그만 무리는 쉽사리 단념하지 않았다. 루이즈는 기동 헌병대원들(아니면 경찰관들인가……? 그녀는 제복을 잘 구별하지 못했다)이 불안해하는 걸 느꼈다. 그들은 규칙적으로 여자들 쪽으로 시선을 돌렸다. 저 여자들이 바리케이드를 무너뜨리려고 하는 건가? 저들을 흩어 버려야 하나? 케피 모자 아래의 눈들에서는 어쩌면 여자들을 무력으로 진압해야 할지도 모른다는 난감함이 느껴졌다.

지하철에서는 다른 기동 헌병대원들이 혼자서 혹은 삼삼오오 가벼운 보따리나 수건 한 장, 아니면 아무것도 가지지 않은 모습으로 나오는 게 보였다. 그들이 가까이에 오자 여자들은 큰 소리로 따지듯이 물었다. 「여기서 무슨 일이 일어나고 있는지 아세요?」, 「왜 면회가 중단됐죠?」 하지만 제복의 사내들은 대꾸 없이 지나가기만 했다. 어떤 이들은 마치 빗발치는 돌멩이를 피하듯이 고개를 푹 숙였고, 또 어떤 이들은 뻣뻣하고 위엄 있는 자세로, 당신들이 그래 봤자 우리는 꿈쩍도 않는다는 듯이 앞만 똑바로 쳐다보았다. 보다 젊은 친구들은 뭐라고 말하려 했지만 고참들은 손짓으로 입을 다물게 했고, 그렇게 많은 이들이 바리케이드를 지나 교도소 안에 있는 동료들에 합류하려 멀어져 갔다. 이렇게 대부분은 들어갔지만, 몇 사람은 무관심을 표현하기 위해 여자들에게 등을 돌린 채로 들어가기 전에 마지막 담배를 피우고 있었다.

「상사님!」 계급 높은 이들과 안면이 있는 한 여자가 외쳤다. 「여기서 무슨 일이 일어나고 있는지 말씀해 주실 수 있으세요? 우린 아무것도 몰라요!」

그 상사라는 이는 등에 배낭을 메고 있는 게, 어디 여행이라도 떠날 사람같이 보였다. 이런 차림을 하고 나왔다는 것은 그가 뭔가를 알고 있다는 뜻이었다.

여자가 앞을 막아섰고, 페르낭은 걸음을 멈췄다.

「그들을 어디로 데려가려는 건가요?」여자가 물었다.

그들이라니, 누구를 말하는 것일까?

「우린 알 권리가 있다고요!」다른 여자가 말했다.

아마도 수감자들을 말하는 것이리라. 페르낭은 저쪽에서 자기네끼리 얘기를 나누며 호기심 어린 눈으로 자신을 쳐다보고 있는 동료들을 보았다.

「죄송하지만, 저도 부인보다 더 아는 게 없습니다.」

그는 정말로 유감스러운 것처럼 보였다. 루이즈는 그가 어깨를 약간 앞으로 내밀고 사람들을 헤치며 멀어지는 것을 보았다.

「심지어는 저 사람들조차 모른다면, 그렇다면…….」누군가가 말했다.

하지만 아무도 대답할 틈이 없었으니, 길 저쪽 끝에서 버스들이 불쑥 나타나더니만 서로 딱 붙어서 천천히 나아왔기 때문이다. 그것들의 엔진 소리에 돌덩이가 진동하고 포석이 떨렸으며, 그것들의 느린 속도는 위압감을 안겨 주었다. 마치 어떤 중요한 손님이 도착하기라도 한 것처럼 면회객들은 일제히 옆으로 비켜서며 지나갈 자리를 내주었다. 그것은 TCRP, 즉 파리 교통 공사의 차량들이었지만, 짙은 청색을 칠하여 어두워진 차창들로 인해 금방이라도 유령이 튀어나올 것처럼 음산하고도 위협적으로 느껴졌다. 10여 대에 달하는 버스들은 교도소 정문 앞까지 와서는 서로 범퍼가 닿도록 밀착한 채 기다렸다. 그러자 그때까지 정문 앞에서 기다리고 있던 군인들이 급히 안으로 들어갔다. 거기에는 맹금류 같은 모습으로 굳어 있는 버스들만 남았다.

그리고 그것들을 바라보는 한 줌의 여자들만 거기 있었다.

# 28

모두를 죽이고 있는 것은 바로 기다림이었다. 그것은 두려워하는 사람들만이 아니라 두렵게 하는 사람들까지 죽이고 있었다. 감방에서 끌려 나온 3백 명에 가까운 수인들은 안뜰에서 불안에 떨고 있었다. 그들 주위에서는 지시가 내려오지 않아, 혹은 애매한 지시만 내려오고 있어 역시 불안해하는 60여명의 기동 헌병대원들과 모로코 보병 2개 소대가 소총을 들고 서성대고 있었다.

오브슬레르 대위는 — 키가 크고 깡말랐지만, 나름으로는 아주 군인다운 모습이라 생각하는 그 딱딱한 표정 때문에 순진함만 빠진 방랑 기사 돈키호테처럼 보이는 사내였다 — 심지어 부하들에게조차 대답을 거부했다.

페르낭은 자신의 분대를 집합시켰다. 모두 여섯이어야 옳았으나 다섯밖에 없었으니, 전날 뒤로지에가 자신은 떠난다고 알렸기 때문이다. 아내가 임신 8개월이기 때문에 안전한 곳으로 데려가야 한다는 거였다. 페르낭으로서는 차라리 보르니에 중사, 저 멍청이가 없었으면 했다. 어떤 알코올 의존자들은 술을 먹어 뚱뚱해지는 반면 어떤 술꾼들은 삐쩍 마르는데, 보르니에가 바로 그 경우였다. 그는 뼈와 가죽밖에 없는 것처럼 깡말랐지만 대체 어디서 나오는지 알 수 없는 어마어마한 활기의 소유자였고, 그가 전혀 취한 것처럼 보이지 않는 것은 아마도 그 때문일 거였다. 항상 그렇게 뛰어다니면서 칼로리를 태우는 게 분명한 그는 한자리에 붙어 있는 법이 없었다. 그는 대중 무도회의 오케스트라 앞에서 맥주잔을 들고 몸을 꼬며 혼자 춤을 추는 그런 종류의 알코올 의존자였다. 여기에 뾰족한 코와 우둔한 머리를 가지고 시도 때도 없이 흥분하는 게 특기였다. 오늘 이 교도소 담장 안에서는 ─ 그게 가능한 것인지는 모르겠으나 ─ 평소보다 더 흥분해 있는 것처럼 보였다.

오브슬레르 대위는 수감자 점호를 실시케 한 뒤, 다른 이들보다 감시병이 두 배나 붙은 다양한 나이의 남자 여섯 명을 안뜰의 한쪽 구석에 모이게 했다.

「사형수들이야.」 라울이 가브리엘의 귀에 대고 속삭였다.

페르낭의 분대는 50여 명의 일반범을 감시하는 임무를 맡았다. 곧바로 보르니에 중사는 3열 종대로 선 수인들 앞에 조용히 서 있는 대신, 신경질적으로 소총을 만지작거리며 끊임없이 왔다 갔다 했다. 그러면서 날카롭고도 의심쩍은 시선을 사방에 던졌고, 이에 불안감이 배가된 수인들은 자기들끼리 수군거렸다.

「조용히 해!」 보르니에는 아무도 질문한 사람이 없는데 혼자서 꽥 소리쳤다.

그가 멀어져 가자 다시 속삭임이 일었다.

달라디에 총리가 군 교도소들을 싹 비우기를 원한다는데,

그게 정확히 무슨 뜻이란 말인가? 〈그것은 우리를 다른 곳으로 이감시키라는 뜻이야〉라고 누군가가 속삭였다. 이 말은 사람들을 안심시켜 주었으므로 보다 많이 돌아다녔다. 돌아다니는 또 다른 말은 〈총살한다〉였다. 아무도 선뜻 믿으려 하지 않았지만, 지키고 선 군인들이 저렇게 팽팽히 긴장해 있는 것을 보면……. 〈아직 지시가 내려오지 않아서 저러는 건가? 아니면 저들이 우리에게 해야 할 일이 있는 건가? 우리에게 총을 갈기는 거?〉 누군가가 뱅센의 구덩이를 언급했다.[7] 가브리엘은 실신할 것 같았다. 셰르슈미디에 도착한 이후로 그는 열 번도 넘게 자신의 결백을 주장했지만, 여기서 그러지 않은 사람이 있단 말인가? 이 교도소에는 무고한 사람들뿐이었다. 유일한 예외는 공산주의자들로, 모두가 이들은 죄인이라고 생각했다.

〈문제의 핵심은 바로 저놈들이야〉라고 오브슬레르 대위는 그의 둘레에 모여 선 부사관들에게 나직하게 설명했다.

「공산주의자들이 테러를 목적으로 무기 공장을 도둑질하고 병기고의 무기를 탈취할 계획이 있다는 것을 우리는 분명히 알고 있어. 지시가 어제저녁에만 내려왔어도 벌써 집행하기 시작했을 텐데 말이야. 여기서는 저 공산주의자 놈들이 반란을 일으켜 무정부주의자들과 사보타주범들까지 끌어들일 위험이 있어……. 여기에는 프랑스의 적들밖에 없다고.」

페르낭은 안뜰을 둘러보았다. 지금으로서는 프랑스의 적들

7 나폴레옹 보나파르트는 그의 야심의 가장 큰 걸림돌이라 할 수 있는 왕위 계승자 젊은 앙지앵 공작을 망명지인 독일에서 납치해 와, 1804년 3월 20일 뱅센의 요새에서 즉결 심판 후 처형하여 구덩이에 매장한다. 정치적 함의로 가득한 이 처형은 나폴레옹의 어두운 얼굴의 상징과도 같은 사건으로, 많은 논쟁과 예술 작품의 주제가 되었다.

은 어깨를 축 늘어뜨리고 손을 바들바들 떨면서, 불안이 가득한 눈으로 군복 입은 사내들을 살피고 있었다. 이 모든 게 전혀 좋지 않게 느껴졌다.

「그러면…… 저들을 어떻게 할 건가요?」 페르낭이 물었다.

오브슬레르 대위의 얼굴이 굳었다.

「때가 되면 지시할 거야.」

그는 다시 한번 점호를 하라고 명령했다.

페르낭은 자루가 잘 보이게끔 벽에 기대어 놓은 다음, 점호를 하기 시작했다. 「알베르 제라르, 오뒤갱 마르크…….」 호명된 사람이 〈네!〉라고 목청이 터져라 대답하면, 한 기동 헌병대원이 그에게 가야 할 자리를 지정해 주었고, 페르낭은 해당하는 칸에 곱표를 그었다.

얼굴이 백지장처럼 하얘진 가브리엘은 그보다 상태가 낫다고 할 수 없는 라울 랑드라드보다 두 줄 뒤에 있게 되었다.

이때 거리 쪽에서 차들의 엔진 소리가 들렸고, 모두가 그대로 몸이 굳어 버렸다.

디젤 엔진이 부릉대는 소리에 모든 억측이 중단되고, 소문들은 그 자리에서 얼어붙었다. 한 사내가 바지에 오줌을 지리며 털썩 무릎을 꿇자, 모로코 보병들이 그의 겨드랑이를 잡아 사형수들이 있는 쪽으로 난폭하게 끌고 갔다. 하지만 그곳에 다이르기도 전에 놓아 버렸고, 그는 거기서 길게 누워 신음했다.

「자, 모두 2열 종대로 선다!」 대위가 벼락같이 소리쳤다.

당긴 활처럼 팽팽히 긴장한 보르니에 중사도 대위의 명령을 더 큰 소리로 복창했다. 페르낭은 그냥 조용히 지시를 기다리라고 말하려고 그에게 다가갔지만, 미처 그럴 시간이 없었다.

늘어선 수인들이 파르르 떠는 가운데 문이 반쯤 열리며 맨 앞쪽 차량들이 드러난 것이다. 차창을 청색으로 페인트칠한 그 버스들은 마치 관처럼 보였다.

「모든 도주 시도는 사형으로 처벌된다!」 대위가 경고했다. 「경고 없이 즉각 사격한다!」

보르니에는 입을 벌렸지만, 살벌한 분위기는 그의 혀까지 얼어붙게 했다.

사형수들은 떠나지 않는다고 했다. 그들은 그들의 목덜미 수만큼이나 많은 총구들이 겨누고 있는 가운데, 두 손을 머리 위로 올리고 둥그렇게 앉아 무릎을 꿇고 있었다.

가죽끈을 어깨에 메어 배낭을 짊어진 페르낭은 그의 동료들처럼 소총을 겨누었다. 수감자들은 모로코 보병들이 두 줄로 늘어선 가운데로 나아가기 시작했고, 하나하나 버스 안에 떠밀려 들어갔다.

「목적지에 이르기까지 정차하지 않는다. 무슨 일이 있더라도 계속 달리라는 지시가 있었다.」

개머리판으로 말 그대로 쏘아 올려져 버스 바닥에 떨어져 내린 가브리엘은 급히 다시 일어나서는 허겁지겁 달려가 자기 자리에 앉았다. 라울 랑드라드가 버스의 저쪽 끝에 있는 게 보였다. 아무도 입을 열지 않았다. 모두 손가락이 바짝 오므라졌고, 목덜미는 뻣뻣하고, 목은 바짝 말랐다.

수감자들의 행렬이 나타나자, 여전히 바리케이드 근처에 모여 서 있던 여자 면회객들이 숨을 멈췄다.

모두가 목을 쭉 빼고는, 나타나자마자 눈먼 자들 같은 버스들 속으로 빨려 들어가는 실루엣들을 살폈다. 군인들이 개머

리판으로 사정없이 수인들의 옆구리를 밀어 대면서 뭐라고 소
리 지르는 소리가 들렸다.

「모두 떠나는 거예요!」 한 여자가 울부짖듯 외쳤다.

루이즈는 면회객들 틈에 끼어 있었다. 그녀 혼자만 누구를
바라보아야 할지 알지 못했다. 버스 안에 밀려 들어가고 있는
그 실루엣들 모두가 그녀가 찾는 사람, 그 미지의 형제일 수 있
었다. 저들 중에서 누구일까? 모든 게 너무 빨리, 너무 멀리에
서 일어났다. 그 수인들의 행렬을 자세히 보려 하는데, 모든 게
끝나 버렸다. 그녀는 아무것도 보지 못했다.

벌써 첫 번째 버스가 움직이기 시작하더니, 구보를 하는 군
인 두 명을 앞세우고 그들 쪽으로 천천히 나아왔다. 그들이 다
가오자 여자들은 길 한가운데에 모여 서려 해봤지만, 바리케
이드들이 거칠게 보도 쪽으로 던져지고 버스는 가속해 와 모두
들 옆으로 비켜서야 했다. 차 안에서 무슨 일이 일어나고 있는
지 아무것도 분간이 되지 않았다. 이어 두 번째 버스가 왔고,
여자들은 수인들을 실은 차들이 하나하나 지나가는 모습을 팔
을 축 내려뜨리고 지켜봐야만 했다. 무력감에 일그러진 그들
의 얼굴은 차마 보기 힘들 정도였다. 더 이상 아무도 소리치지
않았다. 그래 봐야 소리가 차 엔진 소리에 묻혀 버릴 것이므로.

거리가 갑자기 휭해졌다.

여자들은 서로를 쳐다보았다.

저마다 핸드백을 가슴에 꼭 붙이고는 한마디씩 했는데, 모
두가 마음을 후비는 똑같은 질문으로 끝났다. 「대체 저들을 어
디로 데려가는 걸까요?」

몇 가지 가설이 흘러나왔지만 금방 꺼져 버렸으니, 모든 이

의 머릿속에 똑같은 대답이 꿈틀대고 있었던 것이다.

「아무리 그래도 저들을 총살하지는 않겠지요?」 결국 한 50대 여자가 울음을 터뜨릴 듯한 얼굴로 말했다.

「저 버스들, 정말로 이상해요…….」

루이즈는 그게 작전의 비밀 유지를 위한 것이리라 생각했지만, 아무 말도 하지 않았다. 거리는 텅 비고 교도소의 문들은 닫혀 있어, 이제 여기서 아무 할 일이 없었다. 여자들은 서로 얘기도 나누지 않고 무거운 걸음으로 거리의 모퉁이 쪽으로 향했다. 누군가가 외치는 소리가 그들을 돌아서게 했다.

그녀들 중 하나가, 교도소의 커다란 정문 가운데에 난 조그만 문을 통해 정장 차림의 남자가 나오는 모습을 발견한 것이다.

「간수예요!」 한 여자가 말했다. 「난 저 사람을 알아요!」

모두가 우르르 거기로 달려갔다. 루이즈도 걸음을 빨리 하여 그들 뒤를 쫓았다. 남자는 여자들이 결연한 표정으로 자신에게 몰려오는 것을 보자 얼굴이 굳었다. 곧이어 쏟아진 무수한 질문과 욕설에 파묻힌 그는 이렇게 말했다.

「그냥 이감하는 거예요…….」

일순 주위가 조용해졌다.

「이감이라니, 어디로요?」

그도 전혀 아는 게 없다고 했고, 그의 진실성에 대해서는 아무도 의심할 수 없었다. 거의 위협적인 기세로 몰려온 이들은 알고 보니 공포에 질린 아내, 어머니, 누이, 그리고 약혼녀 들의 작은 무리일 뿐이었다. 그 자신도 딸이 다섯 있는 간수는 마음이 짠해졌다.

「내가 듣기로는 남쪽으로 가는 것 같던데…….」 그가 덧붙였다. 「하지만 그게 어딘지⋯⋯.」

그들이 총살당할 수 있다는 두려움에 뒤이어 그들을 잃어버렸다는 불안감이 엄습했다. 모든 이들이 오를레앙을 언급했다. 매일 파리를 빠져나가는 수천 명의 시민들이 가는 방향은 단 하나, 루아르 지방이었다. 사람들은 보장시[8]를 지날 때쯤이면 독일군이 패배를 맛볼 거라고 생각했다. 아니면 기진맥진하거나 사기가 꺾일 거였다. 아니, 더 낫게는 프랑스군이 저지선을 형성할지도, 아니, 더 나아가 반격을 시작하게 될지도 몰랐다. 악몽에 이어 행복한 환상이 피어나고 있었다. 이 모든 것은 바보 같은 생각들이었으나, 나름의 효용성이 있었기 때문에 퍼져 나가 일반화되었다. 새로운 예루살렘은 바로 오를레앙이었다.

루이즈는 제일 먼저 지하철 쪽으로 발걸음을 내디딘 사람들 중의 하나였다. 그녀가 이름을 알게 된 이후로 라울 랑드라드는 그녀의 머릿속에서 어떤 인간적인 존재까지는 아니라도(그녀는 지금 그가 어떤 모습인지 알지 못했다) 적어도 어떤 무게를, 어떤 밀도를 지니게 되었다. 그를 찾는 것을 포기해야 하나? 더 나은 때를, 지금보다 덜 어려운 때를 기다려야 하나?

「뭐, 더 나은 때?」

쥘 씨는 표시가 나게 입을 쭉 내밀었다. 그것은 자신의 회의적인 마음을 표현하고 싶을 때 고객들에게 늘 보이는 표정이었다.

8 오를레앙은 파리의 남서쪽에 위치한 루아르도(道)의 관문이자 중심 도시라 할 수 있으며, 거기서 조금 더 루아르 지방으로 들어간 곳에 보장시가 있다.

「좋아, 그래. 그 친구가 누군데?」

「내 어머니의 아들이에요.」

그가 보이는 반응으로 볼 때, 쥘 씨는 이런 대답은 전혀 예상하지 못했던 듯했다. 그는 천장 쪽으로 눈을 쳐들었다.

「좋아, 그렇다고 치자. 그러면 왜 네가 그 친구를 찾아야 하는데? 그가 대체 네 삶에서 뭔데 그러는 거야, 엉? 아무것도 아니야! 군 교도소에 갇힌 것만 보더라도 불량배인 것을 금방 알 수 있다고! 왜 거기 갇혔겠어? 자기 장군을 죽였나? 아니면 독일 놈들하고 사바사바했나?」

쥘 씨에게 물어뜯을 뼈다귀를 하나 던져 주면 아무것도 그를 멈출 수 없었다. 고객들 대부분은 귀를 닫아 버리고 폭풍이 지나가기만을 기다리곤 했다. 하지만 루이즈는 아니었다.

「그에게 얘기할 것들이 있다고요!」

「아, 그래? 얘기할 게 대체 뭔데? 넌 이 일에 대해 아무것도 모르고, 티리옹 의사의 과부에게서 들은 것들뿐이겠지! 아마 그 친구가 너보다 더 많이 알고 있을걸?」

「그렇다면 그에게서 내가 얘기를 들어야죠.」

「애, 루이즈야, 미안하지만 너 정말 제정신이 아니다!」

그는 손가락으로 수를 세었다. 그는 이런 식으로 논거에 힘을 싣는 것을 좋아했다. 그가 생각하기로는, 이게 상대를 무너뜨리는 가장 효과적인 전략이었다. 그가 먼저 불쑥 내미는 것은 엄지가 아니라 더 강력하다고 생각되는 검지였다.

「첫째, 그 친구가 천하의 흉악범이 아니라고 넌 말할 수 없어! 지금 그가 감방에 갇혀 있기 때문에 우린 충분히 이 질문을 해볼 수 있다고. 만일 그가 단두대에 올라갈 운명이라면, 넌 그

338

친구 머리를 달라고 할 거야? 그걸로 박제를 하게? 둘째(여기서 함께 펼친 중지와 검지는 불가피한 변증법적 승리를 예고했다), 그들이 어디로 갔는지 넌 모르잖아. 오를레앙은 하나의 가정일 뿐이야. 그가 보르도나 리옹이나 그르노블에 있지 말라는 법이 어디 있어? 그건 아무도 모르는 일이야. 셋째(이제 세 개의 손가락은 루시퍼의 삼지창처럼 상대를 향해 쭉 뻗어 있었다), 넌 거기에 어떻게 갈 건데? 왜, 자전거를 한 대 사서 밤이 되기 전에 군대를 따라잡으려고? 그리고 넷째⋯⋯.」

쥘 씨는 늘 여기서 고장이 나곤 했으니, 〈넷째〉는 생각해 내기가 가장 힘들었던 것이다. 그는 손을 다시 오므리고는, 할 말이 너무 많아 그냥 포기해 버리는 사람처럼 몸 옆으로 축 내려뜨리곤 했다.

「좋아요.」루이즈가 말했다. 「고마워요, 쥘 아저씨.」

카페 사장은 그녀의 어깨를 잡았다.

「애야, 난 네가 그런 바보 같은 짓을 하도록 놔둘 수 없어! 네가 지금 무슨 짓을 하려는 건지 알기나 하니? 지금 길에는 수만 명의 피란민들과 도망병들이 깔려 있단 말이야!」

「그럼 어떻게 하면 좋겠어요? 파리에 앉아서 독일군을 기다려요? 히틀러는 15일이면 여기에 있겠다고 말했다던데요?」

「난 상관 안 해. 그 친구하고 약속 잡은 것 없으니까! 그리고 한마디로 넌 떠나면 안 돼!」

루이즈는 건성으로 고개를 까딱까딱했다. 정말로 진을 빼는 남자였다. 천천히 그의 손에서 몸을 뺀 그녀는 레스토랑 홀을 가로질러 밖으로 나갔다.

무엇을 가져가야 하나?

옷가지를 가방 하나에 마구 쑤셔 넣고 있는 동안, 쥘 씨가 제기한 문제점들이 점차로 머릿속에서 힘을 얻어 갔다. 그녀는 프랑스 지도가 그려진 우체국 달력을 떼어내어 루아르강을 나타내는 선을 살펴보았지만, 어떻게 해야 거기에 갈 수 있는지 전혀 알 수 없었다. 우선 열차는 배제되었다. 모두가 말하기를 역마다 피란민들로 미어터진다는 거였다. 그녀는 오를레앙까지 구불구불 이어지는 국도를 한참 동안 들여다보았다. 지금 자동차를 찾는 사람은 비단 그녀만이 아닐 거였다. 파리 시민 대다수가 자동차가 없었다. 하지만 그럼에도 불구하고 사람들 대부분이 어떻게든 파리를 벗어나고 있지 않은가? 방법을 찾아보겠어, 하고 중얼거렸지만, 그녀의 굳은 결심은 쥘 씨의 얘기들에 이미 흔들리고 있었다.

그녀는 계속 옷가지를 가방에 쑤셔 넣으면서도 자신이 결국 여기 남으리라는 것을 알았다.

그리고 설사 그를 간신히 찾아낸다 해도, 그 앞에 불쑥 나타나서 대체 어떻게 말해야 한단 말인가? 〈안녕하세요, 전 당신의 어머니의 딸이에요〉라고? 조금 우스꽝스러운 일이었다.

갑자기, 신문 연재소설에 나오는 인물 같은, 도형수의 복장에 험상궂은 얼굴을 한 남자가 상상이 되었다.

맥이 풀린 그녀는 가방을 옆으로 밀어 놓았다. 그러고는 오랫동안 답답하고, 멍하고, 무기력한 상태로 앉아 있었다.

그녀는 일어나 불을 켰고, 아래층으로 내려가 시계를 보고는 창 앞으로 갔는데, 거기서 딱 움직임을 멈췄다.

그런 다음 최대한 빨리 다시 2층으로 올라가서는, 가방을 잡아 침대 커버 위에 던져 놓은 모든 것을 쑤셔 넣은 다음, 구르 듯이 층계를 내려와 외투를 집어 들고 문을 열었다.

집 앞에서는 정장에 에나멜 구두 차림의 쥘 씨가 거의 10년 전부터 차고를 떠난 적이 없는 그의 고색창연한 푸조 90S의 보 닛을 열심히 문지르고 있었다.

「좋아, 타이어에 바람을 좀 넣어야겠어……」

사실 자동차는 타이어에 바람이 빠져 휠로 굴러갈 것 같은 꼬락서니였다. 전에 새파랬던 차체는 앞 좌석의 화장 거울처 럼 뿌옇게 퇴색되어 있었다.

그들이 철제 셔터가 내려진 라 프티트 보엠 앞을 지나갈 때, 루이즈는 〈가족 찾기 관계로 휴업〉이라고 쓰인 알림판을 언뜻 보았다.

# 29

바짝 마른 한 청년이 그의 옆에서 머리부터 발끝까지 덜덜 떨고 있었다. 건강이 좋아 보이지 않았고, 라울은 그의 미래가 그렇게 밝게 느껴지지 않았다. 갑자기 후다닥 도망을 치다가 등짝에 총을 맞아 죽을 타입의 친구였다.

기동 헌병대원들은 버스의 가운데 통로에서 3미터 간격으로 소총을 들고 서 있었고, 그들의 우두머리는 버스 뒤쪽에 달린 승강대[9]에서 전체를 감시하고 있었다.

처음 몇 분은 몹시 힘들었다. 수감자들은 저들이 어쩌면 30분 후에 재판도 없이 자신들을 처형할지도 모른다고 생각하며 감시병들을 쳐다보았다.

시간은 천천히 흘러갔다.

차창에는 페인트가 덕지덕지 발려 있었지만, 라울은 기적적으로 붓질을 피한 미세한 틈을 통해, 눈에 띌 정도로 몸을 비틀지 않고도 밖을 내다볼 수 있었다. 당페르 광장이 보이는가 싶

9 당시의 버스 승강구는 옆쪽이 아니라 뒤쪽에 있었고, 발코니 형태의 그 공간은 꽤 넓어서 승객이 서 있을 수도 있었다.

더니 버스가 아주 짧은 시간 동안 정차했고, 한 신문 판매인이 소리쳤다.

「『파리수아르』입니다! 독일군이 누아용에 왔어요! 『파리수아르』사 보세요!」

라울은 누아용이 어디에 있는지 명확하게 기억나지 않았다. 피카르디도(道)인데, 파리에서 100킬로미터나 150킬로미터쯤 될 거였다. 얼마 안 있으면 적군이 수도의 코앞에 당도하리라. 그들이 급히 셰르슈미디를 떠난 것은 분명히 이것과 관련이 있었다.

교통이 매우 혼잡했기 때문에 차가 천천히 가는 때가 많았다. 감시병들은 얼마 안 가서 서 있는 것에 피로해졌다. 페르낭은 그들이 간이 의자에 앉는 것을 허락했다.

라울이 주로 훔쳐보는 사람은 그가 앉은 좌석 열을 감시하는 중사였다. 매우 위험스러운 적의가 느껴지는 이 사내는 아주 표독해 보이는 것이 이런 종류의 악몽에 너무나 어울리는 인물이었다. 라울은 군대에서 이런 종류의 친구들을 많이 겪어 봤다. 냉정함이라곤 눈곱만큼도 찾아볼 수가 없고, 조그만 자극에도 휘발유처럼 파르르 흥분하는 부류, 증오에 가득 차서 자신의 군복을 어떤 특권으로 생각하는 부류 말이다. 그가 듣기로, 이름은 〈보르니에〉인 듯했다. 흑사병처럼 경계해야 할 친구였다.

그의 상관인 상사는 50대의 사내로 육중하지만 균형이 잡힌 체구, 이마가 약간 벗겨진 심각한 얼굴, 그리고 오래전부터 볼 수 없게 된 두툼한 물개 수염[10]과 구레나룻의 소유자였다. 감시병들 중에서 가장 침착해 보였다. 라울은 감시병들의 태도,

각 사람의 행동 등 모든 것을 기억해 두었다. 이 모든 게 언젠가는 쓸모가 있을 거였다. 아니, 생사를 좌우할 수도 있었다.

파리를 떠난다는 가정은 점점 현실이 되어 가고 있었다. 뱅센의 구덩이에 파묻힐 가능성은 옅어져 갔고 비극적인 결말을 상상하고 싶지 않았기 때문에, 사람들의 긴장은 아직 풀리지는 않았지만 시간이 감에 따라 점차로 흥분은 가라앉았다. 분위기가 약간 가벼워졌다. 라울은 심지어 가브리엘에게 눈짓을 하려 살짝 고개를 돌리기까지 했는데, 감시하고 있던 기동 헌병대원이 개머리판으로 좌석 등받이를 거세게 때려 고개를 다시 돌리게 했다. 아픈 것보다도 공포감이 밀려왔다. 이 버스는 교도소와 같은 규칙에 의해 다스려지고 있었다. 라울은 등을 둥그렇게 구부리고 감시병의 주위가 다른 곳에 쏠리기를 기다렸다가, 승강대 쪽으로 재빨리 눈길을 던졌다.

페르낭은 침착한 모습을 보이려 애쓰고 있었지만, 속은 전혀 그렇지가 못했다. 대위에게서 수감자 명단을 건네받은 이후로 그는 계속 자문해 왔다. 이 〈프랑스의 적들〉을 사살해야 하는 상황이 온다면, 난 과연 어떻게 해야 하지? 그는 이런 집단 처형을 하기 위해 기동 헌병대에 들어온 게 아니었다. 만일 거부한다면 무슨 일이 일어날 것인가? 반역죄로 기소될 것인가? 그렇다면 자신이 총살당할까?

또 페르낭은 저 빌어먹을 가방의 내용물도 걱정이 되었다. 상황상 이것을 가져오지 않을 수 없었으니, 자신이 다시 파리에 돌아오게 될지, 돌아오면 언제 오게 될지, 또 놓고 온 것을

10 끝부분을 아래로 내려뜨린 콧수염.

344

도로 찾을 수 있을지 알 수 없었기 때문이었다. 내게는 다른 수가 없었어, 그는 계속 속으로 중얼거렸다. 내겐 다른 수가 없었다고.

그 역시 신문 장수가 외치는 독일군의 진격 소식을 들었다. 만일 파리가 점령된다면 사용 가능한 모든 아파트가 점거될 거고, 그가 숨겨 둔 돈은 사라질 거였다. 어떤 독일 놈이 그의 지하실에서 지폐로 가득한 가방을 발견할 수 있다는 생각에 자신도 모르게 살짝 미소가 나왔다. 그자는 모든 것을 상관에게 가져다 바치는 모범적인 독일 놈일까, 아니면 상황에 따라 행동하는 약삭빠른 놈일까? 뭐, 어쨌든. 그는 가방을 수감자들 좌석 위의 짐 선반에 올려놓았다. 그것을 군복 상의로 덮어 놓는 것은 〈이것은 귀중품이 든 가방이니 아무도 접근하지 마시오!〉라는 팻말을 붙여 놓는 거나 마찬가지일 터였다. 지금 그에게는 나쁜 선택지들밖에 없었다. 또 물건을 가장 적게 가져온 이도 그였다. 지폐 한 종류가 속옷 등의 자리를 차지한 것이다. 심지어 그에게는 임무 명령서가 권고한 〈짧은 이동 임무를 위해 필요한 소지품〉조차도 없었다.

버스에 탄 사람들은 버스가 이 순간의 은유 같다는 느낌을 어렴풋이 받았다. 나라의 사방에서 물이 차 들어오고 있는 지금, 이 눈먼 사람 같은 차는 모두가 한 방향으로 도망치는 파리 시민의 행렬들 사이로 힘겹게 길을 내며, 다시 돌아올 수 있으리라 아무도 장담할 수 없는 미지의 목적지를 향해 나아가고 있었다.

버스는 그럭저럭 속도를 내기 시작했다. 수감자와 감시병을 막론하고 모두가 이제 최악의 상황에서, 다시 말해서 집단 총살이라는 그 끔찍한 일에서 도망쳤다는, 거기서 벗어났다는 생각에 저마다 안도의 한숨을 내쉬었다. 그리고 각자의 관심은 자신의 삶으로 돌아왔다.

페르낭은 알리스를 생각했다. 만일 심장 발작이 일어날 경우에 그의 누나 프랑신은 어떻게 해야 하는지 알고 있을까? 빌뇌브쉬르루아르에는 아직 도망가지 않은 유능한 의사가 남아 있을까?

페르낭과 알리스는 20년 전에 만났다. 어쩌면 둘 다 외아들, 외딸이기 때문이리라. 아니면 그때까지 마음을 온전히 채워주는 사랑을 못 해봐서 그랬는지도 모른다. 어쨌든 둘은 마치 칡넝쿨처럼 서로에게 얽혀 들었고, 아이가 없었기 때문에 ─ 그도, 그녀도 이를 아쉬워하지 않았다 ─ 더욱 서로에게 열중했다. 페르낭에게 알리스는 넘을 수 없는 지평이었고, 알리스에게 페르낭은 일생의 사랑이었다.

어느 날 ─ 1928년의 일이었다 ─ 알리스는 이상한 불편감에 사로잡혔다. 뭔가 무겁고도 모호한 것이 가슴을 꽉 조이더니 어떤 불안감처럼 전신에 퍼졌다. 얼굴이 창백해지고 손은 얼음장같이 차가워졌다. 그녀는 페르낭을 보았지만 시선은 그에게 있지 않았다. 그가 그녀를 뚫어져라 쳐다보고 있는데, 갑자기 그녀가 그의 발밑에 픽 쓰러졌다. 이 순간 그들의 삶은 위에서 아래로 완전히 두 쪽이 나버렸다. 아직은 가까스로 서 있지만 끊임없는 손길을, 혹시 깨지지나 않을까 전전긍긍하는 보살핌을 필요로 하는 소중한 화병처럼 말이다. 이 이후로 그들의 삶은 위험과 병과 죽음, 그리고 무엇보다도 서로 헤어질 수 있다는 불안감 주위에서 맴돌았다.

페르낭은 가톨릭 신자이긴 했지만 실제로 신앙생활을 하는 사람은 아니었다. 그랬던 그가 알리스에게 말하지 않고 성당으로 돌아왔다. 그의 생각으로는 그녀에게 이 사실을 말하는 것은 약해지는 것이고, 자신의 약한 모습을 보이는 거였다. 그는 알리스를 미사에 데려다줄 때면 여전히 카페테라스에서 담배를 피웠고, 자신은 병영에 가는 길에 몰래 미사에 가고는 했다. 신과의 관계는 부부 간의 유일한 거짓말이었다.

그는 불안한 마음을 달래기 위해 짐 선반 위에 놓인 자신의 배낭에 다시 한번 눈길을 던진 다음, 부하들이 흔들리는 버스 속에서 균형을 잡으며 경계 중인 가운데 통로를 보았다. 또 수인들도 보았다. 그는 목록을 살펴보았다. 거기에는 수감자들의 이름과 입소 날짜, 법적 상황과 수감 이유 등이 적혀 있었다. 모두 쉰 명이었다. 공산주의자는 단 여섯 명이었고, 나머지는 절도범, 강간범, 약탈범 등 각종 범죄자들로 구성되어 있었다. 그가 보기에 모두 한심한 양아치들이었다.

창문에 난 틈을 통해 라울은 〈부르라렌〉[11]이라고 써진 표지판을 보았다. 길은 갈수록 혼잡해졌고, 버스는 길을 내기 위해 끊임없이 경적을 울려야 했다. 단독 주택들 앞에서 사람들은 자동차 지붕에다 보따리를 싣고 있었고, 거리에서는 경찰관들이 한 방향으로만 몰리는 자동차들의 물결을 조금이라도 줄여보고자 두 팔을 사방으로 휘두르고 있었다. 페르낭은 창문 여는 것을 허락했고, 덕분에 조금 숨을 쉴 수 있게 되었다. 그리

11 파리 정남쪽으로 약 9킬로미터 떨어진 조그만 위성 도시. 오를레앙으로 가는 길목에 있다.

고 고함치는 소리, 엔진들이 조급하게 부릉대는 소리, 기진맥
진한 운전자들이 울려 대는 경적 소리가 들렸다.

어둠이 깔리기 시작하자 허기와 갈증이 느껴졌다. 물론 그
걸 표현하는 사람은 아무도 없었다. 반면 소변에 대해서는 누
군가가 결심을 해야 했다. 바로 라울 옆에 앉은 청년으로, 이제
머리끝에서 발끝까지 덜덜 떨지는 않았지만, 여전히 얼굴은
새하얬고 불안감으로 바짝 긴장해 있었다. 그는 마치 초등학
교 교실에서처럼 손가락을 들어 올렸다. 부릉대는 엔진 소리
에 깜빡 잠이 들었던 작달막한 술꾼 기동 헌병대원이 벌떡 일
어서며 소총을 겨누었다.

「너, 뭐 하겠다는 거야, 엉?」

상사도 즉시 일어나서는 진정하라는 듯이 두 손을 내뻗었다.

「가서 소변 좀 봐야겠어요……」 수인이 띄엄띄엄 말했다.

이것은 전혀 예상치 못했던 상황이었다. 여전히 수감자들에
게 참으라고 할 수는 있었지만, 언제 용변을 볼 수 있을지에 대
해서는 아무도 몰랐다. 그리고 그들이 받은 지시는 분명했으
니, 도중에 절대로 멈추지 말라는 거였다.

페르낭은 고개를 돌려 보았다. 이제 파리에서 벗어나 교외
지역을 달리고 있었고, 도로는 한결 한적해졌다. 그는 나지막
한 목소리로 부하들에게 지시했다. 그리하여 뒤쪽 승강대로의
수감자들의 행렬이 시작되었고, 그들은 거기서 옆구리에 총구
를 붙인 채로 차도 위에 오줌을 갈겼다.

이 막간극에 긴장이 조금 풀렸다.

수인들은 속삭이기 시작했다. 감시병들은 페르낭의 침착한
손짓에 개입을 포기했다. 자기 자리로 돌아온 청년은 라울에

게로 고개를 기울였다.

「그쪽은 어떻게 들어온 거예요?」

「아무 죄도 없이 들어왔어!」

이 말은 마치 지고의 진실이기라도 한 양 저절로 튀어나왔다.

「그럼 자네는?」

「〈뻬라〉 살포와 해체 단체 재조직 혐의요.」

이는 공산주의자들이 수감되는 주요한 이유였다.

「그러니까 넌 진짜배기 머저리[12]로군……」라울은 낄낄대며 말했다.

이제 버스는 불을 모두 끄고 달렸다. 밤이 되었기 때문이다. 에탕프를 지난 후부터는 더욱 빨리 달리며 피란민 행렬을 추월하곤 했다.

7시경부터 허기가 느껴지기 시작했으므로, 페르낭은 보급 문제가 걱정이 되었다. 대위는 이에 대해 아무 말도 하지 않았다. 급하게 이루어진 출발, 애매한 지시들, 그리고 이 모든 것이 즉흥적으로 이루어졌다는 인상은 아주 골치 아픈 어떤 임무를 예고하고 있었다. 하기야 온 나라가 무너지기 직전인 이 상황에서, 이 작전만 제대로 준비되고 올바르게 진행되어야 한다는 법은 없었다.

마침내 오를레앙 인근에 도착했다. 저녁 8시였다.

버스는 중앙 교도소 주차장에서 멈춰 섰고, 기동 헌병대원

---

12 공산주의자는 communiste(코뮈니스트)고 라울이 한 말은 con(콩)인데, con에는 〈머저리〉, 〈바보〉라는 뜻이 있다.

들의 감시에 맡겨졌다. 오브슬레르 대위는 부사관들을 소집했다.

「자, 이제 도착했다.」 그는 안도감이 느껴지는 목소리로 말했다. 「우리 수감자들을 이곳의 내부로 이감하는 일은 약간의 시간을 요할 것이다. 보안 문제 때문이다. 지시가 있을 때까지 귀관들이 각자의 차량을 잘 지키고 있으면 모든 게 원만히 진행될 것이다. 자, 실시!」

그는 어쩌다 찾아온 방문객처럼 교도소 정문의 초인종을 눌렀다. 총안(銃眼)이 빠끔히 열렸고, 대위는 문 반대쪽에 있는 사람과 대화를 시작했는데, 아무도 그를 기다린 것 같지 않았다. 부하들의 따가운 시선을 느낀 대위는 돌아서며 버럭 화를 냈다.

「자, 자! 내가 뭐라고 말했나! 엉?」

페르낭은 그의 차량에 돌아왔다. 그는 자신이 없는 동안 분위기가 좀 더 불안정해져 있는 것을 곧바로 느꼈다. 수감자들은 일제히 그에게로 고개를 돌렸고, 부하들도 마찬가지였다. 버스가 여기에 선 것은 모두에게 뜻밖의 일이었던 것이다.

보르니에 중사도 벌겋게 충혈된 눈으로 그를 쳐다보았다.

「이감을 준비 중이야!」 페르낭이 마치 혼잣말을 하듯 말했다.

그런 다음 부하들 하나하나에게 이렇게 지시했다.

「시간이 약간 걸릴 거니까, 긴장을 풀지 마! 알겠나?」

불안감이 약간 가라앉자, 그는 다시 버스에서 내려 담배를 피우기 위해 승강대의 난간에 등을 기댔다. 다른 버스들의 동료 몇 사람도 같은 생각으로 모여들었고, 얼마 안 있어 다섯 사람이 고집스레 닫힌 교도소 정문을 묵묵히 바라보며 담배를 피웠다. 보르니에가 지체 없이 그들에게로 다가왔다. 그는 주요 활동이 음주였으므로 담배는 피우지 않았다. 대체 그가 무슨 수를 써서 근무 중에도 아무도 모르게 술을 빨 수 있는지 귀신도 몰랐다. 페르낭은 궁금했다. 이 친구도 술 몇 병을 가져왔을까? 자기 자신도 지폐 다발로 거금을 들고 다니는 이 시기에 불가능한 일은 아무것도 없었다.

「도대체 뭐야, 이 엿 같은 상황은?」 보르니에가 물었다.

페르낭은 그가 차분하고 침착하게 말하는 것을 들은 적이 없었다. 그의 입에서 나오는 말에는 항상 어떤 공격적인 것이, 따지는 것 같은 무언가가 있었다. 마치 자신이 피해자가 된 어떤 부당함에 대한 시정을 끊임없이 요구하는 듯한 어조였다.

「이런 일은 조금 오래 걸릴 수밖에 없어!」 한 동료가 말했다.

「두고 보라고! 저 인간들이 우릴 저 깡패 새끼들과 함께 여기에 내버려 둘 테니까!」 보르니에가 으르렁댔다.

모두가 어스름에 잠긴 건물의 거대하고도 냉랭한 실루엣 쪽으로 고개를 돌렸다.

「나 같으면 다 총으로 갈겨 버릴 거야, 그냥……」

놀라운 것은 아무도 그의 말에 반박하지 않았다는 사실이었다. 아무도 누구에게 총질하고 싶지 않았지만, 이 이상한 밤, 파리에서의 도주, 이 눈먼 사람 같은 차들, 저 고집스레 닫힌 대문, 그리고 앞으로 일이 어떻게 흘러갈지 모른다는 불안감…… 이 모든 것에 지쳐 버린 사람들은 더 이상 말싸움할 기력도 없었다.

「이게 뭐죠?」

한 동료가 페르낭의 호주머니에서 삐져나온 책을 가리켰다.

「아무것도 아니야, 이건…….」

「아니, 이런 것 읽을 시간이 있어요?」 보르니에가 물었다.

그가 말하는 모든 문장에는 어떤 질책이 도사리고 있었다.

「아니, 그게 뭔데요?」 처음 물었던 동료가 다그쳤다.

페르낭은 마지못하여 조그만 책을 꺼냈다. 『천일야화』였다. 아무도 이게 뭔지 알지 못했다.

「제3권이네? 그렇다면 앞의 두 권을 읽었다는 얘긴데?」

거북해진 페르낭은 담배를 짓눌러 껐다.

「그냥 아무거나 집어서 읽은 거야. 잠이 안 올 때 도움이 되거든…….」

보르니에가 막 입을 여는데, 그들의 버스 쪽에서 소란스러운 소리가 들렸다. 중사가 급히 달려가자 페르낭이 소리쳤다.

「보르니에, 거기 서!」

그는 주기적으로 그러듯이 보르니에의 어깨를 꽉 붙잡았다. 그리고 항상 하는 말을 덧붙여야 했다.

「내 지시를 기다리란 말이야!」

축적되는 기운으로 15분마다 가득 채워지는 기계처럼 모호한 공포로 다시 부풀려진 수감자들이 폭발할 기회를 찾은 것은, 피로에 지친 한 기동 헌병대원이 배낭에서 소시지 하나와 빵 한 덩이를 끄집어냈을 때였다. 소시지 하나가 이렇게 곧바로 소란을 야기한 적은 한 번도 없었다.

페르낭은 단 두 걸음에 그에게로 달려갔다.

「이거 당장 집어넣어!」 그는 이를 꽉 물면서 명령했다.

「우리는 언제 먹어?」

몸을 홱 돌렸지만, 누가 이렇게 외쳤는지는 — 그게 여러 명
이라는 사실 외에는 — 알 수 없었다. 파르르한 긴장감이 버스
좌석들을 훑고 지나가는 것이 금방이라도 모두 들고 일어설 기
세였다. 곧바로 기동 헌병대원들은 수인들에게 총을 겨누며
버스 안으로 뛰어 들어갔다. 당황하여 얼굴이 벌게진 그들의
동료는 샌드위치를 급히 배낭에 쑤셔 넣었다.

모두가 아무것도 먹지도 마시지도 못한 지가 벌써 여섯 시
간이 넘었다. 거기다 계속 꼼짝 못 하고 앉아 있느라 몸이 굳어
버린 그들은 탈진하기 직전이었다. 페르낭에게는 상황이 좋지
않게 느껴졌다.

「곧 끝날 거야!」 그가 외쳤다. 「하지만 우선은 마실 것을 주
겠다.」

무기들이 철컥거리는 소리에 아무도 입을 열지 못했다. 페
르낭은 버스에서 내렸다.

「어딘가에 물이 있을까?」

아무도 알지 못했다.

「옆에 루아르강이 있죠.」 보르니에가 이죽댔다. 「저놈들을
강물에다 담가 주고 싶다면, 가장 좋은 방법은 버스를 다리에
서 떨어뜨리는 거겠죠.」

「맞아, 저들에게 물을 마시게 해줘야 해.」 한 동료가 끼어들
었다. 「우리 차에 있는 놈들도 불평하기 시작했어. 상황이 악
화되면 안 될 텐데 말이야……」

페르낭은 교도소 문 앞으로 가서 초인종을 누르고 기다렸
다. 총안이 열리며 어스름 가운데 얼굴 하나가 나타났다.

「이거 오래 걸릴 것 같나요?」

「제 생각으론 아니에요. 곧 끝날 거예요.」

「아, 잘됐네요.」 페르낭이 대답했다. 「왜냐하면…….」

그는 나름대로 분위기를 좀 풀어 보고자 작게 웃음을 터뜨렸다.

「그러니까, 저쪽에…… 사람들이 목이 좀 말라서…….」

「어, 아직 끝난 게 아니네…….」

그의 말을 증명이라도 하듯 문이 열리며 오브슬레르 대위가 걸어 나왔다. 여섯 명의 부사관들은 불안한 얼굴로 그를 쳐다보았다.

「흠, 일이 계획과는 다르게 돌아가는군…….」

그는 머뭇거렸다.

「계획은 뭐였는데요?」 페르낭이 물었다.

평소에 오브슬레르 대위는 자신만만한 사내였다. 군사 학교를 나온 그는 자신을 의심하는 타입이 아니었다. 하지만 이번에는 상황이 그를 흔들어 놓았다. 그는 일들이 전개되는 양상이 참모부의 시각과는 상당히 다르다는 것을 벌써 몇 주 전부터 느끼고 있었다. 그리고 오늘 저녁, 이 하찮은 시골 교도소가 상부에서 보낸 수인들의 수용을 거부했다는 사실은 지금까지 그의 안에 자리 잡고 있던 그 차분한 확신에 금이 가게 만들었다.

「음, 사실 아무것도 없어.」 그는 이렇게 고백하지 않을 수 없었다. 「난 이들을 여기로 옮기라는 지시를 받았어. 그런데 여기엔 자리가 없는 모양이야.」

「그럼 보급은 어떻게 되나요?」 누군가가 물었다.

「그것은 이쪽 관구 소관이야.」 이번에는 제대로 대답할 수 있어 다행이라고 생각하며 대위가 설명했다. 「그들이 저녁 내로 물품을 가져오기로 되어 있는데…….」

사람들은 오를레앙 교도소에 수감자들을 이감시키는 문제와 마찬가지로 보급 문제에 있어서도 그 무엇도 계획대로 진행되지 않을 것임을 곧바로 깨달았다.

대위는 손목시계를 들여다보았다. 저녁 9시였다.

그들 뒤의 총안에서 철컥하는 소리가 들렸다.

「오브슬레르 대위님에게 전보 왔소!」

대위가 뛰어갔다. 부사관들은 서로를 쳐다보았다.

「난 말이지,」 보르니에가 버스들을 가리키며 말했다. 「대체 왜 이렇게 우물쭈물하고 있는지 모르겠어. 어차피 저치들을 다 쏴 죽일 것 아닌가? 나 혼자 결정하라고 했으면…….」

페르낭이 대꾸하려 했으나, 벌써 대위가 전보를 손에 들고 다시 나타났다. 마침내 만족하고, 의기양양하기까지 한 표정이었다.

「그라비에르 기지로 가 있으라는 지시가 내려왔어.」

아무도 그게 무엇인지 알지 못했다.

「여기에서 머나요?」

하지만 대위가 대답하기도 전에 다른 사람이 물었다.

「그럼 보급은요?」

「모든 게 계획되어 있어! 자, 떠나자!」 대위가 명령했다.

「그래도 저들에게 마실 것은 줄 수 있지 않을까요?」 페르낭이 조심스럽게 물었다.

「당신, 나 엿 먹이려고 하지 마! 그라비에르는 여기서 15킬로미터 거리야. 저들은 15분만 더 기다리면 된단 말이야!」

　　상사는 이번에는 설명해 주지 않았다. 심지어는 그의 부하
들에게도 마찬가지였다. 기분이 썩 좋아 보이지가 않았다. 사
람들은 버스에 올라선 그가 운전수에게 출발하라고 고갯짓으
로 지시한 후 자리에 앉는 것을 보았다. 버스는 다시 출발했고,
이런 끊임없는 일정 변동은 모두의 신경을 예민하게 만들었다.
　　「우리가 어디로 가는 것 같아요?」 젊은 공산주의자가 나지
막한 목소리로 물었다.
　　라울도 전혀 감이 잡히지 않았다.
　　약 반 시간 후에 버스가 속도를 줄이기 시작하자, 라울은 차
창의 틈을 통해 상당히 밝은 밤하늘 아래로 펼쳐진 들판을 보
았고, 그 가운데서 농가와 시골길을 분간할 수 있었다. 버스는
크게 원을 그리며 유턴을 한 다음, 높직한 목책이며 철조망 등
이 쳐진 곳 앞에서 멈춰 섰다.
　　상사가 제일 먼저 차에서 내렸다. 배낭을 버스의 차체 아래
로 밀어 넣은 그는 부하들 각각에게 지시를 내렸다.
　　수감자들이 하나하나 버스에서 나오면서 자신의 이름과 수
감 번호를 복창하면, 한 기동 헌병대원이 이를 명단에 체크
했다.
　　라울은 밖으로 나오자 가브리엘 옆에 섰다.
　　두 사람은, 마치 귀빈을 맞이하듯 도열해 있지만 그들 쪽으
로 총을 겨눈 베트남 병사들을 바라보았다. 저쪽 끝에 있는 입
구에도 총을 든 병사들이 보였는데, 그들은 프랑스 병사들이
었다.

그들은 수인들을 3열 종대로 세운 다음, 보통 걸음으로 나아가라고 지시했다. 한 사람이 비틀거리자 허벅지에 총검이 날아왔고, 그를 붙잡아 주려 하던 다른 두 사람에게는 〈이 개자식들아! 이 쓰레기들아! 이 더러운 독일 놈들아!〉라는 고함 소리와 함께 개머리판 세례가 퍼부어졌다.

이 기회에 물을 좀 달라고 부탁하려던 라울은 그럴 생각이 사라졌다.

「우리의 영광스러운 과거가 우리에게 길을 보여 주네!」 이렇게 한마디 흘릴 뿐이었다.

보통 그는 킬킬대며 참모부의 슬로건을 인용하곤 했지만, 이번에는 웃음기가 없었다.

그들 앞에 길게 늘어선 막사들은 군 공동묘지의 무덤들을 연상시켰다.

# 30

출발할 때부터 루이즈는 차라리 걷는 편이 더 빠르지 않을까 하는 생각이 들었었다. 생투앙가(街)에서 자동차는 콜록대기 시작했다.

「점화 플러그 때문이야.」 쥘 씨가 설명했다. 「조금 있으면 때가 벗겨져 괜찮을 거야.」

푸조 승용차는 문짝이 두 개 달린 1929년 모델로, 지금껏 그는 네 번밖에 사용하지 않았다. 처음 사용한 것은 차고에서 가져올 때였는데, 첫 번째 사거리에서 우유 트럭을 받고 정비소에서 다시 찾아왔던 게 두 번째라고 할 수 있었다. 다음 해에 쥔빌리에[13]에서 열린 한 팔촌의 결혼식 때 차를 다시 꺼냈다. 따라서 이번이 네 번째로 끌고 나온 거였다. 세월이 흐름에 따라 도색이 다소 흐려지긴 했지만, 쥘 씨는 보름마다 차를 닦곤 했다. 무엇 때문인지는 알 수 없지만, 항상 연료 통과 라디에이터를 가득 채워 놓고 스페어타이어를 점검하곤 했다.

---

13 파리의 북서쪽에 위치한 위성 도시.

옆에서 보면 느낄 수 있지만 쥘 씨는 운전 경험이 부족했다. 출발할 때에 그는 에나멜 구두를 검정색 펠트 실내화로 갈아 신었는데, 어쩌면 이것 때문에 운전이 쉽지 않은 모양이었다.

루이즈는 차라리 포기하고 싶었지만, 카페 주인은 두 손으로 핸들을 꽉 쥐고서 마치 농업용 트랙터를 모는 것처럼 차를 운전했다. 금방이라도 고장이나 사고가 날 것 같았고, 그러면 모든 게 끝이었다.

한없는 기다림 끝에 그들은 바람 빠진 타이어를 다시 부풀릴 수 있었다. 이제 그들은 파리의 남쪽 관문으로 가는 길로 들어섰는데, 교통이 혼잡하여 발로 걷는 속도나 별반 차이가 없었다.

「보조 연료 통을 가지고 오길 잘했지?」

자동차에서는 휘발유 냄새가 났다.

오를레앙로(路)에서부터 차들은 단 한 방향, 즉 남쪽으로만 향했다. 차에는 사람들이 가득했고, 그 지붕에는 가방이며 상자며 침대 매트리스 등속이 매어져 있었다.

「그 친구들이 너한테 〈남쪽〉이라고 말했다고?」 쥘 씨가 물었다.

이 질문은 벌써 열 번째였고, 루이즈가 대답하자 또 열 번째로 이렇게 되풀이했다.

「그들을 찾아내기가 쉽지 않겠어.」

이번에는 이 말도 덧붙였다.

「우리는 이렇게 빌빌대며 가는데, 그들은 쏜살같이 달려갈 거야! 그런 호송 차량들은 말이야, 교통 체증에 묶이는 일이 없거든.」

루이즈는 이 일은 결국 실패할 수밖에 없다는 것을 점점 더 의식하게 되었다. 쥘 씨의 말이 옳았다. 그들은 진행 속도가 갈수록 느려지는 이 자동차 행렬에 묻혀 있을 뿐 아니라, 자신들의 목적지가 어디인지조차 모르는 것이다.

「남쪽이라면, 오를레앙이 아니면 어디겠어요?」 루이즈가 물었다.

그 정도의 군사 전략가로서는 참으로 기이한 일이었지만, 쥘 씨의 지리학적 개념은 어설프기 짝이 없었다. 그는 회의적인 표정으로 입을 삐죽 내밀며 고개를 끄덕이고 말았는데, 그에게서 이 동작은 자기도 그렇게 생각하지 않는 것은 아니라는 뜻이었다. 그는 담배 한 대를 피워 물었고, 그 통에 자동차의 왼쪽 펜더를 시멘트 기둥에 긁어 버렸다.

세르슈미디 교도소 수감자들을 자동차로 쫓아간다는 이 프로젝트는 사실 말도 안 되는 얘기였지만, 다시 돌아가는 것이 불가능하다는 사실을 깨닫기 위해서는 도로의 세 차선을 꽉 메우며 밀려가는 자동차들을 한 번 쳐다보는 것으로 충분했다.

대부분 2단 기어로 달렸고, 심지어 1단으로 달릴 때도 있었다. 차들이 힘겨워하기 시작했다. 저녁 8시경, 차들의 긴 행렬이 길옆으로 벗어나 멈춰 섰다. 루이즈는 이 틈을 이용해 차에서 내렸다. 여자들은 눈길이 안 닿는 으슥한 곳을 찾았고, 조금이라도 숲이 우거진 곳은 공중화장실로 변했다. 그들은 길게 줄을 서서는 참을성 있게 기다리면서 자기네 차가 갑자기 떠나지 않을까 곁눈으로 살피곤 했지만, 그런 일은 결코 일어나지 않았다.

루이즈도 거기서 차례를 기다리며 주위의 사람들에게 물어

보았다. 혹시 차창을 파랗게 칠한 파리 교통 공사 버스 행렬을 보셨나요? 사람들은 이 질문을 괴상하게 여겼다. 아니, 수도 안의 짧은 거리를 다니는 버스들이 왜 국도에 있다는 거죠? 또 파랗게 칠한 차창이라니⋯⋯. 루이즈에게 돌아온 것은 모른다는 대답과 놀란 눈빛뿐이었다. 그와 비슷한 것을 본 사람도 전혀 없었다. 그녀는 실망하지 않고, 다시 차에 타는 대신에 늘어선 차들을 돌아다니며 운전자와 승객 들에게 물었지만, 여전히 똑같은 대답이었다.

다시 발길을 돌린 그녀는 차가 막 다시 움직이기 시작하는 순간 도착할 수 있었다.

「야, 내가 얼마나 걱정했는지 알아?」 쥘 씨가 말했다.

그녀는 차에 올랐고, 차 문을 닫으려 손잡이를 잡았다.

「파리 교통 공사 버스를 찾은 분이 당신인가요?」 옆에 있는 차에서 한 여자가 물었다. 「오늘 오후에 그 차들이 우리 차를 추월해 갔어요. 크렘랭비세트르[14]에서였죠. 아마 3시쯤이었을 거예요. 맞아요, 오를레앙 쪽으로 갔어요.」


저녁 9시가 지나 있었다. 적의 폭격이 우려되기 때문에 자동차의 불을 모두 끄라는 지시가 차들 사이로 전달되었다. 그리하여 마치 줄등인 것처럼 행렬의 불들이 하나하나 차례로 꺼졌다. 어스름에서 운전하는 게 익숙지 않은 쥘 씨는 네 가족과 그들의 가구를 실은 덤프트럭 꽁무니에 앞 범퍼를 박았다.

수인들을 실은 호송차 행렬은 여섯 시간 이상 앞서 있었고,

14 파리의 남쪽에 붙은 작은 위성 도시.

일이 돌아가는 상황으로 볼 때 이틀 안으로는 오를레앙에 도착하기가 힘들 듯했다.

쥘 씨는 차를 갓길에 세운 다음 내려 트렁크를 열었다. 그리고 소시지, 와인병, 빵 등의 음식이 든 버들가지 광주리를 가지고 루이즈에게 돌아왔다. 그는 경사지로 내려가 벌써 촉촉이 젖은 풀밭에 두툼한 흰 테이블보를 깔았다. 루이즈는 미소를 지었다.

파리 탈출은, 적어도 한 시간 동안은 전원에서의 야간 소풍을 닮아 있었다.

# 31

거기에는 기동 헌병대원들, 그리고 식민지 보병대인 모로코 병사와 베트남 병사 들이 포함된 일반 군인들이 있었다. 각 그룹은 저마다 다른 이유로 여기에 모인 듯한 느낌이었는데, 이들 모두의 공통점은 다들 극도로 예민해져 있다는 사실이었다. 페르낭은 버스에서 내리자마자 이런 팽팽한 긴장감을 느꼈다. 기지 입구에서 소총을 들고 늘어서 있는 병사들의 모습은, 수인인지 기동 헌병대원인지를 막론하고 이곳에서는 호송대 전체가 환영받지 못하는 존재라는 불쾌한 느낌을 주었다.

이날 늦은 오후에 하늘 높은 곳에서 독일군 편대들이 지나가는 게 보였다. 잘못하면 독일군에게 따라잡힐 수 있다는, 그리하여 제대로 방어도 할 수 없는 이런 곳에서 기관총 세례를 받을 수 있다는 생각은 감시병들의 마음을 심란하게 만들었다. 그들은 자신들이 어쩌다 떠맡게 된 이 불량배 떼거리 수인들을 위해 죽고 싶은 마음이 전혀 없었다.

여전히 군법처럼 경직되어 있는 오브슬레르 대위는 파리 교도소 별관에서 한 무리의 수인들을 데리고 온 동료와 대화를 나누었고, 제일 늦게 도착한 탓에 자신에게는 아직 남아 있는 것, 다시 말해서 철조망 울타리로 둘러싸이고 화장실도 없는 가건물 여섯 동이 떨어졌다는 사실을 알게 되었다. 창문들이 흐릿하게 밝혀진 그 막사들은 멀리서 보니 마치 요새들처럼 보였다. 오브슬레르는 지금 기지에 있는 수인의 숫자가 모두 얼마나 되는지 물어보았다.

「그쪽이 데려온 사람들과 합하면 천 명은 족히 될 거예요.」

이 사실을 알게 된 페르낭은 기겁을 했다.

이 천 명이나 되는 수인들을 언제까지 지켜야 한단 말인가?

대위는 다시 한번 점호를 실시했고, 이와 동시에 베트남 병사들로 하여금 몸수색을 시행케 했다. 이 모든 것은 참모부에서 내려온 지시에 따른 거였다.

수감자들은 한 명 한 명 몸수색을 받은 다음 막사 안으로 들어갔다. 거기서 야전 침대를 받은 사람은 스물다섯 명뿐이고 나머지는 두툼한 짚 더미로 만족했는데, 그나마 수가 부족했다. 라울과 가브리엘은 한쪽 구석에 대충 잘 자리를 마련했다. 젊은 공산주의 운동원은 그들에게서 1미터 떨어진 곳에 와 옹송그리며 몸을 눕혔다. 그는 덜덜 떨었고, 가브리엘은 그에게 자신의 외투를 내주었다.

「이봐, 귀염둥이!」 라울이 물었다. 「스탈린 동무가 자네에게 모포를 안 주던가?」

영양실조일까? 탈진한 걸까? 어떤 병에라도 걸린 걸까? 청년은 정말로 상태가 안 좋아 보였다.

페르낭은 양동이를 구해 오게 했다. 보르니에는 네 개만 가져왔고, 그 탓에 곧바로 싸움이 벌어졌다. 페르낭은 경험상 이런 경우에는 개입하지 않는 게 좋다는 것을 알고 있었고, 그가 옳았다. 한 꺽다리 친구가 연대까지는 아니더라도 적어도 질서 있는 행동을 모두에게 호소한 것이다. 하지만 물에 대해 통한 것이 음식에도 통할 수 있을지는 미지수였다.

「보급품은 이쪽 관구에서 주는 건가요?」 페르낭이 가서 물었다.

오브슬레르는 손바닥으로 자기 이마를 탁 쳤다. 아, 그렇지, 그 문제가 있었군! 그는 파리 교도소 수인들을 데려온 동료에게 물어보러 갔지만, 성과 없이 돌아왔다. 그것에 대해 아는 사람은 아무도 없었다. 마지막 보급은 그 전날에 있었는데, 그마저 7백 명에 달하는 수인에게는 턱없이 부족했고, 소요가 일어나려는 것을 공중에 총을 쏘아 간신히 막았다는 거였다.

이렇게 입주가 한창인 가운데, 라울은 평소의 습관대로 막간을 이용하여 이 사람 저 사람에게 가서 얘기를 나누고 그의 표현을 따르자면 사람들과 〈안면을 트기〉 시작했다. 그런데 상황이 나빠지려는 조짐일까, 그의 야바위에 아무도 관심을 보이지 않았다. 모두가 허기와 피로에 지쳐 있었고, 라울처럼 쓸데없이 여기저기 기웃거리는 사람은 누구도 환영하지 않았다.

페르낭은 이런 점을 놓치지 않았는데, 지금 수인들이 끼리끼리 뭉치는 양상에 불안감을 느꼈다. 공산주의자들은 무정부주의자들을 경멸했고, 무정부주의자들은 이른바 간첩들을 증오했으며, 또 이 이른바 간첩들은 명령 불복종자들을 토할 듯이 역겨워했다. 이뿐 아니라 사보타주범, 병역 기피범, 패배주의자, 그리고 이른바 국가 반역자들은 일반 잡범을 버러지처럼 여겼고, 또 이 잡범들은 그들 간에도 도둑, 사기꾼, 약탈범,

살인범을 구분했는데, 이 살인범들은 도둑들과 섞이려고 하지 않았다. 아 참, 거기에는 모두가 〈두건 쓴 놈들〉이라고 부르는 극우파 친구들도 있었다. 그렇게 많지는 않고 모두 해서 넷으로 이 중에는 독불 합병을 주장하는 기자가 하나 있었는데, 오귀스트 도르주빌이라는 이름의 이 사내는 그보다 나이가 스무 살 아래인 다른 세 친구의 두목 격이었다.

페르낭과 그의 부하들은 공동 침실에 붙어 있고, 수감자들의 감방보다 크게 낫다고 할 수 없는 비좁은 방 하나를 배당받았다. 그래도 감시병들은 지푸라기 매트 하나씩은 얻을 수 있었다. 페르낭은 그의 침대 틀 아래에다 여행 배낭을 밀어 넣었다.

시간은 11시가 다 되어 가는데, 아무도 저녁을 먹지 못했지만 오늘 저녁에는 기대할 게 아무것도 없었다. 페르낭은 공동 침실 감시조를 편성했고, 다른 사람들이 조금 휴식을 취할 수 있게끔 자신을 첫 번째 조에 집어넣었다.

배 속에서 허기가 요동치기 시작했다. 보급품이 분명히 도착한다는 다음 날 아침까지 견뎌야 하겠지만 그 전에 시급히 해결해야 할 문제가 있었으니, 바로 사회 정치적 범주들과 패거리 간의 반목을 넘어서는 용변의 문제였다. 저녁 담배를 피우고 돌아온 페르낭은 한 수감자가 지푸라기 한 뭉치를 반쯤 열린 창틈으로 내던지는 모습을 발견했는데, 지독한 냄새는 그의 행동의 이유를 설명해 주고도 남았다. 뭔가 해결책을 찾아내지 않으면 곧 방 안은 숨 쉴 수 없는 곳이 될 거였다.

「조를 짜서 차례로 화장실에 다녀오게 해야겠어……」 페르낭이 부하에게 말했다.

「난 생각 없어요.」 보르니에가 대답했다.

「자네 말고 수감자들 말이야!」

「그렇다면 더욱 생각 없어요!」

「싫어도 해야 해!」

그리하여 수감자들은 한 헌병대원의 감시하에 세 명씩 화장실에 다녀올 수 있었는데, 모두에게 괴롭기 그지없는 일이었다. 희미하게 밝혀진 노천 변소는 나흘 전에 한 번 물을 부어 씻은 이후로 방치되었고, 냄새가 말도 못 하게 심하여 처음 사용한 이들은 얼굴에 핏기가 쏙 빠져 나왔고, 다른 이들은 차마 들어가지 못했다. 페르낭은 당장 내일부터 청소 당번을 정하리라 마음먹었다. 〈필요한 것들을 구할 것〉이라고 그는 속으로 중얼거렸지만, 따져 보니 그 목록이 끝이 없었다. 결국 그는 수감자들로 하여금 울타리에 나란히 서서 소변을 볼 수 있게 해주었다. 「나머지는 변소에서 해결하든지 아니면 참든지 알아서 해!」

가브리엘은 울타리로 만족했다. 라울은 변소에 갔고, 얼굴이 창백해져 돌아왔다. 모두 변소를 다녀온 후에는 헌병대원들이 문과 창문을 닫았다. 방 안에서는 덧창들이 닫히는 게 보이고 빗장들이 철컥철컥 질러지는 소리가 들렸다.

가브리엘이 헐떡대기 시작했다.

「아이고 이런, 우리 하사님!」 라울이 그를 놀렸다. 「우릴 공격하는 것은 아니겠지? 여긴 르마앵베르그가 아니란 말씀이야!」

그의 웃음소리가 공동 침실을 울리자 페르낭이 들어와 정숙을 명했다.

「이제부터 아무도 허락 없이 일어서지 않는다! 입도 열지 않고!」

사람들 대부분이 꾸벅꾸벅 졸기 시작했다. 소총을 무릎 위에 올린 채로 의자에 앉은 상사는 여기저기서 올라오는 속삭이는 소리를 못 들은 척했다.

「지금 자?」 가브리엘이 물었다.

「생각 중이야.」 라울이 대답했다.

「뭘?」

주변보다 조금 더 높은 위치에 있는 노천 변소에 앉으면 주위의 풍경이 파노라마처럼 펼쳐졌다. 라울이 거기로 가서 숨을 참고 앉아 있었던 목적은 단 하나, 이 기지의 구조, 병사들의 움직임과 동선, 그리고 달빛에 잠긴 주변 풍경을 관찰하기 위해서였다. 이곳은 넓고도 복잡했다. 출구며 접근로 들을 하나하나 세어 본 라울은 당황한 표정으로 돌아왔다. 이곳은 교도소만큼 꽉 막혀 있는 것은 아니지만, 감시하는 무장 병사들의 숫자가 훨씬 많아 그로서는 고민하지 않을 수 없었던 것이다.

가브리엘은 탈옥이라는 말에 화들짝 놀랐다.

「뭐야? 자네 미쳤어?」

라울은 더 가까이 다가왔다. 목소리가 나지막했음에도 불구하고 그가 화났다는 것을 느낄 수 있었다.

「야, 너야말로 바보 천치야! 지금 상황이 어떻게 돌아가는지 모르겠어? 질서는 엉망이고, 먹을 것도 없고, 지시 사항도 없고, 지금 우리를 감시하고 있는 친구들은 우릴 어떻게 해야 할지 몰라 우왕좌왕하고 있어. 독일 놈들이 여기에 도착하면, 자네 생각으로는 무슨 일이 일어날 것 같아?」

물론 가브리엘도 다른 수인들과 마찬가지로 이 질문을 수없이 곱씹어 왔었다.

「저치들이 우릴 환영 선물로 독일 놈들에게 넘겨줄까?」

그럴 가능성은 별로 없어 보였다.

「만일 그렇게 한다면,」 라울이 말을 이었다. 「독일 놈들은 우릴 어떻게 할 것 같아? 영광스러운 제3제국에 한자리 마련해줄까?」

더욱 가능성이 없어 보였다. 어쨌든 가브리엘은 회의적이었다.

「도망은 어떻게 가는데? 신분증도, 돈도 없이?」

「이봐, 만일 지금 빨리 도망치지 않으면, 자네에겐 두 가지 선택밖에 없어. 총알이 배에 박히거나, 아니면 등짝에 박히거나⋯⋯.」

가브리엘의 떨리는 가슴에 장단이라도 맞추듯, 뒤집어씌워준 군용 외투 아래서 옆에 있는 젊은 공산주의자가 이빨을 딱딱 부딪치는 소리가 들렸다.

「그래 봤자 멍청이 하나 없어지는 셈이겠지만⋯⋯.」 라울은 벽 쪽으로 돌아누우며 결론을 내렸다.

속삭이는 소리들이 점차로 잦아들었다.

페르낭은 손목시계를 들여다보았다. 조금만 더 견디면 교대할 수 있었다. 그는 사람들의 이목을 끌지 않기 위해 배낭을 자기 침대 아래에 두었다. 누가 와서 그것을 뒤질 일은 없겠지만, 마음이 불안한 것은 어쩔 수가 없었다. 어쩌면 양심의 가책일지도 모른다는 생각이 들었다. 죄책감이 찾아올 때면 그는 다시 생각의 초점을 알리스에 맞췄다. 지금까지 빌뇌브쉬르루아르에 다시 전화를 걸 틈이 없었다. 단 1초라도 그녀의 목소리를 듣고 싶었다. 그녀가 잘 있는지 아닌지, 지금 그녀가 불안해하는지, 힘들어하는지, 행복한지, 편안한지, 단 1초면 모든 것을 알 수 있었다. 그녀의 억양 하나만 들으면 모든 것을 알 수 있는데, 아, 여기에 이렇게 앉아 있어야 하다니! 정말로 답답하고 화가 났다.

그는 다시 돈이 든 배낭을 생각했다. 또 지하실에 두고 온 가방도 생각했다. 이 모든 걸 어떻게 알리스에게 설명한단 말인가? 그녀는 너무나 올곧고, 너무나……

그가 굴복하고 만 욕망, 그에게 너무나 매력적으로 보였던 페르시아 여행, 그 모든 것이 지금은 더없이 한심하게 느껴졌다. 그는 알리스가 진지하게 받아들이지 않을 환상을 실현하기 위해 도둑이 된 것이다. 사실 이 환상은 현실에 옮길 수 없는 성격의 것이었고, 다만 병마와 싸우는 알리스를 정신적으로 지탱해 주는 역할을 했을 뿐이다. 그런데 페르낭은 이 돈을 훔치고, 그 일부분을 숨기고, 나머지는 이렇게 가져옴으로써, 알리스가 결혼하고 싶지 않은 종류의 남자가 되고 말았다.

「조용히 해! 내가 거기 뛰어가게 하지 마, 엉!」

이렇게 한 번 꽥 소리 지르고 나니 기분이 좀 풀렸다. 30분만 더 있으면 가서 잘 수 있었다. 그는 알리스를 꼭 끌어안고 잘 때 그러하듯이 모로 누워 잘 거였다.


다음 날, 아침 6시부터 오브슬레르 대위는 장교들과 부사관들, 그리고 셰르슈미디 교도소 수감자들로 새로 채워진 막사 감시에 배속된 얼마 안 되는 병사들을 집합시켰다.

「본관은 여기 있는 감시병들에게, 여러분은 본관이 이끄는 기동 헌병대의 지휘하에 놓였다는 사실을 다시 한번 상기시킨다. 또 수인들과 잡담이 금지되었다는 것도! 만일 여러분 자신이 철창 저편으로 가고 싶지 않다면, 알아서들 하기 바란다!」

이 박력 있는 연설이 계속되는 동안 페르낭은 〈감시병들〉, 다시 말해서 전방에서 끌려온 보병들을 자세히 살펴보았다. 가장 나이가 많아 차출된 이들은, 자신들이 전쟁 역사상 가장 짧은 전쟁 중의 하나에서 패배한 자들이 되기 전에 마지막 임무를 수행하고 있음을 의식하는 그다지 의욕 없는 병사들이었다.

한 시간도 못 되어 이 감시병들은 전날부터 아무것도 먹지 못한 사내들이 피우는 소란 앞에서 무력함을 드러냈다.

보르니에가 야차처럼 얼굴이 시뻘겋게 되어 막사 안으로 뛰어 들어왔다.

「야, 너희들 그렇게 불만이 많으면 기관총이 기다리고 있어.」 그가 소리 질렀다.

보르니에의 장점은 모든 게 진심이라는 점이었다. 그의 진심 어린 협박은 수인들의 위장(胃腸)은 아니더라도, 적어도 그들의 열기는 가라앉혀 주었다. 금방이라도 무리에 대고 총을 갈길 듯한 모습으로 고래고래 소리 지르는 그의 모습을 보면서 페르낭은 그에 대한 자신의 진단이 틀리지 않았음을 깨달았다. 이 보르니에는 아주 위험한 친구였다.

페르낭은 막사 밖으로 외출하는 조를 짜면서, 이미 예민해져 있는 이들 사이에 난투극이 일어나지 않게끔 같은 성향의 친구들이 흩어지지 않도록 해주었다.

오전부터 어떤 이들은 찢어진 종이를 가지고 체스 판이며 도미노 같은 것을 용케 만들어 냈다. 라울은 야바위로 야전 침대를 하나 따냈다.

오브슬레르 대위는 부산하기 이를 데 없었다. 상부의 지시를 받기 위해, 혹은 보급을 요청하기 위해 끊임없이 통신대에 달려갔지만 아무도 응답하지 않았고, 또 누군가가 받더라도 자신은 아무것도 모른다며 알아보러 가서는 감감무소식이 되기도 했다.

마침내 차례가 되어 밖으로 나올 수 있게 된 가브리엘은 굳은 다리를 좀 펴고자 몇 가지 스트레칭을 했다. 라울은 휘적휘적 멀어져 가더니만 대위의 지시 따위는 신경도 쓰지 않는 한 늙은 병사와 아무렇지도 않은 표정으로 잠시 잡담을 나눴다.

「지금 독일 놈들은 파리 서쪽에 있어.」 병사가 말했다. 「놈들은 센강을 건넜어.」

독일군이 파리를 점령했다는 것은 전쟁에서 졌다는 의미였다. 결정적으로 말이다. 그렇다면 당국은 천 명에 달하는 이 수인들을 대체 어떻게 처리할 것인가?

이런 그의 불안감을 구체화하기라도 하듯 사이렌이 요란하게 울리기 시작했다. 수인들과 군인들은 땅바닥에 납작 엎드렸다. 그렇게 몇 분이 흘렀다. 라울은 문 근처에서 엎드려 있었다. 드디어 독일 편대 하나가 그들 위로 날아갔는데, 폭격을 예상했지만 아무 일도 일어나지 않았고 다시 정적이 찾아왔다. 그러고 나서 프랑스 전투기들이 웽웽거리며 날아오는 소리가 들렸다.

「저놈들은 항상 다음에 와⋯⋯.」 보르니에가 내뱉었다.

잠시 후에 라울이 가브리엘 곁으로 왔다.

「우리가 튀어야 하는 것은 바로 이런 때야. 공습경보가 울릴 때 말이야. 모두가 폭격을 기다리며 엎드려 있기 때문에 아무도 우릴 신경 쓰지 않는단 말이지.」

「그럼 어떻게 이 기지를 빠져나가겠다는 건데?」

라울은 대답하지 않았다. 그는 자신의 생각에 골몰해 있었고, 기지를 다른 방식, 다른 각도로 살펴보기 시작했다.

「다음번 공습경보 때는 그게 가능한지 알 수 있을 거야.」

이때부터 라울은 여기저기 살피고 다니기 시작했다. 외출할 때마다 한 지점에서 다른 지점까지의 걸음 수를 세었고, 최선의 경로를 찾았으며, 대안적인 방법들을 만들어 보곤 했다.

마침내 오후 2시경에 보급 트럭이 기지에 들어왔는데, 페르낭은 기가 막혀 말이 나오지 않았다. 1.5킬로그램짜리 빵 한 덩이와 파테[15] 통조림 하나를 스물다섯 명이 나눠 먹어야 했다. 또 카망베르 치즈 하나는 쉰 명 몫이었다.

페르낭은 음식을 분배했고, 소총이 겨누는 가운데 자기 몫을 받은 수인들의 얼굴은 험악해졌다.

「제기랄, 굶어 죽겠네!」 한 수감자가 투덜댔다.

「야, 이 개자식아! 굶어 죽기 싫으면 그냥 총알에 맞아 뒈질래?」

보르니에는 오늘따라 기분이 좋지 않은 듯했다. 꼬불쳐 온 술이 다 떨어졌나?

「엉?」 그는 수인에게 다가가며 소리쳤다. 「그러길 바라?」

15 간 고기를 향신료나 채소 등과 섞어 사각형이나 원형의 틀에 넣어 굳힌 것. 빵에 곁들여 먹는다.

그는 총구로 수인의 배를 쿡 찔렀고, 수인은 그가 받은 음식을 흙에 떨어뜨렸지만, 곧바로 다시 주웠다.

페르낭이 끼어들었다.

「자, 자, 진정하라고.」

그는 마치 친구에게 하듯 보르니에의 어깨를 툭툭 두드렸다. 하지만 소용없었으니, 한번 발동이 걸린 보르니에는 멈추려 하지 않았다.

「너희들 먹여 주는 것만도 고맙게 생각해, 이 바퀴벌레 새끼들아!」

이 광경 앞에서 가브리엘은 눈썹을 찌푸렸다. 라울의 예언이 점점 현실이 되어 가고 있었다.

「어떤 놈이든 쓸데없이 주둥이를 놀리면…….」 보르니에는 다시 악을 썼다.

그는 협박의 말을 마칠 수 없었으니, 페르낭이 한 병사에게 계속 분배하라고 눈짓하면서 그를 막사 쪽으로 밀고 간 것이다.

결국에는 담배까지 떨어지기 시작했다.

오후에 한 수감자는 병사들이 커피 찌꺼기를 버려 놓은 조그만 쓰레기장까지 갔다. 그리고 즉흥적으로 옅은 베이지색의 음료를 만들어 사람들에게 나누어 주었다.

페르낭은 다시 막사 안으로 들어가라고 지시한 후, 출구마다 병사들과 기동 헌병대원들을 배치했다.

# 32

「걱정 마, 루이즈. 아래에다 아주 편안한 내 보금자리를 만들 거니까.」

지금 쥘 씨는 기사(騎士) 놀이를 하고 있었다. 자기가 엔진 오일을 갈 때처럼 차 밑에 들어갈 수 있다고 생각하는 것일까? 그의 비대한 몸집을 생각하면 너무 야심 찬 계획이었다. 루이즈는 그가 밑에서 작업을 하는 동안 차체가 움찔움찔하는 것을 느꼈다. 그녀는 차마 가서 알아볼 엄두가 나지 않았는데, 잠시 후에 아래쪽 바퀴 옆에서 코 고는 소리가 들렸다. 결국 뜻을 이루지 못한 그는 거기다 모포 조각 하나를 깔고 은신처를 마련한 것이다.

그녀는 차창 밖으로 고개를 내밀고 쥘 씨의 뚱뚱한 몸이 벌렁 누워 잠에 빠져 있는 것을 보았다. 불쑥 나온 배 위로 두 손을 깍지 끼고서 말이다. 아주 짧은 순간, 그녀는 그가 죽었다고 생각했다. 3초 후, 푸르르 떨리는 두 볼과 드르렁 코 고는 소리에 자신이 착각했음을 깨달았지만, 이 짧은 순간은 그가 자신의 삶 가운데 얼마나 큰 자리를 차지하고 있는지 다시 한번 느끼기에 충분한 시간이었다.

한편 그다지 넓지 않은 뒷좌석에 불편하게 몸을 누인 루이즈는 밤새도록 바닥으로 떨어지지 않기 위해 몸을 움츠리며, 어딘가를 아슬아슬하게 기어 올라가는 악몽에 시달렸다. 게다가 옆에서 차들이 움직이는 소리는 얼마나 시끄러운지! 사람들은 마치 다른 차들이 그들의 자리를 노리고 있기라도 하듯이, 혹은 자리를 비우면 차들의 행렬이 자신들만 버려두고 떠나 버리기라도 하듯이 도로에 꼭 붙어 있었다.

간단한 피크닉을 마친 후, 쥘 씨가 차체 밑으로 들어가려 끙끙대고 있을 때, 루이즈는 앙리에트 티리옹에게서 받은 끈으로 묶어 놓은 조그만 파일을 펼쳤었다. 분명히 그 아기의 사진을 가져왔다고 생각했는데, 황급히 떠나오느라 주방 탁자 위에 두고 온 기억이 문득 떠올랐다.

그녀는 얼마 남지 않은 빛을 이용하여 그녀의 어머니가 쓴 서신의 — 30여 통의 편지로, 모두가 상당히 짧았다 — 첫 부분을 읽기 시작했다.

첫 번째 편지는 1905년 4월 5일에 쓰였다.


사랑하는 이에게,

난 절대로 당신에게 편지를 쓰지 않겠다고, 절대로 당신을 귀찮게 하지 않겠다고 다짐했는데, 지금 둘 다 하고 있네요. 당신은 내가 너무 싫으실 거고, 그것은 당연해요.

당신에게 이 글을 쓰는 것은, 내가 당신의 질문에 대답하지 않았기 때문이에요. 당신이 나의 침묵에 대해 물으셨을 때, 〈넌 왜 이렇게 말이 없니〉라고 물으셨을 때 말이에요. 당

신이 계속 내게 깊은 인상을 준다는 것, 이게 바로 진실이에
요. 물론 난 당신이 두렵지 않아요. (내가 두려워하는 사람을
어떻게 사랑할 수 있겠어요?) 하지만 난 당신이 하는 모든
얘기가 흥미롭고 모든 게 새롭기 때문에, 그저 당신의 말을
듣는 것 외에는 아무것도 할 수가 없어요. 난 단지 그 순간들
을 즐기는 것에, 당신을 누리는 것에 만족할 뿐이에요. 왜냐
하면 그럴 때마다 그 어느 때보다도 살아 있는 느낌이 드니
까요.

어제는 당신을 떠나오면서 온몸이 휘청거렸어요……. 이
런 얘기는 말하면 안 되고, 글로 쓰면 더욱 안 되는 거겠죠.
그러니 여기서 멈추겠어요.

하지만 내가 말이 없을 때마다 〈난 당신을 사랑해요〉라는
뜻으로 이해해 주세요.


잔


이때 잔은 열일곱 살이었다. 그녀는 연상의 남성을 사랑하
는 여느 소녀처럼 사랑에 빠져 있었다. 그녀로 하여금 자신을
열렬히 사랑하게 만드는 것은 그로서는 어려운 일이 아니었을
것이다. 잔은 멍청하지 않았다. 그녀는 글을 쓸 줄 알았고, 전
문 자격증 시험을 통과했다. 또 쥘 씨가 말했듯이 〈소설을 읽
었고〉, 이는 그녀가 사용하는 표현들에서 느껴졌다. 이런 사랑
의 고백은 마흔 살 넘은 남자에게 어떤 느낌으로 다가왔을까?
그는 그녀의 낭만적인 모습에 미소를 지었을까?

루이즈는 자신의 어머니가 열정적인 소녀였다는 사실에 충

격을 받았다. 자신은 그랬던 적이 한 번도 없었다. 그녀에게 있어서 혼란스러운 사랑은 미지의 대륙이었다. 하지만 질투는 느껴지지 않았다. 오히려 이성적으로 판단할 때 대단한 것을 기대할 수 없는 그런 모험에 한 소녀가 뛰어들 수 있다는 게 경탄스러울 뿐이었다. 루이즈에게는 그런 기회가 없었고, 또 그런 기회가 왔을 때도 붙잡지 않았다. 그녀는 사랑에 빠진 적은 있지만 열정적이었던 적은 없었고, 섹스도 해봤지만 그런 끓어오르는 감정은 경험해 보지 못했다. 잔은 연애편지를 썼지만, 루이즈는 한 번도 쓰지 않았다. 오, 맞다. 그것은 흔히 볼 수 있는 연애편지 중의 하나였다. 하지만 이따금 느껴지는 그 엄청난 헌신, 진지함, 과격함이 그녀의 마음을 울렸다. 1905년 6월에 잔은 의사에게 이렇게 썼다.

사랑하는 이에게,
이기주의자가 되세요.
가지세요, 더 가지세요, 항상 가지세요.
나의 모든 한숨 속에서 〈당신을 사랑해요〉라는 말을 들으세요.

잔

빛이 약해졌다. 루이즈는 편지들을 접었고, 그 둘레에 끈을 두른 뒤 매듭을 지었다.
잔은 의사에게 존댓말을 사용했다. 그는 그녀에게 반말을 썼을 것이다. 루이즈는 이게 이상하게 느껴지지 않았고, 부자연스럽게 느껴지지도 않았다. 이 이야기는 이런 식으로 시작하여 저절로 흘러갔을 것이다. 그것은 사람의 힘으로는 막을 수 없는 종류의 일이었다.

루이즈는 잠에 빠져들며 의사는 그녀를 어떤 식으로 사랑했을지 자문해 봤다.


기진맥진한 사람은 루이즈와 쥘 씨뿐만이 아니었다. 사람들은 불안스럽고도 기운 빠지게 하는 차량 정체에 지쳐 버렸다. 그들은 혹시 독일 전투기들이 몰려오지 않을까 걱정하며 하늘을 살폈고, 신경은 극도로 날카로워져 있었다.

아침에 많은 여자들이 물을 구할 수 있는 곳을 찾아 나섰다. 모두가 씻지 못하여 너무나 찝찝했던 것이다. 가장 가까운 농가가 피란민들을 받아 주었고, 우물을 사용하게 해주었다. 이곳은 이 도로 위의 피란 행렬에서 사람들이 잡담을 나눌 수 있었던 마지막 장소였다.

「이탈리아가 프랑스에 선전 포고를 했대요.」한 여자가 말했다.

「개자식들……」다른 여자가 중얼거렸다.

그녀가 누구를 얘기하고 있는지는 알 수 없었다. 이어진 침묵은 어떤 위협처럼 느껴졌다. 멀리서 비행기 소리가 들렸지만, 하늘에는 아무것도 보이지 않았다.

「이탈리아는 최후의 일격인 셈이야.」마침내 누군가가 말했다. 굳이 이 말을 해야 하는 것처럼 말이다.

여자들은 간단히 얼굴을 씻었다. 도로에 남아 있는 가족을 위해 물을 담아야 할 필요성은 화제를 다른 것들로 돌리게 했다. 그 나머지 것들은 체념이 맡았다. 도로가 뚫리게 될까요? 휘발유는 어디서 구할 수 있죠? 달걀은요? 빵은요? 한 여자는 신발이 필요하다며 〈이 신은 걷는 용도가 아니에요〉라고 말했다. 〈신발로 쓰기에는 곤란한 물건이네요〉라고 다른 여자가 농담하자 모두가, 심지어는 신발 때문에 못 걷는 피해자까지 까르르 웃음을 터뜨렸다.

쥘 씨에게 돌아온 루이즈는 파리에서 밀려오는 피란민의 행렬이 불어나고 있다는 것을 확인할 수 있었다. 그들은 출발한 이후로 지금까지 40킬로미터밖에 오지 못했고, 이것의 두 배가 넘는 거리가 남아 있었다. 만일 사람들이 계속 이렇게 밀려든다면 오를레앙까지 대체 시간이 얼마나 걸릴 것인가? 이틀? 사흘?

「그래요, 알아요.」 루이즈가 말했다.

「뭘 알아?」

「지금 쥘 아저씨는 말하고 싶어서 죽겠죠? 아저씨가 옳았다고요. 떠나는 것은 바보 같은 짓이었다고요.」

「내가 그렇게 말했나?」

「아뇨, 하지만 속으로는 그렇게 생각하시잖아요, 내가 아저씨 대신 말할 뿐이에요.」

쥘 씨는 두 손을 하늘로 한 번 올렸다가 떨어뜨리며 허벅지를 탁 쳤지만, 더 이상 대꾸하지 않았다. 그는 루이즈가 자기에 대해서가 아니라 그녀 자신에 대해, 이 모든 일들에 대해, 삶 자체에 대해 화를 내고 있다는 것을 알고 있었다.

「휘발유를 좀 구해야 할 텐데…….」

지금 모든 운전자가 이 생각을 하고 있겠지만, 어떻게 해야 할지는 아무도 몰랐다.

다시 출발했다. 짐칸이 열린 트럭, 유개 트럭, 덤프트럭, 삼륜 자전거, 황소가 끄는 커다란 수레, 버스, 배달용 소형 트럭, 2인용 자전거, 장의차, 구급차…… . 이 국도 위에 굴러가는 차량들의 다양성은 흡사 프랑스인들의 창의성 쇼윈도 같았다. 여기에 이 모든 차량들이 나르는 것들(가방, 모자 상자, 거위털 침낭, 냄비와 갓등, 새장, 주방 기구, 옷걸이 스탠드, 인형, 나무 궤짝, 철제 트렁크, 개집……)을 더해야 했다. 프랑스는 이 나라 역사상 최대의 고물 시장을 연 것이다.

「아무리 봐도 저건 좀 희한해…… .」 쥘 씨가 툭 내뱉었다. 「차 지붕마다 매트리스를 달고 있는 것 말이야.」

아닌 게 아니라 그런 차가 아주 많았다. 기총 소사의 충격을 완화하려 함일까? 아니면 노숙을 하기 위해?

보행자들과 자전거들이 자동차보다 더 빨랐고, 차들은 덜컥덜컥 나아가면서 기어 박스와 라디에이터와 클러치를 힘들게 했다. 주기적으로 기동 헌병대원, 군인, 혹은 단순한 자원봉사자 등이 나서서 교통정리를 시도했지만, 애벌레처럼 꾸물꾸물 어떻게 해서든 나아가려 고집을 부리는 수천의 차량 행렬 앞에서 결국은 모두가 두 손을 들고 말았다.

차가 겨우 20미터를 가려고 쿨럭대며 요동치기를 반복하는 동안, 루이즈는 다시 매듭을 풀어 잔의 서신 뭉치를 펼쳤다.

「네 어머니 글씨구먼…… .」 쥘 씨가 말했다.

루이즈는 깜짝 놀랐다.

「이렇게 예쁜 글씨는 흔치가 않거든. 그리고 그렇게 똑똑한 여자가 없었지…… .」

그는 아주 속상한 표정이었고, 루이즈는 그가 계속 얘기하게 놔두었다.

「그야말로 팔방미인이었는데 말이야······.」

그는 엔진을 껐다. 필요하면 크랭크를 돌려 다시 시동을 걸면 되었으므로, 기회가 있을 때마다 기계를 쉬게 했던 것이다.

1905년 7월, 잔은 의사에게 이렇게 썼다.

사랑하는 이에게,

난 더러운 사람임에 틀림없어요······. 점잖은 처녀라면 지금 내가 하는 짓을 하면서 얼굴을 붉히지 않을 수 없을 거예요. 유부남과 함께 호텔에 가는 것 말이에요······! 하지만 난 오히려 너무나 즐거워요. 마치 죄악만큼 즐거운 것이 없는 것처럼 말이에요. 이것은 감미로운 불륜이에요.

「그래······.」 브레이크를 괴롭히느라 지쳐 버린 쥘 씨가 퉁명스레 물었다. 「네 어머니가 그러더냐? 하녀 나부랭이가 돼서 자랑스럽다고?」

루이즈는 그를 힐끗 쳐다보았다. 이런 종류의 표현은, 특히 잔에 대해서는, 그의 평상시 말투가 아니었다.

「아직 그 얘기는 안 나왔어요.」 그녀가 대답했다.

「그럼 어디까지 읽었는데?」

루이즈는 그가 읽어 볼 수 있게끔 편지를 내밀 수도 있었지만, 무언가가 그러지 못하게 했다. 윤리적인 조심성 때문이었을까, 아니면 창피해서였을까. 그녀는 정확히 알 수 없었다. 그냥 편지를 계속 읽는 편을 택했다.

이제 내게는 당신께 속하지 않은 부분이 하나도 남지 않은 것 같은데 매번 자신을 더 내주는 느낌이 드니, 어떻게 이런 일이 가능할까요?

난 정말 이대로 죽어 버리고 싶답니다. 아세요? 이렇게 말씀드린 것은 농담이 아니었어요. 이 말에 당신 기분이 좋지 않으셨다는 것을 전 이해할 수 있지만, 이건 그냥 진실이에요. 하지만 이것은 슬픈 바람이 아니에요. 오히려 삶이 내게 주는 가장 좋은 것을 가지고 떠나고 싶은 욕망이죠.

내가 이 말을 할 때 당신은 내 입에 손을 얹으셨죠. 아직도 입술에 당신의 손이 느껴져요. 내가 항상, 어디서나 내 안에서 당신을 느끼듯이 말이에요.

잔

이 열정의 강렬함에 루이즈는 숨이 멎을 것 같았다.

「왜, 슬픈 얘기냐?」 쥘 씨가 물었다.

「사랑 얘기예요.」

그녀는 달리 대답할 말이 없었다.

「아, 사랑……?」

그가 끊임없이 보이는 비웃는 듯한, 아니 모욕적이기까지 한 이런 시큰둥한 말투는 정말이지 짜증이 났다. 그녀는 대꾸하지 않았다.

이날의 남은 반나절 동안에는 군 호송대 행렬이 맹렬한 기세로 지나가면서 앞으로 길을 텄고, 일종의 흡입 효과에 의해 차량 행렬은 더 빨리 나아갔다. 교통량이 줄어든 것은 아니지만 몇 시간 동안 흐름이 다소 원활해졌다. 사람들은 전날 함께 시간을 보냈던 사람들의 차를 어느 교차로나 갓길에서 지나거나 다시 만나곤 했다. 손짓으로 인사를 건네거나 몇 마디를 나누고 있으면, 차량 행렬의 연동(蠕動) 운동은 다시 차들을 빨아들여 조금 더 앞의 다른 이웃들 옆에, 혹은 다른 여행자들 뒤에다 던져 놓았다.

오를레앙에서 약 30킬로미터 떨어진 곳에 이르렀을 때, 갑자기 모든 게 굳어 버렸다. 마치 꿈틀대며 기어가던 기다란 뱀이 잠시 잠을 자고자 멈춰 서려는 것 같았다. 연료가 걱정이 되는 쥘 씨는 차를 꺾어 오른쪽 시골길로 들어갔고, 한 농가를 찾아냈다.

전날에 비해 뭔가가 달라져 있었다.

계산하지 않고 우물을 사용하게 해주던(그게 불과 어제 일이었다) 때는 이미 끝나 있었다. 농부는 그의 헛간을 사용하는 대가로 25프랑을 요구했다. 위험을 감안해서 그런다고 설명했지만, 그 위험이 정확히 무엇인지는 말하지 않았다.

# 33

아침 7시경에 도착한 첫 번째 보급품은 군인들만을 위한 것이었다.

수감자들은 베트남 병사들이 군관구에서 보낸 승합차에 실린 짐을 내리는 모습을 창을 통해 지켜보았다. 소요를 우려한 페르낭은 부하들에게 멀찌감치 떨어져서 먹을 것을 지시하는 한편, 수인들의 관심을 딴 데로 돌리기 위해 위생 서비스를 제공했다. 이를 위해 큼직한 나무통에다가 데운 물을 채웠는데, 애석하게도 자원이 충분치 않아 물을 갈 수가 없었다. 첫 번째 사용자들이 지나가자 다음번 사용자들은 더러워진 물을 보고는 서비스를 거절했다.

「목욕보다는 뭐나 먹었으면 좋겠구먼.」 그들 중 하나가 투덜거렸다.

페르낭은 못 들은 척했다.

두 시간 후, 마침내 트럭 한 대가 도착했다. 계산은 금방 끝났다. 스물다섯 명당 빵 한 덩이, 그리고 한 사람당 어제 지은 차가운 쌀밥 한 수저였다.

「이보시오, 상사. 나도 어쩔 수가 없어. 지금은 모두가 전쟁 중이라고!」

대위의 역정 어린 말에 페르낭이 막 대꾸하려 하는데, 뒤에서 보르니에가 소리쳤다.

「야, 너 벌써 한 번 지나갔었잖아, 이 버러지야!」

새치기꾼은 화들짝 놀라며 자신의 소행을 드러냈다. 기자 도르주빌로, 그의 늘어진 볼때기가 부르르 떨리기 시작했다. 곧바로 수감자들이 달려들어 그를 땅바닥에 내동댕이친 뒤 마구 짓밟기 시작했다. 다른 이들이 그를 구하려 달려왔고, 무정부주의자들도 어디선가 나타났다.

페르낭이 달려왔지만 사람들이 너무 많아 제어할 수 없었고, 하는 수 없이 권총을 뽑아 공중에 대고 쏘아야 했다.

하지만 그것만으로는 충분치 않았다. 병사들이 총구로 옆구리를 찌르고, 개머리판으로 목덜미를 때려 가며 사람들을 떼어 놔야 했다. 흙바닥 위에 후두둑 핏방울이 튀었다. 극도로 흥분한 수감자 몇이 갑자기 병사들 앞으로 불쑥 몸을 세웠다. 이렇게 굶어 뒈지느니 맨손으로라도 한판 붙어 보겠다는 듯이…….

「자, 모두 착검!」 페르낭이 목이 터져라 지시했다.

병사들은 극도로 놀란 가운데서도, 반사적으로 일렬로 늘어서서 총구에 끼운 대검을 앞으로 내밀었다.

몇 초 동안, 수감자들이 그대로 병사들에게 달려들 것 같은 긴장감이 감돌았다. 페르낭은 마지막 일격을 가했다.

「수감자는 두 명씩 선다.」 그가 외쳤다. 「자, 실시!」

수인들은 한 명 한 명 복종했고, 어수선하게나마 정렬했다. 도르주빌 기자가 두 손으로 양 옆구리를 부여잡고 제대로 일어서지 못하자, 그의 세 친구가 부축하여 일으켜 데리고 갔다. 모두가 터덜터덜 막사 쪽으로 향했다.

페르낭이 보르니에의 멱살을 움켜잡았다.

「내가 분명히 경고하는데,」 그는 이를 악물며 소리쳤다. 「너한 번만 더 그렇게 하면, 내가 강등시켜 버릴 거야! 저기 파수막에서 보초 서는 신세로 만들어 버릴 거라고!」

이것은 너무나 비현실적인 협박이었다. 페르낭이 대체 어떤 방법으로 그런 조치를 얻어 낼 수 있다는 건지 아무도 알 수 없었다. 하지만 보르니에는 이 중사의 자리까지 올라오기 위해 군 생활 23년 동안 그야말로 초인적인 노력을 경주해 왔다. 이 중사 계급은 그가 군 경력을 마칠 때까지 기대할 수 있는 모든 것을 의미했고, 이것을 잃을 수 있다는 생각, 다시 말해서 지금까지 그가 기어 올라온 몇 개의 계단을 다시 내려가 어느 관청 앞 초소에서 보초 서는 신세가 될 수 있다는 전망보다 그를 무섭게 하는 것은 없었다. 이것은 그를 따라다니는 가장 끔찍한 강박 관념이었다.

페르낭은 멀어져 가며 담배 한 대를 피워 물었다. 바로 알리스가 항상 금지하는 일이었다. 「정오 전에는 절대로 안 돼.」 이게 그녀의 입버릇이었다. 그는 수인들이 느릿느릿 건물로 돌아가는 모습을 쳐다보았다. 그런 다음, 결심을 굳힌 뒤 대위에게로 가서 자신의 의견을 밝혔다.

「상사, 난 알고 싶지 않소!」

다시 말해서 동의한다는 뜻이었다.

페르낭은 그의 팀을 집합시켰고, 그중에서 가장 수완이 좋은 사내를 골랐다. 나이는 서른 살가량에 체구는 작달막하고 머리 회전이 아주 빠른 프레쿠르라는 친구로, 페르낭은 그에게 기동 헌병대원 두 명과 일반 병사 네 명을 붙여 주었다.

라울과 가브리엘은 이 군인 몇 사람이 기지를 나가는 모습을 창문을 통해 지켜보았다.

「물자 조달을 위해 가는 걸까?」 가브리엘이 물었다.

라울은 그의 말을 듣지 못했다. 북쪽 울타리를 관찰하고 있던 그는 그곳을 검지로 가리켰다.

「저쪽으로 나갈 수 있을 거야.」

가브리엘이 눈을 가늘게 뜨며 바라보았다.

「아주 빨리 달려야 할 거야. 하지만 공습경보가 우리에게 시간을 준다면, 사람들이 볼 수 없는 저 옛날 병참 창고 뒤쪽까지 갈 수 있어.」

그것은 창문이 깨지고 문이 부서진 폐기된 건물로, 단 한 가지 쓸모가 있다면 기지를 에워싼 목책과 철조망의 일부를 가려 준다는 점이었다.

「거기다 고깃덩이 두 개 갖다 놓게 되겠지, 뭐……. 하지만 이것 외에는 다른 방법이 보이지 않아.」

가브리엘은 처음에는 탈옥의 유혹에 저항했고 허기로 생각도 잘 돌아가지 않았지만, 조금 전에 그 짤막한 반란 시도를 목격한 후에는 이곳의 상황이 악화되고 있다는 사실을 인정하지 않을 수 없었다. 갈수록 빡빡해지는 수감 환경, 수감자들 간의 난투극, 모든 사람을 약간 미치게 만드는 허기, 독일군이 파리의 서쪽을 점령했다는 소식……. 한 시간 전에 그는 한 감시병에게 여기에 온 이후로 계속 이를 딱딱 마주치고 있는 젊은 공산주의자를 보러 의사가 올 수 없느냐고 물었다. 감시병이 대답할 틈도 없이 보르니에 중사가 득달같이 달려왔다.

「뭐, 의사? 그래, 의사 말고 또 뭘 원하는데, 이 호모 새끼야! 심지어는 수의사 하나도 보낼 수 없어!」

그러고는 대검을 휘두르면서 이렇게 덧붙였다.

「하지만 네가 배때기에다 주사 한 방을 원한다면…….」

가브리엘은 얼른 입을 닫아 버렸다. 그는 라울의 탈옥 제안을 명확하게 받아들이지는 않았지만, 그의 합리적인 두뇌는 성공 가능성을 재어 보고 있었다. 정확한 장소와 정확한 시간에 있어야 할 거였다. 운도 따라야 할 거였다. 그리고 철조망을 넘기 위해서는 누군가와 협력할 필요가 있었다. 단독으로 하는 탈옥 시도는 생각할 수도 없었다.

페르낭이 임무를 주어 보낸 그룹이 떠나고 나서 얼마 후, 늙수레한 병사 두 명이 그를 찾아왔다.

「상사님, 지금 독일군이 다가오고 있습니다.」 첫 번째 사내가 말했다.

이건 전혀 새로운 뉴스가 아니었다.

「만일 일이 잘못되면, 우리 자신이 포로가 되어 갇힐 수 있어요. 지금 우리가 데리고 있는 저 수감자들과 함께 말입니다. 그러니까 걱정이 되는 게, 만일 독일 놈들이 우릴 저놈들과 함께 있게 하면, 우리가 저놈들에게…….」

「지금은 그런 상황이 아니야!」 페르낭은 그의 말을 끊었으나, 자신도 그렇게 확신이 서지 않았다.

「상사님, 우린 이제 포병도 없어요. 공군도 없고요. 만일 독일 놈들이 여기까지 오면 누가 우릴 지켜 주죠?」

페르낭은 무표정한 얼굴로 대응했다.

「우린 지시가 내려오길 기다리고 있어.」

그도 이 병사들만큼이나 믿지 못했지만, 이들에게 무슨 말을 해줄 수 있단 말인가? 오브슬레르 대위는 전화기에 매달려 살았지만, 누가 그에게 와서 물으면 마치 귀찮은 파리에게 하듯 손을 저어 쫓아 보냈다. 야, 나 좀 귀찮게 하지 마!

페르낭은 수감자들을 진정시키기 위해 조를 짜서 산책을 하게 했다. 라울과 가브리엘의 차례가 되자 그들은 슬금슬금 북쪽 울타리 방향으로 향했는데, 곧바로 한 병사에게 딱 걸리고 말았다.

「너희들 여기서 무슨 짓을 하고 있는 거야?」 그는 소총을 겨누면서 악을 썼다.

무더위에 힘들어하고 있는, 땅딸막하고 얼굴이 시뻘건 사내였다. 파르르 떨리며 높이 올라가는 목소리는 그 역시 불안해하고 있다는 걸 보여 주었다. 이런 상황을 제대로 통제할 수 있는 사내는 아닌 듯했다. 눈 깜짝할 사이에 모든 것을 파악한 라울은 담배 한 개비를 꺼내어 그에게 내밀었다.

「잠시 몸 좀 숨길 곳을 찾고 있어요.」 그가 간략하게 설명했다. 「싸움을 좀 피하려고요. 저쪽은 지금 난리도 아니거든요…….」

가브리엘로서는 다만 기가 막힐 뿐이었다. 라울의 이런 놀라운 순발력 때문이기도 했지만, 또한 어떻게 지금 아무에게도 없는 담배를 아직도 가지고 있는지 이해할 수 없었기 때문이었다.

병사는 고개를 끄덕끄덕했다. 마치 받기가 부담스럽다는 듯한 표정이었으나, 지금 군인들 사이에 담배가 그리 많지 않은

듯했으니, 그는 뒤를 한번 힐끗 쳐다본 뒤 다가와서는 담배를
받아 들었다.

「그럼, 받지 뭐…….」

그는 군복의 가슴 호주머니에 그것을 집어넣었다.

「뒀다가 오늘 저녁에 피울 거야.」

라울은 무슨 말인지 알겠다고 고개를 까딱한 뒤, 자신의 담
배를 피워 물었다.

「근데 상황이 어떻게 될 것 같아요?」 그가 물었다.

「우린 완전히 궁지에 몰린 것 같아. 독일 놈들은 저벅저벅
다가오고 있는데 위에선 지시도 없고…….」

그의 당혹감에 장단이라도 맞추듯 높은 고도에서 정찰기 한
대가 날아갔고, 세 남자는 하늘을 향해 고개를 젖히고서 그 궤
적을 좇았다.

「흐음, 분위기가 안 좋은 것은 확실하군그래…….」 라울이
말했다.

감시병의 침묵에서 동의의 뜻이 느껴졌다.

「자, 당신들도 이제 막사 쪽으로 돌아가야지……. 안 그러면
내가…….」

라울과 가브리엘은 손바닥을 앞으로 내밀었다. 아, 그럴 거
여요, 걱정 말아요…….


임무를 받고 파견됐던 병사들은 오후가 시작될 즈음에 돌아
왔다.

젊은 프레쿠르는 페르낭에게 고개를 기울이고 나지막한 목
소리로 보고를 했다.

상사는 고개를 끄덕였다.

그런 뒤 결연한 걸음걸이로 막사 안에 들어가서는 실내를 가로지른 다음, 부사관실 문을 열고 자신의 배낭을 집어 들었다. 그리고 다시 밖으로 나와 보르니에와 작달막한 프레쿠르를 포함한 일단의 병사들을 지목했고, 기지에 있는 유일한 트럭 하나를 징발하여 첫 번째 농가를 향해 출발했다. 문제의 목적지는 라 크루아생자크라고 불리는 곳이었는데, 거기서부터 시작할 생각이었다.

가는 길에 페르낭은 거기 가서 어떻게 할 것인가, 머리를 쥐어짜며 생각했다.

트럭이 농가 마당에 멈춰 섰을 때에도 그는 여전히 해결책을 찾아내지 못했다.

# 34

줠 씨는 그렇게 인내심이 강한 편이 못 되었고, 레스토랑 고
객들은 그에게 혼쭐이 나고서야 이 사실을 깨닫는 일이 종종
있었다. 이런 남자가 이틀을 자기 침대에서 못 자고 그것도 하
룻밤은 지푸라기 속에서 잤으니 더 말할 것도 없었다. 그에게
헛간을 내준 농부는 세수 좀 하려고 물 한 동이를 쓰려 한 루이
즈에게 그 대가로 2프랑을 요구했을 때 이 점을 깨닫게 되었다.
줠 씨는 검정 펠트 슬리퍼로 흙먼지를 일으키며 코뿔소처럼 육
중하게 걸어가기 시작했다. 슬로 모션처럼 느릿느릿 나아가면
서 농부의 아들, 그 집 개 등 중간에 걸리는 모든 것을 밀쳐 버
렸고, 쇠스랑을 들고 설치던 소치기는 황소의 뿔도 날려 버릴
만한 따귀 한 방에 저쪽으로 날아가 버렸다. 다짜고짜 농부의
멱살을 틀어쥔 그는 엄지와 검지를 사용하여 놀랄 만한 정확성
으로 농부의 목젖을 눌렀고, 농부는 얼굴이 시뻘게지고 숨이
막혀 눈알이 튀어나온 채로 무릎을 꿇었다.

「이봐, 아저씨. 내가 지금 잘 못 들었으니까, 값이 얼마인지
다시 한번 말해 봐.」

농부는 두 팔로 허공을 휘저었다.

「뭐라고? 잘 안 들려.」 쥘 씨가 얼굴을 찡그리며 다시 물었다. 「얼마라고?」

달려온 루이즈가 쥘 씨의 손에 차분하게 자기 손을 얹자 스르르 아귀힘이 풀렸고, 농부는 그대로 땅바닥에 널브러졌다. 쥘 씨는 험악한 눈으로 주위를 둘러봤다. 뭘 그렇게 쳐다봐? 내 사진이라도 찍고 싶어? 모두가 고개를 돌리는 편이 낫다고 생각했다.

「루이즈, 그 양동이 물을 써. 이젠 물값이 정상으로 돌아왔을 테니까 말이야.」

쥘 씨가 바깥에서 지키고 있는 외양간의 한구석에서 얼음같이 차가운 물로 몸을 씻으며, 루이즈는 라 프티트 보엠 사장의 이상한 행동에 대해 생각해 보았다. 이런 적은 처음으로, 쥘 씨는 그녀가 아는 쥘 씨 같지가 않았다.

그녀가 헛간에서 나왔을 때 그는 더 이상 문 앞에 있지 않았다. 농가의 창고 아래, 트랙터 근처에 서 있는 그의 모습을 발견한 그녀는 그에게 다가갔다.

「미안하지만, 더 이상은 드릴 수 없어요.」 농부가 휘발유 통에 기름을 부으며 말했다. 「그럼 우리가 작업할 게 없다고요.」

쥘 씨는 휘발유 통만을 뚫어지게 쳐다보고 있었다. 조금만 더…… 그래, 조금만 더…… 좋아! 뚜껑을 닫은 그는 전리품을 휙 낚아챈 다음 고맙다는 말도 없이 루이즈 쪽으로 걸어왔다.

「자, 이 정도면 오를레앙까지 갈 수 있을 거야. 심지어는 조금 남을지도 몰라.」

아닌 게 아니라 조금 남았다.

푸조 90S는 밑 빠진 독처럼 기름을 소비했지만 희한하게도 한두 시간 동안 교통이 원활해졌다. 차량 행렬은 서다 가다를 반복했는데, 어떤 때는 다른 때보다 흐름이 더 좋아지기도 해서 상황이 어떻게 변할지 아무도 감을 잡지 못했다.

이렇게 차를 타고 가면서 루이즈는 서신 뭉치를 다시 꺼내 들었다.

「또 잔의 편지를 보는구나.」 쥘 씨가 말했다.

그는 루이즈 쪽을 힐끗 쳐다보다가 그만 어느 수레의 커다란 바퀴를 박고 말았고, 앞쪽 펜더는 마치 얻어맞아 죽어 가는 어떤 곤충처럼 파드득거리기 시작했다. 쥘 씨는 차를 세우지도 사과하지도 않으면서, 그저 〈전시에는 전쟁을 해야지!〉라고 말할 뿐이었다. 파리를 출발한 이후로 그의 푸조는 도로 위에 깃털깨나 흘렸다. 파리에서 나올 때는 뒤쪽 범퍼, 에탕프에 들어갈 때는 전조등 하나, 거기서 20킬로미터 가서는 오른쪽 깜빡이 하나가 부서졌고, 여행 중에 우그러지고, 튀어나오고, 긁힌 곳은 헤아릴 수도 없었다. 이 차가 지나가는 모습을 보면 이 자동차 역시 전쟁을 치렀다는 것을 금방 느낄 수 있었다.

1905년 12월 18일

사랑하는 이에게,

왜 그것을 마지막 순간까지 기다렸다가 말씀하신 건가요? 나에게 벌을 주고 싶으셨나요? 하지만 어떤 잘못에 대해선가요? 순식간에 난 2주라는 기나긴 시간 동안 당신을 여읜 과부이자 고아가 되어 버렸어요. 당신은 내게 그 말을 하고 떠나 버리셨죠……. 차라리 비수로 심장을 꽂는 게 나았을 거예요. 그래요, 물론 당신은 나를 포옹하고, 꽉 안아 주셨어요. 하지만 그것은 당신의 평상시의 방식, 내 몸에 당신의 자국을 남기려는 듯한 방식은 아니었어요. 아니, 그것은…… 마치 사과하는 것 같은 포옹이었어요! 하지만 무엇에 대한 사과죠? 내 사랑, 난 당신께 아무것도 요구하지 않아요. 당신은 무엇이라도 할 수 있기 때문에 얼마든지 떠날 수 있다고요! 하지만 그런 식으로 말하는 것은 날 두 번 버리는 거나 마찬가지예요. 불필요하게 잔인한 행동이라고요. 내가 대체 당신에게 무슨 짓을 했나요? 내가 대체 무슨 잘못을 했나요? 그리고 그 전날 갑자기 떠나기로 결정했다는 핑계를 대시다니……. 마치 아무에게도 예고하지 않고서 어느 날 갑자기 진료실 문을 닫으시는 분처럼 말이에요……. 왜 내게 거짓말을 하시나요? 난 당신의 부인이 아니잖아요!

사실 당신은 내게 그걸 말하는 시간을 미뤄 온 거예요. 왜냐하면 내가 힘들어하리라는 것을 아셨으니까요. 그렇지 않나요? 그렇다고 말씀해 주세요! 날 이렇게 아프게 만드는 것은 다만 나에 대한 사랑 때문이었다고 말이에요!


「어이구, 참…….」 쥘 씨가 그녀의 읽기를 중단시켰다. 「그녀가 그 의사를 정말로 사랑했는지는 모르겠다만…… 적어도 그에게 편지 쓰는 것은 좋아했구먼그래.」

루이즈는 눈을 들어 올렸다. 쥘 씨는 고집스러운 표정으로 운전하고 있었다.

「네, 그분을 사랑하셨어요.」

쥘 씨는 입을 삐죽 내밀었다. 루이즈는 놀랐다.

「아냐, 아무것도 아니다.」 그가 덧붙였다. 「그래, 원한다면 그걸 사랑이라고 생각해라. 하지만 내가 보기엔…….」


당신이 내게서 멀어지면 난 흐르는 날들을 헤아리고 시간을 헤아려요. 그래야 견딜 수 있거든요. 하지만 당신 없이 보름을 지내라니요! 그 긴 날들 동안 나보고 어떻게 하라는 거죠?

당신이 없을 때 한없이 늘어나는 시간은 내게 마치 사막과도 같아요. 난 제자리에서 빙빙 돌고 이리저리 서성거릴 뿐, 어찌할 바를 몰라요. 속이 텅 비어 버리니까요.

차라리 마당의 저 눈을 긁어모아 구멍을 내고 그 속에 기어 들어가고 싶어요. 당신이 돌아올 때까지 동면을 하다가 당신이 다시 여기 계실 때, 당신이 내 위에 몸을 눕히는 바로 그 순간에 깨어나고 싶어요. 어디엔가 숨어서 울고 싶어요.

내 모든 눈물은 당신 거예요.

잔


그들이 도착했을 때, 생파테른 성당에서 10시 종이 울렸다.

오를레앙은 큰 장이 열린 도시 같았다. 기진맥진한 가족들, 생쥐처럼 이리저리 뛰어다니는 수녀들, 북새통을 이룬 관청, 사방이 피로와 절망뿐이었다. 흥분된 열기와 절망의 분위기가 지배하는 그곳에서 사람들은 먹을 수 있는 곳을, 잘 수 있는 곳을, 아니 그저 갈 곳을 찾았다. 어디에서나 똑같은 풍경이었다.

「자, 여기서 다시 만나기로 하지?」 쥘 씨가 말했다.

루이즈가 대답할 틈도 없이 그는 가장 가까운 선술집으로 들어갔다.

주변에 〈혹시 청색 페인트로 차창을 칠한 파리 교통 공사의 버스들을 보신 분이 있는지〉 물어보는 것은 여전히 괴상하게 느껴졌지만, 이 질문에 놀라는 사람은 아무도 없었다. 사람들은 가스통, 마차 바퀴, 반려견을 묻을 만한 곳, 조롱을 든 어떤 여자, 우표, 르노 자동차에 사용할 부속품, 자전거 타이어, 사용 가능한 전화, 보르도행 열차 등을 찾아 헤매고 있었다. 수도에서 백 킬로미터 떨어진 곳에서 파리 교통 공사 버스들을 찾는 것은 이 질문의 홍수 속에서 조금도 유별난 행동이 아니었다. 하지만 루이즈는 그 어느 곳에서도, 그러니까 그녀가 아무도 만나지 못한 교도소 앞에서도, 중앙 광장들 앞에서도, 강변에서도, 도시를 빠져나가는 길목에서도 아무런 답변도 얻지 못했다. 그런 버스를 본 사람은 아무도 없었다.

오후도 한참 지났을 즈음에 돌아와 보니, 쥘 씨는 차 안에 쭈그리고 앉아서 구멍 난 펠트 실내화를 실과 바늘로 수선하고 있었다.

「필요한 것들을 챙겨 왔기에 망정이지…….」 그는 이렇게 구시렁대다가 엄지를 바늘에 찔렸다. 「아야야! 빌어먹을!」

「이리 줘보세요.」 루이즈는 이렇게 말하며 그의 일감을 빼앗았다.

그녀의 아름다운 얼굴에 피로로 골과 주름 들이 나타나기 시작했지만 — 이는 예쁜 여자들의 역설이라 할 수 있는데 — 그것들은 그녀의 부드러운 입술과 맑은 눈동자를 더욱 돋보이게 했고, 보는 이로 하여금 꼭 끌어안고 싶은 마음이 들게 했다. 그녀는 신발을 수선하며 자신이 시내를 돌아다닌 이야기를 대충 들려주었다.

「사람들이 말이에요.」 그녀는 결론을 내렸다. 「다른 생각들로 머리가 꽉 차서 경치 같은 것은 쳐다보지도 않아요. 오로지 자기가 관심 있는 것만 보이는 거죠.」

쥘 씨는 후우 하고 한숨을 내쉬었다. 루이즈는 수선하는 손길을 잠시 멈췄다.

「앞으로 어떻게 될 건지 모르겠네요. 지금 루아르강까지 내려왔는데…… 적어도 이 정도에서는……?」

그녀는 어떻게 질문을 끝맺어야 할지 알 수 없었다. 이 수십만 명의 피란민들은 파리를 떠나면서 무엇을 바랐단 말인가? 루아르강이 새로운 마지노선이 되기를? 물론 진정한 희망은 여기서 재편되어 저항할 준비가 된, 그리고 어쩌면 다시 땅을 수복할 준비가 된 프랑스군을 보는 일일 것이다. 하지만 사방에 보이는 것이라곤 얼빠진 표정의 패잔병들과 버려진 트럭들뿐, 프랑스군은 완전히 증발해 버렸다. 지난 두 번의 공습경보 때 프랑스 전투기는 코빼기도 보이지 않았다. 루아르강은 공황감에 사로잡힌 이 나라가 개시한 피란길에 추가된 또 하나의 도정에 불과한 것이다.

이 끊임없이 밀려드는 인간의 홍수 속에서 파리 교통 공사 버스들과 라울 랑드라드를 찾는 것은 불가능한 일이었다. 또 파리로 돌아가는 것은 생각할 수 없는 일이었고.

「내가 이해하기로는…….」 쥘 씨는 루이즈가 자신의 실내화를 깁는 것을 바라보며 말했다. 「이렇게 피란민들이 막 밀려들고 독일 놈들이 접근해 오니까 도시 전체가 겁을 집어먹은 것 같아. 피란민들은 북쪽으로 들어오는데, 오를레앙 시민들은 남쪽으로 튀고 있는 거야…….」

루이즈는 수선을 마쳤다.

「이 실내화를 신고 멀리 갈 생각이세요?」

「그라비에르 기지까지는 가야지.」

루이즈는 흠칫 놀라며 그를 쳐다보았다.

「야, 그럼 내가 할 일 없는 주정뱅이라서 이 술집 저 술집 돌아다녔겠냐? 의무감 때문이었어! 모두 다섯 군데 돌아다녔지. 너의 그 불한당 녀석을 빨리 찾지 못하면, 내가 간 경화로 죽어버리겠다!」

「그라비에르요?」

「여기서 한 15킬로미터 떨어진 곳이야. 거기에 그들이 있을 거야. 그저께 도착했대. 한밤중에.」

「왜 빨리 말씀하지 않았어요?」

「야, 내가 그 실내화가 없으면 무슨 수로 운전해서 거기 가겠냐?」


그라비에르 기지로 가는 길은 도로 표지판에 표시되어 있지 않아서, 쥘 씨는 세 번이나 차를 세우고 카페에 들어가 물어봐야 했다. 어느 널찍한 비포장도로의 초입에 이르렀을 때, 얼근히 취해 있던 쥘 씨는 접근로를 막은 쇠사슬과 〈군사 기지〉라는 표지판을 보고는 거칠게 브레이크를 밟았다.

「아, 미안해!」 그는 하마터면 앞 차창에 이마를 부딪칠 뻔한 루이즈에게 사과했다.

「이제 정말로 다 온 거면 좋겠네요.」 그녀는 짧게 대꾸했다.

「조사하러 다니느라 좀 피곤해진 거야…….」

「자, 그럼 뭘 기다리세요?」 그녀는 길을 가리키며 반문했다.

「뭐든지 확실히 알고 해야지! 만일 저 사슬을 들어 올리면, 우린 기지에 무단 침입하는 게 돼. 내가 하는 말이 무슨 뜻인지 알지?」

그의 말이 옳았다. 만일 저것들을 무시하고 들어간다면 군인들이 지키고 있는 어느 기지 앞에 이르게 될 텐데 — 그녀의 머릿속에 망루며, 철조망이며, 군복 같은 것들이 어른거렸다 — 이렇게 가는 것이 과연 현명한 방법일까?

「난 어떤 병사하고 얘기해 보면 어떨까 생각했어요. 경비병이나…….」 그녀는 한번 말해 보았다.

「만일 군사 기지 앞에서 매춘 호객 행위로 체포되고 싶다면, 그게 최고의 방법이겠지.」

「아니면 기지에서 나오는 병사를 찾아서, 그와 얘기해 볼 수도 있겠죠.」

「내가 이해한 바로는, 여기에 적어도 천 명은 갇혀 있을 거야. 설사 병사 하나를 만난다 해도, 그가 어떻게 그 많은 사람을 다 알겠어?」

루이즈는 잠시 생각해 본 다음, 이렇게 매듭지었다.

「그럼 여기서 좀 기다려 보기로 하죠. 우리가 기지에 들어가지 않으면 뭐라고 할 사람은 아무도 없어요. 기다리고 있으면 누군가가 지나갈 거고…….」

쥘 씨는 뭐라고 구시렁거렸는데, 아마 어떤 동의의 표현이었을 거였다.

루이즈는 잔의 서신 뭉치를 꺼냈다. 그것을 읽을 때마다 매듭을 풀고, 읽은 후에는 다시 매듭을 묶곤 했다.

1906년 5월. 잔은 열여덟 살이었다. 그녀가 의사 집에 막 하녀로 고용되었을 때였다.

그녀가 편지 읽기를 시작하자마자, 쥘 씨는 차에서 내려 새미 가죽을 사용하여 푸조에 광내는 일을 시작했다. 곧 비울 쓰레기통을 다시 페인트칠하는 것만큼이나 어처구니없는 일이었다. 어쩌면 라 프티트 보엠의 카운터를 항상 훔치고 정리하는 일이 그리웠는지도 모른다. 그는 거의 화난 것처럼 느껴지는 크고도 거친 동작으로 부산을 떨어 댔다.

    사랑하는 이에게,

    죄송해요, 죄송해요, 죄송해요……. 당신은 결코 날 용서하지 않으시겠죠? 난 잘 알고 있고, 난 그렇게 당해도 싼 여자예요. 내가 그런 비열하고, 상스럽고, 부끄러운 행동을 한 이상 당신은 나를 미워할 권리가 있으세요. 아, 지금 내가 얼마나 후회하고 있는지 아신다면…….

    당신의 아내 앞에 섰을 때 금방 그것을 깨달았어요. 난 종종 그녀를 상상했고(난 그녀를 보지도 않고서 미워했어요. 왜냐하면 당신은 그녀에게 모든 것인 반면, 내게는 아무것도 아니었으니까요), 그녀를 너무 증오했지만, 그 순간에는 그녀가 나를 쫓아 버리기를 간절히 바랐어요. 하지만 하느님은 비열한 짓을 한 나를 버리셨나봐요, 왜냐하면 당신의 아내는 나를 내쫓는 대신에 채용했으니까요.

    오, 내가 차를 서빙하고 있는 응접실에 들어오셨을 때 당신의 그 눈빛이라니……! 나는 당신께 애원하고 싶었어요. 두 분께 용서를 빌고 싶었어요. 그래요, 심지어는 그녀에게까지요. 왜냐하면 자신이 너무 비참했거든요.

차창 옆에 선 쥘 씨의 존재는 그녀의 읽기를 중단시켰고, 마음을 불안하게 했다. 이제 그는 마치 주유원이라도 된 것처럼 유리를 닦고 있었다.

언제부터 이렇게 서 있었던 걸까? 이렇게 바짝?

그녀의 어깨 너머로 읽고 있었던 걸까?

그는 짐짓 아무렇지도 않은 척하기 위해 입을 벌려 후 하고 입김을 분 다음, 사뭇 진지한 표정까지 지으며 세차게 문질렀다. 손톱으로 유리창을 벅벅 긁어 대기까지 하면서……. 가로등을 들이받거나, 소 한 마리를 쓰러뜨리지 않고는 10킬로미터도 갈 수 없는 사내로서는 놀랄 만한 정성이 아닐 수 없었지만, 편지의 내용에 사로잡힌 루이즈는 멈추고 싶지 않았다. 그렇게 읽고 싶다면 읽게 하리라.

당신은 내 편지를 찢어 버리겠죠. 그리고 조만간 진실을 밝히고 날 쫓아 버리시겠지만, 난 흉측한 이기주의자이기 때문에 그건 너무 당연한 일이에요. 난 상처를 주고 부끄럽게 만들려고 당신 집에 들어갔는데, 그 모든 부끄러움이 오히려 내게 떨어졌네요.

하지만 아세요? 그것은 당신이 내 삶의 모든 것이기 때문이에요. 어리석게도 난 생각했답니다. 집에 들어가 당신 삶의 질서를 흐트러뜨리면, 당신이 어쩔 수 없이 나를 선택하고 또 내 삶을 보호해 줄 거라고요. 네, 알아요. 그것은 나쁜 짓이어요. 하지만 아세요? 내겐 오직 당신밖에 없답니다.

이제 난 당신의 집에서 당신과 마주치는 게 두려워요. 당신에게 몸을 기대고 쉴 수 있으리라 생각했던 집에서 말이에요.

빨리 나를 쫓아내 주세요. 난 계속 나 자신보다도 당신을 사랑할 거예요.

잔

쥘 씨는 저만치 가 있었다. 등 쪽으로 보이는 그는 마치 발밑의 곤충을 관찰하거나 땅바닥에 떨어진 열쇠를 찾는 것처럼 고개를 숙이고 있었다. 어깨를 축 늘어뜨리고 맥없이 서 있는 그의 뒷모습에서는 뭔가 처지고 무거운 것이, 뭔가 이상한 것이 느껴졌다.

궁금해진 그녀는 차에서 나와 그에게 다가갔다.

「쥘 아저씨, 괜찮아요?」

「먼지 때문에 그래.」 그는 고개를 돌리며 대답했다.

그는 소매로 눈을 훔쳤다.

「아, 이놈의 먼지…….」

그는 호주머니를 뒤졌고, 마치 눈길이 미치지 않는 곳에서 코를 풀려는 듯이 몸을 돌렸다. 루이즈는 어떻게 해야 할지 알 수 없었다. 이 숲은 라 프티트 보엠의 반들반들한 카운터만큼이나 먼지가 없는 것이다……. 도대체 무슨 일일까?

「아, 제기랄!」 그가 갑자기 소리쳤다.

기지 쪽 길에서 군용 트럭 한 대가 갑자기 나타나더니 그들을 향해 달려오고 있었다.

「잠깐만…….」 그는 급히 운전대에 앉으며 루이즈에게 말했다.

클러치 페달을 찾는 데 얼마간의 시간이 필요했고, 그다음으로 쥘 씨가 후진 기어를 넣으려 진땀을 흘리는데, 멈춰 선 트럭은 신경질적으로 경적을 울려 댔다. 차에서 병사 하나가 뛰어내리더니 사슬을 치우면서 소리쳤다.

「지나가게 비켜요! 여긴 군사 기지요, 저리 가라고!」

푸조는 후진하면서 나무와 부딪혔다. 아주 세차게 부딪혔지만, 적어도 자동차는 트럭이 지나갈 자리를 내줄 수 있었다.

병사는 사슬을 제자리에 걸면서 다시 소리쳤다.

「비키라고, 여긴 군사 기지야!」

트럭이 굉음을 내며 그들 옆을 지나갔다.

「저 차를 따라가요!」

쥘 씨는 무슨 말인지 몰라 그녀를 쳐다보았다. 아, 이 순간에 루이즈는 자신이 운전할 줄 안다면 얼마나 좋을까 생각했다!

「약간 거리를 두고서 트럭을 따라가란 말이에요.」

다시 차가 도로를 달리기 시작하여 굽이를 돌 때마다 저쪽 멀리에 군용 트럭의 꽁무니가 보이기 시작하자, 루이즈는 설명했다.

「앞에 탄 사람은 상사예요. 저 사람이 셰르슈미디 교도소에서 수감자들을 버스에 태우는 것을 봤어요. 내가 그에게 얘기해 보려고 했거든요…….」

# 35

농부는 자신의 불룩한 배를 자랑스러워했다. 또 그는 드넓은 농원과 가축들과 순종적인 아내, 그리고 60년 전에 물려받은 이후로 털끝만큼도 변하지 않은 확신들, 한마디로 네 세대에 걸쳐 고스란히 전해진 이 모든 유산을 자랑스러워하는 사내였다.

이 사람을 봤을 때 페르낭은 자신이 무엇을 해야 할지 마침내 깨달았다.

「너희들은 여기서 기다리고 있어…….」 이렇게 말한 그는 배낭을 휙 낚아챈 다음, 트럭에서 뛰어내리며 소리쳤다. 징발!

그는 그들 사이의 30여 미터를 성큼성큼 걸어갔지만, 그 짧은 시간은 농부의 얼굴이 일그러지기에 충분한 시간이었다. 허리가 뻣뻣해지고, 두 주먹을 호주머니에 찔러 넣고, 머리를 양 어깨 사이로 바짝 움츠리는 농부의 모습을 본 페르낭은 자신이 좋은 전략을 택했음을 깨달았다. 그는 농부 앞에 떡 버티고 서서는 다시 한번 소리쳤다.

「징발 나왔소!」

그는 트럭을 등지고 있었기 때문에, 그의 팀 중 누구도 그가 한결 누그러진 어조로 다음과 같이 덧붙이며 큼지막한 미소를 짓는 것을 보지 못했다.

「물론 징발되는 모든 것에 값을 치를 거요…….」

이 말은 농부에게 희소식이긴 했지만 충분치 못했다. 무엇을 징발할 것이며, 가져갈 것에 대해서는 얼마나 지불할 것인가?

「달걀 백여 개, 닭 스물다섯 마리, 감자 백 킬로그램, 채소, 토마토, 과일…… 뭐, 이런 것들이 필요하오.」

「알겠어요. 하지만 내가 그걸 다 갖고 있지는 않아요.」

「그럼 댁이 가지고 있는 것을 가져가겠소.」

「그게…… 한번 봐야 할 것 같은데…….」

「자, 잘 들으시오! 내가 밤새도록 여기 있을 수는 없소. 난 있는 것을 징발하고, 값을 치르고, 차 타고 갈 거요. 이제 분명히 이해했소?」

「허, 참 나!」

「달걀은 값이 얼마요?」

「에, 한 5프랑쯤 될 겁니다.」

평상시보다 다섯 배나 비쌌다.

「오케이, 그럼 백 개 정도 주시오.」

농부는 셈을 해봤다. 세상에, 5백 프랑이라는 거금이 손에 잡힐 듯했다.

「지금은 스무 개에서 서른 개 정도밖에 없어요. 그게 다예요…….」

아쉬움이 묻어나는 그의 목소리는 듣는 이가 짠할 정도

였다.

「그거 다 가져가겠소. 닭은 몇 마리나 있소?」

요구된 수량을 다 가지고 있지 못해 너무나 슬프긴 했지만, 농부는 그의 경력에서 가장 행복한 시간을 보냈다. 그는 시장 가격보다 그의 닭들을 여덟 배, 채소는 열 배, 토마토는 스무 배, 감자는 서른 배 비싼 값으로 팔 수 있었다. 각 물건마다 품귀 현상, 강우량, 일조량 등 가격을 정당화하는 이유들을 댔지만, 이 상사는 이런 일을 하면서 딱 한 번 만날 수 있는 종류의 얼간이, 조금도 따지지 않고 모든 것을 받아들이는 바보 천치였다.

이때 그의 머릿속에 한 가지 의혹이 일었다.

「그런데 말이에요, 값은 어떻게 치를 거죠? 왜냐하면 난 외상 거래는 안 하거든요!」

트럭에 식품을 싣는 광경을 지켜보고 있던 페르낭은 고개도 돌리지 않았다.

「현금으로 치를 거요. 지폐로.」

농부는 속으로 중얼거렸다. 어, 참, 프랑스군 멋지군! 하지만 내 지갑은 절대로 맡기지 않겠어!

「자, 이리 오시오.」

트럭에서 멀어진 그들은 헛간의 으슥한 곳으로 갔다. 배낭에서 페르낭은 거세된 수탉의 허벅지만큼이나 굵직한 지폐 다발 하나를 꺼냈고, 농부는 입을 딱 벌렸다.

「자, 여기 있소.」

페르낭은 몸을 돌려 걷기 시작했다. 하지만 그는 농부가 지폐를 바지 주머니에 쑤셔 넣고 있는 순간 돌아섰다.

「아, 참, 이 말 해준다는 것을 잊었군. 독일 놈들이 여기서 30킬로미터 떨어진 곳에 있소. 여기 남아 있으면 아주 고약한 일을 겪게 될 거요!」

농부는 얼굴이 창백해졌다. 30킬로미터⋯⋯. 이게 가능한 일이야? 어제만 해도 놈들은 파리도 오지 못했잖아? 우체국에서 그렇게 얘기하는 것을 들었다고!

「그럼 댁은요? 보병인지 뭔지 모르겠지만, 댁은 지금 어디에 있나요?」

「우리는 이곳 마을들을 지키기 위해 그라비에르 기지에 막 도착했소. 농가들도 지키고.」

「아, 그렇구먼.」 농부는 안도하며 말했다.

「하지만 당신은 아니오. 당신은 혼자서 스스로를 지켜야 할 거요.」

「아니, 왜 우리는 안 지켜 준다는 겁니까?」

「당신은 우리에게 식품을 팔았소. 따라서 이제 우리에게 당신은 더 이상 농가가 아니라 납품업자요. 그건 전혀 다른 거지. 그리고 말이야, 조심하라고. 독일 놈들은 징발 같은 것은 하지 않으니까. 놈들은 단지 점령하고, 있는 것을 마음대로 쓰다가 떠날 때는 다 태워 버리지. 보면 알겠지만, 완전히 야만인이야⋯⋯. 자, 잘 해보시오!」

이런 거짓말에 부끄럼을 느껴야 옳았겠지만, 이 농부가 결국은 오게 될 독일군을 기다리며 불안에 떨 것을 생각하니 다소나마 위안이 되었다.

이렇게 그들은 협동조합 두 곳, 빵집 세 곳, 그리고 농가 세 곳을 돌면서 감자, 양배추, 순무, 사과, 배, 그리고 약간의 햄과 치즈를 쓸어 왔다. 가는 곳마다 페르낭은 부하들 쪽으로 〈징발!〉을 외친 후, 주인을 구석으로 데려가서는 배낭을 열고 백 프랑짜리 지폐 다발을 건넸다.

그는 팀이 식품을 싣는 틈을 이용하여, 자신의 부하들에게 일종의 특별 수당으로 나눠 줄 수 있는 것들, 다른 사람들에게 감출 수 있는 조그만 것들을 샀다.

식품을 비싸게, 때로는 아주 비싸게, 심지어는 파렴치할 정도로 비싸게 판 지역 농부들에게 이 전쟁은 아주 드물게 맛보는 횡재가 아닐 수 없었다. 페르낭은 계산하지 않았고, 복잡하게 요리하지 않고 먹을 수 있는 것들은 다 가져왔다.

메시쿠르 마을을 지나고 있는데, 페르낭이 〈멈춰!〉를 외쳤다. 짐칸에 실린 물품이 한쪽으로 미끄러졌고 병사들은 서로 부딪혔다. 벌써 트럭에서 뛰어내린 페르낭은 자, 여기서 좀 기다려, 하고 외친 후, 기적적으로 아직 열려 있는 한 우체국으로 들어갔다.

거기서 두 번째 기적이 일어났으니, 여직원이 하나 앉아 있었던 것이다.

「전화, 작동합니까?」

「때에 따라 달라요. 이틀 전부터는 교환원이 전화를 받지 않네요…….」

직원은 까다로운 가정 교사 같은 외모를 한 바짝 마른 여자였다.

「그래도 한번 시도해 보죠.」 페르낭은 빌뇌브쉬르루아르에 있는 누나의 전화번호를 건네며 말했다.

부하들이 텅 빈 보도며 황량한 거리들을 믿기지 않는다는 듯 둘러보면서 담배를 피우는 모습이 창을 통해 보였다. 또 그들은 군관구조차도 서른 명당 카망베르 치즈 하나밖에 공급하지 못하는 이 시국에, 일개 기동 헌병대 상사가 그렇게나 쉽게 대량의 물품을 징발할 수 있다는 사실을 놀라워하고 있는 것 같았다.

「전화 교환국이 응답하지 않는데요?」

「계속 해볼 수 없으세요?」

우체국 직원이 다시 시도해 보는데, 페르낭은 카운터로 다가갔다.

「당신은 떠나지 않으셨나요?」

「음, 그럼 우체국은 누가 지키죠?」

페르낭이 미소를 짓는데, 직원이 갑자기 고개를 수그렸다.

「지네트? 나 모니크야! 그래, 너 돌아왔니?」

문제의 지네트는 긴 설명을 늘어놓았고, 메시쿠르의 여직원은 으흠, 으흠, 하며 추임새를 놓았으며, 그 모든 게 끝난 후에 빌뇌브쉬르루아르에 연결했다. 그녀는 쭉 뻗은 검지로 페르낭에게 전화 부스를 가리켰다.

「아, 그래, 동생이냐?」

시간이 없는 것도 아니었고 누이에게 근황 묻는 것을 생각하지 않은 것도 아니었지만, 마음이 너무나 급했다.

「알리스, 알리스는 어때요?」

「글쎄, 이걸 어떻게 얘기해야 할지…….」

페르낭은 마치 한 번에 피가 쭉 빠져 버린 것처럼 갑작스러운 한기를 느꼈다.

「걔는 늘 베로 예배당에서 시간을 보낸단다.」

누이의 음성은 나직했고, 거의 처연하기까지 했다. 페르낭은 도무지 이해가 안 되었다. 대체 거기서 무슨 할 일이……. 하지만 그는 곧 깨달았다. 그는 이 베로 예배당을 알고 있었다. 들판 한구석에 외따로 떨어져 담쟁이에 파묻혀 있고 묘석들은 다 허물어진 공동묘지에 둘러싸인, 아주 오래되고 버려진 조그만 건물이었다. 지붕의 일부분이 주저앉아 있지 않았나 하는 생각도 들었다.

「동생, 일단 말이야. 거긴 너무 멀어!」

이 멀다는 개념은 상대적이었으니, 그의 누이는 몽타르지 이상을 가본 적이 없는 사람이었기 때문이다. 페르낭은 기억을 더듬었고, 이 예배당이 빌뇌브쉬르루아르에서 몇 킬로미터 떨어진 곳에 있다는 게 생각났다.

「그래서 거기서 자는 거야!」

선뜻 이해가 되지 않았다. 요즘 들어 알리스가 신앙에 깊게 빠져든다는 것은 조금도 놀라운 일이 아니었으니, 자신이 아직 살아 있는 것은 오직 자신의 열렬한 신앙심 덕분이라고 확신하고 있었기 때문이었다. 하지만 누이의 식품점에서 몇 킬로미터나 떨어진 어느 외딴 예배당에서 잠을 잘 정도로까지? 잠시 후, 페르낭은 이 오래된 예배당이 지금 피란민 수용소로 사용되고 있다는 사실을 알게 되었다.

「걔 말로는, 거기에 피란민이 수백 명 있고, 그들을 내버려 둘 수 없다는 거야. 나도 가서 돕고는 싶지만, 그렇게 자기 건강을 해쳐 가면서까지…….」

「그것은 분별 있는 행동이 아니라고 말해 봤어요?」

「아무 말도 들으려고 하지 않아! 어쨌든 거기로 간 이후로는 다시 빌뇌브쉬르루아르에 들른 적이 없기 때문에, 개한테 얘기하려면…….」

조금만 힘을 쓰면 금방 고장이 나버리는 심장을 가진 알리스가, 어느 폐기된 예배당에 급조된 수용소에 자원봉사자로 밤낮없이 일한다는 것은 정말이지 우려스러운 사실이었다. 잠은 어디서 잘까? 그녀에게 힘든 일들을 맡겼을까? 페르낭은 알리스가 아무에게도 자신의 상태를 알리지 않았으리라 확신했다.

그는 누이의 얘기를 들으며 창밖을 쳐다보았다. 당장 저 트럭을 몰고서 그 빌어먹을 예배당으로 달려갈까? 몇 시간이면 갈 수 있는 거리였다. 가서 알리스를 찾아 안전한 곳에 데려다 놓을까……? 그렇게 하거나 수인들을 먹이거나 둘 중의 하나였다. 그는 잠시 저 수감자들을 끔찍이 싫어하는 보르니에가 된 것 같은 기분이 들었다. 그로 하여금 현명한 선택을 하지 않을 수 없게 만든 것은 중사와의 이런 너무나 기분 나쁜 유사성 때문이었는지도 모른다.

「내가 금방 거기로 갈 거예요…….」

알리스를 제대로 돌볼 수가 없는 누이는 훌쩍거리기 시작했다. 자, 이런 상황에서 또 가서 일을 해야 한다…….

우체국에서 나온 그가 처음 느낀 것은 병사들의 시선이었는데, 눈을 뚱그렇게 뜨고 있는 사내들의 눈길을 좇아가다 보니 눈이 파랗고 곱상하게 생긴, 하지만 몹시 피곤해 보이는 얼굴의 한 젊은 여자가 그의 앞에 와서 섰다.

「저…… 상사 선생님이시죠?」

루이즈는 군대의 부사관에게 어떤 식으로 말을 걸어야 할지 알 수 없었다. 이 남자가 거리 끝에서 배낭을 메고 셰르슈미디 교도소 쪽으로 걸어올 때, 수인의 아내나 딸이 그를 어떻게 불렀는지 잘 생각이 나지 않았다.

페르낭은 그녀 앞에서 돌처럼 굳어 버렸다. 그는 누이와의 짤막한 대화로 마음이 뒤흔들렸고 알리스에 대해 들은 얘기로 제정신이 아니었고, 기동 헌병대원으로서의 의무와 아내에게 달려가고 싶은 마음 사이에서 갈등하는 상태였다. 그런데 어디선가 갑자기 나타나 편지 봉투 하나를 내미는 이 젊은 여자를 보자 가슴이 찢어지는 것 같았다.

「라울 랑드라드라는 수감자를 찾고 있어요…….」

그녀의 목소리는 기진맥진한 여자의 그것이었다.

랑드라드, 랑드라드, 그는 생각해 봤다.

젊은 여자의 손이 바르르 떨리고 있었다. 바로 옆에는 수명이 거의 다해 가는 낡은 푸조 한 대가 서 있었고 운전석에는 베레모를 쓴 어느 사내의 커다란 얼굴이 보였는데, 아마도 여자의 아버지인 듯했다.

맞아, 랑드라드. 마침내 이름의 주인공이 생각났다.

「라울?」

루이즈의 얼굴이 환하게 밝아지면서, 그 예쁜 입에 미소가 떠올랐다. 알리스의 것과 똑같은 미소, 그것을 위해서라면 페르낭이 몇 번이고 지옥에 떨어질 수도 있는 바로 그 미소였다.

「네, 라울 랑드라드예요. 혹시 상사님께서…….」 루이즈가 말했다.

페르낭은 팔을 내밀어 봉투를 잡았다. 이것은 물론 합법적인 일이 아니었지만, 이 시대는 어쩔 수 없이 위법을 저지르게 만들었다. 자신이 농가와 협동조합 들을 돌아다니며 한 일들이, 거기서 했고 또 앞으로도 하게 될 거짓말들이 과연 〈합법적〉이었던가?

「그의 죄목은 무엇인가요?」 루이즈가 물었다.

아니야, 페르낭은 속으로 중얼거렸다. 거기까지 갈 수는 없어. 군법상 죄목을 누설한다고? 아냐, 그건 아니야…….

그러나 그 순간, 알리스에 대한 걱정으로 가득하여 우체국에서 나온 그가 이 젊은 여자의 근심 어린 얼굴에서 본 것은 바로 자기 자신이었다. 두 사람 다 안심하고 싶은 억누를 수 없는 욕구에 사로잡힌 미친 연인들이었던 것이다.

「약탈 행위요…….」

그는 곧바로 후회했고, 루이즈도 그것을 깨달았다. 그녀는 마치 그가 대답하지 않은 것처럼 눈을 아래로 내리깔았다.

편지를 호주머니에 쑤셔 넣은 그는 원칙상 천천히 말했다.

「아무것도 약속드릴 수 없습니다…….」

하지만 그것은 약속이었다.


오브슬레르 대위는 기겁을 했다.

「그건 절대로 안 되오! 만일 당신 쪽 수감자들에게 줄 음식밖에 없다면, 다른 950명이 폭동을 일으킬 거라고!」

「대위님, 모두에게 조금씩 돌아갈 수 있을 겁니다. 별것은 아니지만, 하루나 이틀은 어떻게든 견뎌야 하니까요. 그렇게 사람들을 좀 달래 놓고 있으면, 그다음에…….」

대위로서는 이 희소식에 반색을 해야 옳을 텐데, 먼저 궁금증부터 이는 모양이었다.

「한데, 그걸 어떻게 얻어 온 거요?」

「징발했습니다, 대위님.」

뭐야, 그게 그렇게 간단한 일이었다고?

「군이 농부들과 외상 거래를 튼 겁니다. 만일 우리가 전쟁에서 이기면…….」

「지금 나랑 농담하자는 거요?」

「그렇다면 독일군이 빚을 물려받겠죠.」

오브슬레르는 미소 짓지 않을 수 없었다.

감자는 냄비에 넣어 푹푹 삶았고, 햄은 잘게 썰어 작은 조각들로 만들었으며, 닭으로는 걸쭉한 수프를 만들었다. 각 사람에게 과일이 거의 하나씩 돌아갔고, 못 받은 이들에게는 치즈를 주었다. 요리는 수감자 가운데서 징발한 친구들이 했는데, 이 모든 작업은 그들 못지않게 배가 고픈 병사들의 감시하에 이루어졌다.

페르낭은 그의 팀의 부하들을 불러서 그가 〈보너스〉라고 부르는 것, 다시 말해서 모두의 몫은 아닌 조그만 것들을 나눠 주었다.

어떤 이들을 소시지를, 또 어떤 이들은 냉육 통조림을 받았다. 보르니에에게는 화주(火酒) 한 병을 선사했다. 그것을 받아 든 그의 아랫입술은 파르르 떨렸고, 두 눈은 뿌옇게 흐려졌다. 페르낭은 이 보너스가 얼마 동안이나 그의 공격성을 가라앉힐 수 있을까 생각해 봤지만, 이 질문에 대해선 그렇게 낙관적이지 못했다.

이 보급품의 도착에 사기가 조금이라도 올라야 했겠지만, 좋아지려던 분위기는 공습경보가 울리자 금방 가라앉았다.

모두가 땅바닥에 납작 엎드렸다. 독일군 비행기들이 이번에는 하늘 높이 나는 게 아니라 중간 정도 높이로 지나갔다. 정찰을 나온 거였다. 이게 공습을, 다시 말해서 폭격을 예고한다는 것은 누구나 알 수 있었다.

전투기 편대 하나가 지나간 후 다른 편대 하나가 그 뒤를 이었다. 이번에는 반대 방향이었고, 고도는 한층 낮아졌다. 저 위에서 보면 바닥에 뒹구는 수백 명의 인간들은 거의 죽어 있어 그냥 주워 가 버리거나 기관총으로 갈겨 버리기만 하면 되는 것처럼 보이리라.

만일 독일군이 정확한 정보를 가지고 있다면(그리고 그들이 그렇다는 것을 사람들은 알고 있었다), 왜 그들 편인 사람들로 가득한 걸로 알려진 이 장소를 굳이 폭격해야 한단 말인가? 뭐가 어떻게 돌아가는 것인지 아무도 알 수 없었다.

처음 공습경보가 울리자마자 라울은 그 틈을 이용하여 사과 세 개를 슬쩍한 다음, 허리를 바짝 구부리고 따라오는 가브리엘을 뒤에 달고서 후다닥 달려가 옛 병참 창고가 보이는 곳에서 땅에 납작 엎드렸다.

「좋았어…….」

라울은 흡족했다. 그의 직감이 틀리지 않았던 것이다. 이제 장애물 하나를 뛰어넘은 건데, 또 하나가 남아 있었다. 저 버려진 건물까지는 어떻게 간다 해도, 그 뒤에 있는 철조망은 어떻게 넘는단 말인가?

「사다리…….」

이번에는 가브리엘이 말했다.

독일군 전투기들이 또다시 기지 위를 지나갔고, 모두가 엎드려 두 팔로 머리를 감싸고 있는 틈을 이용하여 두 남자는 몇 미터를 더 기어갔다.

라울은 가브리엘을 칭찬해 주려고 그의 손목을 덥석 잡았다. 야, 정말 기똥찬 아이디어야! 독일군 비행기들이 진동시키는 땅 위에 나란히 누워, 두 사람은 서로의 얼굴을 쳐다보았다. 건물의 좌측에는 나무 사다리 하나가 땅바닥에 뒹굴고 있었다. 건물에 페인트칠하는 사람이나 지붕 잇는 사람이 사용하는 종류의 연식(連式) 사다리였다. 사용법은 자명했다. 철조망에 사다리 한 면을 기댄 후에 그 위로 기어 올라간 다음, 거기서 다음 면을 늘린다…… 울타리 저쪽 끝까지 말이다.

독일군 전투기들이 그라비에르 기지를 한 바퀴씩 돌고 떠나자, 모두가 다시 일어났다. 아직도 심장이 벌렁댔지만, 어쨌든 수프는 다 끓여져 있었다. 그리고 빵도 있었다.

점호가 행해졌다. 하루에 네 번 하는 정식 점호 외에도, 막사마다 불시에 행하는 점호가 있었다. 독일군의 공습과 더불어 탈옥은 간부들의 또 하나의 커다란 강박 관념이었던 것이다. 마침내 식사를 할 수 있게 되었다.

싸움이 일어나는 것을 막기 위해 구내식당에 순찰이 돌았다. 가장 뒤에 선 사람들은 불평했는데, 아무것도 남지 않을까 두려웠던 것이다. 항상 발톱을 세우고 있는 보르니에가 곧바로 그들에게 달려갔다.

「얌전히 기다릴 거야, 아니면 지금 당장 이 대검을 처먹을 거야?」

말끝마다 대검을 들먹이는 그에게서는 깊이 생각하지 않고 일을 저지를 수 있는 강박증 환자의 냄새가 났다. 만사가 피곤한 듯한 얼굴의 두 동료가 그의 어깨를 잡았다. 체념이 느껴지는 그들의 동작은 페르낭의 불안감을 가중시켰다. 만일 이런 시기가 오래간다면 모두가 지쳐 버릴 거고, 더 이상 누구도 보르니에 중사를 진정시키려 하지 않을 거였다.

페르낭은 다른 막사들을 책임진 동료들에게, 수감자들을 공동 침실에 집어넣기 전에 30분 정도의 산책을 허용해 줄 것을 제의했다. 이제 모두 먹었고 경계 상황도 지나갔으니, 마당에서 좀 걷게 해주자는 거였다.

「랑드라드 수감자!」

라울은 몸이 딱 굳었다. 뭔가 신중하지 않은 점이라도 있었나? 탈옥 계획이 새어 나간 걸까? 그는 천천히 몸을 돌렸다. 상사가 그에게 성큼성큼 걸어오고 있었다.

「자, 신체 수색을 시행한다.」 그가 말했다.

사과 세 개…… 훔친 사과 세 개…….

「너희들은 그냥 거기에 있어!」 상사는 벌써 그를 붙잡으려 다가오는 세 병사에게 소리쳤다.

불안한 와중에 목덜미에 두 손을 깍지 긴 채로 얌전히 두 다리를 벌린 라울은 상사가 규정상, 그리고 실제적으로 무기 은닉 가능성이 있는 모든 부위를 뒤지는 것을 느꼈다. 그는 상사의 손이 사과 하나 위에, 그리고 두 번째 사과 위에 멈추는 것을 느끼며 몸을 떨었다. 그는 매질이 퍼부어지기만을 기다리며 눈을 감았다. 몇 미터 떨어진 곳에서 가브리엘도 얼음처럼 몸이 굳어 이 광경을 지켜보고 있는데…… 아무 일도 일어나지 않았고, 상사의 손은 그 느리고도 체계적인 탐색을 계속할 뿐이었다. 그러더니,

「좋아, 그만 가봐!」

라울은 놀라고도 불안한 마음으로 건물 모퉁이에 있는 가브리엘에게로 갔고, 가브리엘은 그에게 어떻게 된 일이냐고 조그맣게 물었다. 라울이 막 대답하려고 하는데, 바지 뒤 호주머니에서 전에 없던 종이 한 장이 손에 걸렸다.

「그냥 평소에 하는 검사야.」 그가 대답했다.

하지만 가브리엘의 관심은 이제 다른 곳에 쏠려 있었다. 한 수감자가 〈파리가 무방비 도시로 선언되었다〉는 뉴스를 전한 것이다.

이 소식은 들판의 불길처럼 번져 나갔다. 이로 인해 사방이 소란스러워진 틈을 타 라울은 저쪽, 병사 두 명이 지키고 낮 동안에는 소변을 보러 가는 게 허용된 장소까지 갔다. 병사들은 다른 이들처럼 이 소식에 대해 논평하고 있었고, 다가온 라울에게는 힐끗 눈길만 한 번 주었다. 라울은 종이를 꺼내어 들었다. 그것은 봉투였고, 그 안에는 편지가 한 장 들어 있었다. 라울은 그것을 목마른 사람처럼 재빨리 읽어 내려갔다.

친애하는 라울 씨,

당신은 저를 모르시겠지만, 저는 루이즈 벨몽이라고 해요. 혹시 당신이 이 편지를 쓰레기통에 던져 버릴까 염려가 되어, 전 제가 미친 사람이 아니라는 걸 증명할 수 있는 정보들을 밝히겠어요.

당신은 1907년 7월 8일에 유기되었고, 같은 해 11월 17일에 한 위탁 가정에 맡겨졌어요. 호적계 직원은 당신에게 11월 7일과 8일의 성인 이름을 따서 라울 랑드라드라는

이름을 주었죠. 당신은 뇌이쉬르센, 오베르종 대로 67번지
의 티리옹 의사의 가정에서 성장했어요.

사실 저는 당신의 이부 누이예요. 우리는 같은 어머니에
게서 태어났죠.

그리고 저는 당신의 탄생, 그리고 어린 시절과 관련된 아
주 중요한 정보들을 가지고 있어요.

저는 당신을 찾아내기 위해 꽤 많은 난관을 극복해야 했
고, 현재의 상황에서는 우리의 재회가 쉽지 않아요. 따라서,
제가 어딘가에서 당신을 만나게 되지 못하는 경우, 제가 파
리 18구 페르가에 거주한다는 사실을 기억해 주셨으면 해
요. 혹시 제가 집에 없으면, 거리 모퉁이에 있는 라 프티트
보엠 카페의 사장님이신 쥘 씨께 문의하면 될 거예요.

초면에 이런 표현을 써도 될지 모르겠지만, 만일 허락하
신다면 〈애정을 담아〉라는 말로 이 글을 맺고 싶네요.


루이즈


라울이 이러고 있는 동안, 공산주의자 청년이 가브리엘에게
물었다.

「〈무방비 도시〉라니, 이게 무슨 뜻이죠?」

그는 여기 도착한 이후로 군용 외투를 벗은 적이 없었다. 보
급이 있은 후 그의 경련은 잠시 잦아들었지만, 그의 창백한 얼
굴과 시커먼 다크서클은 결코 좋은 조짐이 아니었다.

「독일군이 파리에 도착했어.」 가브리엘이 설명했다. 「우리
가 파리를 방어할 수도 있지만, 그 경우 그들은 파리를 무자비

하게 폭격하여 며칠 안에 완전히 폐허로 만들어 버릴 거야. 정부는 파리가 〈무방비 도시〉임을 선언함으로써 이곳을 파괴할 필요가 없다고 알리는 거지. 다시 말해서 파리를 쟁반에 담아 그들에게 바치는 거야.」

그 결과는 끔찍했다. 적에게 수도를 고스란히 가져다 바친 정부는 이제 포로가 되지 않기 위해 도망가야 할 거였다. 그리고 제대로 먹이지도 못하는 그라비에르 기지의 천여 명 수감자들의 운명은 망해 가는 국가의 어디 있는지도 알 수 없는 참모부의 결정에 달려 있었다.

「그럼, 우리 모두 여기 있다가 독일 놈들에게 잡히는 거야?」 보르니에가 물었다.

페르낭도 어떻게 대답해야 할지 몰랐다.

허리에 힘이 풀리면서 진이 빠지기 시작했고, 마치 풍뎅이의 껍데기를 뒤집어쓴 것처럼 가슴이 답답했다.

그는 한쪽으로 가서 돌덩이 위에 주저앉았다. 몸을 구부리는데 호주머니가 빠끔히 열리며, 가지고 다니는 책의 단면이 드러났다. 그는 책을 꺼내 들었다. 『천일야화』의 표지는 가슴과 배의 아랫부분만을 가린 붉은 마드라스 차림의 음란하고도 매력적인 셰에라자드로 꾸며져 있었는데, 그녀의 검은 머리칼도 앨리스처럼 이마에 거꾸로 된 하트 모양을 그리고 있었다.

페르낭은 눈시울이 뜨거워졌다.

젠장, 그녀는 그 베로 예배당에서 대체 무얼 하고 있단 말인가?

그는 어찌할 바를 몰랐고, 지금 자신이 몸부림치고 있는 이 혼란스러운 상황에서 어떤 숨은 의미를 발견하려 애썼다. 그는 기도하고 있는 자신을 발견했다. 아내 몰래 갔던 몇 번의 미사 때 외에는 이렇게 혼자서 기도해 본 적이 한 번도 없었다. 그는 다시 정신을 차리고 주위를 둘러보았다. 이것은 어느 부사관이 주위에 보여 줄 수 있는 그런 종류의 모습은 아니었다. 그는 짐짓 아무렇지도 않은 척 다시 책을 덮었고, 편지를 읽으려고 저쪽으로 간 수감자 쪽을 쳐다보았다.

그를 보는 순간, 곧바로 부끄러움이 느껴졌다. 왜 그따위 일을 했단 말인가? 누이한테 건 전화로 인해 마음이 약해졌기 때문인가? 이게 내 계급과 직위에 걸맞은 행동인가? 만일 어떤 다른 부사관이 이렇게 행동한다면, 과연 어떤 생각이 들겠는가? 그는 규정을 위반한 자신이 너무나 창피했다.

이때 이런 의문이 떠올랐다. 만일 그 여자가 스파이였다면?

그리고 만일 그 메시지가 일종의 신호였다면? 파리가 곧 점령된다는 소식과 이 메시지가 도착한 사실 사이에 어떤 연관관계가 있는 것은 아닐까?

그 젊은 여자가 그녀 스스로의 매력과 그 순간에 열려 있던 페르낭 자신의 감정을 이용하여 농락한 것이라는 확신에 갑자기 사로잡힌 그는 저 수감자에게 가서 진실을 밝히리라 마음먹었다.

그는 상처받은 자존심으로 더욱 맹렬해진 분노에 휩싸여 성큼성큼 걸어갔다.

기지 전체가 그쪽으로 고개를 돌리고는, 거대하고도 육중한 체구이지만 놀라울 정도로 민첩한 상사가 두 어깨를 불끈 올린 자세로, 마치 지금 보고 있는 것을 보고 있지 않은 듯이 눈을 가늘게 뜨고서 구름을 바라보고 있는 그 수감자 쪽으로 돌진하는 모습을 쳐다보았다.

페르낭은 그 질주를 끝낼 수 없었다.

그가 중간쯤 왔을 때, 어떤 흐릿한 굉음이 기지 위의 공기를 진동시켰다. 처음에 희미했던 그 소리는 불안스러울 정도로 빠르게 증폭되며 커져 갔고, 이에 따라 모두의 고개가 하늘 쪽으로 돌아갔다.

페르낭은 그 자리에 우뚝 멈춰 섰다.

으르렁대는 독일 폭격기들이 짙게 어른거리는 그림자를 땅 위에 드리우며 날아왔다. 상사는 자신이 달리는 이유를 잊어버렸으니, 비행기들이 거기서 5백 미터도 떨어지지 않은 기차역에 싣고 온 폭탄을 모조리 투하한 것이다. 반경 수 킬로미터의 대지가 진동하고, 기지의 모든 사람들이 얼어붙었으며, 그다음에는 공황감이 몰려왔다. 수감자들은 일제히 두 손으로 머리를 감싸며 다이빙하듯 땅바닥에 엎드렸다.

라울은 가브리엘을 쳐다보았다. 바로 그들이 기다리던 순간이었다.

1940년 6월 13일

# 36

    페르낭의 기억과는 달리, 베로 예배당의 지붕은 무너져 있지 않았고 다만 여기저기 구멍이 나 있을 뿐이었다. 여기서 비를 맞지 않는 것은 음식과 위생에 있어서의 절박한 문제들에 비하면 매우 부차적인 근심거리였다.

    알리스가 세어 보니 피란민은 모두 쉰일곱 명이었는데, 이 숫자는 새로 도착하는 사람들로 매일 늘어나고 있었다. 「걱정 마세요.」 신부가 늘 그렇듯 미소를 지으며 말했다. 「사람들이 오는 것은 하느님께서 그들에게 길을 가리켜 주시기 때문이에요.」 그 무엇도 이 사람을 흔들 수 없는 것 같았다. 알리스가 처음 예배당에 왔을 때, 그는 웃으면서 그녀를 맞았다.

    「무상 봉사자라고요? 하지만 무상 봉사자라는 것은 존재하지 않아요. 하느님께서는 늘 어디에선가 우릴 보상해 주시거든요!」

    그녀의 마음을 녹인 것은 바로 이 변함없이 유쾌한 기질이었다. 그리고 그의 의지와 꾀바름과 투지⋯⋯. 그는 어디에나 있었고, 그 자신이 말하듯이 〈문제 해결을 위해서라면 똥물에 손을 담그는 것도〉 서슴지 않았다.

「예수님께서는 당신을 향해 뻗은 손이 깨끗하든 더럽든 상 관하지 않으세요.」

그 목요일 아침, 그는 편의 시설이 없어 위생이 위협받는 상 황을 해결하기 위해 예배당 뒤쪽 강의 지류에서 작업하고 있 었다.

알리스는 경사진 땅을 걸어 내려갔다. 신부가 크게 한 걸음 을 옮길 때마다 펄럭이는 수단¹ 주위에서 일고여덟 명의 피란 민들이 함께 작업하고 있었다. 그는 누구에게도 무엇을 요구 하는 법이 없었지만, 사람들이 제 발로 모여들었다. 그가 망치 나 삽을 들기만 하면 남자들과 여자들이 작업에 합류했다.

「신부님, 도와드릴까요?」

「아무렴!」

그는 약간 고풍스러운 이 대답에 스스로 웃음을 터뜨렸지만 사실은 모든 게 그를 웃게 만들었고, 아이들이 그를 너무나 좋 아하는 것은 아마도 이 때문일 것이다. 아이들은 항상 그의 발 밑에 모여 그의 수단을 잡아당겼고, 그는 공놀이나 술래잡기 를 시작하여 함께 신나게 놀다가는 갑자기 〈얘들아, 이게 다는 아니야! 하느님께서 모든 것을 혼자 하실 수는 없어!〉라고 외 치곤 했다. 이렇게 말하고는 다시 예배당으로 돌아가서 무언 가를 고치기도 하고, 다친 사람이나 병자를 보살피기도 하고, 유지(乳脂)와 나뭇재로 토막 비누를 만들기도 하고, 수프를 만 들 채소를 다듬기도 했다.

1 성직자가 입는 발목까지 오는 긴 옷.

그는 새벽 기도 후인 5시경에 하루를 시작하여 정오 무렵의 6시과(課)와 대략 오후 5시경에 하는 만과(晩課) 때에만 일을 멈췄다.

「그래요, 나도 알아요. 이게 온전치는 않아요. 하지만 분명히 하느님께서는 3시과와 종과(終課)는 면제해 주실 거예요.」

사실 그는 이보다는 훨씬 많은 시간을 신에게 바치고 있었다. 알리스가 난민촌에 필요한 것들을 상의하러 수도원 방처럼 극도로 검소한 사제 방을 꾸며 놓은 소후진(小後陣)²으로 갈 때면, 항상 손에 묵주를 들고 기도대에 무릎을 꿇고 앉아 기도하는 그의 모습을 발견하곤 했다.

그는 그 자신이 〈예수님 휴식 시간〉이라고 부르는 이 세 번의 짧막한 성무(聖務) 사이의 시간에는 이 문제 저 문제를 해결하기 위해 끊임없이 뛰어다녔다. 어떤 때는 주방 기구나 도구, 혹은 이런저런 재료 같은 필요한 물품을 구하기 위해서였고, 또 어떤 때는 도 관청에 얼마 남지 않은 공무원들을 들볶기 위해서였는데, 마치 삶이란 장난기 많으면서도 우리를 지켜 주는 어떤 신이 짜나가는 거대한 농담이기라도 하다는 듯이 언제나 웃음을 잃지 않았다.

이날 아침, 그의 계획은 한 버려진 농가에서 주워 온 수동 펌프를 이용하여 화장실 하나를 짓는 거였다. 펌프는 강물을 위로 끌어 올릴 테고, 이 물이 내려가면서 변기를 비워 화장실을 다시 사용할 수 있게 해줄 거였다.

알리스가 도착하여 보니, 그는 수단을 걷어 올리고 진흙탕

2 성당에서 설교대가 놓이는 후진을 둘러싸고 반원형으로 배열된 작은 측면 예배당.

속에 몸을 웅크리고는, 사람들이 화장실까지 급수관을 끌어 올리기 위해 힘을 쓸 때마다 박자를 넣고 있었다. 세 번째 구호에 모두가 일제히 용을 썼다.

「예수, 마리아, 요셉!」 그가 외쳤다. 「예수, 마리아, 요셉!」

〈요셉〉이라고 할 때마다 관은 1미터씩 나아갔다.

알리스는 그를 옆쪽에서 보고 있었는데, 자주 있는 일이지만 가슴 쪽의 구멍 하나가 그녀의 눈길을 끌었다. 모든 이가 수단 가운데에 뚫린 이 선명하고도 둥글고도 정확한 형태의 구멍을 알고 있었다. 총알이 만든 거란다. 파리와 이곳 사이의 어딘가에서 폭격 중에 생긴 거란다.

「난 말이에요.」 그는 누구에게나 이렇게 설명했다. 「성경을 항상 심장 있는 곳에다 넣고 다녀요.」

이렇게 말하고는 표지가 불에 탔고 총알로 깨끗하게 관통된 성경책을 꺼내어 보여 주곤 했다. 책의 중간까지 파고든 총알은 이제 그가 긴 목걸이에 달고 다녔는데, 몸을 움직일 때마다 십자가에 부딪혀 짤랑거리곤 했다. 「이것은 가축 목에 다는 종 같은 거예요. 난 주님의 어린양이거든요.」 그는 계속해서 이 성경을 사용했고, 다른 것은 쓰려 하지 않았다. 총알이 텍스트의 반을 삼켜 버린 페이지들을 읽는 것은 그에게 전혀 문제가 되지 않았다.

「오, 알리스 자매님!」 그는 힘을 쓰다가 외쳤다.

그는 첫날부터 그녀를 이렇게 수녀처럼 불렀고, 그녀는 체념하고 받아들인 터였다.

그녀는 근심 어린 표정으로 그에게로 내려갔다. 이제 급수관은 목적지에 닿았다. 남자 두 명이 거기에 수동 펌프를 연결하고 있었다.

「자, 이제 해봐요!」 그가 말했다.

두 남자 중 하나가 힘차게 팔을 움직여 펌프질을 하자 꾸르륵꾸르륵하는 소리가 났다. 신부는 의심쩍은 눈으로 배관을 노려봤지만, 아무것도 나오지 않았다.

잠시 불확실한 분위기가 감도는 동안, 그는 두 손으로 손 바가지를 만들어 배관 끝에 대었다. 마치 부어 주시기 전에 하느님이 이 동작을 기다렸던 것처럼, 배관은 엄청난 양의 배설물을 토해 냈다.

「으하하하!」 그는 뭐가 그리 신이 나는지 똥으로 가득한 두 손을 하늘로 들어 올리며 소리쳤다. 「하느님, 감사합니다! 이렇게 헌금을 많이 부어 주시니 너무나 감사합니다! 으하하하하!」

그는 강물에 손을 씻으러 가면서, 또 이런 저속한 상황에서 신앙심이 흔들리지 않으려 애를 쓰는 알리스에게로 다시 올라오면서도 웃음을 그치지 않았다.

그가 그녀 옆으로 오자,

「네 명이 새로 왔어요……」 그녀는 낼 수 있는 가장 책망 어린 목소리로 말했다.

「그런데 자매님 표정이 왜 그래요?」

이것은 그들 사이에 늘 있는 일이었다. 이런 속도로 피란민들이 들어오면 며칠 안에 예배당이 가득 차서 과밀 문제가 가장 큰 걱정거리가 될 거라고 알리스가 말하면, 신부는 사람들을 거부하는 것은 〈하느님 집의 정신〉에 어긋나는 일이라고 대답하곤 했다.

그들은 예배당을 향하여 비탈길을 올라갔다. 그가 두 손으로 걷어 올린 수단 자락 밑으로 진흙투성이 군화 두 개가 보였다.

「자매님, 기뻐하세요! 하느님께서 우리에게 새 영혼들을 보내신 것은, 그분이 우리를 신뢰하시기 때문이에요. 오히려 너무나 행복하게 느껴야 하지 않을까요?」

알리스의 셈법은 보다 물질주의적이었다. 모든 사람을 먹이기는 쉽지 않았고, 대부분의 피란민들이 패배주의에 빠져들기는커녕 이곳의 열광적인 분위기에 전염되어 지역 전체를 돌아다니며 식량을 구하는 일에 적극적으로 참여하고는 있었지만, 예배당에는 한계가 있었다. 중앙 회랑과 가로 회랑의 좌우 공간은 사람들로 꽉 차 바깥에서 자는 사람들까지 있었고, 인력과 의약품과 기저귀가 부족했으며, 빨래하여 널어놓은 옷들만으로도 서른 세대의 사제들이 잠들어 있는 오래된 공동묘지의 절반이 가득 찼다. 신부는 공동묘지의 나머지 반을 공동 식당으로 바꾸었고, 나뒹구는 묘비들은 다시 세워 식탁으로 사용했다.

「이건 조금…….」그녀가 머뭇거렸다.

「조금 뭐죠?」

「불경스럽지 않나요……?」

「불경하다고요? 하지만 알리스, 이 착한 수도승들은 육신의 껍데기를 이곳에 버리고 그들의 육신으로 땅을 먹여 왔어요. 그러한데 왜 그들이 배고픈 이들에게 식탁 하나 제공하는 것을 거부할 거라 생각하시죠? 이런 말씀이 있지 않나요? 〈너의 눈길로 빛을 만들고, 너의 마음으로 희망을 만들고, 너의 몸으로 주님의 정원을 만들지니라!〉」

알리스는 이 구절이 잘 기억나지 않았다.

「이게 어디에……?」

「에제키엘서예요.」

알리스는 공동묘지 건은 자신이 양보했지만, 이번만큼은 신부가 알아듣게 하리라 단단히 마음먹었다. 간호사가 없기 때문에 그녀는 의료 및 위생 봉사를 맡고 있었다. 다행히 큰 문제가 있는 아기나 죽어 가는 노인은 없었지만, 모두가 건강이 좋지 못했고, 피로에 몸이 상해 있었으며, 영양실조에 걸린 사람도 허다했다.

그녀는 신부에게 막 따지려고 하다가 갑자기 멈췄는데, 심장이 미친 듯이 뛰기 시작하면서 몸이 이상해졌기 때문이었다.

거의 쓰러질 지경이 된 그녀는 전혀 내색하지 않으려고 고개를 숙였고, 그저 조금 숨이 찬 것처럼 보이려고 했다. 아프다고 하소연한다면 그보다 부끄러운 일이 없을 거였다. 그렇다. 이 가련한 실향민들 앞에서, 전쟁의 이 참혹한 고통 앞에서, 모두를 위하여 어마어마하게 헌신하는 이 신부를 보면서 힘들다고 하소연하는 것은 이 판국에 사람들의 관심을 끌려는 부끄럽고도 한심한 행동이었다.

생명이 위협받는 그 아찔한 순간이 올 때마다 그녀의 생각은 너무나도 그리운 페르낭에게로 향했고, 그를 보지 못하고 죽을지도 모른다는 강박 관념은 이 덜컥대고 혼란스러운 심장보다도 더 확실하게 그녀를 서서히 죽여 가고 있었다.

그렇게 몇 초를 흘려보낸 그녀는 증상이 사라지자마자 벌써 느릿한 걸음으로 신부에게로 나아갔다.

「신부님, 그것은 분별 있는 행동이 아니에요! 새 피란민들을 받아들이는 것은 이 수용소의 존재 자체를 위험에 빠뜨리는 일이고, 또…….」

「그만, 그만, 그만! 우선, 여기에는 피란민이란 게 없고, 다만 위험에 처한 사람들이 있을 뿐이에요! 그리고 이 예배당은 〈수용소〉가 아니고, 〈하느님의 집〉이에요. 이건 전혀 다른 거라고요! 여기서는 사람을 선별하지 않아요. 선별은 우리 주님이 하세요. 우리는 단지 두 팔을 벌려 받아들일 뿐이고.」

「데지레 신부님! 당신의 〈하느님의 자녀들〉은 대부분이 병들고, 지치고, 결핍 상태에 있어요! 그들은 몇 주 동안 고기 냄새도 못 맡고 있다고요! 정말 당신이 그들을 구할 수 있을지 불확실할 뿐만 아니라, 새로 피란민들을 받아들이면 이미 여기에 있는 사람들의 생명을 위험에 빠뜨릴 수 있어요! 자, 이게 주님이 원하시는 건가요?」

데지레 신부는 토론을 멈추더니, 자신의 신발을 뚫어지게 쳐다보며 골똘한 생각에 잠겨 들었다. 그녀가 알고 좋아하던 열정적인 젊은 사제의 모습은 온데간데없고, 동요의 빛마저 엿보이는 긴장되고 창백한 얼굴의 사내로 갑자기 변한 것이다.

「알아요, 알리스. 당신의 말이 옳아요…….」

그의 목소리는 떨리고 있었다. 금방이라도 울음을 터뜨리지나 않을까 걱정이 될 정도였다. 알리스는 어찌할 바를 몰랐다.

「나도 수없이 속으로 자문했어요.」 그가 말을 이었다. 「왜 하느님께서는 이렇게 수백만의 사람들을 길에다 내모셨을까? 대체 우리가 어떤 죄를 지었기에 이런 시련을 겪어야 하는 걸까? 주님의 길이 이렇게나 이해하기 힘들었던 적은 한 번도 없었어요……. 하지만 간절히 기도하다 보니, 빛이 왔어요. 알리스 자매님, 주위를 한번 둘러보세요. 무엇이 보이죠? 우리 가운데 많은 사람들에게 이 재난은 가장 저급한 본능들과 가장 더러운 이기주의, 그리고 가장 탐욕스러운 욕심들을 깨어나게 했어요. 하지만 또 어떤 사람들에게 이 재난은 남을 돕고자 하는 욕구, 사랑하고자 하는 욕구를 일깨웠고 연대의 의무를 부과했어요. 자, 주님은 지금 우리에게 말씀하고 계세요. 〈너의 진영을 선택하라!〉라고요. 너희는 자신만을 위하는 진영을 선택하여 너희에게로 오는 가난하고 헐벗은 이들에게 너희의 문과 마음을 닫으려 하느냐? 아니면 너희는 〈어려움에도 불구하고〉가 아니라 바로 어렵기 때문에, 다시 말해서 〈어려움 덕분에〉 두 팔을 벌리는 사람이 되려 하느냐? 이기주의와 내 것이 부족할 수 있다는 두려움, 그리고 자신만을 생각하려는 본능에 맞설 수 있는 우리의 유일한 힘과 진정한 존엄은 바로 함께 하는 것이에요. 무슨 말인지 알겠어요? 하느님의 집에서 함께 하는 것 말이에요!」

알리스에게 있어서는 감동이 확신을 누르는 경우가 많았다. 그녀는 고개를 끄덕였다. 네, 알겠어요.

「그리고 이 구절을 기억하세요. 〈너희의 노력과 수고를 아끼지 말지니, 하느님의 집은 너희의 마음이 무엇이라도 주고 싶어 하는 안식처이기 때문이니라.〉」

데지레는 그가 무엇보다도 좋아하는 활동인 가짜 성경 구절을 발명하는 일에 항상 훌륭한 솜씨를 보이는 것은 아니었지만, 전반적으로 볼 때 그가 연출하는 장면들이 그렇게 불만스럽지 않았다. 날이 갈수록 그의 인물들은 더 정교하게 다듬어지고, 성장해 갔다. 만일 이대로 전쟁이 계속된다면, 그는 두 달 후에 시성(諡聖)[3] 후보가 될 수 있으리라.

그는 알리스의 손을 잡았고, 두 사람은 더 느려진 걸음으로 비탈을 올라갔다. 알리스는 뭐라고 대꾸하고 싶었지만 딱히 할 말이 떠오르지 않았다.

그들은 예배당을 발견하고 걸음을 멈췄다. 예배당 주변에는 공동묘지와 성당 정원과 그 옆의 풀밭이 펼쳐져 있었고, 이 모든 것들 위에는 긴 막대기들을 세우고 그 위에 천을 당겨 만든 차일들이 삐죽삐죽 솟아 있었다. 고기 굽는 기구 두 개가 천천히 돌아가고 있었고, 석공의 기본 개념을 갖춘 농사꾼이 만들어 브뤼셀의 제빵사였던 남자가 밀로 만든 갈레트[4]며 온갖 종류의 채소파이를 굽는 데 사용하는 돌화덕도 보였다. 저쪽, 오른쪽 한편에는 데지레가 〈사무실〉로 사용하는 작은 천막이 하나 보이고 거기서는 약 15미터 길이의 전선이 나와 전봇대들에 걸려 있었는데, 데지레가 전쟁과 관련된 최근 소식을 듣기 위해 사용하는 광석 라디오의 안테나였다.

데지레 신부가 옳아, 알리스는 생각했다. 아무것도, 그 누구도 저항할 수 없는 불같은 신앙에 이끌려 행동하는 이 스물다섯 살의 젊은 신부가 보름 만에 해낸 일을 보면, 그 어떤 역경도 그를 이길 수 없다는 확신이 들었다.

「자, 보세요!」다시 생기와 씩씩한 미소를 되찾은 데지레 신부가 말했다.「우리가 이렇게 해내지 않았나요?」

알리스는 고개를 끄덕였다. 그와 논쟁하는 것은 쓸데없는 일이었으니, 그는 결국 상대를 설득하고야 마는 것이다.

3 가톨릭 용어로, 죽은 후에 성인품에 오르는 일.
4 디저트나 간식으로 먹는 둥그런 빵 과자의 일종.

그들은 마당을 가로질러 예배당 안으로 들어갔다. 데지레는 침대가 없는 상황을 해결하기 위해 로리스의 어느 공장장을 설득하여 황마 천 수십 미터를 기부하게 했다. 그리고 이것으로 아주 커다란 자루들을 만들어서는 그 안에 지푸라기를 가득 넣어 일종의 퉁퉁한 보따리 같은 것을 만들었다. 그 위에서 하루이틀 자게 하니 쓸 만한 매트리스의 형태가 갖추어졌다.

그들이 나타나자마자 모두가 그에게로 다가왔다. 어머니들은 그의 손을 잡고 손등에 입을 맞추었고(「아이고, 살살 하세요!」) 그는 웃으면서 비명을 질렀다(「이런 것은 교황님한테나 하셔야죠!」). 남자들은 공손하게 성호를 그었다. 〈베로 예배당에 성자가 있다〉는 소문을 듣고 몰려든 이 모든 난민들에게 그는 구세주였다. 모든 사람의 눈에 그는 후광에 둘러싸인 존재였다. 「여러분을 구하는 것은 제가 아니라 주님이에요! 여러분은 그분께 감사를 드려야 해요!」 대부분 기진맥진하고 고통으로 가득하여 도착한 이 모든 사람들에게 그는 먹을 것을 주고, 불안감을 가라앉혀 주고, 다시 희망을 주었으며, 그로써 모두가 재차 하늘을 믿게 되었다.

보다시피 데지레는 지금 물 만난 고기였다. 그의 창의성은 끊임없이 자극되었고, 상상력은 마음껏 발휘되었다. 한 번도 신을 믿은 적이 없는 그였지만 이 구세주의 역할이 너무나도 좋았다. 평화로운 때였다면 아주 괜찮은 영적 지도자가 되었을지도 모른다. 전쟁은 그에게 수단 한 벌을 선사했고, 여기서 그는 신의 부름까지는 아니어도 적어도 어떤 권유의 손짓을 느꼈다.

이 수단은 아르네빌 쪽의 어느 조그만 도로에서 총탄을 맞고 쓰러진 한 신부에게 속했던 옷이었다.

신부의 시신을 발견한 데지레는 가슴이 먹먹해졌다. 검은 수단은 그가 콩티낭탈 호텔 앞 보도에서 봤던 갈까마귀들의 장면을 떠오르게 했다. 그가 갑자기 파리에서 도망친 것은 그 엄청난 거짓과 정보 조작 작업에 그렇게나 활발하게 참여한 것을 후회했기 때문일까? 그는 이런 공보관 행세가 주위 사람들에 이롭지 않다는 것을 태어나서 처음으로 느꼈던 것일까? 지금까지 그의 선한 천성이 가짜 행세를 하고 싶은 열정에 짓눌려 왔던 것일까? 무엇이 진실인지 우리는 아마도 영원히 모를 것이다. 어쨌든 데지레는 구덩이에서 신부의 시체를 끌어내어 옷을 바꿔 입었고, 가방도 바꾸었다.

그러고는 길을 걷기 시작했다. 한 걸음 내디딜 때마다 자신의 인물 속으로 들어갔고, 이 새로운 소명감이 그의 안에 스며들었다. 그렇게 1킬로미터도 못 가서 그는 이미 신부가 되어 있었다.

그가 특별히 자랑스럽게 느끼는 것은 성경책과 관련된 발상이었다. 이 아이디어는 어느 도로 경계석에 맥 빠진 얼굴로 앉아 있던, 그가 자신의 새로운 역할을 연습하고자 약간의 힘을 불어넣어 준 어느 의기소침한 병사와 얘기하던 중에 떠오른 거였다. 그는 이렇게 병사와 가까이에 있던 상황을 이용하여 권총을 슬쩍했고, 총탄에 관통된 성경책의 전설을 완성하는 데 그것을 사용했다. 하지만 물리학 법칙과는 정면으로 상충되는 이 허구는 아무도 놀라게 하지 않았으니, 모두가 그것을 믿고 싶었던 것이다.

데지레는 마실 물을 찾던 중에 우연히 베로 예배당에 이르게 되었다. 거기에는 진격해 오는 독일군을 피해 마을을 떠나온 후로 말 그대로 풍비박산이 난 두 룩셈부르크 가족이 있었다. 그들은 가지고 나온 얼마 안 되는 것들을 피란길에 다 잃어버렸는데, 여기에는 그들이 품었던 마지막 환상들까지 포함되어 있었다. 그들은 발길을 멈추는 곳마다 이방인 취급을 받았다. 독일군이 나라를 갈가리 찢으며 나아옴에 따라 프랑스인들 사이의 연대감은 녹아 없어지고, 인간관계는 딱딱해지고, 사욕이 그 어느 때보다도 거센 힘으로 깨어나고, 이기주의와 근시안적 행동들이 팽배해 갔는데, 누구보다도 외국인들이 이런 풍조를 끊임없이, 그리고 고통스럽게 경험할 수밖에 없었다. 물 한 컵을 부탁하는 어느 벨기에인에게 〈가서 비 좀 내려 달라고 비시지 그래!〉라고 비아냥대는 소리가 들릴 정도였다.

데지레가 도착하자 두 가족은 그가 이곳을 관리하는 신부인 줄로 착각했다. 데지레는 정말로 그런 척하면서 큼지막한 미소를 지었다.

「하느님의 집에 잘 오셨습니다!」 그는 두 팔을 활짝 벌리며 말했다. 「이곳은 여러분의 집이에요.」

평신부였던 그가 방금 주임 신부가 된 것이다.

매시간 매시간, 매일매일, 새 가족들이 피란처를 찾아 이곳으로 왔다. 대부분은 외국인들이었으니, 프랑스 가족들은 약간은 게토처럼 느껴지는 이곳을 기피했던 것이다. 사람들이 많아지고 절박하게 필요한 것들이 늘어날수록 데지레는 이 새 역할이 좋아졌다. 가짜 행세를 즐기는 사람에게 이 주임 신부보다 멋진 게 있을까?

이렇게 그가 일을 시작한 지 한 일주일이나 되었을까, 알리스가 예배당 입구에 나타났다. 여기서 이뤄지고 있는, 그리고 빌뇌브쉬르루아르에 도착하자마자 소문을 듣게 된 기적 앞에서 금방이라도 눈물을 쏟을 듯한 얼굴을 하고서 말이다.

그가 다가가자, 그녀는 견디지 못하고 풀썩 무릎을 꿇고 눈을 아래로 내리깔았다. 그는 그녀의 머리에 손을 얹었다. 가볍고 따뜻한, 그리고 부드럽게 어루만지는 느낌마저 드는 손이었다.

「자매님, 와주셔서 고마워요.」

그는 팔을 내밀었고, 그녀는 그것을 잡고 다시 일어섰다.

「하느님께서는 자매님의 발길을 우리에게로 인도하셨어요. 왜냐하면 우리에겐 자매님의 존재와 애정과 열정이 필요했으니까요.」

이제 그들은 새로 도착한 사람들이 있는 곳에 거의 다 와 있었고, 데지레 신부는 벌써 가벼운 환영의 미소까지 지어 보였다. 하지만 그는 잠깐 걸음을 늦추면서 알리스 쪽으로 고개를 기울이며 아주 조그맣게 속삭였다.

「자매님, 자매님의 심장엔 예수님의 사랑이 가득해요. 네, 그건 좋아요……. 하지만 그 심장에 사랑을 너무 많이 요구하지 않도록 주의하세요…….」

# 37

역에 폭탄이 떨어지자 그라비에르 기지의 땅이 진동했다.

모두가 바닥에 납작 엎드린 틈을 타서 가브리엘과 라울은 옛 병참 창고 쪽으로 내달릴 준비를 하고 있는데, 상사가 마당 한가운데에 딱 버티고 서서는 소리쳤다.

「모두 막사로 들어가!」

기지 부근 일대에 폭탄이 비 오듯 떨어지는 가운데, 병사들과 기동 헌병대원들은 수인들에게 총을 겨눈 채 저벅저벅 전진하며 그들을 막사 쪽으로 몰았다.

폭발물에 건물이 박살 나 머리 위로 무너져 내리리라는 생각에 수인들은 공황에 휩싸였다. 그들은 병사들이 자신들을 다시는 살아 나올 수 없는 구멍에 처넣고 있다는 느낌을 받았다. 저 공동 침실이 자신의 관이 될 거라는 느낌 말이다.

머리 바로 위로 총알이 쌕쌕 날아다니고 전투기들이 투하하는 폭탄이 기지와 점점 가까워지는 가운데, 수인들은 병사들에 맞섰다. 페르낭은 상황이 자신의 손을 벗어나는 걸 느꼈고, 라울 역시 이 사실을 완벽히 이해했다.

상사는 랑드라드가 도망치려 한다는 것을 느낀 것일까?

랑드라드는 감시병들과 수감자들 모두가 공황감에 휩싸여 있는 모습에서 자신의 계획을 실행에 옮길 마지막 기회를 본 것일까?

두 남자는 엉켜 있는 사람들 위로 잠시 서로를 응시했다.

겁에 질린 사람들이 동요하고 있었다.

보르니에가 권총을 꺼내어 공중에 대고 쐈다.

온 천지에 비행기의 굉음이 가득했다. 이 탄환은 몇백 미터 떨어진 곳에서 터지고 있는 폭탄들보다 훨씬 덜 요란하고 덜 위험했지만, 수감자들에게는 놀라울 정도로 선명하게 들렸으니 그게 자신을 개인적으로 노리고 있는 것 같았기 때문이다. 독일군의 공격은 하나의 배경일 따름이고 실제적인 적은 자신의 죽음을 원하는 이 병사들이었다. 그들은 한데 뭉쳐 병사들에 대항했다. 두 번째로 폭동의 위기가 찾아온 것인데, 이번에는 쏟아지는 적군의 포탄 아래에서였다. 목숨을 건 싸움이 벌어지려 하고 있었고, 모두가 각오하고 있었다. 이 집단적 공포야말로 탈출 계획의 최고 동맹군이라는 사실을 이해한 라울과 가브리엘은 맨 앞에 섰다.

보르니에는 나아오는 무리에게 권총을 겨누었다.

페르낭은 최악의 사태를 피하기 위해 급히 달려갔지만, 너무 늦어 버렸다.

보르니에가 총구를 아래로 내려 두 발을 발사했고, 두 사람이 쓰러졌다.

첫 번째는 〈두건 쓴 놈〉들 중 하나인 오귀스트 도르주빌이었다.

두 번째는 가브리엘이었다.

수인들은 아연실색하며 그 자리에 얼어붙었다. 그것만으로 충분했다. 눈 깜짝할 사이에 병사들이 총구를 들이밀며 그들에게 달려들었고, 모두가 뒷걸음쳤다. 포탄 하나가 기지 언저리에서 터지자, 공포에 질린 사람들은 반사적으로 숨을 곳으로 달려갔다. 막사 안으로 말이다. 기자의 세 친구가 그의 발을 잡고 질질 끌고 갔다. 라울은 가브리엘의 겨드랑이 아래를 잡아 끌고 갔다.

「걱정 마! 괜찮을 거야!」 그는 수인들을 위협하는 프랑스 병사들의 총검을 곁눈질하며 소리쳤다.

문에 빗장이 질러졌고, 덧창들도 닫혔다.

꼼짝없이 함정에 갇혀 분하기도 하고 겁에 질리기도 한 수감자들은 주먹으로 창문을 쾅쾅 두드렸다.

가브리엘은 고개를 힘없이 까닥거렸다. 라울은 그의 바지를 찢었다. 정확하게 말하자면 피가 흘러나오며 점점 커다랗게 어두운 얼룩을 그리는 부분이었다. 피는 뚝뚝 떨어져 널판들이 제대로 맞춰지지 않은 마루의 틈으로 새어 들어가고 있었다.

총알이 허벅지를 관통했지만, 대퇴부 동맥은 건들지 않았다.

「지혈대를 해줘야 해요.」 공산주의자 청년이 걱정스러운 얼굴로 말했다.

「제길.」 라울이 자신의 소지품을 뒤지며 대꾸했다. 「너 같은 의사들만 있다면 너희 지상 낙원 소비에트는 그렇게 오래가지 못하겠어…….」

셔츠를 한 벌 뽑아낸 그는 그것을 공처럼 둥글게 말아서 상처에 대고 꽉 눌렀다.

「그렇게 앉아서 잡소리나 늘어놓지 말고,」 그는 말을 이었다. 「가서 물이나 좀 가져와!」

청년은 멀어져 갔다. 해골처럼 말라 있었다. 절뚝절뚝 걷는 모습이 마치 춤추는 것 같았다.

가브리엘의 의식이 돌아왔다.

「아야, 아파…….」

「이봐, 다리를 고정시켜야 해. 출혈을 멈춰야 한다고.」

가브리엘의 머리가 다시 땅으로 픽 떨어졌다. 얼굴이 극도로 창백했다.

「괜찮아, 우리 하사님. 다 괜찮아질 거니까, 걱정하지 마.」

마치 이 에피소드로 이야기가 일단락된 듯, 빗장과 자물쇠들이 철컥거린 지 얼마 되지 않아 독일군의 공습이 끝났다.

역에는 아무것도 남아 있지 않았다. 나무들 위로 파란색과 주황색이 섞인 화염이 올라오는 게 보였다. 어느 연료 저장고가 포탄에 맞은 것인지, 매캐한 검은 연기가 하늘로 치솟았다.

건물 바깥에서 페르낭은 흙먼지 가운데의 커다란 피 얼룩이 모든 것을 대변하는 이 난장판을 믿기지 않는다는 듯한 표정으로 바라보았다. 소란을 피우던 수인들은 이제 조용해져 있었다. 그들 역시 독일군 비행기들이 갑작스레 떠나면서 악몽에서 깨어난 듯했다.

보르니에 중사는 권총을 다시 케이스에 집어넣었다. 두 손이 덜덜 떨리고 있었다. 그가 상황이 걷잡을 수 없게 되는 것을 막은 것인지 아니면 반대로 악화시킨 것인지, 그것은 아무도 알 수 없는 일이었다.

하지만 지금 페르낭의 정신은 누구의 잘잘못을 따지지 않았다. 다만 자신들이 수인들에게 총질을 하기에 이르렀다는 무서운 사실을 의식할 뿐이었다.

막사 안에는 부상당한 사람이 둘 있었다. 어쩌면 중상일 거였고, 이 상황은 학살극으로 변질될 수 있었다.

다른 막사들도 닫혀 있었다. 간수들, 기동 헌병대원들, 병사들, 베트남 병사들, 그리고 모로코 보병들은 방금 일어난 일에 얼이 빠진 얼굴을 하고서 여기저기에 삼삼오오 모여 있었다.

오브슬레르 대위가 뒷짐을 지고서 뚜벅뚜벅 마당을 가로질러 왔다. 어느 모로 보나 만족스러운 상황이었다. 기지는 다치지 않았고, 대원들은 공황 상태에 빠질 수도 있었지만 잘 극복했으며, 모든 게 이상이 없었다. 하지만 지금 그의 앞으로 온 페르낭을 포함한 그 어떤 관찰자라도, 대위의 이마에 잡히는 주름 가운데서, 그의 입술이 살짝 경직되는 모습에서, 다른 모든 병사들에게서 느껴지는 것과 같은 어떤 은은한 불안감을 느낄 수 있을 거였다.

대체 프랑스 공군은 어디로 가버렸단 말인가? 이제 프랑스의 하늘은 완전히 적군의 손에 들어간 것인가?

이제 모든 게 무너져 버리는 것인가?

지금 얼마나 힘든 일이 그들을 기다리고 있는지, 그리고 그들의 임무가 얼마나 애매한 것인지를 병사들이 느끼기 위해서는, 굳게 닫힌 막사들을 한 번 쳐다보는 것으로 충분했다.

이제 그들은 허공에 몸을 던져야 했고, 이 모든 게 어떻게 끝나게 될지는 아무도 몰랐다.

# 38

 

루이즈는 상사가 정말로 라울 랑드라드에게 편지를 전해 줄 거라고는 전혀 확신할 수 없었다.

「어쩌면 날 떨쳐 버리려고 그냥 받은 것인지도 몰라요⋯⋯.」

「아, 그건 아닐 거야.」 쥘 씨가 고개를 저었다. 「그렇다면 거절했겠지. 내가 딱 보니까, 싫으면 싫다고 분명히 말할 친구 같았어.」

이제 편지도 보냈고 군용 트럭도 떠났는데 어떻게 할 것인가? 독일군이 해일처럼 밀려오고 있는 상황에서 뒤돌아 간다는 것은 늑대 아가리로 들어가는 최고의 방법일 터였다. 그렇다면 여기에 머문다? 그것은 늑대가 아가리를 벌려 산 채로 먹어 주기만을 기다리는 거나 다름없었다. 해결책은 딱 하나였으니, 수십만의 피란민들이 이미 하고 있는 것, 즉 남쪽으로, 남쪽으로 내려가는 것이었다. 어디까지? 그것은 아무도 몰랐다. 그저 무작정 도망갈 뿐이었다.

「여기서 저녁은 먹을 수 있겠군.」 쥘 씨가 말했다. 「하지만 잠은 못 잘 것 같아. 너무 인적이 없어 위험하거든.」

「저녁이라고요?」 루이즈가 회의적인 표정으로 되물었다. 「이제 먹을 게 없지 않은가요……?」

쥘 씨는 대구 없이 뒷좌석으로 팔을 뻗어 종이 봉지 하나를 집어서는, 거기서 샌드위치 네 개를 꺼냈다. 그리고 와인 한 병도 꺼냈다.

「너의 그 불한당 녀석을 찾으려고 어쩔 수 없이 술집들을 돌아다니는 김에 먹을 것도 좀 챙겨 놨지.」

물 한 잔 사는 게 하늘의 별 따기인 이 시기에, 쥘 씨는 어떻게 샌드위치를 네 개나 구할 수 있었는지 정말 신기한 일이 아닐 수 없었다. 루이즈는 다만 그의 목을 그러안기만 했다.

「아, 됐어. 그만, 그만, 그만……. 왜냐하면, 이게 그다지…….」

그는 벌어진 샌드위치의 속을 가리켰다. 슬라이스 햄은 성경책 종이만큼이나 얇았다. 그는 와인 병따개로 코르크 마개를 뽑았고, 두 사람은 벌써 딱딱하게 굳은 빵을 씹기 시작했다.

루이즈는 잔의 서신을 꺼냈다.

쥘 씨는 앞 차창에 시선을 박은 채로 무언가를 골똘히 생각하며 불안스러운 리듬으로 잔을 쭉쭉 들이켰다.

「나도 조금 주세요.」 루이즈가 부탁했다.

쥘 씨는 멍한 상념에서 깨어났다.

「오, 미안해, 미안…….」

그는 손을 떨며 와인을 따랐고, 그녀는 와인이 잔 옆으로 떨어지는 것을 막기 위해 직접 병목을 잡아야 했다. 술 파는 가게를 운영하는 사람치고는…….

「괜찮아요, 쥘 아저씨?」

「왜, 내가 안 괜찮아 보이냐?」

447

공격적인 어조였다. 루이즈는 한숨을 내쉬었다. 그는 이런 사람이었다. 어처구니없을 정도로 퉁명스러운 성격은 어쩔 수가 없었다. 이 세계 대전도 그를 바꿀 수 있을 것 같지 않았다.

그녀는 더 이상 대꾸하지 않고 다시 편지로 돌아왔다.

편지는 1906년 6월, 그러니까 잔 벨몽이 티리옹 의사의 집에 하녀로 채용되었던 시기에 쓰인 거였다.

사랑하는 이에게,
내가 만든 상황이 이런 결과를 초래하게 될지 꿈에도 몰랐어요.

루이즈는 쥘 씨가 몸을 구부려 자신의 어깨 너머로 편지를 읽고 있다는 것을 느꼈다.

만일 그녀가 서신 읽기를 순전히 사적인 행위로 만들고 싶었다면, 쥘 씨가 있는 이 차 안에서 읽기를 시작하지 않았을 거였다. 하여 그녀는 그가 훔쳐보는 것을 모르는 척하며 계속 편지를 읽어 나갔다. 장문의 편지였다. 잔은 여기서 계획적으로 의사의 집에 취직해 들어간 죄책감을 표현하고 있었지만 꼭 그런 감정만 있는 것은 아니었으니, 이런 구절도 있었던 것이다. 〈당신을 어디서나, 그리고 항상 느낄 수 있는 이 행복감. 지금으로서는 난 이 뻔뻔한 도둑질을 즐기고 있어요. 왜냐하면 이게 내 삶 전체니까요.〉

그녀가 편지를 내려놨을 때, 쥘 씨는 눈물이 글썽글썽했다. 무거운 심장을 품은 뚱뚱한 사내의 굵은 눈물이었다.

당황한 루이즈가 어찌할 바를 모르고 그의 팔에 손을 올려놓자, 그는 팔을 빼지 않았다. 콧물까지 흘리고 있었다. 루이즈는 자신의 손수건을 찾아내서는 마치 아이에게 하듯 콧물을 닦아 주었다.

「괜찮아요…….」 그녀가 말했다. 「괜찮아요…….」

「바로 이 글씨야……. 무슨 말인지 알겠니?」

무슨 말인지 루이즈는 알 수 없었다. 그녀는 손에 손수건을 들고 기다렸다. 쥘 씨는 멍하니 앞을 쳐다봤다.

「그래, 난 의사가 아니었어. 어쩌면 그것 때문에…….」

다른 사람에게서 이 말이 나왔다면 우스꽝스럽게 들렸겠지만, 쥘 씨의 말은 그렇지가 않았다. 그녀는 자신이 지금껏 얼마나 눈이 멀어 있었는지, 그리고 지금 자신이 이 사내에게 얼마나 잔인한 짓을 했는지 깨달았다.

「난 네 어머니 말고는 아무도 사랑한 사람이 없었어, 알겠니?」

자, 드디어 말했다.

「아무도 없었다고…….」

그는 루이즈의 손수건을 받아 들었다.

수문이 열리고, 봇물이 쏟아져 나왔다.

「난 그녀가 그 일에 엮여 드는 것을 보았어……. 내가 어떻게 할 수 있었겠냐, 응? 그녀는 누구의 말도 듣지 않았어…….」

그는 빈 잔을 응시하며 손수건을 만지작거렸다. 갑자기 그는 엄청난 비밀을 깨달은 사람처럼 루이즈에게로 몸을 돌렸다.

「난 뚱보였어. 무슨 말인지 알겠냐? 뚱보라는 것은 아주 특별한 거지. 사람들은 뚱보에게 자신의 비밀을 털어놓는 것은 너무나 좋아하면서도, 뚱보에게 사랑에 빠지는 일은 결코 없거든.」

쥘 씨는 자신의 말이 조금 우스꽝스러울 수도 있다는 것을 느끼고는 큼큼 목청을 골랐다.

「그래서 난 결혼을 했지. 누구하고 했냐면…… 이런! 이름도 잘 기억이 안 나네! 아, 그래! 제르멘! 맞아, 제르멘이었어…… . 그녀는 어느 이웃 사내놈하고 도망을 쳤는데, 아주 잘한 짓이야! 나하고 살았다면 아주 불행했을 거거든. 왜냐하면 내 인생에는 네 어머니 말고 다른 여자가 없었으니까.」

종종 〈오버하는〉 경향이 있는 석양은 지금 이 순간에도 가슴 아플 정도로 무거운 분위기를 연출하고 있었다.

「난 오직 그녀만을 사랑했어…… .」 그가 되풀이했다.

아마도 혼자서 수천 번 되뇌었을 이 말은 그를 완전히 삼켜 버렸다. 다시금 눈물이 솟구쳤고, 루이즈는 한 방울 한 방울 닦아 주면서, 결국 자신의 입장도 쥘 씨와 다를 바가 없다는 이상한 생각에 사로잡혔다. 둘 다 그 열정이 다른 곳으로 향해 있는 여자에게 사랑받기를 바랐던 것이다. 이 사실을 생각하니 목이 메었다. 그 좁은 푸조 차 안에서 서로를 부둥켜안는다는 것은 결코 쉬운 일이 아니었지만, 그들은 자연스럽게 그렇게 했다.

「뒷부분은 내가 읽어 드릴게요. 그렇게 할까요?」

「원한다면…… .」

「1906년 편지예요.」

「아…… . 잔은 임신했어, 그렇지……?」

「그럴 거예요…… .」

첫 번째 단어들이 가장 힘들었다. 〈사랑하는 이에게.〉 고통스럽고도 간단하고도 필요한 말이었다.

　사랑하는 이에게,
　날 버리지 않으시겠죠? 내가 당신께 내 모든 삶을 드렸으니, 당신은 이런 상태에 있는 나를 두고 떠날 수는 없으세요.
　당신의 답장을 기다리겠어요. 난 이제 오직 당신으로만 살고 있는데, 내게서 당신이 없어지면 나는 무엇이 되죠?
　빨리 답장해 주세요.

　　　　　　　　　　　　　　　　　　　　　　　　　잔


「그는 뭐라고 답했냐?」 쥘 씨가 물었다.
「내겐 그분의 편지가 없어요. 엄마 편지만 있어요.」
　그녀가 마지막으로 어머니를 〈엄마〉라고 부른 게 대체 언제였던가?
「아, 뭐, 어쨌든 상관없다. 그래서 그다음에 그녀는 뭐라고 말했냐?」

　1906년 12월 4일

　사랑하는 이에게,
　난 잠시 후에 떠나요. 당신의 말에 따르기로 했어요. 당신의 약속에 모든 걸 맡기기로 했어요.
　지금에야 이 말을 할 수 있는 것은, 그다음에는 더 이상 아무것도 바꿀 수 없기 때문이에요. 난 너무 두려워요. 지금

**451**

내 안에 있는 게 당신의 아기이고, 이 아기를 버린다고 생각
하니 가슴이 미어질 것 같아요.

앞으로 다시는 날 버리지 마세요. 간절히 애원해요.

잔

쥘 씨는 아무 말도 하지 않았다. 다만 축축해진 손수건을 두
손으로 꽉 움켜쥐면서 눈썹을 찌푸릴 뿐이었다. 그의 머리는
바람에 흔들리듯이 어깨 위에서 끄덕거렸다.

루이즈는 다시 읽기 시작했다.

1907년 7월 10일

이번 편지는 짧을 거예요. 계속 눈물이 나서 다른 것을 할
수 없어요.

이런 순간이 오리라곤 한 번도 상상해 본 적 없지만, 난
더 이상 당신을 보고 싶지 않아요. 그것은 당신을 더 이상 사
랑하지 않아서가 아니에요……. 그것은 불가능해요. 그게 아
니라, 내 안의 무언가가 부서져 버렸어요. 난 더 이상 나 자
신이 아니에요. 어쩌면 나중에 볼 수도 있겠지요. 만일 그때
까지 내가 당신에게 어떤 의미가 있을 수 있다면 말이에
요……. 오, 만일 당신이 그 조그만 얼굴을 봤더라면! 난 아
주 짧은 순간 동안 봤어요. 내가 그걸 보지 못하게끔 사람들
이 주위에 빙 둘러섰죠. 너무 잔인했어요. 그래서 난 고통에
도 불구하고 벌떡 일어서서 방을 가로질렀어요. 너무 빨리

갔기 때문에 아무도 날 막지 못했죠. 난 그렇게 아이를 안고 있는 간호사에게 가서는, 아이를 덮은 천을 휙 잡아챘어요.

오, 아기의 그 조그만 얼굴이라니!

그것은 평생 내 머릿속에 남아 있을 거예요.

난 기절해 버렸어요. 다시 깨어났을 때는 너무 늦어 버렸죠. 사람들이 말하더군요, 너무 늦었다고, 이제 아무것도 할 수 없다고.

난 온종일 흐느끼며 시간을 보내요.

이 모든 아픔에도 불구하고, 난 여전히 당신을 사랑해요. 하지만 이제 당신을 만난다는 것은 나로서는 불가능한 일이에요.

당신을 사랑하고, 당신을 떠날 거예요.

잔

쥘 씨는 다시 차분해져 있었다.

「그녀는 나에게 그 애는 사산아라고 했어. 무슨 말인지 알겠냐? 왜 그녀는 내게 진실을 말하지 않았지? 아니, 나한테 말하지 않으면 대체 누구에게 얘기할 수 있다는 거야! 누구에게, 응?」

잔은 해산을 했고, 아기를 보는 순간 빼앗겼다. 루이즈가 라울을 찾는 데 들이는 그 모든 힘은 이 광경 하나만으로 정당화될 수 있었다.

이제 그녀가 움직이는 것은 더 이상 그를 위해서가 아니라 잔을 위해서, 너무나 큰 고통을 겪었을 어머니를 위해서였다.

「1912년 9월 8일.」 루이즈는 다시 읽었다.

쥘 씨와 그녀는 흠칫했다. 몇 장의 편지를 통해 그들의 눈 아래서 펼쳐지는 이 사랑 이야기는 또 다른 양상을 보이기 시작했다.

1908년, 잔은 아드리앵 벨몽과 결혼했다.

루이즈는 이듬해에 태어났다.

의사를 떠난 지 5년 후에, 결혼한 상태였던 잔은 의사와 다시 맺어졌다.

누구의 발의로 이 재회가 이루어졌을까? 그것은 잔이었다. 〈당신이 날 잊지 않은 것만 해도, 날 보겠다고 수락하신 것만 해도 얼마나 기쁜지 모르겠어요…….〉

재회를 원하는 그녀의 말은 아주 간단했다. 〈난 더 이상 견디지 못하겠어요. 난 당신을 떠났지만, 당신은 항상 내 안에 있었고, 그래서 결심했어요. 당신의 품 안에 있을 수 있다면 지옥에 떨어져도 상관없어요…….〉

한 줄기 전율이 루이즈의 몸을 훑었다.

「혹시 추운 것은 아니지?」 쥘 씨가 물었다.

루이즈는 대답하지 않았고, 하루가 끝나 갈 즈음의 그 빛을, 나무들에서 뚝뚝 떨어지는 것 같은 거의 금색에 가까운 그 빛을 오랫동안 창을 통해 바라보았다.

「……네? 아뇨, 춥지 않아요…….」

만일 루이즈가 아버지를 좀 더 잘 알았더라면 잔의 서신의 이 부분에 마음이 괴로웠을지도 모른다. 하지만 그는 한 장의, 그것도 아주 평범한 사진의 형태로만 존재했기 때문에 고통을 유발하기에는 너무 빈약했다.

「뒷부분도 듣고 싶으세요?」

「네가 귀찮지만 않다면…….」


1914년 11월


사랑하는 이에게,

왜 그런 짓을 하신 거죠? 아무런 의무도 없는 당신이 거기에 가기로 결심해야 할 만큼 이 전쟁에는 또 하나의 죽음이 필요한 건가요?

그렇게나 날 떠나고 싶으셨나요?

난 어린 루이즈가 그 애의 아빠를 잃지 않기를 매일 기도해요. 그것도 모자라서 이 전쟁이 나의 단 하나의 사랑을 데려가지 않도록 매일 밤 울어야 하나요?

당신은 날 사랑한다고 분명히 말씀하셨어요. 하지만 당신은 이 사랑보다도 전쟁을 좋아하시는 건가요?

돌아오실 거죠?

내게로 돌아와 주세요. 그리고 날 지켜 주세요.


당신의 잔


티리옹 의사의 참전은 사뭇 놀라운 일이었다. 그는 쉰 살이 넘은 나이에(이 전쟁은 아무도 거절하지 않았다. 특히 의사는. 거기에서는 모두에게 할 일이 있었다) 목숨을 걸고 전선으로 가는 선택을 한 것이다.

잔이 그에게 했던 질문이 루이즈의 입술에도 맴돌았다. 왜?

신념 때문에? 가능한 일이었다.

갑자기 그녀의 머릿속에, 전쟁이 끝나고 나서 어머니가 집에서 지내게 한 그 두 참전 용사에 대한 기억이 떠올랐다. 잔은 그들을 받아들이기 전에는 그 조그만 곁채를 누구에게도 임대하지 않았었다. 그녀는 그녀가 사랑했고 전쟁에 뛰어들었던 두 남자의 무언가를 그들에게서 느낀 것은 아니었을까?

「솔직히 난 그 양반이 전쟁을 했다는 게 잘 상상이 되지 않아.」 쥘 씨가 툭 말했다.

루이즈 역시 이 애국적 행위에서 뭔가 다른 것이 느껴졌다. 이 순간만큼 의사의 편지가 없는 것이 아쉽게 느껴진 적이 없었다. 이 사랑 이야기를 이해하는 것 자체가 쉽지 않은 일인데, 그것도 반쪽밖에 발견하지 못했으니……. 한 가지 분명한 것은 의사가 자신을 희생했다는 사실이었다. 그는 조국을 지키기 위해 참전했다. 아니면 사랑으로부터 자신을 지키기 위해서였는지도 모른다.

1916년 8월 9일

내 남편이 7월 11월에 전사했어요.

J.

이 편지는 초등학생 공책에서 찢어 낸 종이에 쓰인 거였다. 이번에는 아버지의 죽음이 루이즈의 가슴을 아프게 했다. 이 결혼은 얼마나 엉망진창이었던가? 아이였던 그녀 자신도 아무 소용이 없었다. 그녀는 코를 풀었다.

「자, 자…….」 쥘 씨가 그녀를 안으며 다독였다.

이제 편지 한 장만 남아 있었다.

그것을 읽는 일은 쥘 씨가 맡았다. 그의 목소리는 떨리면서도 아주 나직해서, 한 마디 할 때마다 금방이라도 기침을 할 것만 같았다.


1919년 10월


사랑하는 이에게,

당신에게 마지막 편지를 쓰는 것은 우리 첫 만남의 추억만큼 가슴을 뛰게 해요. 심장이 두근거리는 게 똑같아요.

유일한 차이는 희망인데, 당신이 내게서 그걸 빼앗았기 때문이에요. 왜냐하면 이제 모든 게 가능해졌는데, 당신이 내게 오기를, 나와 함께 살기를 거부하기 때문이에요.

당신은 날 죽이고 있다는 걸 알고 있지만, 그렇게 하고 있어요.

난 당신에게 쏟았던 사랑 속에 사는 것으로 위안을 삼고 있어요. 지금 내가 사는 것은 어린 루이즈 덕분이에요. 당신은 날 버렸지만, 난 그 애를 버리고 싶지 않거든요. 그 애가 없으면 난 당장 죽어 버릴 거예요. 아무런 후회 없이.

난 오직 당신만을 사랑했어요.

잔

한 시간 전에 쥘 씨가 했던 것과 똑같은 말이었다. 누구에게나 사랑이란 비슷한 것이다.

이제 그녀는 과부가 되어 의사와 새로운 삶을 살 수 있지만, 그가 거부하고 있었다.

「아, 나쁜 놈!」 쥘 씨가 욕설을 내뱉었다.

루이즈는 아니라고 고개를 저었다.

「그분은 잔의 아이인 라울을 키우는 것을 받아들였어요. 그녀에게는 아무 말도 하지 않고요. 이젠 너무 늦어 버린 거죠. 그는 이 비밀의 포로가 되어 버린 거예요. 만일 그가 잔과 함께 떠났더라면, 티리옹 부인이 그녀를 찾아가 모든 것을 밝혔겠죠……. 어떤 경우가 됐든 그들의 이야기는 거기서 끝난 거예요. 의사는 손발이 묶여 있었기 때문에 아무것도 할 수 없는 처지였죠.」

그들은 이 이야기가 얼마나 비극적인가를 생각하며 잠시 말이 없었다.

쥘 씨는 혼자서 와인병에 든 것을 다 마셔 버렸다. 그녀의 잔은 아직 반이나 차 있었다. 결국 그들은 암묵적인 동의에 따라 상념을 털어 냈다. 루이즈는 잔에 남은 와인을 차창 밖으로 버렸다. 쥘 씨는 나가서 크랭크를 돌려 차에 시동을 걸었다.

그들은 말없이 숲을 떠났다.

황금빛 석양의 시간도 끝났고, 이제 오를레앙에서 빠져나오는 도로로, 목마른 말들이 경중경중 울타리를 뛰어넘는 들판을 따라 가구를 실은 수레들이 가득한 그 대로로 돌아와야 했다. 부유한 이들의 탈출은 이미 며칠 전에 끝났고, 지금은 그렇지 못한 이들이 군복 차림의 병사, 농부, 민간인, 장애인 들이 뒤섞인 잡다한 무리를 이루어 힘겹게 걷고 있었다. 한 시청 차량에 탄 어느 유곽의 매춘부들, 그리고 양 세 마리를 몰고 가는 목동 등 도로 위엔 그야말로 온 백성이 모여 있었다.

갈가리 찢기고 버려진 이 나라의 모습 자체인 이 피란민의 물결 속에서 자동차는 천천히 덜컹거렸다. 어디에나 얼굴들, 얼굴들이 있었다. 어떤 거대한 장례 행렬 같다고 루이즈는 생각했다. 우리의 슬픔과 우리의 패배의 가혹한 거울이 된 거대한 장례 행렬이었다.

걷는 것과 다름없는 느린 속도로 20여 킬로미터를 간 푸조는 생레미쉬르루아르 방면 도로에서 발생한 극심한 정체 속에서 꼼짝할 수 없게 되었다.

옆에서 옷 보따리들이 실린 손수레를 밀고 가던 여자도 멈춰 섰다.

「혹시 물 남은 것 있나요?」

쥘 씨는 뒤 트렁크 구석 어딘가에 물 한 병이 있을 거라고 대답했다. 하지만 입술 끝으로 간신히 말하는 것이 마뜩잖은 기색이 역력했다. 루이즈가 물을 꺼내 와서는 여자에게 주었다.

「감사히 받겠습니다…….」

손수레에 실린 것은 옷 보따리가 아니라 아이들이었다. 아이 셋 다 잠들어 있었다.

「큰 애가 이제 18개월이에요.」 여자가 말했다. 「작은 애는 겨우 9개월밖에…….」

그녀는 루이즈로서는 처음 들어 보는 어느 도시의 유아원 보모였다. 시장은 즉각 유아원을 비울 것을 지시했단다. 부모들이 급히 와서 아이들을 찾아갔단다.

「세 아이만 빼놓고요. 이유를 모르겠어요…….」

그녀는 출발할 때부터 이 〈왜?〉에 대해 계속 생각해 온 모양이었다.

「이 두 큰 아이의 부모는 좋은 사람들이에요. 아마 어떤 피치 못할 일이 있었겠죠……. 그런데 이 9개월짜리 여자아이는 엄마가 누군지도 몰라요. 유아원에 갓 들어왔거든요. 무슨 말인지 아시겠어요?」

겁에 질리고 탈진한 그녀는 덜덜 떨었다.

「이 아이는 아파요. 젖도 못 뗀 아이인데……. 도대체 어떻게 해야 할지 모르겠어요. 먹을 줄도 모르고 그저 마실 줄만 아는데…….」

여자는 물병을 돌려주었다.

「그냥 가지고 계세요.」 루이즈가 말했다.

쥘 씨는 빵빵 경적을 울렸다. 행렬이 다시 움직이기 시작하면, 이게 1미터를 갈지 아니면 금방 1킬로미터를 가버릴지 아무도 모르기 때문에 잘못하면 이 지옥에서 길을 잃을 수가 있었다. 루이즈는 잔의 편지들을 다시 붙잡았다. 그것을 다시 읽고 싶어서가 아니라, 어떤 불안감에 의한 기계적인 동작이었다.

그녀가 그것을 잡자마자, 항상 그러듯 예고도 없이 불행이 덮쳤다. 그것은 그들 위 수십 미터 상공에서 날개를 활짝 펼치고 찢어지는 소리로 울부짖는 어떤 익룡 같은 것이었는데, 너무 낮게 날고 있어 그 날카로운 발톱으로 아스팔트며, 나무며, 차량이며, 피란민들을 몽땅 채갈 것 같은 기세였지만, 그러는 대신에 도로 위 약 백여 미터에다 기총 소사를 한 뒤 다시 포효

하며 하늘로 올라갔다. 땅바닥에 납작 엎드린 피란민들은 이 갑작스레 출현한 괴물의 난폭함에 짓눌리고, 얼어붙고, 절망했다. 모두가 그저 땅속으로 기어들고 싶을 뿐이었다.

쥘 씨는 열린 차 문 근처에 황급히 몸을 눕혔다. 그럴 틈도 없었던 루이즈는 차 안에서 꼼짝도 못 하고 있었다. 앞쪽에서 뭔가 거센 충격이 느껴졌고, 소스라친 그녀의 머리가 쿵 하고 차창에 부딪혔다. 사이렌 소리 같은 찢어지는 듯한 비행음들이 그녀를 완전히 관통하여 지나갔고, 탄환의 충격이 발하는 그 짧고도 건조하고도 반복적인 음향들이 그녀를 꿰뚫었다. 아무도 자신이 다쳤는지 알 수 없었으니, 두뇌 속에서 더 이상 그 무엇도 작동하지 않았기 때문이었다.

그러고 나서, 자신도 잔치를 즐기고 싶어 안달하던 익룡의 동족들이 잇달아 내려왔다. 두 마리, 세 마리, 네 마리……. 놈들은 모두가 똑같이 정확하고도, 체계적이고도, 파괴적인 분노에 휩싸여 있었다. 모든 의지를 꺾어 놓고, 골수에까지 몸속에 파고들고, 고막을 뚫고, 가슴속을 헤집고, 배 속을 채우고, 뇌를 휩쓸어 버리는 예리고의 나팔을 찢어질 듯 불어 대면서 사람들을 공포에 떨게 했다. 미친 듯이 쏟아지는 기관총 탄환들은 걸리는 모든 것을 넝마로 만들었다. 넋이 나간 채 돌처럼 굳어 두 손으로 귀를 틀어막고 있는 루이즈는 자신이 살았는지 죽었는지 알지 못했다. 포탄들과 기총 소사의 스타카토에 얼어붙어, 덜컹거리는 뒷좌석에 엎드린 그녀는 더 이상 아무것도 느낄 수 없었다. 그녀의 정신은 그녀의 몸처럼 액체가 되어 더 이상 형체가 없었다.

그리고 갑자기 놈들이 떠나갔다. 그 뒤로 무서운 정적만을 남긴 채.

루이즈는 귀에서 손을 뗐다.

쥘 아저씨는 어디 있지?

그녀는 어깨로 차 문을 밀고 나왔다. 박살이 난 차 앞부분에서 연기가 피어오르고 있었다. 덜덜 떨리는 두 다리로 차를 한 바퀴 돈 루이즈는 쥘 씨가 도로 위에 엎드려 있는 것을 보았다. 배를 땅에 깔고 있어 그 비대한 엉덩이만 눈에 들어왔다. 그녀가 몸을 굽혀 어깨를 건드리자 그는 천천히 고개를 돌렸다.

「괜찮아, 루이즈?」 그는 깊고도 스산한 목소리로 물었다.

천천히 몸을 일으킨 그는 두 무릎을 툭툭 두드린 다음, 자신의 차를 쳐다보았다. 이제 여행은 끝이었으니, 더 이상 차가 없는 것이다. 아니, 아무것도 없었다. 어디를 둘러봐도 부서진 차들, 나뒹구는 몸뚱어리들뿐이고, 사방에서 신음 소리가 들렸지만 도와줄 사람은 하나도 없었다.

루이즈는 망연자실하여 앞으로 나아갔다.

몇 미터 걸어가니 보육원 보모의 파란 원피스가 보였다. 여자는 입을 벌리고 땅바닥에 누워 있었다. 총알이 목을 관통한 것이다.

손수레에서는 세 아이가 찢어지게 울고 있었다.

「난 여기에 남아 있을게.」 뒤따라온 쥘 씨가 말했다.

그녀는 무슨 뜻인지 이해하지 못하고 그를 쳐다보았다. 그는 눈을 아래로 내리며 자신의 펠트 실내화를 가리켜 보였다.

「난 걸어서는 멀리 갈 수 없어…….」

그는 겁에 질린 세 아이를 가리켰다.

「루이즈, 네가 아이들을 데려가야 해. 아이들은 여기 있으면 안 돼.」

이때 하늘에서 으르렁대는 소리를 먼저 들은 사람은 쥘 씨였다. 그는 고개를 들어 올렸다.

「루이즈! 놈들이 다시 와! 가야 해!」

그녀를 밀쳐 낸 그는 손수레의 두 손잡이를 들어 올려 그녀에게로 내밀었다. 자, 빨리 도망가!

「하지만 아저씨는⋯⋯.」

쥘 씨는 미처 대답할 틈이 없었다.

저쪽에서 첫 번째 전투기가 도로에 기총 소사를 시작한 것이다. 루이즈는 손수레 손잡이를 움켜쥐고는 앞으로 밀었다. 놀라울 정도로 무거워서 있는 힘을 다해야 했다. 마침내 손수레가 움직이기 시작했고, 한 걸음 앞으로 나아갔다.

「자, 빨리!」 쥘 씨가 소리쳤다. 「어서 도망가!」

루이즈는 고개를 돌렸다.

그녀가 본 그의 마지막 모습은 뚱뚱한 사내가 잔해만 남은 푸조 옆에 실내화 바람으로 서서, 전투기들이 도로에 기총 소사를 하며 맹렬한 속도로 덮쳐 오는데도 불구하고 빨리 가라고, 빨리 가라고, 손을 흔들고 있는 광경이었다.

겁에 질린 루이즈는 목에서 피가 콸콸 흘러나오는 파란 원피스 여자의 시신을 성큼 넘어 갓길을 가로질렀다.

아이들은 울부짖고, 전투기들은 다가왔다.

벌써 루이즈는 손수레를 밀며 들판을 달리고 있었다⋯⋯.

# 39

「크레도 움 디세아 파테르 데시룸, 파테르 팍토룸, 테라 시네나레 쾰리스 에트 테라에 도미눔 바테스테리 페카툼 모르토 벤투아 마리아 에트 필리…….」

아, 그는 이 일이 너무나 즐거웠다!

데지레는 라틴어에 대한 기초적인 지식도 없이 일을 저질렀다. 또 성당에 가본 일도 거의 없었기 때문에 거기서 어떻게 해야 하는지에 대해서도 별로 아는 바가 없었다. 하여 그는 엉터리 미사곡을 즉흥적으로 지어내서는, 라틴어와 비슷하게 들리는 (사실은 아주 동떨어진) 어떤 언어로 읊조렸다. 그리고 그가 아는 유일한 라틴어 문장인 〈In nomine patriet filii et spiritus sancti(성부와 성자와 성령의 이름으로)〉를 간간이 넣었고, 마침내 길잡이를 찾게 되어 너무나 행복한 신도들은 일제히 〈아멘!〉으로 화답했다.

가장 먼저 의문을 느낀 사람은 알리스였다.

「신부님, 이 미사는 매우…… 당황스럽네요…….」

데지레 신부는 나중에 데지레 미고의 옷을 입고 매장되었을 신부의 가방에서 발견한 제의를 조심스레 벗은 다음, 이렇게 대답했다.

「그래요, 이그나티오스 전례예요…….」

알리스는 자신이 이에 대해 무지함을 겸손하게 인정했다.

「심지어는 그 라틴어도…….」 그녀는 용기를 내어 말해 보았다.

데지레 신부는 온화한 미소를 지어 보인 다음, 자신은 〈제2차 콘스탄티노플 공의회 이전〉 형태의 종교 의식을 실행하는 성 이그나티오스 교단에 속해 있다고 설명했다.

「우리가 사용하는 라틴어는, 이를테면 보다 본원적이라고 할 수 있어요. 더 근원에 가깝고, 더 하느님에 가까운 언어인 것이죠!」

그리고 알리스가 미사 중에 느낀 혼란스러움에 대해 말하자(「신부님, 어떻게 해야 할지 잘 모르겠어요. 앉아야 할지, 일어서야 할지, 무릎을 꿇어야 할지, 대답해야 할지, 노래해야 할지…….」), 그는 이렇게 안심시켜 주었다.

「자매님, 이것은 복잡한 요소가 제거된 아주 단순한 의식이에요. 내가 손을 이렇게 하면 신도들이 일어서면 되고, 손을 이렇게 하면 앉으면 돼요. 이그나티오스 의식에서는 신도들이 노래하지 않아요. 사제가 그들을 위해 노래하죠.」

알리스는 이 말을 전했고, 그 후 신도들은 어떤 것을 보아도 놀라지 않았다.

「……쿼드 세파람 오미네스 데시둠 살루테 메디카레 사크룸 포람 상투스 에트 포로페르 노스트람 살루템 비르기네…….」

단 며칠 사이에 수많은 피란민이 새로 도착했다. 그 결과 예배 때마다 사람들로 꽉 차서 심지어는 내진에조차 자리가 없었기 때문에 후진과 제실에서 미사를 집전해야 했다. 데지레의 인기는 하늘을 찔렀고, 모두가 예배당에 들어갈 수는 없었다. 신도들은 공동묘지에 서서는 부서진 스테인드글라스의 빈틈으로 미사를 보곤 했다.

데지레는 낮 동안에도 시간이 허락할 때마다 야외에서 의식을 집전했다. 아이들은 서로 복사(服事)를 하겠다고 싸웠으니, 미사 중간중간에 데지레가 그들에게 고개를 돌리고는 자신도 그들 중의 하나라는 듯이, 자신은 단지 미사를 집전하는 사제 놀이를 하고 있을 뿐이라는 듯이 눈을 찡긋해 보였기 때문이다.

「콘피테오르 밥티스뭄 인 프로소파티스 비탐 세쿨리 노스트룸 에트 레미시오넴 페카레 인 엑스펙토 실렌티움. 아멘.」

「아멘!」

데지레가 가장 섭섭한 점은 그의 양 떼를 먹여 살리기 위해 필요한 무수한 일들에 붙잡혀 그가 가장 좋아하는 활동인 고해성사에 원하는 만큼 시간을 할애할 수 없다는 사실이었다. 모두 희생자일 뿐인 이 사람들이 그렇게나 많은 죄를 스스로에게 지우고 있다는 사실이 그에게는 너무나 흥미로웠다. 데지레는 쉽고도 관대하게 죄를 사해 주었으므로, 모두가 그와의 고해성사를 원했다.


「신부님…….」

몸집은 술통처럼 우람하지만 목소리는 소녀같이 가늘고, 잘 구별이 되지 않는 쌍둥이 자매와 함께 여행하고 있어 중혼을 한 것으로 의심받는 벨기에 사내 필리프였다. 광석 라디오가 최고의 성능을 발휘하여 이 예배당이 군 참모부만큼이나 정보에 밝을 수 있었던 것은 전쟁이 일어나기 전에 전기공이었던 이 남자 덕분이었다.

「7시가 넘었어요…….」

바느질에 열중해 있던 데지레 신부는 고개를 들었다(그는 신참들이 침낭으로 사용할 자루를 꿰매면서, 샬롱쉬르마른과 생발레리앙코가 독일군에게 함락되었다는 소식을 전하는 스피커 소리를 듣고 있었다).

「자, 갑시다!」

일주일에 두세 번, 그는 군용 트럭을 타고 몽타르지 군청에 갔다. 이 트럭은 휘발유가 없어 예배당에서 몇 킬로미터 떨어진 곳에 버려져 있는 것을 데지레가 연료를 구해 몰고 온 것으로, 그는 짐칸의 덮개를 뜯어내고, 폭풍우에 예배당 벽에서 떨어져 나간 커다란 예수 십자가상을 운전석 뒷면에 기대어 세워놓았다. 그것은 도로 앞쪽을 향해 서 있는 2미터에 가까운 십자가였다.

〈예수님은 이렇게 길을 열어 주신답니다〉라고 데지레는 설명하곤 했다.

이 〈하느님의 차〉에서는 항상 흰 연기가 커다랗게 뿜어져 나왔고, 십자가에 달린 채 나아오는 예수 뒤에서 물결치듯 피어오르는 이 은빛 구름은 마치 예수를 따르는 천사들처럼 보였다. 트럭이 몽타르지에 들어서면 행인들은 성호를 그었다.

루아조 군수는 밖에서 나는 소리에 데지레 신부가 쳐들어오리라는 것을 알았고, 아닌 게 아니라 얼마 안 있어 신부가 사무실에 불쑥 들어왔다. 신부는 누구를 시켜 자신의 방문을 알리게 하지도 않았는데, 왜냐하면 지금 이 관청에는, 침략군에게 빼앗길 때까지 자신의 자리를 지키리라 결심한 침착하고도 결연한 사내인 이 조르주 루아조를 빼놓고는 일할 만한 사람이 별로 없었기 때문이었다.

「그래, 알아요! 신부님, 안다고요!」

「그렇다면 형제님, 알면서 지금 무얼 하고 계시죠?」

데지레 신부는 이 시기에는 찾아보기 힘든, 제대로 일하는 공무원을 강력히 요구했다. 베로 예배당의 피란민들이 제반 권리를 누릴 수 있게끔 그들의 목록을 작성할 공무원 말이다. 또 그는 행정 당국이 자신에게 보조금을 내줄 것을, 이 모든 사람들을 재우고, 먹이고, 보살필 수 있게끔 구체적인 수단들을 내놓을 것을 원했고, 의사 한 명 혹은 간호사 한 명을 바랐다.

「신부님, 이제는 아무도 없다고요…….」

「형제님이 있잖습니까! 형제님이 직접 오세요. 그럼 예수님이 고마워하실 겁니다.」

「왜요? 예수님이 현장에 계시나요?」

그렇다. 군수는 데지레 신부와 기꺼이 농담을 나눴다. 이것은 사람을 녹초로 만드는 과중한 업무에서 잠시 벗어나는 나름의 방식이었다. 그는 남아 있는 몇 안 되는 직원에게 지시를 내리고, 군에 들어오는 피란민 무리를 도울 만한 것들을 찾아보고, 기동 헌병대와 복지 기관과 병원을 동원하여 하루를 보냈다. 그야말로 탈진할 지경이었다.

데지레는 씩 웃었다.

「제게 아이디어가 하나 있어요.」

「오, 하느님!」

「지금 누굴 부르시는 거죠?」

「자, 얘기해 봐요.」

「군수님께서는 오직 절망적인 경우들만을 다루시는데, 지금 우리가 그럭저럭 해나가고 있으니 우리 예배당에는 절대로 안 오시는 것 같은데 말이에요. 만일 제가, 이를테면 한 여남은 명의 피란민을 굶어 죽게 한다면 어떻게 하시겠습니까?」

「글쎄, 여남은 명으로는 좀…….」

「군수님께서 개입하기 위해서는 사망자가 몇 명이나 필요한 가요?」

「솔직히 말해서 신부님, 나는 스무 명 이하로는 거기까지 움직이기 힘들어요.」

「그렇다면 제가 특별히 여성들과 아이들만 골라서 그런다면요?」

「오, 그것은 아주 세심하신 배려겠죠…….」

두 남자는 미소를 나눴다. 그들은 같은 일을 하고 있었다. 둘 다 전쟁이 벌려 놓은 틈들을 메우려 애쓰며 시간을 보내고 있었다. 이런 종류의 대화는 의례적인 농담이었고, 그다음에는 진지한 문제들로 넘어갔다. 데지레는 이 사무실에서 빈손으로 나오는 법이 없었다. 한번은 휘발유 몇 통을 얻어 내어 〈하느님의 트럭〉을 굴러가게 했고, 또 한번은 어느 학교 구내 식당에 있는 물품을 가져다 쓸 수 있는 허가를 받아 냈다.

「지금 제게 필요한 것은 상주할 수 있는 사람이에요. 보건 인력 한 사람이요.」

루아조는 자신이 아직도 간호사 몇 사람을 운용할 수 있다는 사실을 계속 감춰 왔지만, 베로 예배당의 상황은 매일 조금씩 더 우려스러워지고 있었다. 그가 아직 현장에 가본 적은 없었지만, 즉흥적으로 만들어진 이 난민촌은 불안할 정도로 급속히 커지고 있었기 때문에 한번 자세히 들여다볼 필요가 있었다.

「거기에 간호사 한 명을 보내겠어요.」

「안 됩니다.」

「안 되다니, 무슨 말이죠?」

「〈보내시면〉 안 됩니다. 제가 당장 데리고 가겠습니다.」

「좋아요. 하지만 신부님은 한번 가져가면 다시 돌려주는 법이 없기 때문에, 내가 직접 가서 데려오겠어요. 한 화요일 정도에. 10시.」

「오셔서 피란민 목록을 작성하실 건가요?」

「글쎄요, 그때 가서 봅시다…….」

「작성하실 건가요?」

군수는 피곤했다. 그는 굴복했다.

「좋소.」

「할렐루야! 이렇게 훌륭한 일을 하셨으니, 루아조 씨를 위해 미사를 올려야겠네요. 미사 한번 어떻습니까?」

「아, 합시다. 미사.」

그는 정말로 피곤했다.


그녀는 애덕 수녀회 소속이었다. 젊은 수녀였다. 안색은 창백했지만, 단단해 보이는 인상이었다.

그녀는 필리프에게 희고 긴 손을 내밀었다.

「세실 수녀예요.」

잠시 당황한 벨기에 사내는 공손히 인사를 했고, 젊은 간호사가 가져가는 종이 박스 몇 개와 가방 하나를 트럭 짐칸에 마저 실었다.

몽타르지에서 돌아오면서 트럭은 구불구불하고도 복잡한 경로를 택했고, 이를 이용하여 데지레 신부는 인근의 농가들에서 예배당의 주민들을 먹일 수 있는 모든 것을 쓸어 왔다. 그는 채마밭을 들르고(「저기 보이는 게 혹시 토마토 아닌가요?」) 지하실을 탐사했다(「농성전도 충분히 버텨 낼 정도로 감자가 많으시네요. 자, 하느님의 사업을 위해 절반 정도는 기부하실 거죠?」).

「이건 갈취예요!」 처음 따라갔을 때, 알리스는 항의했었다.

「천만에요. 이렇게 드릴 수 있게 되어 기뻐하는 모습들이 안 보여요?」

그들이 발레로주 쪽을 지날 때, 데지레 신부는 조금 멀리에 송아지 한 마리가 매여 있는 들판에서 일하는 시프리앵 푸아레에게 손을 흔들어 인사했다.

「우회전해요!」 데지레 신부가 갑자기 소리쳤다.

벨기에 사내 필리프는 급정거를 했는데, 이는 데지레 신부를 만족시키기 위해서가 아니라 끊임없이 지나가는 군용 차량들로 도로가 막혀 있었기 때문이었다.

「저게 프랑스군이라면,」 데지레 신부가 말했다. 「지금 올바른 방향으로 가고 있는지 모르겠네? 독일군은 저쪽에 있는 것 아냐?」 그는 반대쪽 길을 가리키며 덧붙였다.

젊은 수녀는 씁쓸한 미소를 지었다. 오늘 오전, 군수의 사무실에선 온통 이 얘기뿐이었다. 제7사단이 루아르강 쪽으로 퇴각한다는 거였는데, 지금 보이는 저 차량들은 그 첫 번째 무리일 거였다…….

「그런데 대체 어디로 가고 있는 거야?」 데지레가 물었다.

「제가 얼핏 듣기로는 몽시엔 쪽으로 간다는 것 같았어요.」 수녀가 대답했다. 「하지만 확실히는 몰라요.」

차량 행렬이 다 지나가자, 하느님의 트럭은 마침내 〈푸아레 목장〉이라고 불리는, 집이 두 채밖에 없는 어느 한적한 곳에 이르는 긴 흙길로 들어갈 수 있게 되었다. 거기에는 사나운 농부인 시프리앵과, 아들과 사이가 좋지 않은 그의 모친 레옹틴이 살고 있었다. 까마득한 옛날부터 전쟁을 벌이며 서로 말도 섞지 않는 이 모자는 마주 보고 있는 두 집의 한 채씩을 차지하고 있었다. 덕분에 그들은 굳이 이동할 필요 없이 창문을 통해 서로를 쳐다보고 욕설을 퍼부을 수 있었다.

하느님의 트럭이 마당에 멈춰 서자, 데지레 신부는 만족스러운 표정으로 건물들을 둘러보며 차에서 내렸다. 뒤따라 내린 수녀가 그의 옆에 왔을 때, 푸아레 어멈도 그의 앞으로 왔다.

「자매님, 안녕하세요?」 신부가 인사했다.

레옹틴은 얼빠진 눈을 하고 고개를 끄덕였다. 수단 차림의 신부…… 그리고 그를 옹위한 새하얀 옷의 수녀……. 이들은 마치 주님이 자신에게 보낸 대표단처럼 인상적이었다.

「널판 하나를 가지러 왔어요. 그게 어디 있는지 아시나요?」

「널판이라…… 그걸로 무얼 하시려고요, 신부님?」

「트럭에 송아지를 실으려고요.」

레옹틴의 얼굴이 하얘졌다. 이에 데지레는 시프리앵이 이 송아지를 방금 전에 베로 예배당에 기부했다고 설명했다.

「하지만 송아지는 내 거예요!」 레옹틴이 항의했다.

「시프리앵 말로는 자기 거라는데요?」

「그렇게 말했을지 모르겠지만, 그 송아지는 내 거라고요!」

「네, 좋아요.」 데지레 신부가 고개를 끄덕이며 말했다. 「시프리앵은 송아지를 하느님께 바쳤는데, 자매님은 하느님에게서 다시 뺏어 오시겠다…… 뭐, 그건 자매님 마음이죠.」

그는 몸을 휙 돌려 트럭 쪽으로 향했다.

「잠깐만, 신부님!」

레옹틴을 팔을 뻗어 둥그렇게 울타리 쳐진 곳을 가리켰다.

「저놈이 신부님에게 송아지를 줬다면, 난 저 닭장의 닭들을 다 드리겠어요!」

돌아오는 트럭에 자신의 닭들이 실려 있는 것을 본 시프리앵은 피가 거꾸로 솟았고, 당장 어머니의 송아지를 기부했다. 그가 단숨에 송아지를 들어 짐칸에 올리기 위해서는 널판도 필요 없었다.

# 40

가브리엘 주위에 있는 대여섯 명의 수인이 덧창의 틈을 통해 마당에서 일어나는 일을 살피고 있었다. 그들 대부분은 간밤에 잠을 자지 못해 극도로 피곤한 상태였다. 〈두건 쓴 놈〉도르주빌이 끊임없이 신음한 탓이었다. 겨우 잠이 들만 하면 통증을 이기지 못한 그가 비명을 질러 대 정말이지 힘들었다. 〈뒈져라, 이 송장아!〉라고 무정부주의자들이 소리 질렀고, 때로는 공산주의자들까지 합세했다.

아직 아침 6시도 안 된 시간이었지만, 바깥에 보이는 바에 의하면, 병사들과 기동 헌병대원들은 벌써 출동 대기 중이었다. 혁대를 꽉 동여맨 군복 차림으로 불붙인 담배를 돌려 피우며 흙먼지 속에 발을 동동거리고 있는 그들은, 키가 커다란 대위 주위에 긴장된 표정으로 모여 선 장교들을 살피고 있었다.

「지금 무슨 일 일어나고 있어요?」 공산주의자 청년이 떨리는 몸을 간신히 일으키며 물었다.

「어젯밤 폭격으로 저들이 겁이 난 거야.」 한 수인이 창문 틈에 시선을 못 박은 채로 대답했다. 「하여 결정을 내리려는 거지……. 근데 쉽게 결론이 나지 않는 것 같아.」

무리가 위협을 느낄 때면 항상 그러듯 이 소식은 삽시간에 막사 안에 퍼졌고, 열댓 명의 수인들이 창가로 몰려들었다. 무슨 일이야? 나도 좀 보자.

「저놈들이 무슨 음모를 꾸미고 있는지 모르겠지만…… 상사는 대위와 의견이 같지 않은 것 같아…….」

가브리엘은 좀처럼 체력을 회복하지 못하고 종종 몸을 덜덜 떨곤 하는 청년의 어깨에 손을 얹었다.

「자네는 가서 좀 쉬어야 할 것 같아…….」

그런 다음 다시 돌아와 마당을 내다봤다. 이제 상사가 뭐라고 말하고 있었다. 대위의 뻣뻣하면서도 뭔가 부자연스러워 보이는 자세는 지금 둘의 의견이 일치하지 않는다는 것을 확인시켜 주었다.

가브리엘이 이 상사에 대해 느끼는 인상은 계속 변하고 있었다. 전날 보르니에 중사가, 알코올이 부족해서 예민해진 탓도 있겠지만 워낙에 못된 기질에 수인들을 증오하는 자로서 자신의 본성을 유감없이 드러냈다면, 상사는 냉정함을 유지했다. 그는 수인, 감시병 할 것 없이 모두가 휩쓸릴 뻔했던 집단적 파국에 순순히 삼켜지는 것을 거부하는 듯했다. 또 가브리엘이 이해한 바에 의하면, 전날 저녁에 사람들이 조금이나마 요기를 할 수 있었던 것도 이 상사 덕분이었다. 그가 어떻게 천여 명의 굶주린 사내들이 있는 이 기지를 약간이나마 먹일 수 있었는지에 대해서는 아무도 궁금해하지 않았다……. 그런 의문을 품기에는 너무 배가 고팠던 것이다.

저녁 늦게 상사가 부상자들을 살피려고 들렀을 때, 라울은 물과 깨끗한 붕대를 요청했다. 상사는 직접 나가 먹을 것을 조금 구해 와서는 가브리엘과 도르주빌에게 나눠 주었다. 허벅지가 관통당한 가브리엘에게는 진통제가 필요했고, 두 배로 부푼 도르주빌의 발에는 아직도 총알이 박혀 있었다. 외과 의사가 필요한 상태로, 상사는 걱정하지 않을 수 없었다.

사실 가브리엘의 상처는 걱정했던 것만큼 심각하지 않았다. 총알이 허벅지를 비스듬하게 뚫고 지나간 탓에 보기에는 끔찍하고 통증도 심했지만, 그렇게 우려스러운 상황은 아니었다. 라울은 이렇게 안심시켜 주었다.

「이봐 하사님, 그저 근육이 좀 상했을 뿐이야! 이틀만 지나면 다시 토끼처럼 뛰어다닐 거라고!」

그리고 도르주빌의 신음 소리로 한층 힘들어진 밤이 찾아왔다.

라울은 그에게서 한 번도 볼 수 없었던 심각한 얼굴을 하고 누워서는, 여러 구절이 이미 머릿속에 새겨져 버린 루이즈의 편지를 오랫동안 손에 들고 있었다. 벨망인지 벨몽인지 하는 이름에서는 생각나는 게 전혀 없었지만, 그 여자는 자신에 대해 제대로 알고 있었다. 자신의 생년월일은 정확했고, 뇌이쉬르센의 주소도…… 그 오베르종 대로에서의 기억은 아물지 않는 상처처럼 그를 아프게 했다. 그 거대한 집에서만큼 그가 불행했던 적은 없었다. 위선 그 자체라 할 수 있는 그 미친 여자 제르멘 티리옹의 먹잇감이던 시절 말이다…….

〈저는 당신의 이부 누이예요. 우리는 같은 어머니에게서 태어났죠〉라고 그녀는 썼다. 그녀는 나이가 얼마나 되었을까? 나보다 많을까, 아니면 적을까? 모든 게 가능했다. 스무 살 터울로 아이들을 낳는 여자들도 없지 않으니까. 하지만 머릿속에 끊임없이 떠오르는 문장은 따로 있었다. 〈저는 당신의 탄생, 그리고 어린 시절과 관련된 아주 중요한 정보들을 가지고 있어요.〉

그녀는 자신보다 많은 것을 알고 있었다. 자신은 자신이 티리옹 가정에 위탁된 날짜를 모르지 않았던가?

「안 잘 거야?」 가브리엘이 물었다.

「잘 거야, 내가 좀……. 그런데 우리 하사님은 어떠신가? 아파?」

「굉장히 욱신거려. 감염되면 어떡하지……?」

「걱정 마. 상처는 깨끗하니까 놔두면 저절로 나아. 앞으로 조금 더 아프겠지만, 그게 다라고.」

속닥거리는 둘의 이마는 몇 센티미터밖에 떨어져 있지 않았다.

「한 가지 좀 물어봐도 돼?」

「뭔데?」

「그 편지…… 그게 어떻게 들어온 거야?」

라울은 워낙에 속내를 털어놓는 성격이 아니었고, 이 편지에 대해 설명하다 보면 그 내용에 대해서까지 얘기하게 될 거였다. 그는 그러고 싶지 않았다. 어떤 이들은 어린 시절에 겪은 구타나, 학대나, 불행한 일들로 인해 겁쟁이가 되고, 그다음에는 비겁한 사람이 된다. 하지만 이런 것들은 라울의 성격을 오히려 강하게 만들었다. 그는 이런 것들을 통해 도발적일 정도로 단단한 사람이, 질질 끌거나 감정을 적나라하게 드러내는 것을 질색하는 사람이 된 것이다. 그런데 난데없이 나타난 이 편지는 그의 내부의 영혼까지 휘저어 놓는 일종의 화학적 침전물을 만들었고, 이 미스터리에 그는 동요했다. 자신의 어머니, 자신의 진짜 어머니에 대한 비밀이 어딘가에서 자신을 기다리고 있다는 것은 정말이지 생각지도 못했던 사실이었다. 어머니가 없다는 사실은 받아들일 수 있었다. 특히나 가증스럽기만 한 여자가 어머니의 대체물인 경우에는. 하지만 그는 다른 어머니, 진짜 어머니, 다시 말해서 그가 시기에 따라, 나이에 따라, 자신을 〈버렸다〉, 혹은 〈잃어버렸다〉, 혹은 〈보호했다〉, 혹은 〈팔아넘겼다〉라고 표현해 왔던 그 어머니에 대해 생각하는 것은 스스로 거부해 왔다.

「싫으면 말 안 해도 돼…….」

「상사가 줬어.」 라울이 털어놓았다. 「몸수색을 할 때 내 호주머니에 슬쩍 찔러주더군.」

가브리엘로서는 도무지 이해가 되지 않았다. 라울이 전부터 상사와 아는 사이였나? 왜 고위 부사관이 자기가 감시하는 수감자에게 우편배달부 노릇을 해줬을까?

「내 누이가 보낸 편지야……. 뭐, 꼭 누이라고 말할 수는 없지만…….」

상황이 좀 혼란스러웠다. 그는 항상 앙리에트를 자신의 누이로 여겨 왔다. 그게 사실이 아니라는 것을 잘 알면서도 말이다. 그런데 이제 그가 한 번도 보지 못한 어떤 여자를, 그리고 어쩌면 앞으로도 보지 못할 여자를 자신의 진짜 누이로 여겨야 할 것인가? 이 기지에서 탈출하려는 시도는 실패로 돌아갔고, 이제 가브리엘이 부상당했기 때문에 다시 해볼 수도 없었다. 탈출의 가능성, 다시 말해서 그 여자를 찾을 수 있는 가능성은 극히 희박했다.

여러 가지 것들이 그를 심란하게 했다. 그가 티리옹 가정에 위탁된 1907년 11월 17일이라는 날짜도 그중의 하나였다.

「아기들은 보통 몇 살 때 젖을 떼지?」 그가 물었다.

하도 느닷없는 질문이어서 가브리엘은 자신이 잘못 들었나 생각했다.

「잘 몰라. 난 외아들이거든.」 그가 대답했다. 「내 주위에는 젖먹이가 없었어……. 하지만 아마 9개월이나 12개월 사이 정도일 거야.」

티리옹 가정에 위탁되었을 때, 라울은 생후 4개월이었다.

여러 가지 의문들이 떠올랐다. 답답해진 그는 일어나 앉았다.

「괜찮아?」 가브리엘이 물었다.

「아, 괜찮아.」 거짓말을 한 라울은 숨을 좀 쉬려고 옷깃을 벌렸다.

너무 변화가 심한 사람이었다. 정말이지 그는 가브리엘에게 공격적이고 난폭하게 굴었고, 사기꾼같이 행동했으며, 심지어는 사악한 모습까지 보였다. 그가 가브리엘에 대한 태도를 바꾼 것은 트레기에르강 다리에서 그 일이 있고 나서부터였다. 전쟁사에 길이 남을 일은 아니었지만, 그래도 둘이서 함께한 일이었다. 가브리엘은 소위 말하는 〈전우애〉라는 것을 별로 좋아하지 않았다. 소설마다 나오는 이런 뻔한 이야기의 희생자가 되고 싶은 생각이 없었던 것이다. 그렇긴 해도 가브리엘은 그들 사이에 어떤 끈이 생겼다는 사실은 부인할 수 없었다.

답답한 듯이 옷깃을 벌리며 목을 쭉 빼는 라울을 관찰하고 있으려니, 어쩌면 그가 아기에 대해 말했기 때문인지 모르겠지만, 가브리엘의 머릿속에 두 개의 이미지가 퍼뜩 떠올랐다. 첫 번째 것은 그들이 약탈한 커다란 부잣집의 부부 침실 침대에 오줌을 갈기던 라울 랑드라드의 모습이었다. 두 번째는 그가 의식하지 못한 채로 기억하고 있던 사실로, 셰르슈미디 교도소에서 라울이 자신의 누이에게 편지 한 장을 부쳐 달라고 어느 간수와 협상하던 일이었다.

「자네 누이는 이름이 어떻게 되나?」

라울은 움직이지 않았다. 어떻게 말해야 하나? 앙리에트? 루이즈? 〈난 몰라〉가 최선의 대답이긴 하지만, 그렇게 대답할 수는 없었다. 그는 그냥 가브리엘에게 편지를 내밀고 말았다.

그것을 읽기에는 주위가 너무 어두웠다. 저쪽, 부사관들의 방문 아래로 한 줄기 빛살이 보였다. 가브리엘은 조용히 절뚝거리며 거기까지 걸어가 바닥에 몸을 눕혔고, 새어 나오는 가느다란 빛줄기에 루이즈 벨몽의 편지를 대고는 읽는다기보다는 한 자 한 자 해독해 나갔다.


「뭐야? 둘이서 한바탕하려는 건가?」 한 수인이 여전히 창문에 눈을 붙인 채로 말했다.

저쪽 마당 한복판에서 상사가 강경한 태도로 대위에게 맞서고 있었다. 이 시기의 한 증상인 것일까? 상관의 권위는 더 이상 부하들에게 먹히지 않았다.

「생레미쉬르루아르까지 가라는 지시가 내려왔소!」

대위는 도대체 어디서 구했는지 알 수 없는 지도를 가리키면서 말했다.

「생레미쉬르루아르에서 보급이 있을 거요. 저녁에 거기로 식량이 도착할 거란 말이오.」

이 정보는 그가 기대했던 만큼 사람들을 열광시키지 못했다. 사실은 그저께도 보급이 있을 거라고 했지만 그런 일은 전혀 일어나지 않았고, 다른 이들보다 요령이 있는 상사가 행한 기적이 아니었다면 모두가 굶어 죽었을 거였다. 따라서 사람들에게는 희소식과 상부의 약속을 불신하는 경향이 있었다.

「그리고 생레미쉬르루아르에서,」 대위는 말을 이었다. 「죄수들은 트럭을 타고 셰르도(道)의 본렝까지 갈 거요.」

그는 페르낭을 쳐다보면서 이렇게 보충했다.

「기동 헌병대원들은 생레미쉬르루아르에서 임무 해제될 거요. 임무가 거기서 끝나는 거지. 다른 팀들은 본렝까지 가서, 거기서 임무가 해제되고.」

페르낭은 안도의 한숨을 내쉬었다. 그에게 이 이상 좋은 소식은 없었다. 생레미쉬르루아르는 여기서 30여 킬로미터 떨어진 곳이었다. 트럭으로 가면 두 시간 안으로 갈 수 있었다. 그러면 공식적으로 임무에서 벗어나는 것이다. 그러고 나서 아마 10킬로미터 정도 더 가면 빌뇌브쉬르루아르에 이를 텐데, 베로 예배당은 가는 도중에 있기 때문에 그보다 덜 걸릴 수도 있었다. 정오에는 거기, 알리스가 있는 곳에 있을 수 있었다. 그다음에는 누이의 집에서 지내든지 아니면 파리로 돌아가든지, 상황을 봐서 결정하리라…….

「자, 이론적으로는 이렇다.」 대위가 결론을 내렸다.

순간, 모두가 몸이 굳었다.

「그러나 실제적으로는, 우리에게는 생레미쉬르루아르까지

갈 수 있는 차량이 없다. 즉 걸어서 가야 한다.」

이 소식에 담긴 뜻을 온전히 이해하기 위해서는 약간의 시간이 필요했다. 길 위에 풀어놓은 천 명에 가까운 수인들을 지키고, 감시하고, 지휘해야 할 뿐만 아니라, 부상자들도 있기 때문에 보살피기까지 해야 한다……. 간단히 말해서 이건 미친 짓이었다.

침묵을 지키는 대위의 표정으로 판단하건대, 다른 나쁜 소식들이 차례를 기다리고 있음이 분명했다.

「그런데 몇몇 소대가 국토방위를 위해 다시 전방에 배치되었다. 따라서 우리 인원이 약간 줄어들 것이다.」

모두가 남아 있는 인원 쪽으로 고개를 돌렸다. 주로 베트남 병사들과 모로코 보병들로, 프랑스 병사들 상당수가 새벽에 떠난 것이다.

「이제 우리는 36킬로미터를 가야 한다. 아침 8시에 출발한다. 생레미쉬르루아르에는 저녁 6시에 도착할 것으로, 너무나 완벽한 일정이 아닐 수 없다!」

자기 확신이 가득한 사람 특유의 순진함으로, 그는 계산해본 결과 생레미쉬르루아르가 그라비에르 기지에서 우연히도 딱 한나절 행군할 거리에 있다는 사실에 황홀해했다.

「나는 120명 수인 그룹을 여덟 개 만들어, 그 각각을 기동 헌병대 부사관 1인과 그의 지휘를 받는 15인에게 맡기기로 결정했다.」

120명이 넘는 사람들을 열다섯 명이 지킨다……. 페르낭은 기가 막혀 말이 나오지 않았다.

「그건 불가능합니다.」

거의 비명에 가까운 소리였다. 대위는 그에게로 돌아섰다.

「뭐라고?」

다른 부사관들은 누군가가 이 터무니없는 상황에 감히 논평을 가하는 것에 안도하며 페르낭을 쳐다보았다.

「우리는 도로에서 행군하는 천여 명의 수인을 절대로 지킬 수 없을 겁니다.」

「하지만 이것은 참모부가 우리에게 맡긴 임무요.」

「트럭이 없나요? 기차도요?」

대위는 대답하지 않고, 들고 있던 지도를 정성껏 말았다.

「자, 실시!」

「잠깐만요, 대위님……! 제게는 부상자가 두 명 있습니다. 하나는 간신히 걷는 정도고, 다른 하나는 전혀 걷지 못해요. 그리고…….」

「저한테도 거동을 못 하는 사람들이 있어요.」 누군가가 웅얼거렸는데, 하도 조심스럽게 말해서 누구의 입에서 나온 말인지 전혀 알 수 없었다.

「그렇다면 그자들에겐 안된 일이군.」

대위는 잠시 침묵을 지키다가, 한 자 한 자 또박또박 선언했다.

「우리는 한 사람도 뒤에 남겨 놓지 말라는 지시를 받았다.」

더 이상 분명할 수 없는 위협이었다.

「아니, 그게 무슨 뜻이죠……?」 하지만 페르낭은 도저히 믿기지 않는 마음으로 반문했다.

오브슬레르 대위는 이 시점에서 이 점에 대해 자세히 설명하는 것은 예상치 않았지만, 상황상 어쩔 수 없어 단호한 목소리로 이렇게 알렸다.

「지난 5월 16일, 파리 군관구 사령관 에링 장군은 도망병들에게 발포할 수 있는 권한을 국가 최상부에 요청했고, 이 요청은 수락되었다. 본인은 이게 우리에게도 해당된다고 판단한다. 낙오자는 도망병과 똑같이 취급할 것이다.」

이어진 정적 속에, 그런 상황에 대해 각자가 떠올리는 이미지들이 어른거렸다.

「규정이 있습니다.」 이때 페르낭이 말했다.

그의 목소리는 단호했고, 떨리지 않았다. 오브슬레르 대위마저 잠깐 주눅이 들 정도였다.

「뭐요? 무슨 규정인데?」

「제251조는 〈검사 결과, 여행의 피로를 견뎌 낼 수 있는 상태로 인정되지 않는 한 어떤 수형자도 이동할 수 없다〉라고 명기하고 있어요.」

「당신은 그걸 어디서 찾아냈소?」

「기동 헌병대 규정입니다.」

「아! 그렇다면 프랑스군이 기동 헌병대 규정을 따르게 되는 날이 오면 거기에 대해 다시 얘기하시오. 하지만 지금으로선 당신은 내 지휘하에 있소. 당신네 규정 따위는 당신의 뒷구멍에나 넣어 두라고!」

토론은 이걸로 끝이었다.

「자, 실시하라고, 빌어먹을! 수인들 먹일 것은 오늘 저녁에 준비하고, 지금 남아 있는 것은 줘버리시오. 자, 정확히 8시 정각에 출발한다!」

페르낭은 자신의 팀을 소집했다.

「우린 백여 명의 수감자들을 30킬로미터 이상 호송해야 해. 하지만 우리에겐 차량이 없어.」

「그럼…… 걸어서 간다는 얘긴가요?」 보르니에가 분개하며 물었다.

「자네는 다른 방법이 있나?」

「저런 불량배 새끼들 때문에 우리가 기총 소사 당할 수 있잖아요!」

그의 주위에서 동조하며 불평하는 소리들이 조그맣게 올라왔지만, 페르낭은 딱 끊어 버렸다.

「그래, 그게 바로 우리가 해야 할 일이야.」

그는 몇 초 동안 침묵을 지킨 후, 힘을 좀 북돋아 주고자 이렇게 덧붙였다.

「그러고 나면 우리 임무는 끝이야. 오늘 저녁에 모든 게 끝나고, 내일 집에 돌아가는 거야.」

페르낭은 입술을 깨물었다. 〈집에 돌아간다…….〉 이걸 믿기가 점점 더 힘들어지고 있었다.

분위기가 안 좋기는 수인들도 마찬가지였다.

「생레미쉬르루아르는…….」 누군가가 말했다. 「여기서 최소한 30킬로미터 거리야.」

가브리엘은 힘겹게 일어서면서 자신의 허벅지를 가리켰다.

「아, 이거 너무 당기는데…….」

「어디 좀 봐.」

라울은 붕대를 풀었다. 그는 군대에서 별의별 종류의 상처들을 다 보았다.

「그렇게 고약하지는 않아……. 한번 걸어 보라고…….」

가브리엘은 절뚝거리며 몇 걸음을 옮겼는데, 모두가 킬킬 웃었다.

〈두건 쓴 놈〉의 상처는 사정이 달랐다. 빨리 외과 의사에게 치료받지 않으면, 얼마 안 가 패혈증이 그를 접수할 거였다.

열 시간이 넘는 행군을 위해 천 명의 수인들을 준비시키는 작업은 손가락 한 번 퉁겨서 할 수 있는 일이 아니었다. 준비 작업은 한없이 늘어졌다. 자루들을 메고 가는 상황을 피하기 위해 남은 식량을 나눠 줬는데, 부사관들은 분배가 공정하게 이뤄지는지 확인하고 수감자들 간에 싸움이 벌어지는 것을 막기 위해 여러 차례 개입해야 했다. 오브슬레르 대위는 둘둘 만 지도를 마치 말채찍처럼 손바닥에 딱딱 치면서 그룹들 사이를 지나다녔다. 그는 일이 돌아가는 양상에 무척 흡족한 듯 보였고, 간부들에게 마지막 지시를 내리고 있었다. 다른 곳으로 보내어지지 않은 몇몇 병사들은 군모의 챙을 수직에 가깝게 치켜올리며 이 가슴 아픈 광경을 지켜보았다.

셰르슈미디에서부터 가지고 다닌, 그리고 장소를 옮길 때마다 줄어드는 그 보잘것없는 소지품을 긁어모은 수감자들은 2열 종대로 선 채 햇볕 아래서 기다리고 있었다. 그 뒤를 지키는 제복의 사내들은 상당히 듬성듬성했다.

10시가 거의 다 되었다.

대위는 〈전시 상황에서 죄수들의 행동에 대한 훈령을 엄격히 적용하고자〉, 수감자들이 보는 앞에서 무기를 장전하라고 지시했다. 철컥철컥, 노리쇠 당기는 소리가 무겁고도 위협적으로 울렸다.

「탈출 시도는 즉각 처벌된다!」 대위가 악을 쓰듯 소리쳤다.

그러고 나서 대열의 앞쪽으로 가 첫 번째 조에 출발을 지시한 다음, 성큼성큼 앞장서서 걷기 시작했다.

첫 번째 그룹의 백여 명 수감자들이 줄줄이 서서 마당에 흙먼지를 일으키며 멀어져 가는 모습이 보였다.

「각 조는 차례차례 출발할 거야.」 페르낭이 부하들에게 설명했다. 「우리는 마지막이야. 반드시 피해야 할 것은, 대열이 길게 늘어져 맨 앞사람이 뒷사람과 너무 떨어지게 되는 상황이야. 한 덩어리를 이루는 것, 이게 아주 중요해! 앞에서는 너무 빨리 걸으면 안 되고, 뒤에서는 너무 처지지 말아야 해.」

이론적으로는 가능한 일이었지만, 사람들의 머릿속에는 의혹이 일었다. 독일군이 침공한 이후로 무수한 지시를 받아 왔지만, 이렇게 바보 같은 지시를 경험한 적은 없었다.

사람들은 다른 조들이 모두 출발할 때까지 오랫동안 기다렸다.

기지를 먹여 살리기 위해 돈의 일부를 사용했기 때문에 페르낭의 배낭에는 공간이 더 생겼다. 그는 사람들이 보지 못하게끔 몸을 살짝 돌려 허옇게 닳은 『천일야화』 표지에 재빨리 키스를 한 다음, 책을 배낭에 쑤셔 넣었다.

이제 그가 호각을 불어야 할 시간이었다.

저쪽 하늘 높은 곳에 독일군 편대 하나가 지나갔다. 오전 11시가 다 되어 있었다.

# 41

루이즈는 덜컹거리는 손수레를 밀면서 벌판을 달렸다. 아이들은 울어 댔고, 그녀의 뒤, 저쪽에서는 독일군 비행기들이 다시 도로 위로 급강하하며 기총 소사를 하고 있었다. 루이즈는 이렇게 노출되어 있으면 저들의 쉬운 표적이 되리라는 생각에 더욱 빨리 달렸다. 바퀴 하나가 나무뿌리에 부딪치면서 손수레는 넘어질 듯 휘청거렸지만 루이즈가 아슬아슬하게 붙잡았다. 아이들이 더욱 요란하게 울어 댔고, 그녀는 다시 달리기 시작했다. 물론 벌판 한가운데에서 일종의 외바퀴 손수레 같은 것을 밀며 도망치는 여자 하나를 잡으러 방향을 바꿀 생각을 할, 아니 조금이라도 그런 유혹을 느낄 독일군 전투기가 있을 리는 만무했다. 하지만 총에 맞아 죽을 수도 있다는 두려움이 그녀의 목을, 그녀의 가슴을 꽉 죄어 왔다. 그녀는 필사적으로 도달하려 애쓰는 저 앞의 나무들만 뚫어지게 쳐다보며 달렸다. 헐떡이는 호흡에 쇳소리가 섞이기 시작했고, 허파가 말끔히 청소되고 있었다.

그녀는 아무것도 없이, 정말로 아무것도 없이 도망쳐 나왔고, 한순간 자신이 완전히 벌거벗은 채로 무작정 대로를 달리는 어떤 젊은 여자인 것처럼 느껴졌다⋯⋯.

마침내 숨이 턱 끝에 차 멈춰 선 그녀는 뒤를 돌아보았다. 도로는 벌써 저만치에 있었고, 거기서 일어나고 있는 일들은 자세히 보이지 않았다. 하지만 마치 자신이 바로 그 아래에 있는 것처럼 전투기들의 맹렬한 엔진 소리와 그것들의 섬뜩한 비행음이 그녀에게까지 들려왔다. 그녀는 다시 뛰기 시작했고, 나무들이 죽 늘어서 있는 조그만 도로에 이르러 오른쪽으로 방향을 꺾었다. 온몸에 불이 붙은 것 같았다. 그녀는 마침내 속도를 늦추고 호흡을 골랐다. 약간 언덕진 풍경이 눈에 들어왔다. 여기저기에 조그만 숲들이 보이는데, 그 가운데 농가는 딱 한 채 있었다. 어떻게 해야 하나? 저기로 가봐? 쥘 씨와 자신이 농부들에게 받았던 대접을 생각하면 그냥 계속 가는 편이 나았다. 앞쪽 1~2킬로미터 떨어진 곳에 어떤 총림 같은 것이, 어쩌면 조그만 숲일 수도 있는 것이 분간되었다.

이때 그녀는 자신이 도망치기 시작한 이후로 세 아이가 계속 울어 댔다는 사실을 의식했고, 화들짝 놀랐다.

걸음을 멈춘 그녀는 임시로 만든 요람에 몸을 굽히고는 처음으로 그 세 아이를 들여다보았다. 두 사내아이는 손으로 뜨개질한 파란 배내옷을 입고 있었다. 그녀는 아이들의 흐르는 콧물을 포대기 한 귀퉁이로 닦아 주었다. 이 동작에 아이들은 진정했다. 그리고 아마도 앞에 있는 어떤 새로운 얼굴을 발견했을 것이다.

「자,」루이는 첫 번째 아이를 번쩍 들어 올리면서 말했다.「어디, 설 수 있는지 한번 볼까?」

아이는 두 발로 섰고, 수레바퀴를 손으로 잡고 버텼다. 두 번째 아이도 그렇게 했다. 그녀는 아이들에게 부드럽게 말을 하면서, 한 눈으로는 왼쪽 멀리에 보이는 도로를 살폈다. 이제 그곳을 공격하던 독일군은 흔적도 없이 사라졌고, 하늘은 다시 수의(壽衣)처럼 조용하고도 평온했다.

아마도 불에 탄 자동차들에 의한 것인 듯 저쪽에 피어오르는 검은 연기를 응시하며 그녀는 젖먹이를 안아 들었다. 그녀가 자장가를 부르자 아기는 울음을 그쳤다.

그녀는 한 손으로 아기를 안은 몸을 뒤틀어 가며 수레에 무엇이 있는지 보았다. 아이들을 눕혔던 포대기를 들추어 보니 끈으로 묶은 잔의 서신 뭉치가 그 안에 들어 있었다. 그 정신없는 와중에 앞으로 내던진 것이 수레 안에 떨어져 들어갔던 모양으로, 공습이 시작된 순간 손에 들고 있었던 덕에 유일하게 살아남은 물건이었다. 그녀는 그것을 포대기 밑에 밀어 넣은 다음 조사를 계속했고, 거기서 그릇 쪼가리 몇 개, 양철로 된 스푼과 포크, 잡다한 옷가지, 빵 한 덩이, 물통 하나, 과일 잼이 든 유리병 두 개, 비스킷 몇 상자, 녹아 버린 초콜릿 한 개, 채소 통조림 세 개, 그리고 아이들을 위한 백미와 밀가루 한 봉지씩을 찾아냈다. 가장 어린 것을 다리 사이에 두고 갓길의 풀밭에 앉은 그녀는 빵을 잘게 찢어 쌍둥이에게 내밀었다. 두 녀석은 엉덩방아를 찧듯 동시에 주저앉더니, 걸신들린 것처럼 열심히 빵을 씹기 시작했다. 여자아이에게서 고약한 냄새가 났다. 루이즈는 사용하지 않은 기저귀 한 장을 찾아내어 갈아 주기 시작했다. 세 개의 자락을 어느 방향으로 접어야 하는지도 모르고 옷핀도 찾아내지 못해 그냥 대충 둘둘 말아 엉성하게 매듭을 지어 놨지만, 그렇게 오래갈 것 같지는 않았다. 더럽혀진 기저귀는 가져가지 않고 버리기로 했다. 이걸 어디서 빨 수 있단 말인가?

밤이 되었다. 루이즈는 이 근방에서 유일하게 보이는 농가를 의심쩍은 눈으로 다시 한번 관찰했고 그 외로운 모습에서, ㄷ 자형 건물에서 종종 느껴지는 잔뜩 웅크린 듯한 분위기, 어떤 불친절한 면 같은 것을 발견했다. 쌍둥이와 아기를 손수레에 눕힌 그녀는 다시 걷기 시작했다.

> 말브루는 전쟁터로 떠났네,
> 미롱통, 미롱통, 미롱텐.[5]

머릿속에 문득 떠오른 노래였다. 아이들은 자장가 가락에 잠시 귀를 기울였다.

저 멀리 보이는 조그만 총림 쪽으로 쭉 뻗은 도로 위를 나아가며, 루이즈는 이제 해야 할 일을 정리해 보기 시작했다. 이 아이들의 옷 갈아입히기. 먹이기. 잠을 재울 수 있는 장소 발견하기. 무엇보다도 이 아이들을 맡아 줄 수 있는 곳 찾아내기…….
버려진 아이들은 어디다 맡겨야 하나?

> 내가 가져오는 소식에,
> 미롱통, 미롱통, 미롱텐.
> 내가 가져오는 소식에,

5 민요에 사용되는 뜻 없는 후렴구.

미롱통, 미롱통, 미롱텐.
당신의 고운 눈에 눈물이 흐르겠지.


길 위에 혼자 남은 쥘 씨의 모습이 떠올랐다. 〈빨리 가, 루이즈, 어서 도망가!〉 쥘 씨는 시골길에서 실내화 바람으로 독일군 전투기에게 총 맞아 죽은 것일까?


그의 영혼이 날아오르네,
미롱통, 미롱통, 미롱텐.
그의 영혼이 날아오르네,
미롱통, 미롱통, 미롱텐.


쌍둥이는 빵 쪼가리에 일시적으로 진정되어 선잠이 들었는데, 여자아이가 다시 울기 시작했다. 순간, 그녀는 화가 치밀었다. 이렇게 갑작스럽게 도망쳐 나오고, 어쩔 수 없는 상황으로 이 책임을 떠안게 된 것의 여파였다. 그녀는 이렇게 반응하는 자신을 책망했다. 잠시 후, 그녀는 한 손으로 손수레를 아주 천천히 밀면서, 다른 손으로는 그녀의 목에 머리를 기댄 아기를 안고 있었다.

그녀가 총림에 도착했을 때, 들판은 옅은 밤안개에 싸여 있었다. 그것은 생각했던 것과 달리 숲이 아니었고, 또다시 도로, 두 시간 전에 떠나온 바로 그 도로였다. 피란민의 물결이 끊임없이 계속 이어졌다. 그들은 가방을 들고 무거운 걸음으로 기계적으로 나아갔다. 자전거도 있었지만, 자동차는 한 대도 보이지 않았다.

루이즈는 도무지 방향을 가늠할 수 없었다. 쥘 아저씨와 반쯤 타버린 그의 푸조를 버리고 온 곳이 오른쪽이었던가, 왼쪽이었던가? 세 아이는 깨어나 있었다. 시급히 생각을 정리하여 이들에게 뭔가 먹을 만한 것을 주고, 기저귀를 갈고, 마실 것을 주어야 했다……. 〈젖도 못 뗀 아이인데…….〉 보모가 한 말이 생각났다. 아직 걸음마도 못 하는 아이를 먹이려면 어떻게 해야 하나? 내게 필요한 것이 있을까? 이 모든 질문들에 사로잡힌 루이즈는 다시 도로로 들어가 피란민 행렬에 섞여 들었고, 생각이 정리되기 전까지는 멈추기를 거부하며, 손수레를 뒤흔드는 울음들을 달래려고 점점 더 크게 노래하며 계속 걸었다.

어떤 이들은 아내들과 함께,
미롱통, 미롱통, 미롱텐.
어떤 이들은 아내들과 함께,
또 어떤 이들은 혼자서.

상당수의 승용차들과 트럭들이 마치 공동묘지의 유해들처럼 도로 옆의 도랑에 버려져 있었다. 모터에서는 아직 연기가 피어올랐고, 차체는 찌그러진 채였다. 차 문은 전부 활짝 열려 황급히 물건을 챙겨 간 흔적이 역력해, 배 열린 가방 혹은 입 벌린 상자 들이 얼핏얼핏 보였다. 루이즈의 걸음이 빨라졌다. 피란민의 행렬 자체가 줄어들기도 했거니와, 그들 중 많은 사람들이 걸음을 멈추고 이곳에서 밤을 보내기로 결정했기 때문이었다. 이를 위해 그들은 도랑 저편에 방수포 조각과 모포와 시트 따위로 얼기설기 천막들을 세워 놓았는데, 이 재난에 비까지 내리는 일이 없기만을 간절히 바랄 뿐이었다.

루이즈를 더 나아가게 한 것은 불빛이었다. 떨어진 나뭇가지를 피워 만든 모닥불이 저쪽 경사지에 보였고, 그 주위에 한 가족이 행여 누가 볼세라 도로 쪽에 등을 돌리고 탐욕스레 먹어 대고 있었다.

루이즈는 그들 가까이에 손수레를 세웠다. 세 아기의 울음소리에 가족은 그녀 쪽으로 고개를 돌렸다. 루이즈는 찰나의 순간에 두 10대의 무관심과 아버지의 적의와 어머니의 슬픔을 가늠했다.

루이즈는 쌍둥이를 땅바닥에 앉혔다. 그리고 젖먹이를 품에 안은 채로 그녀에게 있는 몇 가지 것들, 한 끼 식사가 되기에는 턱도 없는 그 자질구레한 것들을 땅에다 주섬주섬 늘어놓았다. 그녀는 아이들을 위해 다시 빵을 잘게 찢었다. 여자는 불 근처에서 그녀를 곁눈으로 살폈다. 벌판에서 소들이 집요하게 울어 댔다. 루이즈는 바닐라 향이 희미하게 느껴지는 밀가루 봉지를 뜯었고, 양철 사발에 물을 부었다. 곧바로 커다란 덩어리들이 생성되었다. 쌍둥이는 빵을 씹으면서 호기심 어린 눈으로 쳐다봤고, 배고픈 아기는 보채 댔다. 루이즈는 수저의 등으로 덩어리를 부수려 해봤지만, 좀처럼 물에 섞이지 않았다.

「물을 데우지 않으면 잘 안될 거예요.」

여자가 그녀 앞에 서 있었다. 튼튼해 보이는 50대의 여자로, 침대 커버와 비슷한 꽃무늬 원피스를 입고 있었다.

「테레즈, 그냥 내버려 둬!」 불가에 남아 있는 남자가 소리쳤다.

하지만 여자는 남편의 말을 한 귀로 듣고 한 귀로 흘리는 일에 이력이 난 듯했다. 사발을 잡더니, 불 쪽으로 가져가서는 조그만 냄비에 죄다 부었다. 루이즈에 비하면 제대로 갖춘 사람들이었다. 그녀가 불 위로 죽을 데우는 동안, 그녀의 남편은 낮은 목소리로 그녀에게 뭐라고 말했다. 조각조각 들리는 그 문장들에서 확실히 분간되는 것은 급하고 권위적이고 싸우는 듯한 음색뿐이었다.

그러고 있는 사이에 루이즈는 아기의 손에 딸랑이(손잡이가 하나 달린 나무 호각이었는데, 아기는 붙잡고 흔들어 댔다)를 쥐어 주고는 자리에 내려놓았다. 그런 다음 과일 잼이 든 병들을 꺼냈는데, 뚜껑이 너무 꽉 맞물려 있어 루이즈의 완력으로는 열 수가 없었다. 그녀가 곧바로 남자 쪽으로 가자, 남자는 마치 싸우려는 사람처럼 그녀를 노려보았다. 그녀는 두 10대 중 더 큰 소년 앞에서 걸음을 멈췄다.

「내가 힘이 없어서 그러는데, 해줄 수 있어요……?」

곧바로 병을 움켜쥔 소년은 조그만 〈펑〉 소리와 함께 뚜껑을 열었고, 한 손으로는 병을, 그리고 다른 손으로는 뚜껑을 루이즈에게 내밀었다. 그게 무슨 전리품이나 되는 듯이 의기양양한 표정이었다.

「고마워요.」 루이즈가 말했다. 「정말 친절하시네요…….」

소년으로서는 호텔에서의 하룻밤을 제안받았다 해도 이보다 행복하진 않을 거였다…….

어머니는 죽이 된 밀가루를 휘저었다.

「자, 조심해요.」 그녀가 말했다. 「좀 뜨거워요.」

그 죽을 아기에게 먹이는 일도 결코 쉽지가 않았다. 여자의 젖이나 젖병을 찾으며 끊임없이 칭얼대는 아기는 입을 벌렸다가도 루이즈가 간신히 그 안에 죽을 넣어 주면 뱉어 내기를 반복했다. 그렇게 반 시간 정도를 씨름한 끝에 젊은 여자는 지쳐 버렸고, 아기도 마찬가지였다. 쌍둥이는 두 걸음 떨어진 곳에 앉아 모포를 가지고 놀고 있었다. 이때 루이즈는 죽을 액체에 가깝게 희석시킬 생각을 했고, 그렇게 만든 것을 한 수저 한 수저 아이의 입술 사이에 흘려 넣었다. 그러다 아이는 마치 이 헛된 노력에 탈진해 버리기라도 한 듯 스르르 잠이 들어 버렸다. 여전히 배 속은 텅 빈 채로 말이다.

이때 처음으로 루이즈는 아기를 자세히 살펴보았다. 오목조목한 이목구비, 감미롭게 구부러진 속눈썹, 섬세한 형태의 조그만 귀, 분홍빛 입술……. 너무나 예뻐서 가슴이 뭉클했다. 어머니 잔이 쓴 편지가 언뜻 떠올랐다. 〈오, 아기의 그 조그만 얼굴이라니!〉 그녀는 그들의 운명이 인도한 이 이상한 길이 너무나 당황스러웠다. 잔과 그녀, 두 사람 다 아기를 하나씩 잃었다. 그리고 지금 루이즈의 품 안에는 아기 셋이 안겨 있었다.

쌍둥이는 아주 장난기 많고 웃음 많은 아이들이었다. 루이즈는 수저와 딸랑이와 컵 같은 것을 숨기는 장난을 하며 놀았고, 아이들은 깔깔댔다. 이번에는 두 소년도 모닥불과 그들의 아비를 등지고서, 손이 하얗고, 그 지친 얼굴 가운데 힘든 미소가 피어오르는 이 예쁜 젊은 여자를 바라보았다.

두 시간 후, 모든 게 잠잠해졌다.
쌍둥이의 기저귀를 갈아 주었고, 아기는 다시 깨어났는데, 루이즈는 아기의 입술 사이로 액체에 가까운 차가운 죽을 몇 수저 넣어 주는 데 성공했다.

이제 그녀가 할 수 있는 일이라곤 손수레 안에 웅크리고 누워, 아기는 배 앞에, 두 사내아이는 양옆에 누인 채로 잠을 자는 것뿐이었다.

 그들 위의 진청색 하늘에는 별들이 뿌려져 있었고, 세 아이의 호흡 소리는 무겁고도 차분했다. 루이즈는 아기의 뜨겁고도 부드러운 머리통을 어루만졌다.

# 42

페르낭 역시 자신의 무리를 향해 호각을 불었지만, 어떤 음악 애호가라도 패기와 만족감이 느껴지는 오브슬레르 대위의 호각 소리와는 대조되는 불안한 뉘앙스를 감지했을 거였다. 각각 백 명이 넘는 일곱 그룹을 출발시키기 위해서는 한 시간도 넘는 시간이 필요했다. 페르낭은 몇 수감자들이 행군 중에 지쳐 쓰러질까 걱정되어, 출발 신호가 있을 때까지 앉아서 기다리게 했다.

그는 이 기다리는 틈을 이용하여 전략을 다듬었다. 가장 민첩한 이들은 가장 굼뜬 이들이 따라잡기가 힘들게 거리를 벌릴 위험이 있으므로, 자신이 행렬의 선두에 서고 보르니에 중사는 그의 공격성이 표출될 기회가 가장 적을 허리 부분으로 보냈다.

그런데 알파벳 순서로 섰음에도 불구하고 나란히 갈 수 있게 된 라울과 가브리엘이 보르니에가 보내진 바로 그 위치에 있었다. 간부들은 이런 사소한 조정을 눈감아 주었지만, 기동헌병대원들의 장전된 무기와 긴장된 표정, 그리고 베트남 병사들의 부산스러운 움직임이 관용은 딱 거기까지임을 분명히 보여 주었다.

이렇게 오래 기다리는 동안 규율이 약간 느슨해진 덕에 수 감자들은 낮은 목소리로 얘기를 나눌 수 있었다. 이런 정보가 도대체 어떻게 들어왔는지 모르겠지만 — 이는 교도소들의 영원한 미스터리라 하겠다 — 전황에 대한 소문이 돌기 시작했다. 베강 장군이 정전을 요청하자는 의견을 내놓았단다. 이 소문은 행렬의 한쪽 끝에서 다른 쪽 끝까지 퍼졌다. 이 소식이 사실이냐 아니냐는 별로 중요하지 않다는 걸 모두가 알고 있었다. 중요한 것은 독일에 패배했다는 생각이 처음으로 분명하게 표현되었다는 사실이었고, 이 말을 프랑스군 총사령관이 했다고 말한다는 것은 〈프랑스는 침략군에게 비싼 대가를 치르게 하고 있다〉라고 주장하는 참모부의 공식 성명을 믿는 사람이 거의 없음을 의미했다.

「……엉? 뭐라고?」 다른 생각에 잠겨 있던 라울이 반문했다.

그는 〈루이즈 벨몽〉이라고 서명된 수수께끼 같은 편지를 받은 이후로 더 이상 같은 사람이 아니었다. 그것에 대해 끊임없이 생각하는 게 피곤해졌는지, 갑작스러운 심술에 사로잡혀 이날 아침에 편지를 갈가리 찢어 던져 버렸다. 하지만 그래 봤자 아무 소용 없었고, 편지의 내용이 계속 머릿속에 떠올랐다.

「괜찮아, 해결될 거야.」 가브리엘이 말했다. 「그 사람을 찾아가서 모든 걸 분명하게 알아낼 수 있을 거야.」

그들은 약탈 혐의로, 그리고 어쩌면 탈영 혐의로 기소될 수 있는 죄수들이었고, 법정에 서기보다는 지금 가는 이 길에서 죽을 가능성이 더 컸다. 이런 상황에서 낙관적으로 얘기하는 것은 사실 웃기는 일이었고, 가브리엘도 그것을 느꼈다.

「그러니까 내 말은…….」

라울 랑드라드는 자신의 신발을 뚫어지게 쳐다보았다. 그렇게 고개를 숙인 채로 이렇게 말했다.

「그때 그 여자는, 그러니까…… 한 서른, 서른다섯 살……. 더 많이는 아닐 거야……. 그래, 그 나이에도 애를 낳곤 하지…….」

가브리엘은 그가 무슨 말을 하는지 알 수 없었지만, 깊게 질문하고 싶지는 않았다.

「그러니까 말이야.」 라울은 그를 쳐다보며 말을 이었다. 「내가 무슨 생각이 드냐면……. 만일 티리옹, 그 잡년이 내 친모라면……. 사실 그럴 가능성이 있는 나이 아냐?」

「그렇다면 너를 버리고 나서 왜 석 달 후에 다시 데려왔지?」

「바로 그 점이 날 심란하게 한단 말이야. 난 그녀가 어쩔 수 없이 그랬다고 생각해. 그래서 나를 그렇게나 미워한 것일지도…….」

드디어 숨어 있던 말이 튀어나왔다.

「지금 날 괴롭히는 것은 내 친모가 누구냐 하는 것보다도, 그게 바로 그 잡년일 수도 있다는 점이야!」

가브리엘의 팔을 붙잡고 있던 라울은 더욱 세게 쥐었다.

「왜냐하면 말이야……. 난 그 영감이 내 아버지라고 생각하지 않거든. 무슨 말인지 알겠어? 어쩌면 이 때문에 그녀는 날 도로 데려와야 했을 수도 있어. 왜냐하면 어떤 다른 놈팡이하고 날 만들었기 때문이지. 이러면 모든 게 설명될 수 있어. 영감은 자기가 오쟁이 진 데에 화가 나서 그녀로 하여금 날 다시 데려오게 한 거야. 그래 가지고는…….」

물론 모든 게 가능했지만 가브리엘은 이 가설에 동의할 수 없었으니, 이것이 건전한 성찰의 결론이라기보다는 원한에 찬 사고의 결과처럼 느껴졌기 때문이다.

「너희들 입 닥치지 않을래? 이 호모 새끼들아!」

보르니에는 대열을 따라 앞뒤로 성큼성큼 걸어다니면서 조용히 하라고 소리치기도 하고, 들고 있는 소총으로 위협하기도 했다. 그가 대오를 맞춰 얌전히 앉아 있는 수감자들에게 그걸 사용하리라고는 아무도 생각하지 않았지만, 머리통이나 옆구리에 개머리판을 박을 가능성은 충분히 있었다…….

상사의 호각 소리가 들렸다.

마침내 출발할 때가 된 것이다.

가브리엘은 약간 절뚝거렸지만, 다행히 상처는 벌어지지 않았다. 도르주빌의 상태는 보다 우려스러웠다. 친구들의 부축을 받은 기자는 심하게 비틀거리고 있어, 어떻게 그가 30킬로미터나 떨어진 생레미쉬르루아르까지 갈 수 있을지 의문이었다. 역시 동지들의 도움을 받는 젊은 공산주의자는 저 뒤쪽에 있어서 가브리엘에게 보이지 않았지만, 그도 기자보다 나은 상황은 아닐 거였다.

대열은 늘어져 금방 백 미터가 되고, 또 2백 미터가 되었다. 페르낭은 도로변에 서서 빨리 걸으라고 수인들을 재촉하기도 하고, 재빨리 앞으로 돌아가서 속도를 늦추라고 소리치기도 했다. 이렇게 양치기 개처럼 앞뒤를 오가다 보니, 출발한 지 두 시간 만에 완전히 진이 빠져 버렸다.

오후의 뙤약볕이 뜨겁게 내리쬐었고, 도로 위의 분위기는 심히 우려스러웠다. 역시 생레미쉬르루아르 쪽으로 가던 피란민들은 수인들이 지나가도록 자리를 비켜 주었지만, 호송 행렬이 한없이 늘어짐에 따라 결국 수인들 옆에서 걷게 되어 감시를 한층 어렵게 만들었다. 한쪽으로 비켜서라고 다그치는 기동 헌병대원들의 고함 소리는 그러잖아도 부정적인 논평들을 더욱 극단적으로 만드는 결과를 가져왔다. 〈배신자들〉, 〈간첩들〉, 〈제5부대〉 같은 말들이 흘러나왔고, 이 말들이 의미하는 바가 애매할수록 이 백여 명의 사람들은 더욱 원수같이 보였다. 페르낭은 무장한 군인들이 호위하는 행렬이 피란민의 공격을 받을 수 있다고는 생각하지 않았지만, 안 그래도 말도 안 되는 이 상황에 험악한 분위기까지 더해지고 있었다. 어떻게 피란민이 우글대는 도로에 한 줌의 군인들이 호위하는 천 명이 넘는 죄수들을 풀어놓으라는 그런 어처구니없는 지시를 내릴 수 있단 말인가?

오후 해가 푹푹 찌고, 소총의 사정거리 안에 있다고 판단했으므로, 페르낭은 수감자들이 시냇물을 마실 수 있도록 도로를 조금 벗어나게 해주었다. 그들을 계속 걸어가게 하려면 목을 축이도록 해야 했지만, 이 조그만 규정 위반은 끊임없이 행군을 교란했고 상사는 허둥대기 시작했다.

몸을 돌려 보니 행렬의 꽁무니가 보이지 않았다. 어디에나 둘, 셋, 혹은 네 명으로 이뤄진 그룹들뿐이었고, 더위에 허덕대는 기동 헌병대원이나 병사들은 그 사이에서 혼자 걷고 있는 것처럼 보였다. 분명 탈출한 사람이 있을 거였다. 벌써 몇 사람이 보이지 않는 것 같았다. 모두를 다시 집합시킨 뒤 점호를 행하여 지체된 행군을 더욱 뒤처지게 만드는 것 말고는 아무런 방법이 없었다.

오후 4시경, 목적지는 아직 6킬로미터 넘게 남아 있었다. 이따금 저기 앞쪽 멀리에서 총성이 한 번, 그리고 또 한 번이 울렸다. 마치 사냥 시즌이 시작된 어느 일요일에 알리스와 함께 전원을 산책하고 있는 기분이었다.

오브슬레르 대위도 페르낭과 마찬가지로 행렬이 늘어지는 것에 불안감을 느꼈고, 오후 6시경에는 도로 갓길에 서서 모든 그룹이 제대로 행군하고 있는지 확인했다. 걸음은 계속해서 느려졌다. 그의 얼굴에는 일이 자기 뜻대로 풀리지 않는 사람에게서 볼 수 있는 강한 불만이 나타나 있었다. 그는 수감자들뿐만 아니라, 병사들과 기동 헌병대원들까지 원한 어린 시선으로 노려보았다. 저 앞의 선두 그룹은 벌써 도착지를 불과 몇 킬로미터 남겨 놓지 않았을 텐데, 죄수들만도 못한 이자들은 이렇게 한심하게 헐떡대고 있지 않은가.

얼마 안 가서 군용 트럭들이 길을 막으며 지나가는 바람에 페르낭의 그룹은 반으로 잘려 버렸다. 트럭들이 어디로 가고 있는지는 아무도 알 수 없었지만, 어쨌든 기다리는 동안 사람들은 앉아서 몸을 추스를 수 있었다.

가브리엘은 상태가 좋지 못했다. 갑자기 다리에 힘이 풀리며 심하게 자빠졌으나 라울도 기력이 없어 붙잡아 주지 못했다. 수백여 미터 떨어진 곳에서 버려진 수레 하나를 발견한 랑드라드는 거기서 약 1미터 정도 되는 부러진 가로대 하나를 가져와 그 끝에 셔츠를 둘둘 말아 목발을 만들어 주었다. 더 빨리 걷지는 못했지만 덕분에 통증은 덜했다.

앞쪽 그룹들에서 뒤처져 감시병들이 계속 악을 쓰며 다그치는 가운데 헐떡대는 사람들, 절뚝대는 사람들, 탈진한 사람들은 다른 이들에게 추월당하기 시작했다. 끝까지 가기가 결코 쉬워 보이지 않는 이들이 하나둘 뒤쪽에 모이기 시작했다. 도르주빌은 친구들이 돌아가면서 부축해 주기는 했지만, 탈진하여 멈춰 서는 횟수가 갈수록 늘어나 완전히 뒤에 처져 버렸다. 그를 보살피고 또 교대해 가며 부축해 데리고 오는 몇 사람의 모습이 백 미터도 넘게 떨어진 곳에 조그맣게 보였다.

오브슬레르 대위를 한참 전에 지나쳐 온 페르낭은 대위가 그렇게 길가에 서 있는 것은 단지 수감자들의 행군을 지켜보기 위해서만은 아니라는 것을 불현듯 깨달았다. 대위는 행렬의 후미가 나타나기를 기다리고 있었다.

기겁을 한 페르낭은 돌아서서 뛰기 시작했다.

라울은 친구로 하여금 자기 어깨에 팔을 두르게 했다.

「자네 먼저 가!」 가브리엘이 헐떡대며 말했다.

「내가 없으면 어떻게 할래, 이 멍청아!」

그들은 감시가 약간 느슨해진 틈을 타서 잠시 걸음을 멈췄고, 얼마 전부터 보이지 않던 젊은 공산주의자가 더욱 유령 같아진 헬쑥한 얼굴로 두 동지에게 질질 끌리다시피 하여 나타나는 것을 보았다.

바로 이 순간, 뻣뻣하면서도 무표정한 베트남 병사들과 보르니에 중사를 거느린 오브슬레르 대위가 그 어느 때보다도 힘찬 걸음으로 그들에게로 오는 것이 보였다.

「너!」 대위가 보르니에에게 말했다. 「넌 여기서 경계하고 있어!」

이 임무가 너무나 자랑스러운 중사는 허리를 쭉 폈고, 소총을 잡고는 가브리엘과 라울과 공산주의자들을 사나운 눈으로 노려보았다.

이러고 있는 동안, 대위와 베트남 병사들은 몇몇 낙오자들이 비틀대고 있는 행렬의 후미로 향했다. 뒷짐을 지고 도로 한가운데에 버티고 선 오브슬레르 대위의 모습이 멀리에서 보였다. 베트남 병사들은 낙오자 몇 사람을 구덩이 앞에 세웠다.

지시하는 소리가 들렸다.

총성이 한 번 울렸다.

이어 또 한 번 울렸다.

그리고 세 번째 총성이 울렸다.

라울은 고개를 돌렸다. 저 반대 2백 내지 3백 미터 떨어진 곳에서 상사가 이쪽으로 달려오고 있었다. 두 팔을 마구 흔들어 가면서, 알아들을 수 없지만 뭐라고 고함치면서……. 보르니에 중사의 얼굴이 창백해졌다.

「일어서!」 대위가 고함쳤다.

그가 어느새 다가와 있었다. 지금 그는 가브리엘과 젊은 공산주의자에게 말하고 있었다. 하지만 두 사람이 좀처럼 일어서지 못하자, 그는 악을 썼다.

「너희들은 저쪽으로 가!」

그는 얼굴이 시뻘개져 있었다. 그는 몸이 성한 수감자들 쪽으로 팔을 쭉 뻗었다.

「너희들은 저쪽으로 비키라고!」

라울은 이제 비극을 종결지을 모든 준비가 끝났음을 깨달았다.

저쪽에서 세 수인이 사살되어, 구덩이에 버려졌다.

그리고 지금 여기, 제대로 운신을 못 하는 두 수인의 머리에 총알이 박히려는 것이다.

페르낭은 점점 더 숨이 차오르는 가운데서도 〈기다려! 기다려!〉라고 외치며 달려오고 있는데, 대위는 보르니에 중사에게 명령했다.

「병사! 이자들을 처형하라! 명령이다!」

라울은 아주 천천히 팔을 뻗어 가브리엘의 목발 끄트머리를 붙잡았고, 그것을 단단히 움켜쥐면서 몸을 일으킬 수 있게끔 한 손으로 땅을 짚었다. 그러는 동안 베트남 병사들이 다가와 입술을 떨고 있는 보르니에를 응시했다.

이제 페르낭이 외치는 소리가 귀에 들어왔다.

「멈춰!」

하지만 그는 아직 멀리에 있었고, 필사적으로 뛰어오다 복통이 발생한 옆구리를 붙잡고 비틀비틀 나아오고 있었다.

「조준!」 대위가 권총을 뽑으며 고함쳤다.

보르니에는 소총을 들어 올렸지만 덜덜 떨었고, 눈동자는 풀려 있었다……. 하지만 마침내 뭔가를 말하려 하는 가브리엘의 머리를 겨누는 데 성공했다. 역시 덜덜 떨고 발밑이 오줌 바다가 된 가브리엘은 마치 어떤 악몽에서 튀어나온 것처럼 자신을 겨누고 있는 보르니에의 총구를 멍하니 쳐다보았다.

이때 라울은 목발을 꽉 움켜쥐고는 대위와 중사와 베트남 병사들과 자신 사이의 거리를 계산했다.

마침내 페르낭이 숨이 턱 끝에 차서 도착했다.

「사격!」 대위가 고함쳤다.

하지만 보르니에 중사는 총구를 아래로 힘없이 떨어뜨렸다.

눈물을 글썽거리며 고개를 끄덕끄덕하는 것이 마치 다른 사람이 아닌 그 자신이 죽는 것 같았다.

그러자 대위는 팔을 쭉 뻗어 젊은 공산주의자를 조준하여 발사했고, 청년의 머리가 획 하고 뒤로 젖혀졌다. 대위는 여전히 팔을 뻗은 채 가브리엘 쪽으로 돌아섰다.

광경이 여기서 정지되면서, 모두의 얼굴이 위로 쳐들렸다. 대위는 권총을 뻗은 채로 잠시 마비되었다.

거기서 1킬로미터도 떨어지지 않은 곳에서 독일군 편대 하나가 저 멀리 도로 있는 데에서부터 급강하해 오고 있었다.

베트남 병사들은 달려가 구덩이에 몸을 던졌다. 보르니에는 땅바닥에 엎드렸다.

라울은 벌떡 일어나 목발로 오브슬레르 대위의 두 다리를 힘껏 내리쳤다. 대위는 풀썩 고꾸라졌고, 라울은 역시 배를 땅에 대고 엎드린 페르낭 상사 앞을 지났다. 그러고는 무릎을 꿇고 가브리엘의 상체를 붙잡아 번쩍 들어 자기 어깨에 올리고는 달리기 시작했다…….

대위는 놀라 정신을 못 차렸고, 보르니에는 돌멩이나 다름없었으며, 몸을 잔뜩 웅크린 베트남 병사들은 두 팔로 머리를 감싸고 있었다.

독일군 편대가 머리 위로 지나가는 순간, 페르낭은 권총을 꺼내어 고작 2미터밖에 멀어지지 못한 라울의 등을 겨눴다.

그리고 방아쇠를 두 번 당겼다.

# 43

암소가 머리를 돌리고는 음매 하고 힘차게 울었다.

「얘, 살살!」

루이즈가 마치 속삭이듯이 소리쳤다. 그러면서 천천히 움직이라고 손짓했다. 소년도 알았다고 신호를 했다. 루이즈는 다른 소년에게로 고개를 돌리고는, 오른쪽으로 나아가라고 신호를 보냈다.

그리고 다시 돌아섰다. 아비는 저쪽 도랑 앞에서 팔짱을 끼고는, 이 시도가 실패하기를 바라는 듯한 표정으로 모든 광경을 바라보고 있었다. 더 나이가 많은 소년이 끈을 붙들고 있었지만, 암소가 마음만 먹으면 이 끈 따위는 아무 소용도 없다는 것을 루이즈는 알고 있었다.

루이즈의 두 번째 신호에, 세 사람은 천천히 다가갔다.

「그래, 이쁜아, 얌전히 있으렴⋯⋯.」 루이즈가 부드럽게 소를 달랬다. 「얌전히 있어⋯⋯.」

암소는 고개를 끄덕거렸지만 움직이지는 않았다.

녀석은 도로 반대쪽 벌판에서 밤새도록 울어 댔고, 이를 본

508

루이즈에게 생각이 하나 떠올랐다.

「녀석에게는 송아지가 없어.」그녀는 두 소년에게 설명했다. 「지금 젖을 못 짜서 아픈 거야. 그런데 그 젖은 바로…….」

이때 그녀는 새벽부터 깨어나 계속 울고 있는 여자아이를 안고 있었다. 소년들은 마치 투우사처럼 가슴을 불쑥 내밀고는 지구 전체를 길들일 것처럼 굴었다. 하지만 그럴 필요는 없었다. 암소는 움직이지 않았고, 그들은 아주 천천히 녀석에게 다가갔다.

「자, 이쁘아.」루이즈가 말했다. 「자, 착하지…….」

그리고 그녀는 짐승의 거대한 덩치에 놀라면서도 옆에 다가와 손가락 끝으로 녀석의 옆구리를 부드럽게 툭툭 치는 소년들에게 찡긋 눈짓을 해보였다.

도로 부근의 아버지는 계속 팔짱을 끼고 있었다. 루이즈는 잠깐 쥘 씨를 떠올렸다. 쥘 씨도 종종 이런 자세를 취하지 않던가? 심지어는 고객들 앞에서도 그랬다.

그녀는 냄비를 땅바닥에 내려놓았다. 그런 다음 녀석의 엄청나게 커다란 젖통 앞에 무릎을 꿇고는, 퉁퉁 붇고 델 듯이 뜨거운 젖꼭지를 붙잡았다. 암소는 뒷다리를 신경질적으로 구부려 모두를 화들짝 놀라게 했다. 루이즈는 손바닥에 압력을 가했다. 아무것도 나오지 않았다. 더 강하게 다시 해봤지만, 결과는 똑같았다. 그녀는 어떻게 해야 하는지 몰랐다. 젖이 여기 있는데, 그것을 짜내지 못하는 것이다.

「안 나와요?」큰 소년이 물었다.

그도 한번 시도해 봤다. 암소는 다시 한번 꼬리를 흔들어 사람들의 얼굴을 후려쳤지만, 젖을 덜어 낼 수 있다고 느꼈는지 앞으로 가지도, 뒷걸음치지도 않았다. 루이즈는 젖꼭지를 잡아당기기도 하고 힘주어 쥐기도 하면서 다시 시도해 봤지만, 아무 소용이 없었다. 세 사람은 무기력하고도 서글픈 얼굴로 서로를 쳐다보았다. 루이즈는 패배를 인정하고 싶지 않았다. 뭔가 해결책이 있을 것 같았다.

「자, 저리 비켜 봐요!」

아버지였다. 그는 사람들이 너무 서툴러서 짜증이 난다는 듯이, 귀찮은 일을 빨리 해치워 버리고 싶다는 듯이, 농장 머슴이었던 자신의 과거를 상기시키는 이렇게 시답잖은 일을 하지 않을 수 없게 되어 한심하다는 듯이, 손을 옆으로 한번 탁 털면서 뚜벅뚜벅 걸어왔다.

젖통 앞에 무릎을 꿇은 그는 두 흙덩이 사이에 냄비를 끼운 후 양손으로 젖꼭지를 하나씩 쥐고는 힘차게 잡아당겼고, 그 단 한 번에 젖이 힘차게 뿜어져 나와 심지어는 풀밭에까지 튀었다. 이어 우유가 냄비를 채우며 철판을 두드리는 금속성의 부드러운 소리가 들렸다. 암소는 고개를 아주 천천히 끄덕거렸다.

「야, 너!」 아버지가 아들에게 말했다. 「가서 좀 더 큰 그릇을 가져와! 어서!」

그는 루이즈에게 눈길도 주지 않았고, 그녀는 조그맣게 웅얼거렸다.

「고마워요…….」

그는 대꾸하지 않았다. 세차게 분출되는 우유 줄기에 냄비 안에 거품이 이는데, 아들이 양동이 하나를 가지고 돌아왔다. 루이즈가 보기에 그다지 깨끗하지는 않았지만, 아무 말도 하지 않았다. 이 정도면 세 아이를 하루쯤은 먹일 수 있을 거였다. 우유가 너무 빨리 상하지 않는다면 어쩌면 그 이상도 가능하리라…….

과일 잼 병 세 개도 속을 비워 그 안에 우유를 담았다. 아기는 먹고, 트림하고, 입술에 희미한 미소를 머금은 뒤 잠이 들었다. 쌍둥이의 입술 위쪽에 하얀 콧수염이 달렸고, 루이즈는 위생 상태가 의심스러운 행주로 닦아 주었다.

「자, 힘내세요!」 어머니가 말했다.

「고마워요.」 루이즈가 대답했다. 「아주머니도요.」

두 소년은 루이즈가 신기루처럼 사라지는 모습을 마른침을 삼키며 쳐다보았다.

모두가 생레미쉬르루아르까지 계속 가야 한다고 말했다. 이 목적지에 대해서는 소문도 다양했다. 거기 가면 피란처와 음식과 공무원들이 있다고 주장하는 사람이 있는가 하면, 지금 거기서는 독일 놈들이 남편들 보는 앞에서 여자들을 성폭행한 다음 참수해 버리고 있다, 놈들은 공산주의자들보다도 못한 놈들이다, 하고 떠드는 사람도 있었다. 하지만 이 모든 소문들은 4일 전, 5일 전, 혹은 6일 전에 파리에서 사람들이 출발할 때부터 똑같았기 때문에, 소문 자체가 힘이 떨어져 이제는 아무도 떨게 하지 못했다.

루이즈는 여러 차례 멈춰 서서 쌍둥이를 걷게 하고, 몸을 움직이게 해주었다. 이렇게 피곤하게 해놓으면 다시 잠이 들고, 그 틈에 자신은 조금이라도 더 나아갈 수 있을 것 같아서였다.

그녀가 가진 얼마 안 되는 식량은 눈 녹듯 사라졌다. 물도 부족해지기 시작했고, 우유는 아침에 상해 버렸다. 아이들에게 갈아 줄 깨끗한 기저귀도 필요했다. 또 다리는 얼마나 천근만 근인지. 이 악몽을 끝낼 수만 있다면 자기 수명의 10년이라도 줄 수 있을 것 같았다. 아이들에게 피신처를 마련해 주어야 한다는 생각이 뇌리를 떠나지 않았다. 그들을 보살펴 줄 수 있는 누군가에게 맡겨야 했다.

생레미쉬르루아르를 알리는 표지판을 지났을 때, 아기가 설사를 시작했다.

생레미쉬르루아르는 쏟아져 들어오는 피란민들로 그야말로 인산인해를 이루었다. 시청으로 사람들이 몰려들었고, 예식장 그랜드 홀은 가족들이 점령했으며, 소방서의 안뜰, 초등학교 세 곳, 구청 부속 건물, 조제프메를랭 광장도 다를 바 없었다. 생이폴리트 성당 광장은 어느 집시촌 같았는데, 적십자는 중학교 앞에다 커다란 천막을 세워 놓았다. 여기서 아침부터 저녁까지, 아니 밤중까지 수프를 제공했지만, 지금은 나눠 줄 게 아무것도 없어 도무지 올 줄을 모르는 보급을 애타게 기다리고 있었다. 여기가 바로 피란민들의 집결지요, 삶의 중심이요, 소문의 교차로였고, 루이즈가 서둘러 향한 곳도 바로 이곳이었다.

이 도시에 있으면 갑자기 다른 시대로 돌아간 듯한 느낌이 들었다. 어딘가에 손수레를 놓아두면 다시 찾을 수 없고, 아이를 땅바닥에 내려놓으면 곧바로 잃어버리는 야만의 시대 말이다. 〈아기가 아파요……〉라고 루이즈가 말하며 적십자 텐트 쪽으로 나가려 하자, 〈그래서 어쩌라고요? 여기에 아픈 아기 없는 사람이 있나요? 그런 건 이유가 못 돼요!〉라고 어떤 여자가 쏘아붙였다. 또 손수레가 걸리적거리자 〈아니 바퀴로 내 발을 깔고 지나갈 거예요?〉라고 다른 여자가 소리쳤고, 루이즈는 황망하게 〈죄송합니다!〉를 연발해야 했다. 자원봉사자들은 탁자 앞에 쇄도하는 사람들로 정신을 못 차렸다. 식량이 언제 도착하느냐고 묻지만, 그것에 대해 아는 사람은 아무도 없었다. 사람들은 끝없이 밀려왔지만, 모두가 나중에 다시 와야 한다는 말에 화를 내며 발을 돌려야 했다. 모든 게 부족했다. 의약품, 깨끗한 속옷가지, 수프 끓일 채소, 모든 것이.

루이즈는 아무것도 얻지 못했다. 아기는 울어 대고, 두 사내아이도 울어 대고, 그야말로 절망인데, 설상가상으로 계속되는 이 설사까지……. 아마도 소젖이 너무 진했기 때문이리라…….

그리고 버려진 아이들은 대체 누구에게 데려다줘야 한단 말인가?

시청에 데려다주면 될 거라고 누군가가 조언했지만, 막상 가보니 그 말이 맞는다고 하는 사람은 없었다. 또 적십자에 가보라는 소리도 들었지만 그녀는 이미 거길 다녀왔고, 지금으로써는 불가능하다는 대답을 들은 터였다. 어쩌면 이틀이나 사흘 후에는 아이들을 받을 수 있겠지만, 현재로서는 그들을 재울 곳도, 자원봉사자들도 없다는 거였다. 아기는 지독한 냄새를 풍겼고, 루이즈는 팔꿈치에까지 똥이 묻어 있었다.

그녀는 분수를 찾아갔다. 사람들은 줄을 서 있었지만, 그녀를 먼저 지나가게 했다. 아니, 놀라 황급히 비켜섰다는 표현이 옳을 것이니, 아기가 거의 죽어 가는 모습이었기 때문이다. 루이즈는 이를 악물었다. 팔이 여섯 개는 있어야 할 것 같았다. 그녀는 물었다. 이 아이들은 제 아이가 아니에요. 버려진 아이들을 데려다주는 곳이 어딘지 아시나요……?

이 아기는 시급히 치료를 받아야 했다. 그녀의 절망감은 분노로 변했다.

사람들은 갑자기 그녀가 손수레를 밀고 광장의 카페 전면 창 앞으로 가는 것을 보았다. 그녀는 될 대로 되라는 듯 두 쌍둥이를 수레에 남겨 놓은 채 아기를 품에 안고 결연한 걸음걸이로 카운터까지 걸어가, 간신히 얻어 온 쌀 봉지와 당근 세 개, 그리고 감자를 그 위에 올려놓았다.

「난 병이 든 이 아기를 위해 수프와 쌀죽을 좀 끓여야 해요.」 그녀가 사장에게 말했다.

카페 안에는 사람들이 많았지만, 얘기하고 있는 손님들이 누구인지는 자기들도 알 수 없었다. 어떤 이들은 마시고, 어떤 이들은 먹는데, 모두가 끊임없이 시내에 돌아다니는 몇 안 되는 뉴스들에 대해 논평하고 있었다.

「노르웨이가 항복을 했대…….」

「상황이 절망적이라고 베강 장군이 말했다는군…….」

「절망적이라고? 노르웨이에게……?」

「아니, 우리에게…….」

「여보세요, 아가씨. 여기선 수프를 안 만들어요. 필요한 재료도 없고요. 적십자에나 가서 알아봐요…….」

얼굴에 붉은 반점이 덕지덕지하고, 머리숱은 적고, 이는 싯누런 사내였다. 루이즈는 두 팔을 들어, 울부짖는 아기를 카운터에 올려놓았다.

「이 아이는 먹이지 않으면 몇 시간 안에 죽어요.」

「이런, 이런……. 나한테 그런 말 하면 안 되지!」

「당신이 이 아이의 생명을 구할 수 있기 때문에 말하는 거예요. 내게는 가스와 물이 필요해요. 그것만 있으면 된다고요. 왜요? 내 요구가 지나친가요?」

「하지만, 하지만, 하지만…….」

그는 여자의 너무나 뻔뻔스러운 태도에 숨이 막혔다.

「이 아이가 죽을 때까지 카운터 위에 놔두겠어요. 얘가 죽는 모습을 모든 사람이 볼 수 있도록 말이에요. 자, 어서요!」

사람들의 목소리가 잦아들었다.

「자, 이리 오시라고요! 이 아기가 죽어 가요…….」

정적이 흐르는 가운데 설사 냄새를 풍기며 고통에 몸부림치는 이 아기에 대한 죄책감이 스멀스멀 기어 나오기 시작했다.

「뭐, 그럼…… 특별히 봐주는 거요, 엉?」

한 여자가 다가왔다. 나이를 가늠할 수 없는 여자였다. 서른에서 쉰 살 사이에서 어디인지 전혀 알 수 없었다.

「가서 만드세요, 아기는 내가 보고 있을게요.」

「여자아이예요.」 루이즈가 말했다.

「이름이 뭐죠?」

잠깐 정적이 흘렀다.

「마들렌.」

여자는 미소를 지었다.

「마들렌……. 예쁘네요.」

쌍둥이를 위한 채소수프를 만들고, 쌀을 끓여 아기에게 먹일 쌀 물을 소중하게 걸러 내면서, 루이즈는 갑자기 자기 입에서 튀어나온 이 이름이 대체 어디서 나왔나 생각해 봤지만 알 수 없었다.

# 44

　여덟 개의 나무 닭장 속에서 닭 열두 마리, 같은 수의 영계,
칠면조 세 마리, 오리 다섯 마리, 그리고 거위 두 마리가 꼬꼬
댁대고, 꾸르륵대고, 꽉꽉거렸다. 녀석들은 모두 빨리 모가지
가 잘리고 싶어 안달하듯 널판 사이로 머리를 내밀었다. 어려
운 녀석은 송아지였다. 녀석은 목줄로 짐칸의 가로장에 매어
놓았을 뿐이어서, 걸핏하면 비틀거렸다. 하느님의 트럭은 빨
리 달리지는 않았다. 하지만 커브를 돌 때마다 송아지는 난간
밖으로 떨어질 듯 위태위태했다.

　「그런데 신부님,」 세실 수녀가 물었다. 「저 짐승을 어떻게
할 생각이세요?」

　「먹지, 어떻게 합니까, 수녀님?」

　「저는 금요일엔 고기를 삼가야 하는 걸로 알고 있는데요?」
세실 수녀가 되물었다.

　「아, 수녀님…….」 데지레 신부는 애원하는 듯한 목소리로
대답했다. 「우리 난민촌에서는 5일 중에서 4일은 고기를 못 먹
습니다! 그건 하느님께서도 잘 알고 계세요…….」

벨기에 사내 필리프는 짐승이 제대로 서 있는지 확인하기 위해 연신 고개를 돌렸다. 수녀는 집요하게 물었다.

「그럼 신부님이 직접 잡으실 생각인가요?」

데지레 신부는 재빨리 성호를 그었다. 예수, 마리아, 요셉……

「아, 싫어요! 하느님이시여, 제발 제게 그런 시련을 내리지 마소서!」

두 사람은 널찍하게 벌어진 두 귀와 부드러운 눈망울과 촉촉한 주둥이를 가진 예쁜 송아지 쪽으로 고개를 돌렸다.

「그래요, 자매님, 이 경우는 좀 어렵다는 것을 인정해요.」

「정육업자가 하나 필요하겠어요…….」 벨기에 사내의 초고음의 목소리에 모두가 화들짝 놀랐다.

「신부님의 양 떼에 한 사람 있을 것 같은데요?」 세실이 물었다. 「하느님께서 신부님의 필요를 공급해 주셨겠죠, 안 그런가요?」

그는 대꾸하지 않고, 모든 것을 주님께 맡긴다는 듯이 두 손을 펼쳐 보였다.

하느님의 트럭에 송아지가 실려 오자 베로 예배당 사람들은 환호하며 그들을 맞았다. 닭장을 트럭에서 내렸고, 송아지는 공동묘지 옆의 풀밭에 묶어 놓았고, 가금의 깃털을 뽑기 위해 물을 끓였다.

「정말 놀라우신 분 아닌가요?」 알리스가 세실 수녀에게 물었다.

두 여자는 거위들을 울타리에 가두며, 모여든 아이들을 웃기고 있는 데지레 신부를 바라보았다.

「네, 놀라운 분 맞아요.」 세실이 대답했다.

두 여자는 알리스가 침대 시트로 칸막이를 만들어서는 그녀가 보기에 가장 상태가 안 좋은 환자들을 데려다 놓은 예배당 측랑 쪽으로 갔다. 탈진, 영양실조, 위생 불량, 제대로 아물지 않은 상처…….

한 정맥 종양 환자(「고기는 환영합니다. 단백질은 치료에 도움이 됩니다…….」)의 소훼(燒燬) 치료를 위해 습포를 갈던 중에, 수녀는 알리스의 손에서 반지를 보았다.

「결혼하셨어요?」

「네, 20년 됐어요…….」

「남편분은 지금 군에 계신가요?」

「30년 전부터요. 기동 헌병대원이에요.」

알리스는 갑자기 감정이 북받치는 걸 느끼며 고개를 숙였다. 잠시 어색한 분위기가 감돌았다.

「수녀님, 지금은 소식이 완전히 끊겼어요. 그이는 대체 왜 그랬는지 모르겠지만 파리에 남았어요. 곧 뒤따라오겠다고 했는데…….」

그녀는 호주머니를 뒤져 손수건을 꺼냈다. 그리고 미안한 표정을 지으며 눈가를 훔쳤다.

「그이가 어떻게 되었는지 모르겠어요…….」

그녀는 미소를 지으려고 했다.

「저는 페르낭이 무사히 돌아올 수 있도록 매일 데지레 신부님과 기도를 드린답니다.」

세실 수녀는 그녀의 손등을 다독여 주었다.

환자들을 돌본 후, 수녀는 데지레 신부를 보러 가는 길에 함께 동행해 달라고 부탁했다.

「여기에는 입원이 필요한 사람이 세 명 있어요.」

그녀는 먼저 신부에게 이렇게 말한 다음 알리스에게로 고개를 돌리고는,

「그 정맥성 궤양은 괴저로 진행될 가능성이 있어요. 자매님이 제게 보여 주신 소년은 당뇨병이 의심되는 증상을 보이고 있고요. 그리고 며칠 전부터 변기에서 혈흔이 보인다고 말씀하신 그 남자분은 대장에 상당히 위험한 문제가 있는 것은 아닌지 우려되고요…….」

알리스는 울컥하는 마음에 몸을 바르르 떨었다. 모든 게 자신의 잘못인 것 같았다. 데지레 신부는 그녀를 안아 주었다.

「자매님, 자매님 잘못은 하나도 없어요. 자매님은 아무것도 없는 이 열악한 상황에서 최선을 다했어요! 그분들이 아직까지 살아 있는 것만으로도 기적이라고요! 지금껏 아무도 죽지 않았고, 이 기적을 이룬 것은 바로 자매님이에요!」

세실 수녀는 보다 현실적인 해결책을 원했다.

「몽타르지 병원엔 더 이상 자리가 없어요. 그리고 거기 말고 다른 병원은 없고요.」

「아!」 데지레가 대답했다. 「우리에게 하느님의 도움이 필요할 것 같군요. 하지만 그분의 손길을 기다리는 동안 우리 쪽에서도 최선을 다해 볼 수 있지 않을까 생각하는데, 두 분 의견은 어떠십니까?」

그는 벨기에 남자 필리프에게 트럭을 준비하라고 지시했다. 그는 마치 트럭에도 마구를 채워야 하는 것처럼, 항상 이런 식으로 트럭을 주문하곤 했다. 그 틈을 이용하여 수녀는 알리스

의 팔을 잡고는 사람들이 보지 못하는 곳으로 데리고 갔다.

「알리스, 지금까지 훌륭하게 일을 해내셨어요. 브라보! 이건 결코 쉽지 않았을 일이에요…….」

이 말 가운데 어떤 암시가 숨어 있었고, 알리스는 이를 어렴풋이 감지했다. 하여 그녀는 서둘러 대답하지 않았다.

「하지만 자매님, 우리는 우리가 가진 것 이상은 줄 수 없는 법이에요…….」

그렇다면 이 모든 사람들을 이런 상태로 놔두고 가야 한다는 말인가? 포기해야 한다고? 그녀는 애매하게 고개를 끄덕였고, 이제 대화는 끝났다고 생각하며 한 걸음을 내디뎠지만, 세실 수녀가 그녀를 붙잡았다. 알리스의 팔을 잡은 그녀의 손은 손목 쪽으로 내려갔고, 다른 손은 얼굴로 올라가 엄지로 눈 아래를 짚었다.

「사실 지금 환자는 세 명이 아니라 네 명이에요……. 다소 위급한 환자가 넷이라고요……. 알리스, 혹시 건강에 무슨 문제가 있나요?」

그녀는 이렇게 말하면서 알리스의 맥박을 짚었고, 목을 만져 보았다. 이렇게 대화가 의료 검진 비슷하게 되어 버리자 알리스는 몸을 빼려고 했다.

「가만히 있어 봐요.」 세실 수녀가 엄한 목소리로 말했다.

그러고는 허락도 구하지 않고 알리스의 심장 쪽 가슴에 손을 얹었다.

「내 질문에 아직 대답 안 했어요. 건강에 어떤 문제가 있나요?」

「글쎄, 걱정되는 게 있기는 한데…….」

「심장 쪽이요?」

알리스는 말없이 고개를 끄덕였다. 수녀는 미소를 지었다.

「자매님은 이제 좀 쉬는 게 좋겠어요. 병원에는 자리가 없고, 데지레 신부가 무슨 해결책을 찾아낼 수 있을 것 같지는 않지만…….」

「오, 아니에요!」 알리스가 그녀의 말을 끊었다. 「걱정 마세요, 저분은 반드시 찾아낼 거예요.」

그녀의 목소리에 얼마나 확신이 넘치는지 수녀는 잠시 당황했다.

「세실 수녀님!」 예배당을 막 나가려고 하는 트럭의 차 문 발판에 선 신부가 활짝 미소를 지으며 그녀를 불렀다. 「우리가 한번 하느님의 섭리를 앞질러 가보자고요! 가면서 주님께 우릴 도와 달라고 기도할 건데, 둘이서 함께한다고 나쁠 것 같지는 않은데요?」


그로부터 한 시간도 안 되었을 때, 하느님의 트럭은 제29 보병 사단 산하의 여러 부대가 막 도착해 숙영지를 마련한 몽시엔 병영에 들어섰다. 시프리앵 푸아레의 농가 근처를 지나갔던 바로 그 사단이었다.

불쑥 나타난 하느님의 트럭은 깊은 인상을 주었다. 퇴각 명령을 받아 병사들의 사기가 땅에 떨어지고 정전에 대한 소문들이 쥐 새끼처럼 돌아다니는 상황에서 이 거대한 십자가의 모습, 고통에 신음하는 예수의 모습은 모두의 가슴을 흔들어 놓았고, 그 뒤를 장식한 새하얀 연기며, 십자가 아래서 두 팔을 쳐들고 하늘의 가호를 비는 검은 수단 차림의 사제는 극적인 효과를 더했다.

일순 정적이 감돌았고, 꽤 많은 사내들이 급히 성호를 그었으며, 보제르푀유 대령도 친히 연병장으로 내려왔다.

트럭에서 내린 젊은 수녀의 모습에 모두의 가슴이 뭉클했으니, 어떤 이들은 날아갈 듯한 수녀 모자 때문이었고, 또 어떤 이들은 머리끝에서 발끝까지 하얗게 차려입은 그녀의 모습이 마치 하늘에서 내려온 천사 같았기 때문이었다.

데지레 신부도 뒤따라 걸어왔다. 이 성직자 한 쌍의 모습은 주변을 압도하기에 충분했다.

「신부님……?」 대령이 손을 내밀며 말했다. 상자처럼 네모난 얼굴에 맑은 눈빛, 덥수룩한 흰 턱수염과 이어진 구레나룻, 그리고 주황색에 가까운 검붉은 콧수염의 소유자였다.

「네, 형제님…….」

공손하다 싶을 정도로 정중한 태도로 인사하는 대령의 모습에, 데지레는 그에게 신앙이 있음을 눈치챘다.

「하느님께서 절 형제님에게로 보내신 것 같습니다…….」

그들은 대령의 임시 사무실에서 대화를 나눴다.

연병장에서는 병사들이 수녀를 힐긋거리며 담배를 피우기 시작했다. 벨기에 남자 필리프는 마치 누가 트럭을 훔쳐 가기라도 할 것처럼 운전석에 딱 붙어 있었고, 수녀는 그 트럭 근처에서 얌전히 기다리고 있었다. 한 병사가 용기를 내어 다가왔다. 곧 세실 수녀는 모든 관심의 중심이 되었다. 누군가가 커피 한잔을 주겠다고 하자, 그녀는 그냥 미소만 지었다. 그럼 물은요? 그녀는 사양했다.

「하지만 우리에게 커피나 설탕이나 비스킷 몇 봉지를 기부할 수 있으시다면, 기꺼이 받겠어요…….」

이러는 동안, 데지레 신부와 보제르푀유 대령은 지금 그들이 얘기하고 있는 것을 창문 너머로 바라보고 있었다. 커다란 적십자 마크가 새겨진 육중한 차량으로, 야전 병원이 현재 사용 중인 장비였다.

「신부님, 아시겠지만 이것은 불가능해요…….」

「형제님, 제가 질문을 하나 드려도 되겠습니까?」

대령은 대꾸 없이 말이 이어지기를 기다렸다.

「몇 시간 전에 라디오가 발표했어요. 이제 파리는 독일군에게 점령되었습니다. 에펠탑 위에 제3제국의 깃발이 나부끼고 있는 모양이에요. 대령님 생각으로는, 정부가 언제 적에게 항복할 것 같습니까?」

아주 모욕적인 표현이었다. 정전 요청은 평화 제안과 같은 거였다. 반면, 적에게 항복한다는 것은 패배를 받아들이는 거였다.

「글쎄요…….」

「형제님, 제가 설명드리겠습니다. 여기에 부상병이 몇 명이나 되나요?」

「어…… 지금으로서는…….」

「한 명도 없죠. 네, 여기에는 한 명도 없습니다. 하지만 제 예배당에서는 내일 십여 명이 죽을 거고, 모레에도 십여 명이 죽을 거예요. 지금 형제님께서 상부에 어떻게 보고하느냐는 별로 중요치 않습니다. 중요한 것은 형제님이 주님 앞에 불려 갔을 때, 그분께 어떻게 말할 것인가이죠. 형제님은 그분께 말할 수 있습니까? 자신의 양심보다는 상관들에게 복종하는 편을 택했다고요? 자, 이 말씀을 기억하세요. 〈이스라엘의 자녀들이 영원한 분에게 말하였도다. 우리에게 길을 알려 주옵소서, 그리하면 우리가 그 길로 가겠나이다. 우리에게 길을 보여 주옵소서, 그리하면 우리의 길로 삼겠나이다…….〉」

육군 사관 학교에 들어가 두각을 나타내기 전, 대령은 신학을 약간 공부한 바 있었다. 하지만 아무리 머리를 굴려 봐도 이 구절은 기억에 떠오르지 않았다…….

데지레 신부는 벌써 말을 이어가고 있었다.

「만일 필요하신 일이 발생한다면, 이 차는 두 시간 안에 여기에 돌아와 있을 것입니다. 그때까지는 이게 대체 누구에게 필요한가요? 반면 형제님, 우리에겐 이게 얼마나 절실히 필요한지……. 〈하느님의 손길은 사람의 마음이 자신의 믿음을 드리는 곳에 임하는도다…….〉」

정말이지 대령의 추억들은 자신이 생각하는 곳보다 훨씬 먼 곳에 있는 모양이었으니, 이 구절 역시 금시초문인 느낌이었다.

데지레는 자신의 문장들이 그리 나쁘게 느껴지지 않았다. 아, 이 일이 얼마나 즐거운지! 성경 구절을 즉흥적으로 지어내는 것은 성경을 다시 쓰는 거나 마찬가지였다.

의료 트럭은 유턴을 하여 하느님의 트럭을 뒤따랐다. 대령은 지나가는 트럭들 옆에 서서 성호를 그었다. 차 안에는 의약품과 붕대와 각종 의료 기구가 가득 실려 있었고, 모든 것을 최대 48시간 안에 원대로 복귀시키는 임무를 띤 의사도 한 명 있었다.

트럭 안에서 세실 수녀는 데지레에게로 고개를 돌렸다.

「신부님, 사람을 참 잘 설득하시네요……. 그런데 어떤 교단 소속이라고 하셨죠?」

「성 이그나티오스.」

「성 이그나티오스……. 이상하네…….」

데지레 신부가 궁금한 눈으로 쳐다보자, 그녀는 덧붙였다.

「제 말은요, 그렇게 흔치는 않다는 뜻이에요.」

젊은 수녀의 목소리 가운데서 딱딱한 뉘앙스를 살짝 감지한 데지레는 아주 큼지막한 미소로 화답했다. 그가 보일 수 있는 가장 매력적인 미소로 말이다.

여기서 우리가 주의해야 할 점은 데지레는 결코 바람둥이가 아니라는 사실이다. 그럴 기회가 없기 때문은 아니었다. 그의 다양한 분신들에 끌리는 여자들이 종종 있었다. 그게 변호사든, 외과 의사든, 비행기 조종사든, 초등학교 교사이든 간에 그는 여자들의 환심을 샀다. 그런데 그가 절대로 어기지 않는 규칙이 하나 있었으니, 업무 중에는 결코 여자를 가까이하지 않는다는 점이었다. 업무 전에는 할 수도 있고, 업무 후에는 기꺼이 할 거였다. 하지만 업무 중에는 절대로 불가였다. 데지레는 프로였던 것이다.

그가 세실 수녀에게 그렇게나 귀여운 미소를 지은 것은 단지 시간을 벌기 위해서였다. 질문과 대답 사이에 놓이는 그 짧은 시간이 아니라, 남자든 여자든 간에 우리가 우리를 매혹시키는 사람들에게 부여하는 훨씬 더 긴 그 시간 말이다. 이들의 매력은 얼마 동안 우리의 의심을 정지시키며, 우리는 의심해야 할 이유들의 검토를 당장의 즐거움을 위해 나중으로 미룬다.

왜냐하면 세실 수녀의 어조는 단순한 비웃음의 그것만은 아니었기 때문이다. 이 어조는 그의 내부에 그가 지금껏 놓친 적 없는 경보를 울렸다. 지금 누군가가 그의 정체를 의심하고 있는 것이다.

이 전조는 조만간에 도망쳐야 하는 상황으로 이어진다는 것, 여기에는 단 한 번의 예외도 없었고 그도 익숙해져 있었지만, 한 가지 의문이 그를 괴롭혔다. 그들이 만난 지 하루도 되지 않았는데, 왜 이게 이렇게 빨리 일어났단 말인가……?

# 45

　라울은 가브리엘을 등에 업고 숲속으로 백여 미터를 달린 후, 헐떡거리면서 그를 땅에다 내려놓았다.

　「아, 빌어먹을! 우리가 그 개자식들을 따돌린 것 맞아?」

　그는 가쁜 숨을 몰아쉬면서 스스로도 믿기지 않는다는 듯한 표정으로 주위를 둘러본 다음, 다시 가브리엘을 들쳐 업었다.

　「여기서 꾸물대면 안 돼. 자, 빨리 가자고!」

　가브리엘은 아직 충격에서 헤어 나오지 못하고 있었다. 계속 대위의 권총이 자기를 겨누고 있었고, 젊은 공산주의자는 머리에 총알을 맞고 있었으며, 총성이 아직도 귀에 쟁쟁했다. 토할 것 같았고 다리에는 아무 힘이 없었다. 자기는 이대로 쓰러져 더 이상 움직이지 못하고 발견되어 사살되기만을 기다리게 될 거였다.

　독일군 편대는 도로에 기총 소사를 하지 않았다. 어쩌면 정찰기들이었는지도 모르겠는데, 그렇다면 도대체 왜 땅을 향해 급강하했단 말인가? 도망가는 사람들을 겁주려고? 그럴 수도 있었다. 이놈의 전쟁은 대체 무얼 원하는지 더 이상 알 수 없었다.

숲속을 3백여 미터나 달렸을까, 벌써 관목들 사이로 도로가 보이기 시작했다. 그제야 가브리엘은 이게 자신들이 행군하던 도로라는 것을 깨달았다.

그들은 왔던 길로 되돌아온 것이다!

조금 더 저쪽에는 도르주빌의 시신이 구덩이 안에서 썩고 있을 거고, 공산주의자 녀석과 또 다른 사람들이 굳어 가고 있을 거였다.

「자, 하사님, 이쪽으로 와! 저 안으로 올라가라고!」

도로 갓길에, 이탈리아어로 상호를 새긴 방수포로 덮인 이삿짐 트럭 한 대가 서 있었다. 권총을 든 대위와 그가 이끄는 베트남 병사들, 그리고 헐떡거리면서 멈추라고 외친 상사가 나타나기 얼마 전에 그들이 지나쳐 온 바로 그 트럭이었다.

「논리적으로 볼 때, 그들은 이쪽으로 돌아오지 않을 거야.」 라울은 가브리엘을 트럭 짐칸으로 들어 올리며 설명했다. 「생각이 그런 식으로 돌아가진 않을 거라고. 그들은 우리를 앞쪽에서 잡으려 할 거야. 우리가 도망간 쪽, 루아르강 쪽에서 찾지, 절대로 뒤쪽은 아니야.」

가브리엘은 잠이 쏟아지는 걸 느끼며 사냥개처럼 몸을 둥글게 웅크리고 누웠다. 라울은 방수포의 조그만 구멍을 통해 도로를 살폈다.

「그래. 잠이나 자, 친구.」 그는 고개를 돌리지 않은 채로 말했다. 「자면 좀 나을 거야.」

피로에 지친 가브리엘은 곧바로 잠이 들었다.

가브리엘은 아침에 한 번 깬 기억이 있었다. 하지만 아직 충격이 가시지 않은 것처럼 다시 잠에 빠져들었다.

그리고 이제 혼자였다.

그는 몸을 돌려 모로 누운 자세를 하고는 방수포까지 기어갔다. 트럭이 세워져 있는 갓길에서 보니 사람들의 수는 약간 줄어 있었고 그들은 아침 해를 받으며 느릿느릿 도로에서 걷고 있었다. 그들의 밀도는 복수(複數)의 요소들을 운용하는 우연의 규칙에 따르고 있었다. 수백 명이 한꺼번에 나타났다가, 몇 시간 동안 아무도 보이지 않은 후에 또다시 무더기로 나타나는 식이었다. 특히 뒤에 가방을 실은 자전거를 타고 가는 사람들이 눈에 띄었다. 휘발유가 없는 탓에 엔진을 단 차량은 거의 보기가 힘들었다.

가브리엘은 갑자기 몸을 납작 엎드렸다. 군용 트럭 행렬이 지나간 것이다. 프랑스군이었다. 그들에게는 연료가 있었다. 그들은 피란민들처럼 루아르강을 따라가는 것 같았다. 어디로 가는 걸까? 이때 라울이 한 말이 생각났다. 「여기에 가만히 있어, 나는 한 바퀴 돌고 올게.」 세상에……! 그들은 도로변에서 사살당할 뻔했다. 대위를 공격하고 도망친 그들이 붙잡히면 그대로 총살될 판인데, 라울은 〈한 바퀴 돌고〉 온단다……. 마치 외국 도시의 어느 호텔에 방을 하나 잡고서, 빨리 관광을 하고 싶어 서둘러 나가는 사람처럼 말이다. 군용 차량 행렬에 도로가 진동했다. 〈만일 라울이 붙잡히면 나는 어떻게 되는 거지?〉라고 자문한 가브리엘은 이런 생각을 한 자신의 따귀를 갈기고 싶었다. 랑드라드는 자신의 목숨을 구해 주었는데 자신의 안위나 걱정하고 있다니…….

차량 행렬이 다 지나가고 나서까지 이러한 걱정이 계속되지는 않았다. 애벌레처럼 맹목적으로 열심히 기어가는 그 행렬이 지나간 뒤에는 모두 다 버리고 도망간 것 같은 어떤 끔찍한 공백이 느껴졌다. 지금 그가 있는 트럭은 그렇게 큰 차량이 아니었다. 공간 대부분을 차지한 것은 짐칸의 가로장에 끈으로 묶여 있는 앙리 2세 양식의 찬장이었다. 사람들은 이런 것들을 가지고 나온 것이다……. 바닥에는 주둥이가 벌어진 황마 천 자루들이며 부서진 궤짝, 지푸라기 따위가 널려 있었다. 여기도 약탈자들이 쓸고 지나간 모양이었다.

가브리엘은 다리가 마비된 것을 느꼈지만, 거기에 감긴 천에는 피가 그렇게 많이 배어 있지 않았다. 그는 조심조심 붕대를 풀고 상처를 들여다보았다. 곪아 있었다. 더럭 겁이 났다. 사람 목소리가 들리자, 가브리엘은 황급히 찬장에 몸을 붙였다. 말하는 사람은 라울이었다.

「토끼 한 마리를 통째로! 아, 운도 좋지, 안 그래?」

가브리엘은 방수포 틈으로 고개를 삐죽 내밀었다.

「그래, 우리 하사님, 이제 기운이 좀 나나?」

하지만 상대에게 대답할 틈도 주지 않고, 도로 쪽으로 고개를 돌리며 되풀이했다.

「와, 제기랄! 통째로 토끼 한 마리라니! 여기가 그렇게 따분하진 않아!」

이 토끼라는 말에 가브리엘의 허기가 되살아났다. 대체 마지막으로 먹어 본 게 언제였던가? 이렇게 힘이 하나도 없는 것은 먹지 못한 탓도 있으리라. 하지만 토끼는…….

「그걸 어떻게 굽지?」 그가 물었다.

라울이 킬킬대며 다시 고개를 쑥 내밀었다.

「이봐, 그럴 필요 없어. 더 이상 토끼는 없다고! 녀석이 통째로 다 잡수셨단 말이야!」

가브리엘은 트럭 밖으로 상체를 내밀었다.

「자, 우리 미셸을 소개하지!」 랑드라드가 말했다.

거기에 엄청나게 큰 개가 한 마리 있었다. 회색 줄무늬가 섞인 털가죽, 하얀 얼룩이 찍힌 가슴팍, 검은색의 커다란 코, 그리고 30센티미터는 되어 보이는 혓바닥……. 무게는 70킬로그램은 나갈 거였다.

「그렇게 미셸하고 친구가 된 거야. 내가 토끼 한 마리를 얻었는데, 그걸 녀석에게 먹으라고 주었지. 이제 녀석과 나는 생사를 함께하는 사이라고나 할까? 안 그래, 미셸?」

「하지만 그 토끼는,」 가브리엘이 소심하게 항의했다. 「그걸 구워 볼 수도 있었잖아. 구워서…….」

「아, 그건 나도 알아. 하지만 착한 일을 하면 항상 보상을 받는 법이지. 자, 그 증거로, 내가 자네에게 뭘 가져왔는지 한번 알아맞혀 봐.」

트럭 밖으로 고개를 내민 가브리엘은 네 개의 쇠바퀴 위에 올려진, 〈내 비누는 몽사봉이에요〉[6]라는 파란색 글자의 광고 문구를 아직도 달고 있는 커다란 나무 궤짝 하나를 발견했다. 그리고 라울이 미셸의 가슴팍에 끈을 두르는 것을 보자 모든 것이 이해되었다.

「자, 우리 멍멍이 남작님께서 수고 좀 해주셔야겠어…….」

6 Mon savon, c'est Monsavon. 〈내 비누〉라는 뜻의 〈Mon savon〉과 제품 이름의 발음이 같은 것을 이용한 광고 문구이다.

이렇게 해서, 목이 터져라 고래고래 노래를 부르며 앞장선 라울 랑드라드를 따라 미셸은 가브리엘이 자리 잡고 앉은 궤짝을 끌고 갔다.

「〈놈들을 죽여 버리자! 우리가 이긴다, 왜냐하면 우리가 더 세니까!〉」

카네 코르소[7]의 혈통도 약간 느껴지는 기이한 교배의 결과로 태어나, 엄청난 힘과 어떤 상황에서도 침착함을 잃지 않는 성격을 지닌 이 개는 너무나 쉽게 수레를 끌었다. 랑드라드가 노래를 멈추자, 그들과 함께하는 것이라곤 쇠바퀴가 도로 위를 굴러가며 내는, 영혼을 후비는 것처럼 새되고도 소름 끼치는 소리뿐이었다.

라울은 아침에 돌아다닌 틈을 이용하여 현재의 위치를 알아냈다.

「생레미쉬르루아르는 저쪽으로 한 12킬로미터 정도 떨어져 있어.」 그가 설명했다. 「하지만 그쪽은 우리가 발각될 위험이 있어. 더 좋은 방법은 생레미쉬르루아르를 피하고 빌뇌브쉬르루아르까지 튀는 거야. 거기는 괜찮을 거야. 자네 다리에 필요한 것도 구할 수 있을 거고.」

라울의 계획은 남쪽으로 간다는 거였다. 그들은 약탈 혐의가 있었고, 어쩌면 지명 수배 되었을 수도 있는 도망병이요, 탈옥한 죄수들이었다. 그렇다면 사람들이 많이 다니는 다리나 도로는 피하는 게 옳았다. 우선은 남쪽으로 가다가 동쪽으로 방향을 틀어 루아르강을 건너서 빌뇌브쉬르루아르에 가고, 그

7 이탈리아 원산의 대형견으로, 경비나 경호 역할을 주로 맡는 품종이다.

다음 일은 거기에서 생각해 보리라.

하지만 첫 번째 휴식 때부터 두 사람은 이 교묘한 전략이 곧바로 한계에 부딪히리라는 것을 깨달았다. 미셸은 물을 많이 마셔야 할 필요가 있었고, 또 녀석에게 얼마나 많은 음식이 필요할는지도 가히 짐작이 되었다. 라울은 녀석을 마을 언저리의 어느 집 마당에 묶여 있는 상태로 발견했다. 주인은 녀석이 자기들을 따라올까 봐 겁이 났던 모양이었다. 그들이 걸음을 멈추자마자, 미셸은 까만 코를 라울의 무릎 위에 올려놓았다.

「이 멍멍이, 멋지지 않아?」

가브리엘의 기억 속에 서커스단의 원숭이가 떠올랐다. 라울이 처음에는 미칠 듯 좋아했다가, 결국엔 좋지 않게 끝났던 그 조그만 새끼 원숭이 말이다. 라울이 거대한 덩치의 미셸을 도랑에 던져 버리지는 못하겠지만, 이 새로운 모험이 어떻게 끝날지는 알 수 없는 일이었다.

그들의 계획은 피란민의 물결에 섞이지 않게끔 사잇길들을 이용하여 돌고 우회할 것을 요구했다. 이러면 훨씬 먼 길을 가야 했고, 먹을 것을 구하기도 더 힘들 거였다……. 그리고 가브리엘의 상처도 치료가 필요했다.

「아, 별거 아냐.」 라울이 말했다. 「하지만 고름을 좀 빼내야겠는데…….」

물론 그들에게는 그럴 수 있는 게 전혀 없었다.

# 46

 

 

 

루이즈는 바깥에 세워 놓은 손수레에서 쌍둥이를 데려왔다. 그리고 카페 안에서 음식을 먹였다. 그녀가 쌀죽과 수프를 끓이는 동안 아이들을 보살펴 준 여자는 그들을 홀 안쪽에 앉혀 놓았다.

「어이, 거기!」 사장이 카운터에서 소리쳤다. 「당구대에 올려놓지 마! 다 더럽혀 놓을 거라고!」

「레몽, 짜증 좀 나게 하지 마!」 여자는 그를 쳐다보지도 않고서 대꾸했다.

여자는 그녀가 누구인지 도무지 알 수 없었다. 사장의 아내? 어머니? 고객 중의 하나? 이웃? 애인?

유리잔이 카운터에 부딪히는 소리, 커피 메이커가 치익 하는 소리, 개수대에서 자기 그릇들이 맞닿는 소리……. 이 업소에서는 라 프티트 보엠과 비슷한 소리들이 났다. 쥘 아저씨는 어떻게 되었을까? 루이즈는 그가 죽었다고는 상상할 수 없었다. 그녀는 그가 살아 있다고 생각하려 노력했고, 대부분의 경우에는 그렇게 생각이 되었다.

이 마지막 시간은 그녀를 텅 비게 만들었다. 그녀 또한 오랫동안 아무것도 먹지 못했다. 그리고 자신이 너무 더럽다고 느꼈다.

여자는 그녀를 수도꼭지와 배수구가 있는 뒷마당으로 데려다주었다. 그리고 벽장에서 빳빳한 행주 두 장을 꺼내어 준 다음, 비누 조각을 가리키며 이렇게 덧붙였다.

「문을 잠가 놓을 테니까, 다 끝나면 두드리세요.」

매춘부들은 호텔 방에서 이런 식으로 몸을 씻을 거라는 생각이 루이즈의 머릿속에 떠올랐다. 그녀는 몸을 씻었고, 팬티는 대충 물에 헹궈 물기 있는 상태로 다시 입었다.

문을 두드리기 전에 까치발을 하여 벽장문을 연 다음, 행주 몇 장을 꺼내어 블라우스 속에 쑤셔 넣었다. 하지만 깊이 한숨을 내쉬고는 다시 내려놓았다.

「그냥 가져가세요.」 여자가 말했다. 「나중에 또 필요할 거예요.」

여자는 루이즈가 없는 동안 아이들의 기저귀를 갈아 놓았다. 루이즈는 이제 가야 한다는 것을 깨달았다. 이 여자는 자기가 할 수 있는 것은 거의 다 한 것이다.

「고마워요.」 루이즈가 말했다. 「그럼 이 아이들을 어디에 데려다주어야 하는지 혹시 아세요? 이 애들은 제 아이가 아니랍니다…….」

네, 시청에는 벌써 다녀왔어요. 아뇨, 적십자에서는 불가능해요. 그렇다면 도청에 가면 받을지도 모르겠네요……. 이제 여자는 루이즈가 세 아이를 당구대에 올려놓고 도망칠까 봐 겁이 나는지 딱딱하게 말했다.

루이즈는 다시 거리에 서게 되었다.

카페에서는 물 두 병과 오이절임 용기에 넣은 쌀죽, 그리고 수건 몇 장을 받아 왔다. 여자는 조그만 비누 조각 하나를 신문지에 싸주었다. 루이즈는 몸을 씻었고, 아이들도 기저귀를 갈았고 밥을 먹었다. 하지만 몇 시간 후에는 모든 것을 다시 시작해야 했다. 끔찍한 피로감이 엄습했다. 그녀는 자신이 아기를 쌍둥이 옆에 뉘지 않았다는 사실을 깨달았다. 한 팔로 안은 채 수레를 밀었는데, 이게 쉽지가 않았다.

그녀는 반드시 구해야 할 것들의 목록을 머릿속으로 작성해 보았다.

그러다 유아차를 밀고 가는 여자와 마주쳤다.

「죄송한데요, 혹시 기저귀 하나 주실 수 있나요?」

여자는 없다고 했다. 분숫가에서 그녀는 다른 여자에게 부탁했다.

「세제 한 줌만 주실 수 있나요?」

그리고 가지고 있는 돈이 한 푼도 없었으므로,

「혹시 2프랑만 주실 수 있나요? 저기에서 사과를 파는데…….」

루이즈는 의식하지 못하는 사이에 걸인이 되어 있었다.

라울 랑드라드라는 사람을 찾기 위해 파리를 떠난 그녀는 가르 뒤 노르역에서 본 여자들, 그러니까 사람들 사이를 다니며 사진을 내미는 그런 여자들 중의 하나가 되었을 수도 있었다. 하지만 그러는 대신에 지금 그녀는 빵 한 덩어리, 우유 한 잔, 설탕 한 조각을 구걸하기 위해 피란민들에게 손을 내미는 사람이 되어 있었다.

빈곤은 아주 확실한 교사이다. 루이즈는 몇 시간 만에 상황에 따라 다르게 구걸하는 법을 배웠다. 상대가 남자이냐 여자이냐에 따라, 혹은 젊은 사람이냐 나이 든 사람이냐에 따라 다른 식으로 말하고, 어쩔 줄 몰라 하며 얼굴을 빨갛게 붉히거나, 절망으로 굳은 표정을 짓는 방법들을 말이다.

「우리 아기 이름은 마들렌이에요, 그쪽은요?」

이렇게 말한 다음, 아무렇지도 않은 듯이 이렇게 부탁했다.

「혹시 이 쌍둥이에게 입힐 윗옷 하나 없으신가요? 두 살짜리 옷도 괜찮아요…….」

오후가 끝나 갈 즈음, 그녀에게는 세 아이의 기저귀를 갈고 (그녀는 도심지의 분숫가에 다시 줄을 섰다) 쌍둥이를 먹일 만한 것들이 확보되어 있었다. 사과 1킬로그램, 기저귀 세 장, 옷핀 몇 개, 1미터가 넘는 노끈이 바로 그것이었다. 한 젊은 아빠는 아내가 등을 돌린 사이에 유아용 놀이복을 하나 주었는데, 쌍둥이에게 입혀 보니 너무 크다는 게 드러났다. 또 방수포 조각 하나를 얻은 그녀는 비가 올 때를 대비하여 그것을 둘둘 말아 손수레에 실어 놓았다. 날이 저물 무렵이 되니 손수레가 너무 무겁게 느껴졌다. 걸인에서 도둑까지는 단 한 걸음이라, 그녀는 유아차들을 곁눈질했다. 그녀는 한동안 누군가를 기다리는 척하면서, 유아차를 잠시 보도에 세워 두어야 할 필요가 있는 어머니가 있는지 살폈다. 하지만 막상 행동에 들어갈 때가 되자 생각을 바꾸었고, 도둑질을 시도해서가 아니라 자신이 비겁한 것을 부끄러워하며 성큼성큼 그곳을 떠났다. 난 아주 나쁜 엄마가 될 거야, 중얼거리면서도 그녀는 여전히 오른손으로는 아기를 안고 왼손으로 수레를 밀고 있었다. 그렇게 계속 아기에게 얘기하고 또 자장가를 불러 주면서, 떠도는 집시

같은 골골로 거리를 걸어갔다. 누가 보면 미친 여자라고 생각
했으리라.

날이 저물자, 그녀는 완전히 퍼져 버렸다.

이곳에서 자신은 비렁뱅이(이 〈비렁뱅이〉는 쥘 씨가 즐겨
쓰는 표현이었다) 비슷한 것에 불과했기 때문에, 루이즈는 이
도시가 끔찍이 싫어졌다. 이 아이들을 맡길 곳을 찾는 게 불가
능했으므로, 그녀는 떠나기로 결심했다. 시골로 가면 더 가능
성이 있을지도? 어떤 이는 도청까지 가야 할 거라고 조언했다.
하지만 아이들을 어떤 농가에 맡길 수 있지 않을까? 그녀는 테
나르디에 부부[8]를 기억해 내고 몸을 부르르 떨며 걸음을 빨리
했다.

그녀는 도시에서 나와 빌뇌브쉬르루아르 쪽으로 가는 대로
로 들어갔다. 아기가 다시 설사를 시작했고, 그녀는 두 번 연이
어서 기저귀를 갈아 주어야 했다. 이런 식으로는 오래갈 수 없
었다. 기저귀는 다 떨어졌고, 아기는 배가 불룩 나와 계속 울어
댔다. 몹시 아픈 모양이었다.

이때 비가 내리기 시작했다. 굵은 빗방울은 폭우로 이어질
기세였고, 머리 위의 하늘은 시커매졌다. 가끔씩 지나가는 차
들이 갓길에 물을 튀겨 대는 통에 그녀는 얼마 안 가 두 발이
얼어 버렸다. 서둘러 방수포를 꺼내어 노끈과 옷핀을 사용하
여 아이들을 덮어 주려 해봤지만, 바람이 방수포를 날려 버렸
다. 그녀는 방수포가 붕 떠올라서, 마치 올가미에 걸린 솔개처

8 빅토르 위고의 소설 『레 미제라블』에 등장하는 인물로, 그들에게 맡겨진 어
린 소녀 코제트를 학대하고, 맡긴 어머니 팡틴에게 온갖 구실로 돈을 뜯어내는
악인들이다.

538

럼 하늘에서 빙빙 돌며 날개를 퍼덕이는 것을 바라보았다.

그녀는 사용할 수 있는 천이며 옷가지를 모두 모아, 첫 번째 번개가 번쩍했을 때부터 울부짖기 시작한 아이들을 덮어 주려 몸부림을 쳤다.

그러다 쌍둥이를 버려야겠다는 생각이 들었다. 온 길을 다시 돌아가 어느 성당에 갖다 놓는 거였다. 이 아이들을 어느 성당에다 두면, 누군가 다른 사람이 와서 데려가지 않을까? 그녀 자신이 그렇게 한 것처럼 말이다. 그녀는 울었지만, 빗물에 모든 게 잠겨 버렸다. 눈물도, 길도, 나무들도 잠겨 버려, 3미터 앞도 제대로 보이지 않았다. 그녀는 계속해서 옷가지를 쌓아 올렸다. 애들아, 겁내지 마! 그녀는 으르렁대는 천둥소리를 덮으려고 소리를 질렀다. 그래, 누군가가 애들을 돌봐 줄 수 있을 거야, 나와는 다른 어떤 사람이……. 오른쪽의 벌판 어딘가에 벼락이 내리치며 세 아이를 울부짖게 했다.

루이즈는 하늘을 올려다보았고, 두 손을 펼쳤다. 이제는 끝이었다.

이 사나운 빗줄기에 말 그대로 꿰뚫린 그녀는 정신이 흐려졌다. 머리 위로 몰려오는 거대한 먹구름 가운데 소름 끼치게 무서운 얼굴들이, 그리고 번뜩이는 번개들 속에 칼과 창이 보였다. 이제 머리 위로 벼락이 떨어지리라 생각하고 있는데, 마치 식인귀처럼 울어 대는 구름들을 배경으로 거대한 십자가 하나가 도로 위, 그녀 위로 모습을 드러냈다. 그런데 이 십자가는 어느 트럭 위에 세워진 진짜 십자가였다.

한 남자가 트럭에서 뛰어내려 그녀에게로 왔다. 빗물에 머리가 찰싹 붙어 있고, 천사처럼 미소 지은 그 젊은 남자는 검정 수단을 입고 있었다.

　「자매님!」 그는 천둥소리를 덮으려고 소리를 질렀다. 「하느님께서 방금 전에 자매님을 불쌍히 여기신 것 같네요!」

# 47

    죄수들의 기나긴 행군은 생레미쉬르루아르 북쪽의 커다란 비행장에서 저녁에 막을 내렸다.

    이제 그들은 그룹의 구분 없이 뒤죽박죽으로 섞여 시멘트 활주로에 널브러져 앉아 있었다.

    「자, 다 있는 거지?」 오브슬레르 대위가 물었다.

    「글쎄요, 아닌 것 같은데요…….」 페르낭이 대답했다.

    장교의 얼굴이 창백해졌다. 죄수들의 수가 출발할 때보다 훨씬 줄었다는 데에는 의심의 여지가 없었다.

    「자, 점호 실시!」 대위가 외쳤다.

    부사관들은 구겨진 명단을 주섬주섬 꺼내어, 염불하듯 이름들을 호명해 나갔다. 하지만 대답 대신 침묵이 이어지다가 누군가가 힘차게 외치는 〈결원!〉으로 마무리되는 경우가 허다했다. 대위는 약간 다리를 절면서 왔다 갔다 했다. 라울 랑드라드에게 정강이를 얻어맞은 후유증이었다. 페르낭은 점호 결과를 취합하여 그 자신의 명단에 일괄 기입한 후, 대위에게 제출했다.

「436명이 결원입니다, 대위님.」

죄수 중 무려 3분의 1이 도망친 것이다. 거의 5백 명에 가까운 약탈범, 절도범, 무정부주의자, 공산주의자, 징병 기피자 및 사보타주범이 대로에 활개 치고 다닌다는 뜻이었다. 또 참모부의 관점에서 본다면, 프랑스군이 〈제5부대〉를 상당수의 반역자와 간첩으로 보강한 셈이었고…….

「결원 중의 많은 수가 사망으로 인한 것입니다, 대위님…….」

대위는 이 정보에 다시 기분이 좋아진 듯했다. 전쟁 중에 결원 하나는 실패를 의미하지만, 사망자 하나는 승리를 의미하는 것이다. 부사관들도 저마다 보고를 해야 했다. 그들은 사망자 수를 세었다. 또 그 원인도 적었다.

「도합 13인입니다, 대위님.」 페르낭이 보고했다. 「도망병 6인은 사살됐습니다. 다른 죄수 7인은…….」

뭐라고 말해야 하나?

「그래서?」 대위가 재촉했다.

페르낭은 알 수 없었다.

「그들은…….」

「낙오병들이오, 상사! 낙오병들이라고!」

「그렇습니다, 대위님! 역시 사살된 낙오병들입니다.」

「맞아! 상부의 지시에 따라!」

「네, 맞습니다, 대위님! 상부의 지시에 따라 사살됐습니다!」


아무도 기대하지 않았지만 보급이 예정되어 있었다. 천 명에 가까운 인원에 대한 보급이 말이다. 그라비에르 기지에서는 아사 직전이었는데, 이제 나눠 줄 게 넘칠 지경이었다.

「그런데 말이오, 상사…….」

페르낭은 고개를 돌렸다. 대위가 그를 한쪽으로 데리고 갔다.

「24킬로미터 지점에서 일어난 일에 대해 보고서를 내게 올릴 거지?」

그가 직접 참여했던 그 〈사소한 사건〉은 앞으로 〈24킬로미터 지점〉이라는 명칭으로 불려야 할 거였다.

「최대한 빨리 올리겠습니다, 대위님.」

「당신이 거기다 무얼 쓸지 알 수 있도록, 먼저 여기서 말로 해보시오.」

「에, 그러니까…….」

「해봐요! 해보라고!」

「네, 좋습니다. 23킬로미터 지점에서 도망병 3인을 사살한 다음, 대위님은 다음 1킬로미터 지점에서 두부에 한 발을 발사하여 한 병자를 사살했습니다. 그리고 다리가 아픈 다른 죄수에 대해서도 마찬가지로 하려 했었는데…….」

「다리를 질질 끌고 있는 죄수였소!」

「그렇습니다, 대위님! 독일군 편대 하나가 도로 위를 지나가며 혼란을 야기하자, 한 죄수가 이를 틈타 대위님을 넘어뜨렸고, 한 공범과 함께 도주했습니다.」

대위는 입을 딱 벌리고는 마치 처음 보는 사람처럼 페르낭을 응시했다.

「훌륭하오, 상사. 훌륭해! 그리고 상사, 당신 자신은 그들이 도망갈 때 어떻게 하셨소?」

「저는 두 발을 쐈습니다, 대위님. 하지만 불행히도 조준이 흔들렸는바, 그 이유는······.」

「그 이유는······?」

「부상당한 상관에게 달려가 도와야 한다는 마음이 급했기 때문입니다, 대위님.」

「아주 좋소! 그리고 당신은 도망간 자들을 추격했지······.」

「맞습니다, 대위님. 당연히 전 그들을 뒤쫓아 갔습니다.」

「그리고······?」

「그리고 저는 왼쪽으로 방향을 틀었는데, 아마도 도망병들은 오른쪽으로 갔던 모양입니다.」

「그리고······?」

「대위님, 제 의무는 두 도망병을 뒤쫓는 게 아니라, 120명의 죄수를 생레미쉬르루아르까지 호송하는 일이었습니다!」

「완벽해!」

그는 정말로 흡족했다. 모두가 각자의 의무를 다한 것이다. 누구도 책망할 게 전혀 없었다.

「물론 그 보고서는 상사가 떠나기 전까지 내게 제출해야 하오.」

이 말에 페르낭의 머릿속에 빨간불이 켜졌다.

「그 말씀을 하셨으니 말인데, 제 부하들은 언제 이 임무에서 해제되는지를 제게 묻고 있습니다.」

「죄수들이 본랭 기지를 향해 출발할 때요.」

「다시 말해서······.」

「아직 잘 모르오, 상사! 하루가 될 수도 있고, 이틀이 될 수도 있소. 나도 지시를 기다리는 중이오.」

이 일은 도무지 끝날 줄을 몰랐다.

이 비행장은 6백 명의 인원을 수용하기에는 그라비에르 기지보다도 시설이 열악했다. 야전 텐트들이 있긴 했지만, 침대가 없었다. 식사는 충분했지만, 데울 것이 없어 차디찬 스프를 먹어야 했다. 뭐, 따뜻해 봤자 크게 나을 것 같지도 않았지만.

페르낭은 그가 책임진 수인들을 집합시켰다. 출발할 때는 백여 명이었는데, 지금은 67명만 남아 있었다. 〈결원이 27퍼센트라…….〉 그는 속으로 중얼거렸다. 〈그래도 다른 데보다는 훨씬 낫군.〉

그는 규율을 조금 풀어 주기로 했다. 딱 필요한 만큼만 말이다.

「우리는 얼마 동안 여기에 더 있어야 하는지 모른다.」 그는 부하들에게 설명했다.

「왜요? 오래 있어야 하나요?」

보르니에에게는 종종 설명을 되풀이해야 할 필요가 있었고, 페르낭은 거기에 익숙해져 있었다.

「그건 아무도 모른다고. 하지만 만일 그게 길어지면, 얼마 안 가서 저 불량배 놈들 신경이 예민해질 거야. 따라서 이제부터 저놈들이 숨을 좀 쉴 수 있게 해줘야 해.」

어떤 일에 있어서든 보르니에 중사는 예측이란 것을 몰랐다. 하지만 그는 평소와는 달리 불만에 차 고함치지는 않았다. 그 역시 24킬로미터 지점에서의 일로 충격을 받았고, 아직 그 무게에 짓눌려 있었다.

따라서 수감자들이 자기네끼리 대화하게 놔두었다. 패거리들이 다시 모여 뭉치긴 했지만 — 이런 것들은 어떤 일이 일어나도 살아남는 법이다 — 전체적으로 볼 때 수인들은 크게 두 부류로 나뉘었다. 어떤 이들은 자신이 절호의 기회를 놓쳤으며, 탈출을 시도해야 했다고 생각했다. 하지만 또 어떤 이들은 자신이 아직 살아 있는 것은 아무것도 시도하지 않은 덕이라고 믿었다. 공산주의자들은 그들 중 세 명을, 〈두건 쓴 놈들〉은 두 명을 잃었으며, 무정부주의자들 역시 두 명을 잃었다. 군인들의 위협이 하나의 공허한 수사(修辭)만은 아니라는 것을 이제 모두가 확실히 알고 있었다.

비행장의 밤은 고요했다. 들리는 것이라곤 하늘 높은 곳에서 날아가는 독일군 비행기 소리뿐이었다. 거기에는 모두가 익숙해져 있었다.

페르낭은 자신에 대한 씁쓸한 생각들을 곱씹고 있었다. 다른 가진 게 없었으므로, 자신의 배낭을 베개로 삼았다. 한 50만 프랑은 됨직한 것을 머리에 베고서 자는 것이다. 이 돈 때문에 알리스와 함께 파리를 떠나지도 못했는데, 이제는 보기도 싫어졌다. 얼마나 어리석은 짓이었던가. 한창 달콤하게 부풀어 오를 때 전쟁이 산산조각을 내버린 허망한 환상을 만족시키려 도둑이 된 것이다. 또 자신이 더 분별 있는 자였다면 임무를 제대로 수행했을 거였다……. 생각만 해도 부끄러운 죄목들의 목록(도둑놈, 거짓말쟁이, 병약한 아내를 내팽개친 남편……)에 이제 〈반역자〉라는 항목까지 추가할 수 있었다. 그의 가늠쇠에 두 도망병의 등이 들어왔지만, 그는 일부러 허공에 대고 쏘았다. 무의식적으로 한 짓이었다. 왜 반사적으로 그렇게 행동했는지는 이제 이해가 되었다. 그 직전에 대위가 한 죄수의 머리에 총을 쏘는 것을 봤지만, 자신은 무장도 하지 않은 사람의 등에 대고 총을 쏜다는 것은 상상도 할 수 없었던 것이다. 더욱이 그 죄수는 얼마 전에 자신의 손으로 약혼자의 편지를 전해 준 바로 그 사내였다. 그렇다고 해서 둘 사이에 어떤 관계가 생긴 것은 아니지만, 서로 가까워진 것은 사실이었다.

페르낭은 좀처럼 잠을 이루지 못하고 몸을 뒤척였다. 배낭 속에 손을 집어넣으니 지폐가 만져졌다. 다시 더듬으니 책이 닿았고, 그것을 꽉 쥐었다. 알리스가 끔찍이도 그리웠다.

# 48

「소나기가 여기까지 오지는 않은 모양이네요?」 트럭에서 내린 데지레 신부가 놀라며 물었다.

「안 왔어요! 하느님, 감사합니다!」 알리스는 만일 소나기가 베로 예배당에 들이치기로 마음먹었다면, 예배당 바깥에 있는 것들을 보호하기 위해 급히 해야 했을 일들을 생각하며 이렇게 대답했다.

「맞아요. 하느님, 감사합니다!」 데지레 신부가 맞장구쳤다.

「아니, 대체 무슨 일이 있었나요, 신부님?」

그는 머리끝에서 발끝까지 흠뻑 젖어 있었다. 수단에서 물이 뚝뚝 떨어졌다.

「자매님, 하늘에서 선물이 하나 내려왔어요. 아니, 하나가 아니라 넷이라고 해야겠죠!」

그는 이렇게 말하며 트럭의 차 문을 활짝 열어, 넋이 나간 눈을 하고서 품에 아기를 안고 있는 어느 젊은 여자를 내려오게 했다. 알리스는 곧바로 가슴이 뭉클해졌다. 성모를 조그맣고 뚱뚱한 여자로 상상하는 사람은 세상에 없다. 그리고 만일 알리스에게 성모를 어떻게 상상하느냐고 묻는다면, 그녀는 〈바로 저분이요!〉라고 대답했을 것이다. 엄격한 느낌이 들 정도로 단단한 용모의 이 예쁜 여자는 초췌한 얼굴을 하고 있는 것이 큰 고난을 당한 듯했다. 하지만, 아마도 저 아기를 품에 꼭 안고 있기 때문이겠지만, 그녀에게서는 뭔가 단순하면서도 야성적인 것이, 어떤 동물적인 관능 같은 것이 느껴졌다. 그녀 역시 빗물에 흠뻑 젖어 있었다. 알리스는 모포를 한 장 찾아와 그녀의 어깨를 덮어 주었다.

아까 데지레 신부는 이 어머니와 아이들에게 자리를 내어 주고 자신은 소나기가 들이치는 트럭 짐칸으로 갔다. 루이즈가 고개를 돌려 보니, 트럭이 요동치는데도 불구하고 상판에 우뚝 선 신부가 두 팔을 들어 올리고 미쳐 날뛰는 하늘로 얼굴을 향한 채 예수의 십자가에 대고 고래고래 소리치고 있었다. 「주님, 감사합니다! 당신의 선하신 일들에 감사합니다!」

데지레는 아주 컨디션이 좋았다.

루이즈는 두 걸음을 내딛고는 미소를 지으려 애쓰면서 알리스에게 아기를 내밀었다. 그런 다음 쌍둥이를 트럭에서 내려 주었다. 겁에 질린 두 꼬마는 두려움과 호기심이 섞인 눈으로 주위를 두리번거렸다.

「오, 하느님……」 알리스가 신음하듯 말했다.

「나도 그렇게 중얼거렸답니다.」 데지레 신부가 옆에서 말했다.

지금 루이즈가 발견한 것은 그녀의 이성으로는 상상할 수 없는 것이었다.

그녀는 전쟁으로 야만 상태로 돌아간 도시에서, 그 안에서 세 아기를 살아남게 하는 것은 거의 기적에 가까운 곳에서 오는 길이었다. 그런데 이제 그녀의 눈앞에는 걸어 놓은 천들, 당겨 놓은 줄들, 지푸라기 침낭들, 쌓아 올린 궤짝들로 이루어진 일종의 집시촌이 펼쳐져 있었다. 활기가 넘치는 곳이었다. 저쪽 고기 굽는 곳에선 닭들이 돌아가고 있었고, 뒤쪽에는 물을 끌어오는 회색 관 아래로 채마밭이 있었고, 좀 더 멀리에는 부지런히 움직이는 돼지 네 마리가 있었고 부서진 우리 근처에는 부드럽고도 순진한 눈망울의 송아지 한 마리가 보였으며, 가운데에는 적십자 마크가 새겨져 있고 뒷문으로 올라가는 철제 계단 위로 임시 차양을 달아 놓은 거대한 군용 트럭 한 대가 서 있었다. 그리고 사방에 보이는 일하는 남자들, 분주히 움직이는 여자들, 널어놓은 빨래들, 묘석 위에 차려 놓은 음식들, 천막들 사이를 뛰어다니는 아이들, 풀밭에 쏟아 놓고 여자들이 배를 갈라 내장을 제거하는 싱싱한 물고기들…… 오른쪽에서는 일종의 어르신 사랑방 같은 곳에서 나이 지긋한 사람들이 가지각색의 의자며 얼기설기 수선한 소파 등에 앉아 한담을 나누고 있었고, 왼쪽에는 둥근 울타리가 하나 있었는데, 모양은 닭장 같았지만 그 안에는 깔깔대며 서로의 얼굴에 물을 튀기고, 뛰고, 넘어지고, 다시 일어나는 어린아이들이 있었다. 얼마 안 있어 시골 여자처럼 생긴 검정 블라우스 차림의 여자 하나가 다리를 들어 울타리를 넘으며 엄하면서도 부드러운 목소리로 말했다. 「됐어, 애들아! 이제 좀 조용히 하란 말이야!」

「어서 오세요, 자매님! 주님의 집에 오신 걸 환영합니다!」

루이즈는 몸을 돌려 유령처럼 갑자기 나타난 이 젊은 사제를 쳐다보았다. 서른 살가량으로 보이는 그는 밝게 빛나는 눈과 선이 고운 눈썹, 그리고 강인한 턱의 소유자였다. 그리고 단순하고, 솔직하고, 꾸밈없는 쾌활함이 느껴지는 미소의 소유자이기도 했다.

「자, 이 아기는 무엇이 문제인가요?」

세실 수녀가 벌써 걱정스러운 눈을 하고 아기의 배를 만져 보며 물었다.

「제가 제대로 먹이지 못했…… 얘는 제 아기가…….」

「수유기를 물려야겠어요. 다 정상으로 돌아올 거니까 걱정하지 말아요.」

그녀는 곧바로 다른 환자들 쪽으로 향했다.

「네, 좋아요.」 데지레 신부가 말했다. 「알리스가 당신을 돌봐 줄 거예요. 그리고 이 아기 천사에게 수유기가 오면, 당신에게 조그만 자리를 하나 마련해 줄 거예요. 이 두 녀석은 내가 맡을 테니까 걱정하지 말아요. 쌍둥이 맞죠?」

「얘들은 제 아이가…….」 루이즈가 이렇게 말하는데, 신부는 벌써 저만치 가 있었다.

예배당 반대편에는 임시로 꾸민 육아실이 있었다. 거기로 가보니 세탁한 기저귀들이 걸려 있었고, 한 탁자 위에 위생 용품, 비누, 로션, 세제, 수유기, 가짜 젖꼭지 등 다양한 브랜드와 다양한 원산지의 물건들이 잡다하게 널려 있었다.

루이즈는 아기의 기저귀를 갈아 주었다. 알리스는 묽은 죽을 넣은 수유기를 준비하여 손등으로 온도를 재어 봤다. 네, 이 정도면 괜찮겠어요……. 루이즈는 알리스와 그녀의 가슴 쪽으로 살짝 부러운 시선을 던졌다. 모든 여자가 꿈꾸는, 그런 종류의 가슴이었다…….

이런 생각을 하면서 루이즈는 기저귀와 씨름했다.

「끝을 이쪽으로 접으면 훨씬 편해요…….」

「네, 물론이죠.」 루이즈가 더듬거리며 대답했다. 「제가 좀 피곤해서…….」

「그리고 이렇게 아래쪽으로 접은 다음, 이쪽으로 다시 빼는 거예요…….」

마침내 아기를 기저귀로 튼튼히 쌌다.

「아기 이름이 뭔가요?」 알리스가 물었다.

「마들렌이에요.」

「그럼 당신은요?」

「루이즈.」

아기가 수유기를 맹렬히 빨아 댔다.

「자, 저쪽으로 가요.」 알리스가 루이즈를 좀 더 떨어진 곳으로 데리고 갔다. 「우리가 있기에는 여기가 더 나아요.」

데지레 신부는 망치를 들고서 돼지우리를 손보고 있었다. 밤이 되어 어둠이 깔리고 있었다. 두 여자는 예배당 입구 근처의 석재 벤치에 나란히 앉았다. 거기서는 들판이 한눈에 들어왔다.

「참 인상적이에요…….」 루이즈가 말했다.

그녀는 진지한 어조였다.

「맞아요.」 알리스가 고개를 끄덕였다.

「지금 신부님에 대해 말하는 거예요.」

「저도 그래요.」

그들은 미소를 나누었다.

「신부님은 어디서 오셨나요?」

「저는 잘 모르겠어요.」알리스가 눈썹을 찌푸리며 대답했다. 「신부님 당신 말로는…… 하지만 그런 것은 중요치 않아요. 중요한 것은 저분이 여기 있다는 사실이에요! 그럼 당신은 어디서 오셨나요?」

「파리요. 우린 지난 월요일에 출발했어요…….」

아기가 트림을 하고 사르르 잠이 들기 시작했다.

「독일군 때문에요?」

「아뇨…….」

루이즈는 너무 빨리 대답했다. 자신은 불과 며칠 전에 그 존재를 알게 된 이부 남매를 찾기 위해 파리를 떠났다고 설명할 수 있단 말인가? 피란민들이 아우성치며 도망치는 그 길에 어느 실내화 바람의 레스토랑 사장과 함께 무작정 뛰어들었다고?

「네, 맞아요.」그녀는 다시 대답했다. 「독일군을 피하려고요.」

그러자 알리스는 수용소에 대해 자신이 아는 바를, 어떻게 데지레 신부가 혼자 힘으로 이곳을 만들었는지를 설명해 주었다. 그의 지칠 줄 모르는 활동을 묘사하는 그녀의 목소리에는 경외의 감정이 섞여 있었지만, 동시에 거의 비웃음에 가까울 정도로 재미있어하는 뉘앙스도 느껴졌다.

「신부님이 재미있으신 모양이죠?」

「솔직히 말해서 그래요. 모든 게 저분을 어떻게 보느냐에 달려 있죠. 한편으로 보자면 신부님이지만, 다른 한편으로는 어린아이예요. 어느 순간에 이 둘 중에서 누가 튀어나올지 예측할 수 없어요. 정말 놀라운 일이죠.」

적절한 표현을 찾기 위해 잠시 침묵을 지킨 알리스는 마침
내 이렇게 질문했다.
　「당신의 아이들은…… 아빠가 있나요?」
　루이즈는 얼굴을 붉히고 입을 벌리긴 했지만, 어떻게 대답
해야 할지 알 수 없었다. 알리스는 딴 데를 보고 있었다.
　「쌍둥이는 저기에 있어요. (그녀는 예배당을 가리켰다.) 낮
동안에는 가장 나이가 어린 아이들을 저기에 모아 놓고, 여자
들이 세 명씩 돌아가면서 돌보죠.」
　「저도 도울 수 있다면…….」
　알리스는 그녀에게 따뜻하게 미소 지었다.
　「방금 도착했으니까, 우선 숨 좀 돌리세요.」

# 49

첫 번째 밤에 그들은 과수원 나무에 아직 붙어 있는 과일들을 따서 나눠 먹고, 푸성귀를 뜯어 날것으로 먹은 뒤에 헛간에서 잠을 잤다. 미셸은 과일과 푸성귀 냄새를 맡더니만, 어디론가 가버렸다.

짚단에서는 향긋한 냄새가 났고, 전원은 고요했다. 만일 다리 때문에 마음이 불안하지만 않았다면, 가브리엘은 거의 행복하기까지 한 기분으로 잠들었을 것이다.

「녀석이 돌아올 것 같아?」 라울이 걱정스러운 표정으로 물었다.

헛간은 어둠에 잠겨 있었다.

「녀석은 지금 배가 고파.」 가브리엘은 솔직한 의견을 밝히기로 했다. 「뭔가 먹을 것을 찾아내려면 상당히 멀리까지 가야겠지. 그런 다음, 우리에게 다시 돌아올지는 나도 잘 모르겠어…….」

두 사람은 이따금 생쥐 한 마리가 그들의 발 사이를 살그머니 돌아다니는 것을 느꼈다.

「그런데 편지는 왜 찢었어?」 얼마간의 침묵 후에 가브리엘이 다시 물었다.

「그것에 대해 생각하는 게 지겨워서……. 하지만 계속 사람을 심란하게 만드네……?」

「그러니까 그…….」

「맞아, 그 잡년 때문에.」

「그 여자가 자네에게 그렇게 못되게 굴었어?」

「자네는 이해 못 해. 빛도 없는 컴컴한 지하실에 그렇게 많은 시간을 갇혀 있었던 아이는 세상에 그리 많지 않을 거야. 나는 항상 입을 꽉 다물고 있었고, 이게 그 여자를 열통 터지게 만들었지. 그녀가 원하는 것은 내가 징징대는 거였거든. 맞아, 그녀가 보고 싶었던 것은 내가 훌쩍거리는 모습이었어. 내가 눈물 콧물 흘리며 애원하는 모습이었지. 하지만 그녀가 날 혼내면 혼낼수록, 날 가두면 가둘수록, 난 더 고집스레 그녀에게 맞섰어. 열 살 때, 나는 아마 그녀를 죽일 수 있을 정도의 힘은 되었을 거야. 하지만 난 그걸 꿈꾸는 것으로 만족하고 절대로 덤비지는 않았지. 한 번도 그녀에게 불평하지 않고, 한 번도 그녀에게 손을 치켜들지 않았어. 그냥 아무 말 없이 똑바로 노려보기만 했는데, 이게 그녀를 미치게 만든 거야.」

「혹시 생각해 봤어? 왜 그녀가…….」

「난 그 여자가 아이를 하나 더 갖고 싶었던 거라고 생각해. 딸을 하나 얻은 후에 사내아이를 낳고 싶었겠지. 하지만 더 이상은 낳을 수 없었던 거야. 나로선 이것 말고 다른 이유를 찾을 수 없어. 그래서 그들은 고아원에서 날 데려왔는데…….」

다음에 이어질 설명은 자기가 생각해도 좀 이상했지만, 매번 그를 아프게 했다. 또 달리 설명할 수도 없었다.

「……아마 내가 실망스러웠던 모양이지.」

끔찍한 말이었다.

「그들은 나를 고아원에 돌려줄 수도 없었어. 그럴 수는 없었어. 법으로 금지된 일이었거든. 아이를 하나 데려오면, 설사 그 녀석이 형편없는 놈이라 해도 그냥 데리고 사는 수밖에 없지.」

「태어난 지 넉 달밖에 안 된 젖먹이를 입양하고서…….」

「마치 자신이 낳은 것 같은 느낌을 갖기 위해서는 그보다 좋은 방법이 없겠지.」

마치 오랜 시간에 걸쳐 이론을 다듬은 듯, 라울은 막힘이 없었다.

「그럼 가족 가운데 자네를 방어해 줄 사람이 아무도 없었던 거야?」

「앙리에트가 있긴 했지만, 그녀는 아직 어렸어. 그리고 영감은 항상 왕진을 나가느라 집구석에 붙어 있지 않았지. 아니면 자기 진료실에 처박혀 있거나. 대기실에 가보면 아주 늦게까지 사람들이 있었고, 그는 코빼기도 보이지 않았어. 그는 내가 아주 키우기 힘든 애라고 생각했지. 자기 마누라를 동정했고…….」

밤이 이슥해지자 미셸이 헛간으로 들어왔다. 녀석에게서 시체 냄새가 지독하게 풍겼지만, 라울은 녀석이 다가와 몸을 붙여도 가만히 있었다.


밤사이에 가브리엘의 부상 부위에는 차도가 없었다.

아침이 되니 상처는 전날보다도 화농이 심했다.

라울이 잘라 말했다.

「하사님, 이제 자네에게는 의사와 배농관과 깨끗한 붕대가 필요해.」

어떻게 그게 가능한지는 알 수 없었다. 가장 가까운 도시는 그들이 어떻게든 피해 가고 싶은 생레미쉬르루아르인데, 이제는 거기로 곧장 쳐들어가는 수밖에 없었다. 강은 그들의 왼쪽 어딘가에 있었지만, 다리를 찾으려면 꽤 긴 거리를 걸어야 할 거였다…….

그들은 미셸을 수레에 맨 다음, 루아르강 쪽으로 향했다.

만일 강을 건너갈 수 있는 방법을 찾게 된다면, 개는 이쪽 기슭에 놔둘 생각이었다. 이는 라울의 결정이었다. 녀석을 먹이는 것은 곡예에 가까운 일이 될 테니까. 게다가 아주 볼만한 이 트리오는 사람들의 이목을 끌 게 분명했다. 미셸은 여행을 같이 할 수 없었다.

가브리엘은 일이 순조롭지 않을 것 같은 느낌이 들었으니, 라울이 활기를 잃고, 긴장되고 불안한 얼굴이기 때문이었다. 언제나 꾀가 넘치던 그가 이제 루아르강을 어떻게 건너야 할지, 생레미쉬르루아르까지 어떻게 가야 할지 잘 모르겠다는 거였다. 또 기동 헌병대원이나 병사에게 붙잡힐 위험도 있고, 지금 독일군이 어디 있는지도 알 수 없단다. 어쩌면 미셸의 주인과 마찬가지로 자신들도 녀석을 버릴 수밖에 없는 상황이 이런 우울한 생각을 곱씹게 하는 것인지도 몰랐다.

그들은 오전이 끝나 갈 즈음에 루아르강의 강변에 다다랐다. 이 부근에서 강폭은 그다지 넓지 않았지만, 그래도 큰 강이라 저쪽에 닿기 위해 건너야 할 거리가 족히 백 미터는 되었다. 물살은 또 얼마나 센지…….

「야, 너!」 라울이 미셸에게 말했다. 「넌 여길 지키고 있어. 누가 오면 확 먹어 버리라고! 그럼 배가 좀 부를 거야.」

그러고는 사라졌다.

한 시간이 지나갔다. 그리고 또 1초가 지나갔다. 가브리엘은 라울이 혼자 도망갔다고는 전혀 생각하지 않았다. 그것은 기묘한 확신이었다. 어쩌면 다리가 아프기 때문에 이런 확신이 필요했는지도 몰랐다. 거기가 너무 아파 만질 수조차 없고 괴저라는 생각이 뇌리를 떠나지 않는 이 상황에서, 라울이 자신을 버렸다고 상상하는 것은 그에게 너무 끔찍한 일이었다.

오후 4시가 다 되었을 때, 미셸이 벌떡 일어나 바람에 대고 코를 킁킁거리더니 어디론가 사라졌다. 그리고 20분 후, 녀석은 수레꾼처럼 온갖 욕설을 퍼붓는 라울과 함께 다시 나타났다. 하지만 그의 목소리가 들려오는 곳은 들판 쪽도, 왼쪽의 길쪽도 아니고, 강 쪽이었다. 상류 쪽 상당히 먼 곳에서 고기 잡는 나룻배 한 척을 찾아낸 그는 강기슭에서 줄을 당겨 여기까지 끌고 온 것인데, 그야말로 몇 사람은 잡을 만한 끔찍한 일을 해낸 것이다.

「노를 저어 건널 거지?」 가브리엘이 당황하며 물었다.

「아, 천만에!」 라울이 대답했다. 「배는 있지만 노는 없어.」

무릎까지 진흙이 잔뜩 묻어 땀으로 맥질을 한 그는 한눈에 보기에도 힘이 많이 빠진 것 같았다. 가브리엘로서는 노가 없다면 이 나룻배가 무슨 소용이랴 싶었다.

「결국 미셸이 우리와 여행을 같이 해야 할 것 같아⋯⋯.」

너무나 길게 느껴지는 몇 분이 흐른 후, 또다시 가슴에 끈을 두른 개는 이번에는 몽사봉 비누 궤짝을 끄는 게 아니라 헤엄을 치고 있었다. 까만 코 하나만 물 밖에 내놓은 녀석은 루아르 강을 건너기 위해 우리의 두 도망병이 앉아 있는 나룻배를 헤엄쳐 견인하고 있었던 것이다.

강 건너편에 이르자 이 불쌍한 짐승은 기진맥진하여 풀밭에 뻗었다. 혓바닥을 길게 늘어뜨린 녀석은 눈을 허옇게 뜨고서 무겁게 숨을 몰아쉬었다. 가브리엘이 절뚝거리며 비누 궤짝을 그럭저럭 보트 밖으로 끄집어내자, 라울은 개의 옆구리를 툭툭 치며 말했다.

「야, 이놈의 하상 구조(河上 救助) 솜씨⋯⋯ 정말 장난이 아닌데? 이것보다 덜한 일로 죽는 사람도 많이 봤어.」

개는 상태가 좋지 않았다. 제대로 된 음식을 먹지 못한 데다가, 때로는 거칠기까지 한 물결에 끊임없이 떠밀려 가는 나룻배를 끄느라 과도하게 힘을 쓴 탓에, 강철 같은 체력의 녀석도 이제는 사지가 축 늘어져 숨을 할딱이고 있었다.


하나는 어느 들판에서 주운 버팀목으로 만든 임시 목발에 의지하고, 다른 하나는 송아지만 한 개가 누워 죽어 가는 손수레를 끌면서, 두 사람은 라 세르팡티에르라고 불리는 곳에 들어섰다. 너덧 채의 가옥이 옹기종기 모여 있는 이 작은 촌락에서 딱 한 집의 덧창만 닫혀 있지 않았고, 그들은 그 집의 초인종을 눌렀다.

한 노파가 문을 열어 나왔다. 그녀는 경계하는 기색으로 문을 단 몇 센티미터만 열었다. 무슨 일이죠?

「의사를 찾고 있습니다, 부인.」

노파의 얼굴은 수십 년 동안 한마디도 듣지 못한 사람 같은 표정이었다.

「그게…… 아직 남아 있는 의사가 있는지는 생레미쉬르루아르에 가서 알아봐야 할 거예요.」

그들은 조금 전에 도로 표지판 앞을 지나왔다. 생레미쉬르루아르까지는 8킬로미터나 되었다. 노파는 가브리엘을 위아래로 훑어보았고, 붕대와 목발을 마지막으로 조사를 마쳤다. 조사 결과는 그리 긍정적이지 못했다.

「내 생각으론 생레미쉬르루아르밖에 없을 거예요.」

문을 막 닫으려 하던 그녀는 라울이 반쯤 가려 놓은 손수레의 모습에 호기심이 동했다. 그녀는 고개를 숙이며 눈을 가늘게 떴다.

「여기에 있는 게 개예요?」

라울은 옆으로 물러섰다.

「미셸이라는 녀석이에요. 녀석도 상태가 상당히 안 좋아요…….」

그녀는 금방 딴사람이 되었다. 금방이라도 집 문턱에서 울음을 터뜨릴 것만 같았다.

「아이고, 세상에…….」

「녀석의 심장에 힘이 떨어져 가고 있는 것 같아요.」

노파는 재빨리 성호를 긋고는 주먹을 물어뜯었다.

「생레미쉬르루아르…… 거기는 꽤 먼데요…….」 라울이 말했다.

「그러면…… 네, 그러면 두 분은 데지레 신부님을 찾아가야 할 거예요.」

「의사이신가요?」

「성자이시죠.」

「전 의사면 더 좋겠는데요. 아니면 수의사이든가요.」

「데지레 신부님께서는 의술은 펼치지 않으시지만, 기적을
행하세요.」

「오, 기적도 나쁘지 않네요……」

「베로 예배당에 가면 만나 뵐 수 있을 거예요.」

그녀는 팔을 뻗어 왼쪽으로 뻗은 조그만 도로를 가리켰다.

「여기서 1킬로미터도 안 돼요.」

# 50

이 지역 주민 몇몇이 — 그 대부분은 여전히 상부의 지시를 기다리는 중인 비행장 가까운 곳을 지나가는 농부들이었다 — 라디오에서 들은 소식을 전해 주곤 했다.

이를 통해 파리에 관련된 정전 협정은 도시를 파괴하겠다는 독일군의 위협하에 체결되었다는 사실을 알게 되었다. 어떤 이는 모든 관공서의 프랑스 국기가 하겐크로이츠가 그려진 나치 기로 대체되었다는 얘기를 들었다고 했다. 저녁에 그들은, 이제 신문이 없기 때문에 차들이 거리마다 돌아다니며, 독일군이 수도를 점령했다는 메시지를 스피커로 주민들에게 전하고 있다는 사실을 알게 되었다.

그들은 하루를, 그리고 또 하루를 기다렸다. 그리고 마침내 모두가 놀란 일이 일어났으니, 일요일 정오 무렵에 제29 보병 사단 예하 부대의 트럭 20여 대가 도착한 것이다. 한 대령이 모습을 드러내고는 자신이 죄수들을 맡아 본랭까지 호송하라는 지시를 받았다고 밝혔다.

이로써 페르낭과 그 부하들의 임무는 끝난 것이다.

오브슬레르 대위로부터 임무가 해제됐다는 확인을 받은 후, 페르낭은 병사들이 철거하기 시작한 한 텐트에서 조금 떨어진 곳으로 부하들을 데리고 갔다. 그는 동료들과 일일이 악수를 나누었고, 그들은 저마다 나름의 계획을 밝혔다. 어떤 이들은 파리로 올라가는 열차 편을 찾아보겠다고 했고, 어떤 이들은 이 말에 웃으면서 자신은 더 남쪽으로 내려가겠노라고 했다. 직무에 복귀하겠다고 말하는 사람은 아무도 없었다. 지휘관들이 어디 있는지도 알 수 없었고, 지금 그들의 유일한 상관인 페르낭은 〈자, 우리 나중에 보자고! 모두에게 행운을 빌어!〉라고 말했다.

　그는 보르니에 중사를 따로 불렀다.

　「수감자를 사살하라는 그 명령 말이야……. 그건 좀 지저분한 일이었어, 안 그런가?」

　보르니에는 고개를 숙였다.

　「좀 재밌는 것은 말이야.」 페르낭이 덧붙였다. 「자네는 지시를 이행할 때는, 가끔씩 아주 한심할 때가 있어. 그런데 자신이 알아서 해야 할 때는, 이따금 꽤 똘똘하게 행동한단 말이야…….」

　보르니에는 고개를 들고 미소를 지었다. 이제 만족하고 안도한 표정이었다.

　그런 후에 페르낭은 그의 어깨를 툭툭 두드린 다음 배낭을 걸쳐 메고 길을 떠났다.

　그는 자신이 너무 더럽게 느껴졌다. 이 〈더럽다〉는 표현이 단순히 은유만은 아니었던 게, 이틀 동안 제대로 씻지 못해 몸에서 지독한 냄새가 났기 때문이었다. 그는 루아르강 쪽으로 발길을 돌렸다. 배낭 밑바닥에서 비누 한 조각도 찾아낸 터, 거

기 가면 몸을 씻을 만한 곳이 있을 거였다. 강으로 내려가는 오
솔길을 따라 가던 그는 순간 걸음을 멈췄다. 골짜기 사이로 구
불구불 이어지는 루아르강의 고요한 자태……. 너무도 아름다
워 숨이 멎을 정도였다.

그는 셔츠와 신발과 양말을 벗었고, 바지를 무릎까지 걷어
올렸다.

오후 5시경에 그는 생레미쉬르루아르의 접경에 이르렀다.
우리는 이 가련한 도시가 어떤 상태였는지 기억하고 있다.
몰려드는 피란민들로 말 그대로 무너질 지경이었고, 몇 안 남
은 공무원들은 폭주하는 민원에 정신을 차리지 못했었다. 전
날 루아조 군수는 몽타르지를 떠나 순회 시찰을 돌았는데, 그
결과는 너무나 참담했다. 이 정력적인 사내는 피란민들을 집
중 수용한 곳들에 대부분 나흘 전부터 잠을 자지 못한 공무원
들을 배속하기 위해 지칠 줄 모르고 목록을 체크했다. 아침에
는 복지 기관의 임시 본부로 삼기 위해 시청 소속 차고를 하나
징발했다. 또 필요한 탁자들을 구하고, 초등학교를 비우
고……. 초등학교에는 종이가 있었지만, 연필은 없었다.

페르낭은 도청의 지휘를 받을까도 생각해 봤지만, 그렇게
하지 않았다. 표지판이 3킬로미터 남았다고 알려 주는 베로 예
배당이 가까워짐에 따라, 모든 근심과 실망감이 눈 녹듯 사라
지고, 머릿속에는 다시 알리스의 모습만이 가득했다. 어떻게
그동안 그녀의 건강 상태를 염려하지 않은 채로 지낼 수 있었
단 말인가? 며칠 전까지만 해도 당장 그녀를 찾아 나서기 위해
트럭에 올라탈 뻔했던 그가 어떻게 이것저것 하면서 꾸물대고,

또 몸을 씻으며 시간을 보낼 수 있단 말인가? 그는 걸음을 빨리 했다.

등에 맨 배낭 안에서는, 백 프랑짜리 지폐 더미 위에서 그의 책이 이리저리 흔들렸다.

# 51

　라울 랑드라드는 비누 궤짝을 줄로 끄는 대신에 밀고 가려
함으로써 일을 복잡하게 만들었다. 궤짝은 끊임없이 옆으로
비스듬히 움직여 그로 하여금 몸을 이리 비틀고 저리 비틀게
하여, 루아르강을 따라 나룻배를 끌고 오느라 기진맥진한 몸
을 한층 지치게 만들었다.

　〈그냥 줄로 끄는 게 어떨까?〉라고 가브리엘은 제안했다.

　하지만 라울은 거부했으니, 이렇게 밀고 가면 미셸을 살펴
볼 수 있기 때문이었다. 그렇다고 해서 그가 특별히 할 수 있는
일이 있는 것은 아니었지만, 개가 죽어 가고 있었다. 커다란 대
가리를 옆으로 누인 채로 꼼짝도 하지 않고 있었다. 혓바닥을
쭉 내밀고, 사지는 축 늘어지고, 눈빛은 흐릿했다. 수레의 쇠
바퀴 굴러가는 소리에 신경이 곤두섰다. 라울은 움푹 팬 웅덩
이나 갈라진 틈을 피하기 위해 이리저리 우회해야 했다. 용을
쓰며 찡그리는 그의 얼굴은 마치 찹쌀가루를 바른 것처럼 새하
였다.

　가브리엘은 교대할 생각도 해봤지만, 목발 때문에 그럴 수

가 없었다.

미셸의 상태도 안 좋았지만, 그의 상처 또한 조금도 나아지지 않았다. 라울이 전쟁 전체를 함께 치렀다고 할 수 있는 전우보다 안 지 이틀밖에 안 되는 이 개를 더욱 염려하는 것을 본다면 누구라도 이상하게 여겼겠지만, 가브리엘은 기분 나빠 하지 않았다. 최근 며칠 동안 그가 변한 것을 알고 있었기 때문이었다. 그 변화는 편지를 받았을 때부터 시작되었다. 라울은 화를 내며 편지를 갈가리 찢어 버렸지만, 그 충격은 남아 있었다. 그녀가 제기한 질문들, 그리고 그녀가 약속한 대답들은 그가 자신의 삶을 쌓아 온 정신적 구조물에 균열을 초래했던 것이다. 이제 가브리엘은 그가 어떤 사람인지 조금 알게 되었는데, 그는 별로 상태가 좋지 못했다.

베로 예배당에 다가가면서, 가브리엘은 지금 자신에게 필요한 사람은 의사이고, 심지어는 외과 의사일지도 모르는데, 신부 하나가 대체 무슨 도움이 될 수 있을지 불안하게 자문했다. 그는 외다리가 된 자신을 상상해 봤다. 1차 대전 참전 용사들처럼 되는 것은 아닐까? 어린 시절에 디종에서 보았던, 생계를 위해 길거리에서 복권을 팔던 그 상이용사들처럼 말이다.

몸을 옆으로 구부려 보니, 라울의 군은 얼굴 너머로 거의 죽어 가는 미셸의 커다란 아가리가 보였다.

이런 기분으로 걷고 있는데, 베로 예배당의 열린 철책 문이 불쑥 눈앞에 나타났다.

그들은 걸음을 멈췄다. 부산하면서도 혼란스러운 그 기이한 풍경이 눈에 들어왔다.

「여기야?」 라울이 물었다. 「그 기적을 행한다는 데가?」

그는 의심쩍은 표정을 지었다. 이건 집시촌 아니야?

「네, 맞습니다, 형제님들!」 어떤 목소리가 대답했다. 「바로 여기입니다!」

그들은 이 소년처럼 청아한 목소리가 어디서 들려오는지 눈으로 찾았다. 고개를 들어 보니, 예배당 문턱에 보초처럼 서 있는 한 느릅나무 위에서 처음에는 까마귀라고 생각했던 검정 수단 하나가 펄럭이고 있었다. 어떤 사제였다. 그는 밧줄을 주르륵 타고 내려와서는 그들 앞에 탁 내려섰다. 나이가 젊었고, 얼굴에는 미소가 가득했다.

「자, 한번 봅시다……」 그는 수레 위로 고개를 굽히며 말했다. 「아, 착한 개가 한 마리 있군요.」 이어 가브리엘의 상태를 보고는, 「또 주님의 도움이 절실히 필요해 보이는 용사도 한 분 계시고요.」

이때 아무도 예상치 못했던 일이 일어났다. 가브리엘도 예상 못 한 일이었다. 라울이 갑자기 털썩 쓰러진 것이다.

가브리엘은 그를 부축하려 했지만, 목발 때문에 여의치 못했다. 라울의 머리가 돌 위에 부딪히며 퍽 하는 둔탁하고도 불길한 소리를 냈다.

「오, 주 하느님!」 데지레 신부가 소리쳤다. 「하느님의 자녀들아, 사람 살려! 하늘이시여!」

알리스와 세실 수녀가 동시에 달려왔다.

라울 옆에 무릎을 꿇은 수녀는 그의 머리를 쳐들고는 타박상 부위를 살핀 다음 다시 살그머니 땅에 내려놓았다.

「알리스, 가서 들것 좀 가져오세요!」

알리스는 급히 트럭 쪽으로 향했다. 세실은 라울의 맥을 짚으면서 목발을 짚고 비틀거리는 젊은이를 올려다보았다.

「이분은 탈진하셨네요……. 네, 탈진했어요. 그리고 당신은 어떤 문제인가요?」 그녀가 가브리엘에게 물었다.

「총알이 허벅지를 관통했어요…….」

수녀는 눈을 찌푸렸고, 놀라울 정도로 빠른 손길로 가브리엘의 붕대를 풀었다.

「아, 별로 좋지가 않네요. 뭐, 하지만…… (그녀는 상처의 가장자리를 만져 보았다) 지금 처치하면 늦지 않을 거예요. 조금 있다가 의사 선생님을 보러 오세요.」

가브리엘은 고개를 끄덕이고는, 라울의 축 늘어진 몸 쪽으로, 그다음에는 수레 쪽으로 고개를 돌렸다.

「이 친구의 개도 치료해 줄 사람이 있을까요?」

「우리에게는 의사 한 분만 있어요.」 세실 수녀가 대답했다. 「수의사는 없다고요.」

이 쌀쌀맞은 대꾸는 가브리엘을 화나게 했다. 그가 얼굴을 굳히면서 뭐라고 대꾸하려 하는데, 데지레 신부가 끼어들었다.

「우리 하느님께서는 당신의 모든 피조물을 사랑하십니다. 그분은 예외를 두지 않으시죠. 난 우리 의사분께서도 그리 하시리라 확신해요. 안 그런가요, 세실 수녀님?」

그녀는 구태여 대답하지 않았다. 데지레 신부는 가브리엘에게 말했다.

「자, 가서 좀 쉬세요. 개는 제가 돌볼게요.」

이렇게 말한 그는 군용 트럭이 있는 쪽으로 수레를 밀고 갔다.

알리스가 들것을 가지고 왔다. 두 개의 긴 막대기에 튼튼한 갈색 천을 두른 것으로, 두 사람이 막대기 끝을 잡으면 가마처럼 들 수 있었다.

세실 수녀는 알리스의 안색을 살폈다. 얼굴이 백지장 같았다……

「괜찮아요?」

알리스는 애써 미소를 지어 보였다. 네, 괜찮아요…….

「여기에 그냥 있어요.」 수녀가 다시 말했다. 「다른 사람을 부를게요. 필리프!」

벨기에 남자는 저쪽에서 하느님의 트럭의 엔진 오일을 가는 중이었다. 그는 성큼성큼 걸어왔다. 잠시 후, 두 사람은 땅바닥에 내려놓은 들것에 라울을 실은 다음, 들것을 들고 트럭 쪽으로 뛰어갔다.

그렇게 그들이 멀어져 가고 있을 때, 가브리엘은 알리스가 입을 벌리고 가슴을 부여잡는 것을 보았다……. 그러다 갑자기 무릎을 꿇었다.

정말이지 이 시대의 특성인지 모두가 풀썩풀썩 쓰러지고 있었다.

가브리엘은 급히 목발을 집어 던지고는 그녀의 몸을 들어 올렸다. 그렇게 그녀를 안아 들고는 절뚝거리며 트럭 쪽으로 향했다. 규방으로 향하는 신혼부부와도 비슷한 모습이었다.

루이즈는 멀리서 이 광경을 봤지만, 끼어들지는 않았다. 그모든 일이 너무 빨리 일어났고, 열 살 아래인 아이들을 돌보고 있었는데 그들 사이에는 〈쌍둥이 대 세상의 나머지〉라고 부를 수 있는 공연이 계속 이어지고 있어 잠시도 눈을 뗄 수가 없었기 때문이다. 게다가 품에 안겨 잠들어 있는 아기를 어디다 둘

데도 없었다.

그녀는 사람들이 트럭에 도착하고, 차 문이 열리고, 들것이 들어가고, 그 뒤를 따라 알리스를 안아 든 가브리엘이 들어가는 것을 보았다. 그 안이 잠시 소란스러운가 싶더니, 누군가의 손이 가브리엘을 밖으로 밀어낸 다음 차 문이 다시 쾅 하고 닫혔다.

이제 가브리엘과 함께 금속 계단 앞에 있는 것은 벨기에 남자 필리프와 데지레 신부가 거기까지 끌고 왔고 그 안에서 미셸이 죽어 가고 있는 손수레뿐이었다.

어느 젊은 남자가 이틀 전부터 자신과 세 아이를 보살펴 준 그 실신한 여자를 안아 들고서 절뚝절뚝하며 난민촌의 일부분을 가로지르는 모습을 보니 루이즈의 가슴이 뭉클해졌다.

그녀는 그를 계속 지켜보았다.

그는 개를 내려다보고 있더니만, 마치 생각할 만큼 생각해 봤다는 듯이 갑자기 맹렬한 기세로 계단을 올라갔다. 그가 차 문을 치려고 주먹을 들어 올리는데, 문이 왈칵 열렸다. 수녀가 손에 주사기를 들고 나와서는 팔꿈치로 그를 탁 밀쳤다. 저리 좀 비켜요! 그대로 우두두 계단을 뛰어 내려간 그녀는 개 위에 몸을 굽히고 가죽을 한 움큼 쥐고는 거기다 바늘을 찔렀다.

「자, 이제 괜찮아질 거예요!」 그녀가 말했다. 「이런 짐승들은 아주 튼튼해요. 아, 근데 저리 좀 비키라고요!」

그녀는 길을 막고 있는 가브리엘을 어깨로 다시 한번 밀쳤고, 트럭에 뚜벅뚜벅 올라가서는 다시 문을 쾅 닫았다.

가브리엘은 허리를 구부리며 들여다보았다. 개는 죽은 것처럼 보였다. 가슴팍에 손을 대보았다. 녀석은 잠들어 있었다.

젊은 남자는 아까 있던 곳으로 돌아가 목발, 그리고 수녀가 풀어놓은 붕대를 다시 주워 들었고, 조금 떨어진 곳에 있는 석재 벤치까지 걸어가서는 허물어지듯 주저앉았다.

「같이 앉아도 될까요?」 루이즈가 다가가 물었다.

그는 미소를 지으며 목발을 어깨에 기댄 채로 조금 비켜 앉았다.

「남자아이인가요, 여자아이인가요?」 그가 물었다.

「여자아이예요. 이름은 마들렌.」

그러고 나서 루이즈는 중얼거리듯 덧붙였다.

「오, 세상에……。」

「왜요, 무슨 문제가 있나요?」 가브리엘이 물었다.

「아뇨, 아뇨, 괜찮아요.」

〈마들렌〉, 마침내 생각이 났다. 이 이름은 1차 대전이 끝난 후에 벨몽 부인이 방을 임대해 주었던 얼굴이 상한 그 젊은 병사, 에두아르 페리쿠르의 누이 이름이었던 것이다. 에두아르를 지탱해 주는 친구였던 알베르 마야르는 어느 날 페리쿠르 가족에게 저녁 초대를 받아 갔는데, 거기서 아주 어두운 얼굴로 돌아오긴 했지만, 이 누이는 아주 좋은 사람이라고 말했었다. 루이즈 자신도 이 마들렌이라는 여자를 한 번 본 적이 있었다. 그 후에는 어떻게 됐는지 모르겠지만, 에두아르는 항상 그녀에 대해 가족 중 자신이 진정으로 사랑하는 유일한 사람이라고 말하곤 했다.

「아주 예쁘네요, 이 아기……。」

사실 가브리엘은 오히려 어머니 쪽을 말하는 것이었으나, 이런 상황에서는 하기 힘든 말이었다. 루이즈도 그걸 알고 있었고, 마치 그가 자신에게 직접 말한 것처럼 미소 지으며 이 칭찬을 받아들였다.

가브리엘은 캠프 전체를 가리키면서 물었다.

「여기가 정확히 어떤 곳이죠?」

「이곳이 정확이 어떤 곳인지는 아마 아무도 모를 거예요. 난민촌 같기도 하지만, 하나의 성당이에요. 마을의 본당과 스카우트 캠프를 섞어 놓은 것 같은……. 이를테면…… 교회 일치 운동 캠프라고 할 수 있겠죠.」

「그래서 여기에 수녀들이 있는 건가요?」

「아뇨, 수녀는 세실 수녀님 한 분뿐이에요. 데지레 신부님이 일종의 몸값으로 얻어 오신 분이시죠. 그분은 군수님을 협박하셨어요.」

「저 의료 트럭도요?」

「제 생각으로는, 데지레 신부님은 저걸 하나의 노획물로 여기실 거예요. 일시적인 노획물이지만…….」

그녀는 가브리엘의 다리에 난 상처를 쳐다보았다.

「총알이 제 허벅지를 관통했어요. 처음에는 괜찮았는데, 갈수록 상태가 나빠지네요…….」

「의사가 봐줄 거예요.」

「그럴 것 같아요. 수녀가 보더니만 별거 아니라네요. 자기가 한번 당해 보면……. 뭐, 이것 때문에 불평하진 않아요. 전 무엇보다도 제 친구가 걱정이 돼요. 여기까지 오다가 완전히 탈진해서…….」

「멀리서 오셨나요?」

「파리에서요. 그리고 오를레앙에 있었죠. 당신은요?」

「지금 모든 사람이 같은 곳에서 왔을 거예요.」

그러고 나서 그들은 이 개미집 같은 캠프를 바라보며 한동안 말이 없었다. 지금 두 사람에게 공통된 게 있다면, 그것은 자신이 마침내 어딘가에 다다랐다는 어렴풋한 느낌이었다. 이 소란스럽고 어지럽고 부산스러운 장소에는 두 사람이 한동안 경험하지 못했던, 뭔가 안심이 되고 안전하게 느껴지는 것이 있었다. 그녀는 쥘 씨를 생각했다. 여기에 도착한 이후로 그가 많이 생각났다. 쥘 아저씨도 어딘가에서 피란처를 찾았을까? 그가 죽었다고는 생각하고 싶지 않았다.

그녀가 이 벤치에 와서 같이 앉은 이후로, 아기 위로 고개를 숙이고 있는 그녀의 모습을 보는 가브리엘의 머릿속에 한 가지 질문이 계속 맴돌았다.

「그럼 이 아기의 아빠는…… 병사인가요?」

「아빠는 없어요.」

이렇게 대답하며 그녀가 미소 짓는데, 어떤 괴로운 얘기를 하는 여자의 얼굴이 전혀 아니었다. 가브리엘은 묵묵히 다리를 어루만졌다.

「트럭에 가셔서 계단 아래에서 차례를 기다려야 할 거예요.」 루이즈가 말했다.

가브리엘은 알았다고 손짓을 했다.

「네, 맞아요. 하지만 그 전에…… 혹시 제가 뭣 좀 먹을 수 있을까요?」

루이즈는 젊은 남자에게 채마밭 근처의 고기 굽는 곳을 가르쳐 주었다.

「저쪽으로 가서 뷔르니에 씨에게 달라고 하세요. 그분은 화를 내면서 지금은 시간이 아니라고 하겠지만, 그래도 저녁 식사 때까지 견딜 수 있을 만한 것을 좀 주실 거예요.」

가브리엘은 인사 대신 미소를 짓고는, 갖가지 활동으로 부산스러운 캠프 안쪽으로 발걸음을 옮겼다.

# 52

 

 

가브리엘은 네 개의 금속 계단을 올라가 군의관의 야전 진료실에 들어가서 다리를 검사받아야 하는 이 순간이 너무 두려웠다. 세실 수녀는 걱정 말라는 표정을 지었지만, 원래 안심시켜 주는 것이 수녀의 역할 아니던가? 세상에 그런 일이 없는 것은 아니겠지만, 수녀가 상처를 들여다보면서 다리를 절단해야겠다고 진단하는 모습은 상상하기 힘든 것이다.

진실을 마주할 생각을 하니 상처가 더욱 아픈 것 같았다.

「아니, 자네 지금 여기서 뭐 하고 있는 건가?」

이게 군의관이 그에게 대뜸 한 질문이었다. 젊은 남자는 깜짝 놀라 아픈 것도 잊어버렸다.

「르 마앵베르그 친구들이 여기 다 와 있는 거야?」

군의관은 전에 마지노선에서 가브리엘과 함께 있었던 바로 그 사람이었다. 같이 체스를 두고, 그에게 특별 보급 부사관 자리를 마련해 준 군의관 말이다.

「맞아, 아까 봤어. 자…… 그 악당 녀석 이름이 뭐였더라?」

그는 기록 카드를 들여다보았다.

「라울 랑드라드! 그 친구 역시 르 마옝베르그에 있었어! 이런 젠장, 마지노선 전체가 여기로 물러나 있군! 아이고, 끔찍해!」

그는 이렇게 말하면서 가브리엘을 진찰 테이블 위로 밀어 눕히고는, 붕대를 풀고 상처를 씻었다.

「보아하니, 자네는 비장의 무기였던 천식을 실탄으로 교체했군그래……. 이건 좀 무모한데……?」

「독일군 총알이에요.」

가브리엘은 이렇게 말하며 이를 악물었다가 다시 말을 이었다.

「군의관님은 여기에…….」

이 의사에게 질문하기 위해서는 완전한 문장이 필요치 않았다. 몇 마디만 하면 척 알아들었다.

「아이고, 완전히 개판이야! 난 8주 동안 네 번이나 다른 곳에 배속되었어. 내가 옮겨 다닌 곳을 한번 훑어보면, 왜 우리가 이 전쟁에서 지고 있는지 이해할 수 있을 거야. 인간들이 도대체 나를 어떻게 해야 할지 모르더라고! 내가 승리에 필요 불가결한 존재는 아니지만, 그래도 뭔가 유익한 일들을 할 수 있는데 말이야……. 하지만 천만의 말씀이었어!」

그는 말을 멈추고 애매한 손짓으로 주위를 가리켜 보였다.

「그리고 지금 이렇게 여기 있게 된 거야…….」

통증에 가브리엘의 몸이 경직되었다.

「아픈가?」

「조금요…….」

군의관은 곧이듣는 것 같지 않았다. 이것은 그가 사물을 보는 방식이 아니었다.

「야전 병원이 여기로 파견됐나요?」 가브리엘이 침대 기둥을 꽉 붙잡으며 물었다.

군의관은 어떤 말을 강조하고 싶을 때는 동작을 딱 멈추고서 오랫동안 뜸을 들였는데, 그가 외과 의사가 아닌 게 정말로 다행이었다.

「데지레 신부는 여기저기 쑤시고 다녀서 인맥이 많아. 그는 의료 트럭 한 대가 필요했고, 그걸 가지러 간 거지. 그래서 나까지 끼워서 이 트럭을 가지고 온 거야. 사람들 말로는 그가 하기로 마음먹은 일만큼 간단한 것은 없다고 하는데, 내가 장담하는데 정말 맞는 말이야!」

군의관은 치료를 해가면서 정말 한심하다는 듯이 고개를 설레설레 저었다.

「아, 정말로 개판이야! 여기에는 벨기에 사람들, 룩셈부르크 사람들, 네덜란드 사람들이 있어……. 신부 주장으로는, 프랑스에서 외국 피란민들은 다른 사람들보다도 헤쳐 나가기가 훨씬 힘들다는 거야. 그는 그들을 한 사람, 두 사람, 세 사람 받아들였고, 지금은 도대체 얼마나 되는지 모르겠어. 아마 일개 중대는 되겠지. 어쨌든 난 어제부터 전혀 쉬지 못했어. 또 그 인간은 여기 와서 호구 조사를 하라고 군청을 들볶고 있는 것 같아. 이 사람들도 제반 권리가 있다고 주장하는 거지! 이 전쟁판에 진짜 한심한 친구 아니야? 하지만 아무도 오지 않았어. 그러니까 또다시 군수를 찾아갔고, 결국에는 평소와 똑같이 일이 진행됐어. 군수가 화요일에 여기 온다는 거야! 그러니까 이 신부는 노천에서 미사를 거행하겠다는군. 정말이지 웃기는 친구야…….」

「그럼 군의관님은…….」 가브리엘이 말하려고 했다.

「아, 나?」 질문을 끝까지 들을 필요가 없는 의사가 말을 끊었다. 「보제르퇴유 대령이 날 이틀간 빌려주었어. 하지만 일이 돌아가는 꼴을 보아 하건대, 나도 자네들과 같은 신세가 될 것 같아……」

「우리와 같은 신세라뇨?」

「그걸 말이라고 해? 독일 놈들 포로지 뭐야? 자, 됐어. 이제 일어나 봐!」

그는 책상을 대신하는 테이블로 가서 앉은 다음, 가브리엘을 쳐다보았다.

「결국 자네와 난 언제나 포로 아니었어? 전에는 르 마앵베르그에서 포로였고, 지금은 여기에서 포로 신세지. 그리고 세 번째로 감옥을 바꿔서 독일 놈들 포로가 될 거야. 난 앞의 두 곳이 더 나을 것 같지만 뭐, 우리에겐 선택권이 없잖아?」

가브리엘은 테이블 위에 앉아 있었다.

「그리고 제 다리는요?」

「뭐? 자네 다리? 아, 맞아, 자네 다리……」

그는 눈 아래 있는 자료를 한참 들여다보았다.

「자네 허벅지를 관통한 것은 독일군 탄환이 아니야……. 자네, 날 바보로 아나?」

의사는 아직 상처에 대해 아무런 진단을 내놓지 않고 있었다. 가브리엘은 참을성 있게 기다렸지만, 거기에 대해서는 아무 말도 없었다. 결국 그는 폭발해 버렸다.

「네, 맞아요, 군의관님! 진실을 좋아하시니까 말씀드리는데, 내 다리를 관통한 것은 군의관님 군대의 총알이었어요! 이제 내가 이 빌어먹을 다리를 간직할 수 있는지 아니면 돼지들에게 사료로 던져 줘야 하는지 얘기 좀 해달라고요!」

의사는 어떤 상념에서 깨어난 듯한 표정을 지었다. 그는 조금도 기분이 상한 표정이 아니었다. 그는 철학적인 의사였다.

「첫째, 이 프랑스군 총알에 대해서 자네는 내게 아무 말도 하지 않았어. 둘째, 미안하지만 돼지들은 사료를 다른 데서 찾아야 할 것 같아. 셋째, 난 배농관을 하나 끼워 놨고, 이걸 여섯 시간마다 갈게 될 거야. 만일 내 처방만 잘 따른다면, 다음 주에 자넨 가장 가까운 사창가까지 걸어갈 수도 있어. 넷째, 오늘 저녁 나와 체스 한판 두겠나?」

그날 저녁, 군의관은 두 판을 내리 졌지만, 황제가 부럽지 않은 듯이 행복해했다.


가브리엘이 자러 간 것은 밤이 이슥해졌을 때였다.

라울이 있는 곳까지 가기 위해서는 캠프의 상당 부분을 가로질러야 했고, 가장 빠른 지름길은 예배당을 통해 가는 거였는데, 그 안에는 한 번도 들어가 본 적이 없었다. 가브리엘은 예배당 문턱에 잠시 멈춰 섰다. 중앙 홀과 가로 회랑과 저쪽 성가대석까지 짚단과 야전 침대와 매트리스 등이 들어찼고, 그 위에 수십 명의 사람들과 일가족이 잠들어 있었다. 가브리엘은 눈을 들어 올렸다. 천장에 여기저기 구멍이 뚫려 있는 것이, 마치 별빛 아래에서 자는 것 같았다. 이곳의 분위기는 몸들이 쌓여 있는 밀집 공간의 그것이 아니었다. 오히려 여기에는……. 가브리엘은 적절한 표현을 찾았다.

「조화로움이죠…….」

그는 고개를 돌렸다.

데지레 신부가 그의 옆에 있었다. 뒷짐을 진 신부도 이 잠든 몸들이 이룬 거대한 무리를 쳐다보고 있었다.

「그래, 다리는 어떤가요?」 데지레 신부가 물었다.

「군의관님 말로는 괜찮을 거랍니다.」

「방황하는 영혼이시죠……. 하지만 좋은 의사이십니다. 그분의 말씀은 믿어도 돼요.」

가브리엘은 알리스의 소식을 물었다.

「괜찮아요. 굉장한 광경이었지만, 그렇게 심각하지는 않아요. 휴식을 좀 취하셔야 해요. 왜냐하면 주님께서는 아직도 그분이 필요하시거든요!」

가브리엘은 안도했지만, 또 라울도 걱정이 되었다. 데지레 신부는 이것을 느낀 모양이었다.

「하사님의 친구분도 아주 잘 계세요. 머리에 커다란 혹이 하나 생기겠지만, 혹 하나 달고서 전쟁을 끝내게 된다면 그거야말로 주님의 선물 아니겠어요?」

가브리엘은 그게 주님의 선물이든 아니든 간에 자신과 라울이 이 전쟁을 그럭저럭 잘 치르고 있다는 사실을 인정하지 않을 수 없었고, 그런 뜻으로 고개를 한 번 끄덕였다.

「이번 화요일에,」 데지레 신부가 말을 이었다. 「군수님의 방문을 환영하기 위해 우리는 미사를 거행할 거예요. 오, 물론 이것은 절대로 의무가 아니에요. 꼭 참석해야 한다고 생각할 필요는 없어요. 〈예수께서 제자들에게 말씀하시니라. 내 길을 따르지 말라. 너희의 길을 따르라. 왜냐하면 그 길은 너희를 내게로 이끌 것이기 때문이니라.〉」

데지레 신부는 조그맣게 웃음을 터뜨리며 떠나갔다. 손으로 입술을 가리고 눈알을 뒤룩거리는 모습이, 마치 어떤 못된 장난을 친 아이 같았다.

「잘 주무세요, 형제님.」

그는 이렇게 말하며 보일 듯 말 듯 하게 성호를 그었다.

아닌 게 아니라, 가브리엘은 평온한 밤을 보냈다. 그와 라울의 잠자리는 돼지우리에서 아주 가까운 곳에 있었다. 냄새가 그다지 좋지 못했고, 이 짐승들은 도무지 쉴 줄을 몰랐다. 끊임없이 어딘가를 뒤지고, 땅을 파고, 꽥꽥대고, 꿀꿀대는 게, 사람의 진을 빼놓았다. 하지만 이 두 남자는 잠이 더 급했다. 가브리엘은 라울 옆에서 미셸의 길게 누운 몸을 발견하고도 별로 놀라지 않았다. 그도 녀석의 머리를 쓰다듬어 주었다. 녀석은 편안히 호흡하며 깊이 잠들어 있었다.

그들은 아침 일찍 깨어났다. 전쟁 통에 얻은 습관 중 하나였다.

가브리엘이 목발을 짚고 마당에 가봤더니, 라울은 벌써 한 손으로 커피가 담긴 공기를 들고, 다른 손으로는 옆에 앉은 미셸의 머리통을 어루만지고 있었다.

「녀석이 많이 나아진 것 같은데?」 가브리엘이 말했다.

하지만 라울은 왠지 심사가 사나워 보였다.

「난 여기에 오래 있을 것 같지 않아.」

이상한 말이었다. 도대체 어디로 가겠다는 건가? 파리는 베를린의 손아귀에 들어갔다. 또 데지레 신부는 정부가 보르도로 물러났다는 라디오 뉴스를 들었다고 했다. 결정적인 항복

선언을 기다리는 것 외에 다른 할 일이 없는 상황인데, 여기가 됐든 다른 곳이 됐든 무슨 차이가 있단 말인가?

가브리엘이 라울의 시선을 따라가 보니, 예배당 근처에서 데지레 신부와 얘기를 나누는 세실 수녀가 보였다.

「저 여자 말로는 미셸이 너무 많이 처먹는대. 사람들도 겨우 먹고사는 상황에서, 〈개를 먹이는 것은 시급한 일이 아니〉라고 생각한다는구먼.」

그는 남은 커피를 마저 마셨다.

「몸을 좀 씻고 나서, 의사를 찾아가 미셸을 보살필 만한 것을 좀 얻은 다음 여길 뜰 거야.」

가브리엘이 말을 하려고 했으나, 라울은 벌써 일어나 가고 있었다. 미셸은 무겁고도 지친 걸음으로 그를 따라갔다. 가브리엘은 데지레 신부를 찾아가 이 일의 해결책을 의논해 보기로 마음먹었다. 그런데 가는 도중에 루이즈와 마주쳤다. 그녀는 쌍둥이를 탁아소에 데려다주고 오는 길로, 커피 한 잔을 손에 들고 있었다.

「다리는 어떠세요?」

「다음번 전쟁을 치를 수 있을 만큼 튼튼해질 거라네요. 군의관님은 아주 낙관적이세요.」

두 사람은 묘석 위에 앉았다. 가브리엘이 짐짓 놀라며 물었다.

「이러면 재수가 없지 않나요? 정말 괜찮은 거예요?」

「데지레 신부님은 오히려 이걸 적극 추천하세요. 이 무덤들에는 지혜가 가득하다고요. 아마 좌욕의 교회 일치주의적인 변형일 거예요.」

루이즈는 뒷물의 이미지를 떠올리고는 얼굴을 붉혔다.

「그런데 아직 성함도 모르고 있네요…….」

그는 그녀에게 악수를 청했다.

「전 가브리엘이라고 합니다.」

「전 루이즈예요.」

그는 그녀의 손을 잡은 채로 가만히 있었다. 이건 그냥 우연의 일치일 수 있었다. 루이즈라는 이름을 가진 사람은 너무나 많지 않은가……. 하지만 라울이 받은 편지는 불과 사나흘 전에 쓰인 거였고, 상사가 그것을 전해 준 것을 보면 아마도 이지역에서 나온 것일 터인데…….

「루이즈…… 벨망?」

「벨몽이에요.」 루이즈가 놀라며 대답했다.

가브리엘이 벌떡 일어섰다.

어떻게인지는 설명할 수 없지만, 루이즈는 깨달았다.

「제가 누군가를 데려올게요……. 여기서 기다리고 있어야해요. 꼭요…….」

잠시 후, 그는 친구와 함께 돌아왔다. 〈루이즈가 여기 있어……〉라는 말만 하고 다짜고짜 그를 데려온 거였다.

「루이즈, 제 친구 라울 랑드라드를 소개할게요. 자, 난 그럼이만…….」

이렇게 말하고 그는 저만치로 갔다.

우리 역시 그렇게 할 것이다. 루이즈와 라울에게는 둘만의 시간이 필요하고, 우리는 이 이야기에 대해 잘 알고 있기 때문이다. 하지만 가슴 뭉클한 한 장면만 엿보기로 하자. 라울은 루이즈의 옆자리에 앉았고, 두 사람은 아직 한마디도 나누지 않았다. 그는 호주머니 속을 열심히 뒤져 아주 조그만 종잇조각 하나를 꺼냈다. 그가 받은 편지에서 유일하게 간직한 이 조각은 바로 그녀의 서명, 〈루이즈〉였다.

그들은 하루 종일 얘기를 나누었다. 루이즈가 어린 마들렌을 보살펴야 할 때는 어쩔 수 없이 자리를 옮겼지만, 걸어가는 도중에도 계속 얘기했다. 라울은 자신의 어머니에 대해 모든 것을 알고 싶어 했고, 그 광기의 이야기, 그 우울증의 이야기는 그의 가슴을 먹먹케 했다. 그녀가 파리에, 그 엎드리면 코 닿을 곳에 살고 있었다니⋯⋯. 의사가 진실을 말해 주기만 했더라면 자기에겐 어머니가 있었을 텐데⋯⋯. 또 그녀는 자신의 아이가 한걸음에 달려갈 수 있는 뇌이쉬르센에, 심지어는 자신이 하녀로 일했던 집에 있다는 사실을 전혀 모르고 있었다⋯⋯. 하지만 가장 무섭고 그를 가장 가슴 아프게 한 것은 그 핏덩이를 자기 아내의 손에, 그 못된 계모의 손에 던져 놓은 의사가 바로 자신의 친부라는 사실이었다. 그리고 그녀로부터 자신을 보호하기 위해 손가락 하나 까딱한 적이 없었다는 사실이었다.

식량을 구하기 위해 오전 중에 트럭을 타고 한 바퀴 돌고 온 데지레 신부는 그들 옆을 지나가다 걸음을 멈추었다. 그는 그들을 쳐다보았고, 그들의 얽힌 손들을, 서로에게 기울인 두 얼굴을, 서투른 손길로 그녀의 눈물을 닦아 주는 라울의 모습을 보고는 여기에 뭔가 가슴 아픈 사연이 있음을 짐작했다.

「주님께서,」 신부가 말했다. 「두 분이 같은 길을 걸어오게 하셨습니다. 그리고 두 분이 지금 어떤 슬픔을 느끼든 간에 그분께 감사하십시오. 왜냐하면 이 슬픔이 두 분을 강건케 할 것이기 때문입니다.」

그는 두 사람의 머리 위에 성호를 한 번 그은 다음 멀어져 갔다.

정오가 되었을 때, 라울의 손에는 루이즈가 그 난리 통에 기적적으로 간직한 잔의 편지 뭉치가 들려 있었다.

「읽어 봐.」 그녀가 말했다.

「조금 있다가.」 그는 대답했다. 아직 마음을 정하지 못한 것이다.

하지만 결국, 그들은 그동안 자신에게 무수한 질문을 던졌고, 이제 그들 이야기의 풍경이 밝아지기 시작하고 있었으므로, 라울은 용기를 내어 매듭을 풀었다.

「아냐, 그냥 옆에 있어.」 그가 말했다.

그리고 읽기 시작했다.

「1905년 4월 5일.」


저녁 7시쯤이 되자 땅거미가 지기 시작했다. 데지레 신부는 저녁 식사는 일찍 제공해야 한다고 늘 역설해 왔다. 아이들을 위해서란다. 「아이들은 가족과 함께 저녁을 먹는 게 좋아요. 또 일찍 잠자리에 들어야 하기 때문에 저녁상을 일찍 차리자고요.」 새로 들어오는 이들을 가장 놀라게 하는 것은 이 저녁 식사 시간이었다. 아침 식사는 공동으로 하지 않았다. 저마다 원하는 대로 했지만, 저녁 식사는 달랐다.

〈이것은, 약간은 우리의 미사라고 할 수 있어요〉라고 데지레 신부는 말하곤 했다.

정해진 시간이 되면 가족들과 그룹들은 묘석에, 그리고 아이들과 나이 든 이들은 그들을 위한 몇 개의 테이블에 흩어져 앉았다. 하지만 데지레 신부가 축복 기도를 하기 전까지는 아무도 식사를 시작하지 않았다. 모두의 얼굴이 그에게로 향하고, 수저와 포크는 하늘을 쳐다보았다. 신부는 구름을 올려다보며 낭랑한 목소리로 외쳤다.

「주여, 이 나눔의 시간을 축복하소서! 우리의 육신에 당신을 섬길 수 있는 힘을 허락하소서! 우리의 영혼이 당신의 임재로 강건하게 하옵소서! 아멘!」

「아멘!」

모두가 조용히 먹기 시작했지만 여기저기 속삭이는 소리가 새어 나왔고, 곧 학교 식당처럼 와글거려 데지레 신부의 얼굴이 활짝 펴졌다. 그는 이 순간이 너무나 좋았다. 그는 늘 축복 기도를 그날의 상황에, 혹은 그 순간의 상황에 맞추고 싶어 했다.

이날 저녁, 그는 이렇게 말했다.

「주여! 당신은 우리 육신의 양식을 주실 뿐 아니라 우리 영혼의 양식도 주시나니, 왜냐하면 당신은 우리가 타인을 만날 수 있도록 해주시기 때문입니다. 너무나 가까우면서도 너무나 다른 타인을, 그 안에서 우리 자신을 보게 되는 타인을 말입니다. 그리고 당신께서 당신의 마음을 열어 주셨듯이, 우리로 하여금 그에게 우리 마음을 열도록 도와주십니다. 아멘!」

「아멘!」

사람들은 먹기 시작했다.

알리스는 축복 기도를 할 때면 주님의 선함과 이 순간의 아름다움과 데지레 신부의 우아함에 사로잡힌 듯이 시종 황홀한 표정을 짓곤 했었다.

하지만 이날 저녁은 아니었다.

그녀의 시선은 최면에 걸린 것처럼 정원 입구의 한 어두컴컴한 지점에 못 박혀 있었다. 거기에 수염이 덥수룩하고, 더러운 군복을 입었으며, 배낭을 든 한 사내가 서 있었다.

「페르낭!」

벌떡 일어선 그녀는 두 손을 입술에 가져다 대며 말했다.

「오, 하느님……」

「아멘!」 데지레 신부가 말했다.

「아멘!」 모두가 화답했다.

# 53

「이건 문제가 다르다고!」페르낭이 자꾸만 말했다. 「그들이 여기에 있어! 무슨 말인지 알겠어? 그들 둘 다 여기 있단 말이야!」

그들은 낮은 목소리로 얘기했다. 공동 침실은 사람들로 꽉 차 있었던 것이다.

알리스는 그를 꽉 끌어안았다. 그는 늘 그랬던 것처럼 그녀의 가슴에 한 손을 올렸다. 그 단단하고도, 풍만하고도, 너그럽고도, 섬세하고도, 모성적이고도, 정열적이고도, 보드라운 가슴……. 정말이지 알리스의 가슴에는 아무리 많은 수식어를 가져다 붙여도 충분치 않았다. 다시 느껴지는 이 감촉은 눈물이 날 정도로 감격스러웠다. 그는 온갖 질문을 했다. 당신 심장은 어때? 왜 여기 있는 거야? 이제 피곤하지 않아? 여기서 정확히 하는 일이 뭐야? 당신 말고 도와줄 사람이 없는 거야? 미안한데 말이야, 저 신부는 전혀 신부같이 느껴지지가 않아! 우리, 빌뇌브쉬르루아르로 가자고. 가서 좀 쉬어야 해. 뭐, 싫다고? 아니, 왜? 등등.

알리스는 자신의 손으로 직접 짠 옷처럼 페르낭을 잘 알고 있었다. 이렇게 정신없이 던지는 질문들은 결코 형식적인 것이 아니었다. 모두가 중요한 질문이었고, 그는 대답을 기다리고 있었다. 하지만 그의 이런 모습에서는 어떤 거북함, 어떤 근심 같은 게 느껴졌다. 이 남자는 너무나 잔걱정이 많은 것이다. 그녀는 〈응〉, 〈아니〉로 대답해 나갔다. 이렇게 참을성 있게 대꾸하다 보면, 결국에는 하고 싶은 말이 나오기 마련이었다. 그것은 우선 다음과 같은 형태로 나왔다. 그는 그녀의 가슴을 지그시 누르면서(어느 계절에도 변함없이 따스한 그의 손은 너무나 든든하게 느껴졌다) 이렇게 말했다.

「그 일은 청소부들로부터 시작되었어. 당연히 난 『천일야화』와 페르시아를 생각했지. 무슨 말인지 알겠어?」

알리스는 고개를 갸웃했다. 그녀로서는 청소부들을 『천일야화』에 연결시키는 것이 도무지 이해되지 않았다.

그는 자총지종을 설명했다.

그녀는 그를 비난할 생각이 들지 않았다. 오히려 이게 너무 소설 같은 이야기처럼 느껴졌다. 가히 『천일야화』에 실릴 만한 이야기였다. 페르낭이 오직 자신의 꿈을 실현시켜 줄 목적으로 그런 일까지 했다는 사실에 그녀는 울음을 터뜨렸다. 페르낭은 그녀가 절망했다고, 이제 자신을 욕할 것이라고 생각했지만, 그녀는 오히려 그에게 사랑한다고, 당신을 원한다고 말하면서 그의 위에 몸을 포개었고, 그와 몸을 섞었다. 그들은 자신들이 옆 사람들에게 소리를 내는지 알 수 없었다. 이곳은 아주 가난한 가족들이 모여 사는 곳 같아서, 모든 것을 듣지만 거기에 대해 아무도 말하지 않았다.

그들은 마침내 서로를 찾은 것이다. 보통 이러고 나면 페르낭은 코를 골기 시작하는데, 지금은 깨어 있었다.

알리스는 아직 그에게 남은 얘기가 있다는 것을 눈치챘다.

「그 돈의 일부는 지금 나한테 있어. 내 배낭 속에. 아마 50만 프랑이 넘을 거야.」

지금까지 그는 돈에 대해 얘기했지만, 그 액수가 정확히 얼마인지는 말하지 않았다. 그는 그냥 〈돈 가방〉이 하나 있다고만 말했고, 그녀는 손가방 같은 것이 하나 있겠거니 생각했었다. 하지만 만일 이 배낭 하나에도 50만 프랑이나 들어 있다면……

「그럼 파리의 지하실에는?」 그녀가 물었다.

페르낭도 알 수 없었다. 세어 보지 않았던 것이다.

「그러니까 대충…… 8백만…… 천만…….」

알리스는 입을 딱 벌렸다.

「그래, 천만이 넘을 거야.」

거액은 듣는 이를 놀라게 한다. 더 큰 거액은 분개하게 한다. 하지만 이런 거액은…… 알리스는 웃음을 터뜨렸다. 페르낭은 그녀의 입에 손을 가져다 댔으나, 그녀는 멈추지를 못했다. 그녀는 웃음을 참으려 베개로 쓰고 있는 것을 입으로 물면서, 오, 페르낭, 당신이 너무 좋아, 하고 말했다. 돈 때문에 좋은 게 아니라, 당신이 그런 미친 짓을 할 수 있다는 게 너무 좋아……. 그녀는 다시 그의 위로 몸을 포개고 몸을 섞었다. 이러다 심장 마비로 죽어도 상관없었다. 이런 때 사랑하지 않으면 언제 하겠는가?

하지만 이번에도 페르낭은 코를 골지 않았다.

도무지 끝이 날 것 같지 않았다. 그녀는 그가 일주일 사이에 인생을 세 번 산 것 같은 느낌이 들었다. 또 무슨 고백할 것이 남아 있단 말인가?

「죄를 지었어, 알리스. 난 죄를 지었다고!」

그녀는 덜컥 겁이 났다. 페르낭이 사람을 죽였나? 페르낭은 그동안 있었던 일들을 쭉 들려주었다. 셰르슈미디 교도소, 파리 교통 공사 버스, 결국 어느 청년이 머리에 총을 맞게 된 일, 자신의 의무를 다했다고 흐뭇해하는 대위, 그리고 페르낭 자신이 탈옥수들에 총을 겨누었다가 용기가 없어 쏘지 못한 일…….

「그런데 그들이 여기에 있어! 정말 믿기지 않아! 그들이 공동묘지 식탁에 앉아 저녁을 먹고 있는 모습을 봤을 때, 그들의 멱살을 잡고 법의 이름으로 체포해야 옳았는데 난 아무것도 하지 않았어. 알리스, 저들은 탈옥수야. 또 도망병이고 약탈자들이라고. 아, 이제는 끝나 버렸어……. 전쟁도 끝났고, 나도 끝났어…….」

페르낭은 슬픈 게 아니라, 너무 놀라 있는 거였다. 지금 그가 생각하고 있는 것은 도망병들이라기보다는 비겁하고, 무기력하고, 완전히 무너져 버린 자기 자신이었다.

이 의무의 문제는 돈 문제와는 달라서, 알리스는 그를 달래줄 수 없었다. 페르낭은 도무지 말을 들으려 하지 않았다. 그들은 둘 다 잠을 이루지 못했다. 새벽 5시경에 모두를 깨우는 수탉은(사람들은 데지레 신부에게 녀석을 구워 먹자고 간청했지만 아무 소용이 없었다. 「녀석은 새벽 기도를 하라고 우리에게 말하는 거예요! 예수님은 우리의 떠오르는 태양이시니까요」) 그들을 잠에서 끌어내지 못했으니, 둘 다 별을 바라보고 있었기 때문이다. 알리스는 페르낭 쪽으로 몸을 돌렸다.

「여보, 난 당신이 나 몰래 성당에 나간다는 것을 알고 있어. 왜 그러는지 모르겠지만, 그것은 내가 알 바 아니야. 하지만 당신이 고해 성사를 하는 것이 옳지 않을까, 그게 당신을 구원해 주지 않을까 하는 생각이 들어…….」

그녀가 어떻게 그 사실을 알았을까, 페르낭은 자문하지 않았다. 알리스는 모든 것을 알고 있기 때문에 조금도 놀라운 일이 아니었다. 아니, 당혹스러운 일은 따로 있었으니, 데지레 신부 같은 사제에게 고해 성사를 해야 한다는 사실이었다. 그와는 어제저녁 잠시 같이 있었는데, 그렇게 진지해 보이지 않았다.

「진지하지 않다고?」

「그러니까 내 말은…….」

「페르낭, 그분은 성자야! 성자에게 고해 성사 할 수 있는 기회가 매일 있는 게 아니라고!」

그리하여 아침 5시 반경에 페르낭은 데지레 신부의 방문이 열리기를 기다렸다가(신부는 매일 6시 전에 방에서 나왔다), 그가 보이자마자 이렇게 말했다.

「신부님, 고해 성사를 하고 싶습니다. 좀 급합니다…….」

오래전부터 예배당에는 의자도, 기도대도, 제단도 없었지만, 고해실은 있었다. 죄악의 배출구가 이 예배당에 유일하게 남아 있는 가구인 셈이었다.

페르낭은 모든 것을 얘기했다. 탈옥수들과 관련된 일은 특히 그를 괴롭히는 문제였다.

「하지만 형제님, 당신의 의무가 무엇이었죠?」

「그들을 붙잡는 거였죠! 그 일을 위해 제가…… 아니 하느님께서 절 거기에 두셨던 거죠!」

「맞아요! 그때 주님께서 형제님을 거기에 두셨던 것은 그들을 붙잡기 위함이었지, 그들을 죽이기 위함이 아니었어요. 만일 그분께서 그걸 원하셨다면, 두 사람은 이미 죽어 있겠죠.」

이 논리 앞에 페르낭은 아무 말도 할 수 없었다.

「형제님은 양심에 따라 행동하신 거예요. 다시 말해서 우리 주님의 뜻에 따라 행동하신 것이니, 평안히 가셔도 돼요.」

〈이제 다 됐나요?〉라고 페르낭은 묻고 싶었다.

「하지만 그 돈 말이에요…….」 데지레 신부가 물었다. 「지금 그것을 가지고 다닌다고 말씀하셨던가요?」

「전부는 아니에요, 신부님! 단지 극히 일부만……. 그게 훔친 돈이라서…….」

「천만에요, 형제님. 전혀 그렇지 않아요! 그때 당국은 공황에 휩싸여 어찌할 바를 모르고 우리 모두의 것이라 할 수 있는 공동체 재산의 상당 부분을 불태워 버렸어요. 그리고 형제님이 그것의 일부를 보호했다는 것, 이게 바로 진실이에요.」

「어, 그런 각도로 보니까…… 그럼 이제 그 돈을 돌려줘야겠습니다.」

「아, 그건 형제님의 결정에 달렸어요. 만일 당국에 돌려줘서, 그게 선한 일에 쓰일 수 있다고 확신하신다면 돌려주세요. 그러지 않다면 그냥 가지고 계시면서 형제님이 직접 선한 일에 쓰세요.」

페르낭은 완전히 머리가 멍해져 비틀거리며 고해실을 나왔다. 데지레 신부는 마치 법정의 변호사처럼 고해 성사를 했는데, 너무나 이상하게 느껴졌다. 하지만 마음이 편해졌다는 사실만큼은 인정하지 않을 수 없었다.

# 54

그들의 긴 대화는 라울뿐 아니라 루이즈의 마음도 위로해 주었다. 그녀는 자신이 뭔가를 바로잡았다는, 모종의 정의를 회복했다는 느낌을 받았다.

「물론 내 어머니에겐 조금 늦었지만…….」

그녀는 〈잔〉이라고 말하고 싶었지만, 잔은 다시 그녀의 어머니가 되어 있었다.

몇 시간 사이에 라울은 얼굴이 바뀌었다. 멀리서 그들을 지켜보던 가브리엘은 아라스에서의 재판 때 장발장에게 갑자기 흰머리가 생긴 것만큼이나 극적인 이 변화를 알아보았다. 라울은 자신의 지난 삶을 마침내 설명할 수 있게 되었고, 그를 대신하여 표현해 준 사람은 루이즈였다. 그에게 일어난 모든 것들은 그의 잘못이 아니었다. 그는 떼어 놓지를 못해 처벌을 당한 실망스러운 아이가 아니었던 것이다. 그는 자신이 어느 사악한 여자의 희생자였다는 것을 깨달았고, 이 사실은 그에게 깊은 안도감을 안겨 주었다.

아버지에 대해서는 너무나 화가 났다. 이 남자는 자신을 두

597

번이나 버렸던 것이다. 처음에는 고아원에, 다음에는 자기 아
내의 손에.

그리고 그가 루이즈에게 한 짓은 잔인하기 짝이 없었다.

「오, 아니야…….」 루이즈가 말했다. 「잔인하지 않았어. 그
분은 내게 해를 끼치고 싶은 생각이 조금도 없었어. 자신도 어
쩔 수 없는 힘에 이끌린 거지. 그분은 나를 좋아했어……. 그런
행동까지 한 걸 보면 극도의 절망 상태에 있었던 모양이야.」

라울은 스스로도 생소하게 느껴지는 엄숙한 얼굴로 고개를
끄덕였다. 루이즈와 얘기하면서 그는 자신이 어린 시절이라는
긴 병에서 회복되는 것을 느꼈다.

이러고 있는 사이, 주위에서는 온 캠프가 부산하게 움직이
고 있었다. 군수의 방문을 기념하여 미사를 올린다는 얘기는
모든 사람을 감격시켰으니, 이 말이 나온 것은 아주 특별한 날
이었기 때문이었다. 그 전날 페탱 원수가 〈미어지는 가슴으로〉
전투 중지를 촉구했던 것이다. 독일군은 이미 루아르강을 건
넜고, 얼마 안 있으면 그들이 나타나게 될 거였다. 한마디로 이
작은 무리는 지난해에 정부 당국자들이 그랬던 것처럼, 우왕
좌왕 어찌할 바를 모르고 모든 것을 신에게 맡기고 있었다. 어
쨌든 미사를 한다는 소문이 입에서 입으로 전해졌고, 뭐, 노천
미사? 에이, 아무리 그래도 그건 아니지, 하는 말이 나왔고, 이
얘기는 월요일 내내 돌아다녔고, 결국에는 중앙 홀과 좌우 회
랑과 성가대석을 비워 다음 날의 미사를 예배당 안에서 거행하
기로 결정하기에 이르렀다.

데지레 신부는 신도들이 열정적으로 행사를 준비하는 것을
보고는 기쁨을 감추지 못했다. 그는 아무 데나 대고서 〈하느님

께서 그대를 축복하시길!)이라고 외치고 다녔다. 제단을 대신하여 높이 올린 탁자 앞에 모두가 앉을 수 있게끔 사람들은 자리를 충분히 마련했고, 수백 년 묵은 예배당의 돌들을 쓸고 또 닦았다. 그리고 화요일, 데지레 신부는 예배당에 입장하기 전에 예배 행렬을 거행하자고 제안했다. 이 특별한 행사에 장중함을 더하게 될 이 발의는 아주 좋게 받아들여졌다. 데지레는 할 줄 아는 성가가 하나도 없었으므로, 세실 수녀와 알리스에게 행렬의 선두에 서서 신도들이 따라 부를 수 있는 노래를 불러 달라고 부탁했다. 그리고 벨기에 남자 필리프에게는 십자가 하나를 만들어 직접 짊어질 것을, 알리스에게는 대충 흰색에 가까운 침대 시트로 필리프가 입을 참회자의 복장을 만들 것을 지시했다.

약속한 대로 오전 10시경에 도착한 군수는 지나가는 행렬에 막혀 정원에 멈춰 서야 했다. 맨 앞에 선 세실 수녀는 노래했다. 「〈우리의 생명을 위해 부서진 빵이 되신 이는 주님 당신이십니다! 우리를 하나 되게 하신 이는 부활하신 예수, 주님 당신이십니다!〉」

흰색으로 몸을 휘감은 데지레 신부가 고개를 푹 숙이고 마치 무거운 짐처럼 두 손에 십자가를 들고서 그 뒤를 따랐다. 데지레 자신이 주교가 된 기분이었다. 아니, 교황이 된 기분이었다.

이어지는 미사에서 루아조 군수는 첫 번째 열에 자리를 잡았고, 그 왼편에는 딱딱한 표정의 세실 수녀가, 오른편에는 환한 얼굴의 알리스, 그리고 페르낭이 앉았다.

그 뒤에는 가브리엘과 루이즈가 자리 잡았는데, 그녀는 품에 아기를, 두 다리 사이에는 쌍둥이를 데리고 있었다. 그리고 라울은 결국 떠나지 않았는데, 그래 봤자 아무 소용이 없었기 때문이었다. 그가 미셸과 함께 미사에 참석하는 것을 보고 이상하게 생각하는 사람은 아무도 없었다. 녀석은 평범한 교구 신도처럼 라울 곁에 얌전히 앉아 있었다.

「아르세 디엠 리덴도 아르마 쿨파 베네 센사 스피나 포폴리 오미넴 푸투리 디그니타테…… 아멘.」

「아멘!」

이곳의 모든 사람들은 데지레 신부의 기이한 의식(儀式)을 잘 알고 있었다. 일어서라는 손짓이며 앉으라는 손짓이며 〈근원적인 라틴어〉로 하는 기나긴 설교며……. 그리고 보통 미사에서 보는 것들과 뭔가 비슷한 것 같기는 하지만 이상한 순서로 이어지는 기묘한 동작들도 빼놓을 수 없었다.

「파테르 풀비스 말룸 아우디테 빈시 펙토르 살루테 크리스티…… 아멘.」

「아멘!」

세실 수녀는 분개하여 루아조 군수 쪽으로 여러 차례 고개를 돌렸다. 군수는 교회 역사를 통틀어 가장 오래된 것이라는 설명을 들었음에도 그로서는 너무나 새롭게 느껴지는 이 제의에 말 그대로 매혹되어 있었다.

데지레 신부는 재빨리 강론으로 넘어갔다. 이 강론은 그가 고해 성사와 더불어 가장 좋아하는 것으로, 그의 재능이 가장 훌륭하게 발휘되는 순간이었다.

「나의 사랑하는 형제들이여, 그리고 나의 사랑하는 자매들이여, 이렇게 우리를 한데 모아 주신 주님께 찬양을 드립시다.

(그는 두 팔을 하늘로 번쩍 치켜들면서, 고통과 희망이 섞인 눈으로 예배당의 부서진 궁륭을 올려다보았다.) 그렇습니다, 주여, 우린 당신을 소리쳐 불렀습니다. 그렇습니다, 주여(그는 이렇게 문장 첫머리를 반복하기를 좋아했다), 우리는 당신께 간구했습니다. 그렇습니다, 주여…….」

데지레는 아주 멋지고도 긴 〈그렇습니다, 주여〉 시리즈를 시작했으나, 모두의 고개는 예배당 입구 쪽으로 돌아갔고, 사람들은 흩어지기 시작했다.

「그렇습니다, 주여, 당신이 이곳에 오신 것은 우리 인간들이 당신을…….」

엔진 소리가 들렸다. 그것도 여러 개의 엔진이 내는 소리였다. 아마도 트럭들인 것 같았고, 바깥에서 사람 목소리가 들렸다.

「그렇습니다, 주여, 우리가 보니 이제 당신의 밝은 빛이 하늘에서…….」

데지레는 입을 다물었다.

묘지 쪽에서 차 문 닫히는 소리가 들리는 가운데, 모두가 문턱에 서 있는 독일군 장교 세 사람을 쳐다보고 있었다.

어떻게 해야 할지 아무도 알지 못했다.

루아조 군수가 한숨을 푹 내쉬고 적들을 만나러 일어서려 하는데, 데지레 신부의 목소리가 우렁차게 울렸다.

「그렇습니다, 주여, 여기에 시련이 찾아왔습니다!」

무리는 다시 그에게로 고개를 돌렸다. 독일 군인들은 움직이지 않고서 뒷짐을 진 채로 거기에 버티고 서 있었다.

데지레는 성경을 집어 들고는 맹렬히 페이지를 넘겼다.

「형제님들, 그리고 자매님들, 출애굽기를 기억합시다. 파라오가 왔습니다! (그는 예배당 입구를 향해 팔을 뻗었다.) 독재적이고 잔인한 파라오, 강압적이고 사악한 파라오, 사탄의 피조물인 파라오 말입니다! 그리고 이 파라오는 백성들을 노예로 만들고, 히브리인들을 복속시켰습니다! 그러자 주님 당신께서는 구원자를 지목하셨습니다. 어느 미천한 남자였는데, 그는 너무나도 의심에 사로잡혀 있어, 당신은 그를 돕기 위해 이집트에 열 가지 재앙을 내리셔야만 했습니다.」

데지레 신부는 한 팔을 하늘로 쳐들었다.

「오, 그래요, 파라오는 회개했죠! 하지만 그의 마음은 여전히 악했고, 비뚤어진 천성이 여전히 그를 지배하고 있었습니다! 증오에 가득 찬 그는 히브리 백성을 뒤쫓아 갔어요! 그들을 멸절시키려고 말입니다!」

데지레의 목소리는 환각에 사로잡힌 설교자의 그것처럼 예배당 안에 쩌렁쩌렁 울렸다.

「세상의 유일한 주인이 되는 것, 이게 바로 파라오가 원한 것이었습니다! 히브리 백성은 이집트를 탈출하기 시작했습니다. 그들은 묵시록을 연상시키는 파라오의 분노를 피해 큰길로, 혹은 작은 길로 도망갔습니다. 겁에 질린 그들은 어떻게든 그의 진노를 피해 보고자 가련한 모습으로 여기저기 몸을 숨겼습니다! 그들은 걷고 또 걸었고, 그들이 느끼기에 결코 끝나지 않을 것 같은 이 탈출 중에 결국은 힘이 소진되어 버렸습니다!」

그는 오랫동안 침묵하며 군중을 돌아보았다. 저쪽 끝에서 독일 군인들은 털끝만큼도 움직이지 않고 차갑고도 차분하고도 단호한 눈으로 신부를 쳐다보고 있었다.

「그리고 파라오가 등 뒤에 이르러, 고개를 돌리지 않고도 그의 불길한 존재를 느낄 수 있을 정도로 가까이 다가온 날이 왔습니다. 그들은 끝난 것이었습니다. 이제 모두가 항복하거나, 아니면 죽어야 했습니다. 그들은 절망감에 휩싸였습니다. 이제 포기하고 파라오의 야심에 굴복해야 하나? 아니면 계속 앞으로 나아가 바다에 빠져 죽어야 하나? 바로 이때, 주님 당신의 뜻이 나타나셨습니다. 당신은 히브리 백성을 구원하셨으니, 그들에게는 당신이 필요했기 때문입니다. 그렇습니다. 당신은 물을 가르셨고, 당신은 파도를 양쪽으로 물러나게 했습니다! 당신 덕분에 히브리 백성은 나아가 도망갈 수 있었습니다! 그리고 가차 없고도 공의로운 당신은 파라오와 그의 군대 위로 물을 다시 덮으셨습니다.」

데지레는 두 팔을 활짝 펼쳤다. 그는 미소 짓고 있었다.

「오늘 우리는 주님 당신 앞에 있습니다. 이제 우리는 시련을 겪게 되겠지만, 또한 당신이 여기 계신다는 것도 알고 있습니다. 우리의 희생들이 헛되지 않고, 파라오는 조만간 당신의 뜻에 굴복하리라는 것을 알고 있습니다! 아멘.」

「아멘!」

보다시피 데지레 신부는 성경 구절들을 약간 자유롭게 해석하긴 했지만, 그 의도는 확실했고 메시지는 명백했다.

지금 데지레는 자신의 목숨을 건 것이다.

설교를 마친 그는 중앙 통로로 나아가 열린 문 가운데에서 세 개의 실루엣을 이룬 장교들 앞으로 걸어갔다.

그가 그들에게 두 손을 내밀며 걸음을 늦추는 게 보였다. 그런 다음 그들 중 우두머리로 보이는 사내 앞에 우뚝 섰다.

그리고 자신을 희생해 바쳤다는 사실을 강조하기 위해 두 팔을 활짝 벌렸다.

「하일 히틀러!」장교가 한쪽 팔을 번쩍 치켜들며 짖어 댔다.

이 세 독일군 중 누구도 프랑스어를 전혀 할 줄 모른다는 것을 모두가 깨달았다.


이런 이유로, 제단으로 사용되었던 커다란 테이블이 오후가 시작될 쯤에는 마당에 놓이고, 피란민들이 하나하나 독일군 장교에게 신분증을 제출하게 되었을 때, 루아조 군수는 장교의 오른쪽에 앉아 그와 피란민의 말을 통역해야 했다. 왼쪽에 앉은 데지레 신부는 여러 가지 다채로운 말들을 곁들였으나, 군수는 대부분 세 마디로 요약했다.

먼저 저연령 아이들이 있는 가족들이 지나갔다.

두 쌍둥이를 옆에 달고 어린 마들렌을 품에 안은 루이즈가 나아왔다. 루이즈는 남자아이들을 가리키며 설명했다. 유아원 보모, 이름을 들어도 잘 모르겠는 도시, 사장은 유아원을 빨리 비우라고 지시를 했는데, 부모는 아이들을 찾으러 오지 않았고……. 그녀는 몹시 격앙되어 있었다.

군수는 독일군이 질문하는 것을 들었다.

「아이들에게 신분증이 있냐고 묻네요.」

「아무것도 없어요.」루이즈가 대답했다.

그녀의 목소리는 떨리고 있었다. 장교는 표정이 많이 드러나지 않는 갸름한 얼굴의 사내로, 그의 속생각이 무엇인지 가늠하기 힘들었다.

「그러면 아기는요?」루아조 씨가 물었다.

데지레 신부가 웃음을 터뜨렸다.

「하하하! 아이고, 얘는 이분 거예요! 이분의 아기라고요!」

그런 다음 군수 쪽으로 고개를 기울였다.

「이 부인께서 도중에 모든 걸 다 잃어버렸으니, 이분과 아기에게 서류를 다시 만들어 달라고 이 양반에게 요청해 주실 수 있으세요?」

장교는 승낙했고, 다음 가족에게 나아오라고 손짓했다.

루이즈가 픽 쓰러지려 하는 것을, 데지레 신부가 재빨리 일어나 부축하여 가브리엘에게로 데려다주었고, 가브리엘은 그녀를 보살폈다.

이 행렬은 하루 종일 이어졌다.

모두가 테이블 앞을 거쳐야 했다.

페르낭은 그의 신분증을 제시했고, 아무도 그 이유를 알 수 없었지만, 독일군 장교는 그 내용을 한 자 한 자 번역해 줄 것을 요구했다.

가브리엘과 라울은 자신들이 어느 부대에서 복무했는지 어렵지 않게 밝힐 수 있었다. 그리고 어떻게 수많은 다른 병사들과 마찬가지로 어쩔 수 없는 상황으로 이렇게 길에서 떠돌게 되었는지 설명했는데, 이것은 진실과는 거리가 좀 있었다. 그들은 즉시 사면되었다.

마침내 장교는 장부를 덮고 군수에게 악수를 청했고, 두 사람은 정중하게 몇 마디를 나누었다. 장교는 데지레 신부에게도 인사하려 했으나 그는 몇 시간 전부터 보이지 않았다. 그를 찾을 수 없었으므로 독일군은 캠프 철거와 피란민 이송을 위한 약속을 다음 날로 잡아 놓고 그냥 떠났다.

사람들은 오랫동안 데지레 신부를 찾아보았으나, 허사였다. 그는 다시는 나타나지 않았다.

페르낭은 자신의 배낭이 사라진 것을 저녁 늦게서야 발견했다.

이 사실을 전해 들은 세실 수녀는 불같이 화를 냈지만, 알리스는 미소를 지었다.

「루아조 씨도 그걸 느끼고 있었어요! 그분이 내게 말했다고요! 그 인간은 그냥 사기꾼일 뿐이어요! 사기꾼이라고요!」

「맞아요.」 알리스는 여전히 미소를 잃지 않았다.

「뭐라고요……? 알고 있었다고요?」

세실 수녀는 발끈했다.

「그럼 물론이죠…….」

알리스는 캠프를, 여기서 피란처를 찾은 그 모든 사람들을 바라보았다.

「뭐, 신부든 아니든 상관없어요.」 그녀는 부드럽게 말했다. 「그분은 주님께서 우리에게 보내 준 사람이었어요.」

# 에필로그

우리의 이야기에서 오랫동안 사라져 있던 쥘 씨부터 시작해 보자. 모두들 안심해도 좋을 것이니, 그는 루이즈와의 이별을 초래한 폭격에 희생되지 않았다. 그는 그럭저럭 남쪽으로 내려가다가, 샤리테쉬르루아르에서 정전 소식을 들었다. 이에 온 길을 되돌아 파리로 돌아가기로 마음먹었다. 〈이제 이 엿 같은 짓거리들이 끝났으니까, 난 내 레스토랑을 다시 열 거야! 난 그럴 거라고!〉라고 그는 아무에게나 소리쳤다. 쥘 씨가 파리까지 가기 위해 거쳐야 했던 그 천신만고의 여정을 얘기하려면 다채로운 일화들로 가득한 별도의 이야기가 필요하리라. 그는 1940년 7월 27일에 파리에 도착했고, 다음다음 날부터 라 프티트 보엠을 다시 열었다.

루이즈는 1941년 3월 15일에 파리에서 가브리엘과 결혼했다. 그들은 아이를 낳지 못했다. 가브리엘은 한 사립 학교에서 수학 교사 자리를 구했고, 10년 후에는 그곳의 교장이 되었다. 어린 마들렌은 그의 불같은 열정의 대상이었다. 이 아이에 대한 그의 넘쳐흐르는 사랑의 이유였는지 혹은 반대로 결과였는지는 모르겠지만, 그녀는 수학에 뛰어난 재능을 보였고 프랑스에서 수학 교사 자격증 최연소 취득자 기록을 오랫동안 보유했다. 마들렌을 가르쳤던 가브리엘은 열여섯 살도 안 된 딸의 제자가 되었다. 그녀가 어느 미국 연구소에서 일하기 위해 프랑스를 떠나자 가브리엘은 10년은 폭삭 늙어 버렸다. 그는 그의 능력이 한계에 부딪힐 때까지 계속 일했다. 어느 날 그는 루이즈에게, 자신은 자신이 쓴 논문들을 마치 음악적인 아름다움만을 위해 외국어 시를 읽듯이 뜻을 이해하지 못하는 채로 읽노라고 고백했다.

루이즈는, 짐작하시겠지만 당레몽가의 초등학교로 돌아가지 않고 대부분의 시간을 어린 마들렌을 돌보며 보냈다. 아이의 생일 파티를 라 프티트 보엠에서 하는 것은 그 집의 전통이었다. 쥘 씨는 특별 요리와 케이크를 대접하면서, 이 케이크의 레시피는 자기가 죽기 전날에 알려 주겠다고 아이에게 말했다. 마들렌의 여덟 번째 생일날, 쥘 씨는 심장 마비로 쓰러졌다. 병원의 침대 옆에서 울고 있는 어린 마들렌에게 그는 손을 내밀면서, 자신이 아직 레시피를 알려 주지 않았으니 지금 죽지는 않을 거라고 설명했다. 그의 말이 맞았다. 하지만 돌아왔을 때 그는 더 이상 예전 같지 않았다. 그는 루이즈에게 레스토랑을 맡아 줄 수 있느냐고 물었고, 그녀는 그렇게 했다. 알고 보니 그녀는 훌륭한 요리사였다. 쥘 씨가 일하던 때처럼, 레스토랑은 손님이 비는 법이 없었다. 홀에서 그녀가 절대로 손대지 않는 부분이 하나 있었으니, 그것은 의사가 20년 가까이 와서 앉곤 했던 테이블을 빼내고 대신 주크박스 하나를 들여놓은 곳이었다.

쥘 씨는 1959년에, 흔히 말하듯 가족의 사랑에 둘러싸여 숨을 거두었다.

1980년, 일흔 살이 된 루이즈는 주방 일을 그만두었다. 가브리엘도 지난해에 죽었고, 그녀는 더 이상 일할 의욕이 없었다. 마들렌은 다른 우주에서 살고 있었고, 루이즈는 레스토랑을 팔기로 결심했다. 지금 이곳은 어느 신발 가게가 되어 있다.

쌍둥이의 부모는 절망했었다. 그들은 독일군이 왔다는 소식에 겁에 질린 유아원 보모가 그들이 돌아오기를 오래 기다리지 않고서, 말 그대로 그녀의 〈손끝에 달린〉 아이들을 데리고 피란길에 올랐다는 사실을 알게 되었다. 쌍둥이는 그 정신없는 탈출의 와중에 부모와 헤어지게 된 무수한 아이들 중의 하나였다. 오늘날에는 상상하기 어려운 일이지만, 그들 중 상당수가 영영 부모를 찾지 못하였다. 여러 달 동안 아버지와 어머니가 필사적으로 아이를 부르는 소리들이 메아리쳤고, 이 생이별로 인한 아픔과 후회가 절절이 느껴졌고, 사진까지 붙은 광고 쪽지들이 벽을 뒤덮었다.

쌍둥이는 운이 좋았다.

반면 루이즈가 데려온 여자아이를 찾는 사람은 아무도 없었다. 그 증거는 전혀 없었지만, 그날 아침 시립 유아원에 아이를 놓고 간 어머니에게 어떤 불행한 일이 닥쳤을 거라고 사람들은 추측했다.

루이즈를 통해 자신의 과거의 비밀을 알게 된 라울 랑드라드는 충격에서 쉽게 헤어나지 못했다. 앙리에트가 모든 것을 알고 있었으면서도 비겁하게 진실을 감추었다고 확신한 그는 그녀와 사이가 틀어졌다.

무엇을 해야 할지 잘 알 수 없었던 그는 군인의 길을 가기로 했다. 〈내가 이것 말고 무엇을 할 수 있을지 모르겠어〉라고 그는 루이즈에게 털어놓았다. 뒷거래를 즐기는 그의 취향에는 맞는 곳이었을지 몰라도 결과적으로는 나쁜 선택이었지만, 그도 루이즈도 이 사실을 이해하지 못했다. 권위(제르멘 티리옹이라는 형태로 나타난 권위)에 대한 항거 위에 삶 전체를 쌓아 온 사람에게 군대는 그다지 좋은 생각이 못 되었던 것이다. 따라서 그는 거기서 별로 성공하지 못했다. 하지만 시국은 그에게 본연의 모습을 찾아 주었다. 군대에서 그는 전에 가브리엘과 함께 발견했던 동지애를 되찾은 것이다. 1960년대 초에 친구들이 그를 OAS[1] 쪽으로 이끌었을 때, 그는 이게 맞서야 할 아버지의 상징으로 느껴질 수도 있는 샤를 드골에게 항거하는 일이었기 때문에 이들의 기치를 쉽게 받아들였다. 라울이 그 조직에 깊이 관여하고 있다는 사실을 알게 되었을 때, 루이즈는 그의 팔을 붙잡고 이렇게 말했다. 「난 오빠를 봐서 기쁘지만, 앞으로 오빠와 만나면 그렇게 즐거울 것 같지가 않아. 그 손으로 무슨 짓을 하고 왔는지 항상 궁금할 테니까.」 그러자 그는 다시 앙리에트를 찾아갔고, 그녀는 그동안 아무 일도 없었다는 듯이 그를 맞았다.

1 Organisation Armée Secrète(비밀 군대 조직). 1961년에 결성된 극우 성향의 비밀 조직으로, 테러 행위를 포함한 모든 수단을 통해 프랑스가 알제리에서 철수하는 것을 막는 게 목적이었다.

이 라울의 문제와 관련하여 마들렌은 태어나서 처음으로 어머니와 맞섰다. 그녀에게 있어서 그는 일종의 〈키다리 아저씨〉 같은 존재였다. 아주 어렸을 때부터 그는 선물 없이 찾아오는 법이 없었고, 끊임없이 말을 걸며 재미있는 이야기를 해주었으며, 그녀는 그가 아주 잘생겼다고 느꼈다. 게다가 아버지의 생명까지 구해 준 사람이었으니, 어떤 여자아이가 저항할 수 있었겠는가……?

이번에도 상황이 모든 이를 화해시켜 주었다.

1961년 11월, OAS와 MPC[2]가 격렬히 충돌했을 때 라울은 살해되었다(여기서 지엽적인 사실을 한 가지 얘기하자면, 이 MPC에는 알코올 의존자이자 드골주의자이기도 한 퇴역 중사 보르니에가 우직하고도 고집스럽게 활동하고 있었다).

라울은 루이즈와 마들렌 사이에 그들이 가급적 서로 침범하지 않으려 하는 일종의 분쟁 지대로 남았다. 이따금 마들렌은 아버지에게 〈트레기에르강 다리 점령 작전〉에 대해 이야기해 달라고 졸랐는데, 그녀에게 이것은 나폴레옹 전쟁의 한 에피소드와도 같은 것이었다.


정전이 있고 나서 몇 주 후, 알리스와 페르낭도 다시 파리로 올라왔다. 집에 도착했을 때 돈 가방은 지하실에 고스란히 남아 있었지만, 그들은 한 번도 거기에 손을 대지 않았다.

비시 정부[3] 지휘하에 있는 경찰의 작전에 적극적으로 참여

---

2 Mouvement pour la Communauté(공동체를 위한 운동). 1959년에 파리에서 결성된 단체로, 샤를 드골의 알제리 정책을 지지하고 알제리와 프랑스의 두 공동체를 화해시키는 것을 목표로 삼았다.

하게 될까 노심초사했던 페르낭은 기동 헌병대 참모부의 한 하급직으로 전속(轉屬)되는 데 성공했다. 그는 여기서 4년 가까이 우편물 돌리는 일을 하면서 때를 기다렸는데, 1944년 8월 13일에 마침내 기회가 왔다. 이날 그는 기동 헌병대 총파업(이는 이틀 후에 경찰 총파업으로 이어졌다)의 주동자 중 하나였다. 그는 FFI[4]의 노병들과 함께 파리 수복 전투에 참여했고, 1944년 8월 22일에 생플라시드가(街)의 한 모퉁이(셰르슈미디 교도소에서 그리 멀지 않은 곳)에서 전사했다.

알리스는 평생 동안 심장 문제로 여러 번의 위기를 맞기 했지만, 결국은 여든일곱 살까지 살았다. 페르낭이 죽고 나서 몇 달 후에 그녀는 아파트와 지하실을 비우고서 쉴리쉬르루아르 근처로 이사해서는, 자신이 그토록 사랑했던 남자의 연로한 누이를 보살폈다. 거기서 그녀는 선행을 베풀었다. 전 재산을 털어 갖가지 자선 사업과 자선 협회와 구호 단체와 연대 운동들을 위해 사용했다. 그녀는 쉴리 지방에서 일종의 비앵브뉘 신부님[5]이 되었다. 성(聖) 세실 고아원을 품은 훌륭한 건물들이 지어질 수 있었던 것도 (그리고 그녀가 죽을 때까지 이 고아

3 독일군이 프랑스를 점령한 1940년에 세워져 1944년까지 존속했던 나치의 괴뢰 정부. 수반은 제1차 세계 대전의 영웅 필리프 페탱이며, 임시 수도는 오베르뉴 지방의 온천 도시 비시Vichy였다.

4 Forces françaises en Italie(이탈리아의 프랑스군). 프랑스 육군의 한 부대로 제1차 세계 대전 때 이탈리아 전선에서 싸웠다.

5 빅토르 위고의 소설 『레 미제라블』의 등장인물인 미리엘 신부의 별명. 미리엘 신부는 은식기를 훔쳐 간 장발장이 경찰에 잡혀 오자, 자신이 은식기를 줬다고 말하여 경찰을 돌려보낸 후, 오히려 장발장에게 은식기를 주어 내보내 그를 감화시킨 인물이며, 비앵브뉘Bienvenu는 〈환영합니다〉 혹은 〈어서 오세요〉라는 뜻이다.

원이 유지될 수 있었던 것도) 다 그녀 덕분이었다. 지금 이 건물들은 내가 알기로는 어느 민간 은행의 재산이 되어 있지만 (여기서 콘퍼런스나 세미나 따위가 열린다고 한다), 본질적인 부분들은 물론 다 남아 있으니, 유명한 정원들이며 특히 전 세계의 방문객이 끊이지 않는 그 아름답기 그지없는 〈성 세실 고아원 채마밭〉이 바로 그것이다.

이제 데지레 신부가 남았다. 나는 쓸데없는 이야기들을 늘어놓지 않겠으니, 그에 대해 알려진 사실 중에서 증명되거나 확인된 것은 거의 없기 때문이다. 그에게 관심을 가진 몇 안 되는 대학 연구물에 따르면, 1940년에서 1945년까지의 기간은 우리가 그에 대해 — 원문대로 인용하자면 — 〈확실히 알 수 있는 유일한 시기〉라고 한다. 데지레가 1940년에 레지스탕스에 들어갔다는 데에는 의문의 여지가 없다. 이 저항 운동은 이 특별한 인물이 온갖 종류의 인물로 탈바꿈하는 데 있어서 전쟁보다도 비옥한 토양을 제공했다. 아마 데지레는 이 운동을 하면서 물 만난 고기 같은 기분이었을 것이다. 그는 여러 장소와 여러 시기에 존재를 드러낸 것으로 여겨지고 있다. 그중 확인된 사실은 단 하나로, 필리프 제르비에가 밧줄 하나와 연막탄을 사용하여 리옹 사격장을 대담하게 탈출했을 때[6](1942년 말인지, 1943년 초인지는 잘 모르겠다), 뒤에 숨은 실제 연출자는 지드리위스 아당Giedrius Adem(이는 물론 데지레 미고 Désiré Migaud의 철자를 뒤섞은 가명일 뿐이다)이라는 인물

---

6 레지스탕스 활동을 다룬 영화 「그림자 군단L'armée des ombres」에 나오는 장면을 인용한 것이다.

이었다는 사실이다. 그의 자취(혹은 그의 자취라고 여겨지는 것들)는 레지스탕스 운동의 여러 에피소드 가운데서 발견된다. 어떤 역사가들은 데지레 신부가 1944년 8월 26일, 샹젤리제 대로에서 드골 장군과 함께 행진했다고 확신하는데, 이것은 충분히 가능한 일이다. 데지레 미고(혹은 미고Migault, 미뇽Mignon 등등)는 큰 인물들과 같아서, 사람들은 그에게 이런저런 것들을 부여하는 것이다. 지금 우리는 롤랑 바르트가 〈데지레의 신화〉라고 부른 것의 심화된 연구(출판사 사람들의 말로는, 굉장한 사실들을 밝혀 줄 것이라고 한다)를 예고한 용감한 역사가의 작업을 몹시 궁금해하며 기다리고 있다.

2019년 9월, 퐁비에유에서

# 감사의 말

마지막으로 감사의 말이 남았는데, 아주 기꺼이, 그리고 감사하는 마음으로 드리고 싶다.

먼저 내가 무수한 질문과 부탁으로 괴롭혔지만, 항상 명석하고도 적절하고도 성실한 모습을 보여 주신 카미유 클레레에게 감사한다.

내 친구 몇 분이 친절하게도 이 소설을 읽고 아주 유용한 논평을 해주셨다. 따라서 우선은 제랄드 오베르와 카미유 트뤼메르에게, 또 장다니엘 발타사, 장폴 보르뮈, 카트린 보조르강, 솔렌 샤바네, 플로랑스 고드페르노, 그리고 나탈리 콜라르께서 보여 주신 인내심과 관심에 감사를 표한다. 내 친구이자 공모자인 티에리 드팡부르는 이 소설을 아주 주의 깊고도 적확하게 읽어 줌으로써 내게 큰 도움을 주었다. 비둘기와 갈까마귀의 장면이 나오는 22장의 마지막 부분은 이분 덕분이었다. 마지막으로 이 책의 편집자이신 베로니크 오발데에게도 감사드린다.

내가 마음속으로 특별히 무거운 빚을 느끼는 분 중의 하나는 매우 놀라운 실화였던 〈수감자 집단 이감〉 에피소드를 알려주신 자키 트로넬이다. 물론 나는 이 사건을 자유롭게 다루기는 했지만, 실제로도 엄청난 수의 군 교도소 수감자 행렬이 1940년 6월(보다 정확히 말하자면 6월 12일에는 셰르슈미디 교도소를, 10일에는 파리 상테 교도소를 출발했다), 셰르도(道) 아보르를 향해 이동을 시작했다. 6월 15일, 여섯 명의 수감자가 〈반란, 탈출 시도, 혹은 행군 거부〉의 죄목으로 사살되었다. 다음 날에는 일곱 명이 더 사살되었다. 파리를 출발할 때 1,865명이었던 수감자 중, 6월 21일에 귀르스 기지에 도착했을 때는 처음 인원의 45.31퍼센트에 해당하는 845명이 빠져 있었다⋯⋯.

독자 여러분은 이 에피소드를 치밀하게 조사한 역사가인 자키 트로넬의 사이트에서 이 슬픈 사건에 대해 보다 자세하게 알 수 있을 것이다(http://prisons-cherche-midi-mauzac.com/bienvenue-sur-le-blog-de-jacky-tronel).

나는 이 사건을 직접 체험한 증인들의 두 저서에 많은 세부 사항들을 빚지고 있다. 모리스 자키에Maurice Jaquier의 『단순한 의용군Simple Militant』(드노엘, 1974), 레옹 무시나크 Léon Moussinac의 『메두사의 뗏목Le Radeau de la Méduse』(아덴, 브뤼셀, 2009).

나는 앙리 아무루Henri Amouroux의 책『재난의 백성*Le Peuple du désastre*』(라퐁, 1976)에서, 그가 단 네 줄로 요약한 프랑스 은행 지폐 소각 사건을 발견했다. 프랑스 은행의 기록 보관소는 이 기이한 사건에 관련된 모든 자료를 갖추고 있다.

데지레 미고에 관해서는 〈오르세 살인 간호사〉 사건 때 모리스 가르송 변호사가 행한 변론에서 몇 가지 아이디어를 가져왔고, 이 변론을 내게 짚어 준 분은 피에르 아술린이다.
루이즈의 학교 교장이 사용하는 라틴어 문구들에 대해서는 제롬 리모르테의 도움을 받았으며, 그에게 충심으로 감사하는 바다.

라디오 방송에서 데지레가 전하는 소식들 중에는 아주 기상천외한 것들이 있다. 이들 중 상당수가 너무나 괴상하게 느껴지겠지만 실제로 있었던 일들이다⋯⋯.

르 마앵베르그 요새는 모젤도(道) 베크링에 위치한 아켄베르그 요새에서 많은 영감을 얻어 내가 꾸며 낸 곳이다. 현장에서 나는 탁월한 가이드 베르나르 리드방제와 어떤 질문에도 막힘이 없는 역사가인 로베르 바로키의 훌륭한 안내를 받았다. 자크 랑베르Jacques Lambert와 그가 펴내는 간행물『아르덴 지방*Terres Ardennaises*』역시 내게 매우 중요한 세부들을 제공했다.
1940년 6월의 파리 시민 대탈출을 배경으로 하는 이 소설은

레옹 베르트Léon Werth의 『33일*33 jours*』(비비안 아미, 2015),
에리크 알라리Eric Alary의 『대탈출*L'EXode*』(페랭, 2013),
피에르 미켈Pierre Miquel의 『대탈출*L'Exode*』(플롱, 2003),
프랑수아 퐁비에유알키에François Fonvieille-Alquier의 『괴
상한 전쟁 중의 프랑스 사람들*Les Français dans la drôle de
guerre*』(라퐁, 1970), 에리크 루셀Éric Roussel의 『난파*Le
Naufrage*』(갈리마르, 2009), 장 비달랑크Jean Vidalenc의
『1940년 5~6월의 대탈출*L'Exode de Mai-Juin 1940*』(PUF,
1957)을 읽지 않았더라면 구상하기 힘들었을 것이다.

내게 큰 도움이 된 저작들 중 특히 다음의 작품에 고마움을 전
하고 싶다. 에리크 알라리와 베네딕트 베르제셰뇽Bénédicte
Vergez-Chaignon과 질 고뱅Gilles Gauvin 공저의 『1939~
1940 시기의 프랑스인의 일상생활*Les Français au quotidien,
1939-1940*』(페랭, 2009), 마르크 블로크Marc Bloch의 『이상
한 패배*L'Etrange Défaite*』(프랑티뢰르, 1946), 프랑수아 코셰
François Cochet의 『괴상한 전쟁의 병사들*Les Soldats de la
drôle de guerre*』(아셰트 리테라튀르, 2006) 장루이 크레미외
브리야크Jean-Louis Crémieux-Brilhac의 『1940년의 프랑스
인*Les Français de l'an 40*』(갈리마르, 1940), 카를하인츠 프리
저Karl-Heinz Frieser의 『전격 작전의 신화*Le Mythe de la
guerre éclair*』(블랭, 2003), 이방 자블롱카Ivan Jablonka의 『아
버지도 어머니도 없는, 1874~1939년까지의 빈민 구제국 아동
들의 역사*Ni père, ni mère, Histoire des enfants de l'Assistance
publique 1874-1939*』(쇠유, 2006), 자크 랑베르의 『격랑 속의

아르덴 사람들*Les Ardennes dans la tourmente*』(테르 아르덴, 1994), 장이브 마리Jean-Yves Marie와 알랭 오나델Alain Hohnadel의 『마지노선의 사람들과 구조물들*Hommes et ouvrages de la ligne Maginot*』(이스투아르 에 콜렉시옹, 2005), 장이브 마리의 『전차들의 통로*Le Corridor des Panzers*』(앵달, 2010), 장피에르 앙드레뤼치Jean-Pierre André-Ruetsch의 『동쪽의 폭풍. 프랑스 들판의 베리 보병*Tempête à l'est. L'infanterie berrichonne dans la campagne de France*』(알리스 리네, 2011), 미카엘 세라무르Michaël Séramour의 『알자스로렌 지방의 요새 부대*Les Troupes de forteresse en Lorraine et en Alsace*』(쉬통, 2016)와 『마지노선의 사라진 병영들*La Ligne Maginot. Ses casernes disparues*』(쉬통, 2016), 도미니크 베용 Dominique Veillon의 『1935~1945년까지 프랑스에서의 삶과 생존*Vivre et survivre en France, 1939-1945*』(파요, 1995), 모리스 바이스Maurice Vaïsse의 『1940년 5~6월. 외국 역사가들이 본 프랑스의 패배와 독일의 승리*Mai-Juin 1940. Défaite française, victoire allemande sous l'oeil des historiens étrangers*』(오트르망, 2000), 앙리 드 와이Henri de Wailly의 『붕괴*L'Effondrement*』(페랭, 2000), 올리비에 비비오르카 Olivier Wieviorka와 장 로페즈Jean Lopez 공저의 『제2차 세계대전의 신화들*Les Mythes des la Seconde Guerre mondiale*』(페랭, 2015).

이상은 책들이다.

디지털 자료에 대해 말하자면, 나는 당시의 일간지와 관련하여, 프랑스 국립 도서관의 훌륭한 데이터베이스인 갈리카 Gallica(BnF)와 레트로뉴스RetroNews에 다시 한번 도움을 청했다. 이 디지털화 작업이 제2차 세계 대전 후의 시기에까지 이어지기를 애타게 기다리는 바이다.

루이즈의 불임의 이유에 대해서는 장크리스토프 뤼팽에게, 가브리엘의 건강 상태의 세부적 사항에 대해서는 내 친구인 베르나르 지랄 박사의 도움을 받았으며, 마리프랑스 드부지와 스테판 앙드레가 나를 맞아 주고 도와준 아르덴의 〈전쟁과 평화 박물관〉에서 얻은 정보들도 매우 유용했다.

늘 그렇듯이, 작업을 하다 보면 다른 작가에게서 읽은 단어와 문장과 이미지 들이 떠오른다. 여기서는 어떤 생각이, 저기에서는 어떤 표현이 머리에 떠올라, 책 속에 자리 잡게 된다. 이런 작가들 중 몇을 꼽아 보자면 다음과 같다. 루이 아라공, 제랄드 오베르, 미셸 오디아르, 오노레 드 발자크, 샬럿 브론테, 디노 부차티, 스티븐 크레인, 찰스 디킨스, 드니 디드로, 프랑수아즈 돌토, 롤랑 도르절레스, 표도르 도스토옙스키, 알베르 뒤퐁텔, 귀스타브 플로베르, 로맹 가리, 기유라그, 조지프 헬러, 빅토르 위고, 조제프 케셀, 장파트리크 망셰트, 카슨 매컬러스, 클로드 무안, 폴 머리 켄들, 마르셀 프루스트, 프랑수아 라블레, 레티프 드 라 브르통, 조르주 심농, 에밀 졸라.

두 차례 세계 대전 사이의 시대를 그린 이 3부작은 이렇게 막을 내렸는데, 2012년에 시작한 이 모험은 파스칼린이 아니었다면 결코 존재하지 못했을 것이다.

다른 많은 것들과 마찬가지로 말이다.

# 옮긴이의 말

유럽 근대 소설의 양대 산맥이 영국과 프랑스라는 사실에는 누구도 이의를 제기할 수 없을 것이다. 낭만주의 감성의 영국에서는 자유로운 상상력의 환상 소설, 모험 소설, 고딕 소설, 역사 소설이 주를 이뤘다면, 실제의 사회와 역사를 치열한 비판 의식으로 파헤친 리얼리즘 소설은 프랑스 문학의 본령이었다.

19세기 초의 발자크, 스탕달, 플로베르, 빅토르 위고로부터 시작하여, 중반과 후반의 외젠 쉬, 공쿠르 형제, 에밀 졸라를 거쳐 20세기 초반의 마르셀 프루스트와 로제 마르탱 뒤 가르에 이르기까지, 프랑스는 세계 문학사에 길이 남을 굵직한 리얼리즘 작가들을 끊임없이 배출해 왔다. 하지만 이 찬란한 전통은 20세기 중반 이후에 다소 끊어지는 듯한 느낌이었다.

물론 어떤 소설이든, 많게든 적게든 작가를 둘러싼 환경과 사회를 반영하지 않을 수 없고, 프랑스 소설은 어떤 방식으로든 사회와 역사를 묘사해 온 게 사실이다. 하지만 상기한 프랑스 리얼리즘의 위대한 선배들처럼 방대한 대하소설, 혹은 〈총서〉의 형식으로 한 시대 전체를 총체적으로 조명하려는 야심을 지닌 작가는 없었다고 해도 과언이 아니다. 그런데 이 21세기 초반에, 가물가물해져 가던 이 영광스러운 횃불을 이어받겠다고 나선 작가가 나타났으니, 바로 피에르 르메트르이다.

우리가 알다시피 그는 늦깎이 작가로, 추리 소설 혹은 스릴러 소설로 문단에 발을 내디뎠다. 아마도 그가 교양 강사로 가르치던 영미 문학과 영화의 영향이었을 것으로, 이 방면에서 탁월한 성과를 거뒀고 국제적인 추리 문학상들을 휩쓸었다. 하지만 그의 야심은 〈본격 문학〉에 있었던 듯, 이런 사회적 관심이 엿보이는 『실업자』, 『사흘 그리고 한 인생』을 거쳐 마침내 회심의 역작 〈참화의 아이들〉 3부작을 내놓고, 그중 『오르부아르』로 프랑스 문학의 최고 영예인 공쿠르상을 거머쥔다. 이 거대한 트릴로지가 다룬 시대는 격동에 찬 20세기 전반부로, 그는 비단 20세기뿐 아니라, 이후의 세계사에 거대한 트라우마를 남긴 제1차, 제2차 세계 대전 시대의 프랑스 민초의 삶을 묘사하고 있다. 물론 세계 대전 시대 프랑스 민중의 삶을 직간접적으로 다룬 프랑스 소설들이 전혀 없지는 않지만, 이렇게 방대하게 대하소설로 본격적으로 다루는 것은 초유의 시도가 아닐까 한다.

이 야심 찬 프로젝트의 첫 번째 작품이 열린책들에서 이미 번역 출간된 『오르부아르』이고 두 번째 작품이 『화재의 색』이었다면, 세 번째이자 대미를 장식하는 마지막 작품은 바로 이 『우리 슬픔의 거울』이다. 주인공 루이즈는 제1부작 『오르부아르』에 어린 소녀로 등장했던 인물로, 이런 등장인물의 회귀를 통해 후속작의 연속성을 보장하는 방식은 전 세기의 선배 오노레 드 발자크에 대한 오마주처럼 느껴진다. 이야기의 배경은 제2차 세계 대전 당시의 프랑스, 더 구체적으로는 불타는 파리를 탈출하려는 사람들로 가득 메워진 크고 작은 길들이며, 이 피란민들의 다채롭고도 파란만장한 이야기가 이 소설의 내용이다. 서구의 근대가 산업주의, 자본주의, 제국주의로 무한정 팽창하다가 제1차, 제2차 세계 대전이라는 미증유의 참사로 이 광란의 질주에 절정을 찍었다고 한다면, 이 작품의 배경이 제2차 세계 대전이라는 사실은 매우 의미심장하다고 할 수 있겠다. 그러나 르메트르의 관심은 어떤 역사적, 정치적, 사회적 문제라기보다는 맹목적 역사가 초래한 참화 가운데 놓인 각각의 인간들에 있다. 이 역사의 거대한 수레바퀴에 짓눌리는 민초들이 어떻게 고통받고, 절망하고, 절규하는지, 또 어떻게 헤쳐 나가고, 연대하고, 희망하는지를 이 아름다운 소설은 감동적으로 보여 주고 있다.

이 작품의 탈고가 한창일 때, 우연히도 우크라이나 전쟁이 발발했다. 나는 경악했고, 어안이 벙벙했다. 지나간 시대의 야만적 사건이라고 생각했던 어처구니없는 일들이 또다시 재연된 것이다. 그것도 〈유토피아〉 유럽 연합의 건설이 한창인 〈문명 세계〉 유럽의 한복판에서 말이다. 흑토를 가로지르는 탱크의 행렬, 포성, 화염과 연기, 파괴되는 도시, 피에 젖은 사람들과 동토에 널리는 주검들, 전 재산을 트렁크 몇 개에 욱여넣고 질척이는 도로에 서게 된 사람들, 휠체어에 실려 끌려 나온 겁먹은 노부인들, 최대한 두껍게 옷을 입고 순진한 얼굴로 뒤뚱뒤뚱 따라오는 어린아이들……. 이것은 르메트르가 이 작품 『우리 슬픔의 거울』에서 그리는 제2차 세계 대전의 모습과 완벽히 겹쳤다. 문명과 이성의 진보로 우리가 완전히 결별했다고 믿었던 야만과 광기가 이 세계의 그늘 속에 도사리고 있다가 어느 날 갑자기 그 흉측한 모습을 드러낸 것이다. 파국과 비극과 고통은 어쩌면 우리 인간의 영원한 숙명일지 모른다는 우울한 생각이 들었다.

이 작품의 원제는 〈우리 고통들의 거울 Miroir de nos peines〉인바, 이 이야기는 사실 고통은 전쟁 이전부터 존재했다는 진실을 우리에게 일깨워 준다. 왜냐하면 루이즈와 그녀의 이복 오라비 라울의 고통은 전쟁이라는 파국이 터지기 전부터 이미 그들의 삶과 일상, 가정과 사회 속에 도사리고 있었고, 전쟁은 이 음험한 악마의 적나라한 발현에 불과하기 때문이다. 누추하고도 가소롭고도 가련한 삶들이 쏟아져 나온 피란길의 광경은 이런 의미에서 〈우리 고통들의 거울〉이라 할 수 있겠다……. 하지만 이 캄캄한 절망의 바다에서 이 작품은 한 줄기 빛으로 우리를 위로해 주고 있으니, 이것은 바로 고통받는 이들의 연대와 희망의 이야기이기 때문이다. 우크라이나 전쟁으로 1세기 만에 재연된 고통의 바다, 우리는 더없이 아름다운 이 이야기가 제시하는 사랑과 연대의 힘으로 또 한 번 이 끝 모를 수렁을 빠져나올 수 있을까? 만일 문학이 조금이라도 진실이라면 그럴 수 있을 것이고, 역자는 그러기를 간절히 소망한다.

2022년 파주에서
임호경

옮긴이 **임호경** 1961년에 태어나 서울대학교 불어교육과를 졸업했다. 파리 제8대학에서 문학 박사 학위를 취득했으며, 현재 전문 번역가로 활동하고 있다. 옮긴 책으로는 피에르 르메트르의 『오르부아르』, 『사흘 그리고 한 인생』, 『화재의 색』, 에마뉘엘 카레르의 『왕국』, 『러시아 소설』, 요나스 요나손의 『킬러 안데르스와 그의 친구들』, 『셈을 할 줄 아는 까막눈이 여자』, 『창문 넘어 도망친 100세 노인』, 베르나르 베르베르의 『신』(공역), 『카산드라의 거울』, 조르주 심농의 『리버티 바』, 『센 강의 춤집에서』, 『누런 개』, 『갈레 씨, 홀로 죽다』, 앙투안 갈랑의 『천일야화』, 로런스 베누티의 『번역의 윤리』, 스티그 라르손의 〈밀레니엄 시리즈〉, 파울로 코엘료의 『승자는 혼자다』, 기욤 뮈소의 『7년 후』 등이 있다.

## 우리 슬픔의 거울

| | |
|---|---|
| 발행일 | 2023년 4월  5일 초판 1쇄 |
| | 2023년 6월 10일 초판 3쇄 |

| | |
|---|---|
| 지은이 | 피에르 르메트르 |
| 옮긴이 | 임호경 |
| 발행인 | 홍예빈 · 홍유진 |
| 발행처 | 주식회사 열린책들 |

경기도 파주시 문발로 253 파주출판도시
전화 031-955-4000  팩스 031-955-4004
www.openbooks.co.kr

Copyright (C) 주식회사 열린책들, 2023, *Printed in Korea.*
ISBN 978-89-329-2308-6 03860